Leises Gift

GREG ILES

LEISES GIFT

THRILLER

Aus dem Amerikanischen
von Axel Merz

Weltbild

Die amerikanische Originalausgabe erschien 2006
unter dem Titel *True Evil* bei Scribner, New York.

Genehmigte Lizenzausgabe für Verlagsgruppe Weltbild GmbH,
Steinerne Furt, 86167 Augsburg

Übersetzung: Axel Merz
Umschlaggestaltung: Johannes Frick, Augsburg
Umschlagmotiv: Corbis, Düsseldorf (© Frank Lukasseck)
Gesamtherstellung: Bagel Roto-Offset GmbH & Co.KG, Schleinitz
Printed in the EU

ISBN 978-3-8289-9339-6

2011 2010 2009 2008
Die letzte Jahreszahl gibt die aktuelle Lizenzausgabe an.

Zum Gedenken an Mike McGraw
und Ryan Buttross

Das wahre Böse hat ein Gesicht, das man kennt,
und eine Stimme, der man vertraut

– Anonymus

1

Alex Morse rannte durch die Eingangshalle des neuen medizinischen Zentrums der Universität. Sie wirkte wie eine Ärztin, die zu einem Notfall gerufen wurde. Doch Alex war keine Ärztin. Sie war Geisel-Unterhändlerin beim FBI. Zwanzig Minuten zuvor war sie mit einem Flugzeug aus Charlotte, North Carolina, nach Jackson in Mississippi gekommen. Ihre ältere Schwester war bei einem Baseballspiel zusammengebrochen. Was für ein verdammtes Jahr! Es war geprägt von Verletzungen und Tod, und es hing noch mehr Unheil in der Luft – Alex konnte es spüren.

Sie erblickte die Aufzüge und schaute auf die Anzeige über den Türen. Ein Lift kam nach unten. Alex drückte auf den Rufen-Knopf und wippte ungeduldig auf den Fußspitzen. Krankenhäuser, dachte sie bitter. Sie selbst war gerade erst aus einem Krankenhaus entlassen worden. Die Kette der Tragödien hatte ihren Anfang mit ihrem Vater genommen. Fünf Monate zuvor war Jim Morse in genau diesem Hospital gestorben, nachdem er bei einem Überfall niedergeschossen worden war. Zwei Monate später hatte man bei Alex' Mutter ein Ovarialkarzinom in fortgeschrittenem Stadium diagnostiziert. Die Ärzte rechneten nicht damit, dass sie diese Woche überlebte. Dann hatte Alex den Unfall gehabt, und jetzt Grace …

Ein leiser Gong ertönte, und die Lifttüren glitten auseinander.

Eine junge Frau in weißem Kittel lehnte erschöpft an der Rückwand der Kabine. Eine Assistenzärztin, vermutete Alex, Mitte zwanzig, vier oder fünf Jahre jünger als Alex mit ihren dreißig Jahren. Die Frau blickte kurz auf, als Alex die Kabine betrat, sah zu Boden und schaute Alex dann ganz plötzlich wieder an, als hätte sie erst jetzt den schrecklichen Anblick registriert. Alex hatte diese Reaktion seit ihrer Entstellung so häufig erlebt, dass sie nicht mehr wütend wurde. Es deprimierte sie nur noch.

»Welche Etage?«, fragte die junge Ärztin und hob die Hand zu den Schaltknöpfen, während sie sich alle Mühe gab, nicht zu starren.

»Neurologische Intensivstation«, antwortete Alex.

Die Ärztin drückte auf die 4. »Ich fahre ins Tiefgeschoss«, sagte sie. »Aber der Lift bringt Sie anschließend direkt nach oben.«

Alex nickte und beobachtete die Anzeige auf dem Leuchtpaneel. Nachdem man bei ihrer Mutter Krebs diagnostiziert hatte, war sie mit dem Flugzeug zwischen Washington, D.C., wo sie damals stationiert gewesen war, und Mississippi gependelt, um Grace, die einen Vollzeitjob als Lehrerin hatte, bei der Betreuung ihrer Mutter zu helfen. Anders als beim FBI zu Zeiten eines Edgar J. Hoover, bemühte man sich heutzutage, verständnisvoll an familiäre Probleme heranzugehen. Doch in Alex' Fall hatte der Deputy Director seine Position unmissverständlich klargemacht: Sonderurlaub zum Besuch eines Begräbnisses war eine Sache, regelmäßiges Pendeln über 1500 Kilometer, um bei einer Chemotherapie dabei zu sein, eine ganz andere. Doch Alex hatte nicht auf ihn gehört. Sie hatte sich gegen das System aufgelehnt und gelernt, fast ohne Schlaf auszukommen. Sie hatte sich geschworen, dem Druck standzuhalten, und sie hatte es geschafft – bis zu dem Augenblick, als ihr ein Feuersturm aus Glas und Schrotkugeln in die rechte Schulter und ins Gesicht gefegt war. Ihre Weste hatte die Schulter geschützt, doch ihr Gesicht war grässlich verstümmelt worden.

Alex hatte die für eine Geisel-Unterhändlerin größte Sünde begangen und beinahe mit dem Leben dafür bezahlt. Weil der Schütze durch eine Flachglas-Abtrennung gefeuert hatte, hatte der Blizzard aus Glassplittern und Schrotkugeln ihre Wange zerfetzt, war durch Haut und Knochen gedrungen und hatte Stirnhöhle, Kiefer und Gewebe zerfetzt.

Die plastischen Chirurgen hatten Alex großartige Versprechungen gemacht, doch bisher waren die Resultate eher kläglich. Man hatte ihr gesagt, dass die wütenden rosafarbenen Würmer mit der Zeit verblassen würden (sie konnten nicht viel tun gegen die punktförmigen Vertiefungen in ihrer Wange), und dass ein Laie die Narben nicht einmal mehr bemerken würde. Alex glaubte nicht daran. Doch was bedeutete schon Eitelkeit im großen Plan der Dinge? Fünf Sekunden, nachdem Alex niedergeschossen worden war, hatte jemand anders für *ihren* Fehler mit dem Leben bezahlt.

In den höllischen Tagen nach der Schießerei war Alex' Schwester Grace öfters nach Washington geflogen, um bei Alex zu sein, obwohl die Pflege ihrer beider Mutter sie alle Kraft kostete. Grace war der weibliche Märtyrer der Familie, eine Kandidatin für die Heiligsprechung, wenn es je eine gegeben hatte. Die Ironie war grausam: Heute Nacht war es Grace, die auf einer Intensivstation lag und um ihr Leben kämpfte.

Und warum? Sicherlich nicht Karma. Sie war die Treppen eines Stadions hinaufgestiegen, um ihrem zehn Jahre alten Sohn beim Baseball zuzuschauen, als sie zusammengebrochen war. Sekunden nachdem sie auf der Treppe aufgeschlagen war, hatte sie Blase und Darm entleert. Eine vierzig Minuten später aufgenommene Computertomographie zeigte ein Blutgerinnsel in der Nähe des Hirnstamms – die Sorte von Blutgerinnsel, die Menschen nur allzu oft umbringt. Alex war in Charlotte gewesen und hatte Bahnen geschwommen, als die Nachricht gekommen war. (Alex war nach der Schießerei dorthin strafversetzt worden.) Ihre Mutter war zu aufgeregt gewesen, um am Telefon zusammenhängende Sätze von sich zu geben, doch sie hatte genügend Einzelheiten gestammelt, um Alex zum Flughafen jagen zu lassen.

Bei der ersten Zwischenlandung in Atlanta hatte Alex den Mann ihrer Schwester angerufen, Bill Fennell, den sie vor dem Start nicht hatte erreichen können. Bill erklärte, dass Graces Hirnschäden zunächst nicht allzu dramatisch ausgesehen hätten – leichte Lähmung der rechten Seite, Schwäche, milde Dysphasie –, doch der Schlaganfall hatte sich seither verschlimmert, was nach Auskunft der Ärzte nicht ungewöhnlich war. Ein Neurologe hatte

Grace TPA verordnet, ein Medikament, das Blutgerinnsel auflösen konnte, jedoch allerlei ernste Nebenwirkungen hatte. Bill Fennell war ein dominanter Mann, doch seine Stimme hatte gezittert bei ihrem Gespräch, und er hatte Alex angefleht, sich zu beeilen.

Nachdem das Flugzeug in Jackson gelandet war, hatte Alex erneut bei ihm angerufen. Diesmal hatte er schluchzend über die Entwicklung der vergangenen Stunde berichtet. Grace atmete zwar noch aus eigener Kraft, doch sie war ins Koma gefallen und würde möglicherweise sterben, noch ehe Alex die letzten fünfundzwanzig Kilometer vom Flughafen zum Krankenhaus zurückgelegt hatte.

Panik erfüllte mit einem Mal ihre Brust, wie sie es seit ihrer Kindheit nicht mehr erlebt hatte. Obwohl das Flugzeug noch auf dem Vorfeld war und zum Terminal rollte, hatte Alex ihre Tasche unter dem Sitz hervorgezogen und war nach vorn zum Ausgang der B-727 marschiert. Als ein Flugbegleiter ihr den Weg versperrte, hatte sie ihren Dienstausweis gezückt und ihm mit leiser Stimme befohlen, sie so schnell wie möglich zum Terminal zu bringen. Kaum hatte sie das Gate passiert, war sie durch die Abfertigungshalle und die Gepäckausgabe zu der Schlange wartender Taxis gesprintet, wo sie erneut ihren Ausweis gezückt und dem Fahrer hundert Dollar versprochen hatte, wenn er sie mit Höchstgeschwindigkeit zur Uniklinik brachte.

Und hier war sie nun, stieg im dritten Stock aus dem Lift und wurde sogleich eingehüllt von beißenden Gerüchen, die sie Wochen in die Vergangenheit zurückwarfen, als heißes Blut wie aus einem Wasserhahn aus ihrem Gesicht geströmt war. Am Ende des Korridors wartete eine große Holztür mit der Aufschrift »Neurologische Intensivstation«. Sie ging hindurch wie ein Fallschirmspringer vor seinem ersten Absprung, wappnete sich gegen den freien Fall, voller Angst vor den Worten, die zu hören sie beinahe sicher war: *Es tut mir sehr leid, Alex, aber du kommst zu spät.*

Die Intensivstation bestand aus einem Dutzend Abteilen mit Glaswänden, U-förmig um das Schwesternzimmer herum angeordnet. Mehrere Abteile waren mit Vorhängen vor Blicken geschützt, doch durch die transparente Wand der vierten Kabine links sah Alex Bill Fennell, der sich mit einer Schwester unterhielt. Mit seinen einsdreiundneunzig überragte er sie deutlich, doch sein attraktives Gesicht war von Sorgenfalten zerfurcht, und die Frau schien ihn zu trösten. Er spürte Alex' Anwesenheit, blickte auf und erstarrte mitten im Satz. Alex bewegte sich zu dem Abteil. Bill stürzte zur Tür und drückte Alex an sich. Es war ihr immer peinlich gewesen, ihren Schwager zu umarmen, doch heute Nacht gab es keine Möglichkeit, dies zu vermeiden. Und auch keinen Grund. Heute Nacht brauchten beide Nähe und das Gefühl familiärer Zusammengehörigkeit.

»Du hast wohl einen Hubschrauber genommen!«, sagte er mit seiner vollen Bassstimme. »Ich kann nicht glauben, wie schnell du gekommen bist!«

»Lebt sie?«

»Sie lebt noch«, sagte Bill in eigenartig förmlichem Tonfall. »Sie hat sogar ein paar Mal das Bewusstsein wiedererlangt. Sie hat nach dir gefragt.«

Alex' Zuversicht stieg, doch mit der Hoffnung kamen neue Tränen.

Die Frau im weißen Kittel kam aus dem Abteil. Sie war um die fünfzig, mit einem freundlichen, jedoch ernsten Gesicht.

»Das ist die für Grace zuständige Neurologin«, sagte Bill.

»Ich bin Meredith Andrews«, stellte die Ärztin sich vor. »Sind Sie die Frau, die Grace ›KK‹ nennt?«

Alex schluchzte auf. »KK« war ein Spitzname, der von ihrem zweiten Namen abgeleitet war, Karoli. »Ja. Aber nennen Sie mich bitte Alex … Alex Morse.«

»Spezialagentin Morse«, sagte Bill in einem völlig absurden Einwurf.

»Hat Grace nach mir gefragt?«, erkundigte sich Alex, wobei sie sich die Wangen abwischte.

»Sie sind alles, worüber sie redet.«

»Ist sie bei Bewusstsein?«

»Zurzeit nicht. Wir tun, was in unserer Macht steht, doch Sie sollten sich auf das Schlimmste …« Dr. Andrews schätzte Alex blitzschnell ab. »Sie sollten sich auf das Schlimmste gefasst machen. Grace hatte eine schwere Thrombose, als sie eingeliefert wurde, doch sie hat noch aus eigener Kraft geatmet, was mich zunächst mit Hoffnung erfüllt hat. Doch der Anfall breitete sich ständig weiter aus, und ich beschloss, mit der thrombolytischen Therapie zu beginnen, das heißt, wir versuchen, das Gerinnsel aufzulösen. Manchmal wirkt es Wunder, doch es kann auch zu Hämorrhagien an anderen Stellen im Körper oder im Gehirn führen. Ich habe das Gefühl, dass genau dies im Augenblick geschieht. Ich möchte nicht riskieren, Grace für eine Magnetresonanzspektroskopie zu bewegen. Sie atmet noch immer aus eigener Kraft, und das ist die beste Hoffnung, die wir haben. Wenn sie aufhört zu atmen, stehen wir bereit, sie augenblicklich zu intubieren. Ich hätte es vielleicht schon tun sollen«, sie warf einen Seitenblick zu Bill, »doch ich weiß, dass sie unbedingt mit Ihnen reden will, und sobald sie intubiert ist, kann sie nicht mehr sprechen, mit niemandem. Sie hat bereits die Fähigkeit zu schreiben verloren.«

Alex zuckte zusammen.

»Seien Sie nicht schockiert, wenn Sie zu Ihnen spricht. Ihr Sprachzentrum hat gelitten, und sie ist stark beeinträchtigt.«

»Verstehe«, sagte Alex ungeduldig. »Wir haben einen Onkel, der einen Schlaganfall hatte. Kann ich einfach zu ihr? Es ist mir egal, in welchem Zustand sie ist. Ich möchte bei ihr sein.«

Dr. Andrews lächelte und führte Alex in das Abteil.

An der Tür angekommen, drehte Alex sich zu Bill um. »Wo ist Jamie?«

»Bei meiner Schwester in Ridgeland.«

Ridgeland war eine rein weiße Vorstadt zehn Meilen außerhalb. »Hat er gesehen, wie seine Mutter gefallen ist?«

Bill schüttelte ernst den Kopf. »Nein. Er war unten auf dem Spielfeld. Er weiß lediglich, dass seine Mutter krank ist.«

»Meinst du nicht, dass er hier sein sollte?«

Alex bemühte sich angestrengt, jegliches Urteil aus ihrer Stimme herauszuhalten, doch Bills Miene verdüsterte sich. Ihm schien eine scharfe Entgegnung auf der Zunge zu liegen, dann aber holte er nur tief Luft. »Nein, das denke ich nicht«, sagte er.

Als Alex ihn unverwandt anstarrte, senkte er die Stimme und fügte hinzu: »Ich möchte nicht, dass Jamie zusieht, wie seine Mutter stirbt.«

»Selbstverständlich nicht. Aber er sollte eine Chance haben, Lebewohl zu sagen.«

»Die bekommt er«, erwiderte Bill. »Bei ihrer Beerdigung.«

Alex schloss die Augen und biss die Zähne zusammen. »Bill, du kannst nicht …«

»Wir haben jetzt keine Zeit dafür«, unterbrach er sie und nickte in Richtung der Ärztin, die wartend im Abteil stand.

Alex näherte sich langsam der Bettkante. Das blasse Gesicht ihrer Schwester über der Krankenhausdecke sah fremd aus. Fremd und doch nicht fremd. Es erinnerte Alex an das Gesicht ihrer Mutter. Grace Morse-Fennell war fünfunddreißig Jahre alt, doch heute Nacht sah sie aus wie siebzig. *Es ist die Haut,* wurde Alex bewusst. *Sie ist wie Wachs. Schmelzendes, verlaufendes Wachs.* Es sah aus, als wären die Muskeln ihrer Schwester erschlafft und würden niemals wieder kontrahieren. Grace hatte die Augen geschlossen, und zu Alex Überraschung empfand sie es als Erleichterung. Es verschaffte ihr Zeit, sich an die neue Realität zu gewöhnen, wie flüchtig und unwirklich sie sein mochte.

»Wird es gehen?«, fragte Dr. Andrews hinter ihr.

»Ja.«

»Dann lasse ich Sie jetzt mit ihr allein.«

Alex warf einen flüchtigen Blick auf die Monitore, die Graces Lebensfunktionen überwachten. Pulsschlag, Sauerstoffaufnahme, Blutdruck, Gott weiß was sonst noch. Ein einzelner intravenöser Tropf verschwand unter einem Verband an ihrem Unterarm. Bei dem Anblick schmerzte es in Alex Handgelenk. Sie war nicht sicher, was sie tun sollte, und vielleicht spielte es auch gar keine Rolle. Vielleicht war es einfach nur wichtig, dass sie hier war, in diesem Zimmer.

»Weißt du, was diese Tragödie mir klargemacht hat?«, fragte die vertraute Bassstimme.

Alex zuckte zusammen, doch sie bemühte sich, ihr Unbehagen zu verbergen. Ihr war nicht bewusst gewesen, dass Bill mit ihr im Raum war, und sie hasste es, ein Zeichen von Schwäche zu zeigen. »Was denn?«, fragte sie, obwohl es sie im Grunde gar nicht interessierte.

»Geld ist nichts wert. Überhaupt nichts. Alles Geld der Welt kann dieses Blutgerinnsel nicht aus ihrem Kopf holen.«

Alex nickte geistesabwesend.

»Wofür zur Hölle habe ich dann gearbeitet?«, fragte Bill. »Warum habe ich es nicht langsamer angehen lassen und jede freie Minute mit Grace verbracht?«

Grace hat sich diese Frage wahrscheinlich tausendmal gestellt, dachte Alex. Doch es war zu spät für Reue. Viele Menschen hielten Bill für so kalt wie einen Fisch. Alex hatte eher geglaubt, dass er dazu neigte, weinerlich zu reagieren.

»Könnte ich für ein bisschen mit ihr alleine sein?«, fragte sie, ohne den Blick von Graces Gesicht abzuwenden.

Sie spürte, wie sich eine schwere Hand auf ihre Schulter legte – die verwundete Schulter. Dann sagte Bill: »Ich bin in fünf Minuten zurück.«

Nachdem er gegangen war, nahm Alex die klamme Hand ihrer Schwester in die ihre und beugte sich vor, um Graces Stirn zu küssen. Sie hatte ihre Schwester noch nie so hilflos gesehen. Tatsächlich hatte sie Grace noch nie auch nur *annähernd* hilflos gesehen. Grace war ein Dynamo. Krisen, die das Leben anderer zum Stillstand brachten, ließen sie kaum das Tempo verlangsamen. Doch dies hier war anders. Dies war das Ende – Alex konnte es spüren. Sie wusste es, wie sie es gewusst hatte, nachdem James Broadbent getroffen zu Boden gegangen war. James hatte gesehen, wie Alex Sekunden vor dem Zugriffsbefehl für das Geiselbefreiungsteam in die Bank gestürmt war, und er war ihr auf dem Fuß gefolgt. Er hatte gesehen, wie sie angeschossen wurde, doch anstatt das Feuer auf den Schützen augenblicklich zu erwidern, hatte er nach unten geblickt, um zu sehen, wie schlimm Alex verwundet worden war – und hatte die nächste Ladung voll in die Brust bekommen. Er hatte keine Weste getragen (er hatte sie ausgezogen, als er gehört hatte, dass das Geiselbefreiungsteam die Bank stürmen würde). Die Schrotkugeln hatten sein Herz und seine Lungen zerfetzt.

Warum hat er nur zu mir nach unten gesehen?, fragte Alex sich zum Millionsten Mal. *Warum ist er mir in die Bank gefolgt?*

Doch sie kannte die Antwort. Broadbent war ihr gefolgt, weil er sie geliebt hatte – aus der Ferne zwar, doch seine Gefühle waren dennoch echt gewesen. Und diese Liebe hatte ihn das Leben gekostet. Alex sah Tränen auf Graces Wangen tropfen – ihre eigenen Tränen, zahllos in diesen vergangenen Monaten. Sie wischte sich über die Augen, zog ihr Handy hervor und wählte die Nummer von Bill Fennell, der keine zehn Meter entfernt stand.

»Was ist?«, fragte er aufgeregt. »Was ist passiert?«

»Jamie sollte hier sein, Bill.«

»Alex, ich habe dir gesagt …«

»Geh ihn holen, verdammt! Die Frau hier drin ist seine *Mutter!*«

Eine lange Pause entstand. Schließlich sagte Bill: »Ich rufe meine Schwester an.«

Alex drehte sich um und sah ihn neben der Schwesternstation stehen. Er hatte sich mit Dr. Andrews unterhalten. Sie sah, wie er das Gespräch mit der Neurologin unterbrach und sein Mobiltelefon an die Wange hob. Alex beugte sich über Graces Ohr und überlegte verzweifelt, was sie sagen konnte, das den Grund des tiefen Loches zu erreichen vermochte, in dem ihre Schwester jetzt weilte.

»Grace?«, flüsterte sie, während sie zugleich die kalte Hand drückte. »Ich bin es, KK.«

Graces Augen blieben geschlossen.

»Ich bin es … KK ist hier. Ich bin von Sally zurück. Wach auf, bevor Mama aufsteht. Ich möchte zum Fest!«

Sekunden verrannen. Erinnerungen wirbelten durch Alex' Gedanken, und ihr Herz begann zu schmerzen. Graces Augen blieben geschlossen.

»Komm schon, Grace! Ich weiß, dass du nur so tust, als würdest du schlafen! Hör auf damit!«

Alex spürte ein Zucken in ihrer Hand. Adrenalin schoss in ihre Adern, doch als sie die erstarrten Augenlider sah, nahm sie an, dass das Zucken von ihr selbst gekommen war.

»Kuh … Kuh«, ächzte eine Stimme.

Alex drehte sich um in der Annahme, dass es Bill oder Dr. Andrews wären, doch dann drückte Grace ihre Hand und stieß einen hellen Laut aus. Alex wirbelte herum und sah, dass Grace die grünen Augen weit aufgerissen hatte. Sie blinzelte. Alex' Herz raste. Sie beugte sich zu ihrer Schwester hinunter, denn obwohl Grace erst fünfunddreißig war, waren ihre Augen ohne Brillengläser oder Kontaktlinsen so gut wie nutzlos.

»KK?«, stöhnte Grace leise. »Biffu daf?«

»Ich bin es, Grace«, antwortete Alex und schob ihrer Schwester eine Haarsträhne aus den Augen.

»Ogobb«, sagte Grace mit gutturaler Stimme und fing zu schluchzen an. »Gobb fei Dang.«

Alex musste auf die Zähne beißen, um nicht aufzuschluchzen. Die rechte Hälfte von Graces Gesicht war gelähmt, und Speichel rann ihr übers Kinn, sobald sie sich bemühte zu sprechen. Sie klang genau wie Onkel T. J., der gestorben war, nachdem eine Serie von Schlaganfällen ihm seine alte Identität genommen hatte.

»Bu … bu mubb Jamie rebben«, gurgelte Grace.

»Was? Ich hab dich nicht verstanden!«

»Jamie. Bu mubb ihn rebben!«, wiederholte Grace und wollte sich im Bett aufrichten. Sie schien an Alex vorbeisehen zu wollen.

»Jamie geht es gut«, sagte Alex mit tröstender Stimme. »Er ist auf dem Weg hierher.«

Grace schüttelte wild den Kopf. »Hör fu. Bu mubb fuhören!«

»Ich höre dir zu, Grace, versprochen.«

Grace starrte ihrer Schwester mit dem Drängen einer Ertrinkenden in die Augen. »Bu … mubb … Jamie … retten … Gay-gay. Nur bu … kanbt … eb.«

»Wovor soll ich Jamie retten?«

»Biw.«

»Bill?«, fragte Alex ungläubig. Bestimmt hatte sie sich verhört.

Mit schmerzhafter Anstrengung nickte Grace.

Alex blinzelte verblüfft. »Was redest du da? Tut Bill Jamie in irgendeiner Weise weh?«

Ein schwaches Nicken. »Er wirb eb tun … bobald ib nib mehr bin.«

Alex gab sich alle Mühe, die gequälten Worte zu verstehen. »Jamie weh tun? Wie das? Meinst du, er missbraucht ihn?«

Grace schüttelte den Kopf. »Biw … wib … Jamieb … Beele … umbringen.«

»Bill wird Jamies Seele umbringen?«, wiederholte Alex, als versuchte sie, etwas schwer Leserliches zu entziffern.

Grace ließ erschöpft den Kopf hängen.

»Gracie … du weißt, dass ich Bill nicht besonders mag. Das hast du immer gewusst. Aber er war ein guter Vater, oder nicht? Er scheint im Grunde ein anständiger Mann zu sein.«

Grace packte Alex' Hand und schüttelte den Kopf. »Er ib ein Monbter!«, zischte sie.

Alex spürte ein Frösteln. »Er ist ein Monster? Hast du gesagt, er ist ein Monster?«

Eine Träne der Erleichterung rann über Graces gelähmte Wange.

Alex starrte in die gequälten Augen ihrer Schwester; dann drehte sie sich um und blickte über die Schulter. Bill Fennell unterhielt sich immer noch mit Dr. Andrews, doch seine Blicke ruhten auf Alex.

»Kommt Biw her?«, fragte Grace mit verängstigter Stimme, während sie sich vergeblich bemühte, den Kopf zu heben.

»Nein. Er unterhält sich mit der Ärztin.«

»Ärbtin … weib … nib …«

»Was weiß die Ärztin nicht?«

»Wab Biw getan hat.«

»Was meinst du damit? Was hat Bill getan?«

Grace hob unvermittelt die Hand, packte Alex an der Bluse und zog ihren Kopf nach unten zu ihren Lippen. »Er hab mib umbebracht.«

Alex fühlte sich, als hätte ihr jemand Eiswasser in die Adern gespritzt. Sie zuckte zurück und starrte Grace in die blutunterlaufenen Augen. »Er hat dich umgebracht? Hast du das gesagt?«

Grace nickte einmal, die Augen voll tiefster Überzeugung.

»Grace, du weißt nicht, was du redest!«

Selbst mit einem zur Hälfte gelähmten Gesicht gelang es Grace, ein Lächeln aufzusetzen. *Oh doch, ich weiß sehr genau, was ich rede.*

»Das meinst du nicht so. Nicht wortwörtlich.«

Grace schloss die Augen, als wollte sie ihre letzten Kräfte zu einem verzweifelten weiteren Anlauf sammeln. »Du … bib die Einbige … bu kanb ihn boppen. Bu bät bür mib. Ib habe Ärbtin gehörb … drauben. Rebbe Jamie bür mib … Bibbe.«

Alex starrte über die Schulter und durch die Glaswand nach draußen. Bill beobachtete sie noch immer, und es sah aus, als schleppte seine Unterhaltung mit Dr. Andrews sich mühsam dahin. Alex hatte immer gewusst, dass Graces Ehe nicht perfekt war, doch welche Ehe war das schon? Nicht, dass Alex eine Autorität auf diesem Gebiet gewesen wäre. Irgendwie hatte sie es geschafft, dreißig Jahre alt zu werden, ohne verheiratet zu sein. Nach Jahren mit Kerlen, die auf Abzeichen standen, oder Kerlen, die davor wegliefen, hatte sie endlich einen Antrag angenommen – nur um die Verlobung drei Monate später wieder zu lösen, nachdem sie herausgefunden hatte, dass ihr zukünftiger Ehemann sie mit ihrer besten Freundin betrog. In Liebesangelegenheiten war sie eine Stümperin.

»Grace«, flüsterte sie eindringlich. »Warum sollte Bill so etwas tun?«

»Eine anbere«, sagte Grace. »Anbere Brau.«

»Eine andere Frau? Bist du sicher?«

Ein weiteres verzerrtes Lächeln. »Uh … Brau … weib …«

Alex glaubte ihr. Während ihrer Verlobungszeit mit Peter Hodges hatte ihr eine Art sechster Sinn gesagt, dass irgendetwas in ihrer Beziehung nicht stimmte. Lange bevor es einen deutlichen Hinweis gegeben hatte, war ihr bewusst gewesen, dass Peter sie betrog. Sie hatte es einfach *gewusst.* Hätte sie den gleichen Instinkt in Bezug auf gewöhnliche Verbrechen gehabt, wäre ihre Karriere viel glanzvoller verlaufen.

»Wenn Bill mit einer anderen Frau zusammen sein will, warum lässt er sich nicht einfach von dir scheiden?«, fragte sie.

»Gelb … Bummerben … Würbe Biw Miwonen kobten, bib scheiden bu labben … bünb Miwonen bebimb …«

Alex lehnte sich ungläubig zurück. Sie hatte gewusst, dass Bill seit einer Reihe von Jahren erfolgreich war, doch sie hatte nicht geahnt, dass er richtiggehend reich geworden war. Warum in Gottes Namen unterrichtete Grace dann immer noch in einer Grundschule? *Weil sie es gerne tut,* beantwortete sie die Frage selbst. *Weil sie ohne Arbeit nicht leben kann.*

Grace hatte die Augen geschlossen, offensichtlich erschöpft. »Bag … Mom … Ib biebe bie«, sagte sie. »Bag ihr … ib warte aub bie … im Himmeb …« Das Lächeln animierte erneut die lebendige Hälfte ihres Gesichts. »Wenn ib eb … schabbe …«

»Du hast es geschafft, Liebes«, sagte Alex und ballte die freie Hand zur Faust, die sie sich vor die Lippen presste.

»Nun sieh sich das einer an, Dr. Andrews!«, dröhnte Bill Fennells Stimme. »Sie sieht aus, als könnte sie jeden Moment aufstehen und aus dem Bett springen!«

Grace riss die Augen auf und schien vor ihrem Mann zu schrumpfen. Es sah aus, als benutzte sie Alex als Schild. Das Entsetzen in ihren Augen tat Alex in der Seele weh, doch es versetzte sie auch in höchste Verteidigungsbereitschaft. Sie erhob sich und versperrte Bill den Weg ans Krankenbett.

»Ich denke, es ist besser, wenn du nicht reinkommst«, sagte sie und starrte ihrem Schwager kalt in die Augen.

Bills Unterkiefer sank herab. Er sah an Alex vorbei zu Grace, die sich im Bett zu ducken schien. »Was redest du da?«, fragte er wütend. »Was soll das bedeuten? Hast du Grace irgendwas über mich erzählt?«

Alex blickte zu Dr. Andrews, die verwirrt dreinschaute. »Nein. Eher im Gegenteil, fürchte ich.«

Bill schüttelte in augenscheinlicher Verwirrung den Kopf. »Ich verstehe nicht …«

Alex suchte in seinen braunen Augen nach einer Spur von Schuld. Graces Ängste und Anschuldigungen waren wahrscheinlich das Produkt der Halluzinationen einer sterbenden Frau, doch es gab keinen Zweifel, was die Echtheit ihres Entsetzens anging. »Du bringst sie durcheinander, Bill, das siehst du doch. Du solltest nach unten gehen und auf Jamie warten.«

»Ich werde unter gar keinen Umständen von der Bettseite meiner Frau weichen!«, dröhnte er. »Nicht, wenn es aussieht, als könnte sie …«

»Was?«, fragte Alex mit einem herausfordernden Unterton. »Als könnte sie was, Bill?«

Er senkte die Stimme. »Als könnte sie …«

Alex blickte Dr. Andrews an.

Die Neurologin trat zu Bill. »Vielleicht sollten wir Grace und ihrer Schwester noch ein bisschen mehr Zeit allein lassen.«

»Versuchen Sie nicht, mich auf diese Weise zu beschwichtigen!«, sagte Bill aufgebracht. »Ich bin Graces Ehemann, und ich entscheide, wer …«

»Sie ist *mein Blut*«, sagte Alex mit unumstößlicher Überzeugung. »Deine Anwesenheit hier bringt sie durcheinander, und nichts anderes zählt. Wir müssen sie so ruhig wie möglich halten. Ist es nicht so, Dr. Andrews?«

»Absolut.« Meredith Andrews ging um Alex herum und blickte auf ihre Patientin hinunter. »Grace, können Sie mich verstehen?«

»Ja.«

»Möchten Sie Ihren Mann bei sich hier im Zimmer haben?«

Grace schüttelte langsam den Kopf. »Ib … wibb … mein … Baby … Wibb Jamie …«

Dr. Andrews blickte zu Bill Fennell auf, der sie überragte. »Das ist eindeutig. Ich möchte, dass Sie das Abteil verlassen, Mr. Fennell.«

Bill trat dicht vor die Neurologin, und seine Augen blitzten vor Wut. »Ich weiß nicht, wer Sie zu sein glauben, dass Sie in diesem Ton mit mir reden ... oder ob Sie wissen, wen Sie vor sich haben. Ich habe dieser Universität eine Menge Geld gegeben. Sehr viel Geld. Und ich ...«

»Zwingen Sie mich nicht, den Sicherheitsdienst zu rufen«, sagte Dr. Andrews leise und nahm den Telefonhörer neben Graces Bett auf.

Bills Gesicht wurde weiß. Alex empfand beinahe Mitleid mit ihm. Die Macht war eindeutig auf die Seite von Dr. Andrews übergewechselt. Trotzdem schien Bill sich nicht zum Gehen durchringen zu können. Er sah aus wie ein Schauspieler auf einem DVD-Spielfilm, nachdem man die Pause-Taste gedrückt hatte, dachte Alex, als der Alarm losging.

»Sie hat einen Anfall!«, rief Dr. Andrews durch die Tür, doch es wäre unnötig gewesen. Die Krankenschwestern kamen bereits aus ihrem Raum gerannt. Alex sprang hastig aus dem Weg, und einen Moment später folgte Bill ihrem Beispiel.

»Herzstillstand«, sagte Dr. Andrews und riss eine Schublade auf.

Weil es eine Intensivstation war, gab es keinen Notfall-Wagen. Alles war bereits vor Ort. In dem zuvor ruhigen Abteil brach von einer Sekunde zur anderen hektische Betriebsamkeit aus, alles mit einem einzigen Ziel – das Leben zu erhalten, das so rasch aus dem Körper im Bett zu weichen drohte.

»Sie müssen nach draußen«, sagte ein massiger Pfleger, der hinter Dr. Andrews stand. »Alle beide.«

Dr. Andrews blickte kurz auf und sah Alex in die Augen; dann wandte sie sich wieder ihrer Arbeit zu. Alex wich langsam aus dem Abteil zurück, während sie hilflos zusehen musste, wie sich der letzte Akt im Leben ihrer Schwester abspielte, ohne dass sie etwas tun konnte. Lächerliche Gewissensbisse machten ihr zu schaffen, weil sie sich für ein Jurastudium anstelle einer medizinischen Ausbildung entschieden hatte. Doch was, wenn sie Ärztin geworden wäre? Sie würde dreitausend Kilometer weit von Mississippi entfernt praktizieren, und das Ergebnis wäre das gleiche gewesen. Das Schicksal ihrer Schwester lag in Gottes Händen, und Alex wusste, wie gleichgültig dieser Gott manchmal sein konnte.

Sie wandte sich ab, weg vom Abteil, weg von Bill Fennell, und sah zum Schwesternzimmer, wo Reihen von Monitoren unablässig summten und blinkten. *Wie können sie sich nur auf all diese Bildschirme gleichzeitig konzentrieren?,* fragte sie sich und rief sich in Erinnerung, wie schwierig es war, mehrere Schirme im Auge zu behalten, wenn das FBI eine Observation mit Überwachungskameras eingerichtet hatte. Während sie darüber nachdachte, hörte sie Dr. Andrews sagen: »Nichts mehr zu machen, Leute. Todeszeitpunkt zweiundzwanzig Uhr neunundzwanzig.«

Schock ist eine eigenartige Sache, dachte Alex. Wie an dem Tag, als sie niedergeschossen worden war. Grober Schrot und ein halbes Pfund Glas waren durch ihre rechte Gesichtshälfte gefetzt, und doch hatte sie nichts gespürt außer einer Hitzewelle, als hätte jemand neben ihr eine Ofenklappe geöffnet.

Todeszeitpunkt zweiundzwanzig Uhr neunundzwanzig.

Irgendetwas in Alex' Brust begann sich zu lösen, doch bevor es ganz hervorbrechen konnte, hörte sie einen kleinen Jungen fragen: »Ist meine Mom da drin?«

Sie drehte sich zu der großen Holztür um, die den Eingang beschirmte, und sah einen keinen Jungen davor stehen. Er war hochrot im Gesicht, als wäre er die ganze Strecke gerannt, von wo immer er gekommen war. Er gab sich alle Mühe, tapfer dreinzublicken, doch Alex erkannte die Angst in seinen großen grünen Augen.

»Tante Alex?«, fragte Jamie, als er Alex in der Menge der Pfleger und Ärzte entdeckte.

Hinter Alex ertönte Bills dröhnende Stimme. »Hallo, Sohn. Wo ist Tante Jean?«

»Tante Jean ist zu langsam!«, antwortete Jamie zornig.

»Komm her zu mir, Junge.«

Alex drehte sich um und sah in das strenge Gesicht ihres Schwagers, und das, was sich in ihr zu lösen angefangen hatte, brach sich endgültig Bahn. Ohne einen weiteren Gedanken rannte sie zu Jamie, riss ihn zu sich hoch und stürzte durch die Tür nach draußen, weg von diesem herzzerreißenden Alptraum. Weg von seiner gestorbenen Mutter.

Weg von Bill Fennell.

Weg …

2

Fünf Wochen später

Dr. Chris Shepard nahm einen braunen Hefter von dem Aktenhalter an der Tür von Untersuchungszimmer vier und überflog rasch den Inhalt. Er kannte den Namen der Patientin nicht, und das war für sich genommen ungewöhnlich. Chris hatte eine große Praxis, doch es war eine kleine Stadt, und es gefiel ihm so, wie es war.

Der Name der Patientin war Alexandra Morse, und ihre Akte enthielt lediglich eine medizinische Geschichte – die lange Form, wie sie alle neuen Patienten bei ihrem ersten Besuch ausfüllen mussten. Chris blickte den Korridor entlang und sah seine Sprechstundenhilfe Holly von ihrer Station ins Röntgenzimmer gehen. Er rief ihr hinterher und winkte sie zu sich. Sie sagte irgendetwas in das Zimmer; dann eilte sie herbei.

»Kommen Sie nicht mit ins Behandlungszimmer?«, fragte er leise. »Es ist eine Patientin.«

Holly schüttelte den Kopf. »Sie hat gebeten, allein mit Ihnen zu reden.«

»Eine neue Patientin?«

»Ja. Ich wollte schon vorher etwas sagen, aber wir haben mit Mr. Seward so viel zu tun …«

Chris nickte an der Tür und senkte die Stimme zu einem Flüstern. »Was hat sie für ein Problem?«

Holly zuckte die Schultern. »Wenn ich das wüsste. Ihr Name ist Alex. Sie ist dreißig Jahre alt und in Topform, sieht man von den Narben im Gesicht ab.«

»Narben?«

»Auf der rechten Seite. Wange, Ohr, Augenbereich … Mit dem Kopf durch eine Scheibe, wenn ich raten soll.«

»In ihrer Akte steht nichts von einem Autounfall.«

»Nach der Farbe der Narben zu urteilen, liegt die Sache erst ein paar Monate zurück.«

Chris entfernte sich von der Tür, und Holly folgte ihm. »Sie hat keine Beschwerden genannt?«

Die Sprechstundenhilfe schüttelte den Kopf. »Nein. Und Sie wissen, dass ich gefragt habe.«

»Oh Mann.«

Holly nickte wissend. Eine Frau, die allein in die Sprechstunde kam und sich weigerte, mit jemand anderem als dem Arzt über ihre Beschwerden zu sprechen, bedeutete in der Regel, dass es sich um ein sexuelles Problem handelte, meist eine Geschlechtskrankheit oder die Angst vor einer möglichen Ansteckung. Natchez, Mississippi, war eine kleine Stadt, und die Sprechstundenhilfen schwatzten genauso viel und gern wie die restliche Einwohnerschaft. *Und die meisten Ärzte in dieser Stadt sind noch schlimmere Klatschbasen als ihre Angestellten,* sinnierte Chris.

»Auf ihrer Karte steht, sie kommt aus Charlotte, North Carolina«, bemerkte er. »Hat sie Ihnen erzählt, was sie in Natchez macht?«

»Sie hat mir überhaupt nichts erzählt, Doc«, antwortete Holly mit einer Andeutung von Pikiertheit. »Möchten Sie jetzt, dass ich die Röntgenserie von Mr. Sewards Unterleib schieße, bevor er sich auf dem Tisch entleert?«

»Entschuldigung. Machen Sie weiter.«

Holly zwinkerte ihm zu. »Viel Vergnügen mit Miss Scarface.«

Chris schüttelte den Kopf, machte eine ernste Miene und betrat das Untersuchungszimmer.

Eine Frau in einem navyblauen Rock und einem cremefarbenen Top stand neben der Untersuchungsliege. Beim Anblick ihres Gesichts zuckte Chris zusammen, obwohl er im Verlauf seiner medizinischen Ausbildung viele ähnliche Verletzungen gesehen hatte. Die Narben der Frau waren nicht allzu schlimm. Es waren ihre Jugend und ihre Attraktivität, die sie so hervortreten ließen.

»Hallo, Dr. Shepard«, sagte die Frau und blickte ihn an.

»Miss Morse?«, erwiderte er und erinnerte sich daran, dass sie ihrer Akte zufolge unverheiratet war.

Sie lächelte ihn freundlich an, doch sonst sagte sie nichts.

»Was kann ich für Sie tun?«, fragte Chris.

Die Frau schwieg weiter, doch er spürte, wie sie ihn eingehend musterte. Chris studierte die Frau seinerseits, während er versuchte, den Grund ihres Kommens zu erraten. Sie besaß dunkles Haar, grüne Augen und ein ovales Gesicht, das sich nicht sehr von dem Dutzender anderer Frauen unterschied, die er Tag für Tag in seiner Praxis sah. Eine etwas bessere Knochenstruktur vielleicht, insbesondere die Wangenknochen. Doch der eigentliche, der wirkliche Unterschied waren die Narben – und eine Strähne grauer Haare direkt darüber, die nicht so aussah, als wäre sie gefärbt. Ansonsten sah Alex Morse wie jeder, andere junge Frau im einheimischen Fitnessstudio aus. Dennoch gab es irgendetwas an ihr, das Chris nicht genau zu beschreiben vermochte, etwas, das sie von anderen Frauen unterschied. Vielleicht war es die Art und Weise, wie sie vor ihm stand.

Er legte die Akte hinter sich auf den Tisch. »Vielleicht sollten Sie mir einfach erzählen, was für ein Problem Sie haben«, begann er. »Ganz gleich, wie erschreckend es Ihnen erscheinen mag – ich verspreche Ihnen, ich habe es in dieser Praxis schon viele Mal gehört, und gemeinsam können wir etwas deswegen tun. Die Leute fühlen sich in der Regel besser, wenn sie über diese Dinge gesprochen haben.«

»Was ich Ihnen sagen werde, Doktor, haben Sie bestimmt noch

nie gehört«, erwiderte Alex Morse mit Bestimmtheit. »Weder in dieser Praxis noch außerhalb, das verspreche *ich* Ihnen.«

Die Überzeugung in ihrer Stimme beunruhigte ihn, doch er hatte keine Zeit für Spielchen. Er sah demonstrativ auf seine Uhr. »Miss Morse, wenn ich Ihnen helfen soll, müssen Sie mir schon verraten, was für ein Problem Sie haben.«

»Es ist nicht mein Problem«, sagte die Frau. »Es ist Ihres.«

Noch während Chris verwirrt die Stirn runzelte, griff die Frau in eine kleine Handtasche hinter sich auf dem Stuhl und brachte ein Etui zum Vorschein. Sie klappte es auf und hielt es ihm hin, damit er es betrachten konnte. Er sah einen Ausweis mit einem blauweißen Siegel. Er schaute genauer hin. Fette Buchstaben auf der rechten Seite des Ausweises bildeten das Wort FBI. Sein Magen krampfte sich zusammen. Links von den drei Buchstaben stand in kleinerer Schrift *Special Agent Alex Morse.* Dazu ein Foto der Frau, die vor ihm stand. Auf dem Foto lächelte Spezialagentin Morse, doch die Frau vor ihm lächelte nicht.

»Ich muss über ein paar vertrauliche Dinge mit Ihnen sprechen«, sagte sie. »Es wird nicht lange dauern. Ich habe vorgegeben, als Patientin zu Ihnen zu kommen, weil niemand in Ihrem Umfeld erfahren soll, dass Sie mit einer FBI-Agentin gesprochen haben. Bevor ich gehe, sollten Sie mir ein Rezept für Levaquin ausstellen. Sagen Sie Ihrer Sprechstundenhilfe, dass ich eine Harnwegsinfektion habe. Sagen Sie ihr, die Symptome wären so offensichtlich gewesen, dass Sie keine Urinprobe analysieren mussten. In Ordnung?«

Chris war zu überrascht, um eine bewusste Entscheidung zu fällen. »Sicher«, sagte er. »Aber was hat das zu bedeuten? Ermitteln Sie in einem Fall? Ermitteln Sie gegen *mich?*«

»Nicht gegen Sie.«

»Jemanden, den ich kenne?«

Agentin Morse blickte ihm fest in die Augen. »Ja.«

»Wen?«

»Das kann ich Ihnen jetzt noch nicht sagen. Vielleicht sage ich es Ihnen am Ende dieser Unterhaltung. Zuerst jedoch möchte ich

Ihnen eine Geschichte erzählen. Eine kurze Geschichte. Wollen Sie sich setzen, Doktor?«

Chris setzte sich auf den Hocker, den er in seinem Untersuchungszimmer für gewöhnlich benutzte. »Kommen Sie wirklich aus North Carolina? Oder ist das nur Tarnung?«

»Warum wollen Sie das wissen?«

»Sie sprechen wie eine Yankee, aber darunter höre ich einen Mississippi-Dialekt.«

Agentin Morse lächelte – oder schenkte ihm zumindest etwas, das ein Lächeln darstellen sollte, indem sie die straffen Lippen ein wenig verzog. »Sie haben gute Ohren, Doktor. Ich bin in Jackson aufgewachsen. Heute lebe und arbeite ich jedoch in Charlotte, North Carolina.«

Er war froh, dass sie seine Vermutung bestätigte. »Bitte fahren Sie fort, Miss Morse.«

Sie setzte sich auf den Stuhl, auf dem ihre Handtasche gestanden hatte, schlug die Beine übereinander und musterte ihn kühl. »Vor fünf Wochen starb meine Schwester an einer Hirnblutung. Im University Hospital in Jackson.«

»Das tut mir leid.«

Agentin Morse nickte, als wäre sie über den Verlust hinweg, doch in ihren Augen bemerkte Chris zurückgehaltene Emotionen. »Ihr Tod kam plötzlich und unerwartet. Doch bevor sie starb, sagte sie etwas zu mir, das in meinen Ohren verrückt klang.«

»Was?«

»Sie sagte, dass sie ermordet wurde.«

Er war nicht sicher, ob er richtig verstanden hatte. »Sie meinen, sie hat Ihnen erzählt, jemand hätte sie umgebracht?«

»Ganz genau. Und zwar ihr Ehemann.«

Chris dachte für ein paar Sekunden nach. »Was hat die Autopsie ergeben?«

»Ein tödliches Blutgerinnsel in der linken Gehirnhälfte, in der Nähe des Hirnstamms.«

»Litt Ihre Schwester an einer Krankheit, die einen Hirnschlag wahrscheinlich gemacht hätte? Diabetes beispielsweise?«

»Nein.«

»Nahm Ihre Schwester eine Antibabypille?«

»Ja.«

»Das könnte das Gerinnsel verursacht oder zu seiner Bildung beigetragen haben. Hat sie geraucht?«

»Nein. Die Sache ist, die Autopsie ergab keine unnatürliche Ursache für den Hirnschlag. Keine Drogen, keine Gifte, nichts dergleichen.«

»Hat der Mann Ihrer Schwester sich gegen die Autopsie gesträubt?«

Agentin Morse bedachte ihn mit einem anerkennenden Blick. »Nein, hat er nicht.«

»Und Sie haben ihr trotzdem geglaubt? Sie haben tatsächlich geglaubt, ihr Mann könnte Ihre Schwester ermordet haben?«

»Zuerst nicht. Zuerst dachte ich, dass sie unter Halluzinationen leidet. Doch dann …« Agentin Morse wandte zum ersten Mal den Blick von Chris ab, und er warf seinerseits einen verstohlenen Blick auf ihre Narben. Definitiv Schnittwunden, verursacht durch Glas. Doch die punktförmige Verteilung deutete auf etwas anderes hin. Kleinkalibrige Kugeln vielleicht?

»Agentin Morse?«, fragte er.

»Ich habe die Stadt nicht gleich verlassen«, sagte sie, indem sie sich wieder auf ihn konzentrierte. »Ich blieb noch zur Beerdigung. In diesen drei Tagen habe ich viel über das nachgedacht, was Grace mir gesagt hatte. Das ist der Name meiner Schwester, Grace. Sie hat mir erzählt, dass sie glaubt, ihr Mann hätte eine Affäre. Er ist ein wohlhabender Mann – sehr viel reicher, als ich dachte –, und Grace vermutete, dass er etwas mit einer anderen Frau hatte. Sie glaubte, dass er sie lieber umbrachte, als die Summe zu zahlen, die ihn eine Scheidung gekostet hätte. Und auch, um das Sorgerecht für den gemeinsamen Sohn zu bekommen.«

Chris dachte über ihre Worte nach. »Ich bin sicher, dass Frauen bereits mehr als einmal aus diesem Grund gemordet haben«, sagte er. »Männer auch, nehme ich an.«

»Absolut. Selbst ganz normale Menschen räumen ein, Mordgedanken zu hegen, wenn sie eine Scheidung durchleben. Wie dem auch sei … nach Graces Begräbnis sagte ich ihrem Mann, dass ich nach Charlotte zurückkehren würde.«

»Aber das haben Sie nicht getan.«

»Nein.«

»Und? Hatte er eine Affäre?«

»Ja. Und Graces Tod hat ihn nicht im Mindesten gelähmt. Ganz im Gegenteil.«

»Sprechen Sie weiter.«

»Nennen wir den Ehemann von Grace für den Moment Bill. Nachdem ich herausfand, dass Bill eine Affäre hatte, stellte ich ihn zur Rede. Ich benutzte die Ressourcen des FBI, um ihn zu durchleuchten. Sein Privatleben, sein Geschäft … Ich weiß inzwischen fast alles, was es über Bill zu wissen gibt. Bis auf die eine Sache, die ich beweisen muss. Ich weiß weitaus mehr, als meine Schwester über ihn wusste, und ich weiß eine Menge mehr, als seine Geliebte über ihn weiß. Beispielsweise fand ich bei der Überprüfung seiner Geschäftsunterlagen heraus, dass er eine komplexe Verbindung zu einem Anwalt aus der Gegend pflegt.«

»Einem Anwalt aus Natchez?«, fragte Chris und versuchte sich vorzustellen, was für eine Verbindung das sein mochte. Im Gegensatz zu den meisten anderen Ärzten der Gegend hatte er mehrere Freunde in Natchez, die Anwälte waren.

»Nein, nicht in Natchez. Dieser Anwalt praktiziert in Jackson.«

»Ich verstehe. Bitte fahren Sie fort.«

»Bill ist Stadtentwickler. Er baut das neue Eishockey-Stadion dort draußen. Die meisten Anwälte, mit denen er zu tun hat, haben sich auf Immobilientransaktionen spezialisiert, wie nicht anders zu erwarten. Doch dieser Anwalt ist anders.«

»Inwiefern?«

»Seine Spezialität ist Familienrecht.«

»Scheidungen?«, fragte Chris.

»Ganz genau. Obwohl er auch ein wenig mit Immobilien zu tun hat. Trusts, Testamente und so weiter.«

»Hat ›Bill‹ diesen Anwalt aufgesucht, weil er sich von Ihrer Schwester scheiden lassen wollte?«

Agentin Morse rutschte auf ihrem Stuhl hin und her. Chris hatte den Eindruck, dass sie aufspringen und auf und ab laufen wollte, doch es war nicht genügend Raum im Behandlungszimmer, wie er aus eigener Erfahrung wusste. Er spürte außerdem, dass sie versuchte, ihre Nervosität zu verbergen.

»Ich kann es nicht beweisen«, sagte sie. »Noch nicht. Doch ich bin sicher, dass es so war. Das Merkwürdige an der Geschichte ist, es gibt keinerlei Hinweis auf einen Kontakt zwischen Bill und diesem Scheidungsanwalt bis etwa eine Woche *nach* dem Tod meiner Schwester. Erst dann kamen die beiden miteinander ins Geschäft.«

Chris brannten gleich mehrere Fragen auf der Zunge, doch ihm wurde plötzlich bewusst, dass im Wartezimmer Patienten auf ihn warteten. »Diese Geschichte ist faszinierend, Agentin Morse, doch ich sehe nicht, was das alles mit mir zu tun hat.«

»Das werden Sie.«

»Ich muss Sie bitten, sich zu beeilen, Agentin Morse, oder wir müssen unser Gespräch verschieben. Ich habe Patienten, die auf mich warten.«

Sie musterte ihn mit einem Blick, der zu besagen schien: *Glauben Sie bloß nicht, dass Sie hier die Kontrolle haben.* »Nachdem ich die Verbindung zwischen Bill und diesem Scheidungsanwalt gefunden hatte«, fuhr sie fort, »weitete ich meine Ermittlungen aus. Ich entdeckte ein schier unglaubliches Netz von Geschäftsverbindungen. Ich kenne mich ein wenig aus mit Scheinfirmen, Dr. Shepard. Ich habe meine FBI-Laufbahn in Südflorida begonnen, und ich habe dort eine ganze Menge Geldwäschefälle bearbeitet.«

Chris dankte insgeheim seinen Sternen, dass er zu viel Angst gehabt hatte, um Ja zu sagen zu den verschiedenen »Freunden«, die ihm angeboten hatten, Geld für ihn auf den Kaiman-Inseln zu investieren.

»Dieser Scheidungsanwalt hat seine Finger in so gut wie jedem nur erdenklichen Geschäft«, fuhr Agentin Morse fort. »Hauptsächlich handelt es sich um Partnerschaften mit verschiedenen, äußerst wohlhabenden Individuen in Mississippi.«

Das war keine Überraschung für Chris. »Ist es denn merkwürdig, wenn ein reicher Anwalt – ich nehme an, dass er reich ist – in eine Vielzahl unterschiedlicher Geschäfte investiert?«

»Nicht für sich genommen, keineswegs. Doch all seine Aktivitäten nahmen ihren Anfang vor ungefähr fünf Jahren. Und nachdem ich mir diese Geschäfte genau angesehen hatte, vermochte ich nicht den kleinsten Grund zu erkennen, warum der Anwalt mit diesen Geschäften in Berührung gekommen sein sollte. Man könnte glatt denken, dass es Mauscheleien unter Familienangehörigen sind. Nur, dass der Anwalt nicht mit den fraglichen Parteien verwandt und auch nicht mit ihnen verschwägert ist. In einigen Fällen agierte er als Berater, doch längst nicht in allen.«

Chris nickte und warf einen weiteren verstohlenen Blick auf seine Uhr. »Ich verstehe. Aber worauf wollen Sie hinaus?«

Agentin Morse blickte ihn intensiv an. So intensiv, dass er sich unbehaglich fühlte. »Neun der Individuen, mit denen dieser Scheidungsanwalt geschäftlich verbunden ist, besitzen eine gemeinsame Eigenschaft.«

»Was denn? Sind alle Patienten von mir?«

Morse schüttelte den Kopf. »Jedes von ihnen hat einen Ehepartner, der überraschend irgendwann in den letzten paar Jahren verstorben ist. In mehreren Fällen ein relativ junger Partner obendrein.«

Während Chris diese Information verdaute, spürte er ein eigenartiges Frösteln, eine Mischung aus Aufregung und erwachender Furcht. Er sagte nichts, während er sich bemühte, das zu verdauen, was sie ihm erzählte.

»Außerdem starben alle innerhalb eines Zeitraums von weniger als zweieinhalb Jahren«, sagte Agentin Morse.

»Ist das ungewöhnlich?«

»Lassen Sie mich zu Ende berichten. All diese Ehepartner waren weiß, wohlhabend und mit wohlhabenden Partnern verheiratet. Ich kann Ihnen die Zahlen verraten, wenn Sie mögen. Alles weit über dem Durchschnitt.«

Chris war fasziniert von der Zielstrebigkeit und Entschlossenheit der Agentin. »Sie wollen also sagen … Sie denken, dass dieser Scheidungsanwalt seinen potentiellen Klienten hilft, ihre Ehepartner zu ermorden, anstatt ihnen eine Abfindung zu zahlen?«

Die Agentin legte die Hände zusammen und nickte. »Oder vielleicht, um das alleinige Sorgerecht für die Kinder zu erhalten. Ganz genau das.«

»Okay. Aber warum erzählen Sie mir das?«

Zum ersten Mal blickte Agentin Morse unbehaglich drein. »Weil …«, sagte sie schließlich zögernd, »weil vor genau einer Woche Ihre Frau nach Jackson gefahren ist und zwei Stunden im Büro dieses Anwalts verbracht hat.«

Chris' Unterkiefer sackte herab. Eine Woge der Taubheit ging durch seinen Körper, als hätte ihm jemand eine massive Dosis Lidocain verpasst.

Agentin Morse hatte die Augen zu schmalen Schlitzen zusammengekniffen. »Sie hatten keine Ahnung, ist das richtig?«

Er war zu betäubt, um zu antworten.

»Hatten Sie Probleme in Ihrer Ehe, Doktor?«

»Nein«, sagte Chris schließlich, dankbar, dass er wenigstens dies mit Sicherheit sagen konnte. »Nicht, dass es Sie etwas anginge, Agentin Morse. Aber sehen Sie … wenn meine Frau zu diesem Anwalt gefahren ist, muss es einen anderen Grund als Scheidung dafür geben. Wir haben *keinerlei* eheliche Probleme.«

Morse lehnte sich zurück. »Und Sie halten es für ausgeschlossen, dass Thora eine Affäre haben könnte?«, fragte sie.

Sein Gesicht wurde weiß, als der Vornamen seiner Frau fiel. »Wollen Sie mir etwa sagen, dass dem so ist?«

»Was, wenn ich es sagte?«

Chris erhob sich unvermittelt und straffte die Schultern. »Ich würde sagen, Sie sind verrückt. Völlig wahnsinnig. Und ich würde Sie aus meinem Büro werfen. Ich würde wissen wollen, was Sie sich einbilden, einfach herzukommen und solche Dinge zu sagen.«

»Beruhigen Sie sich, Dr. Shepard. Sie mögen es im Augenblick vielleicht nicht glauben, doch ich bin hier, um Ihnen zu helfen. Mir ist bewusst, dass wir über persönliche Angelegenheiten sprechen, sehr intime sogar. Aber das ist nicht neu für Sie, nicht wahr? Das müssen Sie im Rahmen Ihrer Arbeit sehr häufig. Wenn Menschenleben auf dem Spiel stehen, geht die Privatsphäre über Bord.«

Sie hatte vollkommen recht. Viele der Fragen auf seinem Patientenfragebogen waren sehr zudringlich. *Wie viele Sexualpartner hatten Sie im Verlauf der letzten fünf Jahre? Sind Sie zufrieden mit Ihrem Sexleben?* Chris wandte den Blick von Agentin Morse ab, erhob sich und versuchte, im Zimmer auf und ab zu gehen, in einem Kreis von exakt zweieinhalb Schritten Durchmesser. »Was genau wollen Sie mir sagen? Keine weiteren Spielchen. Spucken Sie's aus.«

»Ihr Leben ist möglicherweise in Gefahr, Dr. Shepard.«

Chris blieb stehen. »Sie meinen, meine Frau will mich ermorden?«

»Ich fürchte ja.«

»Du meine Güte! Sie müssen den Verstand verloren haben! Ich werde Thora auf der Stelle anrufen und dieser Sache auf den Grund gehen!« Er griff nach dem Telefonhörer.

Agentin Morse erhob sich. »Bitte tun Sie das nicht, Dr. Shepard.«

»Warum nicht?«

»Weil Sie möglicherweise die einzige Person sind, die dabei helfen kann, den- oder diejenigen zu stoppen, die hinter diesen Morden stecken.«

Chris nahm die Hand vom Hörer. »Wieso denn das?«

Agentin Morse holte tief Luft. »Wenn Sie ein Ziel sind – das heißt, wenn Sie letzte Woche zu einem Ziel wurden –, haben Ihre Frau und dieser Scheidungsanwalt keine Ahnung, dass Sie von ihren Aktivitäten wissen.«

»Und?«

»Und das bringt Sie in eine einzigartige Position. Sie können uns dabei helfen, ihnen eine Falle zu stellen.«

»Sie wollen, dass ich Ihnen dabei helfe, meiner Frau eine Falle zu stellen? Damit sie wegen versuchten Mordes verurteilt wird?«

Morse drehte die Handflächen nach oben. »Wollen Sie lieber so tun, als wäre nichts von alledem passiert, und mit sechsunddreißig Jahren sterben?«

Er schloss für einen Moment die Augen, während er versuchte, sein Temperament zu zügeln. »Sie sehen den Wald vor lauter Bäumen nicht, fürchte ich. Ihre Argumentation ist unlogisch.«

»Inwiefern?«

»Diese Männer, von denen Sie annehmen, sie hätten ihre Frauen ermordet … sie haben das getan, damit sie ihre Vermögen nicht teilen und keine astronomischen Unterhaltszahlungen leisten mussten, richtig?«

»In den meisten Fällen, ja. Doch nicht alle Opfer waren Frauen.«

Chris verlor vorübergehend den Faden und starrte sie an.

»In wenigstens einem Fall«, fuhr Agentin Morse fort, »möglicherweise auch in zweien, ging es um das Sorgerecht für die Kinder und nicht um Geld.«

»Auch damit liegen Sie meilenweit daneben. Thora und ich haben keine Kinder.«

»Ihre Frau hat ein Kind. Einen neunjährigen Sohn.«

Er lächelte. »Sicher. Aber Thora hatte Ben schon, bevor sie Red Simmons geheiratet hat. Sie würde automatisch das Sorgerecht erhalten.«

»Sie haben Ben adoptiert, Dr. Shepard. Was mich zu einem weiteren wichtigen Punkt bringt.«

»Und der wäre?«

»Wie Ihre Frau an ihr Geld gekommen ist.«

Chris lehnte sich zurück und starrte Agentin Morse an. Wie viel wusste sie über seine Frau? Wusste sie, dass Thora die Tochter eines berühmten Chirurgen von der Vanderbilt war, der seine Familie verlassen hatte, als Thora acht Jahre alt gewesen war? Wusste sie, dass Thoras Mutter eine Trinkerin war? Dass Thora wie eine Wildkatze gekämpft hatte, nur um ihre Jugend zu überstehen, und dass es angesichts ihres Hintergrunds eine erstaunliche Leistung war, dass sie die Schwesternschule bestanden hatte?

Wahrscheinlich nicht.

Morse kannte wahrscheinlich nur die Legende, die in der Gegend kursierte. Dass Thora Rayner im St. Catherine's Hospital gearbeitet hatte, als Red Simmons, ein einheimischer Ölbaron, der neunzehn Jahre älter gewesen war als sie, mit einem Herzinfarkt in die Notaufnahme eingeliefert worden war, dass sie und Red sich während seines Aufenthalts im Krankenhaus nahegekommen waren und sechs Monate später geheiratet hatten. Chris kannte diese Geschichte gut, denn er hatte Red Simmons in den letzten drei Jahren seines Lebens behandelt. Chris hatte Thora als Krankenschwester gekannt, doch er hatte sie in den Jahren nach Reds Herzanfall besser kennen gelernt. Er hatte erfahren, dass Red seine »kleine Wikingerin«, eine Anspielung auf Thoras dänische Herkunft, aufrichtig geliebt hatte und dass Thora eine treue Ehefrau gewesen war, die tiefen Respekt verdient hatte. Als Red vor zweieinhalb Jahren starb, hatte er Thora ein Vermögen von geschätzten sechseinhalb Millionen Dollar hinterlassen. Das war für Natchez eine gewaltige Menge Geld, doch es bedeutete Chris herzlich wenig. Er hatte selbst ein wenig Geld, und er war jung genug, um noch eine ganze Menge mehr zu verdienen.

»Agentin Morse«, sagte er in neutralem Tonfall. »Ich beabsichtige nicht, mit Ihnen über meine Frau zu sprechen. Doch ich sage Ihnen Folgendes: Thora gewinnt oder verliert nichts, wenn wir uns scheiden lassen.«

»Wieso nicht? Sie ist sehr reich.«

»Sie ist reich, zugegeben, doch ich bin es ebenfalls. Ich fing an dem Tag an zu sparen, als ich die ersten Nachtschichten in Notaufnahmen übernahm, und ich habe eine Reihe glücklicher Investitionen getätigt. Doch der eigentliche Punkt ist: Wir haben beide vor unserer Heirat einen Ehevertrag unterschrieben. Im Fall einer Scheidung behält jeder das, was er in die Ehe eingebracht hat.«

Agentin Morse studierte Chris schweigend. »Das habe ich nicht gewusst«, sagte sie schließlich.

Er lächelte. »Tut mir leid, wenn ich ein Loch in Ihre Theorie schlage.«

Morse schien plötzlich in Gedanken versunken, und Chris spürte, dass er für sie in jenem Moment gar nicht da war. Ihr Gesicht war viel knochiger, als er zuerst geglaubt hatte, und von eigenartigen Schatten überzogen.

»Verraten Sie mir eines«, sagte sie unvermittelt. »Was geschieht, wenn einer von Ihnen beiden stirbt?«

Chris dachte über diese Frage nach. »Nun … ich denke, in diesem Fall kommen unsere Testamente zum Zug. Sie haben Vorrang vor dem Ehevertrag. Glaube ich zumindest.«

»Und was steht in Ihrem Testament? Wer ist zukünftiger Nutznießer dieser glücklichen Investitionen, die Sie getätigt haben?«

Chris blickte zu Boden und spürte, wie er rot anlief. »Meine Eltern erben einen hübschen Batzen.«

»Das ist gut. Und wer erbt den Rest?«

Er blickte zu ihr auf. »Thora bekommt alles.«

Morses Augen blitzten triumphierend.

»Aber …«, protestierte Chris.

»Ja?«

»Aber Thora hat Millionen Dollar! Was für einen Sinn hätte es, mich umzubringen, um zwei Millionen dazuzubekommen?«

Morse rieb sich einige Sekunden lang das Kinn; dann blickte sie hinauf zu dem schmalen Fenster hoch oben an der Wand. »Menschen haben für viel weniger Geld gemordet, Dr. Shepard. Für sehr viel weniger.«

»Millionäre?«

»Ich würde es nicht bezweifeln. Abgesehen davon morden Menschen tagtäglich aus anderen Gründen als Geld. Wie gut kennen Sie Ihre Frau? Ihre Psyche, meine ich?«

»Verdammt gut.«

»Gut. Das ist gut.«

Chris begann eine intensive Abneigung gegen Agentin Morse zu entwickeln. »Sie denken, meine Frau hätte ihren ersten Ehemann ermordet, richtig?«

Morse zuckte die Schultern. »Das habe ich nicht gesagt.«

»Das macht keinen Unterschied. Aber Red Simmons war seit vielen Jahren herzkrank.«

»Ja.«

Morses tiefgründige Informationen über die Ereignisse gingen ihm gegen den Strich.

»Abgesehen davon gab es keine Autopsie«, fuhr sie ungerührt fort.

»Dessen bin ich mir bewusst. Sie schlagen nicht vor, dass wir jetzt eine vornehmen, oder?«

Agentin Morse tat die Vorstellung mit einer Handbewegung ab. »Wir würden nichts feststellen. Wer immer hinter diesen Morden steckt, ist zu clever, um einen solchen Fehler zu begehen.«

Chris schnaubte. »Wer ist zu clever, Agentin Morse? Ein professioneller Killer? Ein forensischer Pathologe?«

»Vor ein paar Jahren gab es einen Auftragskiller, der sich genau dieser Art von Arbeit gerühmt hat. Er war ein sehr zurückhaltender Mann mit einem gewaltigen Ego. Er hatte keine richtige medizinische Ausbildung, doch er war ein begeisterter Amateur. Offiziell hat er sich zwischenzeitlich zur Ruhe gesetzt. Wir haben uns an seine Fersen geheftet, um ganz sicher zu sein.«

Chris hielt es nicht länger auf seinem Hocker. Er sprang auf und rief: »Das ist Irrsinn! Was erwarten Sie denn jetzt von mir?«

»Dass Sie uns helfen.«

»*Uns?* Das ist ungefähr das erste Mal, dass Sie in diesem Gespräch ›uns‹ gesagt haben.«

Alex Morse lächelte. »Ich bin die zuständige Agentin. Wir sind seit dem elften September personell ein wenig schwach besetzt bei dieser Art von Fällen. Alles arbeitet an der Terrorabwehr.«

Chris blickte ihr tief in die Augen. Er sah Aufrichtigkeit darin und Leidenschaft. Doch da war auch noch etwas anderes. Etwas, das sich nicht so sehr von dem unterschied, was er in jenen Patienten fand, die Woche für Woche versuchten, sich Drogen zu erschleichen.

»Mord ist ein Verbrechen, für das die Bundesstaaten zuständig sind, nicht wahr?«, sagte er.

»Das ist richtig. Doch wenn man jemanden ermordet, beraubt man ihn auch seiner Bürgerrechte.«

Chris wusste, was sie damit andeuten wollte. Mehrere Jahrzehnte zurückliegende Mordfälle mit rassistischem Hintergrund waren wieder aufgerollt und zuvor freigesprochene Ku-Klux-Klan-Mitglieder verurteilt worden, weil sie die Bürgerrechte ihrer Opfer verletzt hatten. Und trotzdem … Irgendetwas schien nicht so recht zu stimmen an der Geschichte, die Alexandra Morse ihm erzählt hatte.

»Das erste Opfer, von dem Sie gesprochen haben – *falls* es sich um Mordopfer handelt –, war Ihre Schwester, richtig? Bedeutet das nicht eine Art Konflikt? Ich zum Beispiel darf keine Familienangehörigen wegen irgendeiner ernsteren Erkrankung behandeln. Sollte nicht jemand anderes wegen des Todes Ihrer Schwester ermitteln und nicht Sie?«

»Offen gestanden, ja. Doch es gibt niemanden sonst, dem ich zutrauen würde, dass er es richtig macht.« Agentin Morse blickte zum ersten Mal auf ihre Uhr. »Wir haben jetzt keine Zeit, um diese Angelegenheit weiter zu vertiefen, Dr. Shepard. Ich werde mich bald wieder mit Ihnen in Verbindung setzen. Ich möchte nicht, dass Sie von Ihrer alltäglichen Routine abweichen, dass es Ihrer Frau oder sonst jemandem auffallen würde.«

»Wem sonst sollte es auffallen?«

»Der Person, die Ihre Ermordung plant, beispielsweise.«

Chris biss sich auf die Lippen. »Wollen Sie damit andeuten, dass jemand mich beobachtet?«

»Ja. Sie und ich dürfen uns nicht gemeinsam in der Öffentlichkeit blicken lassen.«

»Warten Sie! Sie können mir doch nicht so eine Geschichte erzählen und dann mir nichts, dir nichts hinausmarschieren! Geben Sie mir Personenschutz? Werden FBI-Agenten mich bewachen, wenn ich nach draußen gehe?«

»So ist das nicht, Dr. Shepard. Niemand wird versuchen, Sie

mit einem Gewehr zu erschießen. Wenn wir die Vergangenheit als Richtschnur nehmen – und das kann man so gut wie immer, denn ein Verbrecher neigt dazu, sich an ein erprobtes Muster zu halten –, wird man Ihren Tod wie einen Unfall aussehen lassen. Sie sollten im Verkehr aufpassen, und Sie sollten nicht irgendwo spazieren gehen oder Joggen oder Radfahren, wo starker Verkehr herrscht. Niemand kann Sie schützen, wenn Sie dort angegriffen werden. Doch am Wichtigsten ist die Frage nach Essen und Trinken. Sie sollten in nächster Zeit nicht mehr zu Hause essen. Nicht einmal Wasser in Flaschen sollten Sie anrühren. Nichts, das Ihre Frau zubereitet oder eingekauft hat.«

»Sie machen Witze.«

»Mir ist bewusst, dass es schwierig sein könnte, doch wir arbeiten daran. Um die Wahrheit zu sagen, ich denke, wir haben ein großzügiges Zeitfenster. Ihre Frau hat sich eben erst mit diesem Anwalt in Verbindung gesetzt, und diese Art von Mord erfordert akribische Planung.«

Chris bemerkte einen hysterischen Unterton in seinem eigenen Lachen. »Das ist ein gewaltiger Trost, Agentin Morse, ganz ehrlich. Ich fühle mich jetzt schon viel sicherer.«

»Hat Ihre Frau Pläne, in nächster Zeit zu verreisen?«

Er schüttelte den Kopf.

»Gut. Das ist ein gutes Zeichen.« Morse nahm ihre Handtasche auf. »Sie schreiben mir jetzt besser dieses Rezept aus.«

»Was?«

»Das Levaquin.«

»Oh. Richtig. Fast hätte ich's vergessen.« Er nahm einen Block aus der Tasche und schrieb eine Verordnung über das geforderte Antibiotikum aus. »Sie denken auch an alles, wie?«

»Niemand denkt an alles, Dr. Shepard. Seien Sie froh darüber. Eben deshalb schnappen wir die meisten Kriminellen früher oder später. Weil sie dumme Fehler machen. Selbst den Besten unterläuft gelegentlich ein Patzer.«

»Sie haben mir keine Visitenkarte gegeben oder so etwas«, sagte Chris. »Keine Referenzen, die ich überprüfen könnte. Sie haben mir lediglich einen Dienstausweis unter die Nase gehalten, und ich vermag nicht einmal zu sagen, ob er gefälscht ist. Ich will eine Telefonnummer. Irgendetwas.«

Agentin Morse schüttelte den Kopf. »Sie können nicht beim FBI anrufen, Dr. Shepard. Sie dürfen überhaupt nichts tun, das den Killer warnen könnte. Möglicherweise werden Ihre Telefone abgehört, und das schließt Ihr Mobiltelefon mit ein. Das Handy ist sogar am leichtesten zu überwachen.«

Chris starrte sie sekundenlang an. Er wollte sie fragen, woher sie die Narben hatte. »Sie sagten, dass jeder Fehler macht, Agentin Morse. Was ist der schlimmste Fehler, den Sie je begangen haben?«

Die Hand der Frau hob sich langsam zu ihrer rechten Wange. »Ich habe nicht nach rechts und links gesehen, bevor ich gesprungen bin«, sagte sie leise. »Und jemand anderes ist deswegen gestorben.«

»Das tut mir leid. Wer war es?«

Sie schlang sich die Handtasche über die Schulter. »Das ist nicht Ihr Problem, Doktor. Es tut mir leid, dass ich diejenige bin, die Ihr Leben auf den Kopf stellt, glauben Sie mir. Doch würde ich das nicht tun, wären Sie möglicherweise eines Abends zu Bett gegangen und nie wieder aufgewacht.«

Morse nahm das Rezept aus Chris' Hand und schenkte ihm ein angespanntes Lächeln. »Ich melde mich bald wieder bei Ihnen. Versuchen Sie, die Nerven zu behalten. Und ganz gleich, was Sie sonst noch tun – fragen Sie Ihre Frau nicht, ob sie vorhat, Sie umzubringen.«

Chris starrte Alex Morse hinterher, als sie durch den Korridor in Richtung Wartezimmer ging. Ihre Schritte waren gemessen und selbstsicher. Die Schritte einer Athletin.

»Und?«, erkundigte Holly sich unerwartet hinter ihm. Chris zuckte erschrocken zusammen. »Was hat sie für ein Problem?«

»Eine Zystitis«, murmelte er. »Flitterwochen-Syndrom.«

»Zu viel im Bett herumgeturnt, wie? Ich hab gar keinen Ehering an ihrem Finger gesehen.«

Chris schüttelte den Kopf angesichts Hollys altklugem Tonfall; dann ging er über den Flur in sein privates Büro und schloss hinter sich die Tür.

Sein Wartezimmer war voller Patienten, doch so krank manche von ihnen auch sein mochten, sie schienen mit einem Mal nur noch zweitrangig zu sein. Chris schob einen Stapel Patientenunterlagen zur Seite und betrachtete Thoras Bild auf dem Schreibtisch.

Thora war das genaue Gegenteil von Alex Morse. Sie war blond – naturblond, nicht wie achtundneunzig Prozent der goldhaarigen Frauen, denen man auf der Straße begegnete – und von dänischer Abstammung, was höchst ungewöhnlich war hier unten im Süden. Ihre Augen waren graublau – meerblau, wenn man poetisch sein wollte, was er zu verschiedenen Gelegenheiten getan hatte. Sie besaß das Aussehen einer echten Wikingerprinzessin, auch wenn ihr keinerlei Arroganz anzumerken war. Sie war vier Jahre lang mit Red Simmons verheiratet gewesen, einem Burschen vom Lande, der ein Vermögen damit gemacht hatte, auf seine Instinkte zu vertrauen, und der die Menschen immer noch gut behandelt hatte, nachdem er reich geworden war.

Chris hatte stets gedacht, dass Reds Instinkt in Bezug auf Frauen mindestens genauso gut war wie der Instinkt für Öl. Sicher, Thora war reich geworden, als Red gestorben war, doch was war daran falsch? Immer profitierte irgendjemand, wenn ein reicher Mann starb. So war nun einmal der Lauf der Dinge. Abgesehen davon war Red Simmons auch kein Mann gewesen, der einen Ehevertrag verlangt hätte. Er hatte eine liebevolle junge Frau gefunden, die ihr Leben mit ihm teilte, in guten wie in schlechten Zeiten – Reds letztes Jahr war ziemlich schlecht gewesen –, und sie verdiente es, alles zu erben, was er besaß, komme, was da wolle.

So hätte Red es auch gesehen. Deswegen wurde Chris auch immer wütender, je länger er über das nachdachte, was Agentin Morse ihm in seinem Untersuchungszimmer Nummer vier gesagt hatte.

Er nahm den Telefonhörer auf und rief beim Empfang an.

»Ja?«, meldete sich Jane Henry, die hitzige Assistentin hinter dem Empfangsschalter. Das »Jaaa?« kam so gedehnt, dass es nach drei Silben klang. »Jane«, begann er. »Ich hatte einen Kollegen an der Uni namens Darryl Foster. Ich buchstabiere: D-A-R-R-Y-L.«

»Okay. Und?«

»Ich denke, er ist heute beim FBI. Ich weiß nicht, wo er stationiert ist. Er kam ursprünglich aus Memphis, Tennessee, doch als ich das letzte Mal von ihm gehört habe, arbeitete er im FBI-Büro in Chicago.«

»Und?«

»Sie müssen ihn für mich finden, Jane. Seine Telefonnummer, meine ich. Meine alte Bruderschaft will das Haus bei der Ole Miss renovieren, und wir wollen mit jedem Kontakt aufnehmen und um Spenden fragen.«

»Und wo soll ich Ihrer Meinung nach mit der Suche nach diesem Supercop anfangen?«

»Hängen Sie sich ins Internet. Sie verbringen genug Zeit damit, am Computer Poker zu spielen und bei Ebay zu shoppen. Nach einem alten Klassenkameraden von mir zu suchen ist das Mindeste, was Sie tun können.«

Jane räusperte sich vernehmlich. »Na ja, ein Versuch kann nicht schaden.«

»Überanstrengen Sie sich bloß nicht!«

Sie legte wortlos auf, doch Chris wusste, dass sie die Nummer in weniger als einer Stunde gefunden haben würde.

Ändern Sie Ihren Alltag nicht, hatte Agentin Morse gesagt. *Unternehmen Sie bloß nichts, das Ihren Killer vorzeitig warnen könnte.*

»Meinen Killer, pah!«, sagte Chris laut. »Was für ein Schwachsinn!«

Er nahm sein Stethoskop und ging zur Tür, doch das Summen des Telefons ließ ihn innehalten. Er angelte nach dem Hörer. »Haben Sie Foster etwa schon gefunden?«

»Noch nicht. Ihre Frau ist am Apparat.«

Chris spürte eine weitere Woge der Betäubung, die sich in ihm ausbreitete. Thora rief nur selten bei ihm im Büro an – sie wusste, dass er zu beschäftigt war, um Zeit am Telefon zu verschwenden. Er blickte hinunter auf ihr Bild, während er auf eine Eingebung wartete, was er tun sollte. Doch was er auf dem Bild sah, war nicht seine Frau, sondern Spezialagentin Alex Morse, die ihn kühl anstarrte.

Dumme Fehler, hatte Agentin Morse gesagt. *Selbst die Besten machen sie gelegentlich.*

»Sagen Sie Thora bitte, dass ich mit einem Patienten im Untersuchungszimmer bin, Jane.«

»Was?«, fragte die Rezeptionistin, offensichtlich völlig überrascht.

»Ich hänge weit hinter meinem Zeitplan zurück, Jane. Tun Sie einfach, was ich sage. Ich rufe sie zurück, sobald ich Zeit finde.«

»Wie Sie wünschen, Chef. Sie unterschreiben meine Gehaltsschecks.«

Chris wollte auflegen, doch in letzter Sekunde fiel ihm noch etwas ein. »Suchen Sie Fosters Nummer für mich heraus, okay, Jane? Haben Sie das?«

Die Koketterie verschwand von einer Sekunde zur anderen aus Janes Stimme. Sie wusste genau, wann ihr Chef es ernst meinte.

»Verstanden, Doc!«, antwortete sie.

3

Andrew Rusk hatte Angst.

Er stand am Fenster seiner Anwaltskanzlei und starrte hinaus auf die unregelmäßige Skyline von Jackson, Mississippi. Keine sonderlich beeindruckende Skyline, zugegeben, doch Rusk hatte das Eckbüro im sechzehnten Stock. Wenn er nach Norden blickte, konnte er bis zu den bewaldeten Ebenen sehen, wo die Stadtflucht der Weißen das einst schläfrige Hinterland in geschäftige Enklaven für Yuppies des einundzwanzigsten Jahrhunderts verwandelte. Noch weiter draußen brachte die neue Nissan-Fabrik den zahlreichen sich abrackernden Arbeitern des Staates relativen Wohlstand. Sie pendelten Tag für Tag aus Entfernungen von bis zu hundertfünfzig Kilometern aus den winzigen Ortschaften herbei.

Hinter ihm – im Westen und von seinem Büro aus nicht zu sehen – lebten die ungebildeten Schwarzen, welche die Stadt in den vergangenen zwanzig Jahren nach unten gezogen hatten. Rusk und ein paar vertrauenswürdige Freunde bezeichneten sie, wenn sie unter sich waren, als »Unberührbare«. Die Unberührbaren brachten sich in erschreckender Anzahl gegenseitig um und raubten mit ausreichender Regelmäßigkeit andere aus, sodass sie bei den weißen Bewohnern Jacksons große Angst auslösten. Doch sie waren nicht die Ursache von Rusks Angst. Sie waren unsichtbar von seinem Büro aus, und er arbeitete hart, damit es auch in sämtlichen anderen Bereichen seines Lebens so blieb. Aus diesem Grund hatte er sein Haus in einem Eichenwald nördlich der Stadt gebaut, in der Nähe von Annandale, einem Golfclub, der die selbstbewusste Nische zwischen dem alten Geld des Jackson Country Clubs und den jungen Optimisten von Reunion schloss.

Jeden Nachmittag um halb fünf nahm Rusk den Lift hinunter zur Tiefgarage, stieg in seinen schwarzen Porsche Cayenne Turbo und jagte nach Norden in sein Refugium aus Stein und Glas inmitten von Eichen und Pinien. Jeden Tag lag seine zweite Ehefrau neben ihrem Pool, wenn er ankam. Lisa war noch immer jung genug für einen String-Bikini, doch sie trug im Sommer nur selten Schwimmsachen. Nach einem Begrüßungskuss oder – in letzter Zeit häufiger – nachdem er sich ihr Gemecker über irgendeine Lappalie angehört hatte, ging er nach drinnen, um sich einen doppelten Drink einzuschenken. Seine schwarze Köchin hatte stets das Abendessen servierfertig, und Andrew freute sich jeden Tag darauf.

Doch jetzt überdeckte der Geschmack von Angst seinen Appetit. Rusk hatte seit fünfundzwanzig Jahren keine richtige Angst mehr gehabt, doch er hatte das Gefühl niemals vergessen. Seine

Angst schmeckte wie die an der Junior Highschool. Wie damals, als er von einem Zehntklässler in eine Ecke gedrängt worden war, der ihm das Gesicht zu Brei hatte schlagen wollen, während Andrews Freunde vor Angst wie erstarrt danebengestanden und nichts unternommen hatten, um ihm zu helfen. Wie damals, als seine Blase sich zu leeren und einen Ozean von Pisse das Bein hinunter zu fluten gedroht hatte. Rusk hob den Whiskey-Tumbler an die Lippen und nahm einen großen Schluck. Whiskey auf der Arbeit war eine Schwäche, die er sich in den vergangenen Wochen immer häufiger gestattet hatte, Balsam gegen die Angst.

Er füllte den Tumbler mit Woodford Reserve nach; dann hob er ein Foto im Postkartenformat von seinem Schreibtisch und betrachtete es. Das Bild zeigte eine dunkelhaarige Frau mit einem kantigen Gesicht und tiefliegenden Augen, die selbst auf einem Foto lebendig aussahen. Rusk wusste, dass die Frau auf dem Bild niemals auf ihn hereinfallen würde, ganz gleich, was er ihr sagte. Vielleicht, wenn er sie eher kennen gelernt hätte – als Frischling im College, während er bereits Senior war, und betrunken, auf einer Verbindungsparty –, doch selbst das bezweifelte er. Diese Frau hatte, was den meisten Frauen fehlte: Selbstvertrauen, und zwar in rauen Mengen. Der Augapfel ihres Daddys, das war nicht zu übersehen. Das war wohl auch der Grund, der sie zum FBI geführt hatte.

»Spezialagentin Alex Morse«, murmelte er. »Neugieriges Miststück.«

Rusks Telefon läutete, und seine Sekretärin beantwortete den Anruf. Sie hatten immer noch Sekretärinnen in seiner kleinen Firma – keine *persönlichen Assistentinnen* –, und es waren alles Frauen der alten Schule, durch und durch. Sie erhielten großzügige Vergünstigungen und leisteten dafür im Gegenzug gewisse Dinge, und alle waren zufrieden. Rusk hatte gelesen, dass es in der Zentrale von Google in Mountain View eine Regel gab: Kein Mitarbeiter sollte je weiter als fünfzehn Meter von Nahrung entfernt sein. Aus diesem Grund waren überall im gesamten Google-Komplex Snackautomaten aufgestellt worden. Die Regel von

Rusk – eingeführt von Andrews Vater in seiner weit ehrwürdigeren Kanzlei – war gut und gerne fünf Jahrzehnte älter als das Edikt von Google, und sie lautete folgendermaßen: Kein Partner soll jemals weiter als fünfzehn Meter von einem guten und willigen Frauenhintern entfernt sein. Andrew Junior hatte diese Tradition in seine eigene Kanzlei übernommen – mit höchst befriedigenden Ergebnissen.

Er kippte den letzten Schluck aus dem Tumbler hinunter und ging zu seinem Schreibtisch, wo sein Flachbildschirm beharrlich leuchtete. Auf dem Schirm blinkte die Portalgrafik einer holländischen Webseite namens EX NIHILO – ein schwarzes Loch mit einem schimmernden Ereignishorizont. Rusk erinnerte sich an ein paar Brocken Latein aus seiner Zeit an der Highschool: *ex nihilo* bedeutete »aus dem Nichts«. Gegen eine nicht unbeträchtliche Gebühr garantierte die Seite absolute Anonymität im digitalen Reich des World Wide Web. Die Firma bot auch andere Dienstleistungen an, die Diskretion erforderten, und es war eine dieser Dienstleistungen, die Rusk für diesen Tag beanspruchte. Er vermutete, dass Kinderpornographiesüchtige den Löwenanteil der Kundschaft von EX NIHILO ausmachten, doch das kümmerte ihn nicht. Für ihn zählte nur, dass die Firma ihn schützen konnte.

Partner, sinnierte er und rief sich die zynische Stimme seines Vaters ins Gedächtnis. *Sämtliche Partnerschaften zerbrechen letzten Endes, genau wie Ehen. Das einzige Leben nach dem Tod, das einem Menschen jemals widerfährt, ist das Aufrechterhalten einer Ehe oder Partnerschaft, nachdem sie vorbei ist. Und das ist kein Leben nach dem Tod – das ist lebendiges Begrabensein.*

Rusk hasste die meisten Dinge an seinem Vater, doch eine Sache musste er ihm lassen: Der Mann hatte recht gehabt, was die meisten Dinge im Leben angeht.

Rusk bewegte den Cursor zu einem Formularfeld und tippte 3,141592653 ein – die Zahl Pi bis zur neunten Stelle hinter dem Komma. Als Knabe hatte er Pi bis zur vierzigsten Stelle hinter dem Komma auswendig gelernt, um seinen Vater zu beeindrucken. Unmittelbar auf seinen stolzen Vortrag zum Abendessen hatte der liebe alte Dad ihm von einem indischen Knaben erzählt, der Pi bis zur sechshundertsten Stelle nach dem Komma auswendig konnte. Eine typische väterliche Reaktion im Ruskschen Heim. Nichts und niemand war jemals gut genug gewesen für Andrew Jackson Rusk Senior.

Rusk wiederholte sein Passwort und klickte auf BESTÄTIGEN. Mit diesem Vorgang aktivierte er einen digitalen Mechanismus, der in den nächsten Wochen seine Lebensversicherung sein würde, darüber machte er sich nicht die geringsten Illusionen. Sein Partner tolerierte keinerlei Risiko – das hatte er von Anfang an deutlich gemacht. Der Mann war so besessen, was Sicherheit betraf, dass er sich nicht nur einen Kodenamen zugelegt hatte – Glykon –, den Andrew bei ihren (seltenen) Unterhaltungen benutzen musste, sondern er verlangte, dass Andrew von ihm als Glykon *dachte.* »Sicherheit basiert auf rigorosen Angewohnheiten«, hatte Glykon beharrt, und wie der Zufall es wollte und wie sich herausstellte, hatte er damit recht gehabt. Sie hatten fünf Jahre lang stetige und atemberaubende Profite eingefahren, ohne dass es ein einziges Problem gegeben hätte. Doch Rusk wusste, sobald Glykon ein Risiko wahrnahm, würde er augenblicklich alles daransetzen, es zu eliminieren. Was bei diesem Geschäft nur eines bedeuten konnte: Tod.

Der Leim, der ihre Partnerschaft bisher zusammengehalten hatte, war eine Strategie aus den Zeiten des Kalten Krieges: das atomare Patt oder Gleichgewicht des Schreckens. Nur wenn jede Partei wusste, dass die andere imstande war, selbst nach einem Erstschlag noch vernichtend zurückzuschlagen, konnte ein stabiler, wenngleich spannungsgeladener Frieden herrschen. (Rusk hatte es einmal verglichen mit zwei Ehebrechern, die beide verheiratet waren.)

Doch die Situation hatte sich seither geändert, und Rusk fühlte sich mit einem Mal nicht mehr sicher. Zum ersten Mal im Verlauf der Partnerschaft hatte ihn ein Gefühl von echter Gefahr beschlichen. Es gab gleich zwei Bedrohungen, und beide waren nahezu gleichzeitig entstanden. Eine war intern, die andere kam von außen. Im Schatten dieser Bedrohungen war Rusk zu dem Schluss gelangt, dass jede Partei von dem Damoklesschwert *wissen* musste, das über ihrem Kopf schwebte, damit die gegenseitige Abschreckung funktionieren konnte. Stillschweigendes Einvernehmen reichte nicht mehr aus.

EX NIHILO würde dieses Damoklesschwert liefern.

Falls Rusk sich nicht jeden Tag auf der holländischen Webseite einloggte und seine Identität authentifizierte, würde EX NIHILO den Inhalt einer großen digitalen Datei an das FBI und die Mississippi State Police überstellen. Die Datei enthielt detaillierte Aufzeichnungen der partnerschaftlichen Aktivitäten der vergangenen fünf Jahre, zusammen mit Fotos und Geschäftsaufzeichnungen – genügend juristisches Dynamit, um beide Männer lebenslänglich nach Parchman zu schießen, wo die Schlimmsten der Unberührbaren ihre elenden und gewalttätigen Tage verlebten.

Natürlich gab es eine eingebaute Sicherheitsfrist. Ohne sie hätte ein zufälliges Ereignis wie beispielsweise ein Autounfall mit einem anschließenden kurzen Koma dazu geführt, dass Andrew wieder aufwachte, nur um wegen Mordes verhaftet zu werden. Doch die Frist war nicht viel länger als eine Woche. Zehn Tage genau. Nach Ablauf dieser Frist würde Glykon verhaftet, vor Gericht gestellt und zum Tode verurteilt werden.

Es war die Aussicht, Glykon über diese Sicherheitsmaßnahme zu informieren, die Rusks Schließmuskel zittern ließ. In dem Augenblick, in dem er dieses »Schwert« aus der Scheide zog, würde der Boden unter seinen Füßen ins Wanken geraten. Er und Glykon würden zu Gegenspielern werden, selbst wenn sie ihre Zusammenarbeit fortsetzten, was keinesfalls sicher schien. Intellektueller Genius und skrupellose Effizienz hatten Glykon zum perfekten Kollaborateur gemacht, doch die gleichen Qualitäten würden ihn auch zum furchtbarsten Gegner machen, den man sich nur vorstellen konnte.

Rusk verabscheute sich für seine Angst. Die Wände seines Büros waren gesäumt mit Fotos, die seine Männlichkeit demonstrierten: brillante Schnappschüsse eines blonden ehemaligen Verbindungspräsidenten in jeder nur vorstellbaren Art von Überlebensausrüstung. Rusk besaß die besten Spielsachen, und er hatte hart daran gearbeitet, sie alle zu beherrschen. Extrem-Skifahren. Monsterwellenreiten auf Hawaii. Er besaß ein Stuntflugzeug, das er lenkte wie ein Kunstflugpilot. Er hatte im vergangenen Jahr in einem höllischen Sturm den Mount Everest bestiegen (wenngleich mit Sauerstoffmaske). All das hatte er erreicht, ehe er vierzig geworden war, und doch fühlte er sich in Gegenwart Glykons wie ein grüner Junge. Es war nicht der Altersunterschied – Rusk fühlte sich den meisten Sechzigjährigen überlegen, denen er begegnete. Nein, es war etwas anderes. Eine Reihe von Faktoren genaugenommen, von denen er die wenigsten mit Namen zu benennen vermochte, doch so sah es nun einmal aus.

Rusk wusste, dass er einen Fehler gemacht hatte, indem er den Fennell-Fall übernahm. Die Schwester der Zielperson war eine FBI-Agentin, und ihr Vater war Cop bei der Mordkommission gewesen. Rusk hatte den Auftrag ablehnen wollen, doch dann hatte er ihn trotzdem gegenüber Glykon erwähnt in der Annahme, sein paranoider Partner würde ihn geradewegs von sich weisen. Zu seiner Überraschung jedoch hatte Glykon die Verbindung zum FBI als Herausforderung betrachtet. Als Bill Fennell dann auch noch einen Bonus von fünfzig Prozent angeboten hatte – *fünfzig Prozent* –, hatte Rusk nachgegeben. Was hätte er sonst tun sollen? Wie Oskar Wilde einmal gesagt hatte: Der einzige Weg, sich einer Versuchung zu entledigen, bestand darin, ihr nachzugeben.

Mit dem Ergebnis, dass Spezialagentin Alex Morse jetzt in seinem Leben herumschnüffelte. Irgendwie hatte sie sich an ihn geheftet wie ein verdammter Schildfisch an einen Hai. Er hatte geglaubt, dass sie nach einer Weile wieder aufgeben würde, doch bisher war das nicht geschehen. Sie war hartnäckig. Und diese Art von Hartnäckigkeit führte nur zu einem Ende.

Rusk war sicher, dass Morse in sein Büro eingebrochen war. Er hatte es nicht gemeldet, selbstverständlich nicht – weder der Polizei noch Glykon. Er hatte lediglich dafür Sorge getragen, dass sie es nicht noch einmal würde tun können. Doch das war, als hätte er das sprichwörtliche Scheunentor geschlossen, nachdem das Pferd weggelaufen war.

Was hatte Morse in seinem Büro gefunden? Es gab keine offensichtlichen Beweise, die sie hätte entdecken können. Die Daten auf Rusks Festplatte waren verschlüsselt (Daten auf der Festplatte stellten selbst in verschlüsselter Form einen Verstoß gegen Glykons Regeln dar), doch Rusk hatte so ein Gefühl, als würde Morse sich sehr gut mit Computern auskennen. Und mit Geschäftsaufzeichnungen gleichermaßen. Seine diskreten Nachforschungen bezüglich ihrer Biographie hatten einen Abschluss in Jura an der Tulane zu Tage gefördert sowie ein Jahr in Florida, wo sie für eine gemeinsame Sondereinheit des FBI und der Drogenfahndung gearbeitet hatte. Die nahezu perfekte Vorbereitung, um zumindest eine Seite seiner Operationen aufzudecken. Darüber hinaus hatte Morse fünf Jahre als Geisel-Unterhändlerin für das FBI gearbeitet, was für Rusk eine Überraschung gewesen war – bis seine Quelle ihn darüber informiert hatte, dass es beim FBI mehr weibliche als männliche Unterhändler gab. Es schien, als wären Frauen tüchtiger als Männer, wenn es darum ging, friedliche Lösungen für einen Konflikt zu finden. Was für eine Überraschung! Als erfahrener Scheidungsanwalt hatte Rusk mehr als eine Frau mit den Instinkten eines Raubsauriers kennen gelernt – Frauen, die so bösartig waren, dass sie Machiavelli Nachhilfeunterricht hätten geben können, was das Intrigieren und das Provozieren von Kriegen angeht.

Trotz eines vielversprechenden Starts hatte Alex Morse sich letztlich als ungeeignet erwiesen für die Arbeit als Geisel-Unterhändlerin. Der Tod ihres Vaters und die Krebserkrankung ihrer Mutter hatten allem Anschein nach dazu geführt, dass sie ihre Urteilskraft verloren hatte, und deswegen war jemand gestorben. Beinahe wäre sie selbst gestorben, dachte Rusk wehmütig. Ihr vernarbtes Gesicht trug die unübersehbaren Beweise für ihre Begegnung mit dem Tod. Doch worauf es ankam war, dass sie ihre professionelle Zurückhaltung aufgegeben und ihren Emotionen freien

Lauf gelassen hatte. Sie hatte rein instinktiv reagiert, ohne Rücksicht auf die Konsequenzen, und dieser bestürzende Zwischenfall durfte nicht ignoriert werden.

Glykon musste von Alex Morse erfahren.

Und Alex Morse war nicht ihr einziges Problem. Interne Bedrohungen waren stets weitaus gefährlicher als die von außen, und gerade jetzt tickte eine Atombombe unter ihrer Partnerschaft. »Ein Klient!«, murmelte Rusk ungläubig, während er einen weiteren Schluck aus seinem Tumbler nahm. »Ein verdammter Klient, der verrücktspielt!«

Er zuckte zusammen, als er die Tür hörte, die sich gerade weit genug geöffnet hatte, damit seine Sekretärin den Kopf ins Zimmer stecken konnte. Es war erst Mitte Mai, doch Janice war bereits tiefbraun, was sie mehr nach dreißig als nach ihren fünfunddreißig Jahren aussehen ließ. Sie begegnete Rusks Blick mit völliger Offenheit – dem Blick einer intimen Vertrauten.

»Es sind fast alle gegangen«, sagte sie. »Möchtest du es tun, bevor ich nach Hause gehe?«

Rusk dachte über ihr Angebot nach. Janice war älter als seine Frau. Sie mochte vielleicht nicht so schön sein wie Lisa, doch sie war sehr viel geschickter und aktiver im Bett. Es war ein perfektes Arrangement. Janices Ehemann war ein Betriebskalkulator, der sie in den Wahnsinn langweilte, doch er war ein guter Vater, und Janice strebte nicht nach einem höheren gesellschaftlichen Status. Darüber hinaus zahlte Rusk ihr beinahe das Dreifache von dem, was andere Sekretärinnen in der Hauptstadt verdienten.

»Ist alles in Ordnung?«, fragte sie und betrat das Büro ganz. Sie trug einen Khaki-Rock und eine weiße Leinenbluse, unter der ihr BH durchschimmerte. Auf ihren Waden und Unterarmen spielten die Muskeln, die sie beim Turniertennis und bei besessenen Trainingssitzungen im Kraftraum erworben hatte.

Rusk nickte, doch er wusste, dass er ihr nichts vormachen konnte.

»Ist es dein Vater?«, fragte sie vorsichtig in dem Wissen, dass Rusks Vater ein chronisch schwacher Punkt war.

»Nein. Es ist nur, dass ich im Moment so viel um die Ohren habe.«

Ihr Blick ruhte unverwandt auf ihm, doch sie bedrängte ihn nicht. »Möchtest du, dass ich es dir mit dem Mund mache?«

Rusk studierte ihre Augen, in denen nur Besorgnis zu lesen stand, und schätzte die Wahrscheinlichkeit ab, dass seine Frau am Abend Sex von ihm wollte. *Ach, zum Teufel,* dachte er. *Ich könnte auf dem Heimweg bei einem Autounfall sterben.* Er zwang sich zu einem bejahenden Lächeln.

Sie kam heran, kniete vor seinem Sessel nieder und öffnete seinen Reißverschluss. Normalerweise konnte sie ihn schnell zum Höhepunkt bringen, wenn sie wollte, doch heute spürte er, dass es eine Weile dauern würde. Er blickte auf das Foto von Alex Morse, und seine Gedanken begannen zu wandern. Es war der Zeitpunkt, der ihn so fassungslos machte. Er war vierzig Jahre alt, und wenn die Geschäfte so weiterliefen wie bisher, übertraf sein eigenes das Nettovermögen seines Vaters binnen eines Jahres. Andrew Jackson Rusk Senior, von seinen Freunden – darunter eine ganze Reihe ehemaliger Gouverneure – Ajay gerufen, nach seinen Initialen, war fünfundsiebzig Jahre alt und praktizierte noch immer als Anwalt für Zivilklagen. A. J. hatte mit den letzten drei Fällen Millionen verdient und nationales Medieninteresse hervorgerufen. Zwei der Fälle waren in Jefferson County verhandelt worden, wo die rein schwarzen Jurys Vermögen verteilten wie Partygeschenke. Es war schwierig, mit derartigem Spektakel mitzuhalten, wenn man Scheidungen verhandelte – selbst wenn es große waren –, doch Andrew hatte es geschafft. Was gut war, denn sein Vater ließ ihn niemals vergessen, dass sie im Wettbewerb miteinander standen.

»Sei vorsichtig mit deinen Zähnen«, sagte er.

Janice murmelte etwas Unverständliches und bearbeitete ihn emsig weiter.

Rusk Senior hatte sich größte Mühe gegeben, bei seinem Sohn jede Spur von Schwäche, Idealismus und Mitgefühl auszumerzen, und dies war ihm größtenteils auch gelungen. Als Andrew Junior zum ersten Mal in dem Film *Der Große Santini* das Basketballspiel zwischen Vater und Sohn gesehen hatte – die Szene, in der Robert Duvall seinem Filmsohn den Ball gegen den Kopf wirft –, war ihm der Atem stehen geblieben. Und weil sein eigener Bull Meechum nicht bei einem Flugzeugabsturz gestorben war, hatte der Wettbewerb mit Andrews Erreichen des Erwachsenenalters nicht geendet, sondern war im Gegenteil noch intensiver geworden.

Anstatt der Anwaltskanzlei seines Vaters beizutreten, war Andrew zur Kanzlei des Vaters seiner ersten Frau gegangen – ein Fehler, den sich selbst einzugestehen er mehrere Jahre benötigt hatte. Seine Scheidung von der Tochter des Senior-Partners hatte zugleich seine Verbindung zu der Kanzlei beendet, doch A. J. Senior hatte seinem Sohn keinen Posten angeboten, nachdem er auf der Straße gestanden hatte. Und anstatt in einer weniger bedeutenden Kanzlei anzufangen, hatte Andrew sich selbstständig gemacht und jeden Geld versprechenden Fall übernommen, der durch seine Tür hereinspaziert war. Die meisten hatten sich als Scheidungsfälle erwiesen. Und in diesem Milieu hatte er seine Begabung entdeckt.

In den folgenden Jahren hatte er häufig mit Anwälten aus der Kanzlei seines Vaters vor Gericht zu tun gehabt, und er hatte jeden Prozess gewonnen. Diese Siege waren süß gewesen, doch es war nicht ganz das Gleiche, als würde er seinen alten Herrn persönlich abledern. Doch *dieses* Jahr, so hatte er sich immer wieder gesagt, dieses Jahr würde er den großen A. J. endlich auf das passende Maß zurechtstutzen.

»Streichelst du meine Nippel?«, fragte Janice.

Rusk blickte zu ihr hinunter. Ihre freie Hand war unter ihrem Rock verschwunden. Er griff nach unten und knetete abwesend ihre Brustwarzen. Sie stöhnte, packte ihn mit der Hand und bearbeitete ihn mit erneuerter Vehemenz. Er betrachtete die Oberseite ihres Kopfes, wo die dunklen Wurzeln unter der Blondierung sichtbar wurden. Jedes einzelne ergraute Haar stand in eine eigene Richtung ab …

»Hör auf!«, sagte er.

»Was …?«, gurgelte sie.

»Ich kann jetzt nicht.«

Ihr Kopf kam hoch, und sie lächelte ihn mit beinahe mütterlicher Ermunterung an. »Natürlich kannst du. Du brauchst es. Entspann dich.«

Sie senkte den Kopf und machte weiter.

»Ich hab gesagt, du sollst aufhören!«

Er schob ihre Schultern grob genug von sich, um sich aus ihrem Mund zu lösen, doch Janice ließ sich nicht so leicht entmutigen – nicht, wenn sie erregt war. Sie stand auf und stieg rasch aus einem blauen Höschen, dann schob sie ihren Rock hoch und setzte sich auf ihn. Er half ihr nicht, doch er schob sie auch nicht weg, obwohl ihm für einen Moment Übelkeit befiel. Er ließ sie tun, was sie haben musste, und konzentrierte sich auf ihre muskulösen Oberschenkel, während sie sich hob und senkte. Ihr Stöhnen wurde stetig lauter, doch das war ihm gleich. Das Büro war völlig schalldicht. Rusk nahm den Blick von dem feuchten Dreieck, wo er in ihr verschwand, und konzentrierte sich auf das Foto von Alexandra Morse. Er stellte sich vor, wie die FBI-Agentin so auf ihm schwitzte. Dann drehte er die Situation in Gedanken um und besorgte es Alex Morse auf besonders schmerzvolle Weise, ließ sie teuer bezahlen für sämtliche Unannehmlichkeiten, die sie verursacht hatte …

»Oh …«, stöhnte Janice. »Jetzt ist er ganz hart …«

Plötzlich hatte er ein Bild von Glykon vor Augen.

»Komm, weiter, Baby!«, drängte Janice mit einer Andeutung von Panik in der Stimme. »Weiter. Stell dir meinetwegen vor, was immer du brauchst!«

Er konzentrierte sich auf Morses Augen und packte die Brüste vor sich fester. Sie waren wohlgeformt, doch schlaff – zwei Kinder hatten ihren Zoll gefordert, und keine noch so ausgefeilte Chirurgie vermochte es, Titten wieder in den gleichen Zustand zu bringen wie vor einer Mutterschaft, egal was die Ärzte versprachen. Alex Morse hatte keine Kinder. Ihre Titten waren fest und hoch, wie die von Lisa. Und ihr IQ war sicherlich wenigstens fünfzig Prozent höher.

Rusk packte die Brüste vor sich mit wilder Wut. Janice schrie schmerzerfüllt auf, doch der Schrei verwandelte sich in ein langgezogenes Stöhnen, als sie endlich zum Höhepunkt kam und die Zähne aufeinanderpresste, um ihn nicht zu beißen, was sie immer wollte. Rusk kam zu seinem eigenen Erstaunen ebenfalls. Er schloss die Augen und verdrängte das grinsende Gesicht Glykons gewaltsam aus seinen Gedanken.

»Siehst du«, sagte Janice. Sie stand auf und blickte auf ihn herab, noch immer schwer atmend von der Anstrengung. Offensichtlich betrachtete sie seinen Orgasmus als einen kleinen Sieg in ihrem anhaltenden Sexspiel. »Ich hab gewusst, dass du es schaffst.«

Rusk nickte geistesabwesend, während er überlegte, dass er auf dem Weg nach Hause vielleicht eine halbe Viagra nehmen musste, für den Fall, dass Lisa seine Dienste verlangte.

»Wer ist das?«, fragte Janice und deutete auf das Foto von Alex Morse.

»Niemand.«

Janice angelte ihr Höschen vom Boden und zog es wieder an. »Sie ist offensichtlich jemand.«

Er betrachtete das Foto erneut und schüttelte den Kopf.

»Findest du sie heiß?«, fragte Janice mit mädchenhafter Stimme.

»Nein«, antwortete er nachdrücklich.

»Du lügst. Du hast an sie gedacht, als du in mir warst, stimmt's?«

»Habe ich. Du kennst mich, Janice.«

Sie zog einen Schmollmund.

»Du musst nicht eifersüchtig auf sie sein«, sagte Rusk.

»Warum nicht?«

»Sie ist tot.«

»Oh.« Janice lächelte befriedigt.

Nachdem Janice ihren Rock geglättet hatte und an ihren Schreibtisch zurückgekehrt war, ging Rusk zu einer Anrichte und nahm eine Schachtel Reynolds Wrap aus einer Schublade. Sie hatte seit fünf Jahren dort gelegen, doch er hatte sie niemals gebraucht. Er öffnete die Schachtel und riss zwei quadratische Stücke Alufolie ab, die er vor dem nach Nordosten zeigenden Fenster seines Büros auf einen Tisch legte. In der untersten Schublade des Schreibtisches lag Klebeband. Er schnitt mehrere kurze Stücke ab und klebte sie provisorisch an die Tischkante; dann legte er die Rolle zurück. Er benutzte die Stücke dazu, um die Folie mit der glänzenden Seite nach außen in das nach Osten zeigende Fenster zu kleben. Die Quadrate wären von der auf ihrem Weg durch die Stadt größtenteils hochgelegten Interstate 55 aus deutlich zu erkennen.

Die reflektierenden Stücke Alufolie waren eine von Glykons Ideen. Die beiden verdammten Quadrate Reynolds Wrap würden ein Treffen einleiten, das Rusk fürchtete wie nie zuvor etwas in seinem Leben. Ein Treffen, das all seine Überzeugungskraft erforderte, wollte er davonkommen. Seine Hand zitterte, als er einen weiteren Tumbler mit Bourbon hinunterkippte.

Er fühlte sich, als hätte er ein Ritual durchgeführt, um den Teufel zu beschwören.

4

Chris Shepard ließ den Baseball mitten in der Luft los und schwang den Schläger in einem schnellen Bogen. Er schlug einen Ball auf seinen einszwanzig großen Fänger. Der fing den Ball auf und warf ihn seinem ersten Baseman zu, Chris' Adoptivsohn Ben. Der Wurf ging zu weit, doch Ben streckte sich und fischte den Ball geschickt aus der Luft.

»Sehr gut!«, rief Chris. »Ziel auf seine Brust, Mike! Er trägt einen Handschuh, er kann ihn fangen!«

Der Shortstop nickte und duckte sich, bereit für den nächsten Ball. Bens Augen leuchteten vor Stolz, doch er blieb so cool, wie ein Neunjähriger es nur vermochte.

Chris warf einen unauffälligen Blick nach rechts, während er auf den Wurf wartete. Zwei Minuten zuvor war Thoras silberner Mercedes auf die Wiese hinter dem freien Stück Land gerollt, auf dem sie trainierten. Sie war nicht ausgestiegen, sondern im Wagen sitzen geblieben und beobachtete das Training durch die getönte Scheibe. Vielleicht telefoniert sie gerade, dachte Chris. Dann wurde ihm bewusst, wie selten Thora in letzter Zeit zum Training gekommen war. Im vergangenen Jahr war sie eine der großen Unterstützerinnen des Teams gewesen und hatte stets den Wasserkühler oder eine Eisbox für jedes Kind dabeigehabt. Dieses Jahr jedoch war sie die seltenste Besucherin. Heute hatte die Neugier sie hergeführt, wie Chris wusste. Anstatt seine abendliche Visite im Krankenhaus früher zu machen, wie üblicherweise während der Saison, hatte er Ben von zu Hause abgeholt, gleich nachdem er seine Praxis geschlossen hatte. Thora war Laufen gewesen; deshalb hatten sie sich verpasst und noch nicht miteinander gesprochen, seitdem er von Spezialagentin Alex Morse besucht worden war.

Chris winkte zum Mercedes hinüber. Er hatte vermieden, mit Thora zu reden, weil er Zeit brauchte, um zu verarbeiten, was Agentin Morse ihm gesagt hatte, und eine geschäftige Arztpraxis war nicht der geeignete Ort, um über persönliche Probleme nachzudenken. Ein Baseball-Training hingegen war zwar nicht gerade Zen-Meditation, doch er konnte ein bisschen Zeit abzweigen, um über die wenigen Fakten nachzudenken, die Agentin Morse ihm während ihres Besuchs genannt hatte.

Er wünschte, er hätte ihr mehr Fragen gestellt. Bezüglich der angeblichen Morde beispielsweise. War die Todesursache in jedem einzelnen Fall ein Hirnschlag gewesen? Er bezweifelte, dass Agentin Morse forensische Beweise hatte, die ihre außergewöhnliche Theorie untermauerten. Falls doch, hätte sie nicht seine Hilfe benötigt, um dem Killer eine Falle zu stellen. Sie hätte den Mörder längst verhaftet. Und doch ... wenn er ehrlich zu sich selbst war, konnte er nicht abstreiten, in den letzten Stunden über einige Dinge nachgegrübelt zu haben, die ihm insgeheim seit einer Weile zu schaffen machten.

An erster Stelle war der Kinderwunsch. Während ihrer Verlobungszeit waren er und Thora übereingekommen, dass sie eigene Kinder haben wollten, sobald sie verheiratet waren. Mindestens eins, vielleicht zwei. Chris war sechsunddreißig, Thora dreißig. Je früher sie mit dem Kinderkriegen anfingen, desto gesünder würden diese Kinder werden und desto besser würden sie ihren adoptierten Bruder kennen lernen.

Nach der Hochzeit jedoch hatte Thora plötzlich mit dem Absetzen der Pille gezögert. Zweimal hatte sie behauptet, versehentlich mit der Packung für den nächsten Monat angefangen zu haben. Als er eine Bemerkung bezüglich dieser ungewöhnlichen Abwesenheit gemacht hatte, hatte sie eingeräumt, dass sie nicht sicher war, ob sie so schnell zu Werke gehen sollten. Chris hatte versucht, seine Enttäuschung zu verbergen, offensichtlich ohne Erfolg, denn Thora hatte aufgehört, die Pille zu nehmen, und sie hatten sich darauf eingerichtet, die obligatorischen drei Monate zu warten, ehe eine ungefährdete Empfängnis möglich war. Ihr Sex blieb gut, doch die Häufigkeit sank dramatisch. Thora beschwerte sich, dass der Zwang zur Benutzung anderer Verhütungsmittel nach der Bequemlichkeit der Pille eine Last war. Es dauerte nicht lange, und Chris schätzte sich glücklich, wenn sie einmal in der Woche miteinander schliefen. Nach drei Monaten hatten sie jede Form von Verhütung aufgegeben, doch bisher war Thora nicht schwanger geworden. Nicht einmal eine ausgebliebene Periode. Wann immer Chris das Thema zur Sprache brachte, argumentierte sie feinfühlig, dass er sich untersuchen lassen sollte – schließlich bewies Bens Existenz, dass sie Kinder empfangen konnte.

Chris antwortete niemals direkt auf diese Andeutungen, doch er hatte sich untersuchen lassen, beim Dienstleister seiner eigenen Praxis, und das Resultat war eindeutig ausgefallen: hohe Spermienzahl, hohe Beweglichkeit.

Er wünschte, Thora würde aus ihrem Mercedes aussteigen. Mehrere andere Eltern saßen auf Decken oder Campingstühlen auf dem kleinen Hügel neben dem Feld. Nur Thora blieb im Wagen. Es war dieses Verhalten, das einem in einer Kleinstadt rasch den Ruf eines Snobs einbrachte. *Die hochnäsige Frau Doktor.*

Noch im vergangenen Jahr hätte Chris sich nicht vorstellen können, dass Thora sich so von oben herab zeigte. Sie hätte abwechselnd sämtliche Eltern besucht und dabei den Jungs von der Seitenlinie aufmunternd zugerufen. Aber vielleicht bildete er sich das alles auch nur ein. Wenn ihr danach war, im Wagen sitzen zu bleiben – sollte sie doch! Was konnte es schaden? Für einen Tag im Mai war es heiß; vielleicht genoss sie die Klimaanlage.

»Alex Morse ist verrückt«, murmelte er vor sich hin. Seine Ehe mochte nicht perfekt sein – falls es so etwas wie eine perfekte Ehe überhaupt gab –, doch die Vorstellung, dass seine Frau die Absicht haben könnte, ihn zu ermorden, war dermaßen lächerlich, dass Chris im ersten Moment nicht gewusst hatte, wie er darauf antworten sollte. Es war beinahe so, als würde einem jemand sagen, dass die eigene Mutter versucht, einen umzubringen. Und doch ... ganz genau so war es nicht. Es gab keine Blutsbande zwischen Ehemann und -frau. Nicht ohne biologische Kinder. Und aus irgendeinem Grund schaffte Chris es nicht, die Erinnerung an Agentin Morses todernste Augen zu verdrängen.

Sie gehörte eindeutig nicht zu den Menschen, die Zeit damit verschwendeten, Spielchen mit anderen Leuten zu spielen. Die Antwort musste eine andere sein. Beispielsweise psychische Instabilität. Vielleicht war Agentin Morse felsenfest überzeugt von dem absurden Szenario, das sie Chris heute Mittag dargelegt hatte. Angesichts des erst kurze Zeit zurückliegenden Todes ihrer Schwester fiel diese Vorstellung nicht allzu schwer. Während seiner ärztlichen Laufbahn hatte Chris viele extreme Reaktionen auf Trauer erlebt.

Doch was sollte er deswegen unternehmen? Beim FBI-Büro in Jackson anrufen und Morses Besuch melden? Seinen Anwalt informieren? Die FBI-Zentrale in Washington? Oder sollte er sich diskret bemühen, weitere Informationen einzuholen?

Seine Sprechstundenhilfe hatte nach einigem Suchen die Telefonnummer von Darryl Foster gefunden, einem alten Kameraden aus der Studentenverbindung, doch er hatte nur einen Anrufbeantworter erwischt. Er hatte gehofft, dass Foster – ein aktiver Außenagent beim FBI – ein wenig Licht auf die mysteriöse Alex Morse und ihre Behauptungen werfen konnte, ehe er Thora gegenübertrat, doch das Mobiltelefon in Chris' Tasche war bis jetzt stumm geblieben. Bevor er nicht mehr wusste, würde er Thora auf gar keinen Fall merken lassen, dass etwas nicht stimmte. Nicht, dass er auch nur ein Wort von dem glaubte, was Morse ihm erzählt hatte, doch falls er Thora von den Ereignissen des frühen Nachmittags berichtete, würde ihre erste Frage lauten: *Bei wem hast du dich über diese Person beschwert? Wo hast du sie gemeldet?* Und was wollte er darauf antworten? Vielleicht, dass er insgeheim doch Zweifel an ihr hatte?

»Schlägst du jetzt endlich einen Ball, Coach, oder was?«

Chris kehrte blinzelnd in die Wirklichkeit zurück, stieß ein verlegenes Lachen aus und schlug einen Ball. Dabei bemerkte er aus den Augenwinkeln eine Bewegung zur Rechten. Thora stand in der offenen Tür ihres Mercedes, und ihr blondes Haar glänzte in der Nachmittagssonne. Sie starrte direkt zu ihm. Hatte sie seine kleine Tagträumerei bemerkt?

Sie winkte ihm zu und lächelte hinter der Sonnenbrille, einem von diesen großen Pilotendingern, die ihr das Aussehen eines Art-Deko-Falken an der Seite eines Wolkenkratzers verliehen. Sie trug Laufkleidung, und ihr schlanker, durchtrainierter Körper war für jeden zu erkennen. *Vielleicht ist das der Grund, warum sie nicht ausgestiegen ist,* sinnierte er. Doch das war nichts als Wunschdenken. In den vergangenen acht Monaten – seit das Marathonlaufen bei den jungen, verheirateten Frauen der Stadt Mode geworden war – hatte Thora Tag für Tag zwischen drei und fünfzehn Kilometer gelaufen. Sie hatte sich Schuhe für zweihundert Dollar gekauft, ein GPS-Gerät für das Handgelenk und all die anderen Dinge, die ein moderner Langläufer benötigte. Die Sache war die: Bei Thora hatte das nichts mit Schau zu tun. Sie besaß Talent. Nach lediglich drei Monaten Training hatte sie die Zeiten von Frauen geschlagen, die seit zwei oder drei Jahren liefen. Doch Thoras Laufgarderobe war ein weiterer Spannungspunkt zwischen ihnen.

Als sie noch mit Red Simmons verheiratet gewesen war, hatte Thora sich stets konservativ gekleidet. Modisch, ja, doch sie hatte nie die Grenzen des guten Geschmacks überschritten. Nach einer angemessenen Trauerphase jedoch – ungefähr zu der Zeit, als sie angefangen hatte, sich mit Chris zu treffen – hatte sie plötzlich ihren Stil gewechselt. Zu Beginn hatte Chris dies gutgeheißen. Das neue Outfit hatte mehr von ihrer Schönheit preisgegeben und eine Verbindung zum Leben signalisiert, die sie dringend gebraucht hatte.

Doch seit Neuestem trug sie Dinge, von denen er sich nicht im Traum hätte vorstellen können, dass sie sie kaufen, geschweige denn in der Öffentlichkeit anziehen würde. Ultrakurze Shorts, transparente Tops, dazu gedacht, mit einer Bluse oder einer Jacke darüber getragen zu werden, worauf sie jedoch verzichtete, und Stütz-BHs – wenn sie überhaupt einen Büstenhalter trug. Chris hatte deswegen Witze gemacht in der Hoffnung, dass sie merkte, worauf er hinauswollte, doch Thora hatte das Zeug unverändert getragen, und so war er schließlich verstummt, nicht zuletzt weil er meinte, nicht das Recht zu haben, ihr vorzuschreiben, wie sie sich anzuziehen hatte. Vielleicht wurde er alt und verlor den Bezug zur Realität. Bis zum heutigen Tag war ihm das als nicht sonderlich tragisch erschienen. Nichts war ihm tragisch erschienen. Lediglich das Problem, dass Thora einfach nicht schwanger wurde, war schwerwiegend genug gewesen, um ihm den Schlaf zu rauben.

»Coach Grant!«, rief er seinem Assistenten zu, einem weiteren Vater aus dem Team. »Ich schlage vor, wir machen Schluss für heute.«

Die Jungen jubelten, und ihre Eltern erhoben sich nach und nach von den Decken und Stühlen und packten die Eisboxen, während die Jungen die Ausrüstung zusammenpackten.

Ben hielt sich neben Chris, als sie zum Mercedes gingen. Chris versuchte, seinen Verstand zu klären, doch es gelang ihm nicht. Zu viele Dinge drängten sich nach einer Weile der unbewussten Unterdrückung schlagartig an die Oberfläche. Beispielsweise der Mercedes. Letzte Weihnachten hatte Thora sich einen SL55 AMG geschenkt. Kaum jemand in der Stadt wusste, wie teuer dieses Auto in Wirklichkeit war. Mehrere einheimische Ärzte fuhren Benz, doch die meisten waren nicht teurer als fünfzig- bis achtzigtausend Dollar. Thoras SL55 hatte hundertfünfundvierzigtausend gekostet. Es war nicht so, dass Chris ihr den Wagen nicht gönnte – es war schließlich ihr Geld, das sie dafür ausgegeben hatte –, doch während ihrer Ehe mit Red Simmons hatte sie einen Toyota Avalon gefahren, vierzig Riesen inklusive Vollausstattung. Und sie hatte eine Timex-Uhr getragen. Chris hatte manchmal Witze deswegen gemacht, wenn sie Schwesterndienst gehabt hatte. Doch vor ungefähr einem Monat war eine Patek Philippe an ihrem Handgelenk aufgetaucht. Er hatte keine Ahnung, wie teuer die Uhr gewesen war, doch nach den Juwelen auf der Fassung zu urteilen, sicherlich jenseits der zwanzigtausend – mehr, als einige der Väter, die bei diesem Training zusahen, im ganzen Jahr verdienten.

»Big Ben!«, rief Thora und kam mit einem Grinsen hinter der Tür ihres SL55 hervor, um ihren verschwitzten Sohn zu umarmen. »Du hast die ganze Zeit keinen Ball verfehlt!«

Ben zuckte die Schultern. »Ich spiele Baseman. Man kann nicht Baseman spielen, wenn man nicht fangen kann.«

Chris wünschte, er könnte Thoras Augen sehen, doch die Brille verbarg sie vollständig. Sie drückte Ben flüchtig, dann richtete sie sich auf und beschenkte Chris mit ihrem Eintausend-Watt-Strahlen. Sein Blick schweifte zu der Patek Philippe. *Hör auf damit,* sagte er lautlos.

»Du hast Ben heute ziemlich früh abgeholt«, stellte sie fest.

»Ja. Ich wusste, dass die Visiten eine Weile dauern würden, deswegen habe ich beschlossen, sie erst nach dem Training zu machen.«

Sie nickte und schwieg.

Er war nicht sicher, was er als Nächstes sagen sollte. Ben rettete ihn, indem er fragte: »Können wir ins La Fiesta fahren, Mom?«

Thora blickte Chris über den Rand ihrer Sonnenbrille hinweg an.

»Ich muss wirklich noch ins Krankenhaus, Leute«, sagte Chris. »Fahrt ihr nur.«

Thora schüttelte den Kopf. »Wir haben genug zu essen im Haus, und viel gesündere Sachen als beim Mexikaner. Ich habe heute Nachmittag Hühnchensalat gemacht.«

Ben verdrehte die Augen und rümpfte die Nase.

Fast hätte Chris gesagt, dass er sich auf dem Rückweg nach Hause irgendwo etwas holen konnte, doch das hätte nur dazu geführt, dass Ben weiter bettelte und Thora ärgerlich wurde. »Hilf mir, die Sachen einzuladen, Sohn.«

Chris und Ben warfen die beiden großen Baumwollsäcke in den Pick-up. Dann verabschiedete sich Chris von Ben, drückte Thora freundschaftlich an seine Seite und stieg in seinen Pick-up. »Ich komme nicht allzu spät«, sagte er durch das offene Seitenfenster.

Wie als Antwort nahm Thora die Sonnenbrille ab. Ihre ozeanblauen Augen durchdrangen seine gespielte Nonchalance mühelos. Ihr Blick hatte schon immer eine physische Reaktion in seiner Brust hervorgerufen, irgendetwas zwischen Herzflattern und strahlender Wärme. (Er verursachte auch eine Reaktion tiefer unten.) Nun enthielt dieser Blick eine unausgesprochene Frage, doch er unterbrach den Kontakt, hob die Hand zu einem Winken und setzte rückwärts auf die Straße, um nach Norden in Richtung Stadt zu fahren.

5

Alex Morse lenkte ihren gemieteten Corolla auf den Parkplatz des Days Inn, hielt vor Apartment 125 und stellte den Motor ab. Als sie die Tür zu ihrem Zimmer öffnete, miaute die gescheckte Katze ihrer Schwester klagend und sprang vom Badezimmerschrank, um lautlos auf dem Teppich zu landen. Alex zahlte fünf Dollar zusätzlich pro Nacht für das Tier. Meggie war nur deswegen bei ihr, weil Jamie sie nach dem Begräbnis seiner Mutter gebeten hatte, die Katze mitzunehmen. Jamie liebte die Katze, doch sein Vater mochte sie nicht, und der Junge hatte befürchtet, sein Dad könnte sie ins Tierheim bringen, sobald Alex zurück nach Charlotte flog. Und da Alex wusste, dass Bill Fennell durchaus zu einem solchen Akt seelischer Grausamkeit imstande war, hatte sie die Bürde akzeptiert. Zu ihrer Überraschung hatte die helläugige Gescheckte ihr geholfen, die Einsamkeit der vergangenen fünf Wochen zu lindern.

Alex zog ihr Schulterhalfter aus und massierte die feuchte Stelle, wo es gegen die Rippen gedrückt hatte; dann kniete sie nieder und kraulte Meggie mit einem Knöchel unter dem Kinn. Als sie Futter in die Plastikschale neben der Badezimmertür streute, begann die Katze wie ausgehungert zu fressen.

Alex hatte das Zimmer im Days Inn vor fünf Tagen bezogen, und sie hatte alles unternommen, was sie konnte, um es ein wenig heimelig zu machen. Ihr Notebook stand summend auf dem Schreibtisch, und der Bildschirmschoner zeigte eine endlose Abfolge von Fotos, die sie auf der Kreuzfahrt zur Feier von Graces dreißigstem Geburtstag geschossen hatte. Neben dem Computer stand ein Foto von Jamie in seinem Basketball-Trikot der Jackson Academy – ein schlaksiger Zehnjähriger mit kastanienbraunem Haar, sommersprossigem, unfertigem Gesicht und tiefliegenden Augen, die eine herzerweichende Unsicherheit ausstrahlten.

Während Alex das Bild betrachtete, erinnerte sie sich daran, wie hektisch Jamie an jenem Morgen nach dem Tod seiner Mutter gewesen war, nachdem Alex ihm gesagt hatte, dass sie ihn zurück zu seinem Vater bringen musste.

Es war ein Akt der Verzweiflung gewesen, mit Jamie davonzulaufen, nachdem Grace gestorben war – und in den Augen des Gesetzes war es Kindesentführung. Hätte Alex den Knaben behalten, würde Bill nicht gezögert haben, sie verhaften zu lassen, und er hätte es wahrscheinlich bereits am Abend zuvor getan, hätte er gewusst, wo er sie finden konnte. Seit jenem Tag hatte Alex viele Male bereut, dass sie Jamie zurückgebracht hatte. Doch sie besaß auch genügend Erfahrung, um zu wissen, dass eine erfolgreiche Entführung mit dem Ziel der Erlangung des Sorgerechts sorgfältige Planung und Vorbereitung erforderte. In den fünf Wochen seit jenem Tag hatte sie in der Tat Schritte in dieser Richtung unternommen. Und falls ihre Bemühungen, Bills Komplizenschaft an Graces Ermordung nachzuweisen, fehlschlagen sollten – was ohne die Hilfe Dr. Shepards sehr wahrscheinlich war –, war sie bereit, drastische Maßnahmen zu ergreifen.

Auf einer niedrigen Anrichte neben dem Schreibtisch lagen mehrere saubere Stapel Papier, die alle mit der medizinischen Geschichte ihrer Mutter zu tun hatten. Es gab eine Liste mit oral einzunehmenden Medikamenten und chemotherapeutischen Mitteln, Behandlungspläne, Rechnungen, die von der Krankenversicherung bezahlt werden mussten, private Zusatzrechnungen von Ärzten, die die Versicherung nicht abdeckte, Testergebnisse von der Uniklinik und vom Labor des privaten Onkologen und natürlich die Korrespondenz zwischen Grace und verschiedenen Krebsspezialisten überall auf der Welt. Grace hatte sich mit der Krebserkrankung ihrer Mutter auseinandergesetzt wie mit allen anderen Krisen in ihrem Leben: Sie hatte der Krankheit den Krieg erklärt. Diesen Krieg hatte sie mit der unerbittlichen Beharrlichkeit geführt, mit der General Sherman sich im Bürgerkrieg seinen Weg durch den Süden gebrannt hatte. Wehe dem Versicherungsangestellten, der auf einer Rechnung an die Adresse von Margaret Morse einen Fehler machte – Graces Vergeltung war schnell und gnadenlos. Doch jetzt war die Kriegführung an Alex übergegangen, und nach Graces Standards leistete Alex mehr als bescheidene Arbeit.

Ihre Kardinalsünde? Sie war nicht am Krankenbett ihrer Mutter. Stattdessen hatte sie sich hundert Kilometer südlich einquartiert, in Natchez, Mississippi, während bezahlte Pfleger – *Fremde!* – sich in Jackson um ihre Mutter kümmerten. Und was machte sie in Natchez? Nichts als die Ersparnisse ihres Lebens zu verbrennen und ihre Karriere zu riskieren in einem wahrscheinlich vergeblichen Versuch, den Mörder ihrer Schwester zu bestrafen. Grace hätte ihr eine Menge dazu gesagt.

Auf der anderen Seite war es Grace gewesen, die Alex den Auftrag gegeben hatte, Jamie vor seinem Vater zu »retten«. Und da Bill Fennell das gesetzliche Sorgerecht über seinen Sohn besaß, gab es in Alex' Augen nur einen möglichen Weg, Jamie aus den Klauen seines Vaters zu befreien: Sie musste nachweisen, dass sein Vater der Mörder seiner Mutter war.

Alex ging zu dem übergroßen Kartentisch, den sie bei Wal-Mart erstanden hatte, um ihre Fallmaterialien darauf auszubreiten. Der Tisch war das Nervenzentrum ihrer Operation. Das Material darauf war viel primitives Zeug – hastig hingekritzelte Notizen, Überwachungsaufzeichnungen, digitale Schnappschüsse, Minikassetten –, doch sämtliche Computer auf der Welt konnten keinen Killer festnageln, wenn man sein Büro niemals verließ.

Alex hatte ein gerahmtes Foto ihres Vaters auf dem Kartentisch stehen – ihr Schutzheiliger aller Cold Cases, aller »unlösbaren« Fälle. Es war genaugenommen kein Foto, sondern ein Zeitungsartikel, der zwei Schnappschüsse von Jim Morse beinhaltete: einen als frisch gebackenen Streifenpolizisten im Jahre 1968 und einen als müden, doch entschlossen dreinblickenden Mordermittler, der in Jackson im Jahre 1980 einen Aufsehen erregenden Fall gelöst hatte.

Ihr Vater war nach zwei Dienstzeiten in Vietnam gleich von der Army zur Polizei von Mississippi gegangen. Er hatte Kampfeinsätze erlebt, doch er hatte nie darüber gesprochen und nicht unter bleibenden Problemen gelitten, soviel Alex wusste. Doch als Militärpolizist in Saigon war Jim Morse gleich in mehrere Mordfälle verwickelt worden. Die Arbeit hatte nachhaltigen Eindruck bei ihm hinterlassen, und so hatte er sich an seinem einundzwanzigsten Geburtstag, als er nicht so recht wusste, was er in Zukunft tun wollte, bei der Police Academy in Jackson eingeschrieben. Er war ein guter Streifenpolizist und wurde schneller als jeder andere aus seiner Klasse zum Sergeant befördert. Mit siebenundzwanzig bestand er die Prüfung zum Detective und machte sich bald einen Namen für brillante Arbeit als Ermittler und unumwundene Offenheit, ganz gleich, mit wem er es zu tun hatte. Seine Tüchtigkeit hätte eine schnelle Beförderung bewirkt, wäre seine Offenheit nicht so ausgeprägt gewesen. Alex hatte ihr Leben lang gegen die von ihrem Vater geerbte Neigung angekämpft und zumeist Erfolg gehabt. Doch ihr Vater hatte während des größten Teils seiner Laufbahn zugesehen, wie Männer mit sehr viel weniger Talent und Erfolg ihn auf der Karriereleiter überholt hatten.

Nach seiner Pensionierung hatte Jim Morse eine Detektei eröffnet – zusammen mit einem ehemaligen Partner, der zu Beginn seiner Karriere sein Mentor gewesen war, ein erfahrener alter Bursche namens Will Kilmer. Die Freiheit, die eine private Agentur mit sich brachte, war beiden Männern mehr als recht gewesen, doch sie hatten alle Hände voll zu tun gehabt. Alex war sicher, dass es die abwechslungsreichen Fälle gewesen waren, die sie in ihrer Jugend erlebt hatte, die sie dazu gebracht hatten, sämtliche anderen Angebote nach dem Jurastudium abzulehnen und sich an der FBI-Akademie anzumelden. Ihr Vater hatte ihre Berufswahl begrüßt, doch ihre Mutter, Margaret, hatte reagiert wie immer, wenn Alex vom Pfad der konventionellen Südstaatenfrauen abgewichen war: mit stillschweigendem Tadel.

Trauer erfasste Alex. Schuldgefühle überkamen sie. Um sich abzulenken, blickte sie auf Dutzende von Schnappschüssen von Chris und Thora Shepard, die vor ihr auf dem Tisch lagen. Auf einigen Bildern waren die beiden zusammen zu sehen. Alex war ihnen lange genug gefolgt, um ein Bild von einem typischen Paar der gehobenen Mittelschicht zu gewinnen, gepeinigt von den Erfordernissen des täglichen Lebens und immer wenigstens einen Schritt hinterherhinkend. Chris verbrachte den größten Teil seiner Zeit mit Arbeit, während Thora ihre Stunden abwechselnd zwischen energischem Training und persönlichem Verwöhnen aufteilte. Alex wusste nicht genau, wie weit dieses Verwöhnen ging, doch sie hatte ihre Vermutungen. Sie besaß außerdem eine Reihe von Notizen und Fotos, die Dr. Shepard sicher gerne gesehen hätte, sobald er über den ersten Schock nach ihrem heutigen Zusammentreffen hinweg war. Doch so weit war es noch nicht.

Alex spürte eine unbestimmte Abneigung, als sie die Bilder von

Thora betrachtete: Sie sah nach einem Zehn-Kilometer-Lauf besser aus als die meisten Frauen, nachdem sie sich zwei Stunden lang für eine Party aufgeputzt hatten. Allein dafür musste man sie ein wenig hassen. Chris auf der anderen Seite war mehr ein bodenständiger, dunkelhaariger Henry-Fonda-Typ als ein Schönling. Ein wenig muskulöser als Henry Fonda vielleicht, doch mit der gleichen Gemessenheit und Würde.

Zwischen den Bildern von Chris und Thora Shepard befanden sich auch ein paar, die Chris und Ben zeigten, alle geschossen auf dem freien Stück Land, wo Chris die Baseballmannschaft trainierte, zu der auch Ben gehörte. Ben Shepard war nur ein Jahr jünger als Jamie, und seine Augen zeigten ein wenig von der gleichen Unsicherheit. *Vielleicht ist es nur das Alter,* überlegte Alex. *Oder vielleicht spüren Kinder, wenn im Herzen ihrer Familien etwas nicht stimmt.*

Der bloße Gedanke an Jamies Los regte Alex üblicherweise so sehr auf, dass sie nicht mehr klar denken konnte. Sie schaltete den Fernseher ein, damit das Zimmer nicht so einsam war; dann drehte sie das Wasser so heiß, wie sie es aushielt, tränkte einen Waschlappen, legte sich aufs Bett und rieb sich das Gesicht. Die Wärme durchdrang ihre Haut und sandte ein Gefühl der Erleichterung durch ihren Körper. Während der Stress von ihr abfiel, kehrten ihre Gedanken zu Chris Shepard zurück. Das Treffen war weitaus besser verlaufen, als sie erwartet hatte … es sei denn, Shepard hatte bereits im FBI-Büro Jackson angerufen und sich dort über sie beschwert.

Wie viele Menschen würden mit Gleichmut auf die Art von Anschuldigungen reagieren, die sie heute erhoben hatte? Auf das Wesentliche zusammengefasst lautete ihre Botschaft: *Ich glaube, Ihre Frau will Sie ermorden.* Falls Shepard sich beschwert hatte, würde sie, Alex, schon bald einen Anruf aus Washington erhalten. Wie jede erfolgreiche Agentin hatte Alex sich Feinde beim FBI gemacht, und ihre Feinde waren in hohen Positionen. Einer hätte es beinahe geschafft, nach James Broadbents Tod ihre Entlassung zu erreichen, doch er war schließlich gezwungen gewesen, sich mit ihrer Verbannung nach Charlotte zufriedenzugeben. Falls er den Verdacht gewann, dass Alex ihre Pflicht dort vernachlässigte, musste sie damit rechnen, zur Zentrale gerufen zu werden, um sich einer ausgiebigen Befragung durch die Dienstaufsicht zu unterziehen. Selbst eine oberflächliche Untersuchung würde genügend Beweise liefern, um ihrer einst so steilen Karriere ein abruptes und endgültiges Ende zu setzen.

Doch Alex hatte ein gutes Gefühl, was Chris Shepard betraf. Er besaß eine rasche Auffassungsgabe, und das gefiel ihr. Er war ein guter Zuhörer – was bei Männern selten war und bei männlichen Ärzten allem Anschein nach noch seltener, zumindest nach Alex' Erfahrung. Shepard hatte eine *Hexe* geheiratet – eine blonde überdies –, doch so etwas passierte vielen anständigen Kerlen. Er hatte gewartet, bis er fünfunddreißig gewesen war, ehe er wieder geheiratet hatte, was bei Alex die Frage nach seiner ersten Frau aufwarf. Shepard hatte im ersten Studienjahr an der medizinischen Fakultät seine College-Freundin geheiratet, doch zwei Jahre nach seinem Abschluss – er hatte soeben ein Engagement im schmutzigen, armen Mississippi-Delta beendet, mit dem er seine Ausbildungskredite zurückgezahlt hatte –, war es zu einer raschen, glatten Scheidung gekommen. Keine Kinder, kein Hickhack, kein Ärger, nichts außer »unüberbrückbare Differenzen«, wie es in den Gerichtsunterlagen hieß. Doch es musste mehr dahintergesteckt haben als das. Wie sonst konnte ein alleinstehender Arzt, der nicht ausgesprochen hässlich aussah, eher im Gegenteil, nach seiner Scheidung beinahe fünf Jahre lang einer neuen Ehe entgehen?

Diese erste Frau hat eine Nummer mit ihm abgezogen, dachte Alex. *Er war eine Zeitlang beschädigte Ware. Das ist auch der Grund, warum er sich an Thora herangemacht hat, die Eiskönigin. Auch diese Frau ist beschädigte Ware, und ich glaube nicht, dass der gute Dr. Chris etwas darüber weiß …*

Zögernd richtete Alex ihre Gedanken auf profanere Angelegenheiten, beispielsweise die Finanzen. Ein freundlicher Bankmensch mochte ihr vielleicht mitteilen, dass der Ausblick nicht ermutigend war, doch ihre eigene Sicht der Dinge war lapidarer: Sie war pleite.

Es kostet eine Menge Geld, Ermittlungen in einem Mordfall anzustellen, selbst wenn man den größten Teil der Laufarbeit selbst erledigte. Alex bezahlte zwei Detekteien regelmäßig, dazu eine Reihe weiterer Agenturen für kleinere Aufträge. Den größten Teil der Arbeit machte die alte Agentur ihres Vaters, doch obwohl Will Kilmer ihr alle nur möglichen Nachlässe gab, fraßen die Gebühren sie bei lebendigem Leibe auf. Observation war der größte Posten, und »Onkel« Will konnte seine Mitarbeiter nicht ohne Bezahlung ausschicken. Die Zeit, die sie an Alex' Fall arbeiteten, konnten sie bei anderen Fällen abknapsen, Stunden um Stunden, und die Summen, die täglich zusammenkamen, rissen jedes Mal ein neues tiefes Loch in ihren schmalen Pensionsfonds. Dazu kamen die Rechnungen für Benzin, Flugkosten zwischen Jackson und Charlotte, private Pfleger für ihre Mutter … es war ein Fass ohne Boden.

Das Apartment in Charlotte war für den Augenblick das dringlichste Problem. Die letzten drei Jahre hatte sie in einer Mietwohnung in Washington D.C. gelebt. Hätte sie die Wohnung stattdessen gekauft – sie hätte sie morgen schon für das doppelte Geld verkaufen können. Doch das war ein Wunschtraum. Wäre sie vernünftig gewesen, hätte sie die Mietwohnung gekündigt, nachdem sie ihre Versetzung erhalten hatte, doch Alex hatte die Wohnung behalten in dem Wissen, dass ihre Vorgesetzten davon erfahren würden. Dass sie ein Symbol ihrer Überzeugung darin erblicken würden, dass sie eines Tages aus ihrer Verbannung erlöst werden würde.

Doch jetzt hatte sie zusätzlich zu ihrer Mietwohnung in Washington einen Sechsmonatsvertrag für eine Wohnung in Charlotte, in der sie weniger als ein Dutzend Mal geschlafen hatte. Sie hatte die zweite Monatsmiete bezahlt, um den Anschein zu wahren, dass sie eifrig ihre Strafarbeit erledigte, doch sie konnte es sich einfach nicht leisten, so weiterzumachen. Ihre Vorgesetzten würden es herausfinden, wenn sie den Mietvertrag kündigte. Alex dachte über mögliche Ausreden und Erklärungen nach, doch keine davon war geeignet, die Dienstaufsicht zufriedenzustellen.

»Scheiße«, murmelte sie und warf den erkalteten Waschlappen auf das Bett neben sich.

Meggie sprang fauchend in die Luft, erschrocken vom nassen Lappen. Alex hatte nicht gesehen, wie sie sich neben ihr auf dem Bett zusammengerollt hatte – und jetzt hatte sie auch noch eine beleidigte Katze, um die sie sich kümmern musste. »Ich an deiner Stelle wäre auch stinksauer«, sagte sie, erhob sich und ging zu ihrem Computer.

Sie loggte sich bei MSN ein und überprüfte ihre Kontaktliste, um zu sehen, ob Jamie online war, doch das Symbol neben seinem Bildschirmnamen – Ironman QB – war rot, nicht grün. Das beunruhigte sie zunächst nicht weiter. Ihr nächtliches Webcam-Ritual fand üblicherweise später statt, nachdem Bill zu Bett gegangen war. Jamie mochte erst zehn Jahre alt sein, doch er war sehr talentiert, was Computer anging. Und weil Taschengeld eines der wenigen Dinge war, in denen Bill sich großzügig zeigte – um sein schlechtes Gewissen zu beruhigen, wie Alex wusste –, hatte Jamie sich eine Webcam kaufen können, die es ihm erlaubte, eine Videoverbindung zu Alex herzustellen, sobald beide bei MSN eingeloggt waren. Heimliche Kommunikation mit einem Zehnjährigen mochte in ethischer Hinsicht fragwürdig erscheinen, doch Alex ging davon aus, dass es neben vorsätzlichem Mord verblasste. Und da Grace sie beauftragt hatte, Jamie zu schützen, hielt Alex es für gerechtfertigt, den Kontakt zu dem Jungen auf jede nur erdenkliche Weise aufrechtzuerhalten.

Sie blieb bei MSN eingeloggt, als sie aufstand, ihr Mobiltelefon aus der Handtasche holte und die Nummer ihrer Mutter wählte. Eine Pflegerin meldete sich.

»Ich bin es, Alex. Ist sie wach?«

»Nein, sie schläft. Sie ist wieder an der Morphiumpumpe.«

O Gott. »Wie geht es ihr, abgesehen von den Schmerzen?«

»Keine Veränderung, leider. Nicht physisch. Emotional allerdings …« Die Schwester brach ab.

»Was ist emotional?«

»Sie scheint sehr bedrückt.«

Natürlich ist sie bedrückt. Sie stirbt, und sie ist ganz allein. »Sagen Sie ihr, dass ich später wieder anrufe«, flüsterte Alex.

»Sie hat gesagt, Sie kämen bald nach Mississippi zurück.«

Ich bin schon in Mississippi. Alex schloss die Augen wegen der Schuldgefühle, die die Notlüge hervorbrachte. »Das wäre gut möglich, aber im Augenblick hänge ich noch in Charlotte fest. Untersuchen die Ärzte sie regelmäßig?«

»Ja, Ma'am.«

»Bitte rufen Sie mich sofort an, wenn es eine Veränderung gibt.«

»Ich sorge dafür, dass Sie informiert werden.«

»Ich danke Ihnen. Auf Wiederhören.«

Alex schob ihre Glock in den Hosenbund und schlug den Hemdensaum darüber. Dann nahm sie Meggie auf und ging mit der Katze im Arm nach draußen. Zimmer 125 war beim Pool, der zu dieser Stunde verlassen dalag. Ihr war danach, ein paar Runden zu schwimmen, doch sie hatte keinen Badeanzug eingepackt und auch nicht daran gedacht, einen zu kaufen, als sie bei Wal-Mart gewesen war. Das Empfangsgebäude des Days Inn war einem Herrenhaus nachempfunden – eine Imitation der wichtigsten Touristenattraktionen von Natchez. Hinter der Lobby und einer einstöckigen Reihe von Zimmern lag unter einem Rechteck aus Eichen ein alter Tennisplatz. Alex kraulte die Katze hinter den Ohren und ging los.

Ursprünglich hatte sie vorgehabt, im Stadtzentrum im Eola Hotel abzusteigen, das sie von einem Besuch aus Kindertagen kannte, doch sie hatte festgestellt, dass sie sich die Preise nicht leisten konnte. Das Days Inn kostete neunundfünfzig Mäuse pro Tag – einschließlich Katze. Der Parkplatz lag direkt am Highway 61. Fuhr man nach links, war man auf dem Weg in Richtung New Orleans, fuhr man nach rechts: Chicago. *Jetzt leide ich schon unter Verfolgungswahn,* dachte Alex. *Reiß dich zusammen!*

Sie betrat die gesprungene grüne Oberfläche des alten Tennisplatzes und atmete die Luft in tiefen Zügen ein. Es roch nach einem Potpourri aus üppigem Grün: Laubbäume, Nadelhölzer und

Kudzu, durchsetzt mit Azaleen, Oliven und Geißblatt. Und es roch nach Wasser, nach richtigem, fließendem Wasser, nicht dem steril gechlorten Pool oben beim Motel. Irgendwo ganz in der Nähe wand sich ein Bach durch die bewaldete Stadt in Richtung des mächtigen Mississippi, der keine zwei Kilometer im Westen floss.

Alex war erst dreimal in Natchez gewesen, doch sie wusste eines mit Bestimmtheit: Die Stadt unterschied sich von allen anderen in den Vereinigten Staaten. Die meisten Amerikaner betrachteten Mississippi als etwas Einzigartiges, doch Natchez war selbst für Mississippi außergewöhnlich. Eine arrogante Stadt, ohne jeden Zweifel, auch wenn ein gewisses Maß an Arroganz gerechtfertigt sein mochte, insbesondere, was die Vergangenheit betraf. Natchez war die älteste Stadt am Mississippi und von großem Wohlstand gewesen. Unter der wechselnden Herrschaft Englands, Frankreichs und Spaniens hatte die Stadt die jeweiligen Stile, die Etikette und Architektur der damaligen europäischen Großmächte absorbiert und betrachtete sich demzufolge als dem Rest des Staates überlegen, zu dem Natchez nominal gehörte. Das verschaffte der Stadt außerhalb ihrer Grenzen wenig Anhänger. Die reichen Baumwollbarone kümmerte Politik so wenig, dass sie ihre prächtige Stadt ohne einen einzigen Schuss an die anrückenden Streitkräfte der Nordstaaten übergaben. Aus diesem Grund hatte Alex, die in Jackson aufgewachsen war, gelegentlich verächtliches Zischen gehört, wenn die Sprache in einer Unterhaltung auf Natchez gekommen war. Doch die unblutige Übergabe war auch der Grund dafür, dass die Stadt den furchtbaren Krieg mehr oder weniger intakt überstanden hatte, ähnlich Charleston und Savannah; sie war eine Welt für sich geblieben, anscheinend immun gegen die Geschichte und außerhalb von Zeit und Raum.

Als der fruchtbare Boden im Umland von Natchez ausgebeutet war, zogen die Baumwollplantagen nach Norden ins Delta, doch Natchez starb nicht, auch wenn ein Niedergang einsetzte. Jahrzehnte später begannen die ersten Touristen aus der ganzen Welt, Pilgerreisen zu dem ursprünglichen Juwel des Alten Südens zu veranstalten, um die dekadente Opulenz zu bestaunen, die wie durch göttliche Intervention die Jahre überdauert hatte (auch wenn in Wirklichkeit die ehrenamtliche Arbeit zahlloser Damen der Gesellschaft dahintersteckte). Selbst die hartgesottenen Baptisten des ländlichen Mississippi hegten eine widerwillige Faszination für die Stadt am Fluss, deren Bars die ganze Nacht geöffnet blieben und deren von Schwarzen betriebenes Bordell bis nach Paris bekannt war. Die Entdeckung von Erdöl unter den alten Baumwollfeldern erweckte den Geist der Stadt noch einmal vierzig Jahre lang zum Leben, und ein Teil des gefeierten Reichtums kehrte nach Natchez zurück. Als junges Mädchen auf Besuch und als Teilnehmerin des Confederate Pageant, eines historischen Umzugs, war Alex für kurze Zeit in einen sozialen Tornado eingesaugt worden, wie nur altes Blut, neues Geld und schwelende Rassenkonflikte ihn entstehen lassen konnten. Als sie das nächste Mal in Natchez gewesen war – während ihrer College-Zeit, zusammen mit einer Schwester aus der Studentinnenverbindung –, war ihr die Stadt nur noch wie ein blasses Abbild von damals erschienen. Alles war kleiner gewesen, weniger farbenprächtig und pompös.

Während der letzten fünf Tage hatte Alex den *Natchez Examiner* jeden Morgen von vorne bis hinten durchgelesen, während sie Thora Shepard auf ihren Läufen gefolgt war. Was sie auf den Seiten der Zeitung gefunden hatte, war eine Stadt, die noch immer mit den Dämonen ihrer Vergangenheit kämpfte. Zur Hälfte schwarz, zur Hälfte weiß, schien die ehemalige Hauptstadt des Plantagensüdens nicht imstande, ihren Platz in der modernen Welt zu finden. Alex fragte sich, was einen Mann wie Chris Shepard nach einem mit fantastischen Ergebnissen abgeschlossenen Studium der Medizin in diese Ecke der Welt zurück verschlagen hatte. Vielleicht lockte die Stadt mit einem Sirenengesang, den nur die Einheimischen hören konnten.

Alex wanderte zurück zum Pool und setzte Meggie am flachen Ende ab. Die Katze kauerte am Rand und trank vom stillen Wasser, während Alex weiter über den Arzt in seinem weißen Kittel nachdachte. Nach fünf Wochen hektischer Nachforschungen lag ihr Schicksal – und das von Jamie – in den Händen von Dr. Chris Shepard. Sie würde ihm ein wenig Zeit lassen, um über das heutige Treffen nachzudenken, doch nicht allzu lange. Bei ihrem nächsten Besuch würde sie ihm weitere Fakten darlegen – genug, um den Haken zu ködern. Bereits die ersten Brocken hatten sein Interesse geweckt; das hatte sie gespürt. Wer wäre an seiner Stelle gleichgültig geblieben? Sie hatte ihm eine klassische Kriminalgeschichte präsentiert: Alfred Hitchcock zu seinen besten Zeiten. Das Problem war nur: Es betraf Chris Shepard persönlich – und seine Frau. Letzten Endes würde die Entscheidung des Arztes, ob er Alex helfen würde oder nicht, auf Faktoren basieren, die Alex nicht beeinflussen konnte: die dunklen Seiten seiner Ehe, unergründliche emotionale Tiefen, die kein Ermittler jemals ausloten konnte. Doch Alex hätte darauf gewettet, dass er ihr helfen würde.

Sie war Thora inzwischen seit fünf Tagen gefolgt und war sicher, dass Shepards Frau ein geheimes Leben führte. Auf irgendeiner Ebene musste ihr Mann das wissen. Doch würde er es sich bewusst eingestehen? Die Menschen sahen immer nur, was sie sehen wollten, und auch nur dann, wenn sie bereit dazu waren. Die Wahrheit mochte für andere schmerzvoll offensichtlich sein, doch für einen Liebenden war alles verschleiert. Durch Hoffnung, Angst und von allem durch Vertrauen. Alex' Vater hatte sich die größte Mühe gegeben, seiner Tochter diese Lektion beizubringen, und doch waren persönliche, schmerzhafte Erfahrungen notwendig gewesen, um die Wahrheit in sie hinein zu ätzen.

Vertrau nur deinem eigenen Blut.

Sie hob Meggie hoch und kehrte mir ihr ins Motelzimmer zurück. Ein paar Kilometer weiter im Süden lag in diesem Augenblick Chris Shepard wahrscheinlich hellwach in seinem Bett und fragte sich, ob er die Frau neben sich jemals wirklich gekannt hatte. Alex bedauerte, dass sie seine Welt auf den Kopf stellen musste, doch ihr blieb keine andere Wahl. Wenn sie Shepard der Gnade seiner Frau überließ, würde er den Monat wahrscheinlich nicht überleben.

Als sie die Hand nach dem Türknauf ausstreckte, wurde ihr bewusst, dass sie eine Entscheidung gefällt hatte, was die Wohnung in Charlotte anging.

»Sayonara«, sagte sie leise.

Sie verriegelte die Tür hinter sich und setzte sich an ihren Computer. Jamie war immer noch nicht online. Sie blickte auf die Uhr – 23.25 Uhr. Mit einem Mal zog ihre Brust sich zusammen, als atmete sie giftige Dämpfe ein. Sie brauchte dringend Schlaf, doch sie würde warten, bis Jamies Bildschirmsymbol grün aufleuchtete, egal wie lange es dauerte. Sie rieb sich die Augen, angelte sich einen Energy Drink aus ihrer Kühlbox, lehnte sich zurück und leerte die halbe Dose in wenigen Schlucken. Bis sie rülpsen musste, spürte sie bereits den Schub des Koffeins, das ihre Schleimhäute absorbiert hatten.

»Komm schon, Baby«, murmelte sie. »Mach endlich. Sprich mit Tante Alex.«

Doch Jamies Symbol blieb rot.

6

Chris war nie ein guter Lügner gewesen, genauso wenig wie sein Vater. Buddy Shepard hatte nicht viel Geld verdient, doch er hatte Respekt genossen, wo immer er gearbeitet hatte, und er hatte seine Integrität an seinen Sohn weitergegeben. Es war nicht einfach, wie Chris festgestellt hatte, Integrität in einer Welt zu wahren, die nach den Gesetzen der menschlichen Natur agierte.

Auf dem dunklen Pfad zwischen seinem Haus und der umgebauten Scheune dahinter war er nicht einmal mehr sicher, was richtig war und was nicht. Sein Schritt war schwer, und er empfand keine Freude an seiner Umgebung, die sonst stets ein Quell des Stolzes gewesen war. Als er nach Natchez gezogen war, hatte er einen großen Teil seiner Ersparnisse ausgegeben, um ein großes

Haus auf einem acht Hektar großen Gelände der früheren Elgin-Plantage zu erwerben – ein Anwesen im Süden der Stadt, das bis vor den Bürgerkrieg zurückreichte. Trotz der isolierten Lage war das Haus nur fünf Minuten von Bens Schule entfernt und weniger als zehn Minuten von beiden Krankenhäusern in Natchez. Chris sah nicht, wie man das noch hätte verbessern können, doch Thora wollte schon seit langem nach Avalon ziehen, in einen schicken neuen Vorort, der noch weiter im Süden entstand. Red Simmons hatte diesem Wunsch stets widerstanden, doch nach mehrmonatigen Diskussionen hatte Chris schließlich nachgegeben. Er hatte einräumen müssen, dass Ben in der neuen Nachbarschaft wohl mehr Freunde haben würde.

Das Haus in Avalon – er nannte es bei sich »McMansion« – war zu zwei Dritteln fertig. Thora überwachte persönlich die Arbeiten, doch Chris ließ sich nur selten auf der Baustelle blicken. Er war in einer Reihe ländlicher Gemeinden aufgewachsen (sein Vater hatte für International Paper gearbeitet und war alle paar Jahre versetzt worden), und er war überzeugt, dass seine Kindheit auf dem Land eine große Rolle dabei gespielt hatte, seine heutige Eigenständigkeit zu schmieden. Er wusste, dass Ben von einer ähnlichen Umgebung profitieren würde, und aus diesem Grund hatte er beschlossen, sein Land nicht zu verkaufen, wenn sie schließlich nach Avalon zogen.

Vor ihm tauchte ein großes Gebäude in der Dunkelheit auf, dessen rustikales Äußeres seinen wahren Zweck perfekt verschleierte. Chris hatte die Scheune selbst umgebaut und sich hier ein Videoproduktionsstudio eingerichtet, um seiner Leidenschaft nachzugehen – seinem »Kamera-Hobby«, wie Thora es nannte, was ihn mehr störte, als er zuzugeben bereit war. Er sperrte die Tür auf und betrat den Produktionsraum, ein Paradies aus hellem Ahorn und Glas, makellos sauber und um der Kameras, der Computer und der anderen Ausrüstung willen konstant temperiert bei dreizehn Grad Celsius. Allein das Betreten des Raums ließ seine Stimmung steigen. Das Booten seines Apple G5 trug noch mehr zur sich bessernden Laune bei. In diesem Raum konnte Chris die tausend Belästigungen des Alltags endlich hinter sich lassen. Hier in diesem Raum hatte er die Kontrolle über das, was er tat. Und tief im Innern hatte er das Gefühl, dass er etwas Großartiges erschuf.

Chris hatte während der College-Zeit mit dem Filmemachen angefangen und an mehreren Dokumentationen gearbeitet, von denen zwei mit nationalen Preisen ausgezeichnet worden waren. Während seines Medizinstudiums hatte er eine weitere Dokumentation produziert mit dem Titel *Ein Tag im Leben eines Arztes im Praktikum.* Gedreht mit einer versteckten Kamera, hatte dieses digitale Video seine Laufbahn als Mediziner fast beendet, ehe sie richtig angefangen hatte. Doch nachdem ein Kommilitone das Material an eine nationale Nachrichtenstation geschickt hatte, wo es ausgestrahlt worden war, hatte es einen großen Teil dazu beigetragen, dass die Arbeitsstunden der jungen Ärzte im Praktikum begrenzt worden waren.

Leider hatte Chris feststellen müssen, dass er kaum noch Zeit fand, irgendetwas zu filmen, nachdem er seine eigene Praxis eröffnet hatte. Die Arbeit bot viele Belohnungen, doch Freizeit gehörte nicht dazu.

Letztes Jahr jedoch hatte er sich mit Dr. Tom Cage, einem alteingesessenen Arzt für Allgemeinmedizin, in einer Gemeinschaftspraxis zusammengetan und nebenbei einen Weg gefunden, wie er seinen Beruf und seine Leidenschaft miteinander verbinden konnte. Nach genauer Beobachtung seines neuen Partners begann Chris mit der Arbeit an einer Dokumentation über den Niedergang der traditionellen Primärversorgungsmedizin. Der Bundesstaat Mississippi, in den allermeisten Dingen zehn Jahre hinter dem Rest des Landes zurück, erwies sich als der ideale Ort für dieses Vorhaben.

Tom Cage war einer jener Ärzte, die eine ganze Stunde damit verbrachten, einem Patienten zuzuhören – falls ein verständnisvolles Ohr das war, was der Patient am meisten benötigte. Tom war dreiundsiebzig Jahre alt und litt gleich an mehreren chronischen Erkrankungen; wie er selbst oft einräumte, war er kranker als die meisten seiner Patienten. Doch er arbeitete noch immer achtzig

Stunden in der Woche, und wenn er nicht arbeitete, las er Fachzeitschriften, um auf der Höhe der Zeit zu bleiben, was die ärztliche Versorgung betraf. Dr. Cage betastete seine Patienten häufig während einer Untersuchung, und er achtete sehr genau auf das, was er fühlte. Wichtiger noch, er befragte seine Patienten eingehend – nicht nur über ihre spezifischen Symptome, sondern auch über andere Lebensbereiche, die Hinweise auf den allgemeinen Gesundheitszustand zu geben vermochten. Er berechnete sein Honorar so, dass er seine Patienten nicht arm machte (und war daher selbst nicht reich), und er dachte niemals schon an die Dutzende von Patienten in seinem Wartezimmer – die meisten ohne Termin –, solange er noch mit einem anderen Patienten zu tun hatte. Tom Cage blieb in seiner Praxis, bis der letzte Patient bei ihm gewesen war, und erst dann – und nur dann – erklärte er sein Tagwerk für getan.

Für Chris, der seine praktischen Erfahrungen zusammen mit einer Gruppe von Internisten seines Alters gesammelt hatte, war die Arbeitseinstellung von Dr. Cage ein gründlicher Schock gewesen. Für Ärzte aus Chris' Generation bedeutete eine gute Praxis hohes Einkommen, kurze Arbeitszeiten und eine Vielzahl an Partnern, auf die Patienten zurückgreifen konnten, sodass man sich höchstens eine Nacht pro Woche mit Anrufern herumschlagen musste. Chris' frühere Partner praktizierten eine defensive Medizin und ließen jeden Labortest durchführen, der auch nur entfernt relevant war für die Symptome eines Patienten. Zugleich verbrachten sie so wenig Zeit wie nur möglich mit den Patienten, alles im Namen der Einkommens-Maximierung. Diese Art der Berufsausübung war für Dr. Cage ein Gräuel. Ein System, das auf die Bequemlichkeit und den Gewinn der Ärzte zugeschnitten war, war für ihn wie ein Schwanz, der mit dem Hund wackelte. In den Augen von Dr. Cage war ein Arzt ein Diener am Patienten. Es mochte ein angesehener Beruf sein, kein Zweifel, doch es war nichtsdestotrotz ein dienender Beruf. Und das, so glaubte Chris, war alle Mühen wert, für die Nachwelt dokumentiert zu werden.

Tief im Innern teilte er eine Menge von Toms Ansichten über

die moderne Medizin. Seine eigenen Vorstellungen vom Arztberuf hatten ihn seine erste Ehe gekostet, und seither war er vorsichtig gewesen, was Liebesdinge anging. Erst als Thora Rayner in sein Leben getreten war, hatte er sich mutig genug gefühlt, erneut ein solches Risiko einzugehen. Allein aus diesem Grund hatte Alex Morses Besuch ihn stärker verunsichert, als es irgendeinen anderen Mann verunsichert hätte. Chris hatte seine erste Frau grundlegend falsch eingeschätzt, und einräumen zu müssen, dass er den gleichen Fehler bei seiner zweiten Frau erneut gemacht hatte, würde verdammt hart werden.

Und in diesem Sinne waren die nagenden Gedanken, die ihm während des Baseball-Trainings durch den Kopf gegangen waren, nichts weiter gewesen als belanglose Ärgernisse. Kleinigkeiten. Jeder Erwachsene durchlief Veränderungen seiner Persönlichkeit, und das erste Jahr einer Ehe war stets eine Phase der Anpassung. Dass Thora angefangen hatte, mehr Geld als früher auszugeben, oder dass sie engere Kleidung trug, hatte im Großen und Ganzen überhaupt nichts zu bedeuten. Rein gar nichts.

Chris öffnete die Tür des Studio-Kühlschranks und schenkte sich ein Glas nahezu gefrorenen Grey Goose ein, das er in einem Zug hinunterkippte. Dann setzte er sich vor seinen G5, startete Final Cut Pro und machte sich daran, einige Einstellungen zu betrachten, die er vergangene Woche gefilmt hatte. Da er mit seiner Canon XL2S direkt auf Festplatten aufnahm, musste er keine Zeit damit verschwenden, Material von Bändern auf den Computer zu überspielen.

Vor ihm auf dem Bildschirm entwickelte sich ein Gespräch zwischen Dr. Tom Cage und einer dunkelhäutigen Frau, die seit 1963 seine Patientin war. Die Frau besaß inzwischen eine Ururenkelin, und das kleine Mädchen spielte zu ihren Füßen. Dr. Cage zog es heutzutage vor, keine Kleinkinder mehr zu behandeln, doch diese Frau hatte sich schlichtweg geweigert, ihre »Enkelin« zu irgendeinem anderen Arzt zu bringen. Chris hatte mehr Erfahrung mit moderner Kinderheilkunde als Tom Cage, und er war stolz gewesen, dass er dem alten Arzt helfen durfte, das hohe Fieber zu bewerten (von dem Cage befürchtet hatte, es könnte von einer Meningitis herrühren).

Während die alte Frau erzählte, wie Dr. Cage in jener denkwürdigen Nacht im Jahre 1963 mitten in einem Blizzard zu ihr nach Hause gekommen war, spürte Chris eine ungewohnte Woge von Emotionen. Bis zu diesem Morgen, als Agentin Morse subversiv in sein Leben eingedrungen war, war er zufriedener mit seinem Leben gewesen als jemals zuvor seit seiner Kindheit. Sein Vater war ein guter Mensch gewesen, doch er hatte nur selten über die tieferen Geheimnisse des Lebens nachgedacht. In Tom Cage hatte Chris einen Mentor gefunden, einen schier unerschöpflichen Quell von Weisheit und Wissen, der beides ohne jede Arroganz und Lehrerhaftigkeit weitergab, fast wie einer der alten Zen-Meister. Eine energische Frage hier, eine kleine Geste dort, während die Aufmerksamkeit eines Patienten abgelenkt war – auf seine bescheidene Weise half Tom, dass sein Partner mehr wurde als nur ein erstklassiger Internist. Er machte ihn zu einem Heiler.

Aber kein Mann kann nur für seinen Beruf alleine leben, dachte Chris und spürte, wie der Alkohol die Blut-Hirn-Schranke überwand. *Nicht einmal dann, wenn er voller Leidenschaft ist. Ein Mann braucht jemanden, mit dem er seine tiefsten Emotionen teilen kann. Jemanden, der ihm hilft, seine Triebe auszuleben, seine Obsessionen zu lindern. Und vielleicht am wichtigsten von allem: Er braucht jemanden, der bei ihm ist in all den tausend kleinen Augenblicken, die in ihrer Gesamtheit ein Leben ausmachen.*

Beinahe zwei Jahre lang hatte Chris geglaubt, dass Thora diese Person war. Zusammen mit Ben hatte sie einen magischen Zirkel in seinem Leben geschlossen. Bevor er Thora geheiratet hatte, war Chris nicht bewusst gewesen, wie sehr die Rolle des Vaters ihn beeinflussen würde. Doch in weniger als einem Jahr war Ben unter Chris' geduldiger Aufmerksamkeit zu einem Jungen herangereift, der seine Lehrer mit seiner inneren Einstellung und seinen Leistungen verblüffte. Darüber hinaus war er ein Ass im Schulsport. Der Stolz, den Chris über seinen Ziehsohn empfand, war atemberaubend, und es war ihm wie eine feierliche

Verpflichtung, ja, ein Privileg erschienen, den Jungen zu adoptieren.

Angesichts dessen, was er für Ben empfand, vermochte Chris sich kaum vorzustellen, was ein biologisches Kind aus ihm machen würde. Er empfand beinahe Schuldgefühle, weil er noch mehr vom Leben verlangte, als er ohnehin bereits hatte. Woche für Woche sah er Menschen ohne all die Dinge sterben, die er selbst nun besaß, entweder weil sie sie niemals gefunden hatten oder weil sie so dumm gewesen waren, ihren Wert nicht zu schätzen. Und doch hatte sich jetzt mit einem Schlag alles irgendwie verändert. Alexandra Morse hatte eine Schlange des Zweifels in seinem persönlichen Garten Eden ausgesetzt und zwang ihn, sich zu fragen, ob er all die wunderbaren Dinge wirklich und wahrhaftig besaß, die zu besitzen er sich eingebildet hatte.

»Verdammt!«, fluchte er. »Verdammte Frau!«

»Hab ich was verkehrt gemacht?«, erkundigte sich eine besorgte Stimme.

Chris blickte über die Schulter und sah Thora hinter sich stehen. Sie trug ein durchsichtiges blaues Negligé und weiße Slipper, an denen nasses Gras klebte. Chris war so vertieft gewesen in sein Filmmaterial und seine Gedanken, dass er gar nicht gehört hatte, wie sie ins Studio gekommen war.

»Du bist erst spät vom Krankenhaus nach Hause gekommen«, sagte sie schüchtern.

»Ich weiß.«

»Hast du viele Patienten dort?«

»Ja. Hauptsächlich Routinefälle, doch es gibt einen Fall dort, der für jeden ein Rätsel ist. Don Allen hat Tom deswegen um Rat gebeten, und Tom hat mich um meine Meinung gefragt.«

Thora weitete erstaunt die Augen. »Dr. Allen hat Tom gefragt? Ich kann mir nicht vorstellen, dass er irgendjemanden fragt!«

Chris lächelte schwach. »Die Familie des Patienten hat ihn bedrängt. Ich konnte sehen, wie er darunter gelitten hat. Er wäre fast erstickt daran. Aber wenn nicht irgendjemand dahinterkommt, was diesem Patienten fehlt, könnte er sterben.«

»Warum verlegt ihr ihn nicht nach Jackson?«

»Don hat bereits mit sämtlichen Spezialisten an der dortigen Uniklinik gesprochen. Sie haben die Untersuchungsergebnisse gesehen, und auch sie wissen nicht, was sie von der Sache halten sollen. Ich denke, die Familie hat darauf bestanden, dass Tom hinzugezogen wird, weil er in fünfzig Jahren als praktischer Arzt schon so gut wie alles gesehen hat, doch Tom steht ebenfalls vor einem Rätsel. Für den Augenblick jedenfalls.«

»Ich setze mein Geld auf dich«, sagte Thora lächelnd. »Ich weiß, dass du es herausfindest. Du findest immer alles heraus.«

»Ich weiß nicht … diesmal nicht.«

Thora kam näher, beugte sich vor und küsste Chris auf die Stirn. »Dreh dich wieder um«, sagte sie leise. »Zu deinem Bildschirm.«

Es erschien ihm als eine eigenartige Bitte, doch nach einem Moment drehte er sich um und wandte sich dem Bildschirm zu.

Thora begann seine Schultern zu massieren. Für eine so zierliche Frau besaß sie überraschend kraftvolle Hände, und das Nachlassen der Verspannung in seinem Nacken kam so plötzlich und überraschend, dass er einen milden Anflug von Übelkeit empfand.

»Wie fühlt sich das an?«

»Beinahe unerträglich gut.«

Ihre Hände arbeiteten sich an den Seiten seines Halses entlang und kneteten die Muskeln an seiner Schädelbasis. Dann schob sie die Fingerspitzen in seine Ohren und massierte die Ohrmuscheln, wobei sie sich unter ständig zunehmendem Druck weiter nach innen arbeitete. Es dauerte nicht lange, und er spürte, wie er anfing, aus dem Sessel zu Boden zu gleiten. Eine von Thoras Händen verschwand, doch die andere glitt nach vorn in sein Polohemd, und der Handballen massierte seine Brustmuskeln mit überraschender Kraft.

»Weißt du, was ich überlegt habe?«, fragte sie.

»Was?«

»Nun … wir haben seit einer Weile nicht mehr versucht, dass ich schwanger werde.«

Keine Bemerkung hätte ihn mehr überraschen können. »Du hast recht«.

»Und?«

Langsam drehte sie den Stuhl um, bis er sich direkt vor ihren entblößten Brüsten wiederfand. Normalerweise waren sie weiß wie Porzellan – ihr dänisches Blut –, doch wie ihre Freundinnen war Thora neuerdings süchtig nach dem Sonnenstudio, und ihre Haut besaß bereits einen uncharakteristisch dunklen Goldton.

»Küss sie!«, flüsterte Thora.

Er gehorchte.

Sie stieß ein gurrendes Geräusch tief in der Kehle aus, ein beinahe katzenhafter Ausdruck von Vergnügen, und er spürte, wie sie ihre Position veränderte. Während ihre Finger mit seinen Haaren im Nacken spielten, bearbeitete er vorsichtig, doch beharrlich ihre Nippel. Sie waren unfehlbare Quellen der Erregung, und schon bald ging Thoras Atem flach und schnell. Sie bog die Knie und griff nach unten, um zu sehen, ob er bereit war. Als sie ihn hart vorfand, öffnete sie seine Hose, kniete nieder und versuchte, sie herunterzuziehen. Er hob die Hüften, um ihr zu helfen.

Sogleich hob Thora ihr Negligé und setzte sich auf ihn, während sie ihre Beine um seinen Leib und die Lehne des Stuhls schlang. Chris stöhnte auf, beinahe überwältigt von ihrem Drängen, das er seit einer ganzen Weile nicht mehr erfahren hatte. Doch heute Abend war Thora die Frau, in die er sich vor zwei Jahren verliebt hatte, und die Macht dieser Inkarnation trieb ihn rasch dem Klimax entgegen. Sie starrte in seine Augen, während sie auf ihm ritt, ihn lautlos weiter vorwärtstrieb – doch im letzten Moment stellte sie beide Füße auf den Boden und drückte sich in die Höhe und weg von ihm.

»Was soll das?«, rief er.

»Das ist nicht gerade die ideale Position, um eine neue Generation zu zeugen«, sagte sie, und ihre Augen neckten ihn mit gespieltem Vorwurf.

»Oh.«

Sie nahm ihn beim Penis und zog ihn mit sich zum Ledersofa,

wo sie sich auf den Rücken legte und ihm bedeutete, sie zu besteigen. Nachdem er sie lange genug angestarrt hatte, um das Bild unauslöschlich in seine Gedanken einzubrennen, kam er ihrer Aufforderung nach. Während Thora ihm lüsterne Aufmunterungen ins Ohr flüsterte, kam ihm unerklärlicherweise die Unterhaltung mit Agentin Morse in den Sinn. Sie besaß jetzt eine surreale Qualität. Konnte so etwas überhaupt möglich sein? Hatte sich tatsächlich jemand unter dem Vorwand, Patientin zu sein, Zugang zu seinem Sprechzimmer verschafft und seine Frau beschuldigt, eine Mörderin zu sein? Noch dazu eine, die ihre Tat erst noch *plante?* Es war verrückt …

»Jetzt!«, sagte Thora in diesem Moment. *»Jetzt! Jetzt! Jetzt …!«*

Chris drang ganz tief in sie ein und verharrte dort, hielt den Kontakt, während er es ihr selbst überließ, sich über die Schwelle zu bringen. Als sie aufschrie und ihre Nägel seine Schulterblätter kratzten, ließ er sich gehen, und ein weißes strahlendes Licht brannte jegliche Ungewissheit weg.

Als er langsam in die Gegenwart zurückkehrte, stemmte Thora sich hoch, um ihn auf die Lippen zu küssen; dann sank sie schwitzend trotz der Klimatisierung auf das Leder. Chris zog sich aus ihr zurück und legte sich neben sie.

»Du kannst ruhig aufstehen, wenn du möchtest«, sagte sie. »Ich bleib noch ein paar Minuten liegen, damit die Dinge ihren natürlichen Lauf nehmen können.«

Er lachte. »Ich liege gut hier.«

»Gute Antwort.«

Sie lagen für eine Weile schweigend nebeneinander. Dann fragte Thora unvermittelt: »Alles in Ordnung, Chris?«

»Warum willst du das wissen?«

»Du scheinst heute abwesend zu sein. Ist auf der Arbeit etwas passiert?«

Meine Güte, und ob etwas passiert ist! »Nur das Übliche.«

»Macht dir das neue Haus schon wieder zu schaffen?«

»Ich hab noch gar nicht daran gedacht.«

Sie sah enttäuscht aus. »Ich weiß nicht, ob das so gut ist.«

Er zwang sich zu einem Lächeln. »Das Haus ist prima«, antwortete er. »Es dauert halt eine Weile, einen Kerl vom Lande in einen Stadtmenschen zu verwandeln.«

»Wenn es überhaupt möglich ist.«

»Das werden wir sehr bald herausfinden.«

Thora schob sich eine feuchte Strähne aus den Augen. »Oh, fast hätte ich's vergessen. Ich wollte dich etwas fragen.«

»Was?«

»Laura Canning fährt diese Woche hinauf ins Alluvian. Sie hat mich gefragt, ob ich mitfahren möchte.«

»Alluvian?«

»Du weißt schon, dieses Hotel in Greenwood, oben im Delta. Das die Leute von Viking Range umgebaut haben, diese Küchenfirma. Es soll atemberaubend sein. Du hast eine Weile im Delta praktiziert, stimmt's?«

Er lachte. »Meine Patienten konnten sich so einen Laden bestimmt nicht leisten.«

»Es gibt dort ein fantastisches Wellnesscenter. Die Leute kommen extra von New York hergeflogen. Morgan Freeman hat diesen Blues-Club im Delta, weißt du, und er wohnt ebenfalls im Alluvian.«

Chris nickte. Er mochte die Filme von Morgan Freeman, doch er gehörte nicht zu den Leuten, die sich Wellnesscenter nach den Hollywoodstars aussuchten, die dort verkehrten. Abgesehen davon bekam er alle Bewegung der Welt bei der Pflege des riesigen Stückes Land, auf dem sein Haus stand.

»Wenn du nicht möchtest, dass ich fahre, bleibe ich hier«, fuhr Thora fort, scheinbar ohne jeden Groll. »Aber es ist Bens letzte Schulwoche vor den Ferien, und er fragt sowieso immer dich um Hilfe bei den Hausaufgaben. Ich habe nicht die Geduld dazu.«

Dagegen konnte Chris nichts einwenden. »Wann willst du fahren?«

»In ein paar Tagen wahrscheinlich. Wir würden nur drei Nächte wegbleiben und dann gleich wieder nach Hause kommen. Schlammpackungen und Champagner, ein wenig Blues, und dann nach Hause.«

Chris nickte und zwang sich zu einem weiteren Lächeln, doch diesmal kostete es mehr Anstrengung. Es war nicht so, dass er Thora den Spaß nicht gönnte. Es war die Stimme von Alex Morse in seinem Hinterkopf, die flüsterte: *Plant Ihre Frau vielleicht, in nächster Zeit für ein paar Tage die Stadt zu verlassen?*

»Chris?«, fragte Thora. »Sag die Wahrheit. Möchtest du, dass ich zu Hause bleibe?«

Er rief sich ihr Gesicht ins Gedächtnis, als sie miteinander Liebe gemacht hatten, die unverfälschte Lust in ihren blaugrauen Augen. Jetzt lag sie auf dem Rücken auf dem kalten Leder, sodass sein Sperma die bestmögliche Chance hatte, tief in sie hineinzuwandern. Was zur Hölle verunsicherte ihn? »Ich denke, ich bin nur ausgebrannt«, sagte er. »Die ganze Arbeit in der Praxis und im Krankenhaus und mein Filmprojekt ...«

»Und das Baseball-Training«, fügte Thora hinzu. »Neunzig Minuten jeden Tag bei dreißig Grad im Schatten mit einer Horde wilder Indianer.«

»Fahr du nur hoch ins Delta und spann ein wenig aus«, sagte er, obwohl er noch nie zuvor die Begriffe »Ausspannen« und »Delta« gedanklich miteinander verbunden hatte. »Ben und ich kommen schon zurecht.«

Thora schenkte ihm ein elfenhaftes Lächeln und küsste ihn erneut. »Warte, ich bin gleich wieder da.«

Er starrte sie fragend an, als sie aufsprang und zur Studiotür rannte, um dahinter zu verschwinden. Einen Moment später war sie wieder da und hielt beide Hände hinter dem Rücken.

»Was machst du da?«, fragte er und spürte eine eigenartige Nervosität in sich aufsteigen.

»Ich habe eine Überraschung für dich«, erwiderte sie. »Genaugenommen sind es zwei Überraschungen.«

Er richtete sich auf dem Sofa auf. »Aber ich brauche nichts.«

Sie lachte und kam näher. »Bist du sicher?«

»Ja.«

Sie brachte die rechte Hand zum Vorschein. Darin war ein Teller mit Schokoladensplitterplätzchen. Ihm lief das Wasser im Mund zusammen, als ihm der Duft der Plätzchen in die Nase stieg – bis er Alex Morses warnende Stimme in seinem Kopf hörte. Bevor er eine Entscheidung treffen musste, ob er ein Plätzchen essen sollte oder nicht, hielt Thora ihm eine Kartonrolle hin, ähnlich denen, in welchen sie die Pläne für das neue Haus herumtrug. Chris zwang sich zu einem Lächeln, doch die Aussicht, über das Haus in Avalon reden zu müssen, behagte ihm nicht.

»Ich habe dein Stirnrunzeln bemerkt«, sagte Thora, indem sie die Plätzchen neben ihm abstellte und dann ihr perfektes Hinterteil auf seine Knie platzierte. »Warte einfach nur ab, du wirst sehen.«

Sie zog ein Blatt aus der Kartonrolle und breitete es auf ihren nackten Oberschenkeln aus. Chris sah etwas, das ein Plan zu sein schien für ein weiteres Gebäude hinter dem 650 Quadratmeter großen Haus, das sich der Fertigstellung näherte. Ein weiteres recht großes Gebäude.

»Was ist das?«, fragte er und stöhnte innerlich. »Ein privates Fitnesscenter?«

Thora lachte. »Nein. Dein neues Filmstudio.«

Er errötete. »Was?«

Sie lächelte und küsste ihn auf die Wange. »Das ist mein Einweihungsgeschenk an dich. Ich habe unseren Architekten beauftragt, einen Experten aus New York zu konsultieren. Was du dort siehst, ist ein ultramodernes Videoproduktionsstudio. Du musst nichts weiter tun, als deine Ausrüstung auszuwählen.«

»Thora … das ist nicht dein Ernst.«

Ihr Lächeln wurde noch breiter. »Oh doch. Das Fundament ist bereits gegossen, und die Hightech-Verkabelung liegt ebenfalls. *Sehr* kostspielig.«

Es war fast zu viel zum Verdauen nach dem, was Chris an diesem Tag ertragen hatte. Er wollte aufstehen und auf und ab gehen, doch Thora hielt ihn auf die Couch gedrückt. Unvermittelt warf sie die Pläne und die Kartenrolle beiseite und drückte ihn fest an sich.

»Ich lasse dich nicht jedes Mal hierher entschlüpfen, wenn du einen deiner Filme bearbeiten möchtest. Du bleibst bei mir, hast du verstanden?«

Er verstand überhaupt nichts. Er fühlte sich, als hätte er eine halluzinogene Droge geschluckt. Andererseits, hätte Alex Morse nicht an diesem Morgen seine Praxis aufgesucht, wäre ihm das alles völlig unverdächtig und lediglich als wunderbare Überraschung erschienen.

»Endlich habe ich dich überraschen können«, sagte Thora mit andächtiger Stimme. »Das habe ich doch, oder?«

Er nickte benommen.

Sie nahm ein Plätzchen vom Teller und hielt es ihm an die Lippen. »Hier, du brauchst deine Kraft.«

»Nein, danke.«

Ihre Enttäuschung war nicht zu übersehen. »Ich habe sie ganz allein gemacht, ohne Backmischung!«

»Ich bin wirklich nicht hungrig. Ich esse später welche.«

Sie zuckte die Schultern und schob sich das Plätzchen in den Mund. »Selbst schuld«, sagte sie, und ihre Augen glitzerten, während sie kaute. »Mmmh … beinahe besser als Sex.«

Chris roch die schmelzende Schokolade in ihrem Mund und beobachtete, wie sie mit übertriebenem Vergnügen schluckte. *Alex Morse ist nicht ganz dicht im Kopf,* dachte er bei sich.

Thora sah ihm in die Augen; dann nahm sie seine Hand und legte sie auf ihre Brust. »Bist du fit für eine zweite Runde? Wir könnten die Chancen um zwei Millionen zu eins oder so erhöhen …«

Er fühlte sich wie ein Astronaut, dessen Sicherheitsleine sich gelöst hatte und der langsam und unaufhaltsam von seinem Raumschiff wegtrieb und damit von allem, das ihm vertraut war. *Wie kann man nur so leben?,* dachte er bei sich. *Wie kann man nur jede Handlung im eigenen Haus hinterfragen?*

Er schloss die Augen und küsste Thora mit einer Wildheit, die aus Verzweiflung geboren war.

7

Alex Morses Herz machte einen Satz, als sie sah, wie das kleine rote Symbol grün wurde und andeutete, dass Jamie sich endlich bei MSN eingeloggt hatte. Alex hatte drei Stunden darauf gewartet und sich die Zeit mit Solitaire am Computer vertrieben.

Ein neues Fenster ähnlich einem kleinen Fernsehschirm öffnete sich, doch das Bild blieb zunächst dunkel. Dann wurde das Fenster hell, und sie erblickte Jamie am Schreibtisch in seinem Kinderzimmer im Haus seiner Eltern. Die Unmittelbarkeit der Webcam war im ersten Moment überwältigend. Beinahe so, als wäre man im gleichen Raum mit der Person, mit der man sich unterhielt. Man konnte jede Bewegung ihrer Augen sehen, jede Regung in ihrem Gesicht. In dieser Nacht trug Jamie ein T-Shirt der Atlanta Braves und eine gelbe Baseballmütze. Er blickte Alex nicht direkt an, sondern schaute auf seinen Bildschirm und das Bild, das ihre eigene Webcam dort erzeugte. Sie wusste, dass sie für ihn genauso aussah, denn sie starrte auf sein Bild und nicht in die Optik der oben auf dem Bildschirm montierten Kamera.

»Hi, Tante Alex«, sagte er zur Begrüßung. »Tut mir leid, dass ich mich verspätet habe.«

Zum ersten Mal an diesem Tag war ihr Lächeln warm und aufrichtig. »Kein Problem, Jamie. Du weißt, dass ich da bin, wann immer du dich einloggst. Was hast du gemacht?«

Jamie lächelte. »Ich hatte ein Baseballspiel!«

»Wie ist es gelaufen?«

»Sie haben uns abgeschlachtet.«

»Das tut mir leid. Wie ist es für dich gelaufen?«

»Ich hab ein Double geschafft.«

Alex stieß einen Jauchzer aus und klatschte in die Hände. »Das ist ja großartig!«

Jamies Lächeln verschwand. »Aber ich hab auch zwei Fehlversuche gehabt.«

»Das ist okay. Selbst die Profis haben Fehlversuche.«

»Zwei in einem Spiel?«

»Klar. Was gab es sonst noch?«

Jamie seufzte wie ein fünfzig Jahre alter Mann. »Ich weiß nicht ...«

»Doch, du weißt. Komm schon.«

»Ich denke, sie ist gerade hier.«

»Missy?« Missy Hammond war Bill Fennells Mätresse.

Jamie nickte.

Zorn stieg in Alex auf. Sie schmeckte Kupfer im Mund. »Wieso denkst du das?«, fragte sie. »Hast du sie gesehen?«

»Nein.« Jamie blickte hinter sich, zu seiner Zimmertür. »Dad glaubt, dass ich längst schlafe. Er kam rein, um nachzusehen, ob ich das Licht ausgemacht habe. Ein paar Minuten später habe ich die Hintertür gehört. Ich dachte, dass er vielleicht weggefahren wäre, deswegen bin ich nach draußen zum Geländer geschlichen. Ich habe nichts gesehen, aber nach einer Weile hab ich jemanden lachen hören. Es hörte sich nach ihr an.«

Alex wusste nicht, was sie sagen sollte. »Das tut mir leid, Jamie. Komm, lass uns über was anderes sprechen.«

Der Junge ließ den Kopf hängen. »Du hast gut reden! Warum kommst du nicht her und holst mich hier weg? Dad will mit ihr zusammen sein, nicht mit mir. Ich bin überhaupt nicht müde.«

»Ich kann nicht einfach vorbeikommen und dich holen. Das haben wir doch schon besprochen. Dein Vater möchte dich bei sich haben, Jamie.« Sie war nicht einmal sicher, ob es stimmte. »Er will euch beide.«

Der Junge schüttelte den Kopf. »Nach dem Spiel hat Dad von nichts anderem geredet als von meinen Fehlversuchen und meinen anderen Fehlern. Nicht ein Wort über mein Double.«

Alex setzte ein Lächeln auf und nickte, als würde sie ihn gut verstehen. »Eine Menge Väter sind so, Jamie. Dein Großvater war auch so zu mir, als ich Softball gespielt habe.«

Jamie starrte sie erstaunt an. »Ehrlich?«

»Ganz ehrlich. Er hat nicht eine Sekunde gezögert, auf meinen Fehlern herumzureiten.«

Das stimmte nicht ganz. Jim Morse war zu konstruktiver Kritik fähig gewesen, doch er hatte sehr genau gewusst, wie er vorgehen musste, damit man sich nicht schlecht fühlte. Alex erinnerte sich vor allem an vorbehaltloses Lob.

»Dein Dad versucht nur, dich anzuspornen, damit du dich noch mehr verbesserst.«

»Kann sein. Ich mag es trotzdem nicht.« Jamie hob ein schweres Buch auf seinen Schreibtisch. »Ich sollte meine Hausarbeiten schon heute Nachmittag machen, aber mir war nicht danach. Kann ich sie jetzt machen?«

»Sicher.«

»Bleibst du bei mir?«

Alex lächelte. »Du weißt, dass ich bei dir bleibe.«

Jamie lächelte glücklich. Sie hatten das schon viele Male getan seit dem Tod seiner Mutter. Während Jamie seine Aufgaben durchlas, saß Alex da und beobachtete ihn, und ihre Gedanken kehrten in die Vergangenheit zurück. Aus irgendeinem Grund musste sie ständig an ihren Vater denken. Jim Morse hatte seinen Enkel mehr geliebt als alles andere auf der Welt, und das schloss seine beiden eigenen Töchter durchaus ein. Als Grace und Alex jung gewesen waren, hatte Jim sich ein Geschäft aufgebaut, und obwohl er sich sehr bemüht hatte, ein guter Vater zu sein, hatte er seine Kinder hauptsächlich im Vorübergehen gesehen. Doch bei Jamie war alles anders gewesen. Jim hatte endlose Stunden mit dem Knaben verbracht. Er hatte ihm das Angeln beigebracht und die Jagd, das Wasserskilaufen, das Drachensteigenlassen und nicht nur, wie man einen Baseball warf, sondern wie man ihn *richtig* warf.

Eines jedoch war sicher, das wusste Alex in ihrem tiefsten Innern. Wäre ihr Vater noch am Leben gewesen und hätte er sich die Anschuldigungen anhören müssen, die Grace auf dem Totenbett gemacht hatte – die Ereignisse der vergangenen Wochen hätten einen völlig anderen Verlauf genommen. Noch in der Nacht von Graces Tod wäre Bill Fennell in eine nackte, kahle Zelle geschleppt und gegen die Wand geschleudert worden, und man hätte ihn so lange bearbeitet, bis er auch das letzte dunkle Geheimnis am

Grunde seiner schwarzen Seele ausgespuckt hätte. Wäre diese Behandlung nicht ausreichend gewesen, um die Wahrheit ans Licht zu fördern, wäre Bill zusammen mit Jim Morse, Will Kilmer und einigen anderen Ex-Cops, die inzwischen in der Detektei der beiden arbeiteten, zu einer unfreiwilligen Bootstour aufgebrochen.

Auf die eine oder andere Weise hätte Bill schließlich alles ausgespuckt, was er über Graces Tod wusste. Und Jamie würde heute nicht in dem hässlichen Kasten von Villa am Rand von Ross Barnett Reservoir in Jackson wohnen. Wenn die Gerichte Jamie nicht vor seinem Vater gerettet hätten, hätte sein Großvater ihn an einen sicheren Ort gebracht, wo er von Menschen aufgezogen worden wäre, die ihn liebten. Und Alex wäre mit ihnen gegangen. Sie hätte nicht eine Sekunde darüber nachgedacht.

Doch so war es nicht gekommen. Natürlich nicht. Weil Jim Morse genau wie seine Tochter Grace tot war. Alex hatte sämtliche Augenzeugenberichte studiert, doch nicht zwei von ihnen passten nahtlos zueinander – ganz im Gegensatz zu ihrem eigenen Irrsinn in der Bank, als Broadbent niedergeschossen worden war. An jenem Tag hatten alle genau das Gleiche gesehen. Beim Tod ihres Vaters jedoch war es anders gewesen. Im Alter von sechzig Jahren hatte Jim an einem späten Freitagnachmittag eine chemische Reinigung betreten. Normalerweise benutzte er das Drive-Through-Fenster, doch an jenem Tag hatte er sich aus irgendeinem Grund entschlossen, selbst in den Laden zu gehen. Zwei weibliche Angestellte hatten hinter der Theke gearbeitet. Ein junger Schwarzer in einem dreiteiligen Anzug wartete im Laden, doch er war kein Kunde. Die richtigen Kunden lagen hinter der Theke auf den Bäuchen, neben einer Einkaufstüte gefüllt mit dem Bargeld aus der Registrierkasse.

Von alledem wusste Jim nichts, als er den Laden betrat, doch Alex schätzte, dass er keine sechs Sekunden benötigt hatte, um festzustellen, dass etwas nicht stimmte. Kein Mensch auf der Welt konnte Jim Morse etwas vormachen, was einen Raubüberfall betraf. Die beiden jungen Frauen hinter der Theke waren so verängstigt, dass sie kaum reden konnten, als Jim zu ihnen ging und einen

Monolog über das Wetter anfing. Wie warm der Herbst gewesen war und wie es früher wenigstens ein- oder zweimal im Jahr in Mississippi geschneit hatte, im Gegensatz zu heute. Eine Angestellte hatte gesehen, wie Jim ohne den Kopf zu bewegen hinter die Theke schielte, die andere nicht. Dafür hatte die andere gesehen, wie er die Kleider seiner Frau vom Hängegestell nahm und sich abwandte, um zu gehen.

Als er den wartenden »Kunden« passierte, schickte er ihn mit einem wuchtigen Schlag an den Hals zu Boden. Die Angestellte war schockiert, dass ein »alter grauhaariger Kerl« den Mut aufbrachte, einen muskulösen Burschen Anfang zwanzig anzugreifen. Niemand, der Jim Morse gekannt hatte, wäre überrascht gewesen. Er hatte nach seiner Pensionierung noch häufig eine Waffe getragen, jedoch nicht an diesem Tag. Nicht für einen kurzen Abstecher zur Reinigung. Jim war noch damit beschäftigt, die Taschen des bewusstlosen Räubers zu durchsuchen, als die Schaufensterscheibe des Ladens plötzlich explodierte. Eine Angestellte schrie auf und verstummte sogleich wieder, als eine Kugel ihre linke Wange durchbohrte. Die andere Angestellte warf sich hinter der Ladentheke in Deckung. Von da an waren kaum noch Fakten bekannt.

Der Gerichtsmediziner glaubte, dass der Schuss, der Alex' Vater getötet hatte, von hinter der Theke abgefeuert worden war und nicht von einem Fluchtfahrzeug, das draußen gewartet hatte. Nicht, dass es eine Rolle gespielt hätte. Nach einem Leben voller Gefahr war Jim Morse an jenem Tag offensichtlich einfach das Glück ausgegangen. Und trotz unermüdlicher Anstrengungen von Seiten des Police Departments, seines alten Partners und trotz einer hohen Belohnung, die ausgelobt worden war, hatte man die Mörder von Jim Morse nie gefasst. Alex wusste, dass ihr Vater nicht an jenem Tag hatte sterben wollen, doch sie wusste auch noch etwas anderes: Er hätte diese Art zu sterben jederzeit dem Tod vorgezogen, den seine Frau nun starb – voll unerträglicher Schmerzen, Stück für Stück.

Das Geräusch eines zuklappenden Buches riss sie aus ihren Gedanken. Jamie blickte sie an.

»Ich bin fertig«, sagte er. »Es geht viel einfacher, wenn du bei mir bist.«

»Ich bin gerne bei dir, Jamie. Es hilft mir auch bei meiner Arbeit.«

Jamie lächelte. »Du hast nicht gearbeitet. Ich hab dich beobachtet. Du hast nur dagesessen.«

»Ich habe im Kopf gearbeitet. Ein großer Teil meiner Arbeit findet im Kopf statt.«

Jamies Lächeln verschwand, und er wandte den Blick zur Seite.

»Jamie?«, fragte Alex. »Ist alles in Ordnung? Sieh mich an, Liebling. Sieh in die Kamera.«

Nach einer Weile gehorchte er, und sein trauriger Blick ging ihr bis ins Mark.

»Tante Alex?«

»Ja?«

»Mir fehlt meine Mom.«

Alex zwang sich, ihre eigene Trauer zu unterdrücken. In ihren Augen stauten sich Tränen, doch sie würden Jamie nicht helfen. Eine Sache hatte sie auf die harte Tour gelernt: Wenn Erwachsene weinten, verloren Kinder vollends die Fassung.

»Ich weiß, Liebling«, sagte sie leise. »Mir fehlt sie auch.«

»Sie hat immer gesagt, was du auch gerade gesagt hast. Dass sie im Kopf arbeitet.«

Alex legte den Kopf in den Nacken und wischte sich die Augen, außerstande, die Erinnerung an die Nacht von Graces Tod zu verdrängen, als sie Jamie gepackt hatte und mit ihm aus dem Krankenhaus geflüchtet war. Sie war nicht weit gelaufen, nur bis zum nächsten Pizza Hut, wo sie Jamie die Nachricht vom Tod seiner Mutter überbracht und ihn getröstet hatte, so gut sie konnte. Ihr eigener Vater war erst sechs Monate zuvor gestorben, und sein Tod hatte Jamie genauso schwer getroffen wie sie selbst. Doch Graces Tod war eine Tragödie von solch unendlichem Ausmaß, dass der Junge sie einfach nicht verarbeiten konnte. Alex hatte seinen Kopf zwischen ihren Brüsten vergraben und leise um die Macht gebetet, Tote zum Leben zu erwecken, während sie inbrünstig hoffte, dass Grace nicht mehr bei klarem Verstand gewesen war, als sie ihren Mann beschuldigt hatte, ihren Tod herbeigeführt zu haben.

Alex hielt eine offene Hand vor die Optik der Kamera. »Du musst stark sein, kleiner Mann. Sei stark für mich, okay? Die Dinge werden wieder besser, ganz bestimmt.«

Jamie hob ebenfalls die Hand. »Echt?«

»Darauf kannst du wetten. Ich arbeite schon daran, jetzt in diesem Moment.«

»Das ist gut.« Jamie blickte zu seiner Zimmertür. »Tja, dann mach ich jetzt besser Schluss.«

Alex blinzelte die Tränen zurück. »Morgen um die gleiche Zeit?«

Jamie lächelte schwach. »Morgen um die gleiche Zeit, Tante Alex.«

Dann war der Bildschirm schwarz.

Alex erhob sich vom Schreibtisch, und die Tränen strömten ihr über die Wangen. Sie stieß Flüche aus und stampfte durch ihr Zimmer wie eine eingesperrte Irre in einer Gummizelle, doch sie wusste, dass sie den Verstand noch nicht verloren hatte. Sie blickte hinunter auf das Zeitungsfoto ihres Vaters. Er würde verstehen, warum sie in diesem klaustrophobischen Motel wohnte anstatt Totenwache am Bett ihrer Mutter zu halten. Ob richtig oder falsch – Jim Morse hätte genau das Gleiche getan: Er hätte versucht, seinen Enkel zu retten.

Und koste es, was es wolle – Alex würde ihr Versprechen einlösen, das sie Grace gegeben hatte. Wenn das FBI sie feuern wollte, dann zur Hölle mit ihnen allen! Es gab Gesetze, und es gab Gerechtigkeit. Und kein Morse, mit dem Alex verwandt war, hatte jemals ein Problem gehabt, den Unterschied zwischen beiden zu erkennen.

Alex streifte Hose und Hemd ab, ging nach draußen zum leeren Pool und begann in Unterwäsche Bahnen zu schwimmen. Es war zu spät, als dass sich irgendein schicklicher Mitbewohner beschweren konnte, und wenn ein dämlicher Spanner vom Schlag eines Bill Fennell sich auf einen Plastikstuhl setzen und sie begaffen wollte, während sie ihre Frustration abschwamm, sollte er das ihretwegen tun. Falls er noch da war, wenn sie wieder aus dem Pool stieg, würde sie seinen Hintern über den Parkplatz treten.

8

Dr. Eldon Tarver spazierte langsam durch den Park, den großen Kopf gesenkt auf der Suche nach verräterischen Federn im hohen Gras. In der einen Hand hielt er eine Nike-Sporttasche, in der anderen eine lange Greifzange von der Sorte, wie sie zum Aufsammeln von Bierdosen und anderen Abfällen benutzt wurde. Doch Dr. Tarver war nicht auf der Suche nach Abfällen. Er sammelte mit seiner Zange tote Vögel ein, die er in Plastikbeutel mit Zipperverschluss packte, um sie in der Sporttasche zu verstauen. Tarver war bereits seit den frühen Morgenstunden unterwegs, vor Einbruch der Dämmerung, und er hatte bisher schon vier Tiere in Tüten gepackt, drei Sperlinge und eine Mauerschwalbe. Zwei schienen noch relativ frisch zu sein, und das verhieß Gutes für die weitere Arbeit später an diesem Morgen.

Dr. Tarver war bisher nur zwei Menschen begegnet, beides Jogger. Nicht viele wagten sich bis in diese Ecke des Parks, wo die Zweige bis dicht über den Boden hingen und der Pfad an zahlreichen Stellen überwachsen war. Der Anblick Tarvers hatte beide Läufer erschreckt, zum einen wegen seiner bloßen Anwesenheit zu dieser Zeit an diesem Ort, zum anderen wegen seines Aussehens. Es war völlig unmöglich, Eldon Tarver mit einem Jogger zu verwechseln. Er trug keine Shorts und keine Trainingshose, sondern eine kurze, billige Freizeithose und einen Pullover aus dem Casual Male Big & Tall Shop. Tarver war einsneunzig groß mit einer fassförmigen Brust und dünnen Armen, die bedeckt waren von einem Pelz schwarzer Haare. Er war seit dem vierzigsten Lebensjahr kahlköpfig, doch er trug einen dichten grauen Vollbart, was ihm das Aussehen eines Mennonitenpredigers verlieh. Er besaß außerdem die Augen eines Predigers – nicht eines normalen Geistlichen, sondern die durchdringenden, fanatischen Augen eines Offenbarungspropheten –, hellblaue Iris, die im Zentrum der dunklen Augenhöhlen blitzten wie Münzen am Grund eines Brunnens. Wenn er wütend war, konnten diese Augen brennen wie die eines Dämons, doch das hatten nur wenige Menschen je gesehen. Viel häufiger strahlten diese Augen eine eisige Kälte aus. Einige der Frauen im Medical Center hielten ihn für attraktiv, andere betrachteten ihn als abgrundtief hässlich. Ihr Eindruck wurde noch verstärkt von einem Feuermal auf der linken Wange. Das entstellende Mal war eine ernst zu nehmende arterielle Anomalie, ein Horror, der während seiner Kindheit seinen sanften Anfang genommen hatte und im Verlauf der Pubertät aufgeblüht war wie ein Kainsmal, ein Zeichen des schlechten Gewissens. All diese Dinge zusammen hatten selbst den großen, kräftigen Jogger fünf Schritte nach rechts ausweichen lassen, als Tarver ihm begegnet war – denn fünf Schritte waren nötig, um genügend Abstand zu dem bärtigen Riesen mit seiner Aluminiumzange und der großen Sporttasche einzuhalten.

Als die ersten gelben Sonnenstrahlen durch die Zweige der Eichen im Osten schimmerten, war ein weiterer Läufer aufgetaucht, weiblich diesmal, mit weißen Kabeln, die unter dem goldenen Haar hervorlugten. Die Kabel verschwanden in einem iPod, den sie an den Oberarm geschnallt trug. Dr. Tarver wollte sie beobachten, als sie näher kam, doch dann bemerkte er einen weiteren Vogel abseits des Pfads, der noch in den letzten Zuckungen lag. Er war wohl gerade erst aus den Zweigen gefallen.

Die Schuhe der jungen Frau raschelten im trockenen Gras, als sie den Asphalt des Weges verließ und auf die dem Doktor gegenüberliegende Seite auswich. Sie versuchte es so aussehen zu lassen, als geschähe es aus Respekt, doch sie konnte ihn nicht täuschen. Er teilte seine Aufmerksamkeit zwischen Vogel und Mädchen, der eine schnell verendend, die andere voller Leben. Sie versuchte ihn nicht anzustarren, als sie vorbeisprintete, doch es gelang ihr nicht. Zweimal zuckten ihre Pupillen in seine Richtung, taxierten die Entfernung, stellten sicher, dass er sich nicht in ihre Richtung bewegt hatte. Bedrohungseinschätzung war ein so wunderbar hoch entwickeltes Talent – eine der Segnungen der Evolution. Er lächelte, als die junge Frau ihn passierte; dann schaute er ihr hinterher und betrachtete ihre wohlgeformten Pomuskeln mit der kühlen Distanziertheit eines erfahrenen Anatomen.

Nachdem sie hinter einer Biegung verschwunden war, verharrte er still, während er ihr allmählich verfliegendes Parfum einatmete – ein schlecht beratenes Utensil für morgendliche Läufe, wollte man unwillkommene Aufmerksamkeit vermeiden. Nachdem sich der Duft verflüchtigt hatte, kniete Dr. Tarver nieder, zog Einmalhandschuhe über und nahm ein Skalpell, eine Spritze und eine Petrischale aus seiner Tasche. Schließlich band er sich einen chirurgischen Mundschutz um. Dann öffnete er mit einem einzigen geübten Schnitt den Brustkorb des Sperlings. Mit langem Finger legte er die Leber frei, schob die Spritzennadel in das nahezu schwarze Organ und zog die Spritze ein kleines Stück weit auf, bis ein geringer Unterdruck im Kolben herrschte. Sodann stocherte er mit der Nadel so lange in der Leber herum, bis er mit einem langsamen Blutstrom belohnt wurde. Er brauchte nur einen Milliliter – weniger sogar –, doch er nahm alles, was er entnehmen konnte, ehe er dem Sperling mit einer schnellen Bewegung das Genick brach und den Kadaver ins Unterholz schleuderte.

Er öffnete die Petrischale und brachte ein paar Tropfen Blut auf die innen aufgetragene Schicht aus zermahlenem Hühnerembryo; dann verteilte er das Blut mit einem sterilen Spatel, den er ebenfalls aus der Tasche genommen hatte. Schließlich schloss er das Gefäß wieder und schob es in die Tasche zu den Plastikbeuteln mit den übrigen Kadavern. Er zog die Einweghandschuhe aus; auch sie kamen in die Tasche. Dann reinigte er sich die Hände mit einem Spritzer Purell. Sein morgendliches Werk war getan. Zurück im Labor, würde er zuerst das Blut des letzten Vogels testen. Er war zuversichtlich, dass das Tier ein Träger gewesen war.

Ein langsames Zittern im Gras an der Stelle, wo er den Kadaver des Sperlings hingeworfen hatte, erzeugte eine Gänsehaut auf seinen Armen. Das dazugehörende Geräusch war ganz leise, doch manche Geräusche aus der Kindheit vergisst man nie. Dr. Tarver setzte die Sporttasche ab und ging behutsam – äußerst behutsam angesichts seiner Größe – auf die Stelle im Gras zu. Sobald er den verrottenden Stamm sah, wusste er Bescheid. Er schloss für einen Moment die Augen, um sich zu beruhigen. Dann griff er mit der linken Hand nach unten und hob den Stamm an. Was er sah, brachte sein Herz zum Jauchzen: keine Grubenotter, sondern eine wunderschöne Spirale aus in der Sonne glänzendem Rot, Gelb und Schwarz.

»Micrurus fulvius fulvius«, flüsterte er.

Er hatte eine Östliche Korallenschlange entdeckt, eine der scheuesten Schlangen in ganz Amerika und ohne jeden Zweifel die tödlichste. Mit einer flüssigen Bewegung wie der eines Vaters, der seinem Kind übers Haar streicht, packte Tarver die Natter hinter dem Kopf und hob sie aus ihrem Versteck. Der leuchtend geringelte Leib wickelte sich um seinen Unterarm – das Tier war sicher fünfundsiebzig Zentimeter lang –, doch die Korallenschlange war nicht sehr stark. Eine Mokassin- oder eine Klapperschlange hätte sich zur Wehr gesetzt, hätte ihre starken Muskeln benutzt, um sich wegzupeitschen und dann zuzubeißen. Doch die Korallenschlange war keine primitive Grubenotter, die ihrer Beute beim Biss Unmengen von einfachem Hämotoxin injizierte, das furchtbare Schmerzen hervorrief und Schwellungen, während es die Wände der Blutgefäße zerfraß und seine menschlichen Opfer mit Wundbrand und Infektion überzog. Nein, die Korallenschlange war ein raffinierterer Killer. Wie ihre Verwandte, die Kobra, injizierte sie ihrem Opfer ein pures Neurotoxin, das lediglich betäubte und lähmte, ehe es das zentrale Nervensystem ausschaltete und so den Tod herbeiführte.

Dr. Tarver war Pathologe, nicht Herpetologe, doch seine lebenslange Bekanntschaft mit Schlangen reichte weit zurück. Seine Ausbildung in dieser Hinsicht hatte bereits in der Kindheit angefangen, jedoch nicht freiwillig. Für Tarver waren Schlangen unlösbar verbunden mit der Vorstellung von Gott. Nicht so, wie seine Adoptiveltern dieses Konzept gesehen hatten – nur Narren forderten den Tod heraus als eine Prüfung des Glaubens. Als Knabe hatte Eldon Tarver zugesehen, wie zahllose singende Hillbillies verängstigte Klapperschlangen in die Höhe gehalten hatten in dem Glauben, Gott hätte sie gegen die tödlichen Bestandteile in dem dicken Giftsack hinter den geschlitzten Augen gesalbt. Eldon wusste es besser. Er hatte gesehen, wie viele dieser Hillbillies in die Hände, Arme, Gesichter, Hälse gebissen worden waren und wie jeder der »Gesalbten« fleischliche Qualen von unvorstellbarer Grausamkeit erlitten hatte. Einige hatten Finger verloren, andere den ganzen Arm, zwei das Leben. Eldon wusste über ihr Schicksal Bescheid, weil er selbst einst einer jener Hillbillies gewesen war – nicht weil er es sich ausgesucht hätte oder weil er so geboren worden wäre, sondern kraft der Autorität des Staates Tennessee. Eldon wusste auch, dass die Skeptiker, die seinen Adoptivvater beschuldigten, die Schlangen im Kühlschrank zu halten, damit sie träger reagierten, oder sie vor dem Gottesdienst zu melken, keine Ahnung hatten, wovon und von wem sie redeten. Der Glaube dieser Hillbillies war so echt wie die Felsbrocken, die sie an jedem Tag außer am Sonntag von den hart gebackenen Äckern der Appalachen-Ausläufer räumten. Sie *wollten,* dass der Tod in der Kirche zugegen war, wenn sie dem Herrn Zeugnis ablegten. Eldon hatte persönlich viele der Vipern für die Sonntags- und die Mittwochsgottesdienste gefangen. Die Kirchenältesten hatten schnell gesehen, dass der große, mit einem Muttermal gezeichnete Junge aus dem presbyterianischen Kinderheim in Knoxville die Gabe besaß – so sehr, dass sein Adoptivvater ihn gebeten hatte, selbst Geistlicher zu werden. Aber das war eine andere Geschichte …

Eldon beobachtete, wie das Sonnenlicht auf den überlappenden Schuppen der Korallenschlange glänzte. Jede einzelne Schuppe war ein perfektes Menuett aus unbeschreiblicher Schönheit. In Tennessee hatte es keine Korallenschlangen gegeben. Man musste nach Osten fahren, nach North Carolina, oder nach Süden, nach

Mississippi, um sie anzutreffen. Im Verlauf seiner langen Spaziergänge in der Wildnis rings um Jackson hatte Eldon in den vergangenen Jahren drei oder vier Stück gesehen, mehr nicht. Die Korallenschlange war eines der Glanzlichter dieses viel geschmähten Staates.

Der Leib der Schlange wickelte sich in einer flüssigen Bewegung um seinen Arm und bildete eine Acht, ein perfektes Symbol für Unendlichkeit. Die Glaubensgemeinschaft von Eldons Adoptivvater war überzeugt gewesen, dass Schlangen die Inkarnationen Satans waren, doch die Zwillingsschlangen auf dem Heroldsstab, den Eldon an einer Kette um den Hals trug, waren sehr viel repräsentativer, was die wahre Natur der Reptilien anging, wenigstens im symbolischen Bereich. Schlangen standen für Heilung, weil die antiken Griechen ihre Häutungen als einen Prozess der Heilung und Wiedergeburt angesehen hatten. Hätten die Griechen sich bereits in Mikrobiologie ausgekannt, hätten sie beobachtet, dass es sehr viel tiefere Verbindungen zwischen Schlangen und der geheimnisvollen Maschinerie des Lebens gab. Doch selbst die Altvorderen hatten verstanden, dass Schlangen das personifizierte Paradoxon sämtlicher medizinischen Drogen darstellten: In kleinen Dosen heilten sie, in großen waren sie imstande zu töten. Eldon hielt die Korallenschlange dicht vors Gesicht und lachte volltönend, bevor er die Sporttasche öffnete, die Schlange hineinlegte und die Tasche rasch wieder schloss.

Er wandte sich zu der entfernt gelegenen Lichtung, auf der er seinen Wagen geparkt hatte. In ihm regte sich eine Hochstimmung, die bei weitem alles übertraf, was er beim Auffinden der toten Vögel gespürt hatte. Er fühlte sich gesegnet. Gewöhnliche Amerikaner lebten in ständiger Angst, und doch wussten sie niemals, wie nahe sie zu jeder Tages- und Nachtzeit dem Tod tatsächlich waren. Wenn man den Tod suchte, musste man niemals weit gehen, um ihn zu finden.

Man musste nur lange genug an einer Stelle bleiben, und er kam von selbst.

Das Labor Dr. Tarvers lag im Norden der großen Ansammlung aus Bürogebäuden, welche das Mississippi State Capitol umgaben. Auf dem Weg dorthin über die Interstate 55 kam er auch am AmSouth Tower vorbei, der die ansonsten eher flache Silhouette der Stadt überragte. Eldon Tarvers Blick ging zur fünfzehnten Etage, zu den blau-schwarzen Fenstern des Eckbüros. Seit fünf Jahren war Tarver fast täglich über diese Straße gefahren und hatte diese Fenster überprüft. Heute jedoch war das erste Mal, dass Sonnenlicht von den Fenstern reflektiert wurde wie von einem Signalmast – reflektiert von der Alufolie, die er vor all den Jahren als Notsignal vereinbart hatte.

Dr. Tarvers Brust zog sich zusammen, und sein Atem ging flacher. Es hatte schon früher Komplikationen gegeben – kleine Änderungen im Plan oder Missverständnisse bei der Kommunikation –, doch noch nie war es bisher dazu gekommen, dass dieses Signal benutzt wurde. Die Alufolie bedeutete verdammten Ärger. Eldon hatte dieses primitive Signal aus genau dem gleichen Grund ausgewählt, aus dem Geheimdienste derartige Signale verwenden. Wenn man in großer Gefahr schwebte, wenn die Deckung möglicherweise bereits aufgeflogen war, gab es keinen größeren Fehler, als vermittels einer Methode mit seinen Kontaktleuten in Verbindung zu treten, die der Gegner zurückverfolgen konnte. Im Gegensatz zu einem Telefon, einem Computer oder einem Pager war die Folie nicht spezifisch. Niemand konnte jemals beweisen, dass sie ein Signal war. Nicht einmal die NSA konnte Kameras auf jeden Quadratmeter Land richten, von dem aus diese Folie zu sehen war.

Nein, die Folie war eine gute Idee gewesen, genau wie der im Vorhinein vereinbarte Treffpunkt. Andrew Rusk wusste, wohin er sich wenden musste. Die Frage war: Konnte er dorthin, ohne verfolgt zu werden?

Denn was konnte das Notsignal anderes bedeuten als unerwünschtes Interesse seitens eines Dritten? Doch wer war dieser Dritte? Die Polizei? Das FBI? Im Grunde spielte es keinerlei Rolle. Tarvers erster Instinkt war, die Ursache zu eliminieren. Allein Andrew Rusk kannte seine Identität oder wusste etwas über seine jüngsten Aktivitäten. Und Eldon Tarver konnte nicht darauf vertrauen, dass Rusk den Mund hielt, wenn er unter Druck gesetzt wurde.

Der Anwalt mochte sich für stark halten – nach den Standards eines Yuppies des frühen einundzwanzigsten Jahrhunderts hatte er damit vielleicht sogar recht. Doch diese besondere Subspezies des *Homo sapiens* hatte nicht die leiseste Ahnung, was wirkliche Stärke oder Härte bedeutete. Keine Ahnung, was echte Autarkie war.

Sekunden, nachdem er die Alufolie entdeckt hatte, überlegte Dr. Eldon Tarver bereits, wo er einen komfortablen Hochsitz finden konnte mit ungetrübter Sicht auf eine der Straßen, die Rusk Tag für Tag benutzte, um dem Anwalt eine großkalibrige Kugel durchs Großhirn zu jagen. Nur dadurch vermochte er seine eigene Sicherheit zu garantieren. Andererseits – wenn er Rusk erledigte, würde er niemals erfahren, welcher Art die Bedrohung war. Rusk zu eliminieren bedeutete außerdem, den Fluchtplan zu aktivieren, und Tarver war eigentlich noch nicht bereit, den Bundesstaat jetzt schon zu verlassen. Er war noch nicht fertig mit seiner wichtigen Arbeit.

Er blickte auf die Nike-Sporttasche auf dem Beifahrersitz neben ihm. Der im Vorhinein vereinbarte Treffpunkt lag fünfzig Kilometer entfernt. Hatte er noch genügend Zeit, die Vögel vorher in sein Labor zu bringen? Sollte er ein Treffen mit Rusk überhaupt riskieren? *Ja,* antwortete sein Instinkt. *Kein einziger Todesfall ist bisher von der Polizei als Mord deklariert worden. Nicht öffentlich zumindest.* Selbst die Logik diktierte, dass er das Treffen riskieren sollte. Und an dem vorherbestimmten Ort konnte ihm niemand eine Falle stellen.

Ein neuer Gedanke schoss ihm durch den Kopf. Was, wenn Rusk die Folie als *Köder* aufgehängt hatte? Was, wenn er irgendwie geschnappt worden war und im Austausch gegen richterliche Milde seinen Komplizen auf einem silbernen Tablett servierte? Vielleicht warteten die Cops schon in seinem Labor. Eldon konnte sich den Verlust der Vögel leisten. Das West Nile war ein unberechenbares Virus, höchst variabel in den betroffenen Populationen je nach vorhandenen Immunitäten, Kreuzimmunitäten und anderen Faktoren. Die Möglichkeit, verhaftet zu werden, wog letztendlich schwerer als jeder mögliche Gewinn bei seiner Forschung. Dr. Tarver packte das Lenkrad fester und verließ die I-55 über die Ausfahrt von Northside Drive, um gleich auf der anderen Seite wieder Richtung Süden aufzufahren.

Was war mit der Korallenschlange? Er hasste die Vorstellung, das Reptil zusammen mit den Vögeln zu entsorgen. Vielleicht sollte er sie mitnehmen zu seinem Notfall-Treffen. Oder vielleicht sollte er es so machen wie damals, als jemand seine Aktentasche vor der Mall aus dem Wagen geklaut hatte? Den unverschlossenen Wagen mit der teuren Tasche auf dem Beifahrersitz an einer abseits gelegenen Stelle des Parkplatzes zurücklassen. In dem chaotischen, von Gelegenheitskriminellen überschäumenden Jackson hatte es keine dreißig Minuten gedauert, bis ein Dieb seine Tasche erspäht hatte. Dr. Tarver hatte sich köstlich amüsiert bei der Vorstellung, welches Gesicht der Schurke gemacht haben musste, als er die Tasche geöffnet und nicht wie erwartet reiche Beute, sondern eine wütend aus ihrem engen Gefängnis hervorschnellende Peitsche aus Muskeln und tödlichen Fängen vorgefunden hatte. *Instant-Karma, Arschloch ...*

Ein verschlagenes Grinsen erschien auf seinem Gesicht. Es war immer wieder eigenartig, wie scheinbar zusammenhanglose Ereignisse eine verborgene Bedeutung enthüllten, sobald der geeignete Zeitpunkt gekommen war. Die Alufolie im Fenster und die Korallenschlange waren vielleicht in irgendeinem jungianischen Geflecht aus Synchronizität miteinander verflochten. Vielleicht war die Schlange die Lösung für das Problem, das die Aluminiumfolie im Fenster signalisierte.

Tarver öffnete die Sporttasche und wartete, dass der gelb gebänderte Kopf auftauchte. Fünfzehn Kilometer fuhr er über die Interstate-55 dahin, bis es so weit war. Als das erste rote Band aus der Tasche glitt, nahm Tarver den Kopf der Korallenschlange zwischen Daumen und Zeigefinger und zog das Tier ganz hervor. Kinder wurden manchmal von Korallenschlangen gebissen, weil die Tiere so hübsch anzusehen waren, dass die lieben Kleinen nicht widerstehen konnten und sie aufhoben. Wären Korallenschlangen nicht von Natur aus scheu – im amerikanischen Süden hätte es viel mehr tote Kinder gegeben.

Die Schlange hing für einige Sekunden reglos da, dann wand sie sich zum zweiten Mal um den dicken Unterarm des Doktors. Ein euphorisches Rauschen breitete sich in seinen Adern aus. Anders als chemisch induzierte Euphorie verlor die Reaktion, die das Gleiten der Schuppen über seine nackte Haut verursachte, niemals ihre Kraft. Er spürte den gleichen Nervenkitzel wie ein Junge, der zum ersten Mal eine Waffe in den Händen hält: Die berauschende Macht, den Tod bewirken zu können. Den Tod anderer genauso wie den eigenen Tod …

Während Tarver weiter nach Süden fuhr, schwelgte er im Gefühl der nahen Ewigkeit.

9

Selbst nach drei Gläsern Wodka fand Dr. Chris Shepard noch keinen Schlaf. Um fünf Uhr morgens gab er endgültig auf. Er glitt leise aus dem Bett und zog sich im Ankleidezimmer an; dann ging er zur Garage, lud sein Rennrad auf den Träger des Pick-ups und fuhr zwanzig Minuten bis in den Norden der Stadt. Dort und im Licht eines violetten Himmels kontrollierte er den Luftdruck in den Rennreifen, stieg in den Sattel und fuhr los. Er folgte dem Natchez Trace, einem schmalen, einsamen grauen Band, das sich nach Nordosten zog.

Die windstille Luft hatte sich warm angefühlt, als er mit dem Nachfüllen der Reifen beschäftigt gewesen war, doch jetzt erzeugte die Vorwärtsbewegung einen Fahrtwind, der ihn beinahe frösteln ließ. Hier unten im Süden war der zweispurige Trace in langen Bereichen wie ein Tunnel, erzeugt von den ausladenden Blätterdächern Hunderter den Parkway säumender Roteichen. Die Wirkung war die eines natürlichen Mittelschiffs einer sich über viele Kilometer dahinziehenden Kathedrale. Durch die wenigen Lücken im Blätterdach sah Chris einen gelben Halbmond, der trotz der aufgehenden Sonne noch immer hoch am Himmel stand. Er trat mit dem beständigen Rhythmus eines Metronoms in die Pedale. Kleine Tiere ergriffen die Flucht, wenn er vorbeikam, und alle sechs-, siebenhundert Meter sprangen Rudel von Rotwild panisch unter den Schutz der Bäume.

Ein warmer, beständiger Nieselregen setzte ein. Landmarken glitten vorbei wie ein Film ohne Tonspur: Loess Bluff mit seiner ständig weiter erodierenden Böschung aus magerem Erdreich, der Naturholzzaun, der die Ranger Station von Mount Locust umgab, die Hochbrücke über den Cole's Creek, von wo aus man bis nach Low Water Bridge sehen konnte, womit Chris eine Reihe seiner glücklichsten Kindheitserinnerungen verband. Nach Überqueren der Hochbrücke wurde es ernst. Er stemmte sich in die Pedale, als wollte er bei der Tour de France mitfahren, in dem wilden Bemühen, die aufgestaute Unruhe der letzten achtzehn Stunden abzutrainieren. Das Dumme war – man konnte eine aufgestaute Unruhe, die aus Umständen außerhalb der persönlichen Kontrolle entsprang, nicht abtrainieren. Agentin Alex Morse war definitiv nicht unter seiner persönlichen Kontrolle. Chris fuhr bis ganz zum Ende dieses Abschnitts des Natchez Trace, bevor er eine Kehrtwende machte und in Richtung Südwesten zurückfuhr.

Aus dem leisen, beständigen Surren der Reifen auf dem nassen Asphalt erwuchs ein leises Zirpen. Er brauchte ein, zwei Sekunden, bis er den Klingelton seines Mobiltelefons erkannte. Die Hälfte der Zeit hatte er keinen Empfang hier draußen – einer der Gründe, warum er den Natchez Trace für seine Fahrten ausgewählt hatte.

Vorsichtig tastend griff er nach hinten und zog sein Mobiltelefon aus der Goretex-Tasche, die unter dem Sattel hing. Auf dem Display stand UNBEKANNTER ANRUFER. Chris wollte den Anruf bereits ignorieren und das Handy in die Satteltasche zurücklegen, doch wegen der frühen Morgenstunde bestand die Möglichkeit, dass einer seiner Krankenhauspatienten in Schwierigkeiten war. Vielleicht war es sogar Tom Cage, der wegen dem mysteriösen Fall anrief.

»Dr. Shepard hier«, meldete er sich mit sachlich-professioneller Stimme.

»Hallo, Doktor«, antwortete eine merkwürdig vertraute Stimme.

»Darryl?«, fragte er. Er war fast sicher, dass er die Stimme seines alten Bruders aus der Studentenverbindung wiedererkannte. »Darryl Foster?«

»Verdammt, ja!«

»Du hast also meine Nachricht endlich bekommen?«

»Gerade eben. Ich weiß, es ist noch früh am Tag, aber ich dachte mir, du hast dich nicht sehr verändert seit unseren College-Zeiten. Immer der Erste auf den Beinen, selbst mit einem Kater vom Vorabend.«

»Ich freue mich, dass du anrufst, Mann.«

»Tja, der Name, den du erwähnt hast, hat mich aufgeweckt. Warum um alles in der Welt fragst du mich nach Agentin Alex Morse? Hast du mit ihr zu tun oder was?«

Chris überlegte, wie viel er verraten sollte. »Wenn es dir nichts ausmacht, würde ich im Moment lieber noch nicht darüber reden.«

»Wooo-wooo-wooo!«, sagte Foster spöttisch. »Meinetwegen. Also, was willst du über Morse wissen?«

»Alles, was du mir verraten kannst. Ist sie tatsächlich beim FBI?«

»Sicher. Oder zumindest war sie es. Um die Wahrheit zu sagen, ich bin nicht sicher, wie ihr gegenwärtiger offizieller Status ist.«

»Warum nicht?«

»Ich kenne die Lady nicht persönlich, Chris. Deswegen musst du alles mit Vorsicht genießen, was ich dir erzähle. Alex Morse war ein Star beim FBI. Eine Senkrechtstarterin, wie sie im Buche steht. So ähnlich wie du damals im College. Einsen in jedem

Fach, und immer mehr getan als nötig. Sie hat sich als Geisel-Unterhändlerin einen Namen gemacht. Sie soll sogar die Beste gewesen sein. Sobald es irgendeinen Fall von großem öffentlichem Interesse gab, oder wenn im Gegenteil nichts nach draußen dringen durfte, ließ der Direktor sie einfliegen, um die Angelegenheit zu klären.«

»Du redest in der Vergangenheitsform.«

»Ja. Ich weiß nicht, was genau passiert ist, aber vor ein paar Monaten hat Morse die Nerven verloren, und jemand wurde getötet.«

Chris hörte auf zu strampeln. »Wer?«, fragte er, wobei er sich vom Schwung weitertragen ließ. »Eine Geisel?«

»Nein. Ein Kollege von ihr. Ein anderer Agent.«

»Wie ist es passiert?«

»Angeblich war es eine extrem angespannte Geisel-Situation, und Morse ist ausgeflippt. Das Geisel-Rettungsteam – so was wie unsere SWAT-Einheit – bekam den Befehl zum Zugriff, aber Morse kam nicht damit klar. Sie rannte zurück zum Geiselnehmer – allem Anschein nach, um weiter zu verhandeln –, und plötzlich ballern alle los. Ein Agent namens James Broadbent wurde von einer Ladung grobem Schrot in die Brust getroffen. Ich kannte Jim persönlich. Er war ein netter Kerl mit Frau und zwei Kindern. Es gab Gerüchte, dass er zu der Zeit eine Affäre mit Alex Morse gehabt hatte, aber man weiß unter solchen Umständen nie, was wahr ist und was nicht.«

Chris bemühte sich, das Gehörte schnell genug zu verdauen, um kluge Fragen stellen zu können. »Also weißt du nicht, ob Agentin Morse legitim ist oder nicht«, versuchte er Zeit zu schinden.

»Nein. Möchtest du, dass ich es herausfinde?«

»Kannst du das, ohne dass in Washington Alarmglocken schrillen?«

»Vielleicht. Aber dann musst du mir verraten, um was es geht.«

»Wäre es möglich, dass Agentin Morse in eine Morduntersuchung verwickelt ist?«

Foster schwieg ein paar Sekunden. »Kann ich mir nicht vorstellen«, sagte er dann. »Wir sind nicht zuständig für gewöhnliche

Mordfälle. Es sei denn, es liegen besondere Umstände vor. Menschenrechtsverletzungen, Rassendiskriminierung …«

»Im Fernsehen jagt das FBI auch immer Serienmörder.«

»Das sind Hollywood-Märchen. Eine sehr kleine Abteilung des FBI berät die örtliche Polizei und die State Police bei Mordfällen, falls die jeweiligen Behörden um Hilfe nachsuchen, doch sie nehmen niemals selbst Verhaftungen vor.«

Chris fielen keine weiteren Fragen ein, so sehr er sich auch den Kopf zermarterte, und er wollte nicht, dass Foster seinerseits anfing, aggressive Gegenfragen zu stellen. »Okay. Danke, dass du zurückgerufen hast, Darryl.«

»Und du kannst mir wirklich nicht mehr verraten als das bisschen, was du mir gesagt hast?«

Chris suchte hektisch nach einer plausiblen Erklärung. »Morse kommt ursprünglich aus Mississippi, nicht wahr? Das ist alles, was ich im Augenblick sagen kann. Wenn etwas Unvorhergesehenes passiert, melde ich mich wieder bei dir.«

»Tja, das muss dann wohl genügen«, sagte Foster. Er klang alles andere als zufrieden. »Wie ist eigentlich deine neue Frau so?«

»Alles bestens.«

»Tut mir leid, dass ich die Hochzeit verpasst habe. Aber Jake Preston hat erzählt, dass sie heiß ist. Ein richtig heißes Gerät.«

Chris stieß ein Lachen aus. »Sie sieht sehr gut aus.«

»Verdammte Ärzte. Ihr kriegt immer die besten Weiber.«

Diesmal war Chris' Lachen echt, als er den Charakter seines alten Freundes durchschimmern hörte. »Danke noch mal, Darryl.«

»Ich ruf dich wieder an, wenn ich mehr über Morse herausgefunden habe. Könnte schon heute sein. Vielleicht aber auch erst morgen. Wahrscheinlich morgen.«

»Egal, jeder Zeitpunkt ist mir recht. Sag mal, wo wohnst du jetzt eigentlich?«

»Immer noch in der Windy City. Hier oben in Chicago ist es so schweinekalt, dass ich mir im letzten Winter fast den Arsch abgefroren habe. Ich bin reif für Miami oder L.A., das kann ich dir sagen.«

»Viel Glück.«

»Ja. Wir hören bald wieder voneinander.«

Chris verstaute sein Mobiltelefon in der Satteltasche und stemmte sich kraftvoll in die Pedale. Inzwischen waren Trucks und andere Fahrzeuge auf dem Natchez Trace unterwegs, hauptsächlich Berufsverkehr – Leute, die irgendwo außerhalb lebten. Das Tempolimit auf dem Natchez Trace war auf achtzig Stundenkilometer festgesetzt – großartig für Radfahrer, hätten die Pendler sich an die Geschwindigkeitsbegrenzung gehalten, was aber keiner tat. Ein Blick auf die Uhr verriet Chris, dass er es wohl nicht rechtzeitig zurück nach Hause schaffen würde, um Ben zur Schule zu bringen. Das würde Thora zwar verwundern, aber er hatte keine andere Wahl gehabt; er hatte etwas tun müssen, um die Spannung zu vertreiben, die der Besuch von Alex Morse in ihm aufgebaut hatte.

Leider hatte Darryl Fosters Anruf jedes Gefühl von Entspannung vertrieben, das er aufgrund des Trainings empfunden hatte. Er hatte jetzt mehr Antworten, doch keine echten Informationen. Alex Morse war ein Star beim FBI, der Mist gebaut und den Tod eines Kollegen verschuldet hatte. Schön und gut. So viel hatte sie selbst zugegeben. Doch was war sie *jetzt?* Eine Agentin, die an einem legitimen Fall arbeitete? Oder eine Abtrünnige, die unerlaubt den Mord an ihrer Schwester rächen wollte? In gewisser Weise spielte es keine Rolle. Chris war überzeugt, dass sie mit der Einschätzung seiner Situation gründlich danebenlag.

Er riss den Lenker nach rechts, als ein Wagen von hinten hupend an ihm vorbeischoss, wobei er eine Wasserfontäne hinter sich her zog. Fast wäre Chris auf die Bankette gestürzt, doch in letzter Sekunde fing er das Rad wieder und lenkte es zurück auf den nassen Asphalt. Der Wagen war bereits zu weit weg, als dass er den Fahrer noch hätte erkennen können, doch Chris zeigte ihm nichtsdestotrotz den erhobenen Mittelfinger. Normalerweise hätte er sich nicht dazu hinreißen lassen. Doch normalerweise hätte er sich auch nicht von einem Wagen auf einer so wenig befahrenen Straße wie dem Natchez Trace erschrecken lassen.

Während er am Straßenrand entlangfuhr und die Reifen leise surrten, erblickte er in der Ferne einen zweiten Radfahrer, der sich auf der anderen Seite der Fahrbahn näherte. Als er näher kam, erkannte Chris, dass es eine Fahrerin war. Er hob die Hand zum Gruß – und trat dann voll in die Bremsen.

Die Fahrerin war Alex Morse.

10

Agentin Morse trug keinen Fahrradhelm, und das dunkle Haar war zu einem durchnässten Pferdeschwanz zusammengebunden, was ihre Gesichtsnarben noch deutlicher hervortreten ließ. Es waren die Narben, an denen Chris sie erkannte. Er konnte kaum glauben, sie hier anzutreffen. Er wollte schon an ihr vorbeisprinten, als sie die Straße überquerte und einen Meter von ihm entfernt zum Stehen kam.

»Guten Morgen, Doktor«, begrüßte sie ihn.

»Was machen Sie hier?«, fragte er.

»Ich muss mit Ihnen reden. Die Gelegenheit erschien mir günstig.«

»Woher wussten Sie, dass ich hier bin?«

Morse lächelte nur.

Chris musterte sie von Kopf bis Fuß, betrachtete die durchnässte Kleidung, die an ihrem Leib klebte, und den triefend nassen Pferdeschwanz. Sie hatte eine Gänsehaut an Armen und Beinen, und das baumwollene T-Shirt von der TULANE LAW, das sie trug, würde Ewigkeiten zum Trocknen benötigen, selbst wenn der Regen aufhörte.

»Gehört Radfahren zu Ihren Hobbys?«, fragte er.

»Nein. Ich habe das Rad vor vier Tagen gekauft, als ich herausfand, dass Sie Radfahrer sind und Ihre Frau Läuferin.«

»Sie haben Thora ebenfalls verfolgt?«

Morses Lächeln verschwand. »Ich habe sie bei einigen Läufen beschattet, ja. Sie ist ziemlich schnell.«

»Meine Güte.« Chris schüttelte den Kopf und fuhr los.

»Warten Sie!«, rief Morse. »Ich bin keine Bedrohung für Sie, Dr. Shepard.«

Er hielt an und blickte zu ihr zurück. »Da bin ich mir nicht so sicher.«

»Warum nicht?«

Er dachte an die Worte von Darryl Foster. »Nennen Sie es Instinkt.«

»Sie haben gute Instinkte, was mögliche Gefahrenquellen angeht?«

»Zumindest war das bisher so«, antwortete er.

»Auch dann, wenn die Gefahrenquellen menschlicher Natur sind?«

Ein roter Pick-up jagte vorüber. Der Fahrer starrte auf die beiden.

»Warum fahren wir nicht weiter?«, schlug Alex vor. »Auf diese Weise fallen wir weniger auf, während wir uns unterhalten.«

»Ich habe nicht vor, die Unterhaltung von gestern fortzusetzen.«

Sie blickte ihn ungläubig an. »Aber Sie müssen doch Fragen an mich haben!«

Chris starrte zwischen die Bäume; dann drehte er sich zu ihr um und ließ etwas von seinem Zorn durchschimmern. »Die habe ich allerdings. Meine erste Frage lautet: Haben Sie mit eigenen Augen gesehen, wie meine Frau in das Büro dieses Anwalts gegangen ist?«

Alex wich einen kleinen Schritt zurück. »Nicht persönlich. Allerdings …«

»Wer hat es gesehen?«

»Ein anderer Agent.«

»Wie hat er Thora identifiziert?«

»Er ist ihr zum Wagen gefolgt und hat ihre Nummer notiert.«

»Ihre Nummer also. Kein Fehler möglich, wie? Keine Chance,

dass er sich verschrieben hat und dass es jemand anderes gewesen sein könnte?«

Alex schüttelte den Kopf. »Er hat ein Foto von ihr geschossen.«

»Haben Sie das Foto?«

»Nicht bei mir. Aber sie trug ein sehr charakteristisches Outfit. Ein schwarzes Seidenkostüm mit einem weißen Schleier und einem Audrey-Hepburn-Hut. Nicht viele Frauen können heutzutage noch so etwas anziehen.«

Chris biss die Zähne zusammen. Thora hatte das fragliche Kostüm erst vor einem Monat auf einer Party getragen. »Haben Sie Aufzeichnungen von der Unterhaltung mit dem Anwalt? Kopien irgendwelcher Akten oder Memos? Irgendetwas, das beweist, worüber sie mit dem Anwalt gesprochen hat?«

Alex schüttelte zögernd den Kopf.

»Dann räumen Sie also die Möglichkeit ein, dass sie über Testamente, Immobilien, Investitionen oder sonst etwas Legitimes gesprochen haben könnten?«

Agentin Morse blickte zu Boden. Nach einer Weile sah sie Chris wieder an und antwortete leise: »Es wäre möglich, ja.«

»Aber das glauben Sie nicht.«

Sie biss sich auf die Unterlippe und schwieg.

»Agentin Morse, das Verhalten meiner Frau in letzter Zeit beweist mir nur allzu deutlich, dass es unmöglich ist, was Sie gestern angedeutet haben.«

Alex blickte ihn interessiert an, doch statt zu fragen, wovon er redete, antwortete sie: »Bis zu Ihrem Pick-up sind es fünfzehn Kilometer. Warum fahren wir nicht gemeinsam dorthin? Ich verspreche, dass ich Sie nicht wütend mache, wenn ich es vermeiden kann.«

Chris wusste, dass er Morse binnen weniger Sekunden abhängen konnte, wenn er wollte. Doch aus irgendeinem Grund – und wenn es nur die guten Manieren waren, die man ihm anerzogen hatte – entschied er sich dagegen. Er zuckte die Schultern, rastete die Schuhe in die Look-Pedale und fuhr in gemäßigtem Tempo los. Alex setzte sich neben ihn.

»Haben Sie jemanden angerufen, um sich nach mir zu erkundigen?«, fragte sie.

Er beschloss, Darryl Forster für den Augenblick aus dem Spiel zu lassen. »Ich denke, die Antwort darauf wissen Sie bereits. Oder haben Sie meine Telefone nicht angezapft?«

Sie ignorierte die Frage. »Ich bin sicher, Sie haben eine Reihe Fragen an mich, wenn man überlegt, was ich Ihnen gestern erzählt habe.«

Chris rieb sich das Regenwasser aus den Augen. »Ich gebe zu, dass ich darüber nachgedacht habe, was Sie mir erzählt haben. Insbesondere über die medizinischen Aspekte …«

»Nur weiter.«

»Ich möchte mehr über diese unerklärlichen Todesfälle erfahren, wie Sie sie genannt haben.«

»Was möchten Sie erfahren?«

»Wie die Leute gestorben sind. War es jedes Mal ein Schlaganfall?«

»Nein. Nur bei meiner Schwester.«

»Und bei den anderen?«

»In einem Fall war es ein Lungenemphysem. In einem weiteren ein Herzinfarkt.«

»Was noch?«

Sie legten dreißig Meter zurück, ehe Alex antwortete. »Die restlichen Fälle waren Krebs.«

Chris musterte sie überrascht, doch Alex blickte konzentriert auf die Straße vor sich. »Krebs?«

Sie nickte, und Wasser tropfte ihr von der Nase. »Bösartige Geschwülste, die zum Tod geführt haben.«

»Sie machen Witze.«

»Nein.«

»Sie erzählen mir allen Ernstes, zu den verdächtigen Todesfällen, die Sie so sehr beschäftigen, gehören auch Leute, die an *Krebs* gestorben sind?«

»Ja.«

Er dachte eine Weile nach. »Wie viele Opfer gab es insgesamt?«

»Neun Tote, die in irgendeiner Verbindung zu diesem Scheidungsanwalt gestanden haben. Sechs davon Krebs … bisher.«

»Die gleiche Art von Tumor bei jedem Toten?«

»Das kommt darauf an, wie pingelig Sie sind. Es war alles Blutkrebs.«

»Ich bin ziemlich pingelig. Blutkrebs beinhaltet eine ganze Serie verschiedener Krankheiten. Es gibt mehr als dreißig verschiedene Formen allein von Non-Hodgkin-Lymphomen, und wenigstens ein Dutzend verschiedener Formen von Leukämie. Waren die Todesfälle wenigstens alle durch den gleichen Typ von Blutkrebs verursacht?«

»Nein. Drei Fälle von Leukämie, zwei Lymphome, ein Fall von multiplem Myelom.«

Chris schüttelte den Kopf. »Sie sind nicht ganz bei Trost, Agentin Morse. Sie glauben allen Ernstes, dass jemand Menschen ermordet, indem er sie mit verschiedenen Formen von Krebs infiziert?«

Alex blickte zu ihm hinüber. Ihre Augen funkelten zornig.

»Ich glaube es nicht, ich *weiß* es.«

»Das ist unmöglich.«

»Sind Sie da so sicher? Sie sind kein Onkologe.«

Chris schnaubte. »Man muss kein Onkologe sein, um zu wissen, dass es eine dumme Methode wäre, jemanden zu ermorden – wenn es überhaupt *möglich* wäre. Selbst wenn man die Opfer auf irgendeine Art und Weise mit diesem Krebs infizieren könnte, würde es Jahre dauern, bis die Betreffenden sterben. Falls überhaupt. Viele Menschen überleben heutzutage Leukämie. Auch Lymphome führen nicht mehr zwangsläufig zum Tod. Und viele Menschen leben fünf Jahre und mehr mit Myelomen, nachdem sie eine Knochenmarkstransplantation erhalten haben. Manche Patienten haben zwei Transplantationen hinter sich und überleben ihre Erkrankung zehn Jahre und länger.«

»Die Menschen, von denen ich spreche, sind ohne Ausnahme innerhalb von achtzehn Monaten gestorben. Die meisten noch eher.«

Er horchte auf. »Achtzehn Monate von der Diagnose bis zum Tod? Alle?«

»Alle bis auf einen. Der Myelom-Patient überlebte dreiundzwanzig Monate – *nach* einer Transplantation von körpereigenem Knochenmark.«

»Sehr aggressive Krebsformen also. Äußerst aggressiv.«

»Offensichtlich.«

Alex wollte, dass er selbst dahinterkam. »Diese Leute, die starben … sie waren alle mit reichen Ehepartnern verheiratet?«

»Mit *sehr reichen* Ehepartnern.«

»Und alle sehr reichen Ehepartner waren Mandanten des gleichen Scheidungsanwalts?«

Alex schüttelte den Kopf. »Das habe ich nie gesagt. Ich sagte, dass die überlebenden Ehepartner geschäftliche Verbindungen zu dem betreffenden Scheidungsanwalt hatten – und zwar erst nach dem Tod ihrer jeweiligen Ehepartner. Große Geschäfte. Meist ging es um Dinge, die nichts mit dem eigentlichen Fachgebiet des Anwalts zu tun hatten.«

Chris nickte, doch seine Gedanken waren noch immer bei Alex' Krebstheorie. »Ich will nicht spitzfindig erscheinen, aber selbst wenn alle diese Patienten an Leukämie starben, reden wir hier von mehreren unterschiedlichen Ätiologien. Und die eigentliche Karzinogenese ist bei einer Vielzahl der Erkrankungen noch nicht geklärt. Wenn wir die Lymphome mit einbeziehen, haben Sie es mit vollkommen unterschiedlichen Zellgruppen zu tun – den erythroiden und den B-Zell-Geschwülsten –, und die Ursachen für diese Krebsformen sind bislang völlig unbekannt. Die Tatsache, dass diese Formen von ›Blutkrebs‹ innerhalb von achtzehn Monaten tödlich verlaufen sind, ist wahrscheinlich die einzige Ähnlichkeit zwischen den Todesfällen. Wahrscheinlich unterscheiden sie sich in jeglicher anderer Hinsicht so sehr voneinander wie ein Bauchspeicheldrüsenkrebs und ein Sarkom. Und wenn die besten Onkologen der Welt nicht wissen, wodurch diese Arten von Krebs hervorgerufen werden – was glauben Sie, wer könnte so eine Krankheit absichtlich und in dem Willen herbeiführen, einen Mord zu begehen?«

»Strahlung verursacht Leukämie«, sagte Alex störrisch. »Man muss kein Genie sein, um jemanden mit Krebs zu infizieren.«

Sie hatte recht, erkannte Chris. Viele Menschen, die Hiroshima zunächst überlebt hatten, waren an den Nachwirkungen der Atombombe gestorben, genauso wie die »Überlebenden« der Tschernobyl-Katastrophe. Marie Curie starb an Leukämie, verursacht durch ihre Experimente mit Radium. Man konnte mit einem, metaphorisch gesprochen, stumpfen Instrument komplizierte genetische Schädigungen, hervorrufen. Chris' Gedanken sprangen zu dem Problem des Zugangs zu Gamma-Strahlung. Infrage kamen Ärzte, Zahnärzte, Veterinäre – sogar Medizintechniker hatten Zugang zu Röntgenmaschinen oder den radioaktiven Isotopen, die für Strahlentherapien gebraucht wurden. Agentin Morses Theorie basierte auf mehr als nur wilder Spekulation. Und trotzdem erschien ihm die grundlegende Voraussetzung immer noch absurd.

»Es wurde schon früher gemacht, wissen Sie?«, riss Alex ihn aus seinen Gedanken.

»Was?«

»Ende der 1930er Jahre haben die Nazis mit Methoden experimentiert, Juden zu sterilisieren, ohne dass diese davon erfuhren. Sie befahlen den infrage kommenden Personen, an einem Schreibtisch Platz zu nehmen und eine Reihe von Formularen auszufüllen, was etwa fünfzehn Minuten in Anspruch nahm. Während dieser Zeit wurden von drei Seiten hochenergetische Gammastrahlen auf die Genitalien der Probanden abgefeuert. Das Experiment verlief erfolgreich.«

»Mein Gott.«

»Warum könnte in einer Anwaltskanzlei nicht jemand genau das Gleiche tun mit einem ahnungslosen Opfer?«, fuhr Alex fort. »Oder in einer Zahnarztpraxis?«

Chris trat stärker in die Pedale, doch er schwieg beharrlich.

»Sie wissen, dass Forscher in Tierversuchslaboren absichtlich Krebs hervorrufen, nicht wahr?«

»Selbstverständlich. Und zwar, indem sie den Tieren karzinogene Substanzen impfen. Doch derartige Chemikalien kann man zurückverfolgen, Agentin Morse. Forensisch, meine ich.«

Sie bedachte ihn mit einem skeptischen Blick. »In einer idealen Welt vielleicht. Aber Sie sagten selbst, es dauert eine Weile, bis man am Krebs stirbt. Nach achtzehn Monaten sind sämtliche Spuren des Krebs erregenden Stoffes längst aus dem Körper ausgeschieden. Benzol ist ein gutes Beispiel.«

Chris runzelte nachdenklich die Stirn. »Benzol verursacht Lungenkrebs, nicht wahr?«

»Außerdem Leukämie und multiple Myelome«, ergänzte sie. »Man hat es herausgefunden, indem man in Ohio und in China Fabrikarbeiter mit geringer Benzol-Belastung untersucht hat.«

Sie hat ihre Hausaufgaben gemacht, überlegte Chris. *Oder jemand anders.* »Haben Sie umfangreiche toxikologische Untersuchungen bei all diesen Todesfällen vorgenommen?«

»So gut wie keine.«

»Warum nicht?«, fragte er verwundert.

»Mehrere der Toten wurden eingeäschert, ehe wir Verdacht geschöpft haben.«

»Wie praktisch.«

»Und in den anderen Fällen erhielten wir keine Genehmigung zur Exhumierung.«

»Warum nicht?«

»Es ist eine komplizierte Geschichte.«

Chris spürte, dass sie nicht die Wahrheit sagte. »Das kaufe ich Ihnen nicht ab, Agentin Morse. Wenn das FBI forensische Untersuchungen vornehmen will, bekommt es eine Genehmigung. Was ist mit den Familien dieser angeblichen Opfer? Haben die Leute denn keinen Verdacht, dass nicht alles mit rechten Dingen zugegangen sein könnte? Sind Sie deswegen auf diesen Fall gekommen? Oder hat es mit den Anschuldigungen angefangen, die Ihre Schwester erhoben hat?«

Zwei schwere Touring-Motorräder kamen ein Stück voraus um eine Kurve. Ihre Scheinwerfer ließen die Regentropfen funkeln.

»Die Familien mehrerer Opfer haben von Anfang an ein faules Spiel vermutet«, sagte Alex.

»Obwohl ihre Angehörigen an Krebs starben?«

»Ja. Die hinterbliebenen Ehegatten, von denen wir hier reden, sind ausgemachte Bastarde.«

Große Überraschung. »Hatten die angeblichen Opfer die Scheidung eingereicht?«

»Keines.«

»Keines? Dann vielleicht die Ehegatten?«

Alex sah ihn erneut von der Seite her an. »Keiner hat eine Scheidung eingereicht.«

»Was ist dann passiert? Die Leute waren bei diesem Anwalt, und weiter? Sie haben keine Klage eingereicht?«

»Ganz recht. Wir vermuten, dass es wahrscheinlich nur eine Konsultation gegeben hat, höchstens zwei. Der Anwalt wartet auf einen schwerreichen Mandanten, der durch seine Scheidung ein Vermögen zu verlieren droht. Oder vielleicht das Sorgerecht für seine Kinder. Und wenn er spürt, dass er einen verzweifelten Mandanten vor sich hat – einen Mandanten mit einem tiefen Hass auf den Ehepartner –, unterbreitet er sein Angebot.«

»Das ist eine interessante Theorie, Agentin Morse. Können Sie irgendetwas davon beweisen?«

»Noch nicht. Dieser Anwalt ist sehr ausgeschlafen. Paranoid, genaugenommen.«

Chris starrte sie ungläubig an. »Sie können nicht einmal beweisen, dass überhaupt ein Mord verübt wurde, geschweige denn, dass eine bestimmte Person damit zu tun hat. Sie haben nichts in den Händen, überhaupt nichts. Alles ist reine Spekulation.«

»Ich habe das Wort meiner Schwester, Doktor.«

»Das sie Ihnen auf dem Totenbett gegeben hat, nach einem schweren Schlaganfall.«

Alex' Gesicht wurde zu einer Maske trotziger Entschlossenheit.

»Ich will Sie nicht wütend machen«, sagte Chris. »Ihr Verlust tut mir wirklich sehr leid. Ich sehe diese Art von Tragödie jede Woche, und ich weiß, was es für die Familien bedeutet.«

Alex schwieg.

»Aber Sie müssen zugeben, es ist eine sehr komplexe Theorie, die Sie da entwickelt haben. Sehr weit hergeholt. Es ist genaugenommen Hollywood-Stoff«, sagte er, indem er sich Fosters Worte ins Gedächtnis rief. »Viel zu kompliziert für die Wirklichkeit.«

Alex sah nicht wütend aus, im Gegenteil – sie wirkte beinahe amüsiert. »Dr. Shepard, im Jahre 1995 wurde ein vierzig Jahre alter Neurologe vom Vanderbilt Medical Center verhaftet. Er hatte eine Spritze mit einer zehn Zentimeter langen Nadel in der Tasche. Die Spritze war mit Kochsalzlösung und Borsäure gefüllt. Sicher wissen Sie, dass diese Lösung tödlich gewesen wäre, hätte man sie in ein menschliches Herz injiziert.«

»Das ist so ungefähr der einzige Verwendungszweck für eine zehn Zentimeter lange Nadel«, dachte Chris laut.

»Der Neurologe hatte einen Mord an einem anderen Arzt geplant. Als die Polizei einen Lagerraum durchsuchte, den er angemietet hatte, fand sie Bücher über die Ermordung von Menschen und die Herstellung toxischer biologischer Substanzen. Darüber hinaus fanden die Beamten ein Marmeladenglas voller Ricin, einem der tödlichsten Gifte überhaupt. Der Neurologe hatte die Seiten eines Buchs mit einer Lösung tränken wollen, die eine Aufnahme von Ricin durch die Haut bewirkt.« Alex sah Shepard mit erhobenen Augenbrauen an. »Ist das weit genug hergeholt für Sie?«

Chris schaltete zwei Gänge herunter und radelte voraus. Alex beschleunigte, bis sie ihn wieder eingeholt hatte. »Im Jahre 1999 wurde in San Jose, Kalifornien, eine Frau mit Übelkeit und extremen Kopfschmerzen in ein Krankenhaus eingeliefert. Man machte eine Computertomographie, konnte aber nichts finden. Doch eine medizinisch-technische Assistentin hatte die Ohrringe der Frau neben einen Stapel unbelichteter Röntgenfilme gelegt. Als die Filme entwickelt wurden, entdeckte man einen scheinbaren Defekt sämtlicher Filmplatten in sehr charakteristischer Form. Schließlich erinnerte die Assistentin sich an die Ohrringe der Frau. Einer davon hatte die Filme belichtet.«

»Der Ohrring war radioaktiv?«

»Einer der Ohrringe, ja. Der Ehemann der Kranken war ein Onkologe, der viel mit Bestrahlung arbeitete. Die Polizei rief das FBI zu Hilfe, und wir fanden heraus, dass das Mobiltelefon der Frau so heiß war wie ein Trümmerstück von Tschernobyl. Wie sich herausstellte, hatte der Ehemann ein kleines Cäsium-Pellet in ihrem Handy versteckt. Natürlich hatte er das Cäsium längst wieder in seinen Bleimantel in der Praxis zurückgepackt, als wir es herausfanden. Doch die Spuren waren noch immer vorhanden.«

»Ist die Frau an Krebs erkrankt?«

»Noch nicht, aber das kann jederzeit geschehen. Sie hat das Hundertfache der zulässigen Dosis an Strahlung absorbiert.«

»Was ist aus ihrem Mann geworden, dem Onkologen?«

»Er sitzt in San Quentin ein. Worauf ich hinaus will ... auch Ärzte sind nicht immun gegen mörderische Anwandlungen. Und sie sind imstande, höchst komplizierte Pläne auszuhecken und durchzuführen. Ich könnte Ihnen Dutzende weiterer Beispiele aufzählen.«

Chris winkte ab. »Sparen Sie sich den Atem, Agentin Morse. Ich kenne selbst eine Reihe durchgeknallter Kollegen.« Trotz seiner lässigen Antwort hatten Alex' Enthüllungen ihn ernüchtert.

»Es gibt viereinhalbtausend Ärzte in Mississippi«, fuhr Alex Morse fort. »Dazu kommen etwa fünftausend Zahnärzte. Dann wären da Tierärzte, Medizintechniker, medizinische Forscher an den Universitäten, Krankenpfleger und Schwestern – ein gewaltiger Pool von Verdächtigen, selbst wenn wir davon ausgehen, dass der Mörder aus Mississippi stammt. Und ich verfolge diese Theorie erst seit sieben Tagen.«

Während Alex sprach, wurde Chris bewusst, dass die scheinbare Ungeheuerlichkeit der Aufgabe eine Illusion war. Lagen ausreichend Informationen vor, war das Problem zu bewältigen. »Sie müssen die Todesursachen dieser Opfer feststellen, so schnell wie möglich – oder besser, die Ursache für die Todesursache. Die Ätiologie dieser Krebserkrankungen. Falls es Strahlung ist, könnten Sie den Pool von Verdächtigen ziemlich schnell sehr deutlich eingrenzen.«

»Ein Experte, mit dem ich mich darüber unterhalten habe, sagte mir, dass Strahlung die sicherste und einfachste Methode ist.« Ihre Stimme bekam einen aufgeregten Unterton.

»Aber Sie haben keine forensischen Beweise? Keine äußerlichen Strahlenschäden der Haut? Keine merkwürdigen oder unerklärlichen Symptome, die lange vor der Krebsdiagnose erkannt wurden?«

»Nein. Wie bereits gesagt, die örtlichen Polizei- und Justizbehörden gehen nicht davon aus, dass es sich bei den Todesfällen um Morde gehandelt haben könnte, daher gibt es Schwierigkeiten beim Zugriff auf die Leichen.«

»Was ist mit den Krankenakten der angeblichen Opfer?«

»Ich konnte mit Hilfe wütender Angehöriger die Akten zweier Opfer organisieren. Beide wurden von Experten mit akribischer Sorgfalt analysiert, und in beiden findet sich nichts Verdächtiges.«

Chris blinzelte erneut, um den Schweiß aus den Augen zu vertreiben, den der Regen hineingewaschen hatte.

»Andererseits wurde mir gesagt, dass radioaktive Strahlung die verschiedenen Krebserkrankungen erklären könnte«, fuhr Agentin Morse fort. »Man kann nicht vorhersagen, wie die Zellen reagieren, wenn man jemanden radioaktiver Strahlung aussetzt.«

Chris nickte, doch irgendetwas an der Idee störte ihn. »Ihre Experten haben recht, was das angeht. Andererseits – wieso war Blutkrebs das einzige Ergebnis? Warum keine Gewebstumore? Warum keine Melanome? Und warum einzig und allein diese super-aggressiven Formen von Blutkrebs? So etwas kann man nicht durch Strahlung allein bewirken.«

»Vielleicht schon«, entgegnete Alex. »Wenn man Experte für Strahlenmedizin ist.«

»Vielleicht«, räumte Chris ein. »Wenn es gelingt, hauptsächlich das Knochenmark zu bestrahlen, kann man möglicherweise mehr Blutkrebs als andere Formen von Krebs hervorrufen. Aber wenn das so ist, haben Sie Ihren Pool von Verdächtigen soeben um gut zehntausend Personen verkleinert.«

Alex lächelte. »Glauben Sie mir, Dr. Shepard, jeder Radiologe in Mississippi wird derzeit gründlich durchleuchtet.«

»Und wie viele gibt es?«

»Neunzehn. Allerdings ist es nicht allein eine Sache der Alibis. Ich kann nicht einfach fragen, wo ein Arzt an einem bestimmten Tag zu einer bestimmten Zeit gewesen ist, weil wir nicht wissen, wann die verschiedenen Opfer verstrahlt wurden. Verstehen Sie?«

»Ja. Rasterfahndung kommt nicht in Betracht. Aber es ist nicht bloß ein Arzt, nach dem Sie suchen, richtig? Sondern einer, der mit dem Anwalt in Verbindung steht. Wenn Sie recht haben, ist der Anwalt mehr oder weniger der Agent des Killers.«

»Agent ist richtig. Nur, dass unser Agent keinen Profisportler oder Schriftsteller oder Sänger managt, sondern einen Mörder.«

Chris lachte leise auf. »Wie kann es zu einer solchen Partnerschaft gekommen sein? Man kann schließlich nicht zielgerichtet nach vielversprechenden jungen Nachwuchsmördern suchen. Es gibt kein Killer-Casting in den Medien. Setzt der Anwalt vielleicht eine Anzeige ins Internet, um jemanden zu rekrutieren, der Leute umbringt, ohne Spuren zu hinterlassen? Beschäftigt er einen Headhunter, der sich auf Ärzte spezialisiert hat?«

»Ich weiß, es klingt lächerlich, wenn Sie es so darstellen, aber wir reden hier von sehr viel Geld.«

»Wie viel?«

»Millionen, in jedem einzelnen Fall. Der Anwalt hat sozusagen eine ziemlich große Möhre, die er jemandem vor die Nase halten kann, der in seinem legalen Job höchstens hundert Riesen im Jahr macht, eher weniger.«

Chris steuerte in sanften Schwenks nach rechts und links. Alex hielt genügend Abstand, um ihn nicht zu behindern.

»Anwälte lernen berufsbedingt eine ganze Reihe von Verbrechern kennen«, sagte sie. »Und Notwendigkeit ist die Mutter der Erfindung, richtig? Ich denke, dieser Typ hat einfach einen Bedarf für eine Dienstleistung gesehen und eine Methode gefunden, wie er sie liefern kann.«

Chris setzte sich vor Alex, damit ein großer Sattelschlepper vorbeikonnte – illegal, denn diese Laster waren auf dem Natchez Trace verboten. »Vieles von dem, was Sie sagen, ergibt einen Sinn«, rief er über die Schulter, während der Sattelschlepper davonbrauste. »Aber ich glaube immer noch, dass Ihre Theorie aus der Luft gegriffen ist.«

»Aus welchem Grund?«, fragte Alex und setzte sich wieder neben ihn.

»Der Zeitfaktor. Wenn ich jemanden umbringen will, dann doch deswegen, weil ich ihn wirklich *hasse* … oder weil ich eine ganze Menge gewinne, wenn er stirbt. Oder weil ich Millionen Dollar verliere, wenn meine Frau weiterlebt, wie Sie gestern meinten. Was, wenn sie mir meine Kinder wegnehmen will, für immer? Ich werde nicht Monate oder Jahre warten, bis sie den Löffel abgibt. Ich will sie sofort tot sehen.«

»Selbst wenn das so ist, führt es in den allermeisten Fällen zu einer Verurteilung, und der Mörder wandert ins Gefängnis«, entgegnete Alex. »Insbesondere in einer Scheidungssituation. Wenn Sie den Mord nicht selbst ausführen – wen beauftragen Sie? Sie sind Multimillionär. Sie haben keine Gangsterbande, an die Sie sich wenden könnten. Stellen Sie sich vor, wie jemand in einer solch verzweifelten Situation auf einen aalglatten Anwalt reagieren würde, der ihm einen risikolosen Ausweg aus all seinen Problemen zeigt. Ein perfekter Mord ist es wert, dass man ein bisschen wartet.«

Da hat sie nicht unrecht, überlegte Chris. »Ich verstehe, was Sie meinen«, sagte er. »Aber ganz egal, wie Sie es drehen und wenden, eine Scheidungssituation hat immer etwas Dringliches. Die Leute sind *wütend.* Sie tun alles, um ihre Ehe abzustreifen. Sie haben ein starkes Bedürfnis, diesen Lebensabschnitt hinter sich zu bringen und ihren neuen Liebhaber beziehungsweise ihre neue Geliebte zu heiraten.«

»Da haben Sie recht«, räumte Alex ein. »Aber wenn Sie schon Jahre auf Ihre Freiheit gewartet haben, vielleicht sogar Jahrzehnte. Jeder Anwalt kann Ihnen sagen, dass eine rechtskräftige Scheidung – der ganze Prozess von Anfang bis zum Ende – sehr lange dauern kann. Wenn die Scheidung angefochten wird, reden wir von alptraumartigen Verzögerungen. Selbst wenn man auf unüberbrückbare Differenzen plädiert, widersprechen Ehepartner häufig, und es dauert ein Jahr oder länger bis zur Verhandlung. Menschen werden verletzt, Menschen mauern, die Verhandlungen werden abgebrochen. Auf diese Weise können Jahre vergehen.« Plötzlich atmete Alex schwer. »Wenn Ihr Anwalt Ihnen sagen würde, dass er Ihnen im gleichen Zeitraum, den Ihre Scheidung in Anspruch nehmen würde, Millionen von Dollar ersparen, Ihnen das volle Sorgerecht über Ihre Kinder garantieren und obendrein verhindern könnte, dass Ihre Kinder Sie hassen – Sie würden zumindest darüber nachdenken, oder nicht?«

Sie überquerten die Hochbrücke über den Cole's Creek. Chris bremste, stieg vom Rad und lehnte die Rennmaschine gegen die Betonbrüstung.

»Eins zu null für Sie«, sagte er. »Wenn man die Dringlichkeit aus der Gleichung entfernt, ist eine zeitverzögerte Waffe durchaus eine Alternative. Krebs *wäre* eine Möglichkeit. Wenn es technisch machbar ist.«

»Danke sehr«, sagte Alex leise. Sie lehnte ihr Rad ebenfalls gegen die Brüstung und starrte auf das braune Wasser hinunter, das fünfzehn Meter unter ihnen träge über den Sand strömte.

Chris beobachtete einen Schwall winziger Tropfen, die die Wasserfläche sprenkelten und dann verschwanden. Der Regen ließ nach. »Haben Sie nicht gesagt, dass zwei Opfer Männer waren?«

»Ja. In zwei Fällen waren die überlebenden Eheleute Frauen.«

»Also gibt es in diesem Szenario auch Beispiele für Frauen, die ihre Männer umgebracht haben.«

Alex atmete tief durch; dann blickte sie ihm in die Augen. »Deshalb habe ich mich an Sie gewandt, Doktor.«

Chris versuchte sich vorzustellen, wie Thora heimlich zu einem geheimen Treffen mit einem Scheidungsanwalt nach Jackson fuhr. Es war einfach unmöglich. »Ich erkenne Ihre Logik, Agentin Morse, aber in meinem Fall ist es irrelevant, aus einer Reihe verschiedener Gründe. Der Wichtigste ist, dass ich einwilligen würde, sollte Thora mich jemals um die Scheidung bitten. Und ich denke, das weiß sie.«

Alex zuckte die Schultern. »Ich kenne Ihre Frau nicht.«

»Das stimmt. Sie kennen meine Frau nicht.« Die Betonbrüstung reichte Chris nicht einmal bis an die Hüften. Manchmal pinkelte er während des Trainings von der Brücke in den Creek. Er unterdrückte den Impuls, dies auch jetzt zu tun.

»Es ist wunderschön da unten«, sagte Alex und blickte auf den gewundenen Lauf des kleinen Flusses. »Es sieht aus wie ursprüngliche Wildnis.«

»Das ist es auch, mehr oder weniger. Es ist Bundesland, und seit den 1930er Jahren wurde kein Holz mehr geschlagen. Als Junge habe ich viel Zeit dort unten am Creek verbracht. Ich habe Dutzende von Pfeilspitzen und Speerspitzen gefunden. Die Natchez-Indianer haben schon tausend Jahre lang an diesem Fluss gejagt, bevor die Franzosen hergekommen sind.«

Alex lächelte. »Sie hatten Glück, Doktor, eine solche Kindheit erleben zu dürfen.«

Chris wusste, dass sie recht hatte. »Wir haben nur ein paar Jahre in Natchez verbracht. Meine Vater wurde häufig versetzt. Dad hat mir eine Menge Dinge draußen in den Wäldern gezeigt. Einmal habe ich nach einer Schlammlawine drei riesige Knochen entdeckt. Wie sich herausgestellt hat, gehörten sie einem Wollmammut. Fünfzehntausend Jahre alt.«

»Wow. Ich hatte keine Ahnung, dass es hier in der Gegend Mammuts gegeben hat.«

Chris nickte. »Wir bewegen uns in den Fußstapfen anderer, wo wir auch gehen.«

»In den Fußstapfen der Toten.«

Chris blickte auf, als sich ein weiteres Fahrzeug näherte. Es war ein Park Ranger. Er hob grüßend die Hand und dachte an einen weiblichen Ranger, der für einige Jahre diesen Abschnitt des Natchez Trace überwacht hatte. Nachdem sie weggezogen war, hatte er ihr Gesicht eines Tages auf dem Einband eines Bestseller-Krimis gesehen, der in der Gegend spielte. Der Natchez Trace schien jeden zu berühren, der hier Zeit verbrachte.

»Woran denken Sie, Doktor?«

Er dachte an Darryl Foster und daran, was er ihm über Agentin Alex Morse erzählt hatte. Chris wollte Alex nicht vor den Kopf stoßen, doch er wollte wissen, wie ehrlich sie zu ihm war.

»Von dem Augenblick an, als wir uns zum ersten Mal begegnet sind, haben Sie Ihre Nase in meine persönlichen Angelegenheiten gesteckt«, begann er und sah ihr in die grünen Augen. »Ich möchte zur Abwechslung für eine Minute meine Nase in Ihre Angelegenheiten stecken.«

Er konnte beinahe sehen, wie ihr Schutzwall erschien. Doch nach einigen Sekunden nickte sie zustimmend. Welche andere Wahl hatte sie schon?

»Ihre Narben«, begann er. »Ich sehe, dass sie relativ frisch sind. Ich möchte wissen, woher Sie diese Narben haben.«

Sie wandte sich ab und starrte hinunter in den sich kräuselnden Sand unter der Wasseroberfläche. Als sie schließlich sprach, war ihre Stimme leise. Verschwunden war die professionelle Autorität; an ihre Stelle war eine Aufrichtigkeit getreten, die ihm verriet, dass er etwas hörte, was der Wahrheit zumindest sehr nahe kam.

»Ich hatte einen Kollegen beim FBI«, sagte sie. »Er hieß James Broadbent. Die Leute nannten ihn Jim, doch er zog James vor. Er wurde häufig mit der Aufgabe betraut, mich bei Geiselnahmen zu schützen. Er war in mich verliebt. Ich mochte ihn ebenfalls gerne, doch er war verheiratet und hatte zwei Kinder. Wir waren niemals intim. Und selbst wenn es so weit gekommen wäre – er hätte seine Familie nie verlassen. Niemals. Verstehen Sie?«

Chris nickte.

Sie blickte wieder hinunter ins Wasser. »Ich war eine gute Geisel-Unterhändlerin. Manche sagen, ich war die beste, die das FBI je hatte. In fünf Jahren verlor ich nicht eine einzige Geisel. Das kommt sehr selten vor. Aber letzten Dezember …« Sie brach ab, schluckte, und fuhr mühsam fort: »Mein Vater wurde getötet, als er versuchte, einen Raubüberfall zu beenden. Zwei Monate später wurde bei meiner Mutter Eierstockkrebs festgestellt. Sehr weit fortgeschritten. Sie wissen, was das bedeutet.«

»Das tut mir leid.«

Alex zuckte die Schultern. »Irgendwie verlor ich darüber die Kontrolle. Nur, dass ich es nicht merkte. Mein Dad hatte mich dazu erzogen, hart zu sein, und das habe ich versucht. ›Niemals aufgeben‹, lautet das Motto der Morses. Von Winston Churchill zu meinem Vater und von dort direkt zu mir.«

Chris nickte mitfühlend.

»Ich komme gleich zu den Narben«, fuhr sie fort. »Vor neun Wochen wurde ich zu einer Geiselnahme in einer Bank gerufen, eine Federal Reserve Bank in Washington. In dieser Bank befanden sich sechzehn Geiseln, die meisten Angestellte. Viele Bosse beim FBI hielten es für einen terroristischen Angriff. Andere glaubten, es ginge um Geld … oder beides gleichzeitig. Ein raffinierter Bankraub, mit dem das Kapital für terroristische Operationen beschafft werden sollte. Doch mein Gefühl sagte mir, dass es etwas anderes war. Der Anführer sprach mit einem arabischen Akzent, der in meinen Ohren nicht überzeugend klang. Er war voller Hass und hatte eine fürchterliche Wut auf die Regierung. Ich erkannte, dass er in der jüngeren Vergangenheit einen Verlust erlitten hatte. So ist es bei vielen Menschen, die etwas Extremes versuchen.« Alex schenkte Chris ein gepresstes Lächeln. »Wie ich auch, denken Sie jetzt? Nun, wie dem auch sei – ein FBI Deputy Director namens Dodson hatte den Befehl über die gesamte Operation, und er ließ mir nicht genug Zeit, meine Arbeit zu machen. Ich hatte eine echte Chance, den Anführer zur Aufgabe zu überreden, ohne dass ein einziger Schuss abgefeuert worden wäre. All meine Erfahrung und meine Instinkte sagten es mir. Es standen sechzehn Menschenleben auf dem Spiel, verstehen Sie? Aber es gab jede Menge Druck von oben, schließlich waren wir in Washington mit seiner neuen Geisteshaltung nach dem Anschlag auf das World Trade Center. Also pfiff Dodson mich eiskalt zurück und erteilte dem Geiselrettungsteam den Einsatzbefehl.«

Chris sah, dass sie diese Augenblicke noch einmal durchlebte, während sie den Ablauf schilderte. Wahrscheinlich war sie die Ereignisse im Kopf schon Tausende Male durchgegangen, doch wie oft hatte sie bis jetzt mit jemand anderem darüber gesprochen?

»Es gab keine Möglichkeit, die Situation mithilfe von Scharfschützen zu bereinigen. Das Geiselrettungsteam musste sich gewaltsamen Zutritt verschaffen, und das bedeutete ein extremes Risiko für die Geiseln. Das konnte ich nicht akzeptieren. Also marschierte ich durch den Kordon hindurch zurück in die Bank. Meine Leute brüllten mir hinterher, doch ich hörte nicht hin. Einige der Jungs vom Geiselrettungsteam wurden nicht rechtzeitig informiert. Sie sprengten die Türen und Fenster genau in dem Augenblick, als ich die Lobby der Bank erreicht hatte. Blendgranaten, das ganze Drum und Dran.« Sie betastete ihre vernarbte Wange, als spürte sie die Verletzung zum ersten Mal. »Einer der Bankräuber feuerte durch eine Glasabtrennung hindurch auf mich. Ich wurde hauptsächlich von Glassplittern getroffen. Ich wusste nicht, dass James mir in die Bank gefolgt war. Als ich getroffen wurde, starrte er für einen Moment auf mich hinunter anstatt auf den Schützen. Seine Gefühle für mich waren stärker als sein Training. Und unser Training ist verdammt hart.« Alex fuhr sich durchs Gesicht, wie um Spinnweben wegzuwischen, doch Chris sah die Tränen glitzern.

»Hey«, sagte er, streckte die Hand aus und streichelte ihr über den Arm. »Es ist okay.«

Sie schüttelte vehement den Kopf. »Nein, ist es nicht! Vielleicht eines Tages, aber im Moment noch nicht.«

»Ich weiß jedenfalls eines«, sagte Chris. »In Ihrem gegenwärtigen Zustand sollten Sie keinen Mordfall bearbeiten. Sie sollten sich krankschreiben lassen, um sich zu erholen.«

Alex stieß ein gepresstes Lachen aus. »Ich *bin* krankgeschrieben.«

Er starrte sie an, und plötzlich wurde ihm alles klar. Ihre tiefe Erschöpfung, ihre Besessenheit, der abwesende Blick eines traumatisierten Soldaten … »Sie arbeiten auf eigene Faust, habe ich recht?«

Sie schüttelte erneut den Kopf, doch ihr Unterkiefer bebte.

»Sie sagen sehr viel häufiger *Ich,* als dass Sie *Wir* sagen.«

Alex biss sich auf die Unterlippe; dann blinzelte sie ihn an wie durch helles Sonnenlicht.

»Ist es so, wie ich vermute?«, fragte er leise. »Arbeiten Sie allein?«

Als sie ihn diesmal wieder ansah, waren ihre Augen nass, doch nicht allein vom Regen. »Mehr oder weniger«, gestand sie leise. »Die Wahrheit ist … fast alles, was ich in den letzten fünf Wochen unternommen habe, geschah ohne Vollmacht von Seiten des FBI. Wenn meine Vorgesetzten wüssten, was ich tue, würden sie mich feuern.«

Chris stieß einen leisen, langgezogenen Pfiff aus.

Sie nahm seine Handgelenke und sagte mit grimmiger Entschlossenheit: »Sie sind meine letzte Hoffnung, Dr. Shepard. Meine allerletzte Hoffnung.«

»Ihre letzte Hoffnung worauf?«

»Diese Leute aufzuhalten. Zu beweisen, was sie getan haben.«

»Hören Sie«, sagte er verlegen. »Wenn das alles stimmt, was Sie mir erzählt haben … warum wurde nicht längst das FBI eingeschaltet?«

»Aus einem Dutzend verschiedener Gründe, auch wenn kein einziger davon stichhaltig ist. Mord fällt in die Zuständigkeit der Bundesstaaten, nicht des FBI, es sei denn, es handelt sich um organisiertes Verbrechen. Vieles von dem, was ich habe, beruht auf Vermutungen, nicht auf objektiven Beweisen. Doch wie soll ich ohne jegliche Ressourcen an Beweise herankommen? Das FBI ist die bornierteste Bürokratie, die man sich vorstellen kann. Alles läuft genau nach Vorschrift – es sei denn, es geht um Terrorismusbekämpfung. In diesem Fall werfen sie sämtliche Vorschriften über Bord. Die Kerle, hinter denen ich her bin, lassen sich ganz bestimmt nicht festnageln, wenn es nach den Vorschriften geht.«

Chris wusste nicht, was er sagen sollte. Noch gestern Morgen war sein Leben in den gewohnten Bahnen verlaufen. Jetzt stand er im Regen auf einer Brücke und sah zu, wie vor seinen Augen eine Frau zusammenbrach, die er kaum kannte.

»Wenn Sie auf eigene Faust operieren, wer hat dann gesehen, wie Thora die Kanzlei dieses Anwalts betreten hat?«

»Ein Privatdetektiv. Er hat früher für meinen Vater gearbeitet.«

»Meine Güte. Was denkt man denn beim FBI, was Sie im Augenblick tun?«

»Dass ich in Charlotte bin und an einem Fall von Prostitution arbeite, in den illegale Einwanderer verwickelt sind. Als ich nach meiner Verwundung dorthin versetzt wurde, hatte ich Glück. Ich traf einen alten Klassenkameraden von der FBI-Akademie wieder. Er hat mich bis jetzt gedeckt. Aber das geht nicht mehr lange gut.«

»Du liebe Güte.«

»Nicht alles, was ich sage, klingt vernünftig und logisch, ich weiß. Ich habe seit fünf Wochen nicht mehr länger als drei Stunden am Tag geschlafen. Ich habe allein zwei Wochen gebraucht, um die Verbindung zwischen meinem Schwager und diesem Scheidungsanwalt zu finden. Eine weitere Woche, um die Namen aller anderen Geschäftspartner herauszufinden. Ich habe meine Liste von Opfern erst vor einer Woche angefangen. Es könnte noch ein Dutzend weitere Opfer geben, von denen ich bis jetzt nichts weiß. Aber dann spazierte Ihre Frau in das Büro von Rusk, und das brachte mich nach Natchez. Ich habe meine Zeit zwischen hier und Jackson aufgeteilt, wo meine Mutter im Sterben liegt …«

»Wer ist Rusk?«, unterbrach Chris sie. »Der Scheidungsanwalt?«

»Ja. Andrew Rusk Junior. Sein Vater ist ein bedeutender Zivilrechtsanwalt in Jackson.« Noch mehr Tränen strömten über ihre Wangen. »Verdammt, was für eine Scheiße! Ich brauche Ihre Hilfe, Doktor Shepard. Ich brauche Ihr medizinisches Wissen, aber am meisten brauche ich Sie, weil Sie das nächste Opfer sind.« Alex starrte ihm eindringlich in die Augen. »Verstehen Sie, was ich sage?«

Chris schloss die Augen. »Nichts von dem, was Sie mir bis jetzt erzählt haben, beweist das.«

Zorn packte sie. »Hören Sie mich an! Ich weiß, dass es Ihnen nicht gefällt, aber Ihre Frau hat eine zweistündige Autofahrt auf sich genommen, um sich mit Andrew Rusk zu treffen, und sie hat Ihnen kein Wort davon erzählt! Was glauben Sie denn, was das zu bedeuten hat?«

»Jedenfalls nicht Mord«, sagte er halsstarrig. »Ich glaube das einfach nicht. Ich kann es nicht glauben.«

Alex berührte seinen Arm. »Das kommt daher, dass Sie Arzt sind und kein Anwalt. Jeder Bezirksstaatsanwalt in diesem Land hat eine Liste von Leuten, die mehr oder weniger regelmäßig bei ihm erscheinen und ihn bitten, eine Morduntersuchung wegen des Todes eines Verwandten einzuleiten. Die Todesfälle stehen in den Akten als Selbstmorde, Unfälle, Feuer, hundert verschiedene Dinge. Doch die Eltern, Kinder oder Frauen der Opfer ... sie kennen die Wahrheit. Sie wissen, dass es Mord war. Also gehen sie den Weg durch das System, betteln darum, dass irgendjemand Kenntnis nimmt und die Geschehnisse wenigstens als Verbrechen einstuft. Sie heuern Detektive an und geben ihre wenigen Ersparnisse aus, um die Wahrheit herauszufinden und Gerechtigkeit zu erlangen. Aber das kommt so gut wie niemals vor. Irgendwann verwandeln sie sich in so etwas wie ... Geister. Manche bleiben es für den Rest ihres Lebens.« Alex starrte Chris mit den zornig funkelnden Augen eines kampferprobten Veteranen an. »Ich bin kein Geist, Doktor. Ich werde nicht tatenlos hinnehmen, dass meine Schwester aus Profitgier ausgelöscht wurde. Weil es irgendjemandem in den Kram gepasst hat.« Ihre Stimme nahm an Schärfe zu. »Gott ist mein Zeuge – ich werde nicht zusehen.«

Aus Respekt wartete Chris ein paar Sekunden, ehe er sprach. »Ich verstehe Sie«, sagte er. »Und ich bewundere Sie aufrichtig. Aber es gibt einen Unterschied zwischen Ihnen und mir. Sie haben eine persönliche Rechnung in dieser Angelegenheit offen. Ich nicht.«

Ihre Augen verengten sich zu schmalen Schlitzen. »Doch, haben Sie. Es ist Ihnen bis jetzt nur noch nicht klar geworden.«

»Bitte fangen Sie nicht schon wieder an.«

»Doktor, ich würde alles tun, um Sie dazu zu bringen, mir zu helfen. Verstehen Sie das? Ich würde in die Sträucher gehen und meine Hose runterlassen, wenn es nötig wäre.« Ihre Augen leuchteten in kaltem Feuer. »Aber das muss ich gar nicht.«

Chris gefiel der Ausdruck nicht, der in ihrem Gesicht erschienen war. »Warum nicht?«

»Weil Ihre Frau Sie betrügt.«

Chris hatte alle Mühe, sich seinen Schock nicht anmerken zu lassen.

»Thora treibt es mit einem Chirurgen hier in der Stadt«, fuhr Alex fort. »Sein Name ist Shane Lansing.«

»Unsinn!«, sagte Chris in rauem Flüsterton.

Alex blickte ihm unverwandt in die Augen.

»Haben Sie Beweise?«

»Indizien.«

»Indizien? Nein, ich will es nicht hören.«

»Verweigerung ist immer die erste Reaktion.«

»Halten Sie den Mund, verdammt!«

Alex' Gesicht wurde weich. »Ich weiß, wie sehr es schmerzt. Ich war auch mal verlobt, bis ich herausfand, dass der Mistkerl es mit meiner besten Freundin getrieben hat. Aber Ihr Stolz ist im Moment Ihr Feind, Chris. Sie müssen den Dingen ins Auge sehen, so wie sie sind.«

»Ich soll den Dingen ins Auge sehen, so wie sie sind? Sie sind doch diejenige, die sich die absurdesten Theorien von Serienmorden zusammenspinnt! Krebs als Waffe, Frischvermählte, die ihre Ehepartner umbringen wollen … kein Wunder, dass Sie ganz alleine dastehen!«

Alex' Blick wankte nicht. »Wenn ich verrückt bin, dann sagen Sie mir eines, Doktor: Warum haben Sie gestern nicht das FBI angerufen und mich gemeldet?«

Er starrte auf die Betonbrüstung und schwieg.

»Warum?«

Er spürte, wie die Worte wie aus eigenem Antrieb aus ihm kamen. »Thora fährt diese Woche weg. Sie hat es mir gestern Abend erzählt.«

Alex' Unterkiefer sank herab. »Wohin fährt sie?«

»Ins Delta. Ein Wellnesshotel in Greenwood. Ein berühmtes Hotel.«

»Das Alluvian?«

Er nickte.

»Kenne ich. Wann fährt sie los?«

»Vielleicht morgen. Jedenfalls diese Woche noch.«

»Wann kommt sie zurück?«

»Sie bleibt drei Nächte, dann kommt sie wieder nach Hause.«

Alex ballte die Hand zur Faust und legte sie vor ihren Mund. »Das ist es, Chris ... Mein Gott, sie haben es eilig. Sie müssen reagieren, Chris. Sie schweben in großer Gefahr. Sie müssen *sofort* handeln!«

Er packte sie bei den Schultern und schüttelte sie. »Ist Ihnen eigentlich klar, was Sie da reden? Sie haben nichts außer Indizien! Überhaupt nichts! Keine einzige Tatsache!«

»Ich weiß, es hat den Anschein ... Und ich weiß, dass Sie mir nicht glauben wollen, aber ... Möchten Sie wirklich alles wissen, was ich weiß?«

Er starrte sie lange an. »Ich glaube nicht«, sagte er schließlich und schaute auf seine Uhr. »Ich bin spät dran. Ich muss zurück zum Wagen. Ich kann nicht mehr auf Sie warten.«

Er stieg auf sein Rad und wollte losfahren, doch Alex packte seinen Arm und hielt ihn mit verblüffender Kraft fest. Mit der anderen Hand zog sie etwas aus der Tasche. Ein Handy.

»Nehmen Sie das«, sagte sie. »Meine Nummer ist einprogrammiert. Sie können offen hineinsprechen. Es ist die einzige sichere Verbindung zwischen uns.«

Er schob das Handy von sich. »Nein.«

»Seien Sie kein Dummkopf, Chris. *Bitte.*«

Er starrte auf das Handy, als hätte er noch nie eins gesehen. »Wie soll ich es Thora erklären?«

»Thora fährt weg. Sie können es doch wohl einen oder zwei Tage vor Ihrer Frau verstecken?«

Er blies ärgerlich die Luft aus, doch er nahm das Handy.

Alex sagte eindringlich: »Sie müssen aufhören, immer nur der nette Mann zu sein, Chris. Sie schweben in Lebensgefahr, verdammt!«

Ein seltsames Lächeln legte sich auf seine Lippen. »Tut mir leid, aber das glaube ich nicht.«

»Die Zeit wird es zeigen. Auf die eine oder andere Weise.«

Er wollte losfahren, doch erneut hinderten ihn seine Südstaaten-Manieren daran. »Kommen Sie hier draußen allein zurecht?«

Alex drehte sich um und hob den Saum ihrer Bluse. Darunter kam der Griff einer halbautomatischen Pistole zum Vorschein. Im Kontrast zu ihre schlanken Taille sah die Waffe riesig aus. Während Chris noch darauf starrte, stieg Alex auf ihr Rad und packte den Lenker. »Rufen Sie mich an, sobald Sie können. Wir haben nicht viel Zeit, uns vorzubereiten.«

»Und wenn ich stattdessen das FBI anrufe?«

Sie zuckte die Schultern, als würde es sie völlig kaltlassen. »Dann habe ich keinen Job mehr. Aber ich werde nicht aufhören. Und ich werde weiterhin versuchen, Sie zu retten.«

Chris klickte die Schuhe in die Pedale und fuhr davon, so schnell er konnte.

11

Andrew Rusk trat das Gaspedal seines Porsche Cayenne durch, schoss über zwei stark befahrene Querstraßen und warf dann einen Blick in den Innenspiegel. Die ganze letzte Woche hatte er das Gefühl gehabt, verfolgt zu werden. Nicht nur auf der Straße. Er aß häufiger in einem der feineren Restaurants der Gegend zu Abend, und bei mehr als einer Gelegenheit hatte er das Gefühl gehabt, dass er dabei beobachtet wurde – von jemandem, der gerade rechtzeitig den Blick abwandte, um nicht ertappt zu werden. Doch am deutlichsten war das Gefühl auf dem Highway.

Andererseits – falls er observiert wurde, dann von Profis. Wahrscheinlich benutzten sie mehrere Fahrzeuge, was ein schlechtes Zeichen war. Mehrere Fahrzeuge konnten nur bedeuten, dass die Behörden sich für ihn interessierten, und Rusk hatte nicht die geringste Lust, Glykon irgendetwas in dieser Richtung zu sagen. Abgesehen davon – solange er unsicher war, musste er auch gar nichts sagen.

An diesem Tag jedoch war alles anders. An diesem Tag hatte ihn ein dunkelblauer Crown Victoria beschattet, seit er auf die I-55 aufgefahren war. Er hatte mehrere Male rasant beschleunigt, doch der Crown Vic war an ihm drangeblieben. Schließlich hatte Rusk so getan, als würde er den Freeway verlassen, nur um in letzter Sekunde wieder auf die Interstate zurückzuschwenken, und sein Verfolger hatte sich endgültig verraten. Die gute Nachricht war, dass eine Gesetzesbehörde mit mehreren Beschattungsfahrzeugen im Einsatz wohl eher nicht dazu neigte, einen solch kapitalen Fehler zu begehen. Die schlechte Nachricht lautete, dass Rusk zu einem Treffen unterwegs war und keine Zeit hatte, seinen Verfolger mühsam abzuschütteln.

Während er weiter nach Süden fuhr, kam ihm eine mögliche Lösung in den Sinn. Er verließ die Interstate beim Meadowbrook Drive, unterquerte den Freeway und fuhr nach Osten. Der Crown Victoria blieb zehn Wagenlängen hinter ihm. Kurz darauf rollte Rusk durch Old Eastover, eine der exklusivsten Wohngegenden in der Hauptstadt. Rusk fragte sich, ob sein Verfolger von einer Regierungsbehörde kam. Das FBI benutzte manchmal Crown Victorias, untermotorisierte amerikanische Karren.

Andrew hielt sich auf der Hauptstraße, die ein beinahe unmerkliches Gefälle besaß. Er fragte sich, ob sein Beschatter wusste, dass dieses Gefälle aus der Nähe zum Pearl River herrührte. Noch vor wenigen Jahren war die Ebene vor ihm ein Überflutungsgebiet gewesen, ungeeignet als Bauland. Die Gegend war noch immer ein Überflutungsgebiet, doch in der Zwischenzeit hatte das Geld seine Stimme erhoben, und nun war das tief liegende Land zu brandneuem Siedlungsgebiet erklärt worden.

Vor einigen Jahren war Rusk mit einem Freund, der sich für einen Floßtrip in Kanada fit gemacht hatte, mit dem Kajak über den Pearl gefahren. Zum damaligen Zeitpunkt waren die Wälder in Flussnähe noch durchzogen gewesen von Pisten und Wegen. Wenn Rusk sich nicht täuschte, gab es noch immer einige der verrotteten Wege, trotz der vielen neuen Häuser …

Er bog nach rechts ab und parkte den Cayenne vor einem großen Farmhaus. Würde der Crown Vic hinter ihm anhalten? Oder würde der Fahrer zumindest *versuchen,* den Anschein von Desinteresse zu erwecken? Rusk beobachtete die dunkelblaue Silhouette, als sie die Lücke zur Straße passierte und weiterfuhr. Rusk fuhr wieder an, folgte dem Verlauf der Wohnstraße durch den langen, U-förmigen Bogen und kehrte schließlich zur Hauptstraße zurück. Als er herauskam, war die Straße vor ihm leer.

Er blickte in den Innenspiegel. Der Crown Vic wartete etwa hundert Meter hinter ihm. Rusk trat das Gaspedal bis zum Boden durch; der Turbo brüllte auf, und er wurde in den Sitz gepresst wie ein Astronaut in der Startphase eines Shuttlefluges. Innerhalb weniger Sekunden jagte er auf eine Mauer aus Bäumen und brusthohen Büschen zu.

Während die sackgassenartige Barriere alptraumartige Proportionen annahm, erspähte Rusk zur Linken einen unbefestigten Weg. Die Öffnung im Gebüsch war kaum breit genug, um den Porsche aufzunehmen, doch er zögerte nicht. Adrenalin schoss in seine Adern, als er das Lenkrad herumriss, erneut das Gaspedal durchtrat und mitten durch die Lücke raste, während er betete, dass er nicht irgendeinen Jungen auf einem Fourwheeler erwischte und zerquetschte wie ein Insekt auf dem Kühlergrill.

Der Cayenne hüpfte und tanzte wie ein Strandbuggy auf den Meeresdünen, doch Rusk trat das Gaspedal unverwandt durch. Das Heck des Cayenne sprang hoch, und die Nase krachte in ein tiefes Loch. Wasser spritzte in alle Richtungen. Noch bevor er sämtlichen Schwung verloren hatte, bearbeitete Rusk das Lenkrad und ließ den Vierradantrieb seine Arbeit machen. Einige spannungsgeladene Sekunden später packten die Hinterräder wieder, und er kletterte aus dem Loch, während die Vorderräder weiter hilflos durchdrehten. Rusk stieß einen triumphierenden Schrei aus, als der Wagen mit wütend heulendem Motor auf den ausgefahrenen Weg zurückkehrte und seine Fahrt fortsetzte.

Kein billiger Crown Victoria würde ihm durch dieses Loch folgen. Jetzt musste er nur noch zurück zu einer befestigten Straße, ehe sein Verfolger herausfand, wo das geschehen würde. Er jagte weiter in Richtung Fluss – oder zumindest in die Richtung, in der er den Fluss vermutete, während er nach einer breiteren Piste Ausschau hielt. Sein Gefühl ließ ihn nicht im Stich: Nach weniger als einer Minute erblickte er die braunen Fluten des Pearl, die sich dreißig Meter unterhalb durch eine breite Schlucht wälzten. Er riss das Lenkrad nach rechts und folgte dem Verlauf des Flusses.

Wo war der Crown Vic? War der Fahrer ein Einheimischer? Würde er erraten, dass Rusk versuchte, sich nach Süden auf befestigte Straßen durchzuschlagen? Der unbekannte Verfolger konnte leicht Verstärkung anfordern, einen zweiten Wagen oder vielleicht sogar einen Hubschrauber. Einem Hubschrauber konnte er kaum entkommen, es sei denn, er ließ den Cayenne zurück und schlug sich zu Fuß durch. Doch was wollte er damit erreichen? Sie wussten bereits, wer er war. Rusk hatte längst einen Fluchtplan geschmiedet, der ihn sicher vor jedem Zugriff amerikanischer Behörden retten würde. Doch dieser Plan war schwer in die Tat umzusetzen, wenn sie bereits mit Hubschraubern nach ihm suchten.

Das tun sie nicht, sagte er sich. *Es sind nicht mal die Behörden, die nach mir suchen. Es ist eine Einzelperson.*

»Ja«, sagte er laut. »Aber wer?«

Diese verdammte Frau.

Rusk biss die Zähne zusammen und packte das Lenkrad fester. Er hatte keine andere Wahl, als die Karten zu spielen, die ihm in die Hand gegeben waren.

Hinter einer Biegung kam ein Holzkanu in Sicht, in dem zwei junge Frauen im College-Alter saßen, große hellrote Rucksäcke zwischen sich. Rusk fragte sich, ob sie ihre Tour auf dem Strong River begonnen hatten und dann nicht weit von hier in den Pearl gepaddelt waren. Er hatte diese Tour in seiner Zeit an der Highschool ebenfalls unternommen, zusammen mit ein paar anderen Boy Scouts. Rusk beobachtete die Frauen, und Erinnerungen an seine Jugendzeit stiegen in ihm auf …

Plötzlich erschien eine Öffnung hinter einer Gruppe aus dicken Bambusstämmen zu seiner Rechten – ein dunkler Tunnel in der Vegetation. Tief ausgefahrene Reifenfurchen führten hinein, und direkt an der Abzweigung lagen ein Haufen halb verkohlter Holzscheite und vielleicht hundert leere Bierdosen. Rusk nickte zufrieden. Dieser Weg führte zweifellos zurück in die Zivilisation. Er gab ein wenig Gas, jagte den Porsche über eine Sandbarriere und hielt auf den Tunnel zu. Zehn Sekunden später verschluckten ihn die tiefen Schatten.

Er lachte noch immer vor sich hin, als er kurze Zeit später auf sauberen Asphalt holperte und unbehelligt in Richtung der Interstate fuhr, die in der Ferne zu sehen war.

12

Die Sonne war inzwischen aufgegangen. Chris jagte in seinem Pick-up mit weit überhöhter Geschwindigkeit dahin. Der Regen hatte aufgehört, doch auf der Straße stand immer noch Wasser. Chris bog in die Umgehungsstraße, die ihn zum Highway 61 South führen würde, und das linke Vorderrad schleuderte eine Wand aus funkelnder Gischt in die Höhe.

Alex Morses letzte Enthüllung hatte Chris schwer zugesetzt, doch er war noch nicht so weit, dass er darüber nachdenken konnte. Wenigstens hatte er das Geheimnis gelüftet, das Darryl Foster ihm nicht hatte erklären können. Alex Morse führte auf eigene Faust eine Ermittlung durch, von der das FBI nichts wusste. Keine gewöhnliche Ermittlung, sondern einen Kreuzzug, eine Mission mit dem Ziel, diejenigen zu bestrafen, von denen Alex glaubte, dass sie ihre Schwester ermordet hatten. Sie war seit fünf Wochen auf diesem Kreuzzug, doch bisher hatte sie nichts außer einer Reihe faszinierender Theorien und Indizien. *Und doch,* dachte er mit einem Gefühl von Scham. *Als sie endlich angeboten hat, mir richtige Beweise zu liefern, habe ich ihr das Wort abgeschnitten.*

Als er den Wal-Mart passierte, nahm er das Mobiltelefon, das sie ihm gegeben hatte, und wählte die in der Sim-Karte gespeicherte Nummer.

»Alex Morse am Apparat«, meldete sie sich. »Ist alles in Ordnung? Ich weiß, dass es ein ziemlicher Schock für Sie sein muss, was ich Ihnen über Thora erzählt habe.«

»Welche Beweise haben Sie, dass meine Frau ein Verhältnis mit Shane Lansing hat?«

Alex atmete hörbar ein. »Lansing war diese Woche zweimal an der Baustelle Ihres neuen Hauses, als Thora ebenfalls dort war.«

Chris spürte eine Woge der Erleichterung. »Na und? Shane wohnt in der Gegend.«

»Beim ersten Mal blieb er achtundzwanzig Minuten im Haus …«

»Und beim zweiten Mal?«

»Zweiundfünfzig Minuten.«

Zweiundfünfzig Minuten. Lange genug, um … »Thora hat ihm wahrscheinlich das Haus gezeigt. Sie hat es selbst entworfen. Und es waren doch sicher Arbeiter auf der Baustelle?«

Alex' Antwort war stumpf wie ein Hammer. »Keine Arbeiter.«

»Beide Male?«

»Beide Male nicht. Tut mir leid, Chris.«

Er verzog das Gesicht. »Es könnte immer noch eine ganz unschuldige Erklärung geben …«

»Halten Sie Lansing für einen Chorknaben, Chris?«

Chris wusste, dass Lansing alles andere war als ein Unschuldslamm.

»Wen ich auch frage«, fuhr Alex leise fort, »ich bekomme immer die gleichen drei Antworten: Lansing ist ein begabter Chirurg, ein arrogantes Arschloch, das Pfleger und Krankenschwestern wie Dreck behandelt, und ein Schürzenjäger, wie er im Buche steht.«

Chris zuckte zusammen.

»Außerdem habe ich gehört, dass er auf hübsche Frauen abfährt«, fügte Alex hinzu. »Thora erfüllt diese Bedingung zweifellos.«

»Ist das alles?«, fragte Chris.

»Nein. Ich habe in den vergangenen fünf Tagen mit einigen Krankenschwestern gesprochen.«

»Und?«

»Sie sagen, Thora hätte eine Affäre mit einem verheirateten Arzt gehabt, als sie vor sieben Jahren nach Natchez kam. Das war, noch bevor Sie sie kannten, stimmt's? Der Typ war ein Notfallmediziner. Hat Sie Ihnen je davon erzählt?«

»Wer war der Arzt, mit dem sie dieses angebliche Verhältnis hatte?«

»Er hieß Dennis Stephens.«

Eine undeutliche Erinnerung ging Chris durch den Kopf. Ein junges, bärtiges Gesicht. »Nie gehört.«

»Wie es aussieht, geriet die Affäre schließlich außer Kontrolle, und Stephens nahm einen Job in einem anderen Bundesstaat an.«

»Im Krankenhaus gibt es ständig irgendwelche Gerüchte dieser Art. Außerdem war Thora zu dieser Zeit ohne festen Partner«, sagte Chris.

»Es gibt aber eine Geschichte über sie und einen Augenarzt, der für eine Weile in Natchez praktiziert hat. Das muss unmittelbar vor ihrer Heirat mit Red Simmons gewesen sein.«

»Viele Krankenschwestern hassen meine Frau, Agentin Morse. Sie halten Thora für arrogant.«

»Ist sie das?«

»Diese Frage ist schwer zu beantworten. Thora ist intelligenter als die Hälfte der Ärzte hier. Sie können sich ausmalen, welche Folgen das bei ihnen hat. Die meisten sind Männer.«

»Ich kann es mir vorstellen.« Im Lautsprecher des Handys knackte und rauschte es von Statik. »Hören Sie, Chris, ich stehe auf Ihrer Seite. Ich bin Ihre Freundin, selbst wenn Sie mich nicht kennen. Freunde sagen einander die Wahrheit, auch wenn sie schmerzt.«

»Sind Sie meine Freundin? Oder ist es so, dass Sie mich brauchen?«

»Geben Sie mir eine Chance, es Ihnen zu zeigen. Danach können Sie sich Ihre eigene Meinung bilden.«

Jede Wette, dass sie eine verdammt gute Geisel-Unterhändlerin gewesen ist, dachte er, als er die rote Taste drückte. *Ich tanze jetzt schon nach ihrer Pfeife.*

13

Vier Stunden, nachdem sie mit dem Rad die letzten anderthalb Kilometer zu ihrem Wagen gefahren war, saß Alex Morse auf einer Bank im Schatten einer katholischen Kirche in der Innenstadt von Natchez und beobachtete Thora Shepard, als sie mit wehenden blonden Haaren unter einem blauen Seidentuch aus dem Fitnesscenter trat. Sie wandte sich nach rechts und ging über die Main Street in westliche Richtung. Vierhundert Meter weiter lag die sechzig Meter hohe Steilklippe, die den Mississippi überragte. Thora lief häufig am Rand der Klippe entlang, die sich kilometerweit erstreckte. Lediglich ein Maschendrahtzaun und ein paar vereinzelte Büsche trennten sie vom Abgrund. Alex war ihr einmal auf einem Lauf gefolgt und hatte den gewaltigen Strom bestaunt. Der braune, schmutzige Mississippi war bei Natchez gut einen Kilometer breit, und das weiter südlich liegende Louisiana-Delta erstreckte sich flach und eben bis hinter den Horizont.

Doch Thora war an diesem Tag nicht zum Laufen hergekommen. Sie trug eine Sonnenbrille von Mosquito und einen maßgeschneiderten Hosenanzug, der wahrscheinlich mehr gekostet hatte, als Alex in einem Monat verdiente. Wie Thora elegant die Straße hinunterging, sah sie aus, als wäre sie geradewegs dem Titelbild einer Modezeitschrift entstiegen. Alex bemerkte die Blicke, die andere Passanten Thora hinterherwarfen. Es waren nicht allein Männer, die gafften, auch Frauen. Sie war unglaublich attraktiv. Vielleicht lag darin auch die Wurzel von Alex' Antipathie. Alex hatte Blondinen noch nie gemocht. Sie wollte nicht in Schubladenkategorien denken, doch bei Blondinen fiel es ihr schwer, das nicht zu tun. Sie hatten eine gewisse Art zu gehen, zu reden und die Haare zu werfen, die ihr einfach auf die Nerven ging. Dieses hilflose Trällern in den Piepsstimmen, dieser erbärmliche Kleinmädchenton – selbst eine Andeutung dieses Klangs erweckte in Alex Aggressionen. Und das, ohne auf das eigentliche »Blondinenproblem« grenzenloser Dummheit eingegangen zu sein. Alex wusste, dass nicht alle Blondinen von Geburt an dumm waren – auf der anderen Seite hatte sie nicht viele kennen gelernt, die intellektuell gewesen wären.

Und das war das grundlegende Problem, das Alex mit dieser Sorte Frauen hatte: Die meisten Blondinen hatten niemals wirklich hart für das arbeiten müssen, was sie im Leben wollten. Aus diesem Grund hatten sie – abgesehen von Flirten und anderen Frauen Messer in den Rücken stoßen – herzlich wenige Fähigkeiten entwickelt, die sich in einer praktischen Situation als nützlich erweisen konnten.

Natürlich waren heutzutage die meisten Blondinen nicht mehr echt. Das musste man Thora lassen: Wenige Menschen, selbst die, die als Kinder hellblond gewesen waren, schafften es bis in das spätere Erwachsenenleben hinein, ihre blonde Haarfarbe zu behalten, ohne auf natürliche Weise nachzudunkeln. Doch Thora hatte dänisches Blut in den Adern, und ihre blonden Wikinger-Haare waren fast so hell wie die ihres Vaters, der mit achtundfünfzig Jahren noch immer schockierend volles Haupthaar besessen hatte. Aus diesem Grund allein strahlte Thora Shepard im Gegensatz zu den blondierten, gefärbten, aufgedonnerten, sonnenbankgebräunten Frauen, die Alex Tag für Tag sah und verachtete, eine Art von raubtierhaftem Selbstbewusstsein aus, gepaart mit einer Aufmerksamkeit, die signalisierte, dass sie sich ganz bestimmt nicht von jedem beliebig auf den Arm nehmen ließ. Diese Ausstrahlung war die Ursache für die Blicke, die Frauen und Männer ohne Unterschied hinter ihr her warfen, wenn Thora ihnen auf dem Bürgersteig begegnete. Und eines Tages hatte diese Ausstrahlung einen vielversprechenden und gutaussehenden jungen Arzt namens Chris Shepard dazu gebracht, ihr einen Heiratsantrag zu machen – ganz zu schweigen von der Adoption eines vaterlosen Kindes, das neun Jahre zuvor zur Welt gekommen war. Gar nicht schlecht für eine Frau mit ihrer Vergangenheit.

Alex überquerte eilig die Main Street und ging hinter Thora her, die ungefähr einen Block Vorsprung hatte. Sie spürte einen Anflug von Zorn, als ein junger Mann in einem Geschäftsanzug stehen blieb und sich umdrehte, um Thora hinterherzugaffen. Als Nächstes vertrat ein älterer Mann Thora den Weg und verwickelte sie in eine Unterhaltung. Thora antwortete lebhaft und benutzte eifrig die Hände, um ihre Worte zu untermalen. Alex wandte sich zur Seite und betrachtete eine Schaufensterauslage.

Sie hatte von Anfang an eine instinktive Abneigung gegen Thora verspürt, doch sie war nicht sicher gewesen, was der Grund dafür war. Niemand konnte behaupten, dass Thora eine leichte Kindheit verlebt hätte. Zugegeben, sie war mit einem silbernen Löffel im Mund zur Welt gekommen, doch dieser Löffel war ihr rasch weggenommen worden. Als Tochter eines bekannten Chirurgen von der Vanderbilt hatte Thora Rayner die ersten acht Jahre ihres Lebens in der gesellschaftlichen Oberschicht von Nashville, Tennessee, verbracht. Eine schicke Schule, der richtige Country Club, die Reitakademie … das volle Programm. Doch als Thora acht Jahre alt war, hatte die Alkoholsucht ihrer Mutter den Höhepunkt erreicht. Nach mehreren vergeblichen Entzügen war Anna Rayner in eine alkoholinduzierte Benommenheit geglitten, die kein Ende mehr nehmen wollte. Mit Hilfe einiger Freunde hatte Lars Rayner seine Frau in ein staatliches Krankenhaus eingewiesen und anschließend die Scheidungspapiere ausgefüllt. Sechs Monate später war er frei gewesen von ihr – doch der Preis für sein

Vermögen war seine Tochter gewesen. Es hatte ihm wenig ausgemacht, seine Rechte an Thora aufzugeben, doch die Zukunft des kleinen Mädchens hatte sich von diesem Moment an grundlegend geändert.

Thoras Leben war zu einer Odyssee von einer Ost-Tennessee-Kleinstadt zur nächsten geworden. Sie besuchte öffentliche Schulen; private Einrichtungen waren weit jenseits von allem, was ihre Mutter finanzieren konnte, da die Unterhaltszahlungen des Vaters in Ströme von Alkohol flossen. Die Trinksucht ihrer Mutter kam und ging auf nicht vorhersehbare Weise. Thora musste bei mehreren Gelegenheiten vorübergehend zu ihrer Großmutter väterlicherseits ziehen. Ihre Schulnoten waren mittelmäßig bis schlecht – bis zu ihrem Junior-Jahr, als sie anscheinend beschloss, ihrem Vater zu zeigen, wozu sie imstande war, wenn sie sich etwas in den Kopf gesetzt hatte. Als Thora die Hochschul-Eignungsprüfungen mit bis dato unerreichten Noten bestand, nahm auch Lars Rayner endlich wieder Notiz von seiner Tochter. Er bot ihr an, sie an der Vanderbilt studieren zu lassen und die Kosten dafür zu tragen. Thora lehnte ab. Stattdessen bewarb sie sich auf eigene Faust und erhielt ein Stipendium an der Alma Mater ihres Vaters.

Leider währte ihr Glück nicht lange. Die Gene ihrer Mutter und ihre Konditionierung waren gegen sie. Nach einem perfekten ersten Semester verschlechterten sich ihre Noten zusehends bis zur zweiten Hälfte ihres zweiten Jahrs, das sie nicht mehr abschloss. Als sie einen Job in einer Spelunke im Printers Alley District annahm, wurde der Grund bald offensichtlich: Thora war schwanger. Der Freund ließ sie sitzen, doch Thora beschloss, das Kind trotzdem auszutragen. Mit finanzieller Hilfe ihrer Großmutter, die sich auch um das Baby kümmerte, besuchte Thora eine Pflegeschule und beendete die Ausbildung nach zwei Jahren mit Auszeichnung. Sie trat eine Stelle im Veteranenhospital von Murfreesboro an, doch nach neun Monaten kündigte sie ohne Angabe von Gründen wieder, um aus genauso unerklärlichen Gründen nach Natchez, Mississippi, zu ziehen. Alex vermutete, dass eine unglückliche Liebesaffäre der Grund dafür war, doch sie hatte keine Beweise (auch wenn sie einen Detektiv bezahlte, der danach suchte). Thora fand eine Stelle im St. Catherine's Hospital. Dort lernte sie Red Simmons kennen, den Ölbaron, der ihr erster Ehemann werden sollte und sie bald darauf zur Witwe machte – einer sehr reichen Witwe.

Alex warf einen verstohlenen Blick nach links. Thora redete noch weitere zwanzig Sekunden mit dem älteren Mann; dann umarmte sie ihn freundlich und setzte ihren Weg die Main Street hinunter fort. Alex nahm eine kleine Kamera aus ihrer Tasche und schoss ein Foto des Mannes, als dieser auf sie zukam. Er sah aus wie sechzig – wahrscheinlich zu alt, um ein Liebhaber zu sein.

Alex hatte sich stets ihrer körperlichen Fitness gerühmt, doch Thora durch ihren normalen Tagesablauf zu folgen erwies sich als erschöpfend. Sie stand im Morgengrauen auf, lief mindestens zehn Kilometer, manchmal fünfzehn; dann eine rasche Dusche zu Hause, gefolgt von einem Besuch der Baustelle in Avalon, wo das neue Haus entstand. Dort diskutierte sie eine halbe Stunde mit den Bauunternehmern, ehe sie in ihrem Mercedes Cabrio zum Country Club fuhr, um dort serienweise Bahnen zu schwimmen oder ein paar Sätze Tennis zu spielen. (Alex beobachtete sie für gewöhnlich vom Parkplatz aus.) Anschließend besuchte sie abwechselnd Friseur- und Nagelstudio oder absolvierte Gewichtstraining im Fitnessstudio. Erneutes Duschen, gefolgt von einem Mittagessen mit wenigstens einer Freundin. Sie bevorzugte thailändisches Essen in einem ausgezeichneten Restaurant, nicht weit vom Fitnesscenter entfernt – und dieses Restaurant war aller Wahrscheinlichkeit nach auch jetzt ihr Ziel. Nach der Mahlzeit (Thora aß nur sehr wenig, wie Alex von einem Nachbartisch aus beobachtet hatte) ging es oft ein zweites Mal zur Baustelle.

Der einzige absolut unumgängliche Stopp des Tages war die St. Stephen's, wo sie ihren Sohn Ben abholte. Während die meisten anderen Mütter bereits zwanzig Minuten vor Schulschluss kamen und warteten – für den Fall, dass ihre Kinder gleich nach dem Läuten aus dem Gebäude stürmten –, erschien Thora jedes Mal zwanzig Minuten zu spät. Auf diese Weise vermied sie das langweilige Warten und fand Ben in der Regel auf dem Schulhof, wo er das

Körbewerfen übte. Nachdem sie ihn nach Hause gefahren hatte, wo sich das Kindermädchen um ihn kümmerte, verbrachte sie den Rest des Nachmittags mit Besorgungen oder Einkäufen, ehe sie ein letztes Mal in Avalon an der Baustelle vorbeischaute, um anschließend nach Hause zu fahren.

Es war während dieser letzten Stippvisiten auf der Baustelle, dass Dr. Shane Lansing zweimal zu einem zwanglosen Besuch vorbeigekommen war. Alex hatte das Haus nicht betreten, während der Arzt darin weilte, doch sie hatte vor, einen Versuch zu wagen, falls der Chirurg sich erneut blicken ließ. Nach ihren beiden Treffen mit Dr. Shepard (der sie überrascht hatte mit seiner standhaften Weigerung, die Moral seiner Frau in Zweifel zu ziehen) bedauerte sie zum ersten Mal, dass sie Will Kilmer nicht nach Natchez mitgenommen hatte. Der ehemalige Partner ihres Vaters war ein Routinier, was Scheidungsfälle anging, und er verfügte über eine Ausrüstung, mit der er Handys anzapfen und ihre digitalen Signale in Echtzeit dekodieren konnte. Doch Will war bereits vollkommen ausgelastet mit der Überwachung von Andrew Rusk, und Alex konnte sich die Gebühren ohnehin nicht leisten. Sie arbeitete allerdings daran, sich in Thoras E-Mail-Konto zu hacken. Thora trug einen Palm Treo mit sich, wohin sie auch ging, und benutzte das Gerät regelmäßig, um ins Internet zu gehen. Alex war ziemlich sicher, dass Shepard begreifen würde, in welcher Gefahr er schwebte, falls es ihr gelang, auch nur eine einzige Mail abzufangen, die zeigte, dass Lansing und Thora ein Verhältnis hatten. Chris Shepard würde nicht länger zögern, bei ihrem Plan mitzumachen.

Thora blieb erneut stehen. Diesmal unterhielt sie sich mit einem Mann in ihrem Alter. Als Alex sich vorsichtig näherte, um vielleicht aufzuschnappen, worum es in der Unterhaltung ging, summte ihr privates Mobiltelefon. Sie entfernte sich wieder von Thora und nahm den Anruf entgegen. Am anderen Ende meldete sich die raue Stimme von Will Kilmer.

»Hi, Onkel Will!« Kilmer war nicht mit ihr verwandt; die Anrede war ein Beweis ihrer Zuneigung.

»Ich hab ein paar Neuigkeiten für dich«, sagte der alte Mann.

»Gute oder schlechte?«

»Schlechte, kurzfristig gesehen. Vor ein paar Stunden hat Andrew Rusk einen meiner Jungs enttarnt und ihn abgeschüttelt.«

»Scheiße. Was heißt abgeschüttelt? Wie hat er das angestellt?«

»Der Bastard ist mit seinem Porsche SUV runter zum Pearl River und direkt durch den Schlamm gefahren. Mein Mann hatte einen Crown Victoria, der im Schlamm keine Chance hatte. Ich glaube nicht, dass Rusk es aus lauter Spaß gemacht hat. Ich denke, er hatte etwas Wichtiges vor. Sonst hätte er sich bestimmt nicht so viel Mühe gemacht.«

»Verdammte Scheiße!«

»Ich hab dir gleich gesagt, wir brauchen mehr Wagen. Aber du hast gesagt …«

»Ich weiß, was ich gesagt habe, Onkel Will!«, stieß Alex hervor. Sie war wütend, weil ihr das Geld gefehlt hatte, um die Art von Observation zu bezahlen, die dieser Fall erforderte. *Im Kleinen sparsam, im Großen verschwenderisch,* flüsterte ihr Vater aus dem Grab. Jetzt war die ganze Observation verschwendet, für die sie bis jetzt bezahlt hatte. Rusk hatte sie abgeschüttelt, und sie konnte nichts dagegen unternehmen, bevor er nicht wieder aus der Versenkung auftauchte.

Dreißig Meter voraus schüttelte Thora Shepard dem fremden Mann die Hand; dann überquerte sie die Commerce Street und wandte sich nach rechts. Alex folgte ihr.

»Es tut mir leid, Onkel Will. Das ist allein meine Schuld. Ich habe dich außer Gefecht gesetzt.«

Vom anderen Ende der Leitung kam das Geräusch von angestrengtem Atem. Kilmer war siebzig und litt unter einem chronischen Emphysem. »Was möchtest du, das ich jetzt tue, Kleines?«

»Schick jemanden zum Haus von Rusk, wenn du kannst. Er muss ja irgendwann nach Hause kommen.«

»Sicher. Bestimmt ist er schon heute Abend wieder da.«

»Es sei denn, wir haben ihn wirklich aufgeschreckt.«

Will schwieg.

»Meinst du, ein Kerl wie der setzt sich wegen so einer Geschichte ab?«

»Nein, glaub ich nicht. Rusk sitzt hier fest. Er hat einen gut bezahlten Job, ein großes Haus und Kinder.«

»Seine Kinder wohnen nicht bei ihm«, erinnerte ihn Alex.

»Trotzdem. Bleib ruhig. Rusk ist ein reicher Anwalt, kein CIA-Agent. Er kommt wieder nach Hause.«

Sie zwang sich zur Ruhe. Thora hatte inzwischen fast das Thai-Restaurant erreicht.

»Ich schicke jemanden zum Haus von Rusk«, sagte Kilmer. »Und wenn ich niemanden zur Verfügung habe, fahre ich selbst hin.«

»Das musst du nicht ...« Alex verstummte mitten im Satz. Thora Shepard war unvermittelt stehen geblieben, um einen Anruf auf dem Mobiltelefon entgegenzunehmen. Jetzt trat sie mit dem Gerät am Ohr rückwärts an eine Häuserwand.

»Meine Güte, ich wünschte, du wärst hier!«, flüsterte Alex.

»Was ist denn los?«

»Nichts. Ich muss auflegen. Ruf mich wieder an, okay?«

Während sie die rote Taste drückte, beugte Thora sich zur Seite und warf einen Blick durch eines der Fenster des Thai-Restaurants. Offensichtlich zufrieden nickte sie; dann steckte sie das Handy ein und machte kehrt. Mit eiligen Schritten ging sie in Richtung Main Street.

Direkt auf Alex zu.

Alex sprang ins nächste Geschäft, einen Trödelladen, von einer Ecke bis zur anderen vollgestellt mit antikem Mobiliar, gerahmten Spiegeln, Bildern, geflochtenen Körben und Schalen mit gebrannten Mandeln, die zum Verkauf angeboten wurden. Als Thora den Laden passierte, hatte sie eine Miene ernster Konzentration aufgesetzt. Alex zählte bis fünfzehn; dann verließ sie das Geschäft und folgte Thora zu ihrem Mercedes.

Irgendetwas lag in der Luft.

Irgendetwas war passiert.

14

Andrew Rusk warf einen weiteren prüfenden Blick auf den Kilometerzähler seines Porsche Cayenne; dann suchter er unter den Bäumen nach der Abzweigung. Er hatte die Interstate 55 vor vierzig Minuten verlassen und war nach dreißig Kilometern auf eine schmale Schotterpiste abgebogen. Irgendwo entlang dieser Piste war der Abzweig zum Chickamauga Hunting Camp. Rusk war seit fünfzehn Jahren Mitglied in diesem exklusiven Verein. Er hatte sich seinen Platz erkauft, als sein Schwiegervater gekündigt hatte. Die Mitgliedschaft hatte sich in mehr als einer Hinsicht als vorteilhaft erwiesen, weit über die herbstlichen Freizeitaktivitäten hinaus.

Endlich kam der Abzweig in Sicht. Er war markiert durch ein Schild an einem Pfosten. Rusk drehte am Lenkrad, hielt vor dem eisernen Tor, das den Weg versperrte, ließ das Fenster herunter und tippte einen Zahlenkode ins Tastenfeld an der Seite des Pfostens. Als das Tor zur Seite schwang, fuhr er langsam hindurch. Bis zum Camp war es noch immer fast einen Kilometer, den er in geringem Tempo zurücklegte. Trotz des immensen Reichtums der Clubmitglieder war die Schotterpiste in einem erbärmlichen Zustand. Rusk fragte sich, ob der Weg absichtlich so belassen wurde, um die Illusion der Schlichtheit aufrechtzuerhalten, denn das gesamte Camp war nichts anderes als Illusion.

Obwohl die Gebäude äußerlich wie primitive Blockhäuser aussahen, enthielt das Innere hochmoderne Zimmer mit Zentralheizung, fließend warmem Wasser und Satellitenfernsehen im Gemeinschaftsraum. In den Augen ernsthafter Jäger waren die Kosten durchaus gerechtfertigt. In dieser Gegend gab es mehr Hochwild pro Hektar als in irgendeinem anderen Teil der Vereinigten Staaten. Und das Wild war groß: Der größte je geschossene Bock war hier erlegt worden. Hochwild liebte das tiefe Unterholz der sekundären Wälder; die ursprünglichen Wälder in diesem Teil des Staates waren vor nahezu zweihundert Jahren abgeholzt worden. Es war fast wie der Himmel für das Wild, und Jäger aus dem ganzen Staat zahlten Spitzenpreise für Jagdlizenzen. Im Südwesten, in der Gegend um Natchez, waren die Preise sogar noch höher.

Während Rusk den Cayenne zum Haupthaus lenkte und vor dem Gebäude parkte, suchte er die Lichtung nach Eldon Tarver ab, doch es war niemand zu sehen. Er stieg aus und überprüfte die Tür des Haupthauses, doch sie war abgesperrt. Das war logisch – Tarver war kein Mitglied des Clubs und besaß demzufolge keinen Schlüssel. Doch Tarver kannte die Kombination des Tors vorn an der Straße, dank Andrew Rusk. Das war der Treffpunkt, den sie vor langer Zeit für den Notfall vereinbart hatten. Sie hatten sich für Chickamauga entschieden, weil sie hier ihr erstes gemeinsames Unternehmen geplant hatten. Ihre Bekanntschaft war zum damaligen Zeitpunkt bereits zwei Jahre älter gewesen, doch es hatte in der ganzen Zeit nahezu kein persönliches Meeting gegeben. Sämtliche späteren Treffen hatten weniger als zwei Minuten gedauert und an einem so öffentlichen Platz stattgefunden, dass niemand auch nur im Traum auf den Gedanken gekommen wäre, es könnte ein richtiges Meeting sein.

Obwohl die Lichtung einsam und verlassen dalag, war Rusk sicher, dass Tarver längst eingetroffen war. Er hatte seinen Wagen versteckt für den Fall, dass andere Mitglieder des Jagdclubs da waren – höchst unwahrscheinlich außerhalb der Saison, doch man konnte nie wissen. Die Frage war: Wo würde Tarver auf Andrew Rusk warten?

Rusk schloss die Augen und lauschte den Geräuschen des Waldes. Zuerst vernahm er den Wind, den raschelnden Tanz von Millionen Blättern in der Frühlingsluft. Dann die Vögel: Sperlinge, Eichelhäher, Mauerschwalben. Eine einsame Wachtel. Das unregelmäßige Klopfen eines Spechts. Über alledem das leise Summen von Lastwagen auf dem fernen Highway 28. Doch nichts in der Symphonie der Stimmen lieferte auch nur den geringsten Hinweis auf die Anwesenheit eines weiteren Menschen.

Dann roch er das Feuer.

Irgendwo zu seiner Linken brannte Holz. Er setzte sich in Bewegung und marschierte mit langen, sicheren Schritten zwischen den Bäumen hindurch. Je weiter er gegen den Wind vorankam, desto intensiver wurde der Geruch nach Rauch. Und *Fleisch.* Jemand bereitete dort draußen Nahrung zu! Womit plötzlich zweifelhaft war, dass dieser Jemand Eldon Tarver sein könnte – doch Andrew musste sicher sein.

Wenige Sekunden später gelangte er auf eine kleine Lichtung. Genau in deren Mitte saß Tarver. Der riesige Pathologe hielt eine gusseiserne Kasserolle über ein kleines Feuer, und das Geräusch von brutzelndem Fleisch erfüllte die Luft. An einem Draht neben Tarver hing ein totes Kitz, frisch gehäutet, jedoch nur teilweise zerlegt.

»Nehmen Sie Platz«, sagte Tarver in seinem tiefen Bariton. »Ich bereite eben die Lenden zu. Sie schmecken sündhaft gut, Andrew.«

Indem der Pathologe das Kitz erlegt hatte, hatte er gegen eine der heiligsten Regeln des Camps verstoßen. Und indem er das Kitz außerhalb der Jagdsaison erlegt hatte, hatte er darüber hinaus gegen Bundes- und Staatsgesetze verstoßen. Doch Rusk hatte nicht vor, eine diesbezügliche Bemerkung zu machen. Er hatte größere Probleme, um die er sich kümmern musste. Abgesehen davon – ganz gleich, welche Gesetze und Regeln Tarver übertreten hatte –, es war mit vollem Wissen und in voller Absicht geschehen.

Tarver spießte ein Stück Lende auf ein Taschenmesser und hielt es Rusk hin. Dieser nahm das Messer und aß das Fleisch als Zeichen ihrer Verbindung.

»Es ist fantastisch«, sagte er. »Absolut fantastisch!«

»So frisch es nur geht – außer ganz roh.«

»Haben Sie etwa schon mal rohe Lende gegessen?«, fragte Rusk.

Ein nachdenklicher Ausdruck erschien auf dem Gesicht des Pathologen. »Oh ja, selbstverständlich. Als ich ein Knabe war … aber das ist eine andere Geschichte.«

Die ich zu gerne irgendwann hören würde, dachte Rusk. *Wenn ich mehr Zeit habe. Ich würde zu gerne wissen, was aus einem Jungen einen erwachsenen Menschen wie Dr. Tarver macht.* Er wusste ein wenig über Tarvers Vergangenheit, jedoch längst nicht genug, um die merkwürdigen Interessen und das seltsame Verhalten dieses Mannes zu erklären. Heute war allerdings nicht der Tag, um diese Dinge zur Sprache zu bringen.

»Wir haben ein Problem«, sagte Rusk unverblümt.

»Ich bin hier, oder nicht?«

»Zwei Probleme genaugenommen.«

»Lassen Sie uns nichts überstürzen«, sagte Tarver. »Setzen Sie sich erst mal. Essen Sie noch ein wenig von der Lende.«

Rusk tat, als würde er ins Feuer starren. Er sah kein Gewehr bei Tarver und keine Handfeuerwaffe. Bei seinen Füßen stand ein Seesack von Nike, groß genug für eine Pistole oder sogar eine Maschinenpistole. Andrew würde den Sack im Auge behalten. »Ich bin eigentlich nicht hungrig«, sagte er.

»Würden Sie es vorziehen, wenn wir gleich zum Geschäft kommen?«

Rusk nickte wortlos.

»Dann sollten wir zuerst dic Formalitäten erledigen.«

»Formalitäten?«

»Ziehen Sie Ihre Sachen aus, Andrew.«

Adrenalin schoss in Rusks Adern. *Würde er mich auffordern, die Sachen abzulegen, wenn er vorhat, mich umzubringen? Um sich die Mühe zu sparen, meinen Leichnam auszuziehen? Nein. Welchen Sinn ergäbe das hier draußen?* »Glauben Sie, dass ich verdrahtet bin, Doktor?«

Tarver lächelte entwaffnend. »Sie sagten selbst, dass es sich um einen Notfall handelt. Der Stress bringt Menschen dazu, Dinge zu tun, die sie normalerweise unterlassen würden.«

»Werden Sie sich ebenfalls ausziehen?«

»Das ist nicht nötig. Sie haben dieses Treffen einberufen.«

Das stimmte. Und wenn er Tarver richtig einschätzte, würde dieser kein weiteres Wort sagen, solange Rusk sich nicht der Bitte gefügt und seine Kleidung abgelegt hatte. Er dankte Gott, dass er seine Pistole im Wagen zurückgelassen hatte, als er sich nun vorbeugte und die Schnürsenkel seiner Cole Haans aufband. Er stieg aus den Schuhen; dann öffnete er den Gürtel seiner Hose und zog sie ebenfalls aus. Schließlich folgte das Button-Down-Hemd von Ralph Lauren, und er stand in Socken und Unterhose da. Tarver schien das Lagerfeuer zu beobachteten, nicht ihn.

»Ist das weit genug?«, fragte Rusk.

»Ganz, bitte«, antwortete Tarver mit desinteressierter Stimme.

Rusk schluckte eine Verwünschung herunter und zog seine Unterhose aus. Er empfand eine merkwürdige Scham, und das machte ihm zu schaffen. Er hatte sich im Fitnesscenter Hunderte Male vor anderen Männern ausgezogen und hatte seine ganze Jugend damit verbracht, das Gleiche in Umkleideräumen überall im Staat zu tun. Es gab ganz bestimmt nichts, dessen er sich hätte schämen müssen, nicht nach allgemeinen Standards, und eine Reihe von Frauen hatte ihm bestätigt, dass er prächtig ausgestattet war. Doch das hier war etwas anderes. Das hier war sich nackt ausziehen vor einem Kerl mit weiß Gott welchen Perversionen, einem Pathologen obendrein – einem Mann, der tausend Leichen mit kaltem Blick betrachtet hatte und dem kein anatomischer Makel verborgen blieb. Es war unheimlich. Und Dr. Tarver machte es ihm nicht leichter, denn jetzt hob er den Blick und musterte Rusks Körper wie ein Entomologe, der sich paarende Insekten studiert.

»Sie haben die Latissimi trainiert«, beobachtete Tarver.

Das stimmte. Lisa hatte erklärt, dass das Alter seinen Tribut von seinem Rücken verlangte, und so hatte Rusk zur Abhilfe gegen die vermeintliche Schwäche im Club mit den Nautilus-Maschinen trainiert. Doch wie zum Teufel hatte Tarver das mit einem einzigen Blick erkannt?

»Sie sollten mehr Zeit auf die Beine verwenden«, fügte der Pathologe hinzu. »Bodybuilder sind ganz besessen von ihren Oberkörpern, aber unterentwickelte Beine ruinieren den Gesamteindruck. Es kommt auf Symmetrie an, Andrew. Gleichgewicht.«

»Ich werd's mir merken«, sagte der Anwalt mit einer Spur von Bitterkeit in der Stimme. Rusk wusste um seine dünnen Beine, auch wenn sie im College gut genug gewesen waren. Abgesehen davon hatte er andere Sorgen als den regelmäßigen Besuch im Studio. Wer war Tarver überhaupt, dass er sich ein Urteil anmaßte? Der Kerl war groß und breit, zugegeben, doch wie fit war er unter der Kleidung? Rusk vermutete, dass unter dem nicht der Jahreszeit entsprechenden Flanellhemd ein massiver Bierbauch lauerte.

»Ziehen Sie sich wieder an«, sagte Tarver. »Sie sehen aus wie eine Schildkröte ohne Panzer.«

Rusk schlüpfte in Hemd und Hose und setzte sich, um seine Schuhe wieder anzuziehen. »Als wir das letzte Mal hier waren, haben Sie mir erzählt, dass Sie die Wälder hassen«, bemerkte er.

Der Pathologe kicherte leise. »Manchmal hasse ich sie, ja.«

»Was wollen Sie damit sagen?«

»Sie wissen so wenig über mich, Andrew. Selbst wenn ich es Ihnen erzählen würde … meine Geschichte ist völlig außerhalb Ihres Erfahrungshorizonts, glauben Sie mir.«

Rusk versuchte, die Antwort als Arroganz abzutun, doch das war nicht Tarvers Absicht gewesen. Was er hatte sagen wollen, war eher: *Du gehörst nicht zu meinem Stamm. Vielleicht gehörst du nicht einmal zu meiner Spezies.* Und das stimmte. Ganz gleich, was Tarver von den Wäldern hielt – er war ganz sicher kein Fremder darin. Bei seinem letzten Besuch hier im Chickamauga Camp – vor inzwischen fünf Jahren – war er Gast eines orthopädischen Chirurgen aus Jackson gewesen. Zwei Tage lang hatte er nichts geschossen, zur wachsenden Belustigung der übrigen Mitglieder, die in jenem Jahr Rekord-Abschüsse verzeichneten, wenngleich hauptsächlich Weibchen und eher von der kleineren Sorte. Doch während der ganzen Zeit wurde über nichts anderes geredet als den *Ghost,* einen gerissenen alten Zwölfender, der den besten Jägern des Camps seit beinahe zehn Jahren immer wieder ein Schnippchen schlug. Nachdem er zwei aufeinanderfolgende Jahre unsichtbar geblieben war, hatte es in der vorangegangenen Woche eine Sichtung gegeben, und alles war in heller Aufregung. Männer und Knaben ohne Unterschied waren auf der Jagd nach ihm. Jeden Abend lauschte Tarver schweigend den Geschichten, welche die anderen am Lagerfeuer über Ghost erzählten, einige wahr, andere apokryph, und jeden Morgen verschwand er bereits vor Sonnenaufgang in die umliegenden Wälder.

Am dritten Tag – einem Sonntag, wie Rusk sich erinnerte – war Eldon Tarver mit der Einhundert-Kilo-Karkasse des erlegten Ghost über den Schultern in das Lager zurückmarschiert.

Er verärgerte eine ganze Reihe von Clubmitgliedern, weil er ihren sagenhaften Zwölfender getötet hatte, doch was konnten sie schon sagen? Tarver hatte das Tier nicht von einem Hochstand aus geschossen, nicht auf die Art und Weise, wie die meisten Jäger heutzutage »jagten«, bequem und trocken auf der Lauer liegend, bis ein Stück Wild direkt vor ihre Flinte lief – eine Taktik, die es jedem Achtjährigen ermöglichte, bereits beim ersten Jagdausflug das erste Stück Wild zu schießen.

Dr. Eldon Tarver war losgezogen und hatte den Zwölfender auf die althergebrachte Weise erlegt. Wie ein Indianer. Er hatte dem mächtigen Zwölfender drei Tage lang kreuz und quer durch den Wald nachgestellt, eine elende Schinderei bei dem dichten Unterholz und dem vom Herbstregen aufgeweichten Boden. Tarver hatte zu keinem Zeitpunkt weitere Einzelheiten preisgegeben (er schien dem alten Aberglauben anzuhängen, dass man die Macht einer Sache verringert, indem man über sie sprach), doch nach einer Weile hatten die Mitglieder der Jagdgesellschaft sich aus dem wenigen Bekannten eine Legende erschaffen. Die, die auf den Hochsitzen gelauert hatten, berichteten von eigenartigen Geräuschen nach Einbruch der Morgendämmerung am Tag des Abschusses – Paarungsröhren, das Grunzen kämpfender Böcke –, Geräusche, die nur ein Meisterjäger nachzuahmen imstande war. Dann hatte es einen Knall gegeben, einen einzigen, perfekten Blattschuss, der den Zwölfender auf der Stelle getötet hatte. Es war ein so schmerzloser, rascher Tod, wie der große Bock ihn sich nur wünschen konnte – keine meilenweite Hetzjagd durch das Gebüsch mit einer Kugel in der Lunge oder im Bauch, während die Eingeweide sich langsam mit Blut füllten. Hier waren es sekundenschnelle Paralyse und Tod.

Später an jenem Nachmittag hatte Rusk draußen seine Jagdtrophäe ausgeweidet. Als hätte das Schicksal ihn geschickt, war Eldon Tarver vorbeigekommen und hatte sich erboten, Andrew ein paar zeitsparende Tricks zu zeigen, wie man ein Stück Hochwild ausnahm. Rusk hatte ihm sein Messer gegeben und war Zeuge einer Demonstration von handwerklichem Geschick und anatomischem Wissen geworden, die ihn in sprachloses Staunen versetzte. Er hatte kaum auf Tarvers Worte gehört, so sehr faszinierte ihn der geschickte Umgang des Mannes mit dem Messer. Und jener Teil von Andrew Rusks Gehirn, der nicht voll und ganz von dem blutigen Spektakel gefangen war, das sich vor seinen Augen abspielte, befasste sich mit einer Idee, die bereits einige Jahre zuvor in den dunklen Abgründen seiner Seele geboren worden war, einer Idee, die einen Bedarf bediente und die er aufgrund moralischer Skrupel und eines Mangels an Gelegenheit bisher nicht verwirklicht hatte. Moral, das hatte Rusk schon damals deutlich gespürt, war kein Bestandteil von Eldon Tarvers Charakter.

»Zwei Probleme«, begann Tarver in diesem Moment, während er eine Scheibe Lende aus der Kasserolle nahm und sich in den Mund schob. »Das haben Sie jedenfalls gesagt, Andrew.«

»Ja. Und sie hängen möglicherweise zusammen.«

Tarver kaute langsam und genussvoll, wie ein Mann, der es gewohnt war, von seinen Vorräten so lange wie nur irgend möglich zu leben. »Weiß jemand, wer ich bin, Andrew?«, fragte er.

»Nein.«

»Weiß jemand, dass Sie und ich auf irgendeine Weise miteinander verbunden sind?«

»Nein.«

»Weiß jemand, was Sie tun?«

»Nein.«

»Hat jemand Verdacht geschöpft?«

Rusk leckte sich über die Lippen und bemühte sich nach Kräften, ruhig zu erscheinen. »Das kann ich nicht ganz ausschließen. Nicht mit hundertprozentiger Sicherheit.«

»Wer?«

»Eine Agentin vom FBI.«

Tarver schob den Unterkiefer vor. »Wer ist sie?«

»Die Schwester von Grace Fennell. Sie heißt Alexandra Morse.«

Ein eigenartiges Lächeln huschte über Tarvers Lippen. »Ah, Alexandra Morse. Nun, wir wussten, dass sie ein Risiko darstellt, oder? Warum erscheint Ihnen Alex Morse plötzlich verdächtig?«

»Bill Fennell denkt, dass seine Frau noch etwas zu Morse gesagt haben könnte, bevor sie starb. Morse war sehr aufgebracht wegen des Todes ihrer Schwester, Sie erinnern sich? Sie hat Fennells Sohn entführt.«

»Aber sie hat ihn vor der Beerdigung zurückgebracht, richtig?«

»Ja. Es gab eine Menge traumatischer Ereignisse in der Familie, schon bevor wir uns eingemischt haben. Der Vater wurde während eines Überfalls erschossen. Die Mutter ist unheilbar an Eierstockkrebs erkrankt und liegt im Sterben. Morse wäre zwei Monate nach dem Tod ihres Vaters um ein Haar beim FBI rausgeflogen, weil sie die Verantwortung für den Tod eines Kollegen trug.«

»Hat sie mit Ihnen direkt gesprochen?«

»Nein.«

Dr. Tarvers Blick bohrte sich mit unbarmherziger Intensität in Rusks Augen. »Die Frage ist doch, Andrew, woher weiß sie, dass Sie überhaupt existieren?«

»Diese Frage kann ich Ihnen nicht beantworten.«

»Könnte es sein, dass Fennell irgendetwas über Sie erzählt hat?«

»Es könnte sein, aber warum sollte er? Nein, ich glaube nicht. Fennell ist nicht dumm.«

»Vögelt er sie?«

»Ich glaube nicht«, antwortete Rusk, indem er sich diese Frage zum ersten Mal selbst stellte – ziemlich schlampig für einen Scheidungsanwalt, wie ihm bewusst wurde. »Ich meine … nicht dass ich wüsste.«

Die Antwort stellte Tarver offensichtlich nicht zufrieden.

»Sie würde niemals mit Ben Fennell ins Bett gehen«, sagte

Rusk zuversichtlich. »Sie wäre sich viel zu schade dafür. Abgesehen davon ist sie zu heiß.«

»Sie hat eine Vagina, oder nicht?«

»Zugegeben.«

»Wieso ist er nicht ihr Typ?«

»Sie erinnern sich an die Akte über die Fennells, oder? Er ist im Grunde genommen eine Schlange.«

»Sie tun dieser armen Kreatur unrecht mit Ihrem Vergleich«, sagte Tarver mit eigenartigem Ernst in der Stimme.

Rusk blinzelte mehrere Male verblüfft, bevor er fortfuhr. »Ich habe Alex Morse vor der Operation überprüft, Sie erinnern sich? Sie ist eine durch und durch moralische Agentin. Hält sich stets genau an die Vorschriften ... oder hat sich stets daran gehalten. Deswegen ist sie auch zum FBI gegangen und nicht zur CIA.«

»Aber Sie wissen nichts über die tiefere Psyche dieser Frau.«

»Wenn Sie es so sagen ... ich glaube nicht.«

»Es könnte die Geschäftsverbindung sein«, sagte Tarver nachdenklich. »Der Immobiliendeal zwischen Ihnen und Fennell.«

»Ja.«

»Sie hätten bei Diamanten bleiben sollen.«

»Dieser Deal ist besser als Diamanten, Eldon. Viel besser.«

»Nicht, wenn es Sie umbringt.«

Rusk bemerkte zwei bestürzende Details: Erstens hatte Tarver im Singular gesprochen, und zweitens hatte er kein Wort von Gefängnis gesagt – er war direkt zum Tod weitergegangen. Gehe nicht über Los, ziehe nicht zwei Millionen Dollar ein.

Tarver beobachtete Rusk mit offensichtlichem Interesse. »Was hat Agentin Morse getan, das Sie so nervös macht, Andrew? Sie sind unübersehbar nervös.«

»Kann sein, dass ich observiert werde.« *Die Untertreibung des Jahrzehnts. Keine Erwähnung des Crown Victoria oder der Verfolgungsjagd entlang dem Pearl River ... nichts, das Eldon Tarvers überscharfen Selbsterhaltungstrieb aktivieren könnte.*

Tarver war erstarrt. »... dass Sie *möglicherweise* observiert werden? Oder *werden* Sie observiert?«

»Es wäre möglich. Ich bin nicht sicher.«

»Und wer, glauben Sie, observiert Sie? Das FBI?«

»Ehrlich, ich glaube nicht.«

»Reden Sie in Fakten.«

Rusk widerstand dem Impuls, Verwünschungen auszustoßen. »Wenn Alex Morse den Tod ihrer Schwester untersucht, tut sie es vermutlich auf eigene Rechnung. Morse steckt beim FBI bereits tief im Dreck. Warum sollte das FBI den Tod von Grace Fennell untersuchen? Selbst wenn der Verdacht bestünde, dass es kein natürlicher Tod war, würde die Aufklärung in die Zuständigkeit des Bundesstaates fallen.«

»Sie sind der Anwalt. Kümmern Sie sich darum.«

»Das werde ich.«

»Was hat Morse sonst noch getan?«

Jetzt kommt es. »Sie ist möglicherweise in mein Büro eingebrochen.«

Tarver starrte Rusk an, ohne zu blinzeln. »Wissen Sie denn gar nichts mit Bestimmtheit, Andrew? Oder haben Sie einfach nur Angst, mir die Wahrheit zu erzählen?«

»Ich habe keine Angst«, antwortete er, der Gipfel des Absurden. »Selbst wenn sie in meinem Büro war, es gibt dort nichts zu entdecken. Nichts Belastendes.«

»Es gibt immer irgendetwas zu entdecken, Andrew. Ich kenne euch Typen. Ihr seid zwanghaft, wenn es darum geht, Dinge zu notieren. Kommen Sie schon ...«

»Wenn sie in meinen Computer eingebrochen ist, hat sie vielleicht ein paar Geschäftsverbindungen gefunden. Nichts Illegales. Alles nach Vorschrift.«

»Aber die *Verbindungen*«, sagte Tarver leise. »Die Verbindungen zu anderen Toten. Zu Ehegatten von anderen Toten.«

»Höchstens die allerersten Jobs«, antwortete Rusk. »Der jüngste drei Jahre alt.«

»Wenn man Grace Fennell nicht mitzählt«, erinnerte ihn Tarver.

»Richtig.«

Tarver warf mehrere neue Scheiben Lende in die Kasserolle.

Rusk überlegte, ob er die Stille ausnutzen sollte, um Tarver von EX NIHILO zu erzählen, doch irgendwie erschien ihm der Zeitpunkt nicht passend.

»Ich habe bis jetzt nur von einer Gefahr gehört«, murmelte Tarver.

»Die zweite ist direkter, aber auch besser zu handhaben.«

»Fahren Sie fort.«

»Einer unserer früheren Klienten. William Braid.«

»Die Reederei aus Vicksburg?«

»Genau der.«

»Was ist mit ihm?«

»Er hatte einen Nervenzusammenbruch. Ich mache keine Witze, Eldon. Er leidet unter Schuldgefühlen. Weil er zusehen musste, wie seine Frau starb. Er leidet an Halluzinationen. Sieht seine tote Frau in Menschenmengen und solche verrückten Sachen. Es hat zu lange gedauert, bis sie tot war, verstehen Sie? Er hat es nicht ausgehalten. Ich mache mir Sorgen, was er tun könnte. Mit wem er reden könnte. Einem Priester? Einem Seelenklempner? Oder vielleicht sogar mit der Polizei.«

»Hat Braid Sie angerufen?«

»Er hat mich auf dem Golfplatz angesprochen! Er ist gestern bei mir zu Hause vorbeigefahren! Lisa bekam es mit der Angst zu tun, verdammt!«

Tarvers Gesicht wurde ernst. »Wurde er beobachtet?«

»Nur Lisa hat ihn gesehen. Ich habe es heruntergespielt.«

»Was hat Braid auf dem Golfplatz zu Ihnen gesagt?«

»Dass er überlegt, sich das Leben zu nehmen.«

»Worauf wartet er?«

Rusk zwang sich zu einem Lachen, doch er sorgte sich zu sehr um die eigene Haut, um frivol zu werden.

»Warum hat er Ihnen erzählt, dass er an Selbstmord denkt?«, überlegte Tarver laut. »Warum hat er es nicht einfach getan?«

»Ich glaube nicht, dass er zur suizidalen Sorte gehört. Ich denke, wenn es hart auf hart kommt, wird er bei der Polizei ein Geständnis ablegen und uns die ganze Schuld geben.«

Tarver starrte Rusk eine Weile an; dann zuckte er gleichmütig die Schultern. »Wir wussten, dass früher oder später so etwas passieren würde. Es war unausweichlich.«

»Was sollen wir tun?«

»Braid hat Kinder?«

»Drei.«

»Meinen Sie, er hat Ihre Warnung vergessen? Dass er vergessen hat, was mit seiner Frau passiert ist?«

»Ich glaube nicht, dass es ihn noch interessiert, Eldon. Er ist völlig mit den Nerven runter.«

»Diese Typen!«, sagte Tarver voller Abscheu. »Sie sind so verdammt *schwach.* Schwach wie Kinder. Kein Wunder, dass die Frauen heutzutage keine Achtung mehr vor Männern haben.«

Rusk schwieg.

»Wo war Mr. Braids kostbares Gewissen, als er uns bezahlt hat, damit wir seine alte Schachtel für ihn aus dem Weg räumen?«

Der Anwalt zuckte die Schultern. »Er ist Südstaaten-Baptist.«

Tarver blickte ihn für einen Moment verblüfft an. Dann lachte er. »Sie meinen, Samstagabend ist nicht das Gleiche wie Sonntag?«

»Es liegen Welten dazwischen, mein Freund. Welten.«

Tarver schaufelte die restliche Lende aus der brutzelnden Kasserolle und legte sie auf einen der Steine, die einen Kreis um das Feuer bildeten. »Ich kenne diese Sorte.«

»Was sollen wir Ihrer Meinung nach unternehmen?«

Der Pathologe grinste. »*Wir?* Könnten Sie denn etwas tun, um uns aus dieser Situation zu befreien?«

Rusk wäre beinahe errötet. »Nun, ich meinte …«

»Sie meinten, was ich zu unternehmen gedenke, um Ihren Arsch zu retten.«

Das kostet mich eine Stange Geld, wurde Rusk schlagartig bewusst. *Ein Vermögen.*

Dr. Eldon Tarver erhob sich vom Feuer und streckte sich. Rusk hörte seine Gelenke knacken. Tarver sah aus wie jener graubärtige Typ im Nachtprogramm, der um Spenden für hungernde Kinder bat. Bis auf das Muttermal. Dieses Ding war wirklich beängstigend. *Lass es dir operativ entfernen, verdammt,* dachte Rusk. *Wir leben im einundzwanzigsten Jahrhundert, und du bist selbst Arzt!* Andererseits, wenn er es genau bedachte, kannte er eine ganze Reihe Ärzte mit schlechten Zähnen.

»Ich kümmere mich um unseren Mr. William Braid«, sagte Tarver beinahe geistesabwesend.

Rusk nickte vorsichtig. Er wollte wissen, wann Tarver zu handeln beabsichtigte, doch er wollte ihn nicht verärgern, indem er fragte.

»Ist Braid heute Abend zu Hause?«, fragte Tarver.

»Ja. Ich habe ihm gesagt, dass ich vielleicht vorbeikomme, damit wir reden können.«

»Trottel! Was, wenn er es seiner Geliebten verraten hat?«

»Sie hat ihn vor zehn Tagen verlassen. Im Augenblick hat er niemanden zum Reden. Seine Kinder sind die letzten beiden Wochen bei den Großeltern gewesen.«

»In Ordnung.«

Rusk atmete erleichtert durch. Kein Wort von Geld bis jetzt.

»Zweihundertfünfzigtausend«, sagte Tarver unvermittelt, als hätte er Rusks Gedanken gelesen.

Rusk krümmte sich innerlich. »Das ist eine Menge Geld«, warf er zaghaft ein. »Ich meine, er ist schließlich eine Bedrohung für uns beide, oder?«

Sämtliche Menschlichkeit verschwand aus Tarvers Gesicht. »Kennt Braid meinen Namen?«

»Nein.«

»Kennt er mein Gesicht?«

»Selbstverständlich nicht.«

»Dann ist Braid keine Bedrohung für mich. Sie sind die einzige vorstellbare Bedrohung, die es für mich gibt, Andrew. Und ich empfehle Ihnen dringend, mich nicht zu zwingen, eingehender darüber nachzudenken.«

»Wie möchten Sie das Geld?«

»Auf die sichere Art und Weise. Der Transfer findet hier statt. Irgendwann nächste Woche.«

Rusk nickte. *Eine Viertelmillion Dollar … einfach so.* Alles nur, um einen von Schuld geplagten Mandanten zum Schweigen zu bringen. Er musste die Kundschaft in Zukunft besser auswählen. Doch wie sollte er das anstellen? Es war schwer vorherzusagen, ob jemand den Mumm hatte zuzusehen, wie ein Mensch, den er einmal geliebt hatte, zu einer leeren Hülle wurde, ehe er schließlich starb. Einen Menschen zu erschießen war sehr viel schneller und einfacher. Den Abzug drücken – und die Quelle des Übels lag beim Leichenbeschauer. Drei Tage später wurde sie aufgehübscht für ihren letzten öffentlichen Auftritt im Sarg, und dann weg damit für immer. So war es in den alten Tagen gewesen, in den Tagen des verdammten Perry Mason beispielsweise. Doch sie lebten in der Moderne. Heutzutage hatte man keine Chance mehr, jemanden zu erschießen, den man kannte, und ungeschoren davonzukommen. Genauso wenig, wie man jemanden erwürgen, vergiften oder von einem Hotelbalkon stoßen konnte. So gut wie jede Methode, jemand anderen umzubringen, war nachvollziehbar und vor Gericht beweisbar. Ehegatten und Familienmitglieder waren bei jedem Mordfall automatisch die Hauptverdächtigen. Es war gewissermaßen ein Axiom. Das Erste, was ein Detective bei der Mordkommission lernte.

Nein, wenn man im einundzwanzigsten Jahrhundert jemanden umbringen und ungeschoren davonkommen wollte, musste man so genial zu Werke gehen, dass die Tat gar nicht erst als Mord wahrgenommen wurde.

Genau das war die Dienstleistung, die zu liefern Andrew Rusk einen Weg gefunden hatte. Wie jedes qualitativ hochwertige Produkt war sie nicht billig. Noch gab es sie schnell. Und am vielleicht wichtigsten von allem, wie William Braid gerade eindringlich bewies: Sie war nichts für Leute mit schwachen Nerven. Die Nachfrage war hoch, wie nicht anders zu erwarten, doch nur wenige Personen waren geeignete Klienten. Es bedurfte eines tief verwurzelten Hasses, dabei zuzusehen, wie der Ehepartner qualvoll starb, in dem Wissen, dass man selbst es gewesen war, der diese Qualen verursacht hatte. Auf der anderen Seite, sinnierte

Rusk, hatten einige Leute diesen starken Stress bemerkenswert gut vertragen. Tatsächlich schienen manche Menschen beinahe ideal geeignet für diese Rolle. Sie breiteten ihre dramatischen Flügel aus und streiften genussvoll den ungewohnten Anzug des Märtyrertums über. Rusk bemühte sich, niemanden zu verurteilen – das war nicht seine Aufgabe. Sein Job war, ein Ergebnis zu ermöglichen, das eine Vielzahl von Personen wünschte und das sich nur einige wenige leisten konnten.

»Wenn es das Geld ist, das Ihnen zu schaffen macht«, sagte Tarver in diesem Moment, »überlegen Sie einfach, wie es ist, die nächsten fünfundzwanzig Jahre im Parchman zu sitzen und in den Hintern gefickt zu werden. Oder stecken Sie die Hand in diesen Seesack dort.« Tarver deutete auf die blaue Nike-Sporttasche zu seinen Füßen. »Es spricht nämlich einiges dafür, wissen Sie? Es garantiert meine Sicherheit, und es ist völlig ohne Risiko für mich.«

»Es würde Sie sämtlicher zukünftiger Einnahmequellen berauben«, erwiderte Rusk tapfer.

Tarver lächelte. »Ich bin schon reich, Andrew.«

Rusk sagte nichts, doch er befand sich auf festerem Boden. Tarver mochte Millionen an ihrer Zusammenarbeit verdient haben, doch der Pathologe hatte auch eine Menge von diesem Geld ausgegeben. Seine privaten Forschungen fraßen Kapital in schwindelerregendem Tempo. Rusk wusste nicht genau, woran Tarver arbeitete. Doch was immer es war, er konnte den Sinn dahinter nicht erkennen – was wohl daran lag, dass es nichts mit Geld zu tun hatte.

Rusk wusste, dass Tarver von einem Pharmakonzern wegen irgendeiner sexuellen Ungehörigkeit gefeuert worden war, was ihn um die Früchte seiner damaligen Forschungen für jenen Konzern gebracht hatte. Vielleicht war es Tarvers Ziel, diesen Leuten zu beweisen, dass sie den größten Fehler ihres Lebens gemacht hatten.

Das alles ging Rusk binnen weniger Sekunden und ganz beiläufig durch den Kopf. Sein Hauptaugenmerk – und seine größte Sorge – war die Frage nach dem Inhalt dieser Sporttasche. Er starrte inzwischen seit einer halben Minute auf die Tasche und war beinahe sicher, dass sie sich in der Zeit bewegt hatte.

»Möchten Sie einen Blick hineinwerfen?«, fragte Tarver.

Rusk schüttelte den Kopf. Bei Tarver konnte man nicht sicher sein, was in der Tasche war. Eine Giftschlange vielleicht, oder eine verdammte Gila-Echse? Nur der Teufel wusste es. »Es gibt noch etwas, worüber wir reden müssen.«

»Und das wäre, Andrew?«

»Meine Sicherheit.«

Wieder erschien Wachsamkeit in Tarvers Augen. »Ach ja?«

»Ich wusste, dass der heutige Tag ärgerlich für Sie werden würde. Insbesondere die Informationen über Agentin Morse.«

»Und?«

»Und deswegen hielt ich es für erforderlich, Schritte zu meinem eigenen Schutz zu unternehmen.«

Die Augenlider Tarvers klappten herunter wie bei einer südamerikanischen Echse, die plötzlich von einem wärmenden Sonnenstrahl erfasst wurde. »Was haben Sie getan, Andrew?«

»Bleiben Sie ganz ruhig, Eldon. Ich habe nichts weiter als ein einfaches, vollkommen sicheres Arrangement getroffen. Ich muss jeden Tag eine bestimmte Sache erledigen. Falls das nicht innerhalb einer angemessenen Frist geschieht, werden gewisse Dinge in Bewegung gesetzt.«

Rusk hörte seine Stimme zittern, doch ihm blieb nichts anderes, als weiterzumachen. Falls er es nicht jetzt tat, würde er es niemals über die Lippen bringen.

»Dinge, die letztendlich dazu führen, dass man Sie wegen vielfachen Mordes verurteilt.«

Ein merkwürdiges Licht war in den halb geschlossenen Augen Tarvers erschienen. »Erzählen Sie mir nicht, dass Sie eine Art Geständnis bei Ihrem Anwalt in Verwahrung gegeben oder in irgendein Bankschließfach eingelagert haben.«

»Nein. Viel diskreter, Eldon. Und sehr viel zuverlässiger.«

»Und wenn Sie durch einen Zufall sterben?«

»Dann bleiben Ihnen ein paar Tage Karenzzeit, um das Land

zu verlassen. Nicht mehr. Das ist gar nicht so schlecht. Wir sind längst steinreich und haben ausgesorgt. Sie müssen lediglich ein bisschen früher verschwinden als geplant. Unter dem Strich ist es ganz einfach. Wenn Sie mich töten, können Sie nicht in Amerika bleiben. Aber warum sollten Sie mich töten wollen? Ich mache mehr Geld für Sie, als irgendjemand anders es könnte.«

Tarver atmete in langen, gleichmäßigen Zügen. »Das stimmt so nicht. Ihre Vorstellung von Reichtum ist äußerst provinziell, Andrew. Der Profit aus meinen Forschungen wird alles, was wir bisher verdient haben, bei weitem in den Schatten stellen. Ich betrachte unsere gemeinsamen Operationen als Nebenjobs, wie ein Student, der nebenher in Kneipen jobbt.«

Rusk war bis zu diesem Moment überzeugt gewesen, dass sie gemeinsam ein revolutionäres Geschäft betrieben; deswegen machte Tarvers Antwort ihn wütend. Doch er widersprach nicht. Er starrte immer noch auf die Sporttasche. Sie hatte sich definitiv bewegt. Irgendetwas Lebendiges war darin.

»Ich muss zurück in die Stadt«, sagte er.

Tarver griff nach unten und öffnete den Reißverschluss der Tasche. »Ihre Vorstellung von einer Stadt ist gleichermaßen provinziell. Jackson, Mississippi … eine Stadt? Meine Güte!«

Rusk schob sich vorsichtig vom Feuer weg, als etwas Schwarz-Gelbes aus der Tasche gekrochen kam. Es sah aus wie der Kopf einer Eidechse. Eine schwarze Eidechse mit einem gelben Band über dem Kopf. *Zu klein für ein Gila-Monster,* dachte Rusk. *Es sei denn, es ist ein Baby.*

»Bevor Sie gehen, Andrew«, sagte Eldon Tarver, »erzählen Sie mir mehr über diese Frau.«

»Die Frau?«, fragte Rusk verwirrt, und vor seinem geistigen Auge entstand das Bild von Janice und ihren muskulösen Oberschenkeln.

»Alex Morse.«

»Oh. Sie war Geisel-Unterhändlerin beim FBI. Die beste, die sie je hatten, bis zu dem Tag, als ihr Kollege durch ihre Schuld starb.«

»Was hat sie falsch gemacht?«

»Sie hat sich auf ihr Gefühl verlassen anstatt auf ihre Logik.«

»Ein weit verbreiteter Fallstrick.« Mit fast ballettartiger Eleganz griff Tarver hinter den schwarz-gelben Kopf und hob eine farbenprächtige Schlange aus der Tasche.

O Gott.

Die dünne, rot, gelb und schwarz geringelte Schlange war bestimmt fünfzig Zentimeter lang und wickelte sich nun um Tarvers Arm, als wäre es ein heller, haariger Ast. Rusk starrte auf die alternierenden Farbkringel. Rot, gelb, schwarz, rot, gelb, schwarz …

Sein Blutdruck fiel so rasch, dass er für eine Sekunde glaubte, ohnmächtig zu werden. Es war eine verdammte Korallenschlange! Eine verfluchte Killerbestie! Es sei denn … es sei denn … Es gab eine Königsnatter, die fast genauso aussah wie Korallenschlangen. Er erinnerte sich an eine Geschichte über ein paar Typen, die einem Anwärter auf die Mitgliedschaft in einer Studentenverbindung mit so einem Biest Todesangst eingejagt hatten. Er versuchte sich an einen Vers zu erinnern, den er bei den Pfadfindern gelernt hatte und der helfen sollte, die beiden Schlangen voneinander zu unterscheiden. Wenn er sich nicht täuschte, war es tatsächlich eine verdammte Korallenschlange, die Tarver dort so lässig in der Hand hielt wie ein Kätzchen.

»Woher haben Sie dieses Mistvieh?«, fragte Rusk mit zitternder Stimme.

»Ich habe sie heute Morgen gefunden«, sagte Tarver. »Ein scheues Ding, wie alle seine Artgenossen.«

»Aber sie kam direkt aus der Tasche, als Sie den Reißverschluss geöffnet haben.«

Tarver lächelte. »Ich nehme an, sie wollte sich in der Sonne wärmen. Schlangen sind wechselwarm, Sie erinnern sich? Ist Agentin Morse verheiratet?«

»Nein. War sie nie.«

»Interessant. Kinder?«

»Nein, bis auf den Neffen, Fennells Jungen.«

»Stehen sie sich nah?«

»Sehr.«

Dr. Eldon Tarver schien in Gedanken versunken.

Er ist ein rauer alter Brocken, dachte Rusk. Nicht allzu hässlich – bis auf das Muttermal –, aber auf vielfache Weise widerlich. Er hatte beispielsweise große Poren. Wenn man sein Gesicht genauer betrachtete, sah es aus wie eine Landschaft voller Löcher. Wie der Dachhimmel eines alten VW Käfer aus den Sechzigern. Und er war das ganze Jahr blass, als hätte die unbarmherzige Mississippi-Sonne keinerlei Wirkung auf ihn.

»Noch eine Sache«, sagte Rusk. »Ich habe morgen einen potentiellen Klienten. Der Kerl ist ein schrecklicher Prolet – bis auf das Bankkonto, an dem absolut nichts Proletenhaftes ist. Ich weiß aus zuverlässiger Quelle, dass er seine Frau hasst. Sie kann jederzeit einen der örtlichen Scheidungshaie aufsuchen, doch Lisa hat mir erzählt, dass sie es bis jetzt noch nicht getan hat. Gibt es einen Grund, aus dem ich ihn nicht akzeptieren sollte, falls er Interesse zeigt?«

»Sie sind ein gieriger Bursche, Andrew. Wie hoch sind die möglichen Einnahmen?«

»Wir könnten jeder eine Million machen, denke ich.«

Dr. Tarver hielt den Kopf der Schlange dicht vor seine Augen. »Tatsächlich?«

»Verdammt, ja! Eine Scheidung würde ihn bestimmt das Zehnfache kosten.«

»Dann machen Sie's.«

»Keine Bedenken wegen Braid?«

Tarver schüttelte den Kopf. »Vergessen Sie Braid. Konzentrieren Sie sich auf Ihre Verkaufspräsentation. Da liegt Ihre Begabung, Andrew. Im Verkauf.«

Diesmal war Rusks Lachen echt – zum einen, weil es stimmte, zum anderen, weil Tarvers letzte Bemerkung andeutete, dass er eine Zukunft für Rusk sah, eine Zukunft ohne Korallenschlange am Unterarm. Rusk fragte sich, ob es Braid war, der eine Verabredung mit der Schlange hatte, aber das wollte er gar nicht wissen. Schlangen jagten ihm eine Gänsehaut ein. Selbst aus der Ferne. »Ich muss jetzt wirklich los.«

Tarver grinste. »Sagen Sie meiner kleinen Freundin auf Wiedersehen.«

Rusk schüttelte den Kopf. »Nein, danke.«

»Nehmen Sie ein bisschen Lende mit. Für den Heimweg.«

»Ich bin nicht hungrig.« Rusk hatte sich bereits fünfzehn Meter vom Feuer entfernt. »Wie erfahre ich, dass sich das Problem Braid erledigt hat?«

Ärger blitzte in Tarvers blauen Augen auf. »Habe ich je etwas versprochen, das ich später nicht gehalten habe?«

»Nein.«

»Gehen Sie, Andrew. Und vergessen Sie nicht – zweihundertfünfzigtausend Dollar. Ich möchte rohe Steine. Weiße, nicht das bunte Zeug, mit dem Sie junge Collegedinger verführen.«

»Weiße Rohdiamanten, verstanden«, sagte Rusk, inzwischen unter den Bäumen. »Sie kriegen die Steine, nächste Woche.«

Tarver war nur noch eine verschwommene Silhouette, doch Rusk sah, wie er den Arm mit der Korallenschlange hob. *»Das werde ich, Andrew!«*, rief er ihm hinterher.

Rusk wandte sich ab und rannte los.

15

Chris hatte stundenlang gearbeitet. Das Gesicht, das er am wenigsten zu sehen erwartete, als er sich zu einer Pause in sein privates Büro zurückzog, war das seiner Frau. Thora saß hinter seinem Schreibtisch und tippte irgendetwas in die Tastatur ihres Palm Treo. Sie trug blaue Seidenhosen und ein hauchdünnes, durchsichtiges weißes Seidentop. Beim Rascheln seines Arztkittels blickte sie auf und bedachte ihn mit einem strahlenden Lächeln.

»Hi«, sagte er. »Was tust du hier?«

Sie setzte zu einer Antwort an, doch dann bewölkte sich ihr Blick. »Chris? Ist alles in Ordnung?«

»Klar. Warum?«

»Du siehst ganz grün aus, Baby. Was ist los?«

Er schloss hinter sich die Tür. »Ich habe eben bei einer fünfundfünfzig Jahre alten Frau ein Lungenkarzinom in fortgeschrittenem Stadium diagnostiziert. Sie war eine Freundin meiner Mutter aus der Zeit, als wir in Natchez gewohnt haben.«

Thora zog den blassblauen Schal aus, den sie als Kopftuch trug, und legte ihn auf den Schreibtisch. »Das tut mir leid. Ich weiß, dass solche Dinge dir zu schaffen machen.«

»Ich freue mich wirklich, dich zu sehen. Ich bin nur überrascht.«

»Na ja, ich bin zufällig auf dem Highway vorbeigekommen, also bin ich abgebogen und auf einen Sprung reingekommen, um dein Gesicht zu sehen und mir einen Kuss zu holen.« Sie erhob sich und kam um den Tisch herum, stellte sich auf Zehenspitzen und küsste ihn auf die Wange. »Setz dich.«

Er gehorchte. Sie trat hinter ihn und massierte seine Schultern. Der weiche Duft von Parfum stieg ihm in die Nase, und bald war er wieder in seinem Studio, in den Augenblicken am vergangenen Abend, bevor sie sich geliebt hatten.

»Tut das gut?«

»Dieser Job ist manchmal beschissen.«

»Das kommt daher, dass du es an dich heranlässt. Ärzte wie mein Vater sperren alles aus. Sie kommen in den Operationssaal, machen ihre Schnitte, dann nehmen sie ihren Scheck und ziehen weiter.«

Shane Lansing kam Chris in den Sinn – er teilte diesen Charakterzug mit Lars Rayner, Thoras Vater.

»Entspann dich«, sagte Thora leise. »Nur für eine Minute.«

»Ich versuche es ja.«

Sie massierte seinen Halsansatz in dem Bemühen, seine Verspannung zu lockern. Er versuchte mitzumachen, hauptsächlich allerdings, um sie zufriedenzustellen. Eine Massage war nicht geeignet, eines seiner gegenwärtigen Probleme zu lösen.

»Übrigens, ich habe mit Laura Canning im Planet Thailand zu

Mittag gegessen«, sagte Thora. »Sie hat erzählt, dass das Alluvian heute Morgen eine Stornierung hatte. Wir haben für die nächsten drei Nächte reserviert. Das einzige Problem dabei ist, dass wir gemeinsam ein Zimmer nehmen müssen.«

Chris lehnte sich zurück und blickte sie von unten herauf an. »Du meinst, du fährst heute noch?«

»Nein, nein. Morgen. Wir fahren erst morgen früh los, sodass wir am Abend da sind.«

Er beugte sich wieder vor, während er diese Neuigkeit schweigend verdaute.

»Keine Angst, ich bringe Ben noch zur Schule, und Mrs. Johnson kann ihn zu Camerons Geburtstagsfeier fahren, wenn du nicht weg kannst.«

Chris hatte die Geburtstagsfeier völlig vergessen. Eine Bowling-Party, wie sie im Moment bei Bens Klassenkameraden angesagt war.

Thora kam um den Stuhl herum und setzte sich auf den Tisch. Seine Stimmung hatte ihr ein wenig die Vorfreude verdorben, doch sie wirkte eher besorgt als verärgert.

»Du bist so still«, sagte sie und musterte ihn aufmerksam.

Er wünschte, er hätte etwas gegen seine Stimmung tun können, doch nach den Anschuldigungen, die Agentin Morse erhoben hatte, und nach der todkranken Freundin seiner Mutter an diesem Vormittag fiel es ihm schwer, sich über Urlaubspläne zu freuen. Wie er Thora auf dem Tisch anschaute, sah er eine deutliche Veränderung. Er hatte sie eigentlich bereits am Vorabend bemerkt, doch seine ausgehungerte Libido hatte es als unbedeutendes Detail abgetan.

»Wie viel hast du abgenommen?«, fragte er und starrte auf ihren eingefallenen Bauch unter dem seidenen Top.

Thora blickte ihn verlegen an. »Was?«

»Du siehst dünn aus. Zu dünn.«

Ein nervöses Lachen. »Das kommt vom Laufen, nehme ich an.«

»Ich weiß. Aber es kann ungesund sein. Hast du deine Regel noch pünktlich?«

»Ich hatte meine letzte Periode vor zwei Wochen.«

Chris versuchte sich an Hinweise zu erinnern, die ihre Worte untermauern konnten. »Ich möchte, dass du rausgehst und dich von Holly wiegen lässt.«

Thora streckte die Hand aus und drückte seinen Oberschenkel. »Jetzt wirst du albern, Chris.«

»Oh nein, ich meine es vollkommen ernst. Los.« Er stand auf. »Ich wiege dich selbst. Ich möchte auch eine Blutprobe nehmen.«

»Blut?« Thora starrte ihn an wie betäubt. »Auf gar keinen Fall!«

»Hör mal, du kommst kaum in die Praxis. Wann hattest du die letzte gründliche Untersuchung?«

Sie dachte über die Frage nach. »Ich kann mich nicht erinnern. Aber Mike Kaufman hat mich durchgecheckt, als ich das letzte Mal dort war.« Kaufman war ihr Gynäkologe.

»Das war mehr eine spezielle Untersuchung. Ich mache mir Sorgen um deinen allgemeinen Gesundheitszustand. Außerdem bist du nicht halb so viel gelaufen, als Mike dich untersucht hat. Es könnte sich störend auf deine Fruchtbarkeit auswirken, weißt du?«

Thora sah ihn nüchtern an, doch sie schwieg.

»Was macht dir Angst?«, wollte er aufrichtig besorgt wissen.

»Nichts. Ich mag bloß keine Nadeln. Das weißt du doch.«

»Das ist kein Grund, die Untersuchung nicht zu machen. Los, komm.« Er nahm sie beim Arm und führte sie zur Schwesternstation. Thora ließ ihre Sandalen an, als sie auf die medizinische Waage stieg. Chris schüttelte den Kopf und bedeutete ihr, die Schuhe auszuziehen. Nachdem sie barfuß auf der Waage stand, verschob er die Gewichte, bis die Zungen einander gegenüberstanden.

»Fünfzig Komma fünf Kilo«, sagte er. »Wie viel hast du bei unserer Hochzeit gewogen?«

»Ich erinnere mich nicht«, sagte Thora schulterzuckend.

»Aber ich. Siebenundfünfzig Kilo.«

»So viel? Nie im Leben!«

Chris schüttelte den Kopf. »Du bist einsachtundsechzig groß,

Thora. Du musst keine sieben Kilo abnehmen, wenn du nur siebenundfünfzig wiegst.«

Sie seufzte und stieg von der Waage.

Chris wusste, dass er sie niemals würde überreden können, den Flur hinunter ins Labor zu gehen, also setzte er sie hin und befestigte eine Manschette um ihren Arm, um den Blutdruck zu messen. Er pumpte die Manschette auf und kramte in Hollys unterer Schublade nach einer der Spritzen, die sie für Injektionen benutzte.

»He!«, rief Thora. »Was soll das? Was hast du damit vor?«

»Bleib sitzen und entspann dich. Ich bin ein Ass mit der Nadel – du wirst nichts spüren.«

»Das stimmt«, sagte Holly hinter ihm. »Er würde selbst bei einem übergewichtigen Elefanten eine Vene finden.«

»Ich bin nicht sicher, ob das hier wichtig ist«, sagte Thora. »Was für eine Nadel ist das?«

»Eine Einundzwanziger«, sagte Chris.

Thora verzog das Gesicht. »Kann ich eine dreiundzwanziger haben?«

»Stell dich nicht so an. Ich nehme bei jedem Einundzwanziger«, sagte er.

»Ich bin aber nicht jeder.« Sie zog ihren Arm weg, doch nach ein paar weiteren Versuchen lehnte sie sich zurück und ließ zu, dass er zehn Milliliter dunkles, venöses Blut in den Spritzenkolben abzog. Wären sie im Labor gewesen, hätte er sicherlich mehrere Ampullen gefüllt, doch zehn Milliliter waren besser als gar nichts. »Meine Güte«, sagte Thora und drückte den Finger in die Ellbogenbeuge, um die Gerinnung zu erleichtern. »Ich komme auf einen Kuss herein, und du tust mir weh. Kein Wunder, dass ich so selten Lust habe, dich auf der Arbeit zu besuchen.«

Chris lachte. Äußerlich nahm er ihre Bemerkung leicht, doch insgeheim dachte er, dass seine Vermutung bezüglich ihrer Abneigung gegen die Praxis wohl stimmte. Es erinnerte sie irgendwie an ihren Vater, und sie wollte nicht daran erinnert werden. »Ich dachte, du magst es, wenn ich dir weh tue.«

»Nicht heute.« Sie erhob sich und ging in sein privates Büro zurück.

Als Chris dort ankam, hatte sie ihr Kopftuch wieder angezogen und schob ihren Palm Treo in die Handtasche. »Ich muss noch eine Menge vorbereiten für meinen Ausflug«, sagte sie und kam zur Tür.

»Bist du zu Hause, wenn ich Ben holen komme?«, fragte er. »Wir haben heute Baseballtraining.«

»Training?« Thora kniff die Augen zusammen. »Ben hat heute Abend ein Spiel, Chris. Du trainierst das letztjährige Meisterschaftsteam.«

»Meine Güte, du hast recht!«

Thora lachte. »Ich kann nicht glauben, dass ich es wusste und du es vergessen hattest. Die Welt scheint sich heute andersherum zu drehen.«

»Nach dem Morgen, den ich hinter mir habe, würde mich das nicht im Geringsten überraschen. Ich hoffe nur, der Rest des Tages verläuft besser.«

Sie schüttelte verblüfft den Kopf. »Wir haben späten Nachmittag, Chris.«

Er blickte auf die Uhr. Sie hatte recht. »Meine Güte. Jede Wette, dass meine Assistentinnen stinksauer auf mich sind.«

»Hast du was gegessen?«

»Nichts mehr seit heute Morgen.«

Thora trat nach draußen in den Gang und blickte zu ihm zurück. »Du solltest die Praxis schließen und rüber ins Krankenhaus fahren. Du kannst dort in der Cafeteria essen.«

»Ja, mach ich. Möchtest du mitkommen?«

»Nein. Ich bin noch voll Sushi.«

»Irgendwie bezweifle ich das. Du hast vielleicht zwei oder drei Bissen gegessen.«

Sie schubste ihn neckisch; dann rief sie Holly einen Abschiedsgruß zu, die vor der Tür zum Röntgenzimmer stand. »Wir sehen uns zu Hause, okay?«, sagte Thora und drängte sich gegen ihn. »Vielleicht können wir nach Bens Spiel wiederholen, was wir gestern Abend gemacht haben …?«

Er wollte antworten, als er spürte, wie ihre Hand sich um seine Hoden schloss. Sie blickte ihn vielsagend an und drückte zu.

»Vielleicht«, sagte er und lief rot an.

Thora lachte leise, drehte sich um und ging zum Hinterausgang. Ihre Seidenhose raschelte um ihre Knöchel.

Nachdem die Tür sich hinter ihr geschlossen hatte, ging Chris zu Holly und gab ihr die Spritze.

»Welche Werte möchten Sie haben?«, fragte seine Assistentin.

»Ein vollständiges Blutbild und einen Chem-20 Serumtest. Aber werfen Sie kein Serum weg, Holly. Vielleicht brauche ich noch mehr Tests, je nachdem, was ich finde.«

»Okay.« Holly wandte sich ab und ging zum Labor.

Chris drehte sich um und sah Jane, seine Sprechstundenhilfe, die ihn hinter ihrem Tresen neugierig anstarrte. »Alles in Ordnung, Chef?«, fragte sie.

»Sicher. Warum?«

»Sie sind heute irgendwie nicht Sie selbst.«

»Ich bin total erledigt.«

Jane schnaubte. »Dann sollten Sie vielleicht Schluss machen für heute. Zeit, den Futtersack umzuschnallen, Süßer.«

»Längst überfällig«, sagte die medizinische Assistentin hinter ihm. »Selbst Dr. Cage ist schon vor einer Dreiviertelstunde gegangen.«

Chris schüttelte den Kopf. Wenn Tom schon zum Essen gegangen war, dann war er definitiv zu lange in der Praxis geblieben.

»Sie haben noch einen Patienten, Chef«, erinnerte ihn Holly, als sie durch den Gang wieder zu ihm kam. »Mr. Patel, Raum vier. Klingt nach einer entzündeten Gallenblase, wenn Sie mich fragen.«

Chris kehrte in sein privates Büro zurück und schloss hinter sich die Tür. Er musste Patel dringend untersuchen, doch im Moment konnte er sich nicht auf den Patienten konzentrieren. Er umrundete seinen Schreibtisch und setzte sich. Ohne recht zu wissen warum, öffnete er die Schublade. Während der Bewegung wurde ihm bewusst, dass er es tat, um zu überprüfen, ob Thora seine Sachen durchwühlt hatte.

Warum sollte ich mir deswegen Gedanken machen?, überlegte er. Dann sah er die Antwort. Zuoberst auf einem Rezeptblock war das silberne Motorola-Klapphandy, das Alex Morse ihm an diesem Morgen auf dem Natchez Trace gegeben hatte. Falls Thora seine Schublade geöffnet hatte, konnte sie es unmöglich übersehen haben. *Vielleicht hat sie es getan,* dachte er. *Nein ... hätte sie ein neues Handy gesehen, hätte sie mich danach gefragt.*

Chris drehte das Motorola nachdenklich in den Händen und sah, dass das blaue LCD-Fenster einen Anruf in Abwesenheit anzeigte. Das Telefon war stumm geschaltet. Er klappte es auf und überprüfte den Zeitpunkt des Anrufs. Vor einer Minute. Rasch wählte er die einzige Nummer, die in den Telefonspeicher einprogrammiert war. Schon nach dem ersten Klingelton meldete sich eine Frauenstimme. »Alex hier. Können Sie reden?«

»Ja.«

»Ich bin direkt draußen vor Ihrer Praxis. Thora ist eben weggefahren.«

Er spürte, wie ihn Orientierungslosigkeit erfasste. »Warum sind Sie hier?«

»Ich bin Ihrer Frau gefolgt.«

»Scheiße, Alex. Was machen Sie hier?«

»Ich versuche, Ihnen das Leben zu retten.«

»Mein Gott! Ich habe Ihnen doch gesagt ...«

»Ich muss Ihnen etwas zeigen, Chris. Einen eindeutigen Beweis.«

Angst schnürte ihm die Brust zusammen. »Was denn?«

»Das sage ich Ihnen, wenn wir uns sehen.«

»Verdammt! Sie sagen, Thora ist weg?«

»Ja.«

»Dann kommen Sie in meine Praxis.«

Zögern. »Das wäre ein Fehler.«

»Sie können den Hintereingang benutzen.«

»Nein, Sie kommen raus.«

»Ich habe noch Patienten hier! Ich kann jetzt nicht weg! Abgesehen davon, wohin wollen Sie überhaupt?«

»Es gibt eine Art Park am Ende dieses Boulevards.«

»Das ist kein Park, das ist ein historischer Ort. Das Große Dorf der Natchez-Indianer.«

»Meinetwegen. Es liegt verlassen, und es ist nur einen halben Kilometer entfernt.«

»Agentin Morse, ich …«

»Fährt Thora heute noch weg, Chris?«

»Nein, morgen früh.«

Er hörte, wie sie den Atem ausstieß. »Es dauert keine zehn Minuten. Sie sind es sich schuldig, Dr. Shepard. Und Ben ebenfalls.«

Wut und Empörung stiegen in ihm auf. Er überlegte, ob er Morse bitten sollte, zehn Minuten zu warten und dann in seine Praxis zu schlüpfen, doch manchmal blieben ein oder zwei Angestellte über Mittag und aßen einen mitgebrachten Imbiss im Aufenthaltsraum. Er wusste nicht, ob das heute auch so sein würde. »Wir treffen uns dort in fünfzehn Minuten.«

»Ich warte auf dem großen Hügel in der Mitte«, sagte Alex.

Großer Hügel? »Das ist ein zeremonieller Ort, kein gewöhnlicher Hügel. Ein indianischer Grabhügel.«

»Wunderbar. Bitte seien Sie pünktlich.«

Fünfzehn Minuten später stapfte Chris unter einem dichten Hain aus Eichen hindurch in Richtung einer grasbewachsenen Lichtung, die fast einen halben Kilometer breit war. Er eilte am Nachbau einer Indianerhütte vorbei und gelangte ins Sonnenlicht. In der Mitte der Lichtung standen zwei steile Hügel etwa achtzig Meter auseinander. Der nähere der beiden war ein zeremonieller Grabhügel, wo Große Sonne, der Häuptling der Natchez-Indianer, einst die Rituale dieses einzigartigen Stammes geleitet hatte. Weiter dahinter stand der Tempelhügel. Beide waren von den sonnenanbetenden Eingeborenen errichtet worden, die dieses Land tausend Jahre vor dem ersten Weißen besiedelt hatten. Wie viele der alten Städte war auch Natchez auf Mord und Totschlag gegründet worden, in diesem Fall dem blutigen Vernichtungskrieg, den französische Truppen aus New Orleans 1730 gegen die Indianer geführt hatten als Vergeltung wegen eines Massakers der Eingeborenen an den französischen Siedlern im Jahr zuvor.

Chris schirmte die Augen mit der flachen Hand gegen die Sonne ab und blickte suchend zum näheren Hügel, wo er eine kleine Silhouette entdeckte. Er war nicht sicher, ob es sich um Agentin Morse handelte, doch er ging trotzdem zu dem Hügel, während er das Gelände unablässig absuchte und ein halbes Dutzend Touristen beim Tempelhügel sah, die sich in Zweiergruppen bewegten.

Sein Atem ging schneller, als er den Hügel hinaufstieg, ein kleiner Erdhaufen im Vergleich zum Emerald Mound nördlich der Stadt, wo die Natchez eine irdene Entsprechung der Maya-Tempel auf der Yukatan-Halbinsel erbaut hatten, auch wenn Anthropologen glaubten, dass keine direkte Verbindung zwischen den beiden Völkern bestand.

»Sie haben zwanzig Minuten gebraucht«, sagte die Silhouette über ihm.

Als Chris oben war, sah er sich Alex Morse gegenüber. Sie hatte ihre Radfahrermontur gegen eine Khakihose und eine hellgelbe Bluse getauscht. Er sah keine Spur von einer Schusswaffe. Vielleicht trug sie die Pistole in der braunen Handtasche, die zu ihren Füßen am Boden lag.

»Was wollten Sie mir zeigen?«, kam er ohne Umschweife zur Sache.

»Man kann uns hier leicht entdecken«, erwiderte Alex. »Können wir vorher woanders hingehen?«

»Ja, ich denke schon. Der St. Catherine's Creek grenzt an das Gelände. Zwischen den Bäumen dort gibt es einen Pfad, der zum Creek hinunter führt.«

»Gut.«

Sie setzte sich in die angegebene Richtung in Bewegung, ohne auf ihn zu warten. Chris schüttelte frustriert den Kopf; dann folgte er ihr.

Entlang dem Weg wurden die Eichen von Ulmen abgelöst,

dann von Pappeln. Bambusgehölze erschienen zu beiden Seiten, und bald bewegten sie sich über feuchten gelben Sand. Die Luft stank nach totem Fisch. Es war gerade zwei Jahre her, erinnerte sich Chris, als eines der schönsten jungen Mädchen der Stadt an diesem Fluss ermordet worden war, gar nicht weit von hier. Tom Cages Sohn hatte den Hauptverdächtigen in dem Fall verteidigt – einen bekannten Internisten aus Natchez, ausgerechnet! Nur ein völliger Freispruch hatte Penn Cage davor bewahrt, die gleiche Ablehnung zu erfahren, wie sie seinem Mandanten im Laufe des Verfahrens entgegengeschlagen war. Doch es war ihm gründlich gelungen, denn keine zwei Monate später hatte Penn bei einer außerordentlichen Wahl den Sieg davongetragen und war zum Bürgermeister von Natchez bestellt worden.

»Wie weit ist es noch bis zu diesem Creek?«, fragte Alex schwer atmend. Sie schwitzte stark.

»Fünfzig Meter.«

»Sollen wir nicht einfach hier stehen bleiben?«

»Nein, wir sind mitten im Moskitogebiet.«

Die Bäume wichen zurück, und eine nackte Sandbank wurde sichtbar. Dahinter verlief ein breiter, träger Bach. Die ruhige Strömung war trügerisch. Während starker Regenfälle oder Gewitter hatte Chris mehr als einmal mit eigenen Augen gesehen, wie der Bach plötzlich zu einem reißenden Fluss angeschwollen war, der entwurzelte Bäume durch die Stadt trug, als wären es Streichhölzer. So war es auch an dem Tag gewesen, als dieses arme Mädchen ermordet worden war …

»Das ist weit genug«, sagte Alex und blieb mitten auf der Sandbank stehen. »Setzen Sie Ihr Pokergesicht auf, Doktor.«

Chris ballte hilflos die Fäuste.

Sie öffnete ihre Handtasche und reichte ihm eine frisch ausgedruckte, noch feuchte Fotografie. Das Bild zeigte Thora von Angesicht zu Angesicht mit Shane Lansing. Hinter den beiden erkannte er den schwarzen Granitstein, aus dem die Fassade des Kamins im großen Wohnzimmer ihres neuen Hauses in Avalon gemauert war. Thoras Gesicht war lebhaft – wütend, schien es, doch das vermochte er nicht mit Sicherheit zu sagen –, und sie gestikulierte mit beiden Händen. Lansing lauschte so unterwürfig, wie Chris ihn noch nie gesehen hatte. Es war nicht zu sagen, worüber die beiden redeten, doch sie standen definitiv sehr nah beieinander – im persönlichen Raum des jeweils anderen, wenngleich nicht in intimer Distanz.

»Woher haben Sie das?«, fragte Chris.

»Sie wissen woher.«

»Ich meine, *wie* sind Sie an dieses Bild gelangt? Und *wann* haben Sie es gemacht?«

»Vor fünfundvierzig Minuten. Ich habe es auf einem portablen Canon-Drucker in meinem Wagen ausgedruckt.«

Chris hatte das Gefühl, als schwankte der Boden unter seinen Füßen. Thora trug den gleichen blauen Seidenschal und das gleiche weiße Top, das sie erst wenige Minuten zuvor in seiner Praxis angehabt hatte – und sie hatte mit keinem Wort erwähnt, dass sie sich vorher mit Lansing getroffen hatte. »Sie sind mit den beiden ins Haus geschlichen?«

»Nein. Ich habe sie durch ein Fenster fotografiert. Ich war es leid, dass Sie mir immer wieder gesagt haben, ich hätte eine blühende Fantasie. Dass ich nichts von dem beweisen könnte, was ich sage.«

Chris blickte den Creek entlang zu einer fünfzehn Meter hohen Klippe, die von dichtem, grünem Kudzu überwuchert war. »Was soll dieses Foto Ihrer Meinung nach beweisen?«, fragte er.

»Auf jeden Fall, dass Ihre Frau etwas anderes mit Lansing macht, als ihm nur das neue Haus zu zeigen. Es ist ihr drittes Treffen diese Woche.«

»Haben Sie gehört, worüber die beiden gesprochen haben?«

»Ich konnte nicht näher heran, ohne entdeckt zu werden.«

Chris ging zu einem großen angeschwemmten Baumstamm und setzte sich schwer.

»Dr. Shepard?«

Er antwortete nicht. Er dachte an die vergangene Nacht, als er und Thora sich in seinem Studio auf dem Sofa geliebt hatten.

An Thoras Anstrengungen, schwanger zu werden … ihre Überraschungspläne für ein neues Studio … »Ich weiß, nach was es aussieht«, begann er tonlos, indem er das Foto hochhielt. »Aber es *beweist* immer noch nicht, dass sie eine Affäre haben. Vielleicht hat Lansing Probleme zu Hause. Vielleicht hat er sich Thora anvertraut.«

Alex öffnete staunend den Mund. »Sie klingen ja wie eine *Frau,* Chris. Wie eine Frau, die seit langem leidet und ihren treulosen Ehemann immer noch gegenüber der Familie und den Freunden verteidigt.«

»Verflucht!«, knurrte Chris mit leiser Stimme. »Sie kennen Thora nicht!«

»Sie vielleicht auch nicht.«

Er blickte auf. »Sie sagen, Thora hat es mit Shane Lansing getrieben und ist dann geradewegs zu mir in die Praxis gekommen, um sich einen Kuss zu holen?«

»Wachen Sie auf, Chris! Es ist ganz normal, dass Ehebrecher solche Dinge tun! Sie lügen, dass sich die Balken biegen! Mein Verlobter ist aus dem Bett meiner besten Freundin gestiegen und zu mir in die Wohnung gekommen, um Sex mit mir zu machen. Er hat nicht mal geduscht dazwischen. Aber vielleicht ist das ja nur bei mir so. Hat Thora Ihnen erzählt, dass Sie in Ihre Praxis gekommen ist, um sich einen Kuss abzuholen?«

Chris blickte zur Seite und ließ das Foto in den Sand fallen. »Was hat sie heute sonst noch gemacht?«

»Das Übliche. Zuerst Laufen, dann Duschen, dann Schwimmen im Country Club. Anschließend Krafttraining im Fitnessclub. Danach hat sie erneut geduscht, bevor sie zu ihrem Thai-Restaurant gegangen ist.«

Er nickte abwesend.

»In letzter Sekunde bekam sie einen Anruf auf dem Handy. Sie redete ein paar Minuten; dann machte sie kehrt und ging zu ihrem Wagen zurück, stieg ein und fuhr nach Avalon.«

Chris blickte überrascht auf. »Thora war nicht im Planet Thailand essen?«

»Nein. Was hat sie Ihnen erzählt?«

Ich war mit Laura Canning im Planet Thailand essen ... Nein, ich bin noch voll Sushi ...

»Chris?«

Er brachte es nicht fertig, Alex in die Augen zu sehen. Ein zweifelhaftes Foto war eine Sache – eine glatte Lüge eine völlig andere.

»Sie hat Sie angelogen, habe ich recht?«, fragte Alex. »Wenn Sie immer noch Zweifel haben, überprüfen Sie ihre Telefonrechnung. Das können Sie sogar online. Sie hatte einen Anruf von Lansing, um zwölf Uhr achtundzwanzig heute Mittag. Sie haben das Bild, das beweist, dass sie sich unmittelbar danach mit Lansing getroffen hat, und Sie wissen jetzt, dass Ihre Frau Sie belogen hat, was ihr Mittagessen angeht und mit wem sie die Mittagspause verbracht hat. Wenn Sie das alles zusammennehmen ...«

»Ich habe verstanden, okay?«, brauste Chris auf. Er wandte sich zur Seite. »Lassen Sie mir einen Moment Zeit, ja?«

Alex ging hinunter zum Ufer und ließ Chris Shepard allein, damit er die neuen Wahrheiten verdauen konnte. *Es war die Lüge,* dachte sie zufrieden. *Die Lüge hat ihn überzeugt.* Sie hätte auf ihn einreden können, bis sie schwarz geworden wäre, und Shepard hätte immer noch die Augen verschlossen. Er war sogar bereit gewesen, Erklärungen für das Foto zu suchen. Doch das spielte jetzt alles keine Rolle mehr. Thora hatte sich selbst verdammt. Mit einer schlichten Lüge.

Es war nicht einmal eine Notlüge gewesen, überlegte Alex. Doch das war die Natur des Menschen, wie ihr Vater so viele Male erklärt hatte. Wenn Menschen erst anfingen, gewohnheitsmäßig zu lügen, verließen sie sich darauf, weil sie glaubten, auf diese Weise leichter durchs Leben zu kommen. Wahrscheinlich hatte Thora gar nicht das Risiko gesehen, das ihre unbedeutende kleine Lüge nach sich gezogen hatte. Schließlich hatte sie ursprünglich sogar vorgehabt, in dem Thai-Restaurant zu Mittag zu essen. Und Chris würde einer so bedeutungslosen Kleinigkeit nicht nachspüren ...

Alex starrte ins Wasser, suchte nach Fischen, doch außer einer Traube Kaulquappen war nichts zu sehen. Der Bach und die Wälder ringsum lenkten ihre Gedanken zu Jamie und darauf, wie ihr Vater ihm das Angeln in den zahlreichen Wasserläufen rings um Jackson beigebracht hatte. Bill Fennell war froh gewesen über diese Ausflüge, erinnerte sich Alex, und nun wusste sie auch den Grund dafür. Jamie aus dem Weg zu haben hatte es für Bill viel einfacher gemacht, seine Geliebte für einen schnellen Fick zu treffen. Er hatte nur noch Grace loswerden müssen, und Grace war so geschäftig gewesen, dass er ihr mit Leichtigkeit hatte entgehen können – insbesondere nach der Diagnose der Krankheit ihrer Mutter.

O Gott, dachte Alex. *Ich muss bei Mutter anrufen und die Schwestern fragen, wie es aussieht.*

Sie drehte sich zu Shepard um, wollte ihm zurufen, dass sich das Foto nicht ändern würde, egal wie lange er darauf starrte – doch dann schwieg sie.

Chris Shepard war verschwunden.

16

Die Menge tobte beim Klang des Aluminiumschlägers, und zweihundert Augen folgten dem Bogen des mit Wucht getroffenen Baseballs im Licht der Scheinwerfer. Chris, der Instruktionen erteilte, beobachtete Ben, der den Ball weit geschlagen hatte.

Er hörte, wie Thora ihren Sohn von der Tribüne aus anfeuerte, sah aber nicht hin. Er war in einer Art Schockzustand, seit Alex Morse ihm am Ufer des St. Catherine's Creek das Foto gegeben hatte. Sein erster Impuls war gewesen, nach Hause zu fahren und Thora zur Rede zu stellen, doch als er am Krankenhaus vorbeifuhr, hatte er sich so weit gefangen, dass er drehen, den Wagen parken und seine Visite machen konnte. Anschließend war er in die Praxis zurückgekehrt und hatte den Rest des Nachmittags gearbeitet. Die meisten Bluttests von Thora waren zwischenzeitlich erledigt; die einzige Anomalität war eine schwache Anämie, wie man sie häufig bei Langstreckenläufern finden konnte.

Chris beobachtete wieder seinen Adoptivsohn. Dieser hübsche junge Bursche, der »Dad« zu ihm sagte, war der Sohn eines Mannes, dem Chris nie begegnet war – Ergebnis eines Kapitels in Thoras Leben, das zu großen Teilen unbekannt geblieben war. Bevor Alex Morse in Natchez erschienen war, hatte Chris dieses Unbekannte in Thoras Leben nicht viel ausgemacht. Doch jetzt hatte sich das alles geändert. Er hatte nicht mehr mit Thora gesprochen, seit sie seine Praxis am frühen Nachmittag verlassen hatte. Er hatte Ben nach der Arbeit angerufen und ihm gesagt, dass er vor dem Haus warten sollte. Thora hatte vom Küchenfenster aus gewunken, als er vorgefahren war, und ihm signalisiert zu warten, doch Chris war ohne ein Wort zum Baseballplatz weitergefahren.

Chris bemühte sich, in die Gegenwart zurückzukehren. Er hatte kein Mittag- und kein Abendessen gehabt und fühlte sich benommen, seit das Spiel angefangen hatte. Das gegnerische Team lag einen Run vorne. Falls seine Jungs nicht punkten konnten und eine Verlängerung erzwangen, war das Spiel verloren.

Chris winkte Ben mit erhobenem Daumen und zog seinen Gürtel hoch, das Signal für einen so genannten Bunt, einen extrem kurzen Ball. Während er auf den Wurf wartete, fiel sein Blick auf den Maschendrahtzaun zu seiner Linken, und ihm wurde bewusst, dass eine Bewegung seine Aufmerksamkeit geweckt hatte. Eine junge Frau auf einem Fahrrad fuhr an der Seite des Spielfelds entlang. Als sie die Hand zu einem verstohlenen Winken hob, schlug ihm das Herz mit einem Mal bis zum Hals.

Alexandra Morse.

Wahrscheinlich war sie in Panik geraten, als er vom Ufer des St. Catherine's Creek verschwunden war. Sie hatte seit dieser Begegnung so oft auf seinem Handy angerufen, dass er es ausgeschaltet hatte. Sie hatte sogar versucht, in seiner Praxis anzurufen, doch sein Personal hatte sich geweigert, sie zu ihm durchzustellen.

Konzentrier dich auf das Spiel, dachte Chris und kämpfte gegen den Impuls an, erneut in Alex' Richtung zu sehen. Wir haben noch eine Chance.

Doch das Spiel war entschieden. Chris beobachtete, wie Ben sich nach einem beherzten Sprint zu Boden warf und in einer gewaltigen Staubwolke die Seitenlinie entlangrutschte. Schlagartig herrschte auf den Bänken Totenstille. Chris schlug das Herz bis zum Hals. Hatte Ben es vielleicht doch noch geschafft? Doch denn blitzte es mitten in der Staubwolke weiß auf.

»Aus!«, rief der Schiedsrichter.

Auf den Tribünen erklangen Wut- und Jubelschreie. Chris rannte aufs Spielfeld, doch es war zwecklos, gegen die Entscheidung zu protestieren. Er hatte die letzten Augenblicke des Spielzugs nicht gesehen, und der Schiedsrichter wohl auch nicht. Es war so viel Staub in der Luft gewesen, dass der finale Akt des Spiels gleichsam im Nebel stattgefunden hatte.

Ben erhob sich mit hochrotem Gesicht und starrte den Schiedsrichter mit Tränen der Wut in den Augen an, doch ehe er etwas sagen konnte, packte Chris ihn am Arm und zog ihn vom Spielfeld.

»Guter Versuch«, sagte er, »aber es ist vorbei.«

Nachdem die Spieler beider Teams sich die Hände gereicht hatten, versammelte Chris seine Mannschaft und hielt in der aufkommenden Dämmerung eine tröstende Ansprache, ehe er die Jungen zu ihren wartenden Eltern brachte. Mehrere Väter rieten ihm, wegen der letzten Schiedsrichterentscheidung Protest einzulegen, doch Chris schüttelte nur den Kopf und sagte ihnen, dass sie lieber an das nächste Spiel denken sollten.

»Dad?«, fragte Ben und zupfte Chris am Ärmel. »Können wir bleiben und C. J. beim Spielen zusehen?«

»Nein, Honey«, sagte eine weibliche Stimme hinter Chris. *Thoras Stimme.*

»Ach, komm schon, Mom! Dad hat nicht Nein gesagt!«

»Na schön«, entgegnete Thora gepresst. »Dann frag deinen Dad und hör dir an, was er sagt.«

Ben grinste und sah zu Chris auf. »Darf ich, Dad? Bitte, bitte, darf ich?«

»Klar«, sagte Chris. »Ich bin gespannt, wie C. J. sich schlägt.«

Ben jubelte und rannte in Richtung Tribüne davon.

»Warum hast du das getan?«, fragte Thora und trat mit enttäuschter Miene vor ihn. »Ich dachte, wir wollten zu Hause noch ein bisschen Zeit miteinander verbringen.«

Chris schluckte ein halbes Dutzend böser Antworten herunter. »Der Junge möchte gerne noch bleiben.«

»Aber ich fahre morgen!«

»Es war deine eigene Entscheidung.«

Sie sah Chris an, als hätte er ihr eine Ohrfeige verpasst.

»Du bist doch nur drei Tage weg, oder?«, lenkte er ein.

Sie nickte wortlos.

Chris ging an ihr vorbei zu den Tribünen. Er dachte, dass sie ihm vielleicht hinterherrufen würde, doch sie tat es nicht.

Während er sich von ihr entfernte, versuchte er seine Emotionen unter Kontrolle zu bringen. Nach seiner Rückkehr in die Praxis am frühen Nachmittag hatte er getan, was Alex Morse ihm vorgeschlagen hatte, und die Online-Rechnung von Thoras Handy überprüft. Er hatte mehrere Nummern entdeckt, die er nicht kannte, doch keine davon gehörte Shane Lansing, wie Chris wusste: Er hatte sämtliche Nummern angerufen, um es zu überprüfen. Noch eigenartiger war, dass es um 12.28 Uhr keinen Anruf gegeben hatte. Keinerlei Anruf in einem dreißig Minuten währenden Zeitfenster vor und nach 12.28 Uhr. Entweder hatte Agentin Morse sich geirrt, oder Thora hatte ein Mobiltelefon, von dem Chris nichts wusste.

17

Eldon Tarver stand allein unter einem flammend roten Himmel und starrte auf das Herrenhaus, das hundertfünfzig Jahre vor seiner Geburt erbaut worden war. Der neoklassische Palast war eines der prächtigsten Häuser in Vicksburg und stand auf einer steilen Klippe, die eine ehemals strategische Flussbiegung des Mississippi überragte. Nicht weit von hier befanden sich die schweren Kanonen, die Ulysses Grant bei seiner Belagerung fünfzig Tage lang in Schach gehalten hatten, während die Bewohner der Stadt das Fleisch von Ratten gegessen und unerschütterlich an ihren Überzeugungen festgehalten hatten.

Wie viele von ihnen waren bei dieser von vornherein verlorenen Sache wohl ums Leben gekommen?, fragte sich Dr. Eldon Tarver. Fünfzigtausend Tote allein in Gettysburg, und für was? Um die Sklaven zu befreien, die dieses Haus gebaut hatten? Um die Union zu erhalten? War Stonewall Jackson vielleicht gestorben, um eine Nation von Sesselfurzern zu erschaffen, die ihre eigene Geschichte nicht mehr kannte und nicht einmal die elementarsten Regeln der Mathematik beherrschte? Wenn diese tapferen Soldaten in ihren blauen und grauen Uniformen gesehen hätten, was die Zukunft brachte, sie hätten ihre Gewehre weggeworfen und wären nach Hause zu ihren Familien gerannt.

Tarver trat tiefer in den Schatten einer Eiche und beobachtete, wie ein Lincoln Continental langsam die breite, geschwungene Auffahrt zum Haus hinaufglitt. Der Wagen hielt, und ein schwerer Mann in einem verschmutzten Geschäftsanzug kämpfte sich hinter dem Steuer hervor, richtete sich unsicher auf und ging taumelnd zum Haupteingang des Herrenhauses.

William Braid.

Tarver nahm seinen Rucksack herunter und legte ihn vor sich auf den Boden. Er atmete den Duft von süßem Geißblatt ein, den Duft von Frühling. Es erinnerte ihn an sein Elternhaus in Tennessee – eine Erinnerung, die gemischte Gefühle hervorrief.

Braid kämpfte nahezu eine Minute, bis er den Schlüssel im Schlüsselloch hatte. Er war seit Tagen unrasiert, und sein Anzug war ruiniert. Weitere dreißig Sekunden vergingen, und Braid nahm ein Mobiltelefon aus der Tasche und machte einen Anruf. Er schien zu schwadronieren, doch Tarver konnte nicht verstehen, was er sagte. Während Braid sich ein Stück weit vom Haus entfernte, wohl um den Empfang zu verbessern, warf Tarver einen Blick auf seine Uhr und kehrte zu seinen Gedanken zurück.

Wie William Braid, schien auch Amerika wild entschlossen, seine eigene Zerstörung herbeizuführen. Das Land verschwendete seine Kräfte in halbherzig geführten Kriegen und exportierte seine gesamte industrielle Basis zu zukünftigen Feinden – kurz gesagt, Amerika bettelte geradezu um Darwinsche Strafe. Von allen modernen Denkern hatte Darwin sich nach Dr. Tarvers Überzeugung als der Weitsichtigste erwiesen. Seine Gesetze galten auf jeder Ebene; sie beherrschten die Lebenszyklen von Mikroben ebenso wie die von Menschen und Nationen. Tarver verfolgte die zeitlose Eleganz dieser Gesetze wie ein Uhrmacher, der ein fehlerloses Meisterstück betrachtet. Darwins Gesetze konnte man nicht nur benutzen, um die Vergangenheit zu erklären – sie waren auch geeignet, die Zukunft vorherzusagen. Es war kein Zufall, dass Eldon Tarver einer der wenigen Wissenschaftler gewesen war, die das Auftreten von HIV beim *Homo sapiens* vorhergesagt hatten. Darwins Gesetze hatten ihm auch gezeigt, dass die neuen amerikanischen Paradigmen der Kriegführung, die von den Medien so aufgebauscht wurden – Krieg gegen terroristische Gruppen statt gegen andere Nationen –, bloße Illusion waren.

An Tarvers Einsichten war nichts Übersinnliches. Die Zukunft kam mit einem solchen Schwung auf Amerika zu, dass nichts sie aufhalten konnte; jedes Kind des Kalten Krieges hätte es schon vor fünf Jahren erkennen müssen. Die Zukunft war China, ein uraltes Reich, wiedergeboren als industrielle Supermacht, eine zielstrebige Maschine ökonomischer Expansion, die sich einen Dreck um Moral und Ethik scherte, um die Umwelt, um Menschenleben oder die Geschicke anderer Staaten. Dies alles würde dazu führen, dass bereits in nächster Zukunft ein mörderischer Krieg zwischen China und der einzigen anderen monolithischen Macht auf dem Planeten ausbrechen würde. Und die Vereinigten Staaten von Amerika waren, wie Tarver wusste, jämmerlich unvorbereitet auf diesen Darwinschen Kampf ums Überleben.

William Braid war während seines Telefongesprächs ziellos hin und her gewandert, doch nun schlug er unvermittelt eine Richtung ein, die ihn zu Tarvers Versteck führen würde. Der Pathologe erstarrte, bis der dicke Mann erneut einen Haken schlug und neben einem gepflegten Rosenbeet stehen blieb, wobei er weiter mit voller Lautstärke in sein Handy faselte. Von seinem Versteck aus sah Tarver, dass Braid stockbetrunken war.

Die Schlacht zwischen den Vereinigten Staaten und China würde als Kalter Krieg beginnen, und die Führer auf beiden Seiten würden bestreiten, dass es überhaupt einen Konflikt gab. Doch in einer Welt knapper Ressourcen konnten industrielle Giganten sich nicht beliebig lange verstellen. Die ersten Scharmützel würden im Bereich des internationalen Handels stattfinden und dann in das internationale Bankgeschäft überschwappen. Lange bevor sich an Land oder auf dem Meer Armeen gegenüberstanden, würden die Zielkoordinaten der nuklearen Raketen auf den gegenüberliegenden Seiten des Globus umprogrammiert werden, um die neuen Realitäten widerzuspiegeln. Und zum zweiten Mal in der Geschichte würden die kleineren Kriege der Welt in den Hintergrund treten, während Kinder im Schatten eines polarisierenden Konflikts aufwuchsen, der eine einzigartige und beinahe tröstende neue Ordnung mit sich brachte.

William Braid brüllte etwas Unverständliches in Tarvers Richtung; dann warf er wütend sein Mobiltelefon hin und taumelte zum Haus wie ein Boxer, dessen Trainer im nächsten Moment das Handtuch werfen würde. Indem er sich erneut über seinen Schlüssel beugte, stieß er einen triumphierenden Ruf aus und verschwand im Innern seines Hauses.

Dr. Tarver nahm ein paar Einweghandschuhe aus der Tasche,

streifte sie über und warf einen Blick auf seine Uhr. Er würde Braid ein oder zwei Minuten lassen – mehr Zukunft gab es nicht mehr für den dicken Mann.

Im Gegensatz zum ersten Kalten Krieg würde der neue nicht Jahrzehnte vor sich hin dümpeln, durchsetzt von kleineren Krisen. Die Chinesen waren nicht die Russen. Die Russen waren, wie Tarver seinen Kollegen häufig gesagt hatte, im Prinzip nicht anders als die Amerikaner. Weiße Europäer mit einer starken jüdisch-christlichen »Erbmasse«, ganz gleich, wie vehement sie Gott in ihren kommunistischen Lippenbekenntnissen ablehnten. Die Chinesen hingegen waren ganz entschieden *anders* als die Amerikaner. Wenn es hart auf hart ging, war das Volk im Reich der Mitte durchaus imstande, die Hälfte der eigenen Bevölkerung zu opfern, um die Amerikaner vom Angesicht der Erde zu tilgen. Wie Mao einst gesagt hatte: *Wenn ein atomarer Krieg eine halbe Milliarde Menschen unseres Volkes tötet, haben wir immer noch eine halbe Milliarde übrig.* Und dann hatte er gelacht.

Doch Mao hatte keinen Scherz gemacht. Der Krieg mit China war unausweichlich, und Eldon Tarver wusste es. Doch im Gegensatz zu den politischen Straußen, die das Land derzeit mit den Köpfen im Sand regierten, gab Tarver sich nicht damit zufrieden, tatenlos abzuwarten. Eldons Adoptivvater hatte im Zweiten Weltkrieg im Pazifik gegen die Japaner gekämpft, und auf seinem Weg über vier blutgetränkte Inseln hatte er ein wenig über die fernöstliche Denkweise gelernt. Eldons Vater mochte ein verbitterter alter Bastard gewesen sein, der seine Kinder mit eisenharter Faust erzogen hatte, doch er hatte seinen Kindern auch die Lektionen aus diesem Krieg eingetrichtert – sogar dem einen Kind, das er allein deshalb adoptiert hatte, weil er eine billige zusätzliche Arbeitskraft auf seiner Farm brauchte.

Aus diesem Grund hatte Eldon Tarver – im Gegensatz zu den Dilettanten, die sich bei einschlägigen Cocktailpartys in schlagfertigen anti-chinesischen Parolen übten – einen richtigen Plan. Er hatte den Feind jahrzehntelang studiert und sich auf eine *unsymmetrische Kriegführung* vorbereitet, wie das Pentagon es nannte.

Doch Tarver hatte einen viel einfacheren Ausdruck dafür: *Ein-Mann-Krieg.*

Im Schlafzimmer von Braids Haus ging das Licht an, und Niedervolt-Halogenlampen erhellten den makellosen Rasen vor dem Haus. Tarver wusste Bescheid über die Art der Beleuchtung, denn er hatte zwei Jahre zuvor einige Zeit in diesem Schlafzimmer verbracht.

Er nahm seinen Rucksack und ging rasch um das Haus herum zum Tor, das in den Garten dahinter führte. Braid hatte die Alarmanlage wahrscheinlich noch nicht wieder eingeschaltet. Wie die meisten Leute war er ein Gewohnheitstier, und wie die meisten Leute – zumindest im relativ sicheren Mississippi – fühlte er sich in keiner Weise bedroht, solange die Sonne noch am Himmel stand. Das war auch der Grund dafür, dass Dr. Eldon Tarver so zeitig hergekommen war.

Er öffnete die französischen Türen mit seinem Schlüssel – ein Schlüssel, den William Braid ihm vor mehr als zwei Jahren gegeben hatte. Dann schlüpfte er ins Haus und bewegte sich zu einer Kammer unter der großen Treppe. Tarver war bereits auf halbem Weg dort, als ein kurzes *Ping* durch das gesamte Haus echote. Tarver huschte in die Kammer und stand mucksmäuschenstill, während er lauschte – ganz so, wie er es als Knabe getan hatte, wenn er auf der Jagd nach Essbarem gewesen war.

Er hörte nichts.

Er hatte warten wollen, bis Braid schlafen ging, um seine Arbeit zu tun, doch nun, da er hier war, konnte er den Gedanken an die vergeudeten Stunden nicht ertragen. Es war schließlich nicht so, als würde diese Operation irgendwelche Daten zu seinen Forschungen beitragen. Während er schäumend vor Wut in der Kammer stand, kam ihm eine mögliche Lösung in den Sinn: Falls Braid jetzt unter der Dusche stand, konnte er, Eldon Tarver, tun, was getan werden musste, und wieder auf dem Heimweg sein, ehe der Mond aufgegangen war. Es brauchte nichts weiter als ein bisschen Mumm.

Tarver zog die Schuhe aus, öffnete die Tür und huschte eilig über den Teppichläufer in der Halle. Am Ende des Läufers befand sich das große Schlafzimmer. Er lauschte mit der gleichen Konzentration wie zuvor in der Kammer an der Schlafzimmertür. Nichts. Braid war mit nahezu hundertprozentiger Sicherheit im Bad.

Lautlos öffnete Eldon Tarver die Tür, überzeugte sich, dass der Raum dahinter leer war, und huschte geradewegs zur geschlossenen Badezimmertür. Braid stand entweder unter der Dusche oder saß auf dem Topf. Tarver hoffte, dass es die Dusche war. Er sah nach unten und bemerkte dünne Dampfschwaden, die durch die Lüftungsschlitze in der Tür zogen.

Er trat zu einer hohen Kommode an der Wand zu seiner Linken. In der obersten Schublade fand er die Waffen, von deren Vorhandensein er bereits vorher gewusst hatte (der Mensch ist ein Gewohnheitstier): Ein Dutzend Ampullen Insulin und zwei Beutel mit Spritzen. Es gab zwei Sorten Insulin: schnell wirkendes Humulin-R und verzögert wirkendes Humulin-N.

Eldon öffnete seinen Rucksack, nahm eine Zehn-Milliliter-Spritze hervor und streifte die Verpackung ab. Die Spritze besaß ein fünf Mal höheres Volumen als eine der Standard-Insulinspritzen in Braids Schublade – das Zwanzigfache seiner üblichen Dosis. Tarver nahm zehn Ampullen aus der Schublade und füllte mit ihnen die Spritze bis zum Anschlag. Um die Scharade zu vervollständigen, die später folgen würde, zog er außerdem zwei von Braids Spritzen auf. Wenn man die Spritzen in einer Hand hielt, sahen sie aus wie die Fänge einer kybernetischen Schlange.

Eldon streckte die Hand nach dem Türgriff aus und lauschte erneut. Er vernahm das leise Rauschen von Wasser. Er musste sich beeilen. Wenn Braid aus der Dusche kam und ihn sah, kam es möglicherweise zum Kampf, obwohl der Mann betrunken und selbstmordgefährdet war. Tarver durfte also nicht auf ein passives Opfer hoffen. Im Angesicht des Todes brachten manche Möchtegern-Selbstmörder es fertig, ein Dutzend Männer umzubringen, um sich zu retten.

Tarver drehte den Türknauf und drückte die Tür mit einer behandschuhten Hand auf. Er hörte das Geräusch der Türkante auf dem Teppich. Das Badezimmer war groß, doch es war zugleich voller Dampf. Braid hatte vergessen, die Belüftung einzuschalten. *Er scheint das Wasser sehr heiß gedreht zu haben. Er ist so besoffen, dass er nichts mehr merkt.*

Tarver verspürte ein intensives Gefühl der Befriedigung. Dieses Szenario war weit besser als sein ursprünglicher Plan. Schlafgas hinterließ für bis zu sechsunddreißig Stunden einen nachweisbaren Rückstand im Gewebe (wenn man wusste, wonach man zu suchen hatte) und rief bei manchen Menschen allergische Reaktionen hervor. Diese Methode hier zog kein derartiges Risiko nach sich. Sie erforderte lediglich eiserne Nerven.

Tarver legte die beiden kleineren Spritzen auf die Ablagefläche und postierte sich links von der Duschtür. Hinter dem mattierten Glas schwankte ein blasser, schwammiger Schemen im Dampf. Tarver vernahm vier schnaufende Atemzüge, gefolgt von einem Aufstöhnen, was in ihm den Verdacht weckte, dass Braid entweder urinierte oder sich selbst befriedigte. Einen Moment später bestätigte ein starker Geruch, dass Braid pinkelte.

Es brauchte mehr als Urin in der Dusche, um Abscheu in einem Pathologen zu wecken, doch Tarver verspürte ihn dennoch. Nicht wegen der körperlichen Bedürfnisse, sondern wegen der Schwäche, die Braid offenbart hatte. Der Mann hatte beschlossen, ein neues Leben anzufangen, und dann hatte sich herausgestellt, dass er zu schwach war, um sich seinen Wunsch zu erfüllen. Braids Gedankengänge waren Tarver unbegreiflich. Warum hatte der Mann schlappgemacht? War er zu der Erkenntnis gelangt, dass es okay sei, seine Frau rasch zu töten, während er sich einer Todsünde schuldig machte, wenn sie beim Sterben lange litt?

Eilig, wieder aus dem Haus zu kommen, schob Tarver zwei behandschuhte Finger hinter den Edelstahlgriff der Duschtür. Dann kniete er nieder, öffnete die Tür und rammte seine Nadel in eine deutlich vorspringende Vene in Braids Unterschenkel.

Braid zeigte keinerlei Reaktion.

Tarver hatte ihm fast die ganzen zehn Milliliter Insulin injiziert, ehe Braid zuckte, als hätte er einen elektrischen Schlag abbekommen. »*W-was ...?*«, ächzte er. Es erinnerte Tarver an jenen Tag, als sein Adoptivbruder einer Kuh das Taschenmesser in die Seite gerammt hatte. Zuerst gar nichts. Dann war die Kuh drei Schritte davongetrottet und hatte ihn in stummer Verständnislosigkeit angegafft. Hatte Braid die Nadel überhaupt gespürt? Oder war es der Luftzug, der ihn aufgeschreckt hatte?

Es war der Luftzug! Braid streckte blind tastend die Hand aus, um die Duschtür wieder zu schließen. Entweder litt er an Diabetikerneuropathie, oder er war tatsächlich sturzbetrunken.

Bevor die Tür sich schließen konnte, streckte Tarver eine Hand hinter Braids Knöchel und riss ihm die Beine unter dem Leib weg. Braid ging schwer zu Boden, knallte mit dem Kopf gegen einen gefliesten Sitz und brach sich wahrscheinlich die Hüfte. Nach einer Minute, in der er stöhnend dalag, versuchte Braid sich hochzustemmen, doch sein linkes Bein wollte das enorme Gewicht nicht tragen.

Tarver glitt rückwärts von der Duschtür weg und setzte sich auf die Kommode hinter eine niedrige Abtrennung. Welche Verletzung Braid bei seinem Sturz auch davongetragen hatte – der Schmerz war stark genug, um sich durch den benebelnden Alkohol zu brennen. Braids Stöhnen steigerte sich zu panischen Schreien. Eine dicke weiße Hand kam aus der offenen Duschtür und umklammerte den gefliesten Rand der Duschtasse. Für einen Moment befürchtete Eldon, der fette Mann könnte aus eigener Kraft die Dusche verlassen, doch in diesem Augenblick begann das Insulin zu wirken. Die Finger erstarrten, die Schreie wurden leiser, wichen erneutem Stöhnen.

Dann Stille.

Bald würde das Koma einsetzen.

Dr. Eldon Tarver erhob sich, warf die beiden unbenutzten Spritzen in die Dusche, gefolgt von den leeren Ampullen aus der Schublade. Anschließend kam der wirklich unangenehme Teil der Arbeit. Ehe er das Haus verließ, musste er es von oben bis unten durchsuchen, einschließlich der Computer. Er durfte nicht riskieren, dass William Braid irgendeine Form von Geständnis hinterlassen hatte.

Er ging zur Duschkabine, beugte sich vor und hob ein Augenlid von Braid hoch. Die Pupille war weit und reglos. William Braid war bereits weit auf dem Weg zum verstandlosen Gemüse – falls er auf seiner Reise nicht am Schock starb. Zum ersten Mal seit vielen Jahren, sinnierte Eldon, war das Gesicht des fetten Mannes nicht von Sorgen gezeichnet.

Als er den Gang hinunter zu Braids Arbeitszimmer ging, überlegte Dr. Tarver, dass es nicht aus der Luft gegriffen wäre festzustellen, dass diese Operation ein Akt der Gnade gewesen war.

Amen.

18

Es war fast dunkel in Natchez, doch die Flutlichtanlagen dreier Baseballfelder hatten den umliegenden Park zu einer smaragdgrünen Insel in der Nacht verwandelt. Chris hatte keine weitere Spur mehr von Alex Morse gesehen, doch er spürte, dass sie in der Nähe war. Er hatte die Fahrt nach Hause hinausgezögert, um sich Zeit zum Nachdenken zu verschaffen, doch es sah nicht danach aus, als würde er diese Zeit bekommen. Nachdem Thora einige Minuten schmollend am Zaun gestanden hatte, kam sie nun die Tribüne hinauf zu ihm, zwei mit Kondenswasser beschlagene, eiskalte Flaschen Dasani in den Händen. Chris hatte sich einen Sitzplatz in der obersten Reihe gesucht, in der Hoffnung, endlosen Rezitationen medizinischer Symptome zu entgehen. Thora sprach mit jedem von Chris' Patienten auf dem Weg zu ihm hinauf, und sie antwortete mit der überschwänglichen Bereitwilligkeit, die typisch war für die Frauen von Ärzten.

»Wirst du mir sagen, was los ist?«, fragte Thora flüsternd, nachdem sie endlich neben ihm Platz genommen hatte.

»Nichts«, antwortete er. »Überhaupt nichts. Ich verliere nur nicht gerne.« Er starrte nach vorn, ohne sie anzusehen.

Sie stellte eine der Flaschen auf die Sitzbank neben sich. »Sieht aber nicht so aus, als wäre das alles.«

»Ist es aber.«

Sie beugte sich zu ihm herüber, ohne den Kopf in seine Richtung zu drehen, und redete mit leiser Stimme. »Ich dachte, die Aussicht auf Sex würde dich nach Hause locken, ob du nun gewonnen oder verloren hast.«

Er starrte sie an. Als sie sich zu ihm umdrehte, bemerkte er ungewöhnliche Linien um ihre Augen herum. Zeichen von Anspannung.

»Was hast du heute den ganzen Tag gemacht?«, fragte er.

Sie wich ein wenig vor ihm zurück. »Das ist ein überraschender Themenwechsel.«

Er zuckte die Schultern.

»Die üblichen Dinge«, sagte Thora und blickte wieder nach vorn aufs Spielfeld. »Ich bin gelaufen, geschwommen, war zum Krafttraining. Dann Mittagessen. Dann habe ich mich mit den Bauunternehmern gestritten und ein paar Sachen für meine Reise gekauft.«

Fast hätte Chris gefragt, wie das Essen gewesen war. Stattdessen erkundigte er sich: »Was war denn schon wieder mit den Bauunternehmern?«

Thora zuckte die Schultern. »Die gleiche alte Geschichte. Verzögerungen bei den Schreinerarbeiten, andere Anweisungen. Sie wollen mehr Geld im Voraus.«

Chris nickte, doch er sagte nichts.

Während das Spiel seinen Lauf nahm, suchte er die Zäune und die Sitzbänke ab. Er kannte fast jedes Gesicht, das er sah. So war das in Kleinstädten wie Natchez. Manche Familien waren mit vier Generationen hergekommen. Chris sah einen Mann ungefähr in seinem Alter, der ihm zuwinkte. In seinen Händen und im Gesicht breitete sich mit einem Mal eine merkwürdige Taubheit aus. Der Mann war Shane Lansing.

Chris musterte die athletische Gestalt und die attraktiven Gesichtszüge des Chirurgen. Zum ersten Mal wurde ihm bewusst, dass Lansing eine bemerkenswerte Ähnlichkeit mit dem verstorbenen Lars Rayner besaß, Thoras treulosem Vater. Die Haarfarbe war unterschiedlich, doch abgesehen davon waren die Ähnlichkeiten beträchtlich. Beide waren muskulös und schlank, beide waren arrogant und manchmal grausam, und beide waren Chirurgen mit übergroßen Egos. Lars Rayner war ein berühmter Gefäßchirurg gewesen und hatte daher einen Grund für seine Arroganz. Shane Lansing auf der anderen Seite war ein Feldscher, ein gewöhnlicher Handwerkschirurg, der sich für seinen Beruf nicht mehr interessierte als für sein Golfspiel. Er grinste jetzt, und Thora winkte ihm, als wäre Lansing ein Verwandter, den sie lange nicht gesehen hatte.

»*Wink,* Chris!«, drängte sie und versetzte ihm einen Stoß in die Seite.

Leck mich, dachte Chris so inbrünstig, dass er es beinahe laut gesagt hätte. Er neigte den Kopf leicht in Lansings Richtung; dann wandte er sich demonstrativ wieder dem Spielgeschehen zu.

»Was ist los mit dir?«, fragte Thora.

»Nichts.«

»Ich dachte, du magst Shane?«

»Ich hatte das Gefühl, dass er dir zuwinkt und nicht mir.«

Sie sah ihn eigenartig an. »Was ist nur los mit dir? Was hast du?«

»He, Ben«, sagte Chris, wobei er seine Geldbörse zückte und dem Jungen zwei Dollar gab. »Geh mir Popcorn holen, ja?«

»Ach, Dad! Vor dem Stand stehen die Leute Schlange!«

»Mach schon.« Chris gab ihm das Geld und versetzte ihm einen Schubs. Ben stand auf und ging niedergeschlagen die Stufen hinunter.

»Hast du eigentlich Lansing schon mal draußen in Avalon getroffen?«, fragte Chris in beiläufigem Tonfall.

»Sicher, erst heute«, antwortete Thora ohne zu zögern.

Die Antwort verblüffte Chris so, dass er nach Worten suchte. »Heute?«

»Ja. Er kam auf dem Heimweg zum Mittagessen auf die Baustelle.«

»Warum?«

»Zum einen, um sich das Haus anzusehen.«

»Und was noch?«

Zum ersten Mal blickte Thora unbehaglich drein. »Ich wollte eigentlich schon längst mit dir darüber reden. Aber du warst so beschäftigt in letzter Zeit …«

»Worüber reden?« Chris spürte, wie er rot anlief. »Worüber wolltest du schon längst mit mir reden, Thora?«

»Meine Güte, Chris, was ist denn los mit dir? Shane hat mich gefragt, ob ich für ihn arbeiten würde, das ist alles.«

Chris wusste nicht, was er darauf antworten sollte. Nichts auf der Welt hätte ihn mehr überraschen können. »Für ihn arbeiten? Was soll das heißen? Was sollst du für ihn machen?«

»Du darfst mit niemandem darüber reden, okay? Shane plant ein großes ambulantes Chirurgiezentrum. Es wird mit den einheimischen Krankenhäusern im Wettbewerb stehen, deswegen kannst du dir sicher vorstellen, welchen Wirbel es verursachen wird.«

Die Vorstellung, dass Lansing ein privates medizinisches Unternehmen plante, überraschte Chris nicht weiter. Shane Lansing gehörte zu der neuen Sorte von Ärzten – sie fingen bereits an, ihre Imperien zu errichten, sobald sie legal das Recht erworben hatten, den Doktortitel zu führen. Doch warum Lansing wollte, dass Thora in diesem chirurgischen Zentrum für ihn arbeitete, entzog sich seinem Verständnis.

»Was sollst du für ihn tun?«

»Das Personal beaufsichtigen. Hauptsächlich die Schwestern und Techniker.«

»Aber …«

»Aber was?«

»Du bist Multimillionärin, Thora. Warum solltest du als Oberschwester arbeiten?«

Thora lachte, und in ihren Augen blitzte es. »Ich habe nicht gesagt, dass ich den Job annehme.«

»Denkst du darüber nach?«

Sie blickte hinunter aufs Spielfeld. »Ich weiß es nicht. Manchmal fühle ich mich schrecklich gelangweilt in meiner Rolle als Yuppie-Hausfrau.«

Chris schwieg.

Sie sah ihn erneut an, und diesmal ließ sie ihr wahres Selbst durchscheinen. »Was denkst du gerade?«

»Ist das Lansings einziges Interesse an dir?«

Thora lachte erneut. »Was willst du damit sagen?«, fragte sie, doch das Flackern in ihren Augen verriet ihm, dass sie genau wusste, was er meinte.

»Sei bitte aufrichtig.«

Ihr Lachen verklang. »Shane ist verheiratet.«

»Und wenn er es nicht wäre?«

Schweigen. »Jetzt komm schon, Baby«, sagte Thora schließlich. »Das meinst du doch nicht im Ernst?«

»Shane hatte allein im letzten Jahr drei Affären, von denen ich weiß.«

»Das ist Geschwätz!«, sagte sie wegwerfend. »Du kennst diese Stadt.«

»Das Geschwätz dichtet ihm sechs oder sieben Krankenschwestern im vergangenen Jahr an. Die drei, von denen ich rede, sind Tatsache. Er musste zwei der Frauen *bezahlen,* damit sie ihn in Ruhe ließen.«

»Das wusste ich nicht«, sagte Thora nachdenklich.

»Ehrlich nicht?«

»Ich gehöre nicht zum Krankenhaus-Verteiler, das weißt du selbst sehr genau.«

Chris richtete seine Aufmerksamkeit auf das Spiel. Thoras Enthüllung eines Jobangebots hatte ihm die Sprache verschlagen. Konnte das die Erklärung für den heimlichen Kontakt zwischen den beiden sein? Wenn Lansing sein eigenes chirurgisches Zentrum gründete, war es durchaus richtig, wenn er ein Geheimnis daraus machte. Die beiden Krankenhäuser von Natchez würden alles in ihrer Macht Stehende unternehmen, um ihn aufzuhalten.

Nach ein paar Augenblicken des Schweigens sagte Chris unvermittelt: »Ich muss auf die Toilette«, und stieg die Treppe hinunter.

Als er Lansing passierte, blieb er stehen und schüttelte dem Chirurgen die Hand, während er gegen den kindischen Impuls ankämpfte, sie zu zerquetschen.

»Hab gehört, Ihre Jungs haben heute Abend verloren«, sagte Lansing.

Chris schluckte eine überraschende Menge Galle herunter und nickte. »Was ist mit Ihren?«

Der Chirurg lachte. »Mit vier Söhnen gewinnt und verliert man jeden Abend das eine oder andere Spiel.«

»Thora hat erzählt, Sie wären heute in unserem neuen Haus gewesen?«

Die Bemerkung schien Lansing zu überraschen, doch er erholte sich schnell. »Ja. Das Haus nimmt wirklich Gestalt an. Kaum zu glauben, dass Thora das alles selbst entworfen hat.«

»Nicht, wenn man sie kennt. Sie kann mehr oder weniger alles, wenn sie sich erst mal etwas in den Kopf gesetzt hat.«

Lansing kicherte erneut. »Ja. Ich habe gehört, sie soll früher Ärzte gegen sich aufgebracht haben, indem sie ihnen erzählt hat, wie sie ihre Arbeit tun müssten.«

»Wo haben Sie das gehört?«, fragte Chris.

Lansing zuckte die Schultern. »Irgendwo. Sie wissen, wie es im Krankenhaus ist.«

Chris zwang sich zu einem Lächeln. »Viel Golf gespielt in letzter Zeit?«

»Wann immer ich kann.«

»Vielleicht spiele ich auch diese Woche. Sind Sie in der Stadt?«

Lansings Blick bohrte sich in seinen. »Ja, sicher.«

»Die ganze Woche?«

»Ja. Wollen Sie ein paar Runden mit mir spielen?«

Chris nickte. »Ich rufe Sie an.«

Lansing grinste; dann drehte er sich zum Spielfeld um.

Chris ging weiter zu den Toiletten. In seinen Ohren summte es, als litte er unter Tinnitus. Auf halbem Weg blickte er wie beiläufig zurück zu Thora. Sie starrte aufmerksam zu Lansing, aber der verfolgte das Spiel. Nach einigen Sekunden blickte Thora in Richtung der Toiletten und entdeckte Chris, der sie beobachtete. Er sah sie lange genug an, um sie wissen zu lassen, dass er mitbekommen hatte, wie sie Lansing angestarrt hatte; dann wandte er sich ab und ging weiter.

Er stand vor dem viel zu kleinen Urinal, als eine weibliche Stimme zischte: »Chris! Können Sie mich hören?«

Beinahe hätte er sich auf die Jeans gepinkelt, als er nach links wirbelte, um nach dem Ursprung der Stimme zu suchen. Als sie erneut sprach, wurde ihm klar, dass die Wand aus Schlackenbetonstein, welche die Herren- von der Damentoilette trennte, fünfzehn Zentimeter unterhalb der Decke endete. Die Stimme kam aus der Lücke.

»Agentin Morse?«

»Wer sonst?«, flüsterte sie. »Was haben Sie heute Nachmittag gemacht? Sie haben Thora doch wohl nicht das Bild gezeigt?«

»Nein.«

»Haben Sie sie wegen Lansing zur Rede gestellt?«

»Nicht direkt.«

»Was haben Sie gesagt?«

»Zerbrechen Sie sich deswegen nicht den Kopf. Es ist nicht das, was Sie denken.«

»Meine Güte, Chris! Wollen Sie mich auf den Arm nehmen oder was?«

»Lassen Sie mich in Ruhe, verdammt!«

»Ich wünschte, das könnte ich. Aber so einfach ist das nicht.«

»Ich gehe wieder zurück an meinen Platz.«

»Rufen Sie mich morgen früh an«, sagte Alex. »Sobald Thora die Stadt verlassen hat.«

Chris betätigte die Spülung.

»Werden Sie mich anrufen?«, fragte Alex, während er sich die Hände wusch.

»Wer zum Teufel redet da?«, brummte eine tiefe männliche Stimme mit Südstaatenakzent.

Ein Mann mit einem Overall voller Fettflecken war hinter Chris auf die Toilette gekommen. Chris roch Alkohol, was im Park verboten war und nichtsdestotrotz zu den Spielen der Baseball-Jugendliga zu gehören schien.

»Irgendeine Tussi auf der Damentoilette«, sagte Chris. »Ich schätze, sie ist auf der Suche nach ein wenig Unterhaltung.«

Der Mann im Overall versuchte auf ein Waschbecken zu steigen, um durch den Spalt zwischen Wand und Decke zu starren, als Chris die Toilette verließ.

Es war bereits sehr spät, als Alex sich bei MSN einloggte. Entmutigt von Dr. Shepards Antwort auf dem Baseball-Spielfeld war sie bei einem Schnapsladen vorbeigefahren und hatte sich eine Zwölf-Dollar-Flasche Spätburgunder gekauft. Bevor sie damit ihr Motel erreicht hatte, hatte eine der Pflegerinnen ihrer Mutter angerufen und sie informiert, dass der Onkologe sie zurück ins Krankenhaus verlegt hatte, weil sich der Zustand der Leber verschlimmert hatte. Alex hatte gleichzeitig angefangen zu packen und zu trinken, während sie immer wieder auf den Bildschirm gestarrt hatte, um zu sehen, ob Jamie online gegangen war.

Sie trank mehr, als sie beabsichtigt hatte – eine ganze Menge mehr –, mit dem Ergebnis, dass sie in ihren Sachen einschlief und kurz vor Mitternacht hochschrak mit einer zum Platzen vollen Blase und einem entsetzlich schlechten Gewissen, weil sie sowohl Jamie als auch ihre Mutter im Stich gelassen hatte.

Erleichterung erfasste sie, als sie das kleine grüne Symbol erblickte, das Jamies Anwesenheit im Netzwerk signalisierte. Bevor sie ein Wort tippen konnte, erschien eine Einladung zur Videokonferenz auf ihrem Schirm. Sie akzeptierte und wartete, während das kleine Fenster auf dem Bildschirm erschien. Als Jamies Gesicht darin auftauchte, blieb ihr die Freude im Hals stecken. Es war gerötet, und auf den Wangen glitzerten Tränen. Bill hatte ihm offensichtlich erzählt, dass seine Großmutter zurück ins Krankenhaus gebracht worden war.

»Was ist denn los, kleiner Mann?«, fragte sie in der schwachen Hoffnung, dass es vielleicht doch nur ein verlorenes Baseballspiel war. »Was ist passiert?«

»Missy zieht bei uns ein.«

Der Schock durchfuhr Alex wie ein elektrischer Schlag. »*Was?* Wieso sagst du so etwas?«

»Sie war heute Abend zum Essen bei uns. Sie hat sich ganz merkwürdig benommen, als wäre sie meine neue beste Freundin oder so. Dann sagte Dad irgendwas von wegen, wie großartig es für mich wäre, wenn wieder eine Frau im Haus wohnen würde. Beide haben mich die ganze Zeit beobachtet, nachdem er das gesagt hat. Ich bin nicht dumm, Tante Alex. Ich weiß, was sie vorhaben.«

Fast wäre Alex aufgesprungen und von der Webcam weggegangen. Sie schaffte es nicht, ihre Emotionen in dieser Situation zu kontrollieren. Doch vielleicht war es besser, sie nicht zu verbergen. Was dachte sich Bill nur dabei? Seine Frau war noch keine sechs Wochen unter der Erde, und er plante bereits, seinem trauernden Sohn die eigene Geliebte als Ersatzmutter vorzusetzen? Der Mann hatte absolut kein Gefühl für Anstand.

»Was soll ich nur tun?«, fragte Jamie, und in diesem Moment spürte Alex die volle Last der Verantwortung für seine Zukunft.

»Du spielst mit, das wirst du tun. Halt durch.«

Jamie wischte sich die Augen. »Muss ich hierbleiben, wenn sie einzieht?«

Alex biss die Zähne zusammen und kämpfte gegen die Versuchung an, dem Jungen falsche Hoffnungen zu machen. »Ich fürchte ja. Jedenfalls nach dem Gesetz.«

Er wand sich, doch Wut und Empörung schienen die Oberhand über seinen Kummer zu gewinnen, jetzt, da er mit Alex reden konnte.

»Kannst du mir nicht irgendwie helfen?«, fragte er. »Gibt es denn keine Möglichkeit, dass ich zu dir kommen und bei dir bleiben kann?«

»Vielleicht. Ich arbeite jeden Tag daran. Aber du darfst mit niemandem darüber reden, hörst du? Nicht mit deinem Dad und ganz sicher nicht mit seiner Missy.«

»Ich hasse sie!«, sagte Jamie aus vollem Herzen. »Hasse sie, hasse sie, hasse sie!«

Missy ist nicht das Problem, dachte Alex. *Bill ist das verdammte Problem.*

»Ich hab meine Hausaufgaben noch nicht gemacht«, sagte Jamie. »Ich hab Dad gesagt, ich wäre damit fertig, aber das war gelogen. Ich konnte einfach nicht. Ich konnte mich nicht konzentrieren.«

»Meinst du, du kannst es jetzt?«

Jamie zuckte die Schultern. »Kannst du online bleiben, wenn ich's versuche?«

Alex musste nach Jackson aufbrechen. Sie war bereits sehr spät dran, und die Fahrt dauerte zwei Stunden, doch wie konnte sie sich vor Jamies Ängsten und seiner Verwirrung verschließen? Welche Entscheidung hätte ihre Mutter in dieser Situation getroffen? Alex zwang sich zu einem Lächeln, als hätte sie alle Zeit der Welt.

»Aber selbstverständlich. Lass mich nur vorher schnell auf die Toilette gehen.«

Jamie kicherte. »Ich muss auch mal! Ich hatte Angst, ich könnte dich verpassen, deswegen hab ich angehalten und vor dem Bildschirm gewartet. Fast hätte ich in meine Coladose gepinkelt.«

»Dann sehen wir uns gleich wieder.«

Jamie hielt die Handfläche vor die Kamera, ihr Ersatz für körperlichen Kontakt. Alex hob ihre Hand zur Antwort, doch sie musste sich abwenden, damit er ihr Gesicht nicht sehen konnte. *Dieser Junge hält mich am Leben. Und er ist so viel wert wie zehn von der Sorte seines Vaters.*

Während sie sich vom Computer zurückzog, sprach sie mit leiser, nachdrücklicher Stimme, die von ihrem Vater hätte kommen können. »Dieser Junge ist ein Morse, kein Fennell. Und er wird von jemandem aufgezogen werden, dem das nicht gleichgültig ist.«

Fünf Meilen von Alex Morses Motelzimmer entfernt lag Chris Shepard im Bett seines Adoptivsohns und lauschte Bens leisem, regelmäßigem Atem. Er war völlig erschöpft und hätte an Ort und Stelle einschlafen können. Der vergangene Tag war einer der schlimmsten seines Lebens gewesen, und er hatte nicht den Wunsch, ihn durch weitere Diskussionen mit Thora fortzusetzen, bevor er schlafen ging. Seine Gedanken drehten sich um Morses Anschuldigungen und Thoras Erklärungsversuche, und unter diesem Sturm von Worten lauerte das beginnende Gefühl, wieder einmal alles vermasselt zu haben.

Er war fünf Jahre mit seiner ersten Frau zusammen gewesen, ehe sie geheiratet hatten, und er hatte geglaubt, sie gut zu kennen. Doch das Leben hatte ihm binnen weniger Jahre das Gegenteil bewiesen.

Kathryn Ledet hatte Physiotherapie in Jackson studiert, als Chris sie geheiratet hatte. Sie stammte aus Covington, Louisiana, war zur Tulane gegangen und aus diesem Grund überglücklich gewesen, als Chris sein praktisches Jahr am Tulane Medical Center in New Orleans absolvieren konnte. Doch als die Zeit für Chris gekommen war, seine Studienkredite zurückzuzahlen, indem er zwei Jahre lang im armen Mississippi-Delta praktizierte, war Kathryns Begeisterung verflogen. Nichtsdestotrotz hatte sie durchgehalten, bis zu jenem Tag, an dem Chris erfahren hatte, dass sein Nachfolger vier Monate Verspätung haben würde. Chris konnte es ebenfalls kaum abwarten, das Delta hinter sich zu lassen – auf ihn wartete ein Bombenjob bei einer erstklassigen Gruppe von Internisten in Jackson. Dennoch hinderte ihn sein Verantwortungsgefühl daran, die Patienten im Stich zu lassen, die er in den vergangenen beiden Jahren behandelt hatte. Kathryn hatte dieses Gefühl von Verantwortung nicht. Als Chris ihr eröffnete, dass er sich verpflichtet fühlte zu bleiben, bis sein Nachfolger eintraf, hatte sie ihre Siebensachen gepackt und war nach New Orleans gefahren. Nachdem sein Nachfolger eingetroffen war, war Chris ihr nachgereist in dem Bemühen, seine Ehe zu retten, doch es war zwecklos gewesen. Er hatte bereits bewiesen, dass er nicht der Mann war, den Kathryn wollte. Nach drei Monaten in Jackson war ihm schließlich selbst klargeworden, dass weder Kathryn noch Boutique-Medizin etwas für ihn waren. Was zurückblieb von seiner ersten Ehe war der bittere Nachgeschmack, dass er selbst nach Jahren des Zusammenlebens mit Kathryn nicht gesehen hatte, welcher Charakter sich hinter ihrer hübschen Fassade verbarg.

Er war weniger als ein Jahr mit Thora zusammen gewesen, als er ihr seinen Antrag gemacht hatte. Er kannte sie schon viel länger, hauptsächlich als hingebungsvolle Ehefrau eines seiner Patienten. In dieser Zeit hatte er gelernt, sie zu respektieren und mehr zu begehren als jede andere Frau in den sieben Jahren seit seiner Scheidung. Doch jetzt … auch ohne die flüsternden Worte von Alex Morse in seinem Kopf, spürte er, dass die Thora, die er als die Ehefrau von Red Simmons kennen und schätzen gelernt hatte, nur eine Facette eines sehr viel komplexeren Charakters war. Abgesehen davon – wie genau konnte ein Mann eine Frau überhaupt kennen? Ein Matrose konnte mehrmals die Welt umrunden und sich einbilden, die Meere zu kennen, doch in Wirklichkeit kannte er nur ein paar Wellen und Gezeiten, die sich hinter ihm längst wieder geändert hatten.

Und was war mit Ben? Der Junge, der so friedlich neben ihm schlief, hatte Chris innerhalb eines bemerkenswert kurzen Zeitraums sein ganzes Vertrauen und seine Zuversicht geschenkt. Ben suchte bei ihm nach Antworten, nach Freundschaft, nach Unterstützung und Sicherheit. Nicht finanzieller Sicherheit – davon konnte Thora genug bieten –, sondern nach dem Gefühl, dass es einen großen, starken Mann gab, der bereit war, sich zwischen ihn und jede Gefahr zu stellen, die auf ihn zukam. Auch wenn ein Teil der Bewunderung, die Ben Chris entgegenbrachte, während seiner Teenagerjahre schwinden würde, blickte er derzeit zu Chris auf, als wäre dieser unbesiegbar. Es war schwer vorstellbar, dass Thora diese Bindung aufs Spiel setzen konnte wegen einer Affäre mit einem Kerl wie Shane Lansing … und doch. Er hatte gesehen, wie Freunde und Patienten alles aufgegeben hatten in einem verzweifelten Griff nach etwas, von dem sie glaubten, dass sie es brauchten.

Ein senkrechter Spalt aus gelbem Licht erschien in der Dunkelheit. Dann verdunkelte ein Schatten den Spalt. Thora stand in der

Tür und blickte ins Zimmer. Chris schloss die Augen und rührte sich nicht.

»Chris?«, flüsterte sie.

Er antwortete nicht.

»Chris? Schläfst du?«

Keine Antwort.

Nach ein paar Sekunden kam sie auf Zehenspitzen ins Zimmer und küsste jeden der beiden auf die Stirn. »Goodbye, Jungs«, flüsterte sie. »Ich liebe euch.«

Dann schlüpfte sie nach draußen und schloss hinter sich die Tür.

19

Alex blinzelte und stieß ein leises, schmerzerfülltes Stöhnen aus. Sie hatte in einem Fegefeuer zwischen Schlaf und Wachen verweilt. Ihr Hintern war taub vom Sitzen im Krankenhausstuhl, den sie sich an das Bett ihrer Mutter geschoben hatte. Ihr Rücken schmerzte, weil sie stundenlang vornübergebeugt mit dem Kopf auf der Matratze gelegen hatte. Inzwischen drang schwaches blaues Tageslicht zwischen den Lamellen der Fensterjalousie hindurch.

Margaret Morse gehörte auf eine Intensivstation, auch wenn sie erst eine Woche zuvor ein Formular unterschrieben hatte, in dem sie für den Fall eines Zusammenbruchs entschied, dass keine außergewöhnlichen lebenserhaltenden Maßnahmen ergriffen werden sollten. Der Krebs, der in ihren Eierstöcken angefangen hatte und jahrelang unentdeckt gewuchert war, trotz dreier Operationen, hatte sich auf ihre Leber und die Nieren ausgebreitet und zahlreiche andere Bereiche ihres Unterleibs erfasst. Ihre Leber war auf die doppelte Größe angeschwollen, und sie litt unter einer starken Gelbsucht. Darüber hinaus stand sie am Rand eines Nierenversagens, was bei Eierstockkrebs eher ungewöhnlich war. Trotz allem war sie noch am Leben, weit über die Zeit hinaus, die Dr. Clarke genannt hatte, als er Alex auf das Schlimmste vorbereitet hatte. Alex hätte dem Onkologen das eine oder andere über die Energie ihrer Mutter erzählen können, doch sie hatte geschwiegen und es dem Lauf der Dinge überlassen, den Arzt über seine Patientin aufzuklären.

Auf ihrer Fahrt nach Jackson in der vergangenen Nacht wäre Alex zweimal beinahe von der Straße abgekommen. Jamies Hausaufgaben hatten mehr als eine Stunde in Anspruch genommen, und lediglich die Vorstellung von Chris Shepard, der den Baseball-Park mit seiner Frau an seiner Seite verlassen hatte, hatte Alex wachgehalten. Noch am Nachmittag am St. Catherine's Creek hatte sie geglaubt, dass das belastende Foto und der Schock von Thoras Lüge ausreichen würden, um Chris von ihrer Schuld zu überzeugen. Doch während der Fahrt nach Jackson hatte sie sich an eine der Lektionen ihres Vaters erinnert. Wenn ein gehörnter Mann oder Ehemann seine Frau nicht in flagranti mit ihrem Liebhaber im Bett erwischte – wenn ihm nichts als Geschwätz und Andeutungen zu Ohren kamen –, war eine Phase des Augenverschließens unausweichlich. Manchmal wurden sogar eindeutige Beweise ignoriert. Intelligenz hatte nicht das Geringste damit zu tun. Genau wie beim ersten Schock nach einem Todesfall oder einer schrecklichen Krankheit erzwang der Lebenserhaltungstrieb eine Periode emotionalen Widerstands gegen die heraufdämmernde Wahrheit, sodass eine Anpassung an die neue Realität stattfinden konnte, und zwar ohne radikale – und möglicherweise fatale – Reaktionen. Chris Shepard durchlebte offensichtlich gegenwärtig diese Periode. Die Frage war, wie lange würde es dauern, bis sie Verärgerung und Wut wich?

Margaret stöhnte erneut. Alex drückte ihre Hand. Ihre Mutter erhielt inzwischen so viel Morphium, dass die Phasen des Wachseins sehr viel kürzer waren als die des Schlafs. Klarheit war ein längst vergessener Zustand. Zweimal im Verlauf der Nacht hatte Margaret ihre Tochter gebeten, ihren Vater und ihre Schwester ins

Zimmer zu holen, um anschließend über deren gefühlloses Fernbleiben zu schimpfen. Angesichts des nahen Todes hatte Alex es nicht über sich gebracht, ihre Mutter zu erinnern, dass sowohl ihr Mann als auch ihre älteste Tochter in den vergangenen sieben Monaten gestorben waren.

Alex zuckte zusammen beim Zirpen ihres Mobiltelefons, das in ihrer auf dem Fußboden liegenden Handtasche steckte. Ohne die Hand ihrer Mutter loszulassen, streckte sie den Arm aus und zog das Handy aus der Tasche.

»Hallo?«, meldete sie sich leise.

»Ich bin es, Darling, Will. Wie geht es ihr?« Will Kilmer war bei Margaret geblieben, bis Alex aus Natchez eingetroffen war, eine Demonstration wahrer Loyalität gegenüber der Witwe eines Partners, auch wenn es längst keinen Unterschied mehr machte.

»Nicht besser und nicht schlechter.«

»Hat sie weitergeschlafen, nachdem ich gefahren bin?«

»Nicht die ganze Nacht, aber sie hat mehr geschlafen als ich.«

Der alte Detektiv stieß einen ärgerlichen Seufzer aus. »Verdammt, Mädchen, ich hab dir schon letzte Woche gesagt, dass du eine Pause brauchst! Nimm eine große Pille und leg dich zwanzig Stunden schlafen! Dieser verdammte Rusk wird sich bestimmt nicht in Luft auflösen. Aber du bist wahrscheinlich längst zu erwachsen, um noch auf mich zu hören.«

Alex versuchte ein Kichern, doch sie brachte es nicht zustande.

»Wie dem auch sei, ich hab ein paar Neuigkeiten, die dich wach machen werden«, sagte Kilmer.

»Und was hast du?«, fragte sie.

»Erinnerst du dich an William Braid?«

»Sicher. Der Ehemann von Opfer Nummer fünf.«

»Letzte Woche habe ich dir erzählt, dass mir Berichte vorliegen, denen zufolge er stark zu trinken angefangen hat.«

Margaret begann zu schnarchen. »Ja. Und du hast erzählt, seine Geliebte hätte ihn verlassen.«

»Richtig.«

»Und? Was hat er jetzt wieder angestellt?«

»Sieht so aus, als hätte er versucht, sich den Rest zu geben.«

Ein aufgeregtes Erschauern machte Alex schlagartig hellwach. »Wie? Wann?«

»Gestern Abend, in seinem Haus in Vicksburg. Jedenfalls ist die Polizei von Vicksburg dieser Meinung.«

»Erzähl weiter.«

»Braid war Diabetiker. Gestern Abend – oder irgendwann zwischen gestern Abend und heute Morgen, als seine Haushaltshilfe ihn fand – hat er sich genügend Insulin geschossen, um in ein Koma zu fallen. Ein permanentes Koma.«

»Heilige Scheiße! Könnte es sich um einen Unfall handeln?«

»Möglich, aber Braids Arzt meint, es wäre unwahrscheinlich.«

»Das könnte die Chance sein, auf die wir gewartet haben. Unser Durchbruch.«

»Könnte sein«, sagte Will im vorsichtigen Tonfall eines alten Jägers, dem schon zu viel Wild in letzter Sekunde entkommen war.

»Es waren Schuldgefühle«, überlegte Alex laut. »Braid kam nicht zurande mit dem, was er seiner Frau angetan hat.«

»Sie hatte einen schweren Tod. Schlimmer als die meisten anderen.«

»Wir müssen alles herausfinden, was wir über die letzten Tage von Braid ermitteln können. Hast du Leute in Vicksburg?«

»Ich kenne einen Typen dort, der Ehesachen übernimmt. Er schuldet mir den einen oder anderen Gefallen.«

»Danke, Onkel Will. Ohne dich wäre ich vollkommen aufgeschmissen.«

»Noch etwas«, fuhr Will Kilmer fort. »Ich habe jemanden an der Hand, der bereit ist, zwei Nächte im Alluvian Hotel für dich zu verbringen. Seine Frau wollte schon immer mal dorthin und sich den Laden anschauen. Wenn du die Kosten für ihr Zimmer übernimmst, zahlen sie den Rest aus eigener Tasche.«

»Wie teuer ist das Zimmer?«

»Vierhundert.«

»Für zwei Nächte?«

Will kicherte leise. »Eine.«

Alex rief sich den Stand ihres letzten noch aktiven Bankguthabens ins Gedächtnis; dann verdrängte sie den Gedanken wieder. Sie würde tun, was notwendig war, um Chris Shepard auf ihre Seite zu bringen. »Einverstanden«, sagte sie. »Ich zahle.«

»Fährst du heute noch nach Natchez zurück?«

»Ich habe keine andere Wahl. Shepard ist meine einzige Chance.«

»Kommst du voran bei ihm?«

»Er braucht eine Weile. Niemand findet gerne heraus, dass sein ganzes Leben eine einzige Lüge war.«

Will seufzte zustimmend. »Sag deiner Mama, ich komme irgendwann im Lauf des Tages vorbei.«

Alex blickte zum eingefallenen Gesicht ihrer Mutter. Ihr Mund stand offen, und Speichel rann in einem stetigen Fluss auf das Kissen. Für einen Moment hatte Alex den absurden Eindruck, dass die Flüssigkeit aus dem IV-Beutel durch die Nadel in ihre Mutter und durch ihren Mund gleich wieder aus ihr lief. »Mach ich.«

»Hey, Kleines … ist alles okay?«

»Sicher, Onkel Will. Es ist nur … ich sitze hier und sehe Mama an, und ich kann mir einfach nicht vorstellen, dass jemand einem anderen Menschen absichtlich so etwas antun könnte. Geschweige denn einem Menschen, den man einmal geliebt hat.«

Sie hörte das Röcheln von Wills Emphysem. Als er wieder sprach, geschah es im Tonfall eines Cops, der zwanzig Dienstjahre mit weit geöffneten Augen hinter sich gebracht hatte. »Glaub mir, Darling, das solltest du besser. Ich habe Menschen anderen Menschen Dinge zufügen sehen, für die Gott keine Hölle erschaffen könnte, die schlimm genug wäre. Pass auf dich auf, Kleines, hörst du? Du bist das letzte Kind, das dein Daddy auf dieser Erde hat, und ich will nicht, dass du dein Leben wegwirfst, um einen Toten zu rächen.«

»Das ist es nicht«, flüsterte Alex. »Ich versuche, Jamie zu retten.«

»Das werden wir. Auf die eine oder andere Weise«, sagte Will mit Nachdruck. »Sei bloß vorsichtig. Ich habe ein ungutes Gefühl, was diesen Fall angeht. Das sind ganz üble Typen, mit denen wir uns anlegen. Und nur, weil sie in der Vergangenheit immer langsam getötet haben, heißt das noch lange nicht, dass sie nicht blitzschnell zuschlagen, wenn sie sich bedroht fühlen. Hörst du?«

»Ja.«

»Dann ist es gut.«

Alex legte auf, die Augen auf dem gelbsüchtigen Gesicht ihrer Mutter. Was konnte sie sonst noch tun hier im Krankenhaus? Sie erhob sich und küsste eine gelbe Wange; dann ließ sie die Hand ihrer Mutter los.

Zeit zu fahren.

20

Andrew Rusk hatte endlich den ganz dicken Fisch an der Angel. Er wusste es so sicher wie damals vor Bimini, als der große Schwertfisch den Köder geschluckt hatte und anschließend wie ein verrückt gewordener Jetski durch die Wellen gejagt war.

Ihm gegenüber am Schreibtisch saß Carson G. Barnett höchstpersönlich, ein überlebensgroßer Mann von sechsundvierzig Jahren und mit so vielen Millionen, dass er längst aufgehört hatte zu zählen. Barnett war eine Legende im Ölgeschäft und hatte schon drei Mal ein Vermögen gemacht und wieder verloren. Jetzt war er erneut auf dem Weg nach oben – *ganz* nach oben.

Im Verlauf der letzten Stunde hatte Barnett seine Ehesituation beschrieben. Rusk sah ihn mit seiner sorgenvollsten Miene an und nickte an den passenden Stellen, doch er hörte gar nicht richtig zu. Er hatte schon eine ganze Reihe von Jahren nicht mehr richtig zuhören müssen; die Geschichten waren alle gleich. Variationen über ein Thema – ein sehr ermüdendes Thema obendrein. Rusk spitzte nur ein einziges Mal wirklich die Ohren: Als Barnett die geschäftliche Seite der Dinge erwähnte, merkte der Anwalt sich jedes Wort. Doch jetzt war der schlimmste Teil an der Reihe, ein melodramatischer Monolog darüber, wie wenig Barnett gewürdigt wurde.

Rusk wusste, wo der Ölbaron hinwollte, lange bevor er dort war. Rusk konnte die Zeilen dieses Films herunterleiern, ohne nachzudenken. *Sie hat sich überhaupt nicht weiterentwickelt, seit wir geheiratet haben. Weder emotional noch psychisch noch intellektuell oder sexuell,* klagten die Weicheren über ihre Frauen. Und nicht wenige fügten anschließend hinzu: *Aber ihr Hintern ist seither gewachsen wie ein verdammter Baby-Elefant.* Ein weiterer universaler Refrain lautete: *Sie versteht mich nicht.* Und natürlich der Hauptgewinn, der große Preis: *Sie kennt mich genaugenommen überhaupt nicht!*

Nach Rusks Erfahrung traf üblicherweise das Gegenteil zu. In den meisten Fällen kannten die Frauen ihre Ehemänner viel zu gut – viel besser, als sie wollten, dass jemand sie kannte – und verstanden sie besser als sie sich selbst. Deswegen brach sie nicht jedes Mal in staunende Bewunderung aus, wenn er über seinen neuesten geschäftlichen Triumph schwadronierte, und deswegen beschwerte sie sich lauthals und ausgiebig, wenn er sie enttäuschte, was häufig geschah. Sie hielt ihn längst nicht mehr für brillant (oder auch nur tüchtig) oder fantasievoll im Bett, und er war schon lange nicht mehr witzig – nicht für jemanden, der längst jeden erbärmlichen Witz kannte, den er je zum Besten gegeben hatte, die meisten davon zwei- und dreimal.

Und dann war da noch die Geliebte. Natürlich. Einige Mandanten kamen sofort mit der Sprache heraus und gestanden, dass sie eine Affäre hatten. Andere versuchten zunächst, es zu verheimlichen, nobel zu erscheinen und einen aufopferungsvollen Eindruck zu machen. Rusk hatte Direktheit mehr als alles andere zu schätzen gelernt. Männer und Frauen, die über ihre Scheidung nachdachten, waren wie wandelnde Zeitbomben aus Frustration, Schuld, Lust und nahezu psychotischen Erklärungsversuchen. Doch ganz gleich, wer ihm gegenüber im Sessel saß – ein brillanter Arzt oder ein Trampel, der kaum imstande war, sein gesamtes

Vermögen zu überblicken – irgendwann wurden ihnen zwei Dinge bewusst.

Erstens: Es gab keine schmerzfreie Wahl. Wie immer sie sich entschieden, irgendjemand würde leiden. Die einzige Frage war deshalb: Würden sie selbst das Leid ertragen, indem sie ihre Affäre beendeten und sich zu ihrer Ehe bekannten? Oder würden sie das Leid an ihre Ehefrauen und ihre Kinder weiterreichen, indem sie sich scheiden ließen? Arm oder reich – es war immer die gleiche, grundlegende Qual bei jeder Scheidung.

Rusk war zu dem Glauben gelangt, dass Frauen weniger dazu neigten als Männer, auf der Suche nach persönlichem Glück ihre Familien zu opfern, sobald Kinder im Spiel waren. Was nicht bedeutete, dass sie weniger nach diesem Glück strebten – nur, dass sie nicht so schnell bereit waren, es auf Kosten anderer zu erkaufen. Beweise dafür hatte er keine, bis auf Erzählungen aus einer geographisch eingeschränkten Gegend. Rusk hatte keinerlei Interesse an der Dynamik von Ehescheidungen in New York oder Los Angeles oder sonst irgendwo auf der Welt; er lebte nicht an jenen Orten. Abgesehen davon nahm er an, dass die Motive einer Bande verdammter Yankees ungefähr so neurotisch und selbstsüchtig waren wie ein Woody-Allen-Film, nur ohne die komischen Stellen.

Carson Barnetts eheliche Probleme hatten ihre eigene spezielle Tiefe und wären für einen Anthropologen oder Soziologen sicherlich nicht ohne Interesse gewesen. Doch für einen Anwalt waren sie mehr oder weniger belanglos. Auf der anderen Seite war Barnett reich, über alle Maßen, und in Rusks Augen – genau wie in den Augen seines Vaters – hatten die Reichen ein Recht darauf, gründlicher angehört zu werden als Menschen von geringerer Bedeutung. Mrs. Barnett, oder Luvy, wie Carson Barnett sie nannte, hatte ihre Ehe als Baptistin begonnen, doch das hatte keine größere Bedeutung in ihrem Leben als die, dass sie eine Chi-Omega gewesen war. Doch einige Zeit nach der Geburt der Kinder war Luvys Interesse für die Kirche und ihr Engagement für kirchliche Belange exponentiell gestiegen. Umgekehrt proportional dazu hatte sie ungefähr zur gleichen Zeit jegliches Interesse an allem Sexuellen verloren. Carson hatte sich eine Zeitlang in sein Schicksal ergeben, so gut es ging, doch irgendwann hatte er – wie jeder echte Mann – Erleichterung gesucht, wo immer er sie finden konnte.

»Wenn es im Kühlschrank nichts zu essen gibt, geht man eben in den Laden«, dröhnte er. »Stimmt's, Andy?«

»Ja, stimmt, Sir«, hatte Rusk ihm beigepflichtet.

»Ich meine, jeder Hund weiß das! Wenn es in seiner Schüssel nichts zu fressen gibt, geht er auf die Jagd. Ist es nicht so?«

»Doch, ja.« Rusk stieß ein pflichtschuldiges Lachen aus.

Er hatte dieses Muster viele Male gesehen. Männer, die sexuelle Erleichterung suchten, durchliefen eine Phase, in der sie mit jeder Frau ins Bett stiegen, die für sie das Höschen herunterließ. Überraschenderweise beeinträchtigte das die Familie nicht im Geringsten. Tatsächlich schienen die Dinge sogar besser zu laufen als zuvor. Der Ärger fing an, wenn der Mann – oder die Frau – jemanden fand, der sich von allen anderen unterschied. Einen »Seelenverwandten« (ein Begriff, der Andrew beinahe zu spontanem Erbrechen bringen konnte); eine Beziehung, die das Schicksal zusammengefügt hatte. Wenn Liebe ihren hässlichen Kopf schüttelte, war Scheidung eine unausweichliche Folge. Und so eine Geschichte erzählte Barnett jetzt auch. Seine »Seelengefährtin« war ein süßes junges Ding, das in dem Barbecue-Restaurant an der Route 59 arbeitete, einem Laden, in dem Barnett in der Vergangenheit eine ganze Menge Ölgeschäfte gemacht hatte – *große* Geschäfte, auf eine Cocktail-Serviette gekritzelt und mit Handschlag besiegelt, wie unter Ehrenmännern üblich.

»Wie dem auch sei«, erzählte Barnett, während dicke Schweißtropfen an seinem Hals nach unten perlten, »ich liebe dieses Mädchen wie sonst nichts auf der Welt. Und ich will sie heiraten, auf die eine oder andere Weise, verstehen Sie?«

Rusk mochte die Wortwahl des Ölmagnaten. Weil Barnett trotz seiner derben Ausdrucksweise in einer Art Kode sprach – einem Kode, der sich in Andrews Ohren stillschweigend in ein spezielles System aus moralischem Kalkül einpasste, gewachsen über Jahre beim Anhören der Klagen frustrierter Menschen, die meisten davon Männer. Alle wurden irgendwann während einer Scheidung wütend. Viele wurden für einige Tage sogar *mörderisch* wütend. Doch die meisten beruhigten sich früher oder später wieder und ergaben sich resignierend in die Tatsache, dass das Leben von diesem Augenblick an aus einem einzigen langwährenden Kompromiss bestehen würde.

Doch einige Menschen weigerten sich, diesen Kompromiss einzugehen. Ganz besonders die sehr reichen. Es war wahrscheinlich mehr eine Sache der Gewohnheit als alles andere. Wie auch immer, Carson Barnett war bereits durch einige Maschen eines sehr spezifischen Rasters in Andrew Rusks System gefallen, und sie näherten sich jenem Teil des Gesprächs, in dem der Anwalt eine bedeutsame Rolle spielen konnte, sollte er sich dazu entscheiden.

»Sie möchten sich also von Ihrer Frau scheiden lassen«, sagte Rusk in ernstem Tonfall.

»Worauf Sie einen lassen können, Mann! Ich hätte nie geglaubt, dass es dazu kommen würde, aber bei Gott, sie hat mich so weit gebracht!«

Rusk nickte weise. »Viele Anwälte würden versuchen, Ihnen diese Idee auszureden, Mr. Barnett. Sie würden stattdessen versuchen, Sie zum Besuch eines Therapeuten zu überreden.«

»Sagen Sie Carson, Andy. Bitte. Und hören Sie auf damit, auf der Stelle. Der einzige Therapeut, den Luvy akzeptieren würde, wäre ihr Pastor, und ein einziger Besuch bei diesem Kerl war mehr, als ich verkraften konnte. Einen solchen Schwachsinn haben Sie im Leben nicht gehört! Ich bin aufgestanden und hab ihm ins Gesicht gesagt, dass Jesus absolut nicht das Geringste mit unserer Ehe zu tun hat und dass er eine Menge Glück hat, weil es so ist!«

Rusk grinste angesichts des rustikalen Humors seines Mandanten. »Ich habe nicht vor, Sie zu entmutigen, Carson. Weil ich sehen kann, dass Sie verliebt sind. Sehr verliebt sogar.«

»Da haben Sie allerdings ins Schwarze getroffen, Andy.«

»Wahre Liebe ist eine wundervolle Sache. Andererseits wage ich nach allem, was Sie mir erzählt haben, und in Anbetracht Ihrer

Erregung zu behaupten, dass Sie mit Schwierigkeiten von Seiten Luvys rechnen, was die Idee einer Trennung betrifft.«

»Zur Hölle, ja!«, sagte Barnett mit einem Ausdruck in den Augen, bei dem es sich um Angst zu handeln schien.

In Rusk verstärkte sich der Eindruck, dass Luvy Barnett eine furchterregende Frau war.

»Luvy glaubt nicht, dass es so etwas wie eine Scheidung überhaupt gibt, Andy! Sie sagt, es wäre eine Sünde. Sie sagt, es wäre die Wurzel allen Übels auf dieser Welt.«

»Ich dachte immer, Geld wäre die Wurzel allen Übels«, konterte Rusk.

Barnett schnaubte. »Luvy hat nichts gegen Geld, absolut nicht! Nein, Sir. Sie hat überhaupt kein Problem mit Geld.«

»Ist das nicht sehr praktisch?«

»Da sagen Sie was, Bruder! Ich habe mit ihr geredet, wollte, dass sie wegen unüberbrückbarer Differenzen einwilligt, genau wie mein Kumpel Jack Huston es getan hat. Jacks Frau und Luvy waren die besten Freundinnen vor ein paar Jahren. Aber nein, sie wollte nichts dergleichen hören!«

»Was genau hat Luvy gesagt?«

»Sie hat gesagt, dass ich keinen Grund hätte, mich von ihr scheiden zu lassen, und dass sie mir auch keinen Grund geben würde. Sie sagt, wenn ich versuche, vor Gericht zu gehen, wird sie versuchen, mir die Kinder wegzunehmen, mit der Begründung, dass ich ein Sünder und ein schlechtes Vorbild für sie bin. Wenn ich bei ihr bleibe und es noch einmal mit ihr versuche, bin ich selbstverständlich ein großartiger Mann. Was sagt man dazu?«

»Sie will, dass Sie sich für Ihre Kinder aufopfern.«

»Sie sagen es, Bruder! Herrgott im Himmel, Sie sagen es! Aber Sie können die Kinder vergessen! Ich soll alles für sie aufgeben. Einfach alles.«

»Hat Luvy irgendetwas bezüglich der finanziellen Seite der Angelegenheit gesagt?«

Barnett knirschte sekundenlang mit den Zähnen, bevor er sich so weit in der Gewalt hatte, dass er zu einer Antwort fähig war.

»Sie behauptet, dass sie kein Geld für sich haben will, das ihr nicht zusteht – also die Hälfte von allem, was ich verdient habe, während wir miteinander verheiratet waren –, aber sie will darüber hinaus alles, was sie gesetzlich für die Kinder erstreiten kann. Was bedeutet, sämtliche zukünftige Produktion von den Quellen, die ich während unserer Ehe erschlossen habe, vielleicht sogar von den Feldern, die ich nur kartographiert habe, während wir verheiratet waren!«

Rusk schüttelte den Kopf, als wäre er sprachlos angesichts der geradezu unglaublichen Gier, die Barnetts Ehefrau Luvy an den Tag legte.

»Nach allem, was mir zu Ohren gekommen ist, hat sie außerdem den linksten Scheidungsanwalt von ganz Jackson engagiert!«

Angesichts dieser Neuigkeit, die die Sachlage komplizierter machte, beugte Rusk sich vor. »Und wen hat sie engagiert?«

»David Bliss.«

»Sie haben recht, Carson. Das sind in der Tat schlechte Nachrichten. David Bliss hat Wirtschaftsprüfer in seiner Kanzlei, die auf die verschiedensten Geschäfte spezialisiert sind. Die neue heiße Sache bei Anwälten wie Bliss sind ärztliche Praxen. Er hat sämtliche Arztfrauen. Seine Leute nehmen die Praxen Stück für Stück auseinander. Bis die Tinte auf den Scheidungspapieren trocken ist, arbeitet der arme geschiedene Arzt die nächsten zwanzig Jahre nur noch für seine Frau.«

»Nun, ich bin kein Arzt. Gott sei Dank.«

»Ich fürchte, Sie sind noch viel schlimmer dran, Carson. Sie besitzen greifbare Aufzeichnungen ihrer monatlichen Produktion. Sie können sich jetzt schon von der Hälfte Ihrer Produktionsanlagen verabschieden.«

Barnett schluckte.

»Nicht nur, dass ein Richter Ihrer Frau die Hälfte von allem zusprechen könnte, was Sie besitzen, er könnte auch eine Alimentenzahlung basierend auf Ihrem gegenwärtigen Produktionsausstoß festlegen, während Ihre Quellen in Wirklichkeit Jahr für Jahr weniger ergiebig sind, wenn ich mich nicht irre?«

Barnett war weiß geworden.

»Jedes Mal, wenn der Preis für Rohöl sinkt, müssten Sie vor Gericht ziehen, um nicht zu viel zu zahlen. Sie würden die Hälfte der Zeit vor Gericht verbringen, Carson. Haben Sie so viel Zeit?«

Barnett war aufgesprungen und stapfte aufgebracht in Rusks Büro auf und ab. »Sie wissen, wie der Ölpreis sich in letzter Zeit entwickelt hat? Selbst meine alten Quellen haben sich im Wert verdreifacht! Im ganzen letzten Jahr habe ich Quellen wieder in Betrieb genommen, die ich vor fünf Jahren geschlossen hatte. Wenn ein Richter basierend auf meiner gegenwärtige Projektion Zahlungen errechnet ... heilige Scheiße, ich müsste ihr allein dafür mindestens zwanzig Millionen geben, wenn nicht mehr! Dann die Bohranlagen, die Häuser, das Boot, das verdammte Restaurant ...«

Rusk wandte sich zur Seite, um sich seine Aufregung nicht anmerken zu lassen. Das war der Mandant, auf den er gewartet hatte, der Zahltag, der es ihm ermöglichen würde, sich mit Vierzig zur Ruhe zu setzen. Das Timing konnte nicht perfekter sein. Die Geschäfte mit Eldon Tarver waren keine Option, die noch viel länger andauern würde.

»Bitte setzen Sie sich, Carson«, sagte er leise. »Sie sind doch aus einem bestimmten Grund zu mir gekommen, nicht wahr?«

Barnett unterbrach seinen Marsch und starrte Rusk verwirrt an. Schließlich gehorchte er und nahm wieder Platz. Er sah Andrew Rusk an wie ein Büßer einen Priester, der die Macht besaß, ihm päpstliche Absolution zu erteilen. »Ein cleverer Anwalt würde Ihnen raten, jeden Gedanken an Scheidung schleunigst zu vergessen.«

»Was?«

Ein animalischer, gehetzter Ausdruck erschien in Barnetts Augen.

»Sie können sich keine Scheidung leisten, Carson.«

»Was soll das heißen? Ich besitze fünfzig Millionen Mäuse!«

»Fünfundzwanzig, Carson. Wenn Sie mächtig viel Glück haben.«

»Das ist immer noch ’ne Menge Geld.«

»Ja, allerdings.« Rusk lehnte sich zurück und verschränkte die Hände vor der Brust. »Reden wir über Ihre Kinder. Haben Sie nicht einen Sohn, der für die Jackson Academy Football spielt?«

Ein Lächeln huschte über Barnetts Gesicht. »Und ob ich den habe! Jake ist verdammt gut. Noch schneller, als ich es war. Sehr viel schneller.«

»Wie alt ist Jake?«

»Dreizehn.«

Rusk lächelte wie ein stolzer Onkel. »Das ist gut. Dann hat er wenigstens etwas bei der Sorgerechtsfrage zu sagen. Was ist mit Ihren anderen Kindern?«

Barnetts Lachen verging. »Zwei kleine Mädchen. Zwillinge.«

»Wie alt?«

»Sechs. Ein Kind ist achtzehn Minuten älter als das andere.«

Ein nüchternes Nicken. »Noch sechs Jahre, bevor sie auch nur vor Gericht angehört werden. Sie sehen, worauf ich hinauswill, Carson?«

Ein tiefer Seufzer von Seiten des großen Mannes.

»Die Scheidung würde Sie fünfundzwanzig Millionen Dollar kosten – plus neunzig Prozent Ihrer Zeit mit den Kindern.«

»Neunzig Prozent?«

»Wenn Luvy die Position einnimmt, die Sie umrissen haben – und wenn David Bliss sie vor Gericht vertritt –, sind es neunzig Prozent. Sie können damit rechnen, Ihre Kinder alle vierzehn Tage am Wochenende besuchen zu dürfen, und es wird ein spezielles Arrangement für die Ferien geben. Ein paar Stunden zusätzlich. Den Vatertag beispielsweise kann ich fast garantieren.«

»*Vatertag?* Ich hatte vor, mit Jake diese Saison zu fast der Hälfte aller NASCAR-Rennen zu fliegen! Mein Gott … das ist einfach nicht richtig!«

»Moralisch stimme ich Ihnen da hundertprozentig zu, Carson. Gesetzlich jedoch fürchte ich, dass es genau so kommen wird. So will es der souveräne Bundesstaat Mississippi. Hier gibt es so etwas wie eine Scheidung ohne Schuldfrage nämlich noch nicht.«

»Verdammt, ich nehme ja alle Schuld auf mich! Ich will einfach nur diese Ehe beenden, aber nicht in Feindschaft! Nicht so!«

Rusk schüttelte traurig den Kopf. »Ein Hirngespinst, Carson. Ich möchte Ihnen eine Frage stellen. Waren Sie und Ihre neue Liebe vorsichtig?«

Barnett wand sich in seinem Sitz. »Ziemlich vorsichtig … Sie wissen ja, wie das ist.«

»Haben Sie ihr Geschenke gekauft?«

»Na ja … sicher.«

»Haben Sie mit Ihrer Kreditkarte bezahlt?«

»Verdammt, es ist beinahe unmöglich, heutzutage noch irgendwas mit Bargeld zu bezahlen.«

»Wie steht es mit dem Telefon? Haben Sie Ihre Geliebte mit Ihrem Mobiltelefon angerufen?«

Barnett nickte mit einem untröstlichen Blick in den Augen.

»Sie können sich darauf verlassen, dass Bliss Ihre Freundin vor Gericht bringt wegen Entfremdung ehelicher Zuneigung.«

»Was?«

»Sie haben richtig gehört. Man wird Ihre Freundin durch die Zeitungen zerren und versuchen, auch gegen sie eine Geldstrafe zu erwirken.«

»Aber sie hat kein Geld! Sie hat *überhaupt nichts!*«

»Wenn sie erst Ihre Frau ist, wird sich das ändern. Das Gesetz kann all ihre zukünftigen Einnahmen pfänden.«

»Ich gebe einen Dreck auf das Geld! Aber wenn sie deswegen durch den Schmutz gezogen wird …«

»Wie lange wollten Sie warten, bis Sie Ihre Geliebte heiraten?«

»Ich weiß, dass wir nicht sofort heiraten können! Aber wir sehnen uns beide sehr danach, wissen Sie.«

Rusk konnte sich vorstellen, dass die fragliche Geliebte sich in der Tat *sehr* danach sehnte, den Sack zuzumachen, bevor ihr »Seelenverwandter« von einem anderen hübschen jungen Ding in irgendeinem anderen Restaurant weggeschnappt wurde.

»Sie sollten sich außerdem auf eine ganze Menge Ärger für Ihre Kinder gefasst machen.«

Jetzt hatte er Barnetts ungeteilte Aufmerksamkeit.

»Man wird Ihren Kindern schmerzhaft vor Augen führen, dass Sie ihre Mutter wegen einer jüngeren Frau verlassen haben, und Ihre Kinder werden wissen, wer diese jüngere Frau ist.«

Barnett schüttelte missmutig den Kopf.

»Denken Sie vielleicht, Luvy würde irgendeine Anstrengung unternehmen, Ihre neue Liebe in das Leben der Familie zu integrieren?«

»Sie wird jedes Mal Zeter und Mordio schreien, wenn sie sie sieht. Sie haben auch in anderer Hinsicht recht. Luvy wird alles tun, um die Kinder gegen mich aufzuhetzen. Sie hat mir bereits gesagt, dass sie sich wünscht, ich würde an einem Herzanfall sterben und tot umfallen. Sie sagt, sie betet jede Nacht darum.«

»Das ist nicht Ihr Ernst.«

»Ich schwöre es bei allen Heiligen! Sie sagt, es wäre besser für die Kinder, wenn sie denken, dass ich tot bin, als wenn sie erleben müssten, wie ich sie wegen einer anderen Frau im Stich lasse.«

»Aber Sie lassen Ihre Kinder doch gar nicht im Stich, Carson!«

»Versuchen Sie mal, das diesem Miststück zu erzählen!«, fauchte Barnett aufgebracht und sprang erneut aus seinem Sessel. »Gottverdammt, es tut mir leid, Andy, aber manchmal bin ich so unglaublich frustriert, dass ich …«

»Was?«

»Ich weiß es nicht.«

Rusk dehnte das Schweigen. Jetzt, nachdem Barnetts Wut eine kritische Masse erreicht hatte, würde er sich so schnell nicht wieder beruhigen.

Rusk erhob sich und rollte seinen Sessel um den Schreibtisch herum; dann arrangierte er den von Barnett so, dass sich beide gegenübersitzen würden – sehr nah obendrein. Der Ölmagnat starrte den Anwalt mit unverhohlener Neugier und Misstrauen in den Augen an, als fragte er sich, ob Rusk möglicherweise schwul war.

»Bitte setzen Sie sich, Carson. Ich möchte mit Ihnen reden. Von Mann zu Mann.«

Das war eine Sprache, die Barnett verstand. Er drehte seinen Sessel um und setzte sich rittlings darauf, die mächtigen Unterarme nur Zentimeter von Rusks Gesicht entfernt.

»Was ich Ihnen jetzt sage, könnte sie vielleicht schockieren, Carson.«

»Egal. Fangen Sie an.«

»Ich nehme an, ein Mann wie Sie ist in seinem Geschäftsleben bereits in mehr als einer ungewöhnlichen Situation gewesen?«

»Wie meinen Sie das?«

»Nun ja … ich meine *Schwierigkeiten.*«

»Das können Sie laut sagen.«

Rusk nickte besonnen. »Manche Schwierigkeiten lassen sich meiner Erfahrung nach durch konventionelle Methoden beiseiteschaffen. Andere hingegen … andere erfordern kreatives Denken. Außergewöhnliche Maßnahmen, könnte man sagen.«

Barnett musterte ihn misstrauisch. »Sprechen Sie weiter.«

»Ich habe eine Menge Scheidungsfälle bearbeitet. Hunderte, um genau zu sein. Und einige dieser Fälle besaßen gewisse Ähnlichkeiten mit dem Ihren.«

»Tatsächlich?«

Rusk nickte. »Und einige dieser wenigen Fälle … nun ja, sie brachen mir das Herz. Mehr als einmal musste ich hilflos mit ansehen, wie ein liberal eingestellter Richter einem Mann die Hälfte von allem wegnahm, was er in seinem Leben verdient hat – oder noch mehr –, und ihm zu allem Überdruss auch noch verbot, seine eigenen Kinder zu sehen. Die Kinder, die er in die Welt gesetzt hatte! Wenn man so etwas erlebt – es fühlt sich beinahe unamerikanisch an, Carson, glauben Sie mir.«

»Da haben Sie allerdings recht!«

»Ich weiß, dass ich recht habe. Und nachdem ich eine Reihe solcher Fälle durchgestanden hatte, nachdem ich für einen Mandanten gekämpft hatte und hilflos zusehen musste, wie alles umsonst gewesen war … nun, da kam mir ein Gedanke.«

»Was für ein Gedanke?«

»Ich dachte, Gott vergib mir, aber wie viel gnädiger wäre es für diesen Mann und seine Kinder, wenn eine der Parteien in dieser verdammten Auseinandersetzung einfach *verschwinden* würde.«

Barnetts Unterkiefer war herabgesunken wie der eines Collegeknaben, der sich einen gestohlenen Pornofilm ansieht. Seine Augen funkelten. Rusk konnte beinahe zusehen, wie der Gedanke in die grauen Zellen hinter diesen Augen sickerte. Er wagte nicht, sich von Carson Barnett abzuwenden, sondern hielt seinen Blick mit beinahe missionarischem Eifer fest.

Barnett schluckte und sah auf den Teppich zu seinen Füßen. »Sie meinen …«

»Ich meine, was ich gesagt habe. Nicht mehr und nicht weniger. Wenn eine bösartige und unversöhnliche Person ihr Äußerstes tut, eine andere Person, die sie angeblich liebt oder zumindest geliebt und mit der sie gemeinsame Kinder hat, wenn nun dieser Jemand die Person daran zu hindern versucht, diese Kinder weiterhin zu sehen, und darüber hinaus alles an sich reißt, was die andere Person in ihrem Leben verdient hat, erscheint es als beinahe göttliche Gerechtigkeit, wenn eine höhere Gewalt – das Schicksal vielleicht – interveniert und verhindert, dass solch ein Fall eintritt.«

»Jesses …«, murmelte Barnett. »Da sagen Sie ein großes Wort.«

»Ich sage das nicht zu vielen Leuten, Carson. Aber Sie stecken in einer verzweifelten Situation.«

Der große Mann blickte Rusk dunkel und animalisch an. »Ist etwas von dem, was Sie da gerade gesagt haben, jemals passiert?«, fragte er. »Ich meine, ist eine solche Person jemals einfach … *verschwunden?*«

Rusk nickte bedeutungsschwer.

Barnett öffnete den Mund, um etwas zu sagen, doch Rusk stoppte ihn mit erhobener Hand. »Carson, wenn dieser Gedanke Sie fasziniert, sollten Sie nie wieder in dieses Büro kommen.«

»Was?«

»Sie sollten stattdessen übermorgen Mittag um zwei Uhr in den Jackson Racquet Club gehen und ein Dampfbad nehmen.«

»Ich bin kein Mitglied in diesem Club«, sagte Barnett verlegen.

Rusk lächelte. »Ein Besucherschein kostet Sie zehn Dollar.«

»Aber …«

Rusk legte den linken Zeigefinger an die Lippen; dann erhob er sich und reichte Barnett die Hand. »Carson, wenn Sie die Scheidung wollen, werde ich Sie mit Vergnügen vertreten. Angesichts Luvys Verhalten könnte es ein Jahr oder länger dauern, bis alles geklärt ist, doch ich verspreche Ihnen, dass ich mein Bestes geben werde. Und wie Sie bereits sagten, Sie könnten Ihrer Frau fünfundzwanzig Millionen Dollar geben und hätten immer noch genügend Geld für sich.«

Barnett öffnete und schloss den Mund wie ein Mann, der in einem Schock verharrt.

»Für einen Kerl wie Sie, der gleich mehrere Vermögen gewonnen und wieder verloren hat, bedeutet Geld wahrscheinlich nicht das Gleiche wie für jemanden wie mich.«

»Ich bin auch nicht mehr der Jüngste«, gab Barnett leise zu bedenken.

»Das stimmt«, sagte Rusk. »Die Zeit nagt an uns allen.«

Er rollte seinen Sessel zurück hinter den Schreibtisch.

Barnett beobachtete ihn wie ein Mann, der geglaubt hat, mit einem Hund in einem Zimmer zu leben, um plötzlich festzustellen, dass der Zimmergenosse in Wirklichkeit ein Wolf ist.

»Bleiben Sie vor allem gelassen, Carson«, sagte Rusk. »Lassen Sie sich nicht von ihr herunterziehen.«

»Der Jackson Racquet Club?«, murmelte Barnett.

»Was haben Sie gesagt?«, fragte Rusk. »Ich habe Sie nicht verstanden.«

Barnetts Augenlider flatterten, als er begriff. »Nichts«, beeilte er sich zu sagen. »Ich habe nur vor mich hin gemurmelt.«

»Dachte ich mir.«

Der Ölmagnat sah Rusk noch einen Moment an; dann wandte er sich zum Gehen. Als er an der Tür war, rief Rusk ihm hinterher: »Carson?«

Barnett drehte sich um. Er wirkte erschöpft.

»Ich glaube nicht, dass Sie mit Ihrer zukünftigen Braut darüber reden sollten.« Dann, im aufrichtigsten Moment des gesamten Meetings, fügte Rusk hinzu: »Man weiß schließlich nie, wie die Dinge sich in Zukunft entwickeln.«

Barnett riss erschrocken die Augen auf; dann wandte er sich um und eilte aus dem Büro.

21

Chris passierte Little Theater und lenkte sein Rennrad in die Maple Street. Er trat hart in die Pedale während des langen Anstiegs zum Natchez Cemetery. Bald würde er am Steilufer herauskommen – Kilometer freies, offenes Land zur Linken und den alten Friedhof auf der rechten Seite.

Chris hatte im Laufe der Jahre seinen Patienten eine Menge Antidepressiva verschrieben, doch er selbst hatte niemals an Depressionen gelitten. Plaths Metapher von einer Glasglocke erschien ihm verblüffend angemessen: Er fühlte sich, als wäre alle Luft aus seinem Leben gesaugt worden, als würde er sich in einem Vakuum bewegen und als hätte sein Tun, ganz gleich, wie er sich entschied, keinerlei Bedeutung oder positive Konsequenz in der realen Welt.

Tom Cage, aufmerksam wie eh und je, hatte Chris' benommenen geistigen Zustand sofort bemerkt und ihm gesagt, dass er sich den Nachmittag frei nehmen sollte. Da Thora vor Tagesanbruch zum Delta aufgebrochen war (trotz ihres Versprechens, Ben vorher zur Schule zu bringen), bestand seine einzige sonstige Verpflichtung darin – abgesehen von der abendlichen Visite –, Ben um vier Uhr nachmittags zur Geburtstagsparty in der Bowlinghalle zu bringen. Selbst das konnte er mit einem einzigen Anruf an Mrs. Johnson übertragen.

Nachdem er die Praxis verlassen hatte, war Chris nach Hause gefahren, hatte sich umgezogen und war, ohne es wirklich zu beabsichtigen, zu einer Fahrradtour von Elgin hinunter an den Mississippi aufgebrochen. Er hatte die fünfundzwanzig Kilometer in sechsunddreißig Minuten zurückgelegt – ein neuer Rekord für ihn –, doch er fühlte sich weder müde noch beschwingt. Er fühlte sich eher wie eine Maschine, die mit der Fähigkeit zu denken ausgestattet war, auch wenn er nicht denken wollte, sich richtiggehend dagegen sträubte. Angesichts des böigen Windes aus westlichen Richtungen wollte er nichts weiter als den Kamm des Hügels überqueren und sich der Brise entgegenstellen, die die sechzig Meter hohe Klippe entlang dem Mississippi River hinaufgeschossen kam.

Zehn Sekunden, nachdem er die Cemetery Road erreicht hatte, öffnete sich zu seiner Linken das breite Flusstal. Er wusste inzwischen, dass er nicht über den Friedhof fahren würde, wie er es üblicherweise tat, sondern bis zur Devil's Punchbowl weiterfahren würde, dem tiefen Hohlweg, wo berüchtigte Gesetzlose in vergangenen Jahrhunderten die Leichen ihrer Opfer abgeladen hatten. Er starrte so geistesabwesend über die endlosen Baumwollfelder Louisianas, dass er beinahe gegen einen Wagen gekracht wäre, der quer über die Straße stand und ihm den Weg versperrte.

Chris legte eine Vollbremsung hin und wäre um ein Haar über den Lenker gesegelt. Er wollte die Person am Steuer anbrüllen, als diese ausstieg und ihm zuvorkam. Er stand mit offenem Mund da und starrte.

Die Person war Agentin Alex Morse.

Sie sah aus, als hätte sie seit Tagen nicht geschlafen. Ihre Stimme war rau, sie hatte schwarze Ränder unter den Augen, und zum ersten Mal, seit er sie kannte, schien sie die Kontrolle verloren zu haben.

»Warum haben Sie meine Anrufe nicht entgegengenommen?«, fuhr sie ihn an.

»Ich weiß nicht.«

»Sie *wissen* es nicht?«

»Vielleicht weil ich mir denken kann, was Sie sagen wollen.«

»Sie können sich überhaupt nicht denken, was ich sagen will, verdammt! Es ist etwas Schreckliches passiert! Etwas, das ich in einer Million Jahre nicht vorhergesehen hätte!«

Chris rollte mit dem Rad zu ihrer offenen Tür. »Und was?«

»Einer der Ehemänner, die ihre Frauen ermordet haben, hat gestern Abend versucht, sich das Leben zu nehmen.«

»Und wie?«, fragte Chris geschockt.

»Eine Überdosis Insulin.«

»Er lebt noch?«

Alex nickte.

»Aber er ist ins Koma gefallen?«

»Woher wissen Sie das?«

»In meiner Zeit als Assistenzarzt habe ich eine Menge gesehen. Die Leute versuchen es mit Insulin, weil es einen schmerzlosen Tod verspricht. Aber häufig endet es im Koma. In einem permanenten Dahinvegetieren. Ist er Diabetiker?«

»Ja. Zwei Injektionen täglich.«

Chris blickte hinaus auf den Fluss. »Könnte ein Unfall gewesen sein.«

»Ich glaube nicht. Andererseits glaube ich auch nicht, dass es ein Selbstmordversuch war.«

Chris schwieg.

Alex kam ein paar Schritte auf ihn zu, und ihr Blick bohrte sich in seine Augen. »Was ist los mit Ihnen?«

»Nichts«, antwortete Chris.

»Warum sind Sie nicht in der Praxis?«

»Mir war nicht nach Arbeiten zumute. Warum glauben Sie nicht, dass es ein Selbstmordversuch war?«

Sie sah ihn an, als wäre sie nicht sicher, ob sie das Thema seines mentalen Zustands wegen fallen lassen sollte oder nicht. »Der Name des Mannes lautet William Braid. Er kommt aus Vicksburg. Seine Frau hat furchtbar gelitten, bevor sie starb. Wenn ich recht habe und Braid für ihren Tod bezahlt hat, gibt es zwei Möglichkeiten. Erstens, Braid war so sehr von Schuldgefühlen zerfressen, dass er sich selbst nicht einen Tag länger ertragen hat. Gerüchte scheinen dies zu bestätigen. Doch ein paar seiner engen Freunde erklären, Braids Ego sei so groß, dass er niemals einen Selbstmordversuch unternommen hätte.«

»Erzählen Sie weiter.«

»Es könnte auch sein, dass, wer auch immer von Braid für die Tat angeheuert wurde – Andrew Rusk beispielsweise – zu dem Schluss kam, dass ein instabiler, von Schuldgefühlen geplagter Mandant ein unerträgliches Risiko darstellt. Insbesondere jetzt, nachdem ich angefangen habe herumzuschnüffeln.« Alex blickte die Cemetery Road hoch und runter. »Wie schwierig kann es sein, Braid in ein dauerhaftes Koma zu versetzen?«

»Ein Kinderspiel im Vergleich dazu, jemanden mit Krebs zu infizieren. Denken Sie an den Fall Claus von Bülow. Die gleiche Geschichte.«

Alex' Augen blitzten. »Sie haben recht. Nur, dass es in diesem Fall keine Familie gibt, die wütend reagieren könnte. Indem er Braid ins Koma versetzt hat, anstatt ihn zu töten, hat der Angreifer die polizeilichen Untersuchungen gleichzeitig auf ein Mindestmaß reduziert.«

Ein alter Pick-up rumpelte vorüber. Aus dem Auspuff kamen blau-schwarze Rußwolken.

»Sie sehen furchtbar aus«, sagte Chris. »Warum haben Sie nicht geschlafen?«

»Ich war gestern Nacht in Jackson, um meine Mutter zu besuchen. Sie musste wieder ins Krankenhaus eingeliefert werden. Ihre Leber versagt. Die Nieren ebenfalls.«

»Das tut mir leid.«

»Sie liegt im Sterben. Millionen von Ödemen … Sie steht unter starken Schmerzmitteln.«

Chris nickte. Er wusste, wovon sie redete. Er hatte es viele Male selbst erlebt.

»Es ist merkwürdig«, sagte Alex. »Setzen Sie mich in ein Flugzeug, und ich schlafe von dem Augenblick, in dem das Fahrwerk eingezogen wird, bis wir an der Landebrücke zum Stehen kommen. Aber im Krankenhaus … ich kann es einfach nicht.«

Sie schien zu erwarten, dass er Konversation betrieb, doch Chris wusste nicht, was er sagen sollte.

»Ich habe ein paar Stunden im Wagen geschlafen«, fügte sie hinzu.

»Hört sich riskant an.«

»Ach, ist es eigentlich gar nicht. Ich habe auf dem Parkplatz hinter Ihrer Praxis gestanden. Ich hab immer noch geschlafen, als Sie gefahren sind.«

Er spürte einen Anflug von Schuldgefühl.

»Ich dachte mir, dass Sie hierherkommen könnten«, fuhr sie fort. »Ich bin Thora gefolgt, als sie hier draußen gejoggt ist.«

»Hören Sie, Agentin Morse …«

»Würden Sie mich bitte Alex nennen, Herrgott noch mal?« Die Verärgerung trieb ihr die Röte ins Gesicht und verdunkelte die Narben um ihr rechtes Auge.

»Okay, Alex. Ich habe alles gehört, was Sie mir zu sagen hatten, in Ordnung? Ich habe gesehen, was Sie mir gezeigt haben. Ich weiß, was Sie von mir wollen. Was ich tun soll. Ich habe sogar über die Möglichkeit nachgedacht, einen Menschen absichtlich mit Krebs zu infizieren. Aber mir ist nicht danach, Ihnen heute noch eine Minute länger zuzuhören. Deswegen habe ich Ihre Anrufe nicht beantwortet.«

Ihr Gesichtsausdruck zeigte keinen Zorn mehr, sondern so etwas wie Mitgefühl. »Und wonach ist Ihnen heute?«

»Nach Radfahren.«

Sie drehte die Handflächen nach oben. »Prima. Warum nicht?« Sie nickte in Richtung eines sich nähernden Wagens. »Aber wir sollten sehen, dass wir von der Straße runterkommen. Wohin wollten Sie von hier aus fahren?«

Er verspürte keine Lust, ihr von Devil's Punchbowl zu erzählen. »Ich wollte auf dem Friedhof ein paar Sprints üben und mich dann für eine Weile auf dem Jewish Hill ausruhen.«

»Wo ist dieser Jewish Hill?«

Er deutete auf einen zehn Meter hohen Hügel voller Monumente aus Marmor, in dessen Mitte ein Fahnenmast in die Höhe ragte. Die amerikanische Flagge, schändlich verwittert und an den Enden ausgerissen, flatterte in der frischen Brise. »Der beste Platz, um den Fluss zu beobachten.«

»Ich kann heute nicht mit Ihnen fahren«, sagte Alex und nickte in Richtung des leeren Fahrradhalters an ihrer Heckstoßstange. »Können wir nicht einfach ein wenig spazieren gehen? Ich würde nicht mal den Mund aufmachen und reden, wenn Sie nicht wollen.«

Chris wandte den Blick ab. Konnte sie tatsächlich neben ihm her gehen, ohne über ihre Zwangsvorstellung zu reden? Er bezweifelte es. Und falls sie es tat, würde es ihn ganz sicher noch tiefer in Depressionen treiben. Trotzdem war sie eigenartigerweise der einzige Mensch, der vielleicht verstand, was an ihm nagte. »Wir würden ohne Zweifel Leute treffen, die mich kennen, ob Sie es glauben oder nicht. Viele Leute nutzen diesen Friedhof zum Laufen.«

Alex zuckte die Schultern. »Und wenn schon. Erzählen Sie ihnen, ich wäre eine Ärztin von außerhalb. Sie und Tom Cage würden überlegen, eine neue Partnerin in die Praxisgemeinschaft aufzunehmen.«

Zum ersten Mal seit vielen Stunden – vielleicht Tagen – musste Chris grinsen. Er stieg auf sein Fahrrad und radelte langsam auf den nächstgelegenen Friedhofseingang zu, ein schmiedeeisernes Ungeheuer von Tor, angeschlagen an massiven, aus Ziegelsteinen gemauerten Säulen. Der gesamte Friedhof war voller wunderschöner Schmiedearbeiten aus einem anderen Zeitalter. Alex fuhr ihren Corolla durch das offene Tor und parkte den Wagen auf dem Gras. Chris kettete sein Rad auf dem Träger an; dann führte er Alex über einen der schmalen Pfade, die sich über den Friedhof zogen.

Sie gingen eine ganze Weile schweigend nebeneinanderher und drangen immer tiefer ins Innere des Friedhofs vor. Wie ein großer Teil des historischen Natchez war auch der Friedhof neoklassizistisch geprägt, hauptsächlich dank der architektonischen Vorlieben der Baumwollbarone aus der Zeit vor dem Amerikanischen

Bürgerkrieg. Hier lagen die Toten der Konföderierten begraben, außerdem zahlreiche Amerikaner von nationalem Ansehen, doch es waren die Gräber der gewöhnlichen Leute, die Chris immer am stärksten interessiert hatten.

»Sehen Sie dort«, sagte er und deutete auf einen dunklen, von Moos überwucherten Stein.

»Wer liegt da begraben?«

»Ein kleines Mädchen, das Angst hatte vor der Dunkelheit. Sie hatte so große Angst, der Tod könnte ewige Dunkelheit bedeuten, dass ihre Mutter sie mit einem Glasfenster im Sargdeckel begrub. Stufen führen in die Gruft. Die Mutter stieg jeden Tag hinunter und las ihrer toten Tochter aus ihrem Lieblingsbuch vor.«

»Mein Gott. Wann war das?«

»Vor ungefähr hundert Jahren.«

»Kann ich sie sehen?«

»Nicht mehr. Irgendwann musste die Gruft verschlossen werden, wegen Vandalismus. Ständig kommen irgendwelche Arschlöcher hier raus und zerstören Dinge. Ich wünschte, ich hätte die Zeit, mich ein paar Nächte am Stück auf die Lauer zu legen. Ich würde jedem die Seele aus dem Leib prügeln, der versucht, diesen Ort zu entweihen.«

Alex lächelte. »Ich glaube Ihnen.«

Sie übernahm die Führung und schlug einen Weg ein, der in sanftem Anstieg zur höchsten Stelle über dem Fluss führte. »Sie sagten, Sie hätten über meine Krebstheorie nachgedacht.«

»Ich dachte, Sie wollten nicht darüber reden.«

»Sie haben die Konversation eröffnet.«

Chris hörte sich selbst kichern. »Schätze, das habe ich.« Er ging ein paar Meter weiter; dann sagte er: »Ich habe zwischendurch ein wenig in meinen onkologischen Lehrbüchern gelesen.«

»Und was haben Sie herausgefunden?«

»Ich hatte recht, was die Komplexität der verschiedenen Formen von Blutkrebs angeht. Wir wissen in neunzig Prozent der Fälle nicht, wodurch sie verursacht werden. Wir wissen, dass die meisten Formen verschiedene Ursachen haben. Das lässt sich anhand der unterschiedlichen Veränderungen in zahlreichen Blutzellen nachweisen und anhand anderer Faktoren wie Suppressor-Genen gegen Tumore, Wachstumsfaktoren und so weiter. Wir reden hier von ultramoderner Medizin.«

»Hatte ich recht, was Strahlung angeht?«

»Soweit es Ihre Behauptungen betrifft, ja. Man kann durch Strahlung definitiv ein ganzes Spektrum von Krebsformen hervorrufen. Allerdings ...«, Chris hob den Zeigefinger, »allerdings nicht unentdeckt. Wenn man jemanden mit Gammastrahlen beschießt, ohne dass ein qualifizierter Onkologe den Strahl richtet, kommt es zu schweren Verbrennungen, absterbender Haut und Erbrechen des Betroffenen rund um die Uhr. Selbst wenn qualifiziertes Personal die Strahlung kontrolliert, hat diese Form von Therapie schwere Nebenwirkungen. Und ich rede hier von Minimaldosen, die verabreicht werden, um Menschen zu *heilen*.«

»Aber es wäre möglich ... mit genügend Expertise?«, hakte Alex beharrlich nach. »Haben Sie andere Möglichkeiten gefunden?«

»Chemikalien«, sagte Chris, während sie sich stetig dem Kamm der Anhöhe näherten. »Wie ich vermutet hatte, gehören die Toxine, von denen bekannt ist, dass sie Krebs hervorrufen, zu den beständigsten Substanzen auf dem gesamten Planeten. Geben Sie einer Person ein Nanogramm Dioxin, und es bleibt in ihrem Körper bis zu dem Tag, an dem sie stirbt. Detaillierte toxikologische Studien würden solche Dinge sehr rasch ans Tageslicht bringen. Was volatile Substanzen wie Benzol angeht, die Sie bei unserer zweiten Begegnung erwähnt haben – es gäbe das gleiche Problem wie bei der Strahlung. Wenn man genügend Benzol einsetzt, um jemanden zuverlässig zu töten, verursacht man mit großer Sicherheit akute Symptome. Im Grunde genommen sind alle Chemikalien eine weniger zuverlässige onkogene Mordwaffe im Vergleich zu Strahlung, und das Risiko aufzufliegen ist für den Täter größer. Ich nehme an ...«

»Bitte verzeihen Sie, aber was bedeutet ›onkogen‹?«

»Krebserzeugend«, erklärte Chris.

»Hm. Fahren Sie fort.«

»Ich nehme an, man könnte ein nicht nachweisbares onkogenes Gift entwickeln – die CIA oder die Army beispielsweise –, aber in diesem Fall gibt es mehr oder weniger keine realistische Hoffnung, etwas zu entdecken.«

Alex blickte nachdenklich drein. »Darüber lohnt sich nachzudenken. Ich habe keine Agenten und keine Militärs als Verdächtige, aber es wäre eine realistische Option.«

»Nicht hier. Fort Detrick, Maryland. Dort bewahren sie ihre Keime und Toxine auf. Sie sollten sich wirklich mit einem Experten unterhalten, Alex. Und damit meine ich keinen Hobby-Hermatologen. Sie brauchen einen Fachmann von der Nationalen Gesundheitsbehörde oder vom Sloan-Kettering oder dem Dana-Farber-Krebsinstitut.« Chris hielt inne und beobachtete ein halbes Dutzend Schmetterlinge, die über einem Strauch mit purpurnen Blüten flatterten. Einer hatte Abzeichen auf den Flügeln, die beinahe psychedelisch wirkten, Kreise aus elektrischem Blau. »M. D. Anderson ist wahrscheinlich der nächstgelegene Ort.«

»Sie meinen Houston?«

»Richtig. Sieben Stunden Fahrt mit dem Wagen.«

Alex streckte die Hand aus, und ein Schmetterling tanzte um ihren ausgestreckten Finger. »Und was soll ich diese Experten fragen? Welche Fragen würden *Sie* ihnen stellen?«

Chris hatte sich wieder in Bewegung gesetzt. »Wenn wir in unserer kleinen hypothetischen Betrachtung einmal von Strahlung und Chemikalien absehen, bleibt nur noch eine Möglichkeit, die mir einfällt. Und das wäre ein ziemliches Ding.«

»Und was für eine Möglichkeit ist das?«

»Onkogene Viren.«

Sie drehte sich zu ihm um. »Ein Professor, mit dem ich mich letzte Woche unterhalten habe, erwähnte etwas von Viren, aber das meiste von dem, was er gesagt hat, war mir viel zu hoch.«

»Wissen Sie, was ein Retrovirus ist?«

»Ich weiß nur, dass AIDS von Retroviren verursacht wird.«

»Reverse Transkriptase?«

Alex blickte ihn verlegen an.

»Okay. Man weiß mit Bestimmtheit, dass einige Viren aus der Herpesfamilie Krebs verursachen. Und es gibt wenigstens einen Retrovirus, der als onkogen bekannt ist. Und wenn es einen gibt, dann existieren mit großer Wahrscheinlichkeit noch weitere. Es gibt theoretische Modelle über diese Dinge, doch das ist nicht mein Fachgebiet. Ich hatte überlegt, ob ich nicht meinen alten Hämatologie-Professor von der Universität anrufen soll, Peter Connolly. Er arbeitet inzwischen am Sloan-Kettering-Krebszentrum. Er hat bahnbrechende Arbeiten über Gentherapie durchgeführt, wobei tatsächlich Viren benutzt werden, um eine Art magische Kugeln in Tumore einzuschleusen. Es ist eine der modernsten Formen von Krebstherapie.«

»Von Jackson, Mississippi, nach New York?«

Chris lachte auf. »Kann passieren. Wussten Sie nicht, dass die erste Herztransplantation der Geschichte in Jackson durchgeführt wurde?«

»Ich dachte, das wäre in Houston gewesen?«

»Die Transplantation von Jackson wurde an einem Affen vorgenommen. Doch die Technologie war die gleiche. Die Schwierigkeiten waren die gleichen. So ähnlich wie beim ersten bemannten Raumflug. Michael DeBakey und Alan Shepard – Affen haben geholfen, diesen beiden den Weg zu ebnen.«

Endlich waren sie oben auf dem Jewish Hill angekommen, doch als sie sich dem vorderen Hang näherten und dem gewaltigen Ausblick, der sich von dort bot, warf Chris einen Blick auf die Uhr.

»Alex, ich sage es nicht gerne, aber ich muss los. Ben ist auf einer Geburtstagsparty, und weil Thora nicht da ist, muss ich ihn abholen.«

Sie lächelte. »Keine Sorge. Wir können zum Wagen zurück joggen.«

Sie setzten sich in Bewegung, doch Alex hatte offensichtlich nicht vor, ihre verbliebene Zeit mit ihm zu vergeuden. »Ich habe mich gefragt, ob man vielleicht einfach ein paar Tumorzellen von einer erkrankten Person nehmen und sie einem gesunden Menschen injizieren kann? Ich habe einmal gesehen, wie so etwas an Mäusen durchgeführt wurde, im Discovery Channel.«

Halbwissen war eine gefährliche Sache, sinnierte Chris. »Das ist nur deswegen möglich, weil die Mäuse, die für diese Tests eingesetzt werden, entweder Nacktmäuse sind, was bedeutet, dass sie praktisch kein Immunsystem besitzen, oder weil sie genetische Kopien voneinander sind, also Klone. Als würde man Zellen aus einem Tumor in meinem Körper in den Körper meines eineiigen Zwillings injizieren. Selbstverständlich würden die Zellen wachsen, zumindest hätten sie eine Chance. Aber wenn ich die gleichen Zellen von meinem Tumor bei Ihnen injiziere, würde Ihr Immunsystem sie ganz schnell finden und eliminieren. Radikal und rücksichtslos.«

»Sind Sie sicher? Auch bei aggressiven Tumoren?«

»Ja. Selbst bei so genannten undifferenzierten Tumoren haben diese Krebszellen ihren Anfang als körpereigene Zellen einer spezifischen Person genommen, mit einer spezifischen DNS. Und das Immunsystem eines jeden anderen Menschen würde dieses fremde Gewebe augenblicklich als Eindringling erkennen und vernichten.«

»Was, wenn jemand das Immunsystem des Opfers ausschaltet, bevor er die Krebszellen injiziert?«

»Sie meinen beispielsweise mit Cyclosporinen? Medikamenten, welche die Abstoßung von Fremdgewebe unterdrücken?«

»Oder Corticosteroide«, schlug Alex vor.

Sie hatte ihre Hausaufgaben gemacht, so viel stand fest. »Wenn man das Immunsystem eines Menschen ausreichend schwächt, dass es Krebszellen eines anderen akzeptiert, ist der Betreffende gleichzeitig allen möglichen anderen Infektionen hilflos ausgeliefert. Er würde auffällig oft krank werden. Sehr krank. Zeigen die medizinischen Aufzeichnungen Ihrer vermeintlichen Opfer auffällige Erkrankungen vor ihrer Krebsdiagnose?«

»Ich habe lediglich Zugriff auf die Akten zweier Opfer. Aber diese Akten zeigen nichts dergleichen.«

Der Corolla war noch vierzig Meter entfernt. Chris ging zwischen den Grabsteinen hindurch, um den Weg abzukürzen. »Wenn Sie die Unterlagen jedes Opfers hätten, könnten Sie eine ganze Menge herausfinden. Sie könnten den Fall ein gutes Stück voranbringen.«

Alex blieb neben einem schwarzen Granitstein stehen und blickte Chris offen an. »Ich fühle mich so überfordert bei dieser Ermittlung ... ich meine, mein genetisches Wissen endet beim Unterrichtsstoff der Highschool. Mendel und seine Erbsen. Aber Sie sprechen die richtige Sprache. Sie kennen die Experten, mit denen wir reden müssen.«

»Alex ...«

»Wenn ich die übrigen Krankenakten in meinen Besitz bringen kann, würden Sie in Betracht ziehen, mir bei der Durchsicht und Analyse zu helfen?«

»Alex, so hören Sie mir doch zu!«

»Bitte, Chris. Glauben Sie allen Ernstes, Sie wären imstande, nicht immer und immer wieder über das alles nachzudenken?«

Er packte ihre Hände und drückte sie. »Hören Sie mir zu!«

Sie nickte heftig, als wäre ihr mit einem Mal bewusst geworden, dass sie eine Grenze überschritten hatte.

»Ich bin noch nicht sicher, was ich tun soll«, hörte er sich sagen. »Mir schwirrt der Kopf von all den Dingen, die passiert sind, und ich versuche, irgendwie damit zurechtzukommen. Ich arbeite daran, okay? Auf meine Weise. Ich werde morgen meinen Freund beim Sloan-Kettering anrufen.«

Alex schloss die Augen und atmete vor Erleichterung aus. »Danke. Ich danke Ihnen, Chris.«

»Im Augenblick muss ich allerdings dringend los, um Ben abzuholen. Ich will nicht zu spät kommen.«

»Ich könnte Sie mit dem Wagen zu Ihrem Pick-up bringen. Wo steht er?«

Er ließ ihre Hände los. »Zu Hause.«

»Zu Hause! Sie brauchen eine ganze Stunde, um von hier aus nach Hause zu fahren!«

»Eine halbe Stunde.«

»Ich fahre Sie.«

Er legte die restlichen Meter zu ihrem Wagen zurück, und sie folgte ihm. »Ich muss allein sein, Alex. Für den Augenblick ertrage ich nicht noch mehr.« Er schloss sein Fahrrad auf und nahm es vom Ständer. »Ich werde Ihnen telefonisch ein Rezept anweisen, damit Sie schlafen können.«

»Diese Schlafmittel wirken bei mir nicht. Nicht mal Ambien.«

»Dann verschreibe ich Ihnen Ativan. Es wirkt mit Sicherheit – es sei denn, Sie wären bereits abhängig davon. Selbst wenn Sie nicht schlafen können, hilft es Ihnen, sich zu entspannen. Ist Walgreens Pharmacy okay? Das ist in der Nähe Ihres Motels.«

»Sicher.«

Er stieg auf sein Rad und streckte ihr die Hand hin. Als Alex sie mit beiden Händen ergriff, spürte er, wie sie zitterte.

»Versprechen Sie mir, vorsichtig zu sein!«, flehte sie ihn an. »Halten Sie sich vom Verkehr fern.«

»Keine Sorge. Ich kann auf mich aufpassen. Ich fahre jeden Tag mit dem Rad. Jetzt muss ich los. Wir sprechen uns später wieder.«

»Heute Abend?«

»Vielleicht. Aber morgen ganz bestimmt.«

»Versprochen?«

»Jesses!«

Alex biss sich auf die Unterlippe und blickte zu Boden. Als sie den Kopf wieder hob, war die Lederhaut ihrer Augen blutunterlaufen. »Ich stehe am Abgrund hier draußen, Chris, und das Gleiche gilt für Sie. Nur, dass Sie es noch nicht wissen.«

Er sah sie lange genug an, sodass sie sehen konnte, wie ernst er es meinte, als er antwortete: »Doch, ich weiß es.«

Sie wollte offensichtlich noch mehr sagen, doch ehe sie eine Gelegenheit dazu bekam, trat er mit aller Kraft in die Pedale und sprintete in Richtung des Friedhofstors davon.

22

Eldon Tarver verließ die I-55 South und steuerte seinen weißen Lieferwagen tief hinein ins heruntergekommene Gewerbegebiet im Süden von Jackson. Bald darauf befand er sich in einem Dschungel aus Aluminiumgebäuden mit den verschiedensten Handwerksbetrieben und den wenigen Gemischtwarenläden, die das Aufkommen von Wal-Mart und den anderen großen Selbstbedienungsmärkten irgendwie überlebt hatten. Sein Ziel war die alte Bäckerei, eines der wenigen Backsteingebäude in der gesamten Gegend. Sie war in den fünfziger Jahren erbaut worden und hatte die einst idyllische Gegend jeden Morgen mit den Düften von frisch gebackenem Brot und Brötchen erfüllt. Doch wie das gesamte Viertel war auch die Bäckerei in den späten 1970er Jahren einen langsamen Tod gestorben. Eine ganze Serie von Nachfolgern hatte es nicht geschafft, ein neues Geschäft auf die Beine zu bringen.

Dr. Tarver fuhr bis zum Tor des hohen Maschendrahtzauns, der den Parkplatz vor dem Gebäude umgab, stieg aus und sperrte ein schweres Vorhängeschloss an einer Kette auf. Er hatte befürchtet, dass irgendjemand Anstoß nehmen würde am Klingendraht, den er oben auf dem Zaun montiert hatte, doch niemand hatte sich gemeldet. Jeder wusste, dass diese Gegend an einer der höchsten Verbrechensraten in den gesamten Vereinigten Staaten litt.

Dr. Tarver schloss das Tor hinter dem Lieferwagen, doch er sperrte es nicht ab, denn er erwartete eine Lieferung.

In dieser Gegend war er nicht als Dr. Eldon Tarver bekannt, sondern als Noel D. Traver, DVM. Die Bäckerei war nach außen hin eine Hundezuchtanlage, die Beagles, Mäuse und Fruchtfliegen an Forschungsinstitute im gesamten Land lieferte. Weil der »Tierarzt Dr. Traver« keine Subventionen in Anspruch nahm, musste er sich auch nicht den vielen Vorschriften unterwerfen, die anderen Zuchtanlagen so viele Unannehmlichkeiten bereiteten. Das war auch notwendig, denn die Hundezucht war nur vordergründig, eine Tarnung für das, was tief unter der alten Bäckerei stattfand.

Tarver hatte die Bäckerei nicht nur wegen ihrer Lage gekauft. Er hatte sie gekauft, weil sich unter der Bäckerei eine der ausgedehntesten Bunkeranlagen befand, die er je gesehen hatte. Der frühere Besitzer der Bäckerei, ein rechter Fanatiker namens Farmer, hatte die ehemalige Sowjetunion genauso sehr gefürchtet, wie er sie gehasst hatte. Infolgedessen hatte er unter seinem Betrieb einen ausgedehnten Atombunker errichten lassen, der im Falle eines Falles nicht nur seine Familie, sondern auch ausgewählte Angestellte seines Betriebs hätte aufnehmen sollen. Eldon nahm an, dass der Bunker ihm im Verlauf der nächsten zehn bis fünfzehn Jahre das Leben würde retten können, doch der hauptsächliche Grund für den Kauf des gesamten Komplexes war die Möglichkeit, dort eine heimliche Primaten-Forschungseinrichtung zu betreiben.

Tarver sperrte die Vordertür auf und durchquerte rasch die große Warenhalle im vorderen Bereich des Gebäudes. Zweihundert Beagles begannen wild in ihren Käfigen zu bellen. Dr. Tarver war abgehärtet gegen den Lärm und sogar dankbar dafür, maskierte er doch die anderen, eigenartigeren Geräusche, die manchmal aus den tiefen Eingeweiden des alten Bauwerks nach oben drangen. Er hatte den Zuchtbercich durchquert und war auf der Suche nach seinem Bruder, als ein lautes Hupen die dicken Wände des Gebäudes durchdrang.

Fluchend machte Tarver auf dem Absatz kehrt und eilte zurück nach draußen. Ein Kühlwagen mit aufgemalten Eisbechern an den Seiten kam zum vorderen Tor gerumpelt. Tarver winkte und zeigte an, dass der Laster nach hinten zum Lieferanteneingang fahren sollte. Der Laster schwenkte herum, und Tarver rannte in der stinkenden Abgaswolke hinterher. Er war begierig zu sehen, was die Mexikaner ihm diesmal gebracht hatten.

Luis Almedovar sprang aus der Fahrerkabine und nickte dem Doktor aufgeregt zu. Luis war ein schwerer Mann mit einem schwarzen Schnurrbart und unentwegtem Lächeln, doch an diesem Tag bemerkte Tarver Nervosität in dem straffen Fleisch rings um Luis' schwarze Augen.

»Seid ihr gerade erst angekommen?«, fragte Tarver.

»Nein, nein. Wir sind seit Stunden hier. Javier wollte einen Hamburger.«

»Wie viele habt ihr diesmal für mich?«

»Zwei, *Señor*. Das wollten Sie doch, nicht wahr?«

»Ja. Mach den Truck auf.«

Erneut dieser Anflug von Nervosität auf Luis' Gesicht. Er entriegelte die Tür im Heck des Lieferwagens, und Dr. Tarver stieg auf die Stoßstange. Der Gestank traf ihn wie ein körperlicher Schlag und hätte wahrscheinlich jeden außer einem Pathologen in die Flucht geschlagen.

»Was zum Teufel ist passiert?«, fragte Tarver.

Luis rang in offensichtlichem Entsetzen die Hände. »Das Kühlaggregat, Señor. Es ist kaputtgegangen.«

»Mein Gott!« Tarver hielt sich das Hemd über Mund und Nase. »Wie lange ist das her?«

»Seit Matamoros, *Señor*.«

Tarver schüttelte angewidert den Kopf und stieg auf die Ladefläche des Trucks. Er war voll mit Tieren der verschiedensten Spezies. Wenigstens ein Dutzend Nicht-Menschenaffen, eingesperrt in Käfige an der vorderen Stirnwand. Der Gestank von Exkrementen war beinahe überwältigend in der Hitze. Die Temperatur betrug unter der glühenden Mississippi-Sonne sicherlich mehr als siebzig Grad. Fliegen waren in den Laster eingedrungen und summten so laut durch die Luft, dass ein Mensch, wäre er mit ihnen zusammen eingesperrt gewesen, binnen kürzester Zeit den Verstand verloren hätte.

Als Tarver weiter nach vorn ging, stellte er fest, dass zwei indische Rhesusaffen in ihren Käfigen gestorben waren. Das würde die mexikanischen Händler eine Menge kosten, doch mehr noch sorgte er sich um den Verlust für seine Forschung. Indische Makaken waren die am besten geeigneten Tiere für die HIV-Forschung, und sie hatten eine wichtige Rolle bei seinen eigenen Studien gespielt. Doch Eldons wichtigste Fracht befand sich vor der Stirnwand in einem einzelnen großen Käfig. Zwei lethargische Schimpansen starrten ihn aus erschöpften, vorwurfsvollen Augen an.

Die Wangen des einen Tiers waren bedeckt mit getrocknetem Speichel, und das Fell des anderen hatte mehrere kahle Stellen, die möglicherweise auf eine Vielzahl von Krankheiten hindeuteten. Es war offensichtlich, dass die Schimpansen seit Tagen nichts gefressen hatten, wahrscheinlich seit Wochen.

»Verdammte Idioten!«, fluchte Tarver. »Diese bescheuerten mexikanischen Volltrottel!« Er drehte sich im Halbdunkel um und brüllte die hockende Gestalt in der Tür an: »Schafft diese Käfige hier raus!«

Luis nickte unaufhörlich; dann zwängte er sich in dem schmalen Mittelgang zwischen den Käfigen an Tarver vorbei nach vorn.

»Du dämlicher Bastard!«, sagte Tarver in seinem Rücken. »Hast du überhaupt eine Ahnung, wie viel Zeit mich das kostet? Ich muss die Tiere erst wieder bis auf ihr Normalgewicht aufpäppeln, bevor ich irgendwelche Tests durchführen kann! Und ich weiß nicht, wie ich den traumatischen Stress messen soll, den ihr den Tieren angetan habt! Stress beeinträchtigt unmittelbar das Immunsystem der Primaten.«

»Señor …«

»Wenn ihr in eurem beschissenen Laster einen Sechzigtausend-Dollar-Wagen liefern müsstet, würdet ihr ganz bestimmt höllisch aufpassen, habe ich recht?«

»Si, Señor!«, grunzte Luis, während er sich mit dem Käfig abmühte. »Aber diese Affen hier …«

»Schimpansen! Wo ist dein zurückgebliebener Partner?«

»Señor! Diese Tiere sind bösartig!«

»Diese Tiere sind *wild.*«

»Si. Aber sie sind auch gerissen. Schlau wie Menschen …«

Wahrscheinlich schlauer als ihr beide zusammen, dachte Tarver.

»… Sie tricksen einen aus. Sie tun, als würden sie schlafen oder als hätten sie resigniert, und dann … *Dios mio!* … reißen sie einem den Kopf ab oder versuchen zu flüchten!«

»Würdest du nicht das Gleiche tun, wenn man dich hungern ließe?«

»*Sí,* aber … ich bin ein Mensch, *Señor.* Javier hätte fast das Auge verloren, als einer dieser Schimpansen ihn angegriffen hat. Es hing richtig aus seinem Kopf, das Auge. Ich lüge nicht, *Señor*!«

Tarver lächelte bei der Vorstellung.

»Was machen Sie überhaupt mit diesen Affen?«

»Ich mache sie krank«, sagte Tarver.

»Señor?«

»Anschließend mache ich sie wieder gesund. Die Arbeit, die ich hier mache, könnte dir eines Tages das Leben retten, Luis. Sie ist es wert, dass jemand ein Auge dafür verliert.«

Luis nickte, doch es war offensichtlich, dass er diese Behauptung infrage stellte.

Außerstande, den Käfig allein zu tragen, überredete er schließlich Javier Sanchez, aus der Fahrerkabine des Lasters auszusteigen. Es erforderte eine Hundert-Dollar-Note aus Tarvers Geldbörse, Javier zum Betreten des Auflegers zu bewegen, doch gemeinsam gelang es den beiden Mexikanern schließlich, den Käfig auszuladen und in die Bäckerei zu tragen. Tarver ärgerte sich, dass er die Fahrer noch einmal extra bestechen musste, doch nachdem er dreißigtausend Dollar für jeden der beiden Schimpansen hingeblättert hatte – was waren da schon hundert Dollar mehr oder weniger?

Tarver begleitete die Mexikaner nach draußen und in den Wareneingang. Kein Lieferant war jemals tiefer in das Innere der Bäckerei vorgedrungen als bis hinter die erste Tür. Als Eldon dorthin kam, hatte sein Adoptivbruder Judah bereits einen Pianokarren mit dem Käfig beladen und schob ihn in Richtung der Aufzugsplattform, die hinunter in den Bunker führte.

Judah war einer der vier Brüder in der Familie, die Eldon als Knaben adoptiert hatte. Er hätte den Käfig mit Leichtigkeit nach unten tragen können. Mit fünfundfünfzig Jahren war er immer noch so breit und stark wie ein Ochse mit einem Schopf schwarzer Haare und hellen Augen unter einer niedrigen Stirn. Er war ein eigensinniges Kind gewesen bis zu dem Tag, an dem sein Vater beschlossen hatte, ihn zu zerbrechen. Seit damals hatte Judah nicht viel geredet, doch er liebte seinen Adoptivbruder Eldon hingebungsvoll, der sich stets um ihn gekümmert hatte in der »Außenwelt«, die so anders war als alles, was die Jungen in ihrer Kindheit in Tennessee kennen gelernt hatten.

Während der Lastenaufzug leise stöhnend in die Tiefe sank, instruierte Eldon seinen Bruder, die beiden Schimpansen zu entlausen, zu baden und anschließend zu betäuben, damit er eine vollständige tierärztliche Untersuchung an ihnen vornehmen konnte. Judah nickte schweigend.

Als der Lift unten ankam, drehte Eldon das Rad, welches das äußere Luftschleusentor öffnete. Hinter der Schleusenkammer lag das Primatenlabor. Niemand, der oben über die Straßen des Viertels fuhr, hätte auch nur im Traum erwartet, dass tief unter der Erde eine solche Anlage existierte. Ein zwanghaft von Reinlichkeit besessener Mensch hätte problemlos vom Fußboden essen können – oder von jeder anderen Oberfläche im Labor, was das anging. Judah reinigte die Anlage täglich mit geradezu spiritueller Aufmerksamkeit für das kleinste Detail. Sterile Bedingungen waren von entscheidender Bedeutung, wenn man die vielen Gelegenheiten für Kreuzkontamination in einem Labor wie diesem bedachte. Dr. Robert Gallo hatte es in seinem AIDS-Labor auf die harte Tour erfahren, und wegen eines ähnlichen Fehlers hatte man erst vor zwei Jahren die Hälfte aller Vorräte an Grippe-Impfstoff vernichten müssen.

An der westlichen Wand des Labors befanden sich die Primatenkäfige, luxuriöse, speziell angefertigte Gehege, entworfen von Eldon und von Judah zusammengeschweißt. Im Augenblick waren dort vier Schimpansen, zwei Dutzend Makaken, vier Krallenaffen, zwei Paviane und ein Lisztaffe untergebracht. Sämtliche Primaten, selbst jene, die an tödlichen Krankheiten litten, schienen sich behaglich zu fühlen. Dr. Tarver hielt das Raumklima rund um die Uhr in einem optimalen Bereich, und im Hintergrund spielte leise Musik, beispielsweise Mozart, um die geselligen Wesen zufrieden zu stimmen.

Die Mäusekäfige – Standardkäfige aus Plastik, wie man sie in jedem Tierhandel kaufen konnte – standen an der Wand rechts daneben. Links von den Affen hingen die Brutkugeln für die Fruchtfliegen, *Drosophila melanogaster.* Darunter standen drei Reihen von Terrarien, die auf den ersten Blick nichts außer Pflanzen zu enthalten schienen. Bei genauerem Hinsehen jedoch konnte man die geschuppten Leiber von einigen von Dr. Tarvers geliebten Schlangen entdecken.

Der größte Teil des restlichen freien Raums wurde von großen Kühlschränken eingenommen, in denen Zellkulturen gelagert wurden, sowie von Testapparaturen von der Beckman Coulter Company. Zwei waren neuere Modelle von Analyzern, wie sie in den genetischen und onkologischen Abteilungen in der Uniklinik standen. Dr. Tarver hatte ursprünglich versucht, seine Experimente heimlich an der Universität durchzuführen, unter dem Deckmantel seiner legitimen Forschungen, doch Budget-Engpässe hatten zu einer Zunahme der Kontrollen geführt, die ihm die Umsetzung dieses Plans unmöglich machten. Hin und wieder, wenn sich eine Gelegenheit bot, nahm er Proben aus seinem geheimen Labor mit an die Uni, um sie dort unter dem Elektronenmikroskop der biochemischen Fakultät zu analysieren, doch letztendlich war ihm nichts anderes übrig geblieben, als in seinem Bunker einen virtuellen Spiegel der Kliniklabors zu errichten. Er konnte jederzeit Polymerase-Kettenreaktionen durchführen, und über Remote-Verbindungen zu den Computern im kommerziellen Pathologielabor, das er im Norden von Jackson unterhielt, hatte er Zugriff auf Sequenzierungssoftware, mit der er genetische Analysen durchführen konnte. Bis zum heutigen Zeitpunkt hatte er mehr als sechs Millionen Dollar in sein Labor gesteckt. Ein Teil des Geldes stammte von seiner Frau, die schon früh an seine Begabung geglaubt hatte, doch nach ihrem Tod war er gezwungen gewesen, sich neue, kreativere Möglichkeiten einfallen zu lassen, wie er sein Projekt weiter finanzieren konnte.

Beispielsweise Andrew Rusk.

Es gab weitere Geldgeber, die froh waren, ihm Mittel zur Verfügung zu stellen, doch sie saßen allesamt im Ausland – in der Regel ausländische Regierungen –, und Dr. Tarver wollte nichts mit ihnen zu schaffen haben, obwohl die Verlockung durchaus existierte. Die Vereinigten Staaten von Amerika verfolgten eine Art Selbstmordpolitik, was die medizinische Forschung anging – beinahe genauso schlimm wie die Briten, doch nicht ganz. In Großbritannien durfte man überhaupt nicht mit Schimpansen experimentieren, was mehr oder weniger garantierte, dass die Briten in Zukunft nicht auf diesem pharmazeutischen Geschäftsfeld auftreten würden. Doch auch in den Vereinigten Staaten war es alles andere als gut. Schimpansen standen auf der Roten Liste gefährdeter Arten, doch die Regierung hatte eine zweite Liste herausgegeben, die es ermöglichte, Schimpansen für die medizinische Forschung zu benutzen. Trotzdem fanden weniger als sechzehnhundert dieser Tiere Verwendung in der Forschung, die meisten von ihnen in Gefangenschaft geboren, in streng kontrollierten Zuchtstationen. Eine dieser Stationen lag nur vierhundert Kilometer entfernt, in New Iberia, Louisiana. Doch Tarver konnte diese Tiere nicht nutzen, nicht für seine Arbeiten jedenfalls. Wohin auch immer diese gezüchteten Primaten gingen – Regierungsinspektoren folgten ihnen auf dem Fuß.

Die Chinesen hingegen kümmerten sich einen Dreck darum, wie viele Schimpansen noch in der freien Wildbahn lebten. Sie schickten eine Armee von Biologen los, um jeden einzelnen Baum in Afrika abzusuchen, falls nötig. Die Tierschützer mochten zur Hölle fahren – es scherte die Chinesen einen feuchten Kehricht. Dr. Tarver teilte diese Ansicht. Seiner Erfahrung nach hielt die moralische Überzeugung von Tierschützern und Aktivisten ungefähr so lange, bis sie eine tödliche Krankheit entwickelten, die beispielsweise durch eine Herzklappe von einem Schweineherz behandelt werden konnte. Mit einem Mal schien das Schwein nicht mehr so verdammt heilig zu sein. Gewöhnliche Tierschützer waren nicht wie die Zeugen Jehovas, die sich hinlegten und starben, obwohl keine drei Meter von ihnen entfernt ein Beutel mit Blut war, der sie retten konnte. Sie waren mehr oder weniger liberale Schwächlinge, aufgezogen von Hippie-Eltern, und es hatte ihnen noch nie im Leben an etwas gemangelt. Die Zeugen Jehovas hatten zu den schärfsten Gegnern der Nazi-Tyrannei gehört, insbesondere in den Todeslagern. Er schätzte, dass ein gewöhnlicher Tierschutz-Fanatiker in Auschwitz nicht länger als drei Tage durchgehalten hätte.

Tierexperimente hatten eine lange und ehrwürdige Tradition. Schon Aristoteles hatte an lebendigen Tieren experimentiert, und Galen hatte in Rom zahllose Schweine und Ziegen seziert. Edward Jenner hatte Kühe benutzt, um seinen Pockenimpfstoff zu entwickeln, und Pasteur hatte Anthrax geheilt, indem er Schafe gezielt infiziert hatte. Wie zur Hölle sollten Wissenschaftler ein Heilmittel gegen AIDS oder Krebs finden, wenn sie keine Tiere benutzen konnten, um ihre Modelle zu testen? Tarver konnte es einfach nicht begreifen.

Doch Dr. Tarver hörte an dieser Stelle noch längst nicht auf. Tatsächlich konnten Tierversuche nämlich keine endgültige Gewissheit verschaffen. Wenn es um neurologische Erkrankungen ging oder um virale Studien, reichte es nicht aus, Experimente an einem *ähnlichen* Metabolismus durchzuführen. Man benötigte das Original. Und das Original bedeutete *Homo sapiens.* Jeder ernsthafte Forscher konnte einem das verraten, nur taten es die meisten nicht. Weil Forschungsgelder häufig von Liberalen kontrolliert wurden, die in ihren benebelten Gehirnen höchstens eine verschwommene Vorstellung davon hatten, was Wissenschaft wirklich war, und niemand wollte sein Budget wegen etwas politisch so Gefährlichem wie der ungeschminkten Wahrheit riskieren. Die Konservativen konnten genauso schlimm sein. Einige von ihnen glaubten nicht einmal an die Evolution! Es war unfassbar.

Dr. Tarver durchquerte das Labor und beobachtete, wie Judah einen der sedierten Schimpansen badete. Zufrieden sah er, wie sein Adoptivbruder vorsichtig die verrotzten Wangen des Tiers schrubbte. Er tätschelte Judah die Schulter; dann ging er zu dem Metalltisch, der ihm als Schreibtisch diente. Auf der rechten Seite der Arbeitsfläche lag ein Stapel dicker Aktenhefter. Jeder enthielt eine einzigartige Sammlung von Dokumenten und Fotos, die zusammen die Lebensgeschichte eines Menschen ergaben. Jeder dieser Ordner war von Andrew Rusk geliefert worden und enthielt Daten und Fakten über bestimmte Mandanten aus den vergangenen beiden Jahren. Es waren Tagesabläufe, Krankenakten, Beschreibungen von Schlüsseln einschließlich der Dinge, die sie öffneten, zum Beispiel Fahrzeuge, Häuser, Büros und Ferienwohnungen, dazu Listen mit wichtigen Nummern wie Sozialversicherungsnummer, Ausweisnummer, Telefonnummern, PINs, Kreditkartennummern. Außerdem gab es Fotos. Eldon verbrachte nicht viel Zeit mit dem Betrachten der Bilder, es sei denn, eine Operation stand unmittelbar bevor. Den größten Teil der Zeit saß er brütend über den Krankenakten auf der Suche nach Einzelheiten, die seine Arbeit negativ beeinflussen konnten oder irgendetwas, das jemanden als Kandidaten für eine besondere Herangehensweise prädestinierte. Dr. Tarver war in diesen Dingen genauso akribisch wie in allem anderen auch.

Heutzutage waren alle immer so schrecklich in Eile. Alle wollten alles möglichst schon gestern erledigt haben. Jeder glaubte, dass sein persönlicher Fall besondere Beachtung verdiente. Doch so waren die Menschen des einundzwanzigsten Jahrhunderts. Keine Spur von Geduld oder Belohnungsaufschub. Als Eldon sich in einer ähnlichen Situation wiedergefunden hatte, hatte er sich selbst darum gekümmert. Selbstverständlich war er einzigartig qualifiziert dazu. Andererseits hatte er sich noch nie durch Unvertrautheit von etwas abhalten lassen. Wenn ein Mechaniker versuchte, ihn bei den Reparaturkosten für einen Motor übers Ohr zu hauen, hatte Tarver sich ein technisches Handbuch von der Ford Company kommen lassen, es vier Tage lang studiert und anschließend den Motor selbst zerlegt, repariert und wieder zusammengesetzt, und er hatte einwandfrei funktioniert. Diese Art von Arbeit ging heutzutage weit über den Horizont der meisten Amerikaner hinaus. Aus diesem Grund kam auch der Tag, an dem ein konventioneller Krieg keine Option mehr war gegen irgendeine fremde Macht. Nur eine ganz spezielle Waffe konnte noch helfen.

Und Dr. Eldon Tarver beabsichtigte, auf diesen Tag vorbereitet zu sein.

23

Chris arbeitete spät in der Nacht in seinem Studio, als er plötzlich bemerkte, dass er nicht allein war. Er hatte Filmmaterial durch den Computer laufen lassen und sich durch das Sichten und Schneiden des Videomaterials abgelenkt, während das Unterbewusstsein sich mit dem Problem befasste, welchen Schritt er als Nächstes unternehmen sollte.

Als er die Anwesenheit eines anderen Menschen im Studio spürte, war sein erster Gedanke, dass Ben aufgewacht sein könnte. Chris speicherte die Datei, an der er gerade arbeitete, und ging den Korridor entlang zum Hinterzimmer der umgebauten Scheune. In jeder anderen Nacht hätte er Ben zu Bett gebracht und wäre in sein Studio zurückgekehrt, um allein weiterzuarbeiten, doch Studio und Haus waren durch fünfzig Meter stockdunkle Nacht getrennt; daher hatte er an diesem Abend zugelassen, dass der Junge auf dem gleichen Sofa einschlief, auf dem Chris und Thora sich erst zwei Nächte zuvor geliebt hatten. Nachdem Ben tief und fest eingeschlafen war, hatte Chris ihn in das alte Doppelbett im Hinterzimmer getragen.

»Ben?«, rief er leise und öffnete die Tür.

Ben lag bäuchlings im Bett und schlief. Chris blieb für einen Moment starr stehen; dann huschte er zurück in den vorderen Raum und schaltete die Beleuchtung aus. Nachdem er zwanzig Sekunden aufmerksam gelauscht hatte, bewegte er sich zum Fenster und zog den Vorhang beiseite. Die Dunkelheit dahinter war leer. Nichts regte sich auf dem schwarzen Stück zwischen Studio und Haus. Chris fühlte sich ein wenig töricht, als er das Licht wieder einschaltete und zu seinem Computer zurückkehrte.

Er streckte eben die Hand nach dem Flywheel aus, als ein lautes Klopfen an der Studiotür ihn zusammenzucken ließ. Er hatte keine Schusswaffe hier draußen, nur einen Aluminium-Baseballschläger, der an der Wand lehnte, zurückgelassen nach einer Trainingsstunde mit Schlagübungen. Er sprang auf, packte den Schläger und stellte sich vor die Tür.

»Wer ist da?«

»Ich bin es, Alex«, sagte eine Frauenstimme. »Alex Morse.«

Er riss die Tür auf. Alex stand in den gleichen Sachen vor ihm, die sie am Nachmittag auf dem Friedhof getragen hatte, und sie sah noch erschöpfter und verwirrter aus. In der Hand hielt sie eine Automatikwaffe.

»Was glauben Sie eigentlich, was Sie da tun?«, herrschte Chris sie an. »Hätte ich eine Pistole hier draußen gehabt, hätte ich Sie womöglich erschossen!«

»Es tut mir leid, dass ich so hereinplatze. Ich habe versucht anzurufen. Ich weiß, ich habe gesagt, dass ich warten würde, aber … Könnten wir vielleicht hineingehen?«

»Die öffentliche Nummer läutet nur drüben im Haus.«

Alex nickte entschuldigend. Ihre Augen hatten noch dickere schwarze Ringe als zuvor. »Können wir reingehen?«, fragte sie noch einmal.

»Sicher.«

Sie schob Chris rückwärts nach drinnen und schloss hinter sich die Tür.

»Haben Sie überhaupt geschlafen seit unserer letzten Begegnung?«, fragte Chris.

»Nein. Ich habe das Medikament abgeholt, aber ich hatte Angst, es zu nehmen. Ich musste nach Jackson fahren, um meine Mutter zu sehen. Es geht schnell zu Ende mit ihr, aber sie war für kurze Zeit wach und hat nach mir gefragt.«

Chris bedeutete Alex, auf dem Sofa gegenüber seiner Workstation Platz zu nehmen. Als sie saß, rollte er auf seinem Bürosessel um den Schreibtisch herum und hielt vor ihr.

»Warum tragen Sie eine Waffe?«

Sie legte die Pistole neben sich aufs Sofa. »Das sage ich Ihnen gleich. Hat Thora heute Abend schon angerufen?«

»Ja, sicher. Sie amüsiert sich großartig. Sie und Laura haben heute Nachmittag Schlammbäder genommen.«

»Wie lange ist der Anruf her?«

»Ich weiß es nicht. Schon eine Weile. Ben war noch wach.«

»Hat sie gefragt, ob Sie im Haus oder in Ihrem Studio sind?«

Chris lehnte sich zurück. »Das war nicht nötig. Mein privater Anschluss läutet nur hier im Studio. Was machen Sie überhaupt hier, Alex?«

»Ich bin von Jackson zurückgekommen, weil ich dachte, dass etwas passieren könnte, sobald Thora die Stadt verlassen hat. Ich beobachte Ihr Haus seit drei Stunden.«

»Warum? Und von wo aus?«

»Ich habe auf der anderen Straßenseite geparkt. Im Carport des zum Verkauf stehenden Hauses.«

»Und? Haben Sie etwas Verdächtiges gesehen?«

»Als ich auf das Gelände der Elgin eingebogen bin, kam mir ein Wagen entgegen. Der Fahrer hatte das Fernlicht an, aber ich konnte erkennen, dass es ein Lieferwagen war. Ein weißer Lieferwagen. Besitzt einer der Anwohner hier einen weißen Lieferwagen?«

Chris dachte darüber nach. »Ich glaube nicht. Aber es gibt ungefähr sechzig Häuser auf dem Gelände, auch wenn es durch die vielen kleinen Wäldchen aussieht wie eine Wildnis. Und es kommen viele Fremde her. Jugendliche, die hier parken, oder Neugierige, die sich die Häuser anschauen wollen.«

Das beruhigte Alex nicht. »Vor etwa fünfzehn Minuten fuhr ein weiterer Wagen langsam die Straße hinunter. Er kam um die letzte Kurve, doch anstatt weiter in Richtung Ihres Hauses zu fahren, bog er in die Auffahrt des Gebäudes ein, wo ich geparkt habe. Er kam so weit hinauf, dass seine Scheinwerfer meinen Wagen erfassten. Dann stoppte er und setzte sofort wieder zurück.«

Das klang nach Teenagern, die nach einem Platz suchten, wo sie ungestört waren. »Haben sie Sie gesehen?«

»Ich glaube nicht. Ich bin ziemlich schnell in Deckung gegangen.«

»Konnten Sie das Nummernschild erkennen?«

Sie schüttelte den Kopf. »Als der Wagen zurücksetzte, hat

er nicht gewendet. Er fuhr das ganze Stück rückwärts, bis zur Kurve.«

Chris entdeckte Angst in ihren übernächtigten, blutunterlaufenen Augen. »Ich weiß, dass Ihnen das verdächtig erscheint, aber ich habe solche Situationen schon selbst hier draußen erlebt, wenn es dunkel war. Wilderer kommen hierher, um Rotwild zu schießen. Sie haben keine Hemmungen, in fremde Gärten einzudringen, und die Bewohner hier draußen schießen zurück. Die Wilderer wissen, dass es nur diese eine Straße gibt, die auf das Gelände führt, deswegen sind sie extrem vorsichtig.«

Alex musterte ihn aufmerksam.

»Sie sind zu müde, um klar zu denken«, sagte Chris behutsam. »Sie haben selbst gesagt, dass wir noch eine gewisse Zeitspanne haben, ehe jemand irgendwas versucht, erinnern Sie sich? Bei unserem ersten Treffen.«

»Das war vor William Braids angeblichem Selbstmordversuch und seinem Insulin-Koma.«

»Alex, wenn Sie möchten, kann ich beim Nachbarschaftswachdienst anrufen. Die haben einen riesigen Traktor, den sie quer über die Straße parken können, dann kommt niemand mehr raus oder rein.«

»Ehrlich?«

»Absolut.« Chris sah auf seine Uhr. »Wenn es nicht schon so spät wäre, würden sie mir diesen Gefallen wahrscheinlich mit Vergnügen tun.«

Sie sah ihn an, als wünschte sie sich, er würde den Anruf machen. »Ich muss gestehen, dass ich beim zweiten Mal den Wagen nicht sehen konnte. Ich weiß nicht, ob es wieder der gleiche Lieferwagen war.«

»Sie sagten eben, Sie wären nicht einmal beim ersten Wagen sicher, der Ihnen entgegenkam.«

»Ich weiß, dass es ein Lieferwagen war. Ich bin nur nicht sicher, was die Farbe angeht.«

Chris streckte die Hand aus und drückte ihr Knie. »Wissen Sie, was ich denke?«

»Was?«

»Falls jemand hergekommen ist, um mich zu erledigen, wurde ihm sofort klar, dass das Spiel gelaufen ist, als er Ihren Wagen auf dem gegenüberliegenden Grundstück sah.«

Alex sah nicht überzeugt aus.

»Ich meine, er muss es wie einen Unfall aussehen lassen, oder? So ist es bisher doch immer gewesen, nach Ihrer Theorie. Nicht mal ein richtiger Unfall, sondern eine *Krankheit.* Und dazu hat er jetzt nicht mehr die kleinste Chance.«

Sie schüttelte den Kopf. »Drei der Opfer starben nicht an Krebs, Sie erinnern sich? Eines erlitt einen Herzinfarkt, eines einen Schlaganfall, und das dritte starb an einem Lungenemphysem.«

»Sie *wissen* nicht, ob es sich tatsächlich um Morde handelt. Und die Fälle passen nicht zu den anderen, stimmt's?«

»Ich denke, diese Fälle zeigen vor allem eines: Der Mörder ist bereit, ein Risiko einzugehen, wenn die Prämie hoch genug ist.«

Ihre Sturheit zerrte allmählich an seinen Nerven. »Selbst wenn Sie recht hätten – die Tatsache, dass Sie sich mit mir in Verbindung gesetzt haben, ganz zu schweigen davon, dass Sie mich seit drei Tagen beobachten und bei jeder Gelegenheit überfallen, hatte jede Möglichkeit zunichtegemacht, mich unbemerkt umzubringen und es als einen Unfall hinzustellen. Diese Option existiert nicht mehr. Sie selbst haben mir gesagt, dass jemand, der mich umbringen will, mich vorher beobachtet, dass er mein Telefon anzapft und so weiter. Wenn er auch nur einen Funken Verstand besitzt, hält er sich jetzt bedeckt und hofft, dass Sie es irgendwann leid sind, ein Phantom zu jagen.«

»Das wird nicht geschehen.«

Er lächelte. »Ich weiß. Aber heute Nacht könnten Sie eine Pause einlegen. Eine kurze Ruhepause, Alex. Ich werde drüben im Haupthaus ein Bett für Sie herrichten und …«

»Nein! Ich will Ben nicht beunruhigen!«

»Ben wird Sie gar nicht zu Gesicht bekommen. Keine Widerrede, Alex. Sie werden eine Ativan nehmen und sich die nächsten zwölf Stunden gründlich ausschlafen. Alles sieht ganz anders aus, wenn Sie danach aufwachen, das verspreche ich Ihnen.«

Er sah, dass sie über das Angebot nachdachte.

»Wenn ich das tue, möchte ich Sie und Ben ebenfalls im Haupthaus haben«, sagte sie. »Damit ich Sie beide …«

»Was?« Er lachte. »Damit Sie uns bewachen können? Vergessen Sie's! Sie müssen schlafen.«

Alex wollte widersprechen, doch in diesem Moment summte ihr Handy. Sie blickte aufs Display, und ihre Miene verdunkelte sich.

»Wer ist es?«, fragte Chris.

»Der frühere Partner meines Vaters. Ein Privatdetektiv.« Sie klappte das Mobiltelefon auf. »Was gibt's, Onkel Will?«

Sie lauschte, und ihre Miene wurde noch düsterer. Sie stützte den Ellbogen auf ein Knie und die Stirn in die Hand. Nach ein paar Minuten stellte sie ein paar Fragen bezüglich der Prognose für ihre Mutter; dann legte sie auf.

»Was ist passiert?«, fragte Chris. »Es klang nach Nierenversagen.«

Sie nickte. »Die Ärzte vermuten, es ist das Ende. Sie hat noch zwei oder drei Stunden, wenn nicht ein Wunder geschieht. Das haben sie mir zwar schon einmal gesagt, aber diesmal ist Onkel Will der gleichen Meinung.«

»Sie können unmöglich jetzt nach Jackson fahren. Nicht in Ihrem Zustand.«

Alex erhob sich und steckte das Mobiltelefon ein; dann nahm sie die Automatik vom Sofa. »Ich habe keine andere Wahl. Sie ist meine Mutter.«

Chris stand auf und ergriff ihre freie Hand. »Glauben Sie allen Ernstes, es wäre im Sinne Ihrer Mutter, dass Sie Ihr Leben aufs Spiel setzen, um dort zu sein, obwohl sie vielleicht nicht einmal mehr das Bewusstsein erlangt?«

Alex sah ihn entschlossen an. »Sie würde das Gleiche für mich tun.«

Er sah ein, dass Widerspruch sinnlos war. »Wenn ich mich nicht um Ben kümmern müsste, würde ich Sie selbst hinfahren.«

»Das ist nicht nötig. Allerdings …«

»Was?«

Sie blickte einen Moment verlegen zur Seite. »Haben Sie vielleicht irgendetwas, das mir helfen kann, wach zu bleiben? Ich hasse es, danach zu fragen, aber ich bin total erledigt.«

»Ich würde Ihnen gerne helfen, aber sämtliche Apotheken sind längst geschlossen.«

»Sie machen Witze.«

»Nein. Es gibt keinen Notdienst in Natchez. Die letzte Apotheke schließt um neun Uhr.«

Alex ließ den Kopf hängen. Es war nicht zu übersehen, dass sie die vor ihr liegende Prüfung fürchtete.

»Warten Sie … ich habe vielleicht doch etwas. Bevor ich Bens Arzt wurde, hat man bei ihm ADS diagnostiziert. Er wurde mit Ritalin behandelt, mit einer viel zu hohen Dosis. Ich glaube, wir haben immer noch etwas davon im Haus.«

»Ich dachte, Ritalin macht einen ruhig?«

»Bei Erwachsenen tritt die gegenteilige Wirkung ein. Ich dachte eigentlich, das wüssten Sie aus Ihrer Zeit bei der Drogenfahndung.«

»Ich habe in Miami hauptsächlich die finanziellen Aspekte der Drogengeschäfte untersucht, Geldströme und so weiter, auch wenn ich bei einer Reihe von Razzien dabei war.«

Chris ging zur Tür. »Sie bleiben hier bei Ben. Ich hole das Ritalin.«

Sie schüttelte den Kopf. »Wir müssen alle zusammen gehen.«

»Alex, Sie sind im Begriff, die Stadt zu verlassen. Was macht da schon ein kurzer Weg rüber ins Haus?«

»Sie haben eine Schusswaffe im Haus, oder?«

Er nickte.

Sie gab ihm ihre Automatik. »Sie wissen, wie man damit umgeht?«

Er wog die Waffe in der Hand. Es war eine Glock, Kaliber vierzig, jedoch kleiner als die Waffen, die er im Sportgeschäft in den Händen gehalten hatte. »Ja.«

»Nehmen Sie sie mit. Bringen Sie Ihre eigene Waffe mit zurück. Ich passe solange auf Ben auf.«

»Mach ich. Wenn er aufwacht …«

»Keine Sorge, ich komme zurecht. Gehen Sie.«

Chris schloss die Augen lange genug, um seine Pupillen zu weiten, dann trat er hinaus in die Dunkelheit. Er verspürte keine Angst, doch selbst in gewöhnlichen Nächten hielt er auf dem kurzen Stück die Augen offen. Fast immer war Hochwild in seinem Garten, hin und wieder auch ein Coyote, und erst im letzten Frühjahr hatte er eine zwei Meter lange Klapperschlange im Patio getötet.

Er brauchte dreißig Sekunden bis zum Haus; dann schlüpfte er durch die Hintertür und ging gleich ins Elternschlafzimmer.

Er hatte verschiedene Gewehre im Waffenschrank in seinem Arbeitszimmer, doch seine einzige Handfeuerwaffe war eine Achtunddreißiger in einem kleinen Safe im Kleiderschrank. Er holte die Waffe hervor; dann zog er eine Schachtel vom Kleiderschrank herunter, in der er alte Medikamente und Proben aufbewahrte, die er aus der Praxis mit nach Hause genommen hatte. Und tatsächlich – dort lag eine Flasche Ritalin, ein Medikament, das Ben mit hoher Wahrscheinlichkeit niemals hätte nehmen dürfen. Chris schob die Flasche in seine Tasche, steckte Alex' Glock in den Hosenbund und stellte die Schachtel auf den Schrank zurück. Dann verließ er das Haus und kehrte mit der Achtunddreißiger in der Hand in sein Studio zurück.

»Hier, nehmen Sie eine davon«, sagte er zu Alex. »Nehmen Sie eine weitere, sobald Sie merken, dass Sie wieder müde werden. Ich hole Ihnen Wasser.«

»Nicht nötig.« Sie nahm eine Pille und schluckte sie trocken herunter; dann schob sie die Flasche in ihre Tasche.

»Sie sind geübt im Schlucken von Tabletten, wie?«

Ein schiefes Grinsen. »Antibabypille.«

»Ah.«

»Nicht, dass ich sie in letzter Zeit gebraucht hätte.« Sie sah ihn verlegen an. »Zu viel Information?«

»Ganz im Gegenteil. Konzentrieren Sie sich darauf, wach zu bleiben.«

Sie nickte dankbar, nahm ihre Waffe wieder an sich und ging zur Tür. »Wir reden morgen weiter, okay?«

»Heute Nacht«, widersprach er. »Sie rufen mich an, sobald Sie sicher in Jackson angekommen sind. Rufen Sie vorher an, wenn Sie nicht wach bleiben können.«

»Mach ich. Aber ich komme zurecht, keine Sorge.«

Sie zögerte einen Moment, als wollte sie noch etwas sagen, doch dann wandte sie sich ab und ging davon. Sekunden später wurde sie von der Dunkelheit verschluckt. Chris stand da und sah zu den Lichtern des Haupthauses, während er sich fragte, ob er allen Ernstes jemals weggehen würde, um zusammen mit Thora in Avalon zu leben. Selbst vor dem Auftauchen von Alex Morse war ihm die Vorstellung nicht ganz geheuer gewesen, doch jetzt erschien sie ihm durch und durch falsch. Er dachte an den Abend zurück, an dem er Thora über die Schwelle dieses Hauses getragen hatte, als in einiger Entfernung ein Wagen gestartet wurde. Der Motor drehte ein paar Mal leise hoch, dann verklang das Geräusch in der Ferne. Chris atmete die nächtliche, nach Frühling und Blüten duftende Luft in tiefen Zügen; dann drehte er sich um und kehrte ins Studio zurück.

24

Alex rollte aus der Auffahrt des Hauses gegenüber dem von Chris Shepard und bog nach links in Richtung des Highway 61. Bis zum Highway waren es gut anderthalb Kilometer, und ein großer Teil der schmalen Straße wand sich durch bewaldetes Gebiet. Alex war erleichtert, als sie keine fremden Scheinwerfer entdeckte. Auch parkten keine anderen Fahrzeuge in den wenigen Auffahrten, an denen sie auf dem Weg zum Highway vorüberkam.

Dort angekommen, bog sie nach Norden ab und passierte kurze Zeit später die St. Stephen's School, dann einen Kilometer weiter das Days Inn. Sie überlegte kurz, ob sie anhalten und ihren Computer holen sollte, doch weil sie bereits vom Vortag frische Sachen in ihrer Reisetasche hatte, beschloss sie, ohne Pause weiterzufahren. Falls ihre Mutter in dieser Nacht starb, konnte sie sicher Onkel Wills PC benutzen, um notwendige E-Mails zu verschicken. Und falls Margaret Morse durch irgendein Wunder die Nacht überlebte, wäre Alex mit großer Wahrscheinlichkeit bereits am nächsten Mittag zurück in Natchez.

Als sie die Gabelung passierte, wo der Highway 84 in Richtung Mississippi River abzweigte, wurde ihr bewusst, dass sich ein Scheinwerferpaar an ihre Fersen geheftet hatte. Im ersten Moment dachte sie an einen Streifenwagen, denn das andere Fahrzeug war ganz unvermittelt aufgetaucht und hatte sich dann in einem gleichbleibenden Abstand hinter ihr gehalten. Wahrscheinlich funkte der Cop gerade ihre Nummer an die Zentrale. Nachdem sie die Lichter eine Weile im Rückspiegel beobachtet hatte, kam sie zu dem Schluss, dass sie zu hoch über dem Boden waren für einen Streifenwagen. Eher gehörten sie zu einem Pick-up oder einem Lieferwagen.

Sie passierte eine Baptistenkirche mit einem hohen Kirchturm auf der rechten Straßenseite. Dann kam eine Straßenbaustelle. Es gab nur noch eine Fahrbahn in jede Richtung, und der Highway 61 überquerte den Natchez Trace. Voraus zur Linken sah Alex bereits den Wal-Mart. Sie beschleunigte; dann riss sie den Corolla im letzten Moment herum und schoss quer über die Gegenfahrbahn auf den Parkplatz vor dem Supermarkt. Der Wagen hinter ihr behielt eine gleichmäßige Geschwindigkeit bei. Er passierte die Einfahrt zum Parkplatz. Alex sah, dass es sich tatsächlich um einen Lieferwagen handelte – einen weißen Lieferwagen, verschmutzt mit Schlammspritzern und an verschiedenen Stellen mit Grundierung überlackiert. Das Seitenfenster auf der Fahrerseite war fast schwarz, und sie konnte nicht ins Innere sehen. Der Winkel war außerdem nicht so, dass sie das Nummernschild hätte erkennen können, doch irgendeine Ahnung sagte ihr, dass es durch Schlamm unkenntlich war.

Sie parkte dreißig Meter vom Laden entfernt, mit der Nase des Wagens zur Straße hin. *Was mache ich jetzt?,* überlegte sie hektisch. Sie konnte die örtliche Polizei anrufen, sich beklagen, dass sie belästigt wurde, und den Lieferwagen anhalten lassen – falls die Polizei ihn fand –, doch sie wollte nichts tun, was sie dazu zwingen konnte, sich als Mitarbeiterin des FBI zu erkennen zu geben. Nicht, wenn sie es irgendwie vermeiden konnte.

Andererseits verspürte sie nicht die geringste Lust, eine hundertsiebzig Kilometer lange Fahrt über einen in weiten Teilen einsamen Highway anzutreten, ohne zu wissen, woran sie war. Sie musste wissen, ob der weiße Lieferwagen eine reale Bedrohung darstellte, oder ob ihre übereifrige Fantasie am Werk war.

Die Vorstellung, dass Graces Mörder hinter dem Steuer saß, erschien ihr beinahe als zu viel erhofft; dennoch hatte sie ihre Glock hervorgeholt und im Schoß liegen. Gelegentlich kamen Fahrzeuge vorbei, und zwei weitere Wagen bogen auf den Parkplatz ein, doch der weiße Lieferwagen blieb verschwunden.

»Das war jetzt lange genug«, sagte sie laut zu sich selbst.

Sie legte den Schalthebel um und lenkte den Wagen zurück auf den Highway, doch anstatt nach links bog sie nach rechts ab, in Richtung Süden, die Richtung, aus der sie gekommen war.

Sie war noch keine fünfzig Meter gefahren, als ein entgegenkommendes Fahrzeug zwischen zwei orange-weißen Verkehrsleitzeichen wendete, kaum dass Alex daran vorbei war. Sie hatte nicht gesehen, um was für ein Modell es sich handelte, doch sie bog rasch erneut rechts ab auf die Liberty Road. Wenn sie sich recht erinnerte, führte diese Straße an einigen der schönsten Herrenhäuser der Stadt vorbei und dann ins Zentrum.

Hinter ihr tauchte ein Scheinwerferpaar auf. Die Lichter saßen hoch genug, um zu einem Lieferwagen zu gehören. Alex nahm die erstbeste Abzweigung nach rechts und gelangte in ein Wohnviertel. Einzeln stehende Häuser aus den 1950er Jahren, wie es aussah. Sie gab fünf Sekunden lang Vollgas, dann verlangsamte sie ihre Fahrt, um zu sehen, ob der Lieferwagen ihr in die Siedlung folgte. Und tatsächlich, er wurde langsamer und bog dann hinter ihr in die Straße ein.

Alex kurbelte das Lenkrad nach links, fuhr eine steile Straße hinauf und bog erneut nach links in einen Weg, der zwischen dichten Baumreihen rechts und links hindurchführte. Die Äste trafen über der Straße zusammen und bildeten ein undurchdringliches Blätterdach. Urplötzlich materialisierte sich aus der Dunkelheit zu ihrer Linken eine Villa, die aussah wie aus einem Film der Technicolor-Periode. Beinahe konnte sie grau gekleidete Offiziere und Ladys in Reifkostümen mit hoch geschnürten Miedern sehen, die über die breite Veranda wandelten. Vor der Fronttreppe hielt sie kurz an; dann beschleunigte sie wieder und suchte nach einer weiteren Kreuzung. Sie spürte, dass dies die gleiche Straße war wie eben, die eine weite Schleife um das prachtvolle Anwesen im Zentrum dieser eigenartigen Siedlung beschrieb. Während sie unschlüssig überlegte, welche Richtung sie nun einschlagen sollte, näherten sich mit einem Mal von hinten wieder die Scheinwerfer.

Alex ahnte, dass sie zur Liberty Road zurückkehren würde, falls sie nach links abbog; deswegen riss sie das Steuer nach rechts und raste durch eine Einhundertachtzig-Grad-Kurve. Am Ende der Kurve bog sie nach links ab, dann nach rechts und verringerte erneut die Geschwindigkeit. Die Scheinwerfer waren weit zurückgefallen, waren aber noch da. Es bestand nicht mehr der geringste Zweifel.

Sie fuhr dreißig Meter weiter; dann bog sie kurz entschlossen in eine langgezogene Auffahrt neben einem einstöckigen Ranchhaus. Der Weg führte an dem weit von der Straße zurückliegenden Gebäude vorbei. Sie stellte den Motor ab, stieg aus dem Wagen und huschte hastig unter einen Carport, in dem zwei große amerikanische Limousinen parkten. Sie sorgte sich, dass die Hausbewohner aufwachen könnten, doch nichts regte sich, und die Lichter blieben dunkel.

Sie lud eine Patrone in die Kammer ihrer Glock und wartete.

Die Scheinwerferlichter kamen die Straße herauf und passierten die Auffahrt, ohne langsamer zu werden. Alex lehnte sich gegen die Wand aus Schalbrettern und spürte das Hämmern ihres Herzens durch das Holz hindurch. Verlor sie den Verstand? Ihre linke Hand wanderte zum Mobiltelefon in ihrer Tasche. Wen konnte sie anrufen? Chris Shepard? Er konnte Ben nicht allein im Haus zurücklassen. Selbst wenn, er war nicht für eine Situation wie diese trainiert. Will Kilmer war zu weit weg, um zu helfen. Herrgott, selbst wenn sie den Notruf wählte, konnte sie keine Hilfe erwarten. Sie wusste ja nicht einmal genau, wo sie war. Sie wusste nur die ungefähre Gegend. Im Verlauf der letzten zehn Minuten hatte sie so gut wie sämtliche Vorschriften des FBI für derartige Situationen außer Acht gelassen.

»Ich gehöre wirklich gefeuert …«, flüsterte sie leise.

Allmählich verlangsamte sich ihr wilder Herzschlag, und als weiterhin keine Scheinwerfer auftauchten, normalisierte er sich halbwegs. Um sich abzulenken, zählte sie die Schläge pro Minute: fünfundsiebzig. Während sie wartend dastand, kam ihr in den Sinn, dass der Fahrer des Lieferwagens sich vielleicht nur hatte überzeugen wollen, dass sie aus dem Weg war, bevor er seinen Angriff auf Chris startete.

»Scheiße!«, fluchte sie und kramte ihr Mobiltelefon hervor. Sie wählte die Nummer von Chris Shepard. Diesmal meldete er sich Gott sei Dank sofort.

»Alles in Ordnung?«, fragte er.

»Überhaupt nichts ist in Ordnung!«, antwortete sie. »Hören Sie genau zu, Chris. Der weiße Lieferwagen ist mir gefolgt, nachdem ich von Ihnen weggefahren bin. Ich parke in einem Wohnviertel abseits der Liberty Road. Der Wagen ist vor ungefähr fünf Minuten hier vorbeigefahren und dann verschwunden. Er kann noch nicht bei Ihnen sein, aber es wäre möglich, dass er zu Ihnen unterwegs ist. Sind Sie noch immer im Studio?«

»Ja.«

»Haben Sie Ihre Waffe bei sich?«

»In der Hand. Soll ich die Polizei anrufen?«

»Es kann nicht schaden. Sie könnten sagen, Sie hätten einen Landstreicher gesehen.«

»Das habe ich schon einmal gemacht. Es hat eine Viertelstunde gedauert, bis jemand vorbeigekommen ist. Wir sind hier auf dem Land, nicht in der Stadt.«

»Dann rufen Sie jetzt gleich an.«

»Okay.«

»Ich melde mich in ein paar Minuten wieder.«

»Was haben Sie vor?«

»Ich suche den Lieferwagen. Wenn sich jemand Ihrem Studio nähert, schießen Sie zuerst und stellen Sie hinterher Fragen.«

»Alex …«

»Ich lege jetzt auf. Rufen Sie die Polizei an.«

Sie griff in die Tasche, um ihre Schlüssel hervorzuholen, als ihr inneres Radar Alarmstufe Rot meldete. Es gab keine Vorwarnung, kein Geräusch, nichts Greifbares, das sie hätte erstarren lassen, und doch war genau das geschehen. Irgendetwas hatte sich verändert, während sie telefoniert hatte. Ihr Bewusstsein hatte es nicht registriert, doch in ihrem Kleinhirn war ein Sensor ausgelöst worden. Adrenalin schoss in ihre Adern, als hätte sie unendlich viel davon zur Verfügung. Sie musste alle Selbstbeherrschung aufbringen, um nicht in wilder Panik die Flucht zu ergreifen. Eine normale Person wäre nicht imstande gewesen, diesem Impuls zu widerstehen, doch Alex' Training half ihr. Sie wusste, dass Weglaufen gleichbedeutend war mit Sterben.

Ihre Herzfrequenz hatte sich schlagartig verdoppelt. Dreißig Meter vor ihr war der Asphalt schwach erleuchtet von einer weit entfernten Straßenlaterne. Die Häuser in der unmittelbaren Umgebung hatten nur einzelne Lampen auf den Veranden, und es gab kein nennenswertes Mondlicht. Die Welt war schwarz und grau. Alex duckte sich und huschte mit schussbereiter Waffe zu einer Ecke des Carports. Es kostete sie einige Anstrengung, nicht die Klingel neben der Fliegentür zu betätigen.

Sie lauschte angestrengt auf das leiseste Geräusch, doch es war nichts zu hören außer dem stetigen Surren der Klimaanlagen in der feuchten Dunkelheit. Dann war es da. Ein leises Klackern, wie von einem Steinchen, das über Zement rutscht. Sie riss die Pistole hoch und zielte in die Richtung, aus der das Schlittern gekommen war, wo sich der Carport zur Auffahrt hin öffnete. Sie starrte in die Schwärze auf der Suche nach Licht wie ein Bergarbeiter, hinter dem der Stollen eingebrochen ist. Sie starrte so angestrengt in die Dunkelheit, dass sie beinahe in Trance geriet, als eine Hand, die in einem Lederhandschuh steckte, ihre Kehle packte.

Ehe sie reagieren konnte, packte eine andere Hand ihren Unterarm und rammte die Glock mit Wucht gegen die Wand des Carports. Alex kämpfte mit jeder Muskelfaser in ihrem Körper, doch ihre Bemühungen zeigten keine Wirkung. Sie konnte ihren Angreifer nicht einmal sehen, und seine enorme Masse sperrte alles Licht aus. Sie versuchte das rechte Knie hochzureißen, doch diese Aktion verdeutlichte nur die Ohnmacht ihrer Lage. Ihr Angreifer drückte ihren Unterleib gegen die Wand. Sie wollte schreien, doch ihre Kehle war so fest zusammengedrückt, dass kein Laut hervorkam.

Denk nach! Was kannst du tun? Welche Waffe hast du noch? Eine freie Hand …

Sie schlug wieder und wieder in die Richtung, wo sie ein Gesicht vermutete, wilde, verzweifelte Hiebe, doch sie hatten keinerlei Wirkung. Ihre Faust traf auf Fleisch und Knochen, doch ihr Angreifer versuchte nicht einmal, ihren Schlägen auszuweichen.

Er würde sie erwürgen. In wenigen Sekunden würde sie das Bewusstsein verlieren. Angst wogte in ihr hoch und raubte ihr die Kraft, grenzenlose Angst, die sich zu Entsetzen und Panik steigerte und losbrach wie eine Rakete, die sich aus dem Schwerefeld der Erde löste. Sie versuchte die unsichtbaren Augen mit den Fingernägeln zu attackieren, doch der Mann zog einfach den Kopf zurück, bis er außer Reichweite war. Hatte sie gerade ein Kichern gehört? Tränen der Wut ließen ihre Sicht verschwimmen. Das ohnehin bereits schwache Bild der Straße wurde schwärzer …

In diesem Moment schepperte der Maschendrahtzaun, und ein wütendes Hundegebell erklang. Ein riesiger Hund warf sich gegen den Zaun am Ende der Auffahrt. Das Tier war fünf Meter entfernt, doch das donnernde Bellen erweckte den Eindruck, als stünde sein Angriff unmittelbar bevor. Der eiserne Griff um Alex' Kehle lockerte sich für einen Sekundenbruchteil, und der massive Oberschenkel, der sie gegen die Wand drückte, drehte sich zur Seite. Alex nahm alle verbliebene Kraft zusammen, drehte sich in den Schatten ihres Angreifers und rammte das Knie an die Stelle, wo sie seinen Unterleib vermutete.

Es war ein Volltreffer. Ein explosives Grunzen war die Reaktion. Der Griff um ihren Hals löste sich. Alex stieß einen durchdringenden Schrei aus, der klang wie von einer veränstigten Fünfjährigen. Selbst der Hund verstummte. Doch bevor sie den Augenblick der Unsicherheit zu ihrem Vorteil nutzen konnte, schloss sich die lederne Faust erneut und mit verdoppelter Kraft um ihren Hals, und die andere Hand, die ihren Arm hielt, glitt hinunter zu ihrer Glock.

Wenn er die Waffe kriegt, bin ich tot …

Der Angreifer versuchte die Pistole aus ihrem Griff zu entwinden. Verzweifelt rammte Alex die linke Hand tief in ihre Tasche, kramte an ihrem Mobiltelefon vorbei und riss die Wagenschlüssel heraus. Sie holte aus und stieß damit zu, wieder und wieder, wie Norman Bates in *Psycho.* Sie spürte, wie der Angreifer ihr die Glock entwand, doch mit dem nächsten Schlag traf sie eine strategische Stelle – etwas Weiches, Nachgiebiges jedenfalls –, und ein schmerzerfülltes Stöhnen gab ihr neue Hoffnung. Sie betete, dass sie ein Auge getroffen hatte, während sie herumwirbelte und sich ein Schuss aus ihrer Glock löste.

Im gleichen Moment wurde es im Carport taghell. Jemand hatte die Beleuchtung eingeschaltet.

Was sie sah, verblüffte sie: Nicht das Gesicht eines Mannes, sondern etwas Großes, Kastanienbraunes, Unförmiges auf gewaltigen Schultern. Hinter ihr wurde eine Tür aufgerissen. Ein Mann rief eine Warnung, doch die Glock flog beinahe zeitlupenhaft langsam hoch zu ihrem Gesicht, und dann war alles dunkel.

»Miss? Alles in Ordnung?«

Alex öffnete blinzelnd die Augen und sah über sich das Gesicht eines kahlköpfigen Mannes in Pyjamas. In der rechten Hand hielt er eine Pumpgun, in der linken ihre Glock.

Sie betastete vorsichtig ihr Gesicht. Sie spürte Blut, eine Menge Blut. Für einen Moment war sie wieder in der Federal Reserve Bank; auch damals war sie auf den Rücken gefallen, nur dass die Hintergrundgeräusche die von automatischen Waffen und Granaten gewesen waren, eingesetzt vom Geiselbefreiungsteam, und nicht der Südstaatendialekt eines kahlköpfigen Mannes in einem Schlafanzug.

»Bin ich getroffen?«, fragte sie. »Ich habe Schüsse gehört.«

»Nein, Sie sind nicht getroffen«, sagte der Mann mit der Pumpgun. »Dieser Kerl hat einen Schuss abgegeben, aber als ich meine Kanone durch die Tür geschoben hab, hat er wohl eingesehen, dass es besser ist, wenn er nicht noch einmal schießt. Er hat Ihnen die Pistole auf den Schädel geschlagen, und ich hab mit meiner Remington auf ihn gezielt. Da ließ er die Pistole fallen und rannte davon.«

»Haben Sie sein Gesicht erkannt?«

»Nein, Ma'am. Er hatte irgendwas auf dem Kopf. Sah aus wie ein T-Shirt oder so. Er sah aus wie einer der Typen aus *Das Kettensägen-Massaker*.«

Alex atmete tief durch und versuchte sich zu beruhigen. Sie steckte in einer Zwickmühle: Entweder sie gab sich als Mitarbeiterin des FBI zu erkennen, oder sie sah zu, dass sie so schnell wie möglich von hier verschwand. Ihre Instinkte sagten ihr, dass Verschwinden die bessere Wahl war, doch falls sich herausstellte, dass ihr Angreifer der Mörder ihrer Schwester war, opferte sie damit leichtfertig eine Möglichkeit, ihn zu schnappen.

»Haben Sie die Polizei gerufen?«, fragte Alex.

»Verdammt, ja! Sie sind schon auf dem Weg hierher. Die Wache ist keine zwei Kilometer Luftlinie von hier. Was wollte dieser Mistkerl von Ihnen?«

Alex rollte sich langsam herum; dann erhob sie sich vorsichtig. »Sir, ich bin Spezialgentin Alex Morse vom FBI.«

Der Mann im Schlafanzug wich einen Schritt zurück.

»Mein Dienstausweis ist in meinem Wagen.«

»Vielleicht sollte ich lieber einen Blick darauf werfen, Ma'am.«

Während sie ihre Handtasche holen ging, tauchte zwischen den Bäumen flackerndes Blaulicht auf, das von den Wänden der umliegenden Häuser reflektiert wurde. Sekunden später kam ein Streifenwagen mit kreischenden Reifen unten an der Straße zu stehen.

»Hierher!«, rief der Pyjama-Mann. »Die Auffahrt rauf!«

Alex hatte ihren Dienstausweis zur Hand, als die Cops den Weg heraufgetrottet kamen. Sie waren erstaunt, eine Agentin des FBI vorzufinden. Die Frau des Hausbesitzers erschien und bot Alex ein Papiertaschentuch an, damit sie sich das Blut aus dem Gesicht wischen konnte, was Alex mit ausreichend theatralischem Nachdruck tat, um die einheimischen Cops zu beeindrucken. Sie stellte die Situation als eine versuchte Vergewaltigung dar und befahl den Beamten, über Funk einen Fahndungsaufruf nach dem weißen Lieferwagen durchzugeben. Sie versicherte ihnen wiederholt, dass keine Chance bestand, Fingerabdrücke auf ihrer Glock zu sichern, da der Angreifer Handschuhe getragen hatte. Als Antwort auf die diesbezügliche Frage der Cops nannte sie als derzeitige Wohnadresse die Anschrift von Dr. Chris Shepard, einem »alten Freund aus Schulzeiten«. Sie wollte unbedingt vermeiden, dass die Cops aus Natchez ihr Zimmer im Days Inn betraten und entdeckten, was selbst ein blutiger Anfänger als Werkzeuge und Unterlagen einer Morduntersuchung zu identifizieren imstande war. Die Cops beharrten mehr oder weniger darauf, dass sie zur Notaufnahme eines Krankenhauses fuhr, um die Platzwunde an ihrem Kopf untersuchen und gegebenenfalls nähen zu lassen, doch Alex protestierte entschieden und erklärte, Chris Shepard könne die Wunde mindestens genauso gut nähen und darüber hinaus kostenlos. Nachdem sie versprochen hatte, sich am nächsten Morgen für eine weitere Befragung zur Verfügung zu stellen, gaben die Cops sich zufrieden. Alex dankte dem Pyjama-Mann erneut dafür, dass er ihr das Leben gerettet hatte. Sie hinterließ den Cops ihre Handynummer, stieg in ihren Wagen und fuhr an einem Auflauf schockierter Nachbarn in Nachthemden und Schlafanzügen vorbei in Richtung Highway 61.

Sie zitterte am ganzen Leib. *Verzögerte Stressreaktion,* dachte sie. Sie lenkte den Wagen an den Fahrbahnrand und zückte ihr Handy. Chris Shepard meldete sich nach sechsmaligem Läuten. Alex entschuldigte sich, dass sie ihn schon wieder belästigte, und dann – ehe sie erklären konnte, was geschehen war – hörte sie sich unwillkürlich aufschluchzen. *Der Mangel an Schlaf,* sagte sie sich. *Ich habe seit Wochen nicht mehr richtig geschlafen.*

»Wo sind Sie?«, fragte Chris.

»Ich stehe am Straßenrand. Ich bin noch in der Stadt. Ich glaube, ich muss genäht werden.«

»Was ist passiert?«

»Das erzähle ich Ihnen sofort. Ich muss nur vorher …« Erneut betastete sie ihr Gesicht. Die Seite war nass von frischem Blut.

»Schaffen Sie's zu meiner Praxis?«

»Ja. Was ist mit Ben?«

»Ich rufe Mrs. Johnson an und sage ihr, dass ich einen Notruf habe. Sie wird kommen und auf Ben aufpassen.«

Alex wischte sich das Blut mit dem Ärmel aus dem Gesicht. »Er ist hier, Chris. Hier in der Stadt.«

»Wer?«

»Er. Der Killer. Der Mann, der Grace umgebracht hat.«

»Hat *er* Sie angegriffen?«

»Um ein Haar hätte er mich erledigt.«

»Konnten Sie sein Gesicht erkennen?«

»Er trug eine Art Maske. Bringen Sie Ben zu Mrs. Johnson, okay? In Ihrem Haus ist er nicht sicher. Können Sie das tun?«

»Ja.«

»Und vergessen Sie nicht, Ihre Waffe mitzunehmen.«

»Mach ich. Wenn Sie befürchten, vorher das Bewusstsein zu verlieren, fahren Sie zur Notaufnahme des St. Catherine's Hospital.«

»Ich bin okay. Beeilen Sie sich nur, hören Sie?«

Alex lag auf dem Rücken und blinzelte in eine chirurgische Lampe, die so grell erstrahlte wie eine blau-weiße Sonne. Chris hatte ihre Wunde bereits gesäubert. Jetzt nähte er sie überraschend zögerlich direkt unter dem Auge.

»Die Platzwunde verläuft direkt durch Narbengewebe«, sagte er. »Ich weiß nicht, was Ihr plastischer Chirurg über meine Arbeit sagen wird, aber ich nehme an, es ist Ihnen immer noch lieber, als ins Krankenhaus zu fahren.«

»Genau. Warum haben Sie das Betadine verdünnt, als Sie die Wunde gesäubert haben?«

»Das ist etwas Neues. In unverdünntem Zustand tötet es die weißen Blutkörperchen, die den Heilungsprozess beschleunigen. Die Ersthelfer, mikrobiologisch gesprochen.«

Alex schwieg. Weniger als eine Minute später hatte Chris den letzten Stich verknotet.

»Sie können aufstehen, sobald Sie sich danach fühlen«, sagte er. »Nur keine Eile.«

Alex stemmte sich auf einen Ellbogen und überzeugte sich, dass ihr Innenohr wusste, wo oben und unten war, ehe sie sich in eine sitzende Position erhob. »Danke, dass Sie mir geholfen haben.«

»Sie haben wirklich keine Ahnung, wer dieser Kerl war?«

»Nein. Die Frage ist, war er hinter mir her oder hinter Ihnen?«

»Ich würde sagen, das ist ziemlich offensichtlich«, sagte Chris.

»Ganz im Gegenteil. Ich halte es für sehr wahrscheinlich, dass er nach Elgin gekommen ist, um Sie zu töten, wobei er völlig unerwartet mich vorgefunden hat.«

Chris schüttelte den Kopf. »Er ist Ihnen wahrscheinlich den ganzen Tag lang gefolgt. Bei Ihrem Schlafmangel hätten Sie nicht mal eine Herde Elefanten bemerkt.«

Alex erhob sich. »Sie wollen es immer noch nicht wahrhaben.«

»Einer von uns beiden will es nicht wahrhaben«, konterte Chris. »Was jetzt? Sie haben doch wohl nicht immer noch vor, nach Jackson zu fahren?«

»Ich weiß es nicht. Aber ich würde Sie gerne um einen Gefallen bitten, wenn Sie nichts dagegen haben.«

»Sicher.«

»Kommen Sie mit mir zum Days Inn, damit ich meinen Computer holen kann? Es ist nicht weit, und ich brauche ihn dringend.«

»Was ist mit dem Kerl, der Sie angegriffen hat?«

»Ich glaube nicht, dass er dort ist. Das ist nur so ein Gefühl, aber ich habe Vertrauen in meine Instinkte.«

Chris drehte sich um und legte seine Instrumentenschale in ein Spülbecken. »Wenn Sie mir versprechen, heute Nacht bei mir im Haus zu schlafen, fahre ich mit.«

Als sie zögerte, fuhr er fort: »Es dürfte offensichtlich sein, dass dies nicht als unschickliches Angebot gemeint war.«

»Ich weiß.« Sie nahm ihr Handy hervor und wählte die Nummer von Will Kilmer. Er antwortete nach zweimaligem Läuten. Nachdem sie die Situation erklärt hatte, befahl Will ihr mehr oder weniger deutlich, in Natchez zu bleiben. »Ich sitze hier im Krankenhaus in der Lounge«, sagte er müde. »Sie ist nicht bei Bewusstsein, Alex. Keine Veränderung ihres Zustands. Verdammt, es sieht Margaret so ähnlich, die Ärzte wieder mal zum Narren zu halten! Sie ist ein zäher alter Vogel, genau wie ich.«

Alex beendete das Gespräch und sah Chris an. »Also gut, ich komme mit Ihnen. Fahren wir.«

Die Parkplätze des Days Inn lagen still und hell erleuchtet da. Die meisten der geparkten Fahrzeuge waren Pick-ups oder größere Laster. Alex parkte ihren Corolla vier Türen von ihrem Zimmer entfernt und wartete, bis Chris mit seinem Pick-up in die Parklücke neben ihr gefahren war. Er stieg aus, den Achtunddreißiger in der Hand.

»Ich weiß das wirklich zu schätzen«, flüsterte sie ihm zu.

Er lachte leise. »Als ich noch ein Junge war, haben wir manchmal sonntags in diesem Motel zu Abend gegessen. Damals hieß es noch ›Belmont‹.«

»Alles ändert sich, selbst in Kleinstädten.«

»Ja, nur langsamer. Mir gefällt es so.«

Sie kramte ihren Zimmerschlüssel hervor und reichte ihn Chris.

»Zimmer fünfundzwanzig. Ich möchte, dass Sie die Tür aufsperren und den Knauf drehen, aber gehen Sie nicht rein. Bleiben Sie neben der Tür stehen. Ich gehe selbst rein, auf die harte Tour. Falls etwas Unvorhergesehenes passiert, irgendwas Verrücktes, benutzen Sie Ihre Waffe zu Ihrem eigenen Schutz und nicht, um mir zu helfen. Verschwinden Sie, und alarmieren Sie die Polizei.«

Chris starrte sie ungläubig an. »Sie machen Witze.«

Sie sah ihn todernst an. »Nein, keineswegs. Keine Südstaatler-Heldentaten, klar?«

»Sie wissen nicht, was Ihnen entgeht.«

Er schob sich an der Wand des Gebäudes entlang zur Tür, steckte den Schlüssel ins Schloss und drehte den Griff. Als Alex hörte, wie der Mechanismus entriegelte, sprang sie mit erhobener, von einer Seite zur anderen schwingender Waffe durch die Tür.

»Alles sauber«, rief sie nach draußen und bewegte sich auf das Badezimmer zu. Auf halbem Weg blieb sie wie erstarrt stehen. Graces Katze lag auf dem Fußboden, das kleine Maul weit aufgerissen im Todeskampf. Alex sah nirgendwo Blut, doch sie wusste, dass Meggie tot war. Sie wollte sich zu dem Tier niederknien, als sie ein leises, scharrendes Geräusch hinter der Badezimmertür vernahm.

»Was ist los?«, rief Chris hinter ihr.

Alex deutete mit ihrer Glock zur Badezimmertür und winkte Chris, in Deckung zu gehen. Er gehorchte und kniete sich hinters Bett. »FBI! Lassen Sie Ihre Waffe fallen, und kommen Sie mit erhobenen Händen raus!«, rief Alex.

Keine Reaktion.

»Ich bin Special Agent Alex Morse, FBI! Kommen Sie heraus, oder ich schieße!«

Nach fünf Sekunden des Wartens, die Nerven zum Zerreißen angespannt, vernahm sie erneut das leise scharrende Geräusch. Vor ihrem geistigen Auge entstand das Bild eines Duschvorhangs, der an einer Badewanne entlangschabte.

»Vielleicht ist das Wasser angedreht«, sagte Chris.

Alex stieß einen leisen Fluch aus, sprang vor und trat die Badezimmertür auf, bereit, in jeden ein Loch zu schießen, der sich dort versteckt hielt.

Doch es war niemand da.

Das scharrende Geräusch erklang erneut. Sie sah nach unten und machte einen zu Tode erschrockenen Satz zurück. Eine leuchtend bunte Schlange wand sich in der Nähe der Kommode am Boden. Sie biss unablässig in die leere Luft, während ihr Leib sich wild zuckend wand, als wäre sie von einem Wagen überrollt worden.

»Chris!«, zischte Alex.

Er riss sie zurück und schob sich vor sie.

»Was für eine Schlange *ist* das?«, fragte sie.

»Eine Korallenschlange. Die tödlichste Schlange in den Vereinigten Staaten.«

»Sind Sie sicher?«

»Absolut. Sehen Sie die roten Bänder, die an die gelben angrenzen? Es ist definitiv eine Korallenschlange, keine Königsnatter.«

Alex erschauerte. »Hat sie Meggie getötet?«

»Muss wohl. Das Angsteinflößende daran ist, niemand würde sich die Mühe machen, Ihre Katze zu erledigen. Die Schlange wurde in dieses Zimmer gebracht, um *Sie* zu töten.«

Selbst in ihrem gegenwärtigen Zustand besaß die Schlange eine beinahe hypnotische Schönheit. »Was ist mit ihr?«

»Ich würde sagen, Meggie hat ihr Bestes gegeben. Katzen sind gute Schlangenjäger.«

»Aber die Schlange hat sie trotzdem erwischt?«

»Korallenschlangen sind nicht wie Klapperschlangen oder Mokassin-Schlangen. Sie injizieren ihrem Opfer ein Neurotoxin, wie Kobras. Sie haben kurze Giftzähne, aber ein einziger Biss bei einem kleinen Tier wie einer Katze reicht, um es zu töten.«

Chris packte ein Kissen vom Bett und legte es in die Tür, damit sie nicht zufallen konnte. Dann ging er zu seinem Truck und kam mit einem großen weißen Eimer voller Basebälle zurück.

»Was haben Sie damit vor?«, fragte Alex. »Die Schlange steinigen?«

Er hob den Eimer mit beiden Händen, beugte sich über das Kissen und hämmerte ihn mit aller Kraft mit dem Boden voran auf die Schlange. Er rammte das verwundete Reptil förmlich in den Boden. Dann hob er den Eimer und ließ ihn erneut herunterkrachen. Beim dritten Mal klebte die Schlange unten am Boden, zerquetscht wie ein Insekt auf einer Windschutzscheibe.

»Ist sie tot?«, fragte Alex.

»Tot ist ein subjektiver Zustand bei einer Schlange. Das Nervensystem funktioniert selbst nach dem Tod noch eine Zeitlang weiter. Eine ganze Menge unvorsichtige Leute sind am Biss einer toten Klapperschlange gestorben.«

»Und wie steht es mit der hier?«

Chris untersuchte die halb geplatzte Schlange am Boden des Eimers. »Tot wie nur irgendwas.«

Er trug den Eimer nach draußen und warf ihn auf die Pritsche seines Pick-ups. Alex hörte Basebälle herumrollen. Während sie ihren Computer und ihre Fallunterlagen einpackte, schob Chris die tote Katze in einen Abfallsack. »Ich sehe mir das genauer an, wenn wir zurück sind«, sagte er. »Vielleicht finde ich Bissspuren.«

»Sind Sie sicher, dass es kein Problem gibt mit Ben?«

»Er ist bei Mrs. Johnson. Los, fahren wir.«

Alex öffnete die Wagentür; dann stockte sie. »Ist die Korallenschlange in Mississippi heimisch? Ich bin hier aufgewachsen, aber ich habe noch nie eine zu Gesicht bekommen. Jedenfalls kann ich mich nicht erinnern.«

»Die Schlange ist zwar in Mississippi heimisch, aber nicht in diesem Teil des Staates. Es ist eine Fahrt von zwei Stunden bis in Korallenschlangen-Territorium, und selbst dann könnten sie eine ganze Woche suchen und keine finden. Die Tiere sind extrem scheu.«

»Also kann sie unmöglich einfach in mein Zimmer gekrochen sein …?«

»Nie im Leben! Jemand hat die Schlange in Ihr Zimmer gebracht. Und das beantwortet auch eine weitere Frage ein für alle Mal.«

»Und welche?«

»Der Kerl, der Sie im Carport angegriffen hat, ist wegen Ihnen gekommen, nicht wegen mir.«

25

Eldon Tarver steuerte seinen weißen Lieferwagen vorsichtig durch ein Gestrüpp, das den ausgefahrenen Weg versperrte. Es war bereits die vierte Strecke, die er versuchte, und diesmal hatte er das Gefühl, dass seine Bemühungen von Erfolg gekrönt waren. Den Fluss zu erreichen war nicht schwierig – ungefähr alle fünfzig Meter führten Radspuren von der Schotterpiste zur breiten Sandbank am Ufer des Mississippi südlich von Natchez. Das Problem war, dass der Sand am Ende dieser Radspuren weich und der Fluss seicht war. Dr. Tarver brauchte ein Stück Ufer, das das Gewicht des Wagens bis direkt zum Fluss hinunter trug, und gleich dahinter wenigstens drei Meter tiefes Wasser, um den Lieferwagen darin zu versenken. Die starke Strömung des Mississippi würde den Rest besorgen und den Wagen mit einer Kraft mit sich reißen, die garantierte, dass er bis zum Morgen verschwunden wäre. Doch wenn er im Sand feststeckte, konnte jeder Angler ihn schon von weitem sehen, wenn er auf der Jagd nach Welsen oder Hechten mit seinem Flachbodenboot hier entlangraste.

Tarver war zu gerissen, um nach Jackson zu flüchten. Agentin Morse konnte mit Leichtigkeit Straßensperren an sämtlichen Ausfallstraßen errichten lassen. Aus diesem Grund war er nach dem Kampf mit ihr in dem Wohnviertel nur über Nebenstraßen bis hinunter zur Ruine der alten Papiermühle gefahren. Ein ausgedehntes Sojabohnenfeld markierte die Stelle, wo der Asphalt in Schotter überging. Die Piste verlief parallel zum Fluss und führte zu einer Kette von Ölförderpumpen und einem Wildschutzreservat südlich der Stadt. All das hatte Eldon aus dem Studium topographischer Karten erfahren – ein kleiner Teil der intensiven Vorbereitung, die jeder seiner Operationen vorausging. Die Erfahrung hatte ihn gelehrt, dass Vorbereitung der Schlüssel nicht nur zum Erfolg, sondern zum Überleben war, und in dieser Hinsicht war er niemals leichtsinnig.

Hinten im Wagen stand das greifbare Zeugnis dieses Vorbereitetseins auf sämtliche Eventualitäten: ein Honda-Motorrad für den Betrieb auf und abseits der Straßen. Eldon hatte die Maschine bei jedem Einsatz während der letzten fünf Jahre mitgeführt, und heute Nacht würde sich jeder Tropfen Schweiß, den er jemals beim Be- und Entladen des Lieferwagens vergossen hatte, als der Mühe wert erweisen.

Das Licht der Scheinwerfer spiegelte sich auf Tausenden Blättern, als Äste gebogen wurden, entlang der Seiten des Fahrzeugs schrammten und hinter dem Heck wieder zurückschnappten. Tarver hatte den Lieferwagen von Anfang an als entbehrlich betrachtet. Er besaß einen zweiten, genau das gleiche Modell bis auf die Farbe, in einer Garage in seinem Primatenlabor in Jackson. Unvermittelt leuchteten die Scheinwerfer in den freien Raum, eine tiefe Schwärze, die zu Dunkelblau wurde, als er das Licht ausschaltete.

Während er in den nächtlichen Himmel starrte, erschienen winzige rote Lichter auf den mächtigen Masten, die Telefonkabel über den Fluss führten. Weiter unten und zu seiner Rechten, vielleicht anderthalb Kilometer entfernt, erblickte er die Lichter eines sich nähernden Lastkahns. Wenn er blieb, wo er war, würde der Kahn ihn bald passieren.

Er stellte den Motor ab, stieg aus dem Wagen und ging vorsichtig nach vorn, während sein Blick unablässig auf dem sandigen Erdreich zu seinen Füßen ruhte. Er hatte das Gefühl, hoch über dem Fluss zu sein, doch wie hoch genau, vermochte er nicht zu sagen. Ein Gürteltier flüchtete ins hüfthohe Gras, als er sich näherte. Er beobachtete, wie sich das Mondlicht auf dem gepanzerten Rücken spiegelte, bis es verschwunden war. Er setzte sich wieder in Bewegung. Zehn Schritte weiter, und er stand vor einer steilen Klippe.

Sechs Meter unter ihm wirbelte das dunkle Wasser des Mississippi. Er zog sein blutgetränktes T-Shirt aus und schleuderte es in den Fluss. Die Frau hatte ihn am Hals getroffen, hart getroffen, doch es war eine stumpfe Waffe gewesen, wahrscheinlich ein Schlüssel. Hätte sie ein Messer benutzt, wäre er vermutlich schon tot. So war lediglich sein Bart blutgetränkt.

Er joggte zum Wagen zurück, öffnete die Hecktür und befestigte die Aluminiumrampe, die er zum Be- und Entladen des Motorrads benutzte. Vorsichtig wegen der Dunkelheit rollte er die Maschine aus dem Wagen und stellte sie auf ihren Ständer; dann holte er eine kleine Kühlbox und einen Seesack hinter dem Beifahrersitz hervor. Abgesehen von diesen drei Dingen war der Lieferwagen leer. Er war den ganzen Weg von Jackson bis hierher mit Latexhandschuhen an den Händen, einem Wiederverschlussbeutel um den Hals und einer Plastikduschhaube über dem Kopf gefahren.

Er betätigte den Kickstarter der Honda, um ganz sicherzugehen, dass er nicht festsitzen würde. Dann stieg er ein letztes Mal in den Wagen, legte einen kleinen Gang ein und fuhr langsam bis zum Rand der Klippe. Drei Meter vom Abgrund entfernt sprang er aus der offenen Tür und rollte sich wie ein Fallschirmspringer auf dem sandigen Boden ab. Er hörte ein Platschen wie von einem springenden Wal, der ins Wasser zurückfiel, und rannte zur Kante der Klippe, um hinunterzustarren auf das absurde Spektakel eines weißen Chevy-Lieferwagens, der wie eine kaiserliche Barke den Mississippi hinuntertrieb. Die Nase kollidierte mit einer Landspitze, und das Vehikel begann sich um die Längsachse zu drehen, während es tiefer und tiefer sank und dabei südwärts in Richtung Baton Rouge und New Orleans davontrieb.

Wären die Umstände nicht so verdammt ernst gewesen, Eldon Tarver hätte laut aufgelacht. Doch das Lachen musste warten. Tausend besorgniserregende Gedanken kämpften in seinem Verstand um die Oberhand. Er würde keinem dieser Gedanken erlauben, sich frei zu entfalten, ehe er nicht einen absolut sicheren Ort erreicht hatte. Ein Teil von ihm wollte in Natchez bleiben, um die

Arbeit zu Ende zu bringen, die er begonnen hatte. Doch in diesem Fall war die Zeit auf seiner Seite. Es gab wichtigere Probleme, mit denen er sich befassen musste. Andrew Rusk beispielsweise.

Rusk hatte ihn belogen. Eldon war nicht sicher, wie weit Rusks Täuschung ging, doch eine Lüge war es zweifellos. Eldon verdrängte die in ihm aufsteigenden Rachegedanken und konzentrierte sich stattdessen auf sein Überleben. Er hatte immer gewusst, dass ein Tag wie dieser kommen würde. Jetzt, da es so weit war, war Eldon bereit. Sein Zufluchtsort war weniger als siebzig Kilometer entfernt. Dort konnte er sich ausruhen, Kräfte sammeln und seine Antwort planen. Er schnallte die Box und den Seesack auf die Honda. Er brauchte nichts weiter als einen kühlen Kopf und ruhige Nerven, um sein Versteck zu erreichen. Als er auf das Motorrad stieg und den Gang einlegte, durchströmte ihn neue Zuversicht.

Er war schon so gut wie da.

26

Chris lenkte seinen Pick-up auf den Ärzteparkplatz des St. Catherine's Hospital und stellte den Motor ab. Bevor er nach drinnen ging, sicherte er die Ballwurfmaschine und den Generator – beides führte er wegen Bens Baseballtraining auf der Ladefläche mit – durch ein Kabelschloss. Es hatte eine Zeit gegeben, wo derartige Vorsichtsmaßnahmen in Natchez nicht nötig gewesen waren, doch das war lange vorbei.

Er machte seine Visite so konzentriert, wie es ihm angesichts der Umstände möglich war, doch die Ereignisse der vergangenen Nacht wollten ihm nicht aus dem Kopf. Nachdem er sich von seinem letzten Patienten auf der Station verabschiedet hatte, ging er nach unten in die Intensivstation, wo er Michael Kaufman begegnete, Thoras Frauenarzt. Vor zwei Tagen hatte er Kaufman eine

Blutprobe Thoras zur Analyse geschickt, um herauszufinden, ob eventuelle Hormonstörungen die Ursache für ihre Unfruchtbarkeit waren.

»Ich bin froh, dass ich Sie hier treffe«, sagte Mike und blieb stehen. »Ich habe etwas Merkwürdiges in Thoras Blut gefunden.«

»Tatsächlich? Was?«

»Sie hat einen hohen Progesteronspiegel.«

»Was?«

Kaufman nickte. »Sie versucht doch immer noch schwanger zu werden, nicht wahr?«

»Ja. Wie hoch ist der Spiegel, über den wir uns unterhalten? Kontrazeptiv?«

»Mehr. Eher wie die Pille danach.«

Chris spürte, wie ihm das Blut in die Wangen schoss. Mike Kaufman hatte soeben einen Verstoß gegen die ärztliche Schweigepflicht begangen, und diese Tatsache schien ihm ebenfalls zu dämmern. Mehr noch, beiden Männern war klar geworden, dass Chris' Ehefrau in einer ganz entscheidenden Angelegenheit unehrlich gegenüber ihrem Mann gewesen war. Kaufman nickte ihm verlegen zu und setzte seinen Weg fort.

Chris näherte sich mit langsamen Schritten der Intensivstation. Er nahm seine Umgebung kaum wahr – die Implikationen von Kaufmans Enthüllung waren schier unerträglich. War es möglich, dass Thora ihn in seinem Studio nur deshalb verführt hatte, um eine Affäre – und ihre Folgen – zu vertuschen? Dass ihr Gerede von ihren Bemühungen, schwanger zu werden, nichts weiter als eine Scharade war? Ein kaltblütiger Akt, um Gott weiß was sonst noch alles zu vertuschen?

Unvermittelt tauchten die breiten Türen der Intensivstation vor Chris auf und schienen einen Fluchtweg aus der auflodernden Hölle in seinem Kopf zu bieten.

Die kühlere Luft, das Summen und Piepsen von Maschinen und die leisen Stimmen der Schwestern verschafften ihm vorübergehende Erleichterung und Ruhe vor sich selbst. Hier blieb ihm gar nichts anderes übrig, als sich auf seine Arbeit zu konzentrieren. Er hatte einen Teenager aus der St. Stephen's auf der Station; der Junge hatte eine hartnäckige zweiseitige Lungenentzündung, die sich bereits gegen zwei starke Antibiotika als immun erwiesen hatte. Am vergangenen Abend hatte Chris während seiner Visite einen Tropf mit Vancomycin verordnet. Falls sich der Zustand des Jungen nicht gebessert hatte, würde er den Fall nach Jackson verlegen, zu einem Spezialisten für Infektionskrankheiten an der Uniklinik, mit dem er befreundet war. Als er den Blick zu den gläsernen Abteilen hob, war das Erste, was er sah, Tom Cage, der aus einem der Zimmer kam.

»Tom! Ich wusste gar nicht, dass Sie einen Fall auf der Intensivstation haben.«

»Habe ich auch nicht«, antwortete Cage, wobei er etwas in eine Akte notierte. »Ich war bei dem Patienten, wegen dem Don Allen mich konsultiert hat. Ich wollte ein detaillierteres Bild als das, was ich in seiner Krankenakte vorgefunden habe.«

»Und? Haben Sie etwas Interessantes entdeckt?«

»Ich bin mir nicht sicher. Irgendwas sagt mir, dass der Patient an allgemeiner Sklerodermie leidet, obwohl die Labortests keinerlei Hinweis darauf geben. Bei Männern ist es häufig so, dass man keine äußeren Anzeichen sieht, doch der Blutdruck dieses Kranken ist atemberaubend und durch nichts in Schach zu halten.«

»Falls es eine innere Sklerodermie ist, was kann man gegen die Hypertonie unternehmen?«

Als der weißhaarige Arzt den Blick von der Akte hob, bemerkte Chris einen Ausdruck in seinen Augen, den Dr. Cage einem Patienten niemals zeigen würde: Hilflosigkeit, gemischt mit Wut und Resignation. Chris nickte traurig.

»Ach ja, und ich habe mir Ihre Lungenentzündung angesehen«, sagte Tom Cage. »Die weißen Blutkörperchen sind im Verlauf der Nacht signifikant zurückgegangen.«

»Na also!«, sagte Chris erfreut »Ich habe mir schon Sorgen gemacht. Der Junge ist erst siebzehn.«

Tom seufzte mitfühlend. »Ich habe das Gefühl, dass immer

mehr von diesen atypischen Lungenentzündungen auftreten, speziell bei jungen Erwachsenen.«

»Sind Sie fertig mit Ihrer Visite?«

»Ja. Ich bin auf dem Weg in die Praxis.«

»Ich komme gleich nach.«

Chris betrat den Raum, in dem sein Patient untergebracht war. Er musste nicht erst das Diagramm studieren, um die Veränderung zu sehen. In den Augen des Jungen leuchtete ein Licht, das seit wenigstens einer Woche nicht mehr dort gewesen war, und seine Hautfarbe hatte bereits die todesähnliche Leichenblässe verloren. Als Chris die Brust des Jungen mit einem Stethoskop abhorchte, stellte er deutliche Verbesserungen fest, insbesondere im linken Lungenflügel. Er lachte über einen Witz, den der Junge über die Schwestern und über Bettschüsseln machte, als er Shane Lansing erblickte, der draußen auf der Schwesternstation etwas in eine Krankenakte schrieb. Lansing schien sich auf die Akte zu konzentrieren, während er schrieb, doch Chris hatte das deutliche Gefühl, dass der Chirurg ihn bis zu dem Moment angestarrt hatte, als er aufgeblickt hatte.

Michael Kaufmans Worte hallten in seinen Ohren wider. *Eher wie die Pille danach ...*

War Lansing mit den Gedanken bei einem seiner Patienten? Oder bei Thora? Chris spürte so etwas wie Erleichterung, den Chirurgen so früh am Morgen in Natchez anzutreffen. Greenwood lag mehr als vier Stunden entfernt, und es war höchst unwahrscheinlich, dass Lansing jeden Tag acht Stunden Fahrt auf sich nahm, um Thora im Alluvian zu vögeln. Er hätte sie bereits um vier Uhr heute Morgen wieder verlassen müssen, um jetzt hier im Krankenhaus zu sein. Dennoch verspürte Chris einen irrationalen Zwang, nach draußen zu gehen auf die Schwesternstation und dem Chirurgen die Nase einzuschlagen. Er verabschiedete sich von seinem Patienten, sagte, dass er nach dem Mittagessen noch einmal vorbeischauen würde, um seine Fortschritte zu überprüfen, aktualisierte die Krankenakte und verließ das Zimmer.

»Morgen, Chris«, sagte Lansing. »Denken Sie noch an unser Golfspiel?«

»Heute Nachmittag kann ich nicht.« Chris suchte in Lansings Augen nach Anzeichen von Müdigkeit. »Aber vielleicht morgen.«

»Rufen Sie mich an. Oder hinterlassen Sie mir eine Nachricht.«

»Sie können nachmittags weg?«

»Sicher. Ich habe meist morgens alle Hände voll zu tun.«

»Deswegen machen Sie ja auch das große Geld.«

Lansing antwortete nicht.

Chris sah schweigend zu, wie der attraktive Chirurg eine weitere Akte studierte; dann machte er auf dem Absatz kehrt und verließ die Intensivstation.

Als er den Korridor hinunterging, wäre er fast mit Jay Mercier zusammengeprallt, dem einzigen Hämatologen in Natchez. Wie andere Spezialisten in Kleinstädten auch, die alles Mögliche behandelten, angefangen von Efeu-Vergiftung bis hin zu Gicht, war Mercier zugleich der allgemeine Onkologe der Stadt und damit befasst, jede Geschwulst im gesamten County zu diagnostizieren und sie entweder selbst zu behandeln oder als Kontaktperson für spezielle Kliniken in den großen städtischen Zentren zu fungieren. Er war einer der meistbeschäftigten Ärzte der Stadt, und doch hatte Chris nie erlebt, dass er mit seiner Zeit knauserte, besonders nicht in der Sprechstunde. Chris überlegte kurz, ob er Mercier beiseiteziehen und fragen sollte, ob es möglich war, absichtlich Krebs bei einem Menschen auszulösen – doch wenn er das tat, würde Mercier ihn ohne Zweifel mit Fragen durchlöchern, wie er auf ein so abgehobenes Szenario käme.

»Morgen, Chris.« Mercier lächelte ihn an. »Wie geht es der resistenten Lungenentzündung?«

»Ich glaube, das Vancomycin hat endlich angeschlagen.«

»Gut. Der Junge sah ziemlich mitgenommen aus.«

Sie waren beide langsamer geworden und hätten mühelos eine Unterhaltung anfangen können, doch Chris zwang sich, seinen Weg den Korridor entlang fortzusetzen. Sobald er um die Ecke bog, war der Ausgang nicht mehr weit. Doch anstatt das Krankenhaus zu verlassen, lehnte er sich an die Wand wie ein Mann, der eine Zigarettenpause macht. Weniger als eine Minute später hatte er seine Antwort. Als Shane Lansing um die Ecke bog, trat Chris ihm direkt in den Weg.

Der Chirurg wirkte überrascht, jedoch nicht ängstlich. »Haben Sie sich das mit dem Golfspiel noch mal überlegt?«

Chris starrte Lansing hart in die Augen. »Vögeln Sie meine Frau, Shane?«

Lansing blinzelte, doch er ließ sich nicht das Geringste anmerken. »Verdammt, nein! Wovon reden Sie überhaupt?«

Chris starrte ihn einige Sekunden lang an, ohne zu antworten. »Ich glaube, Sie lügen.«

Lansing kniff die Augen zusammen. Er setzte zu einer Erwiderung an; dann schloss er den Mund wieder und versuchte sich an Chris vorbeizuschieben.

Chris packte ihn am Arm und schleuderte ihn gegen die Wand. »Wagen Sie es nicht, mich wie einen dummen Jungen stehen zu lassen, Sie Hurensohn.«

Lansing starrte ihn wie betäubt an. Wahrscheinlich war er mehr von der Direktheit der Konfrontation überrascht als von Chris' körperlichem Übergriff. »Sie haben den Verstand verloren, Shepard!«

»Jede Wette, dass Sie sich bestens auskennen mit Szenen wie diesen, was, Lansing? Ein Weiberheld wie Sie ... Wissen Sie was? Diesmal werden Sie nicht einfach davonkommen. Wären wir noch auf der Junior Highschool, würde ich Ihnen nur kräftig in den Arsch treten und es dabei belassen. Aber das Schicksal eines Jungen steht auf dem Spiel. Und ich weiß genug über Sie, um zu wissen, dass Sie in Wirklichkeit einen Dreck auf Thora geben. Oh, sicher, es macht Ihnen Spaß, sie zu vögeln. Das Gefühl, von ihr begehrt zu werden, macht Sie an. Aber das ganze Paket ist eher uninteressant, stimmt's?«

Lansing ließ sich immer noch nichts anmerken. Doch dann, in der knisternden Stille, entdeckte Chris einen Riss in seinem Panzer. Es war Selbstgefälligkeit. Lansing vermochte die Überlegenheit nicht zu verbergen, die er empfand – eine heimliche Überlegenheit, die zweifellos auf seiner intimen Kenntnis von Chris' Frau basierte, ihrem Körper, ihren Emotionen, ihren Plänen. Dann kam Chris ein weitaus erschreckenderer Gedanke.

»Oder vielleicht doch?«, sagte er. »Es ist Thoras Geld, stimmt's? Sie hatten schon immer eine Vorliebe für Geld, und Thora hat genug davon, um Ihnen das Wasser im Mund zusammenlaufen zu lassen. Ist es nicht so?«

Lansing ließ seine Maske fallen. Er tat nicht mehr unschuldig. Er sagte irgendetwas, doch Chris hörte ihm nicht zu. Sein Kleinhirn reagierte auf die Faust, die der Chirurg ansatzlos von der Seite her schlug. Chris war kein Boxer, doch er hatte an der Highschool drei Jahre lang gerungen. Er packte das Handgelenk des Chirurgen und nutzte den Schwung, den Lansing in seinen Schlag gelegt hatte, um den großen Mann über sich hinwegzuschleudern.

Lansing landete krachend auf dem Boden. Der Aufprall trieb ihm die Luft aus den Lungen. Chris drehte ihn auf den Bauch, stemmte ihm das Knie in den Rücken und bog ihm einen Arm nach hinten. Lansing schrie schmerzerfüllt auf. In diesem Moment kamen zwei Krankenschwestern um die Biegung und blieben mit offenen Mündern gaffend stehen.

»Gehen Sie weiter!«, herrschte Chris sie an. »Verschwinden Sie!«

Sie eilten den Gang hinunter, ohne den Blick von dem Geschehen zu nehmen.

Chris brachte den Mund dicht an Lansings Ohr. »Eine Freundin von mir wurde gestern Nacht fast umgebracht. Vielleicht wissen Sie davon, vielleicht auch nicht. Aber merken Sie sich eins: Sie sind nicht der Einzige, um den es hier geht. Es geht um Ben, es geht um Ihre Kinder, Ihre Frau, Thora und mich. Die meisten dieser Leute können sich nicht wehren. Aber ich kann es.« Er verdrehte Lansing den Arm, bis der Chirurg erneut aufschrie. »Wenn Sie irgendetwas tun, das Ben schadet, dann dauert es ein Jahr, bis Sie wieder operieren können. Haben Sie verstanden, Shane?«

Lansing grunzte.

»Das dachte ich mir. Und wenn Sie so unschuldig sind, wie Sie eben noch getan haben, können Sie jetzt meinetwegen die Polizei rufen und mich anzeigen. Ich warte in meiner Praxis.«

Chris hörte, wie sich hinter der Biegung ein Durcheinander von Stimmen näherte. Er erhob sich und verließ das Gebäude durch die Glastür; dann trottete er zu seinem Pick-up. Als er vom Parkplatz fuhr, sah er den Verwaltungsdirektor des Krankenhauses vor der Tür stehen und ihm hinterhergaffen.

Als Chris in der Praxis eintraf, informierte er Holly, dass er nicht gestört werden wollte. Dann verschwand er in seinem privaten Büro, rief über die Gegensprechanlage beim Empfang an und bat Jane, ihn mit Dr. Peter Connolly vom Sloan-Kettering-Krebszentrum in New York zu verbinden.

Peter Connolly war ein aufsteigender Stern in der Welt der Onkologie. Bis vor sechs Jahren war er noch Professor für Hämatologie an der Universitätsklinik in Jackson, Mississippi, gewesen. Dann hatte er ein Angebot vom Sloan-Kettering erhalten, eine neue klinische Forschungseinrichtung für simultane Organ- und Knochenmarkstransplantationen zu leiten. Während seiner Zeit in Jackson hatte er einen entscheidenden Anstoß dazu gegeben, dass die Universitätsklinik sich um den Titel eines Nationalen Krebszentrums bewarb – wovon in den Vereinigten Staaten lediglich acht weitere existierten.

Chris' Gegensprechanlage summte. Jane war dran. »Und?«, fragte er.

»Ich habe seine Sekretärin in der Leitung. Dr. Connolly zeigt gerade einigen Assistenzärzten, wie man Knochenmark entnimmt. Er wird versuchen, Sie noch vor dem Mittagessen zurückzurufen.«

»Danke, Jane«, sagte Chris und versuchte seine Enttäuschung im Zaum zu halten. Man konnte schließlich nicht erwarten, im angeblich besten Krebszentrum der USA anzurufen und ohne Verzögerung einen der Spitzenforscher an den Apparat zu bekommen. »Sagen Sie bitte, dass ich die schnelle Antwort zu schätzen weiß.«

»Sie kann Sie mit seiner Mailbox verbinden, falls Sie eine Nachricht hinterlassen möchten.«

»Okay.«

»Warten Sie.«

Es klickte zweimal, und dann hörte er eine digitale Stimme sagen: »Bitte hinterlassen Sie Ihre Nachricht.«

»Peter, hier ist Chris Shepard aus Mississippi. Ich habe eine ziemlich eigenartige Frage, und ich denke, ich stelle sie einfach schon einmal vorab und gebe Ihnen Zeit, darüber nachzudenken. Ich möchte wissen, ob es möglich ist, gezielt Krebs bei einem Menschen hervorzurufen, und zwar auf eine Weise, dass kein Pathologe es feststellen kann. Ich spreche von den verschiedenen Arten von Blutkrebs und einem Zeitrahmen von achtzehn Monaten von der Diagnose bis zum Tod. Es klingt verrückt, aber wir haben damals an der Uniklinik ja mit ziemlich verrückten Sachen hantiert. Ich weiß, dass Sie viel zu tun haben, aber ich wäre Ihnen sehr dankbar, wenn Sie mich zurückrufen, sobald Sie eine Gelegenheit dazu finden.«

Chris rief Jane über die Gegensprechanlage. »Wenn Connolly zurückruft, lassen Sie ihn nicht warten. Rufen Sie mich aus dem Behandlungszimmer, ganz egal, was ich gerade mache.«

»In Ordnung.«

»Es sei denn, ich habe einen dringenden Notfall.«

»Ich weiß.«

»Danke.« Chris atmete tief durch, drängte die paranoiden Ängste zurück, die sich in ihm aufstauten, und ging nach draußen, um seine Sprechstunde zu eröffnen.

Alex setzte sich ruckartig im Bett auf, die Glock in der Hand, die Augen weit aufgerissen. Blaues Licht drang durch eine Ritze in den Vorhängen zu ihrer Rechten. Sie brauchte mehrere Sekunden, um sich zu erinnern, wo sie war: in einem Gästezimmer in Chris Shepards Haus. An einer Wand stand ein Tisch, auf dem sich Haushaltsrechnungen und Papiere stapelten. Er sah aus wie die Art von Tisch, an der Hausfrauen früher sämtliche alltäglichen Arbeiten erledigt hatten.

Während Alex den Tisch anstarrte, summte das Mobiltelefon in ihrer Handtasche. Es hatte sich vorhin schon einmal gemeldet, dämmerte ihr. Das war es, was sie geweckt hatte. Ihr privates Handy – das Gerät, das sie bei ihrer privaten Mordermittlung benutzte – lag stumm auf dem Nachttisch. Das Gerät in ihrer Handtasche war ihr offizielles Mobiltelefon.

O Gott ...

Erinnerungen an den Überfall der vergangenen Nacht huschten ihr durch den Kopf. Sie hatte der Polizei von Natchez ihren richtigen Namen nennen müssen – ihr war keine andere Wahl geblieben. Während sie auf das Display starrte, auf dem UNBEKANNTER ANRUFER zu lesen stand, erwachte in ihr ein Impuls, den Anruf entgegenzunehmen. Doch im letzten Moment hielt sie sich an ihre Standardprozedur im Verlauf des letzten Monats und ließ sich von der Mailbox abschirmen. Das offizielle Telefon konnte nur Ärger bedeuten. Der Anrufer konnte irgendein Außenagent sein oder ihr unmittelbarer Vorgesetzter aus Charlotte, der zurzeit offiziell auf den Bahamas in Urlaub war. Nachdem sie eine volle Minute gewartet hatte, wählte sie die Nummer ihrer Mailbox, um herauszufinden, wer etwas von ihr wollte.

»Agentin Morse«, begann eine vertraute Stimme in einem selbstgefälligen Bostoner Intellektuellendialekt. »Hier spricht Deputy Director Mark Dodson in Washington.«

Alex' Brust schnürte sich zusammen, bis ihr das Atmen schwerfiel.

»Ich rufe an, um Sie zu informieren, dass wir ein Flugzeug des FBI abgestellt haben, das Sie nach Washington zu einer Befragung durch die Dienstaufsicht bringen wird ...«

Die Dienstaufsicht. Ihr Blutdruck ging in freien Fall über.

»Die Maschine wird planmäßig in Jackson, Mississippi, landen. Sollten Sie sich irgendwo anders aufhalten als in Jackson, rufen Sie mich bitte unverzüglich an, sodass ich den Flug zu Ihrem Aufenthaltsort umleiten kann. Versuchen Sie nicht, die Angelegenheit zu verzögern, Agentin Morse. Damit machen Sie alles nur noch schlimmer.«

Es folgte ein Klicken, und die Nachricht war zu Ende. Als das Mailbox-Programm ihr anbot, die Nachricht zu löschen, bestätigte sie. Sie würde sich nicht noch einmal die Stimme eines tödlichen Feindes im Augenblick seines Triumphs anhören. *Die Dienstaufsicht ...*

»Verdammter Mist!«, schrie sie, stieg aus dem Bett und zog die gleichen Hosen wie am Vortag an. Wenn das FBI schon ein Flugzeug nach ihr schickte, mussten sie alles wissen. Der Sonderurlaub, den sie wegen Krankheit genommen hatte, die falschen Berichte, die sie übermittelt hatte, der Klassenkamerad, der sie in Charlotte deckte ... wahrscheinlich wussten sie inzwischen sogar, dass sie in der vergangenen Nacht von einem unbekannten Angreifer überfallen worden war. Das war wahrscheinlich der Auslöser gewesen, der ihr sorgsam zurechtgebasteltes Kartenhaus hatte einstürzen lassen. Und alles für nichts und wieder nichts! Jeder weiße Lieferwagen, den die Polizei in der vergangenen Nacht überprüft hatte, war völlig legal auf einen unbescholtenen Bürger registriert gewesen.

»Scheiße, Scheiße, *Scheiße!«*, fluchte Alex.

Sie kämpfte gegen die Tränen an, während sie die Vermittlung des Puzzlepalasts in Washington anrief, auch bekannt als das Edgar J. Hoover Building. *Natürlich besteht immer die Chance,* dachte sie ironisch, *dass sie ein Flugzeug geschickt haben, das mich nach Afghanistan bringen soll, damit ich mit Osama bin Laden über seine Aufgabe verhandle ... oder etwas ähnlich Wichtiges. Möglich, aber unwahrscheinlich.* Sie bat die schwatzhaft-vergnügte Vermittlerin, mit dem Büro von Deputy Director Dodson verbunden zu werden. Nachdem sie ihren Namen genannt hatte, wurde sie augenblicklich durchgestellt.

»Agentin Morse?«, fragte Dodson.

»Ja, Sir.«

»Wo befinden Sie sich im Augenblick?«

»In Natchez, Mississippi.«

Eine längere Pause entstand. Dann: »Wie ich sehe, gibt es nördlich von Natchez einen Flughafen, auf dem ein Lear Jet landen kann.«

»Ich glaube ja, Sir.«

»Sie werden in dreißig Minuten auf diesem Flughafen sein, bereit zum Abflug.«

»Ja, Sir. Darf ich fragen warum?«

»Nein.«

»Ja, Sir.«

»Das ist alles.«

»Sir«, sagte Alex, doch Dodson hatte bereits aufgelegt. Sie sah sich in dem leeren Gästezimmer um. Vergangene Nacht, als Chris Shepard hier gewesen war, hatte es ausgesehen wie ein warmer, menschlicher Ort. Jetzt war es nichts weiter als eine leere Hülle.

Sie ging ins Badezimmer, um sich frisch zu machen, so gut es in der kurzen Zeit ging.

Als sie die Tür schloss und sich auf die Toilette setzte, sah sie sich unvermittelt einem dreißig mal vierzig Zentimeter großen Farbporträt von Thora Shepard gegenüber. Thora starrte sie mit dem kühlen Gleichmut eines Fotomodells an – genaugenommen starrte sie geradewegs durch Alex hindurch. Ihre perfekt frisierten blonden Haare rahmten eine gemeißelte Nase, hohe Wangenknochen und meergraue Augen ein, die Chris Shepard so sicher umgarnt hatten wie vor ihm Red Simmons. Obwohl Alex noch nie ein Wort mit Thora gewechselt hatte, hatte sie die andere Frau immer als Gegnerin gesehen, wie zwei Agenten auf gegenüberliegenden Seiten der Berliner Mauer, die über die Entfernung hinweg ein Katz-und-Maus-Spiel spielten. Doch jetzt wurde ihr klar, dass dies nichts weiter als absurde Einbildung war. Das kühle Gesicht vor ihr gehörte einer Frau, die das Spiel längst gewonnen hatte, welches Spiel es auch sein mochte, während Alex zu ihrer beruflichen Exekution nach Washington zurückgeholt wurde.

Neville Byrd bewegte vorsichtig den Joystick in seinem Schoß und verschob den Laser auf dem Dach um fünf Millimeter nach rechts. Dann setzte er seine Spezialbrille auf, um die Linie des Strahls zu überprüfen. *Hallo.* Diesmal hatte er es geschafft. Der grüne Strahl endete präzise im Zentrum des nordöstlichen Eckfensters im sechzehnten Stock des AmSouth Bank Towers. Von diesem Augenblick an würden dank dem Laser und dem optischen Glas der vierten Generation, das in die gleiche Richtung zielte, jedes gesprochene Wort und jeder Anschlag auf der Computertastatur im Büro von Andrew Rusk auf den Instrumenten in dem Bordcase hinter Neville Byrd aufgezeichnet werden. Neville trank einen Schluck Vault und lehnte sich gegen das Fenster seines Hotelzimmers, das nur eine Straßenbreite vom AmSouth Tower getrennt lag. Er war hier im Auftrag von Noel D. Traver, einem gutsituierten Geschäftsmann von vielleicht sechzig Jahren mit einem schrecklichen Muttermal im Gesicht. Dr. Traver hatte Neville einen ganz einfachen Auftrag erteilt und anschließend das Doppelte seiner üblichen Gebühren für die erfolgreiche Durchführung geboten.

Das hatte Neville zu einem glücklichen Mann gemacht. Hightech-Überwachungsarbeit war nicht gerade ein blühender Geschäftszweig in Mississippi.

In den vergangenen Jahren hatte Neville hauptsächlich für Scheidungsanwälte und Privatdetektive gearbeitet, hatte sich in E-Mail-Konten gehackt und die Mobiltelefone von Leuten abgehört, die ihre Ehegatten betrogen. Ein tiefer Sturz seit den Tagen, in denen er für Netscape gearbeitet hatte. Gerade einmal zehn Jahre war es her, als er mit an vorderster Front gegen den mächtigen Microsoft-Konzern gekämpft hatte. Heute war der CEO von einst, Jim Barksdale, ein Philanthrop, und Netscape nur noch ein Schatten seines früheren Selbst – genau wie sein einstiger Software-Entwickler.

Doch dieser Job hier war anders.

Andy Rusk war einer der fünf Top-Scheidungsanwälte in der Stadt, und Neville hatte schon mehrmals für ihn gearbeitet. Nach Nevilles nicht unbescheidener Meinung war Rusk bloß einer von vielen Verbindungsstudenten von der Ole Miss mit zu viel Geld und mehr Ego, als gut war für ihn. Im Augenblick plapperte er am Telefon mit irgendeinem Kerl über eine Cross-Country-Motorradtour, die er organisierte, auf Harleys natürlich – *Hawgs, Mann!* –, auch wenn es gemietete Maschinen waren. Das sagte eigentlich schon alles.

Neville nahm einen weiteren Schluck Vault und kicherte. Im Gegensatz zu Andy Rusk machte Dr. Traver einen anständigen Eindruck, und er war zweifellos um einige Größenordnungen cleverer als Rusk und seinesgleichen. (Neville wusste, dass Traver Tierarzt war, weil er im Internet nachgesehen hatte.) Er hatte genau gewusst, welche Ausrüstung erforderlich war, um die Überwachung von Rusks Büro zu organisieren, und er hätte keinen Detektiv beauftragt, der nicht über das entsprechende Werkzeug verfügte.

Auch Neville war nicht blind engagiert worden. Dr. Traver hatte ihn gebeten, zu einer Unterhaltung von Angesicht zu Angesicht die Interstate 55 nach Byram hinunterzukommen. Neville hatte nichts dagegen gehabt. Er hatte sich in den fünf Jahren, seit er sein Firmenschild als Spezialist für Digitale Sicherheit aufgehängt hatte, an schlimmeren Orten mit seinen Mandanten getroffen. Bei einem Frescata Clubsandwich von Wendy's hatte er Dr. Traver versichert, dass er ohne Weiteres imstande sei, sich in das Büronetzwerk von Andrew Rusk zu hacken. Dr. Traver war skeptisch gewesen, und bis zum jetzigen Zeitpunkt hatte seine Skepsis sich als berechtigt erwiesen. Wer auch immer verantwortlich war für die Computersicherheit im Büro von Rusk, er hatte gute Arbeit geleistet. Doch der Laser würde ihn letztendlich festnageln. Nicht nur, dass er durch Messung der Vibration der Fensterscheibe jedes gesprochene Wort in Rusks Büro auffing, er zeichnete außerdem auf, welche Tasten auf seiner Computertastatur in welcher Reihenfolge gedrückt wurden, indem er die Veränderungen des elektromagnetischen Feldes im Büro maß. Das optische Glas allein erfasste etwa zwei Drittel von Rusks Tastatur und Bildschirm, was bedeutete, dass Neville vieles von dem, was Rusk an seinem Computer tippte, auch auf digitalem Video festhalten konnte.

Der schwierige Teil dieses Auftrags war die Installation der Anlage gewesen. Das Marriott Hotel war das einzige Gebäude mit Blickkontakt zu Rusks Fenster im sechzehnten Stock, und selbst dieses Hotel hatte keine Fenster, die zum AmSouth Tower hinauszeigten. Um dieses Problem zu lösen, hatte Neville eine spezielle

Apparatur angefertigt – eine Art Plastik-Hundehütte für den Laser und das optische Glas –, die er auf dem Dach des Hotels installiert hatte. Anschließend hatte er sich ein Zimmer in der obersten Etage genommen und seine drahtlose Kontroll- und Überwachungsstation eingerichtet.

Bis jetzt waren seine wertvollsten Daten atemberaubende Ausblicke auf die Titten von Rusks Sekretärin. Der Anwalt schien Russ-Meyer-Titten als primäre Qualifikation für den Job zu verlangen, denn seine Sekretärin hatte reichlich davon. Und Killerwaden außerdem. Neville fragte sich, ob Dr. Traver möglicherweise mit Rusks Sekretärin verheiratet war. Doch sie war nicht älter als dreißig – und *heiß* – während Traver um die Sechzig war und dieses hässliche Muttermal im Gesicht trug. Neville nippte an seinem Vault und beobachtete, wie Rusk in der Nase bohrte, während er munter in den Telefonhörer plapperte.

»Vielleicht ist Traver aus irgendeinem Grund sauer auf ihn«, sagte er. »Ja, das muss es sein.«

Neville wartete geduldig, dass Andy Rusks Sekretärin wieder auftauchte. Er war zuversichtlich, dass er bis zum Ende der Woche nicht nur alles wusste, was es über Andrew Rusk und seine Sekretärin zu wissen gab, sondern auch über den alten Tierarzt. Das war der hauptsächliche Kick bei dieser Art von Arbeit, das Gefühl der Allwissenheit. Viele Spieleentwickler redeten darüber, doch das waren nur Hacker-Fantasien. Dieser Job bot keine animierten Puppen mit Comic-Titten, das hier war das echte Leben. Echte Menschen. Und wenn man gut war in diesem Job, gewann man tiefen Einblick in ihre privaten Leben, ihre Schlafzimmer, in was immer man wollte. Wenn man richtig gut war, erhaschte man manchmal sogar einen Blick in ihre Köpfe.

Das war der *absolute* Kick, Mann.

27

Alex stand am Rand des kleinen Vorfelds auf dem Natchez Airport und beobachtete die Lear 35, die vor ihr eine perfekte Landung hinlegte. Sie war nur ein paar Kilometer vom Natchez Trace entfernt, wo sie zusammen mit Chris auf der Brücke über den Creek gestanden hatte. Das war nun schon eine ganze Woche her.

Während der Jet sich über das Rollfeld der Stelle näherte, wo Alex stand und wartete, nahm sie ihr offizielles Mobiltelefon hervor und versuchte erneut, Chris zu erreichen. Der Akku ihres privaten Handys war in der Nacht leer geworden, als sie in Chris' Gästezimmer unter dem Einfluss einer Ativan tief und fest geschlafen hatte. Zu ihrer Überraschung nahm Chris den Anruf entgegen.

»Alex?«

»Ja. Ich …«

»Sind Sie immer noch bei mir zu Hause?«

»Nein. Ich bin am Flughafen. Ich steige gleich in einen Jet nach Washington.«

»Was?«

»Das FBI hat mich durchschaut, Chris. Meine privaten Ermittlungen, alles. Sie haben mich heute Morgen angerufen.«

Er schwieg ein paar Sekunden. »Das tut mir leid«, sagte er dann. »Kann sein, dass ich selbst auch in Schwierigkeiten bin.«

»Wie das?«

»Ich habe heute Morgen Shane Lansing in der Intensivstation getroffen. Ich habe ihn … zur Rede gestellt.«

Alex schloss enttäuscht die Augen. Dr. Shepard war, wie sich herausstellte, schlecht dazu geeignet, eine Falle zu konstruieren. Er besaß nicht die Verschlagenheit, die dazu erforderlich war. »Was haben Sie zu ihm gesagt?«

»Ich habe ihn gefragt, ob er meine Frau vögelt.«

»Meine Güte!«

»Er hat versucht, mich zu schlagen, also habe ich ihn aufs Kreuz gelegt.«

»Aufs Kreuz gelegt? Ist er verletzt?«

»Schon möglich. Aber bis jetzt waren die Cops noch nicht in meiner Praxis, um mich zu verhaften.«

»Ich bezweifle, dass sie kommen.«

»Hoffentlich habe ich Ihre Pläne nicht allzu sehr durchkreuzt. Ihre Ermittlungen, meine ich.«

»Machen Sie sich deswegen keine Gedanken. Versuchen Sie einfach nur, nichts weiter auf eigene Faust zu unternehmen, okay?« Der Lear kam immer näher. »Ich kann nicht mehr lange reden. Ich wollte Sie nur informieren, dass Sie mich für eine Weile nicht sehen werden.«

»Wie schlimm kann es für Sie werden? Washington, meine ich?«

Ihr Lachen hatte einen hysterischen Unterton. »Ziemlich schlimm. Sie erinnern sich an meinen Fehler in der Federal Reserve Bank? Als ich angeschossen wurde?«

»Ja.«

»Ich bin in die Bank zurückgegangen, weil ich überzeugt war, recht zu haben, aber ein Deputy Director hat trotzdem das Geiselbefreiungsteam losgeschickt.«

»Ja, ich erinnere mich.«

»Dieser Deputy Director hat mich heute angerufen. Sein Name ist Dodson. Und die Sache ist die … wie sich herausstellte, hatte ich an jenem Tag recht. Der Bankräuber war kein Terrorist, er war ein unzufriedener Angestellter. Ich habe einen schrecklichen Verfahrensfehler begangen, doch als die Wahrheit herauskam, zeigte sich, dass meine Instinkte mich nicht getäuscht hatten. Ich hatte recht, und Dodson hatte unrecht. Das hat er mir nie verziehen. Seit damals hat er es auf mich abgesehen, und heute ist Zahltag.«

Die heulenden Turbinen des näher kommenden Jets erstickten beinahe jedes andere Geräusch.

»Was?«, rief Alex in ihr Handy.

»Ich sagte, ich habe einen Freund am Sloan-Kettering angerufen!«, wiederholte Chris. »Ich lasse Sie wissen, was er sagt. Hören Sie, irgendjemand da oben muss wissen, dass Sie gebraucht werden. Konzentrieren Sie sich darauf!«

»Ich muss aufhören. Bye.«

Chris' Antwort, falls er eine gab, ging im Heulen der Triebwerke unter.

Alex drückte auf die rote Taste, aktivierte die Stummschaltung und schob das Mobiltelefon in die Tasche, als der Lear Jet hielt und die Luke geöffnet wurde. Ein stereotyper FBI-Agent kam die kleine Gangway hinunter. Blauer Anzug, dunkle Sonnenbrille. Selbst mit dem etwas zu weiten Jackett konnte Alex den Griff der Schusswaffe im Halfter unter seinem linken Arm erkennen.

»Special Agent Alex Morse?«, rief er über den Lärm hinweg.

»Das bin ich!«

Der schneidige blonde Agent kam näher. Alex vermutete, dass er zu der exklusivsten Clique im FBI gehörte: der Mormonenmafia.

»Ich bin Special Agent Gray Williams«, stellte er sich vor, ohne ihr die Hand anzubieten. »Tragen Sie eine Waffe, Agentin Morse?«

»Ja.« Alex fürchtete, er könnte von ihr die Herausgabe ihrer Pistole verlangen.

»Haben Sie noch weiteres Gepäck?«

»Nein.« Sie bückte sich, um ihren weichen Koffer aufzunehmen.

»Dann gehen wir an Bord.«

Williams' Tonfall verriet tiefes Unbehagen, mit ihr sprechen zu müssen – ein untrüglicher Hinweis darauf, dass sie offiziell als Aussätzige galt. Sie warf ihren Koffer durch die Luke, stieg hinterher, bückte sich ins Innere des Jets und setzte sich auf einen in Flugrichtung zeigenden Sitz. Sie erwartete, dass Williams ihr gegenüber Platz nehmen würde, doch er ging an ihr vorbei und setzte sich zwei Reihen hinter ihr. Alex hörte, wie er leise in sein Mobiltelefon redete und bestätigte, dass sie an Bord war und bald unterwegs in Richtung Washington. Die Maschine startete, und sie hielt sich an den Armlehnen fest. Als sie Reiseflughöhe erreicht hatten, nahm sie ihr privates Handy hervor, stöpselte es in einen

Stromanschluss neben ihrem Sitz und hörte ihre Mailbox ab. Eine abgehackte Männerstimme erklang.

»Alex, hier ist Onkel Will …« Alex schaltete die Lautstärke mit dem seitlichen Knopf auf das Minimum herunter. »Der Zustand deiner Mom hat sich seit gestern Abend nicht geändert. Sie lebt, aber sie ist nicht bei Bewusstsein. Es war richtig, dass du erst einmal ausgeschlafen hast. Ich rufe an, weil ich einen Bericht von meinem Mann im Alluvian Hotel erhalten habe. Er konnte nicht feststellen, auf welcher Etage Thora Shepard abgestiegen ist, aber seine Frau hat sich ein paar Mal mit Thora im Nassbereich unterhalten. Thoras Freundin war dabei, und alles schien völlig harmlos. Aber um halb sechs heute Morgen blickte die Frau meines Mitarbeiters zufällig aus dem Fenster. Es zeigt auf den Hof, hinter dem sich der Parkplatz befindet. Sie sah einen Mann, der einen kleinen Koffer zum Parkplatz getragen hat. Er hatte es sehr eilig. Es ging alles sehr schnell, und die Lichtverhältnisse waren ungünstig, aber sie meint, es könnte Dr. Lansing gewesen sein. Sie kann es nicht mit Bestimmtheit sagen. Sie sagt, sie ist zu sechzig Prozent sicher. Ich werde überprüfen, ob Lansing tatsächlich zwischen Natchez und dem Alluvian hin- und herpendelt, um mit Thora Shepard zu vögeln. Ruf mich an, sobald du …«

Die Verbindung brach ab. Die Mailbox hatte sich abgeschaltet, ehe Will seine Nachricht beendet hatte. Weitere Nachrichten gab es nicht. Alex fragte sich, ob ein paar Stunden im Bett mit Thora vier Stunden Pendeln in jede Richtung wert waren. Die meisten Männer, die sie kannte, hätten ohne jeden Zweifel Ja gesagt. Sie sah keinen Sinn darin, Chris Shepard anzurufen und einen wenig aufschlussreichen Bericht weiterzugeben. Trotzdem sah es so aus, als würde sie bald handfeste Beweise erhalten. Falls Chris Dr. Lansing basierend auf einem Verdacht niedergeschlagen hatte, was würde er dann erst tun, wenn Will die Sorte von fotografischen Beweisen vorlegte, die in diesem Geschäft an der Tagesordnung waren? Alex hatte nicht mit einer gewalttätigen Reaktion seitens Chris gerechnet, doch er war ein Südstaatler, und in derartigen Angelegenheiten war bei allen Südstaatlern kompromissloses Handeln eher die Regel als die Ausnahme.

Sie lehnte sich im Sitz zurück. Das Heulen der Jets und das Zittern der Maschine rief Dutzende Erinnerungen in ihr wach. Wie oft war sie in aller Eile zu einem wartenden Jet gebracht und in eine fremde Stadt geflogen worden, wo ein Mann mit einer Waffe unschuldige Bürger in seiner Gewalt hielt? Die Tatsache, dass das FBI sich in diesen Situationen auf sie verließ, hatte in Alex ein eigenes Gefühl von Macht hervorgerufen. Sie hatte das Vertrauen des FBI ein ums andere Mal gerechtfertigt, hatte ihren Stamm nicht enttäuscht. Doch jetzt hatte sie dieses Vertrauen gebrochen, zumindest in *ihren* Augen. Was ein hübscher Euphemismus war für die paramilitärische, superpatriotische Organisation, die auch »das Bureau« genannt wurde. Es hatte einen Teil von Alex zerstört, dieses Vertrauen zu brechen, die täglichen Berichte zu fälschen, Kollegen zu bitten, ihre unerlaubte Abwesenheit zu decken. Wie viel würde es ihr ausmachen, wenn sie ganz aus dem FBI geworfen wurde, unehrenhaft entlassen? Sie fühlte sich leer und verängstigt wie jemand, der aus seinem Dorf verjagt und gezwungen wird, allein im Busch zu überleben. Doch es gab eine höhere Pflicht als die, die man seinem Stamm schuldig war. Die Pflicht gegenüber der eigenen Familie, dem eigenen *Blut.* Und koste es, was es wolle, sie würde das Vertrauen ihrer Familie niemals enttäuschen. Abgesehen von Jamie Fennell war Alex die letzte Morse auf der Welt, wenn ihre Mutter gestorben war. Wie Alex hatte Jamie sonst niemanden mehr. Warum wollte das Bureau das nicht begreifen?

Schließlich hatte Alex genug davon, passiv herumzusitzen. Sie nahm ihr Handy hervor und aktivierte den SMS-Modus. Wenn sie schon die nächsten vierundzwanzig Stunden Blut und Wasser schwitzen würde, dann wenigstens nicht allein.

Andrew Rusk besuchte eine Porno-Webseite im Internet und überlegte, ob er Janice ins Büro rufen sollte, damit sie ihm ein wenig persönliche Aufmerksamkeit widmete, als sein Mobiltelefon kurz summte – das Zeichen für eine hereinkommende Kurznachricht. Er wandte den Blick ab von der *Menage à trois* auf seinem Schirm – zwei Frauen und ein Kerl, Andys Fantasie seit der Highschool – und betätigte die Lesen-Taste seines Telefons. Ihm stockte das Herz, als er die blau unterlegten Worte auf dem kleinen Display las:

Du wirst bezahlen für das, was du getan hast. Es ist mir egal, wie lange es dauert. Ich werde dafür sorgen, dass du die Todesspritze kriegst, Andy. Für Grace Fennell. Für Mrs. Braid. Für all die anderen. Es ist mir egal, was aus mir wird. Nichts wird mich aufhalten. Nichts.

Fassungslos starrte Rusk auf die Textnachricht. Die Buchstaben schienen vor seinen Augen zu verschwimmen wie wabernde Luft über Wüstensand. Er sah nach dem Absender der SMS, doch die Nummer war verborgen. Es spielte keine Rolle. Andrew Rusk wusste genau, wer die Zeilen verfasst hatte.

Sein erster Impuls war aufzustehen und zwei Quadrate Silberfolie in sein nordöstliches Fenster zu hängen, doch die Vernunft ließ ihn zögern. Zum einen sah Dr. Tarver die Folie wahrscheinlich nicht vor heute Abend. Zum anderen war Tarver bereits zur Genüge aufgebracht wegen Alex Morse. Diese neue Entwicklung würde lediglich weiteres Öl ins Feuer gießen. Und je heißer dieses Feuer brannte, desto weniger war Rusks Leben wert.

»Was denkt sie sich dabei?«, überlegte er laut. »Warum schickt sie mir so eine Nachricht?«

Sie versucht mich zu provozieren. Als würde sie einen Stein in ein Gebüsch werfen, damit das Rascheln das Wild aufscheucht und es dem Jäger vor die Flinte treibt. Das bedeutet, dass irgendjemand beobachtet, in welche Richtung ich springe. Irgendjemand wartet darauf, dass ich ihn irgendwohin führe.

»Bleib ruhig«, murmelte er. »Ganz ruhig.«

Rusk spielte mit dem Gedanken, Tarver eine ihrer vorbereiteten Viagra-Spam-Mails zu schicken. Tarver würde sie wahrscheinlich im Lauf der nächsten Stunde erhalten und sich auf den Weg zu dem Country Club machen, wo Rusk normalerweise die Unterlagen für eine Operation hinterlegte. Annandale war exklusiv genug, dass er dort sogar eine kurze Unterhaltung mit Tarver riskieren konnte. Andererseits konnte er nicht wissen, wie der Doktor reagieren würde. Er musste nachdenken, bevor er irgendetwas unternahm. Falls Alex Morse die volle Unterstützung des FBI bei dieser Aktion hatte, bot der übliche Übergabeort nicht den geringsten Schutz.

»Bleib ruhig«, sagte er sich erneut. Dann, mit noch leiserer Stimme: *»›Hast du die Geduld, nichts zu unternehmen?‹«* Rusk war kein Geisteswissenschaftler, doch er hatte während seiner Zeit am College das *Tao Te Ching* gelesen – hauptsächlich, um eine Hauptfach-Englisch-Studentin zu beeindrucken, die er damals gevögelt hatte –, und diese Zeile hatte sich ihm eingeprägt. Die beste Zeit, nichts zu tun, war natürlich dann, wenn der Gegner im Begriff war, einen großen Fehler zu machen oder ihn bereits begangen hatte. Doch Alex Morse hatte in letzter Zeit keine Fehler gemacht, von denen Rusk wusste. *»Von denen ich weiß«*, wiederholte er nachdenklich.

Er nahm den Telefonhörer ab und wählte die Nummer einer Detektivagentur, mit der er gelegentlich zusammenarbeitete. Sie waren teuer, doch sie hatten mehrere ehemalige Agenten von Regierungsbehörden in ihren Diensten. Einige waren beim IRS gewesen, andere bei der DEA oder dem BATF, und ein paar hochbezahlte Spezialisten waren sogar ehemalige Spezialagenten des FBI.

»Es ist an der Zeit herauszufinden, was Spezialagentin Alex Morse wirklich gegen mich in der Hand hat«, murmelte er.

Chris war in einem Behandlungszimmer und untersuchte eine Prostata-Drüse, als Jane ihn nach draußen rief, um Dr. Connollys Anruf entgegenzunehmen. Chris riss sich den Latexhandschuh herunter, eilte in sein Büro und schloss hinter sich die Tür.

»Pete? Ich bin es, Chris Shepard.«

»Hey, alter Junge! Wie lange ist das her? Sieben Jahre?«

»Mehr.«

»Hatten Sie nicht im Mississippi-Delta Albert Schweitzer gespielt?«

»Nur vorübergehend.«

»Ich kenne Sie besser.«

»Wie geht es Ihrer Frau, Pete?«

»Anna geht es gut. Und meine Tochter fängt im nächsten Herbst an der medizinischen Fakultät der UVA an.«

»Meine Güte, ist sie schon so alt?«

»Nein, *ich* bin so alt. Aber zur Sache, Chris – was soll diese Frage von wegen Menschen absichtlich mit Krebs infizieren? Das ist eine ziemlich eigenartige Nachricht, die Sie mir hinterlassen haben, ich muss schon sagen. Haben Sie aufgehört mit Ihren Dokumentationen und machen jetzt stattdessen Horrorfilme? Oder ist bei Ihnen unten in Mississippi jemand ermordet worden?«

»Um die Wahrheit zu sagen, Pete … ich kann nicht darüber reden.«

Am anderen Ende der Leitung entstand eine lange Pause. »Also schön«, sagte Connolly schließlich. »Ich habe während meiner so genannten Mittagspause ein wenig darüber nachgedacht. Sind Sie bereit?«

»Schießen Sie los.«

»Es gibt eine Reihe karzinogener Chemikalien, die multiple Myelome hervorrufen können. Herbizide sind ganz besonders schädigend. Aber wir reden hier von einer zwanzig Jahre dauernden Inkubationszeit, bevor der Krebs zuschlägt. Toxine sind wesentlich schneller, aber praktisch alle sind durch Gaschromatographie mit einem angeschlossenen Massenspektrometer nachzuweisen. Die Jungs vom CSI würden Sie ganz schnell auffliegen lassen.«

»Im Fernsehen vielleicht. Ich stelle fest, dass die Wirklichkeit ganz anders aussieht.«

»Was soll das werden, Chris? Dieses Zeug kann man nicht so eben im Küchenspülstein zusammenmischen. Nicht einmal in einem durchschnittlichen Universitätslabor.«

»Ich hoffe, dass Sie damit recht haben«, sagte Chris, indem er die Frage ignorierte.

»Strahlung wäre eine andere offensichtliche Möglichkeit«, fuhr Connolly fort. »Es besteht kein Zweifel, dass sich dadurch Leukämie hervorrufen lässt.«

»Aber könnte man es unbemerkt tun?«

»Es wäre nicht einfach. Aber auch nicht unmöglich.«

Chris spürte ein eigenartiges Trommeln in der Brust.

»Röntgenstrahlen verursachen in der Regel alle möglichen Nebenwirkungen, sowohl lokal als auch systemisch, also kann man sie ausschließen. Strahlentherapie-Pellets würden Verbrennungen, Hauttumore und vielleicht im Anfangsstadium ständige Übelkeit verursachen. Obwohl es auch eine Reihe von Alphastrahlern gibt, deren Wirkung völlig unabhängig von der Dosis ist. Selbst die geringsten Mengen rufen Krebs hervor.«

»Tatsächlich?« Chris packte einen Stift und kritzelte die Antwort auf ein Stück Papier.

»Allerdings weiß nur ein echter Spezialist etwas über diese Dinge. Die interessanteste Option sind jedoch nicht Pellets.«

»Sondern?«

»Wir setzen gegen einige Tumore verstrahlte Flüssigkeiten mit sehr kurzen Halbwertszeiten ein. Mit kurz meine ich zwischen vierundzwanzig und achtundvierzig Stunden.«

Chris spürte eine böse Vorahnung in sich aufsteigen.

»Nehmen wir beispielsweise Schilddrüsenkrebs. Wir injizieren radioaktives Jod in den Blutkreislauf. Das Jod sammelt sich in der Schilddrüse, tötet die Krebszellen und wird anschließend völlig harmlos wieder ausgeschieden. Ein soziopathischer Onkologe könnte möglicherweise eine Methode entwickeln, auf diese Weise Krebs zu erzeugen, ohne dass auch nur die geringste Spur zurückbleibt.«

Chris schrieb eilig mit; seine Zeit mit Connolly war begrenzt. »Sprechen Sie weiter, Pete.«

»Ich weiß von einem Fall in Afrika, bei dem jemand radioaktives Thallium benutzt hat, um einen Mordanschlag zu unternehmen. Die Strahlung hat das Thallium in Mikropartikel zerlegt, die sich im gesamten Körper verteilt haben. Das Opfer wäre fast gestorben. Sie brachten den Mann in letzter Minute zu uns, und unsere besten Ärzte haben ihn eine ganze Woche lang behandelt. Der Mann hat letztendlich überlebt, doch überall sonst auf der Welt wäre er gestorben. Und ich bezweifle sehr, dass irgendjemand außer uns imstande gewesen wäre, die Todesursache festzustellen.«

»Ich hatte keine Ahnung, dass so etwas möglich ist! Ich habe meine onkologischen Lehrbücher gewälzt und nichts dergleichen gefunden.«

»Nicht alles steht in den Büchern, Chris, das wissen Sie doch selbst. Aber hören Sie, wenn ich wirklich jemanden mit Krebs infizieren wollte, ohne mich auch nur dem geringsten Risiko auszusetzen, erwischt zu werden, würde ich zwei andere Methoden in Erwägung ziehen. Die erste würde Viren beinhalten.«

»Daran habe ich selbst schon gedacht, aber ich weiß nicht genug darüber, um jemand anderen auch nur zu gefährden.«

»Sie müssten bereit sein, einige Zeit zu warten, während Ihr Opfer stirbt.«

Chris nickte vor sich hin. »Zeit ist kein Faktor in diesen Fällen, bis zu einem gewissen Punkt.«

»Nun, Sie wissen, dass HTLV – Humanes T-Zell-lymphotropes Virus vom Typ Eins – zumindest für eine Form von Leukämie verantwortlich ist. Das Kaposi-Sarkom, das mit HIV in Zusammenhang steht, ist das Resultat einer Infektion mit HHV-Acht. Das Epstein-Barr-Virus verursacht Burkitt-Lymphome, und von humanen Papillomviren weiß man, dass sie Gebärmutterhalskrebs verursachen. HHV-Acht spielt möglicherweise auch bei multiplen Myelomen eine Rolle. Ich denke, im Verlauf der nächsten zehn Jahre werden wir entdecken, dass Viren verantwortlich sind für alle möglichen Formen von Krebs, von denen wir heute noch nicht einmal ahnen, dass sie eine virale Ätiologie besitzen oder durch einen Mediator hervorgerufen werden. Das Gleiche gilt für andere Erkrankungen.«

Während Chris Connollys Worte in einer Stenoschrift mitkritzelte, die er während des Medizinstudiums für sich erfunden hatte, redete er weiter, um den Hämatologen bei der Stange zu halten. »Ich weiß, dass eines der Herpesviren mit multipler Sklerose in Zusammenhang stehen soll.«

»HHV-Sechs«, sagte Connolly. »Und es gibt Indikationen für eine virale Komponente bei Jugenddiabetes. Doch kommen wir zurück zum Krebs. Es besteht kein Zweifel, dass bestimmte Viren Krebs verursachen. Doch Sie dürfen nicht vergessen, die Erkrankung ist kein einstufiger Prozess. Millionen Frauen tragen HPV in sich, doch nur wenige entwickeln Gebärmutterhalskrebs. Millionen Menschen rauchen, ohne an Lungenkrebs zu erkranken. Es würde also nicht ausreichen, ein onkogenes Retrovirus zu isolieren und jemanden damit zu infizieren. Eine Reihe weiterer Rätsel wäre vorher zu lösen. Beispielsweise, wie man Tumorsuppressor-Gene abschaltet und zelluläre Wachstumsfaktoren erhöht. Es würde eine massive Forschungsanstrengung erfordern.«

Chris' Gedanken waren bereits vorausgeeilt. »Wir reden also hier über etwas, das über das heutzutage technisch Machbare hinausgeht?«

»Ganz und gar nicht. Ich habe es bereits selbst getan, hier in meinem Labor.«

Connollys Worte trafen Chris wie ein körperlicher Schlag. *»Was?«*

»Es ist erstaunlich, ja. Um die Ursachen für chronische myelogene Leukämie zu verstehen, haben mein Team und ich im Grunde genommen eine Gentherapie umgekehrt. Wir haben ein Leukämie-induzierendes Gen in ein Retrovirus eingeführt und anschließend eine Maus damit infiziert. Das Onkogen wurde in das Genom der Maus eingebaut, und binnen weniger Wochen hatte die Maus eine Nagetierversion von CML entwickelt.«

Chris hatte es die Sprache verschlagen. Nach mehreren Sekunden stieß er hervor: »War diese Maus immungeschwächt?«

»Nein. Sie war kerngesund.«

»Mein Gott, Peter!«

»Was?«

»Sie haben diese Maus praktisch umgebracht, indem Sie sie mit Krebs infiziert haben!«

»Absolut. Und wegen dieses Mordes an einer Maus werden wir eines Tages Tausende von Menschenleben retten, Chris.«

»Sie haben mich missverstanden, Pete. Was ich von Ihnen wissen wollte … der Grund meines Anrufs … es ist also möglich.«

»Theoretisch zumindest, würde ich sagen.«

»Und wie sieht es in der Praxis aus?«

Connolly nahm sich ein paar Augenblicke Zeit, um über die Frage nachzudenken. »Ich nehme an, wenn man einige höhere Primaten zur Verfügung hätte, an denen man seine Arbeit testen könnte – oder, was Gott verhüte, menschliche Wesen –, dann … nun, dann wäre es möglich.«

Chris packte den Hörer in seiner Hand so fest, dass die Knöchel weiß hervortraten. Er war wie betäubt.

»Ich wäre besorgt«, fuhr Connolly fort, »ich wäre ernsthaft besorgt, wenn die Forschungen nicht Millionen Dollar verschlingen würden, bis jemand den Punkt erreicht hätte, an dem er diese Methode benutzen kann, um Menschen zu töten. Ganz zu schweigen davon, dass er verdammt weit oben auf der Intelligenzkurve sitzen müsste.«

»Aber wenn jemand diese Methode benutzen würde, könnte er sicher sein, dass er ungeschoren davonkommt? Ohne Mordanklage?«

Connollys Stimme nahm einen klinisch distanzierten Tonfall an. »Chris, wenn ich diese Technologie gegen ein menschliches Wesen einsetzen würde, könnte ich töten, wen immer ich wollte, und nicht einmal der größte Pathologe der Welt würde jemals feststellen, dass ein Verbrechen begangen wurde. Selbst wenn ich ihm erzählen würde, was ich getan habe, könnte er es mit sämtlichen wissenschaftlichen Mitteln, die ihm zur Verfügung stehen, nicht beweisen.«

Ein Schauer durchlief Chris.

»Hey …«, sagte Connolly. »Sie glauben doch nicht etwa …«

»Ich weiß es nicht, Pete. Sie haben zwei mögliche Szenarien erwähnt. Wie lautet das andere?«

»Richtig, das andere. Das zweite Szenario ist in meinen Augen noch viel unheimlicher, denn es erfordert sehr viel weniger Expertise. Sie bräuchten dazu nichts weiter als einen Hämatologen oder einen Onkologen mit der Ethik eines Dr. Mengele.«

»Sprechen Sie weiter.«

»Sie müssten nichts weiter tun, als eine bestimmte Form von Knochenmarkstransplantation zu manipulieren. Sie entnehmen dem Patienten gesundes Knochenmark, bestrahlen es im Labor oder vergiften es sonst irgendwie und verursachen die Bosheit Ihrer Wahl, und anschließend injizieren Sie das Knochenmark Ihrem Patienten wieder.«

»Was wäre das Ergebnis?«

»Eine Krebsfabrik, betrieben durch das eigene Knochenmark des Patienten. Im Grunde genommen ganz genau das, was Sie mir mit Ihrer Nachricht auf meiner Mailbox beschrieben haben. Ein Spektrum verschiedener Formen von Blutkrebs.«

»Und niemand könnte jemals beweisen, dass der Krebs absichtlich herbeigeführt wurde.«

»Solange der Täter kein Geständnis ablegt – niemals.«

»Mein Gott.« Chris analysierte das geschilderte Szenario, so schnell er konnte. »Muss man dazu Knochenmarkszellen benutzen? Oder könnte man auch andere Zellen nehmen, die leichter zu gewinnen sind?«

»Hmmm«, überlegte Connolly. »Ich nehme an, man könnte mehr oder weniger jede lebende Zelle nehmen, solange sie die DNS des Patienten enthält. Eine Haarwurzel oder ein Schabsel von der Schleimhaut beispielsweise. Aber Knochenmarkszellen wären ohne Zweifel am besten geeignet.«

Chris hatte zu viele Informationen in zu kurzer Zeit erhalten, um sie noch effektiv verarbeiten zu können. »Pete, können Sie mir etwas über die hämatologischen und onkologischen Fakultäten an der Uniklinik erzählen? Wissen Sie etwas über Ihren Nachfolger?«

»Nicht viel. Ich bin schon sechs Jahre weg und ziemlich überhastet fortgegangen, deswegen haben sie Alan Benson zum kommissarischen Direktor ernannt, bis sie einen neuen Mann gefunden haben.«

»Ich erinnere mich.«

»Heute gibt es dort ein brandneues Hospital für kritische Fälle. Der neue Chef der Hämatologie heißt Pearson. Er kommt aus Stanford, wo er bahnbrechende Arbeiten geleistet hat. Sie haben ein beeindruckendes Programm für Knochenmarkstransplantationen, aber sie sind noch immer ein gutes Stück davon entfernt, ihre Auszeichnung als Nationales Krebszentrum zu erhalten. Sie wissen, dass ich immer davon geträumt habe.«

»Kennen Sie jemanden an der Uniklinik, der auf diesem Gebiet forscht, über das wir gerade gesprochen haben?«

»Welches Gebiet? Retroviren? Knochenmarkstransplantationen? Strahlung?«

»Alle.«

»Ich weiß nicht, welche Forschungen in Bezug auf Retroviren im Gange sind, aber ich bin auch nicht der beste Gesprächspartner auf diesem Gebiet. Ich würde Ajit Chandrekasar anrufen. Ein erstklassiger Virologe. Ich hatte großes Glück, dass er in meinem Team war. Dann gibt es da noch einen Burschen mit einer ganzen Reihe von Spezialgebieten … Ich habe ihn für schwierige histologische Arbeiten und für Kulturen gebraucht. Sein Name war Tarver. Eldon Tarver. Ich weiß allerdings nicht, ob er noch an der Uniklinik ist.«

»Ich habe es notiert.«

Chris hörte eine weibliche Stimme im Hintergrund. »Man ruft schon wieder nach mir«, sagte Connolly. »Konnte ich Ihnen wenigstens ein Stück weiterhelfen?«

»Sie haben mir eine Heidenangst gemacht, Pete.«

»Können Sie mir nicht verraten, wozu Sie das alles brauchen?«

»Noch nicht. Aber wenn sich herausstellt, dass jemand, den ich kenne, recht hat, habe ich gleich eine ganze Reihe von Fällen, die Sie in den Fachzeitschriften publizieren können.«

Connolly lachte. »Sie wissen, dass ich das mit Freuden tun würde. Es sorgt dafür, dass die Forschungsgelder ungestört fließen.«

Chris verabschiedete sich und legte auf. Er blickte auf seine Notizen. Er war ein Narr gewesen, Alex Morses Theorien abzutun. Sie mochte keine medizinische Ausbildung haben, doch sie hatte ihre Hypothese durch Beobachtung und das Sammeln empirischer Beweise entwickelt und war auf diesem Weg zu einem zwar unglaublichen, aber dennoch möglichen Schluss gelangt. Chris hatte ihre Ideen einzig und allein auf der Basis professioneller Voreingenommenheit verworfen. Er fühlte sich wie einer der selbstherrlichen französischen Ärzte, die Louis Pasteur ins Lächerliche gezogen hatten, als der Landarzt behauptet hatte, dass ein Bakterium für Anthrax verantwortlich wäre.

Doch Chris war nicht wie diese Ärzte.

Nachdem er seine Irrwege aufgezeigt bekommen hatte, würde er sich in einen eifrigen Bekenner verwandeln. Schließlich stand nicht weniger als sein eigenes Leben auf dem Spiel.

28

Alex saß in einem niedrigen Sessel gegenüber vom Schreibtisch eines der beiden Deputy Directors des FBI. Einen der beiden betrachtete sie als Freund – der andere hatte sich bereits vor langer Zeit als Feind zu erkennen gegeben.

Und genau diesem Mann saß Alex nun gegenüber.

Außerhalb der FBI-Zentrale in Washington hieß es hinter vorgehaltener Hand, Mark Dodson sei eugenisch als Bürokrat gezüchtet worden. Er hatte wenig Zeit im aktiven Einsatz verbracht und sein Augenmerk von Anfang an auf die FBI-Zentrale gerichtet. Durch geschickte Nutzung der politischen Verbindungen seiner Familie hatte Dodson sich mit bisher nie gekannter Geschwindigkeit in die Hallen der Macht geschmeichelt. Er hatte seine Talente in der ethisch und moralisch bankrotten politischen Umwelt von Washington geschliffen, bis sein Charakter nur noch aus dem bestand, was nach zahllosen Kompromissen nicht zum Besten des FBI, sondern zum schnellstmöglichen Voranschreiten auf der Karriereleiter der streng vorgegebenen Hierarchie erforderlich war. Sein Titel besagte alles: *Associate Deputy Director, Administration.*

Dodson hatte während ihrer Washingtoner Zeit schon früh Stellung gegen Alex bezogen. Sie hatte keine Ahnung, warum das so war, doch in den weitläufigen Korridoren des J. Edgar Hoover Building konnte man nie genau wissen, warum *irgendetwas* so und nicht anders war. Nach dem Fiasko in der Federal Reserve Bank hatte Dodson alle Hebel in Bewegung gesetzt, um Alex' Entlassung zu bewirken. Hätte nicht Senator Clark Calvert persönlich interveniert – einer der standhaftesten Unterstützer von Alex –, Dodson hätte sein Ziel wohl erreicht.

Diesmal jedoch würde es keinen Entsatz in letzter Minute durch die Siebte Kavallerie geben, und diesmal konnte Alex niemand anderem die Schuld geben außer sich selbst. Dodson starrte sie mit unverhüllter Selbstzufriedenheit über den Schreibtisch hinweg an.

»Ich nehme an, Sie hatten einen angenehmen Flug?«

»Könnten wir die Spielchen sein lassen?«, erwiderte Alex müde. »Könnten wir einfach gleich zur Sache kommen? Ich bin wirklich zu müde für Spielchen.«

Die gute Laune verschwand aus Dodsons Gesicht wie weggewischt. Er beugte sich über den Schreibtisch. »Ganz wie Sie meinen, Agentin Morse«, sagte er mit rauer Stimme. »Morgen früh um neun Uhr haben Sie ein Meeting mit drei Vertretern der Dienstaufsicht des FBI. Vor der Befragung wird man Sie zu einem Drogentest bitten. Sollten Sie sich diesem Test entziehen, stellt dies einen Grund für Ihre fristlose Entlassung aus dem Dienst beim FBI dar. Sollten Sie sich weigern, jede einzelne Frage wahrheitsgemäß zu beantworten, stellt dies ebenfalls einen Grund für Ihre fristlose Entlassung dar. Haben Sie verstanden?«

Alex nickte und schwieg.

»Diesmal werden Sie sich nicht wieder herauswinden«, fuhr Dodson fort in dem Versuch, eine Reaktion zu provozieren.

Sie ließ sich nichts anmerken.

»Was haben Sie sich nur gedacht, nach Natchez zu fahren?«, fragte Dodson. »Soweit ich es beurteilen kann, haben Sie unten in Mississippi eine Ein-Mann-Show gestartet. Sie haben so viele Vorschriften und Gesetze gebrochen, dass ich nicht mal weiß, wo ich mit dem Aufzählen anfangen soll! Außerdem haben Sie Agenten im Dienst beeinflusst und dazu überredet, ihrerseits Vorschriften und Gesetze zu brechen, und es schmerzt mich zu sagen, dass diese Leute das offenbar aus fehlgeleiteter Loyalität Ihnen gegenüber getan haben. Möchten Sie etwas dazu sagen, Agentin Morse?«

Alex schüttelte den Kopf.

»Hat Ihr Schweigen einen tieferen Sinn?«, erkundigte sich Dodson und starrte sie aus zusammengekniffenen Augen an. »Wollen Sie mir etwa auf diese Weise zu verstehen geben, dass Sie mich verachten?«

Ihre Augen blitzten. Sie hoffte, dass er ihre Gedanken lesen konnte.

Dodson zeigte mit ausgestrecktem Finger auf sie. »Nach dem morgigen Meeting werden Sie nicht mehr so verdammt überheblich dreinblicken, Agentin. Sie werden den lebenden Beweis abgeben, dass selbst Überflieger wie Sie abstürzen und verbrennen können.«

Alex betrachtete angestrengt ihre Fingernägel. Zwei waren während des Kampfes in der vergangenen Nacht abgebrochen. »Sind Sie fertig mit Ihrer Schadenfreude?«, fragte sie.

Dodson lehnte sich im Sessel zurück. »Lady, ich habe gerade erst angefangen!« Er wollte fortfahren, als das Telefon auf seinem Schreibtisch summte. Er drückte einen Knopf. »Ja, David?«

»Direktor Roberts' Büro hat eben angerufen, Sir. Der Direktor würde gerne persönlich mit Agentin Morse sprechen.«

Dodson versteifte sich. Er beugte sich vor und drückte erneut auf den Knopf; dann nahm er den Hörer ab und sprach so leise, dass Alex die Worte nicht verstehen konnte. Sie hörte ihn fragen: »Jetzt? Sofort?« Während sie das Geschehen noch voller Staunen beobachtete, legte Dodson den Hörer wieder auf.

»Sie werden sofort im Büro des Direktors verlangt«, sagte er, ohne sie anzusehen.

Alex erhob sich und wartete darauf, dass der Deputy Director sie anblickte, doch das tat er nicht. Sie wandte sich ab und verließ sein Büro, um durch den heiligen Korridor hinunter zum Büro des neu ernannten FBI-Direktors John B. Roberts zu marschieren.

Roberts' Büro war um ein Beträchtliches größer als das von Dodson. Sein Fenster zeigte hinaus auf die Pennsylvania Avenue, genau wie früher das Büro von J. Edgar Hoover. Doch Hoover hatte die Inauguralparaden von sieben Präsidenten unter seinem Fenster vorbeiziehen sehen, was seither keinem Direktor mehr vergönnt gewesen war. Einige hatten sich nicht einmal lange genug auf dem Posten gehalten, um sich die Namen ihrer Abteilungsdirektoren einzuprägen. Alex fragte sich, wie lange Roberts in diesem Amt überleben würde.

Roberts, ein dunkelhaariger Mann von fünfundfünfzig Jahren, war zum FBI-Direktor bestellt worden, nachdem die erste Welle von Reformen in der Folge des Anschlags vom elften September zum Erliegen gekommen war. Sein Vorgänger hatte nahezu zweihundert Millionen Dollar für ein neues nationales Computersystem ausgegeben, das bis heute nicht funktionierte, während Terroristen mit Säcken voller Bargeld durchs Land streiften, um nicht im digitalen Raster aufzutauchen. Was in der Öffentlichkeit über Roberts bekannt war, klang vielversprechend. Als Bundesanwalt hatte er sich mit einigen der größten Konzerne im Land angelegt und in mehreren Fällen eindeutig nachgewiesen, dass sie unerlaubte Absprachen zum Nachteil amerikanischer Kunden und Investoren getroffen hatten.

Zu Alex' Erstaunen war Roberts nicht der einzige hochrangige Vorgesetzte im Büro. In einem Clubsessel neben ihm saß ein kräftiger, attraktiver Mann von achtundvierzig Jahren, Deputy Director Jack Moran. Moran war zuständig für Ermittlungen, nicht für Administration, und er war Alex während ihrer Jahre in Washington ein guter Freund gewesen, der sich oft eingeschaltet hatte, um ihr den Rücken von Dodson freizuhalten. Auch wenn Moran oder irgendjemand sonst heute nur wenig für sie tun konnte, wärmte seine Anwesenheit in Roberts' Büro ihr Herz.

»Hallo, Alex«, begrüßte Moran sie. »Sie sehen müde aus.«

»Ich bin müde.«

»Ich glaube, Sie haben unseren neuen Direktor noch nicht kennen gelernt. John Roberts – Alex Morse.«

Alex trat vor, streckte Roberts die Hand entgegen und sagte: »Special Agent Alex Morse, Sir.«

Roberts ergriff ihre Hand und schüttelte sie fest. »Special Agent Morse, ich bedaure die Umstände sehr, in denen wir uns heute befinden. Ich bin ein enger Freund von Senator Clark Calvert, und ich bin mir sehr wohl bewusst, welch großen Dienst Sie seiner Familie erwiesen haben.«

Der Direktor bezog sich auf den Fall, der Alex' Karriere in Schwung gebracht hatte, die Entführung der Tochter eines US-Senators mit dem Ziel, Lösegeld zu erpressen. Die Taktik des FBI hatte zu einem gefährlichen Patt im ländlichen Virginia geführt. Alex war es nach neun nervenaufreibenden Stunden des Verhandelns gelungen, die Kidnapper, die sich mit ihrer Geisel verschanzt hatten, zur Aufgabe und Freilassung des Mädchens zu überreden. Um die Illusion der Unverletzlichkeit offizieller Regierungsvertreter aufrechtzuerhalten, war kein Wort über den Zwischenfall an die Medien gelangt – doch Alex' Karriere war von diesem Tag an auf der Überholspur verlaufen. Selbst heute noch warf ihre Arbeit an jenem Tag Dividende ab.

»Ich habe Sie hergebeten«, sagte Direktor Roberts, »weil ich herausfinden möchte, ob es abschwächende oder mildernde Umstände gibt, von denen ich nichts weiß – Umstände, die Ihr Verhalten in den letzten Wochen und Monaten rechtfertigen könnten.«

Alex wusste, dass ihr das Staunen ins Gesicht geschrieben stand.

»Bitte setzen Sie sich«, sagte der Direktor. »Nehmen Sie sich einen Augenblick Zeit, und denken Sie über meine Frage nach.«

Sie versuchte sich zu sammeln und Argumente ins Gedächtnis zu rufen, die möglicherweise zu ihren Gunsten sprachen, doch ihr wollte nichts einfallen. »Ich habe keine Entschuldigung, Sir«, sagte sie schließlich. »Ich kann nichts zu meiner Verteidigung vorbringen, außer dass ich überzeugt bin, dass meine Schwester ermordet wurde, zusammen mit wenigstens acht weiteren Menschen.« Alex sah, wie Jack Morans Miene sich verdunkelte, doch sie redete weiter. »Ich habe keine stichhaltigen Beweise, um diese Behauptungen zu untermauern. Alle meine Aktionen im Lauf der letzten Wochen waren darauf ausgerichtet, solche Beweise zu finden. Gestern Abend wurde ich fast umgebracht von einem Mann, der meine Arbeit mit allen Mitteln aufhalten will. Das Police Department von Natchez, Mississippi, kann Ihnen das bestätigen.«

Direktor Roberts sah sie eine ganze Weile schweigend an. »Wenn ich recht informiert bin«, sagte er dann, »glaubt weder die Mississippi State Police noch eines der zuständigen lokalen Polizeiämter, dass derartige Morde je verübt wurden. Unser Büro in Jackson ist der gleichen Ansicht.«

Alex bemühte sich, sämtliche Emotionen aus ihrer Stimme fernzuhalten. »Das weiß ich sehr wohl, Sir. Doch es handelt sich in diesen Fällen nicht um konventionelle Verbrechen. Es sind genaugenommen sehr fortschrittliche Methoden der Vergiftung, ähnlich biologischen Waffen. Die Todesfälle treten ein, nachdem die Verabreichung des Giftes beziehungsweise des biologischen Wirkstoffs nur noch äußerst schwierig oder überhaupt nicht mehr nachweisbar ist.«

»Ist nicht eine Anzahl der Opfer an Krebs gestorben?«, fragte Roberts.

»Das stimmt, Sir. Sechs der neun Opfer, von denen ich weiß. Doch ich glaube, dass es noch mehr gegeben hat. Möglicherweise sehr viel mehr …«

»Alex«, unterbrach Jack mit sanfter Stimme. »Sie haben im vergangenen Dezember Ihren Vater verloren. Ihre Schwester starb erst vor einem Monat völlig unerwartet an einem Schlaganfall. Ihre Mutter liegt mit Gebärmutterkrebs im Sterben, während wir uns hier unterhalten. Wäre es möglich – ich betone, möglich –, dass Ihr Verstand unter der Einwirkung dieses Drucks eine Erklärung entworfen hat, die außerhalb aller Wahrscheinlichkeiten liegt?«

Sie antwortete nicht sogleich. »Über diese Frage habe ich sehr viel nachgedacht. Es ist eine berechtigte Frage. Doch ich glaube nicht, dass es so ist. Ich glaube darüber hinaus, dass ich das nächste Mordopfer dieses Killerteams bereits identifiziert habe.«

Jacks Unterkiefer sank herab.

Direktor Roberts rieb sich die linke Wange und fragte in härterem Tonfall: »Agentin Morse, ich möchte, dass Sie mir jetzt ganz genau zuhören. Ich biete Ihnen an, eine freiwillige berufliche Auszeit zu nehmen. Wir werden Ihr Fehlen als Sonderurlaub aus medizinischen Gründen in den Akten vermerken. Während dieses Sonderurlaubs möchte ich, dass Sie sich einer ausgedehnten psychiatrischen Untersuchung unterziehen.« Roberts warf einen Seitenblick zu Jack Moran. »Wenn Sie einverstanden sind, annulliere ich die morgige Befragung durch die Dienstaufsicht, bis die Ergebnisse Ihrer Untersuchung vorliegen. Ich mache Ihnen dieses Angebot aufgrund Ihrer beispiellosen bisherigen Erfolge als Krisen-Unterhändlerin für das FBI. Doch als Bedingung für dieses Angebot müssen Sie sich hier und jetzt einverstanden erklären …«, Roberts blickte auf ein Blatt Papier auf seinem Schreibtisch und las vor, »… von sämtlichen weiteren Untersuchungen im Zusammenhang mit dem Tod Ihrer Schwester Abstand zu nehmen, von Ermittlungen gegen den Anwalt Andrew Rusk, Ihren früheren Schwager William Fennell Junior und von jeglicher Einflussnahme auf Ihren Neffen Jamie Fennell.« Roberts sah wieder zu ihr auf. »Sie müssen sich außerdem einverstanden erklären, keinerlei weiteren Kontakt mit Agenten zu unterhalten, mit denen Sie bekannt oder befreundet sind. Derartiger Kontakt kann besagten Personen nur schaden, abgesehen von dem Schaden für Ihre eigene Laufbahn. Wenn Sie sich mit diesen Bedingungen einverstanden erklären, können wir Ihre Entlassung umgehen. Es wäre vorstellbar, dass Sie mit unbeflecktem Ruf in dieser Behörde als Agentin weiterbeschäftigt werden.«

Der Direktor sank in seinen Sessel zurück, während er offensichtlich auf eine Antwort wartete. Über seinem Kopf starrte das Porträt des Präsidenten auf Alex herab, als wartete er ebenfalls auf ihre Antwort. Alex studierte Morans Schuhe, während sie über die Worte des Direktors nachdachte. Es waren schicke neue Budapester aus Korduanleder, Lichtjahre entfernt von den Rockports, die Moran bei der Arbeit vor Ort zu tragen pflegte. Das Angebot war großzügig, das stand außer Frage. Sie spürte, dass sowohl Jack Moran als auch Senator Calvert die Hände im Spiel gehabt haben mussten. Alex wollte den neuen Direktor nicht enttäuschen, der dem Anschein nach ein besonnener Mann war. Noch weniger wollte sie Moran vor den Kopf stoßen, der als Mentor unendlich viel für sie getan hatte.

Nachdem sie einige Minuten schweigend nachgedacht hatte, hob sie den Blick und sah Roberts an. »Haben Sie eine Schwester, Sir?«

»Alex«, warf Moran ein, »machen Sie es nicht …«

»Schon gut, Jack«, sagte der Direktor.

»Ich möchte nicht unverschämt erscheinen, Sir. Ich möchte lediglich, dass Sie meine Einstellung verstehen. Als meine Schwester auf dem Sterbebett lag, sagte sie mir, dass ihr Mann für ihren Tod verantwortlich sei. Er habe sie ermordet. Meine Schwester gehörte nicht zu der fantasievollen Sorte, doch ich war skeptisch. Allerdings fand ich innerhalb weniger Tage heraus, dass mein Schwager tatsächlich ein Motiv hatte, seine Frau loszuwerden – ein *sehr attraktives* weibliches Motiv. Sir, ich versprach meiner Schwester, dass ich alles in meiner Macht stehende tun würde, um ihren Sohn vor dem Vater zu retten. Und ich sehe nur einen Weg, wie ich das schaffen kann – ich muss den Mord an ihr aufklären. Soweit ich sehe, tut es niemand sonst.« Alex drehte die Handflächen nach oben. »Das ist der Grund für meine gegenwärtige Situation, Sir. Es war ihre letzte Bitte an mich. Verstehen Sie das?«

Der Direktor starrte sie aufmerksam an. »Ich habe eine Schwester, Agentin Morse. Und ganz ehrlich, ich kann nicht sagen, was ich tun würde, wäre ich an Ihrer Stelle.« Roberts nahm einen Briefbeschwerer von seinem Schreibtisch – einen Glaswürfel, der eine Uhr umhüllte –, und drehte ihn in den Händen. »Doch das hier ist das FBI, und das FBI kann nicht tolerieren, wie Sie sämtliche Grenzen überschritten und Ihre Pflichten verletzt haben.«

»Ich verstehe, Sir. Ich möchte keine Grenzen überschreiten. Ich bin keine Gesetzesbrecherin. Ich wünschte, Sie würden mir das FBI in den Rücken stellen. Ich habe gute Instinkte, Sir. Jack kann Ihnen das bestätigen.«

Moran nickte.

»Ich weiß, dass ich recht habe mit meinem Verdacht. Genauso, wie ich recht hatte bei der Federal Reserve Bank, was einigen Leuten immer noch schwer aufstößt, fürchte ich.«

Moran zuckte zusammen angesichts dieser verhüllten Anspielung auf Dodson.

Alex berührte ihre vernarbte Wange, als sie fortfuhr. »Ich habe einen hohen Preis bezahlt, weil ich mich an jenem Tag auf meine Instinkte verlassen habe. Einen viel höheren Preis als nur mein Gesicht. Und ob Sie mir helfen oder nicht, Sir – ich werde das Versprechen einlösen, das ich meiner Schwester auf dem Sterbebett gegeben habe. Ich hoffe, dass ich an jenem Tag immer noch Agentin des FBI sein werde, doch ob es so sein wird oder nicht – der Tag wird kommen.«

Direktor Roberts stieß einen müden Seufzer aus; dann blickte er Moran an. »Ich denke, wir können nichts mehr tun, Jack.«

Moran erhob sich und begleitete Alex nach draußen auf den Gang. Sobald er die Tür hinter sich geschlossen hatte, legte er den Arm um ihre Schultern und drückte sie fest an sich. Sie hatte Mühe, die Tränen zurückzuhalten, doch als sie spürte, wie Jack ihr über die Haare strich, löste sich ein Schluchzen aus ihrer Kehle.

»Was war der Grund?«, fragte sie. »Warum ist es aufgeflogen?«

»Das Apartment in Charlotte. Als Sie den Mietvertrag gekündigt haben, wusste Dodson, dass Sie nicht wieder zurückkehren würden. Er fing an, in Charlotte Fragen zu stellen, und das war's.«

Sie nickte an Jacks Brust; dann lehnte sie sich zurück und sah ihm in die Augen. »Glauben Sie, dass ich verrückt bin?«

»Sie sind erschöpft. Ich selbst war auch schon einmal so erschöpft. Ich musste in Minneapolis in eine Klinik, so schlimm war es. Ich war völlig überarbeitet. Reiner Zufall, dass kurze Zeit vorher meine Frau gestorben war. Hören Sie, was ich sage? Es gibt einen Zusammenhang zwischen persönlichem Verlust und einem gewissen Realitätsverlust. Sie haben in den vergangenen Monaten gleich mehrere schlimme persönliche Verluste erlitten, Alex. Mehr, als ein Mensch ertragen kann.«

Sie nickte, während sie sich bemühte, ihre Tränen abzuwischen. »Das mag ja alles sein. Trotzdem …«

Jack legte ihr einen Finger auf die Lippen. »Versprechen Sie mir nur eins.«

»Was?«

»Dass Sie sich morgen Vormittag selbst nicht mehr schaden als unbedingt nötig.«

Sie lachte bitter. »Was für eine Rolle spielt das jetzt noch?«

Moran drückte ihren Oberarm. »Sie haben immer noch Freunde in diesem Gebäude, Alex. Das ist alles, was ich dazu sage. Drücken Sie diesem Wichser Dodson nicht das Seil in die Hand, mit dem er Ihnen endgültig den Strick drehen kann.«

Alex nickte, doch ihr Verstand war bereits vorausgeeilt. Während sie sich entfernte und allein den Flur hinunterging, erschien vor ihrem geistigen Auge das Bild von Chris Shepard, der mit seinem Adoptivsohn Baseball übte. Überlagert wurde dieses Bild wie von einem Schatten von einer anderen Szene: Thora Shepard, die mit Dr. Shane Lansing vögelte. Die Augen Thoras, wild leuchtend vor hemmungsloser Lust, waren die hellsten Punkte im Kopf von Alex. In den Schatten hinter ihr stand Andrew Rusk, sein Gesicht eine grinsende Fratze der Gier, und hinter ihm, nahezu völlig unsichtbar, lauerte eine noch dunklere Gestalt – weit bedrohlicher als alle anderen und doch vollkommen gesichtslos.

»Ich weiß, dass du da draußen bist«, murmelte Alex leise. »Und ich werde dich finden, du verdammter Mistkerl.«

29

Während Alex das Hoover Building verließ, kauerte Dr. Eldon Tarver auf einem sandigen Uferstreifen, wobei er darauf wartete, dass seine Eingeweide sich rührten. Er hatte die letzten achtzehn Stunden in den Wäldern von Chickamauga verbracht, während vierzig Meilen entfernt die Polizei von Natchez, das Adams County Sheriff's Department und die Mississippi Highway Patrol die Gegend nach einem weißen Lieferwagen durchkämmt hatten, der am Grund des Mississippi langsam in Richtung Baton Rouge rollte.

Tarvers Motorrad stand fünfzehn Meter entfernt unter einer Platane; sein Seesack lag daneben. Eldon war an den Bachlauf gefahren, um Schutz vor der Sonne zu finden und in Ruhe sein Geschäft zu erledigen. Während er auf den Hacken schaukelte und drückte, hielt er die Augen nach Bewegung in der Nähe offen. Schlangen liebten diese Art von Untergrund, die kühlen, feuchten Vertiefungen in der Nähe von Wasser. Sie mussten trinken, genau wie Menschen. Das war eines der Geheimnisse des Umgangs mit den Reptilien: das Wissen, dass sie sich nicht so sehr von Menschen unterschieden. Sie mochten kaltblütig sein, okay, doch Eldon hatte bereits in jungen Jahren gelernt, dass viele Menschen diese Eigenschaft mit den Reptilien teilten. Schlangen fraßen gerne, schliefen gerne und paarten sich gerne, genau wie Menschen. Um zu essen, mussten sie töten. Und um zu töten, mussten sie jagen.

Die meisten Menschen jagten ebenfalls – zumindest jene, die nicht so entfremdet waren von ihrer Natur, dass sie ihr altes Erbe verloren hatten. Heutzutage jagten sie auf andere Weise, an anderen Orten: in Büros, auf Finanzmärkten, in Labors und in dunklen Gassen großer Städte. Einige Wenige trugen noch immer den Geist des wahren Jägers in der Brust. Alex Morse war einer von ihnen, und das war gut und richtig so. Sie war aus den Lenden eines Jägers geboren, und sie erfüllte lediglich ihre Bestimmung, wie ihre Gene es von ihr verlangten.

Im Augenblick jagte sie *ihn.*

Alex hatte eine schwere Aufgabe vor sich. Eldon kannte Mittel und Wege, sich zu verstecken, die nicht einmal die alten Waldläufer des Westens gekannt hatten. Es hatte Zeiten gegeben, da hatte er sich buchstäblich unsichtbar gemacht für andere Menschen, die keinen halben Meter von ihm entfernt vorbeigegangen waren. Heute war ein gutes Beispiel. Er flüchtete nicht in Panik quer über das Land, wie viele Menschen, die getötet hatten, es an seiner Stelle getan hätten. Er verhielt sich still und blieb in der Nähe des Ortes, an dem er zugeschlagen hatte.

Häufig spürte er Lethargie nach einer Tat, wie Schlangen, nachdem sie eine große Beute heruntergeschlungen hatten. Es dauerte seine Zeit, große Dinge zu verdauen. Eine ganze Weile später fing er wieder an, sich zu rühren, sich erneut auf seine Forschung zu konzentrieren. Doch im Augenblick war eine tief sitzende Langsamkeit in seinen Adern, ein Zögern, sich in ein Leben einzukuppeln, das ihm beinahe Angst machte. Das Gefühl war ihm nicht neu. Manchmal fühlte er sich wie ein Retrovirus, nicht lebendig und nicht tot, sondern eine halbe Helix, eine halbe Kette, ewig auf der Suche nach einer Stelle, wo er andocken konnte. Er vermutete insgeheim, dass die meisten Menschen so waren wie er: untätig, dahintreibend wie lebende Leichen, bis sie eine andere Person gefunden hatten, deren Grenzen sie überwinden, die sie infiltrieren konnten. Indem sie sich in jenes andere Leben einschlichen, begannen sie zu funktionieren, zu handeln, zu fühlen – und sich letztendlich zu reproduzieren. Bis sie nach einer Weile (unterschiedlich lang in jedem Fall, doch stets unausweichlich) anfingen, ihren Gastkörper zu töten. Man musste sich nur die verzweifelten

Männer und Frauen ansehen, die sich mit der Bitte um Hilfe an Andrew Rusk wandten. Die meisten hatten sich bereits an einen neuen Wirt angedockt und wurden nun von einem wilden Impuls beherrscht, die alte, sterbende Hülle zu verlassen, die sie selbst ausgesaugt hatten, bis sie vertrocknet war. Und sie würden nicht zögern zu töten, falls nötig.

Eldon lauschte dem Murmeln des Baches und ließ seine Gedanken stromabwärts treiben. Manchmal hatte er Mühe, seine Eingeweide zu leeren. Bevor sein Adoptivvater zu dem Glauben gekommen war, dass Eldon von Gott dazu bestimmt worden sei, mit Schlangen umzugehen, hatte er regelmäßige Wutanfälle bekommen und den Knaben erbarmungslos verprügelt. Aller Zorn, der normalerweise auf die dummen Köpfe seiner biologischen Kinder herabgefahren wäre, war von seiner Frau, einem lebendigen Monument passiver Aggression, auf Eldon umgelenkt worden. Doch damals hatte Eldon das alles noch nicht verstanden – das Einzige, was er verstanden hatte, war Schmerz gewesen. Noch heute trug er mehr als ein Dutzend Brandnarben am Leib, Erinnerungen an die kafkaesken Bemühungen seines Vaters, zu beweisen, dass Eldon *nicht* einer der Auserwählten, sondern vom Teufel verführt worden war. (Verbrannt zu werden durch das Feuer war ein verdammender Beweis für Sünde.) Das rot glühende Eisen hatte Eldon an Stellen versengt, an denen er sich damals nicht selbst angefasst hatte – genau das gleiche Eisen, das sie in der Kirche benutzten, frei nach Lukas 10, 19: *Sehet, ich habe euch Macht gegeben, zu treten auf Schlangen und Skorpione und die ganze Macht des Feindes zu überwinden; und nichts wird euch schaden können.* Und für die Skeptiker gab es noch Markus 16, 18 – den Satz, den Eldon auswendig gelernt und zehntausend Mal wiederholt hatte, noch ehe er fünfzehn Jahre alt gewesen war: *In meinem Namen werden sie Dämonen austreiben; wenn sie Schlangen anfassen und tödliches Gift trinken, wird es ihnen nicht schaden; die Kranken, denen sie die Hände auflegen, werden gesund …*

Das Geräusch eines Mobiltelefons klang fremdartig in diesen Wäldern, und viele Kreaturen hielten inne, um zu lauschen. Eldon ließ es drei weitere Male läuten, bevor er den Anruf entgegennahm.

»Ja?«

»Dr. Traver?«

Eldon blinzelte dreimal. »Ja.«

»Ich bin es, Neville Byrd.«

»Ja?«

»Ich glaube, ich habe ihn, Sir. Oder *es,* sollte ich besser sagen.«

»Fahren Sie fort.«

»Die Sache, die Sie befürchten, Sir, Sie erinnern sich? Der *Automatismus*.«

»Sprechen Sie weiter.«

»Andy Rusk hat sich soeben auf dieser niederländischen Webseite eingeloggt. Ich habe den Eindruck, dass er eine Art Authentifizierungsprotokoll durchläuft. Um seine Identität zu bestätigen, verstehen Sie?«

»Und?«

»Nun ja … ich meine, wenn er das morgen wieder macht, würde ich sagen, dass wir den Auslöser gefunden haben. Wenn er sich am nächsten Tag nicht meldet, würde die Hölle losbrechen … oder was immer es ist, das Sie befürchten.«

Es fiel Eldon schwer, sich auf das plötzliche Eindringen der Moderne zu konzentrieren. »Sehr gut. Rufen Sie mich an, sobald Sie sicher sind.«

Neville Byrd atmete schweigend ins Telefon … er hechelte fast, und offensichtlich verwirrte ihn die anscheinende Losgelöstheit seines Auftraggebers. »Mach ich, Dr. Traver. Sonst noch etwas, Sir?«

»Nein.«

»Also gut, dann.«

Die Verbindung wurde unterbrochen.

Eldon drückte auf die rote ENDE-Taste; dann wischte er sich mit ein paar breiten Blättern sauber und kehrte in Gedanken versunken zu seinem Motorrad zurück. Er bemerkte ein Zittern in den trockenen abgefallenen Kiefernnadeln, das ihn mit Erwartung erfüllte. Anstatt stehen zu bleiben, wie die meisten Menschen es wohl getan hätten, trat er hastig mit dem rechten Fuß vor.

Eine dicke schwarze Schlange schoss vor ihm hoch, mit aufgerissenem, milchig-hellem Maul und zwei langen entblößten Fängen darin. Eine Wassermokassin. Ihre Schwanzspitze vibrierte wie bei einer Klapperschlange, doch es gab kein Geräusch. Trotzdem, sie verteidigte sich entschiedener, als eine Klapperschlange es getan hätte.

»Agkistrodon piscivorus«, murmelte Eldon. »Bist du vielleicht ein Zeichen, mein Freund?«

Die Wassermokassin schien verblüfft angesichts seines Mangels an Angst. Während Tarver einen weiteren Schritt vortrat, öffnete er den Mund und züngelte wie eine Schlange – eine Angewohnheit aus den Tagen, als er Schlangen gejagt hatte. Die Wassermokassinotter war nicht so leuchtend bunt wie eine Korallenschlange, doch Korallenschlangen waren selten, und die eine, die er im Park gefunden hatte, war inzwischen mit großer Wahrscheinlichkeit tot. Agentin Morse würde mit ziemlicher Sicherheit überleben, selbst wenn sie von der Schlange gebissen worden war. Doch sie würde nie wieder die Gleiche sein. Sie würde einen Geschmack der Feindschaft bekommen haben, die Gott in der Genesis versprochen hatte, und sie würde wissen, dass ihre derzeitige Jagd so war wie keine andere zuvor.

Die Wassermokassin ging zum Angriff über; sie meinte es offensichtlich ernst. Eldon lachte auf und wich zur Seite aus. Der Leib der Mokassin war fast so dick wie sein Unterarm. Der diamantförmige Kopf war so groß wie eine durchschnittliche Männerfaust.

Eine so große Wassermokassin konnte eine Menge Angst verursachen und in bestimmten Situationen ein höchst überzeugendes Werkzeug sein.

»Ich glaube, mein Freund …«, sagte Dr. Eldon Tarver, »du bist ein Zeichen meiner Wiedergeburt.«

Während er seinen Seesack schulterte und auf seine Honda stieg, hallte sein Lachen noch immer seltsam zwischen den Bäumen wider.

30

Chris saß am Küchentisch und diktierte Krankenberichte, als das Mobiltelefon summte, das Alex Morse ihm gegeben hatte. Ben war im Wohnzimmer und spielte auf seiner Xbox, doch sie konnten sich durch die offene Tür sehen. Ben hatte bereits nach dem neuen Telefon gefragt, und Chris hatte es mit den Worten abgetan, das Krankenhaus hätte ihm dieses Gerät zur Verfügung gestellt. Er überlegte zunächst, das Gespräch nicht anzunehmen und Alex zurückzurufen, nachdem Ben schlafen gegangen war, doch bis dahin konnte es noch eine Weile dauern. Er warf einen Blick ins Nachbarzimmer; dann stand er auf und ging zu dem hohen Kühlschrank, auf dem er seine Achtunddreißiger versteckt hatte. Er nahm die Waffe herunter, schob sie in die Tasche, steckte das Telefon und eine Taschenlampe ein und rief Ben zu: »Ich gehe nach draußen, weil der Empfang besser ist, okay?« Mit diesen Worten ging er zur Haustür.

Ben sah nicht einmal von seinem Spiel auf.

»Alex?«, fragte Chris, als er die Auffahrt überquerte. »Wie sieht es aus bei Ihnen?«

»Gar nicht gut.«

»Sie klingen zittrig.«

»Ist nicht mein bester Tag heute.«

»Tut mir leid. Nehmen Sie noch eine Ativan.«

»Würde ich sehr gerne, aber ich muss mich gleich morgen früh einem Drogentest unterziehen, und das nicht freiwillig.«

»Ativan ist nicht so schlimm. Abgesehen davon haben Sie ein Rezept von mir.«

»Nicht schriftlich.«

»Ich schicke es Ihnen gleich morgen früh per Fax.«

»Das wird nichts nutzen. Sie wollen nicht, dass ich mit Ihnen spreche. Ich darf mit niemandem reden, der mit irgendeinem der Fälle in Verbindung steht. ›Nichtfälle‹ wäre wahrscheinlich der passendere Ausdruck.«

»Dann glauben sie Ihnen immer noch nicht?«

»Für eine Sekunde dachte ich, ich hätte etwas in den Augen eines alten Freundes gesehen. Aber ich habe mich geirrt.«

Chris schaltete die Taschenlampe ein und suchte seinen Vorgarten ab. Auf einem Hügel sechzig Meter voraus leuchtete ein gelbgrünes Augenpaar auf. Das Rotwild beruhigte ihn – die scheuen Tiere würden augenblicklich Reißaus nehmen, wenn sich jemand in der Dunkelheit da draußen herumtrieb. »Nun ja, Ihre große Sorge war doch, dass man Sie feuern würde. Hat man Sie gefeuert?«

»Noch nicht. Sie haben mir einen Deal angeboten.«

»Was für einen?«

»Wenn ich alles aufgebe, wenn ich aufhöre nachzuforschen, was mit Grace passiert ist, feuern sie mich vielleicht nicht.«

Chris wusste nicht, was er darauf erwidern sollte.

»Sie wollen, dass ich mich in eine psychiatrische Klinik begebe, weil sie meinen, ich hätte eine Art Zusammenbruch erlitten.«

Auch wenn er es nicht zugeben wollte, hatte Chris eine ganze Weile insgeheim die gleiche Vermutung gehegt.

»Haben sie recht?«, fragte Alex leise.

»Nein. Hören Sie, ich habe heute mit meinem alten Hämatologie-Professor vom Sloan-Kettering telefoniert. Er hat mir eine Scheißangst eingejagt, Alex! Es ist nicht nur theoretisch möglich, jemanden zu ermorden, indem man ihn mit Krebs infiziert. Connolly hat es selbst schon getan, mit Mäusen.«

»Und wie?«

Mit knappen Worten berichtete Chris, was Peter Connolly ihm an möglichen Szenarien geschildert hatte. »Bei Gott, ich wünschte, ich hätte schon vor einer Woche mit ihm geredet!«, schloss er.

»Hören Sie«, sagte Alex. »Ich rufe an, um Ihnen Bescheid zu geben, dass ich jemanden vorbeischicke, der heute Nacht auf Sie und Ben aufpasst.«

»Wen?«

»Will Kilmer. Er ist der ehemalige Partner meines Vaters. Sie haben mich sicher schon von ihm reden hören. Er ist ein pensionierter Detective von der Mordkommission. Will ist um die Siebzig und ein wirklich netter Kerl. Außerdem ist er sehr viel wacher und stärker, als er aussieht. Ich wollte Ihnen nur Bescheid geben, dass er vor dem Haus ist.«

»Keine Sorge, ich schicke ihn bestimmt nicht weg. Ich laufe mit einer Waffe in der Hand vor dem Haus herum und bin nervös wie sonst was.«

»Das ist gut. Passen Sie nur auf, dass Sie nicht aus Versehen Onkel Will erschießen.«

»Keine Angst.«

Kurzes Schweigen. Dann sagte Alex: »Ich möchte, dass Sie noch etwas erfahren.«

Sein Magen zog sich angstvoll zusammen.

»Will hat einen seiner Leute oben beim Alluvian Hotel. Er observiert Thora.«

Chris verspürte einen überraschenden inneren Zwiespalt angesichts dieser Neuigkeit. »Tatsächlich?«

»Ich habe Ihnen nichts davon erzählt, weil es einfacher ist, um Verzeihung zu bitten als um Erlaubnis. Aber ich musste es tun, Chris.«

»Ich verstehe. Hat dieser Mitarbeiter von Will irgendetwas Verdächtiges gesehen?«

Wieder ein Zögern. »Seine Ehefrau meint Shane Lansing gesehen zu haben, als er gegen halb sechs heute Morgen das Hotel verließ. Sie ist sich allerdings nicht sicher.«

Der Knoten in Chris' Magen lockerte sich ein wenig. »Ich habe Ihnen doch schon gesagt, dass ich Lansing heute am frühen Morgen in Natchez gesehen habe. Er kann nicht in so kurzer Zeit von Greenwood hierhergekommen sein.«

»Es sei denn, er ist geflogen.«

»Es gibt keinen Linienverkehr zwischen Greenwood und Natchez, und Lansing ist kein Pilot.«

»Sie haben eine Menge darüber nachgedacht, wie es scheint.«

Chris lief rot an. »Selbstverständlich. Ich habe sogar heute Nachmittag im Wagen vor seiner Praxis gewartet, um sicherzugehen, dass er tatsächlich arbeitet.«

»Und? Hat er gearbeitet?«

»Ja. Aber dass er nicht bei der Polizei gewesen ist und Anzeige wegen Körperverletzung erstattet hat, ist schon ziemlich verdächtig.«

»Wir werden die Wahrheit bald herausfinden. Seien Sie nett zu Will, falls Sie ihn sehen. Er hat mich praktisch aufgezogen, und er tut mir diesen Gefallen, ohne Geld dafür zu nehmen.«

»Wann wird er hier sein?«

»Schätzungsweise innerhalb der nächsten halben Stunde.«

»Was soll ich Ben erzählen?«

»Um wie viel Uhr geht er zu Bett?«

»In einer Stunde ungefähr.«

»Dann sorge ich dafür, dass Will sich dem Haus nicht vorher nähert.«

»Danke. Wann kommen Sie zurück nach Natchez?«

»Ich habe morgen früh ein Meeting mit der Dienstaufsicht. Wahrscheinlich wird man mir mein Abzeichen und die Dienstwaffe abnehmen, und sicherlich werde ich Berichte schreiben müssen, aber ich versuche, so schnell wie möglich nach Natchez zurückzukommen. Passen Sie nur auf sich auf, damit Sie noch gesund und munter sind, wenn ich wiederkomme.«

Chris drehte sich um und blickte zu dem Hügel. Die Augen schwebten immer noch an Ort und Stelle wie goldene Kugeln, die in der Nacht leuchteten. »Machen Sie sich deswegen keine Gedanken.« Er wollte auflegen, doch er spürte, dass er noch etwas sagen musste, bevor das Gespräch zu Ende war.

»Alex?«

»Ja?«

»Vielleicht sollten Sie überlegen, auf diesen Handel einzugehen.«

Außer statischem Rauschen war in der Leitung nichts zu hören.

»Wenn wir uns auf die medizinische Seite der Dinge konzentrieren«, fuhr er fort, »und wenn wir Leute wie Peter Connolly zu Rate ziehen, haben wir früher oder später sicher genügend Beweise, um Ihre Vorgesetzten zu überzeugen, dass sie sich des Falles annehmen müssen.«

»Nicht schnell genug«, sagte Alex bitter. »Nicht für Jamie. Ich denke, er weiß, was sein Vater getan hat. Er gesteht es sich selbst nicht ein, doch in seinem Unterbewusstsein weiß er es.«

»Haben Sie Fortschritte bei der Beschaffung der Krankenakten der übrigen Opfer gemacht? Haben Ihnen die Angehörigen geholfen?«

»Wann hätte ich das tun sollen?«, fragte Alex gereizt.

»Ich verstehe. Hören Sie, versuchen Sie rauszufinden, wer die Hausärzte der Opfer waren. Vielleicht kann ich mich durch die Hintertür mit ihnen in Verbindung setzen, von Kollege zu Kollege.«

»Das ist unethisch, oder?«

»Nein, ist es nicht. Es ist illegal.«

»Wie sich manche Dinge doch ändern, wenn es persönlich wird, finden Sie nicht?«

Zorn stieg in ihm auf. »Hören Sie, wenn Sie nicht wollen …«

»Es tut mir leid, Chris. Ich konnte nicht widerstehen. Ich war zu lange allein in dieser Sache. Sie wissen, dass ich alles tun würde, um an diese Akten zu gelangen.«

»Okay. Ich muss wieder rein zu Ben. Tun Sie nichts Unüberlegtes morgen bei diesem Meeting.«

Alex lachte. Es klang erstaunlich spröde durch die mobile Sprechverbindung. »Genau das sagen mir alle.«

Chris unterbrach die Verbindung und sah hinauf zum Hügel. Jetzt schwebten dort fünf Augenpaare. Er klatschte einmal laut in die Hände, und wie durch ein einziges Bewusstsein beherrscht, richteten die Augenpaare sich aus und betrachteten ihn. Das Zirpen der Grillen erstarb, und selbst die Frösche unten am Teich verstummten. Chris stieß einen langgezogenen, lauten Pfiff aus, der die Rehe auf dem Hügel noch mehr verblüffte. Sie starrten ihn einen langen Augenblick an; dann wandten sie sich zur Flucht und verschwanden unter den Bäumen.

Stille.

Während er ins Haus zurückkehrte, beherrschten die schwebenden Augen seine Gedanken wie das Nachbild einer zündenden

Blitzbirne. Daneben lief mit ungefähr gleicher Intensität ein düsterer Film durch seinen Kopf: Thora, die in einem verdunkelten Hotelzimmer rittlings auf Shane Lansing saß, die Luft schwanger von der Hitze des Deltas, ihre Haut glänzend vom Schweiß, ihre Augen wild und hemmungslos …

»Dad?«, rief Ben ihm entgegen. »Wo warst du so lange?«

»Ich habe ein paar Rehe beobachtet.«

»Wie viele?«

»Fünf.«

»Echt? Komm, wir spielen eine Runde Football.«

Chris ging zum Kühlschrank und deponierte seine Achtunddreißiger wieder auf der Ablage. »Okay, Kumpel, aber diesmal spiele ich die Colts!«

»Nein, ganz bestimmt nicht!«

Chris lag auf der Schlafcouch in seinem Heimkino direkt neben dem großen Elternschlafzimmer und lauschte dem leisen, regelmäßigen Geräusch von Bens Atem. Ben hatte ihn gebeten, die Couch aufzuklappen, unter dem Vorwand, es wäre bequemer, so einen Film zu sehen, doch Chris wusste, dass der Junge lieber hier unten bei ihm schlafen wollte als oben in seinem Zimmer, nachdem seine Mutter verreist war. Chris nahm die Fernbedienung und schaltete den Apparat aus; dann stieg er leise aus dem Bett, um Ben nicht zu wecken.

Thora hatte etwa zwanzig Minuten nach seiner Unterhaltung mit Alex Morse aus Greenwood angerufen. Ihr Tonfall war unbekümmert und kess, während sie über die Qualität der Anlage plapperte. Sie lachte, während sie Ben, der zu diesem Zeitpunkt den Hörer des zweiten Apparats aufgenommen hatte, die Namen der verschiedenen Behandlungen vorlas. Es war ein surreales Gefühl für Chris, der ständig an ihren stark erhöhten Progesteronspiegel von der »Pille danach« und an seine Auseinandersetzung mit Shane Lansing denken musste, während Thora alberne Namen wie *Mississippi Schlammtorte, High-Cotton Wohlleben, Sweet Tea Seelentränke, Schlammiges Wasser* und *Bluesbad* aufsagte. Er nahm an, dass sie ernst werden würde, sobald Ben aus der Leitung gegangen war, doch zu seinem Erstaunen erzählte sie ihm, dass sie unbedingt mit ihm zusammen noch einmal dorthin fahren wollte, in einem Monat vielleicht, zur *Erneuerungsbehandlung für Paare.* Kein Wort von Shane Lansing, nichts außer Zuckersüße und Leichtigkeit. Chris hatte nicht vor, irgendetwas anzufangen, solange Ben wach war, also passte er seinen Tonfall dem Thoras an und beendete bald die Unterhaltung.

Eine Stunde war seither vergangen. Er ging zur Haustür, sperrte sie auf und steckte den Kopf nach draußen. »Mr. Kilmer?«, rief er in die Dunkelheit. »Sind Sie da?«

Keine Antwort.

Er rief erneut, mit dem gleichen Ergebnis. Ein wenig verstimmt kehrte er in die Küche zurück, um sich ein Sandwich zu machen. Er wollte gerade den ersten Bissen nehmen, als jemand an die Garagentür klopfte. Chris durchquerte die Pantry und legte das Auge an den Türspion. Durch die Linse hindurch erblickte er einen grauhaarigen Mann mit Brille.

»Wer ist da?«, rief er durch die Tür hindurch.

»Will Kilmer«, antwortete eine energische Männerstimme. »Alex Morse schickt mich.«

Chris öffnete die Tür. Kilmer war knapp einsachtzig groß und überraschend gut in Form für einen Mann seines Alters, abgesehen von einem Bauch über dem nachgebenden Hosengürtel. Er trug Khakis, ein unauffälliges Polohemd und graue Laufschuhe. Er lächelte Chris an und bot ihm die Hand, und Chris ergriff sie. Der Händedruck war so eisern, wie er es von einem Ex-Cop erwartet hatte.

»Es tut mir wirklich leid, Mr. Kilmer, dass Sie den weiten Weg hierher fahren mussten.«

»Sagen Sie Will zu mir, Doktor.« Kilmer ließ Chris' Hand los. »Und kein Problem, wirklich nicht. Ich komme langsam in ein Alter, wo ich nachts nicht mehr länger als drei oder vier Stunden schlafen kann.«

»Das ist verbreitet im höheren Lebensalter. Das genaue Gegenteil von Teenagern, die am liebsten zwanzig von vierundzwanzig Stunden schlafen würden.«

»Ich war schon draußen, als Sie vorhin den Kopf rausgestreckt haben, aber das war das erste Mal, dass Sie sich gezeigt haben, seit ich hergekommen bin, und ich wollte warten und sehen, ob sich draußen irgendwas rührt.«

»Sie glauben nicht wirklich, dass da draußen jemand ist, oder?«

»Nach allem, was Alex mir erzählt hat, würde ich sagen, dass es durchaus angebracht ist, mit Ärger zu rechnen.«

»Wenn jemand da draußen wäre, hätte er Sie dann nicht herkommen sehen?«

»Ich bin zu Fuß gekommen«, sagte Will. »Und ich bin verdammt leise, wenn ich es darauf abgesehen habe. Ich habe oben beim Restaurant an der Hauptstraße geparkt, und ich habe ein Nachtsichtgerät im Gepäck.«

Verlegenes Schweigen entstand. »Kann ich Ihnen etwas zu trinken anbieten?«, fragte Chris. »Ich wollte gerade ein Sandwich essen.«

»Ich möchte Ihnen nicht zur Last fallen.«

»Sie können uns genauso gut im Haus wie draußen bewachen, oder? Holen Sie Ihr Gepäck, und ich mache Ihnen in der Zwischenzeit ein Sandwich. Sie können mir anschließend erzählen, wieso Alex Morse nicht verrückt ist.«

Kilmer kicherte leise. »Ein Angebot, das schwer auszuschlagen ist. Ich bin gleich wieder da.«

Chris kehrte in die Küche zurück und ließ die Tür hinter sich offen. Noch bevor er das zweite Sandwich mit Truthahn und Schweizerkäse fertig hatte, leistete Kilmer ihm in der Küche Gesellschaft. Der Detektiv stellte einen Rucksack in Tarnfarben an der Wand ab und setzte sich auf einen der Barhocker am Küchentresen. Chris schob ihm einen Teller hin, öffnete ein Corona und reichte es Kilmer. Die Augen des alten Detektivs leuchteten auf, als er das Bier entgegennahm.

»Danke, Doc. Es ist wirklich schon verdammt heiß, wenn man bedenkt, dass wir erst Mai haben.«

Chris nickte und wandte sich wieder seinem eigenen Sandwich zu.

»Sie haben wirklich ein hübsches Haus hier draußen«, sagte Kilmer. »Wie ich hörte, wollen Sie umziehen?«

»Es ist die Idee meiner Frau. Ich nehme an, sie will unbedingt mit irgendwelchen Nachbarn mithalten.«

Kilmer nahm einen weiteren Schluck Bier und biss in sein Sandwich.

»Also Sie haben mit Alex Morses Vater zusammengearbeitet?«, fragte Chris.

»Das stimmt. Zuerst beim Police Department, dann in einer gemeinsamen Detektivagentur. Ich habe nie jemanden kennen gelernt, auf den ich mich mehr verlassen konnte, wenn es eng wurde.«

»Er wurde kürzlich getötet?«

»Ja, Sir. Er wollte irgendwelchen Leuten helfen, die in Schwierigkeiten waren. Genau wie ich es von ihm erwartet hätte.«

»Die Verbrechensrate in Jackson ist ziemlich hoch, wie man hört.«

»Hoch? Wenn Sie das Jackson betrachten, in dem ich aufgewachsen bin, und es mit dem von heute vergleichen, ist es wie das Ende der Welt! Es fing in den Achtzigern an, als das Crack aufkam. Heute leiten die Insassen die Anstalt. Ohne Jim werde ich wohl nicht länger als zwei oder drei Jahre im Geschäft bleiben. Ich mache die Agentur dicht und gehe nach Virginia in den Ruhestand.«

Chris nickte. »Sie kennen Alex von klein auf?«

Kilmers Augen funkelten. »Vom Tag ihrer Geburt an! Der schlimmste Wildfang, den ich in meinem ganzen Leben gesehen habe! Sie schießt mit Waffen, seit sie acht Jahre alt ist. Sie wollen wissen, ob sie klug ist?« Kilmer schüttelte den Kopf. »Als sie vierzehn war, hab ich mich dumm gefühlt neben ihr. Und nicht nur ich.«

Chris lachte. »Was ist mit ihrer Mordtheorie?«

Kilmer presste die Lippen aufeinander und seufzte. »Ich bin

nicht sicher, was ich davon halten soll. Aber ich sage Ihnen eins: Ich habe länger bei der Mordkommission gearbeitet, als irgendein Mensch dort arbeiten sollte, und ich denke, dass mehr Menschen in Scheidungssituationen ermordet wurden und werden, als irgendjemand vermutet oder ahnt – ganz besonders, bevor die Forensik so hoch entwickelt war wie heute. Ich hatte eine Menge Fälle, wo ich genau *wusste,* dass der Ehemann seine Frau um die Ecke gebracht und es wie einen Unfall hingedreht hatte. Genauso, wie ich wusste, dass der Grund sexueller Missbrauch war, wenn ich eine Mutter und ihre Töchter bei einem toten Ehemann fand. Doch Scheidung ist weiter verbreitet als Kindesmissbrauch.« Plötzlich sah Kilmer verlegen drein. »Hören Sie, nur weil ich denke, dass Alex vielleicht auf etwas gestoßen ist, heißt das noch lange nicht, dass ich auch denke, Ihre Frau betrügt Sie. Ich bin bloß hier, um Alex einen Gefallen zu tun.«

»Ich verstehe. Ich kenne Alex erst seit ein paar Tagen, aber ich sehe bereits, warum Sie sie so sehr mögen.« Chris nahm einen Schluck von seinem Bier. »Ich frage mich allerdings, ob sie in den letzten paar Monaten so viel durchgemacht hat, dass sie ihre Sinne nicht mehr ganz beisammenhat.«

Kilmer sah ihn mit erhobenen Augenbrauen an, als dächte er über diese Möglichkeit nach. »Sie hat eine Menge durchgemacht, das stimmt. Und wahrscheinlich wissen Sie nicht mal das Schlimmste. Ich glaube, Alex hat den Kerl geliebt, der an jenem Tag erschossen wurde, als es sie erwischte. Er war verheiratet, und sie war nicht der Typ, der eine Familie zerstört. Es war ein verdammt schwerer Tag für sie. Sie verlor ihr halbes Gesicht und den Mann, den sie geliebt hat, alles innerhalb fünf Sekunden. Sie hat Schuldgefühle, weil sie ihn geliebt hat, und sie fühlt sich schuldig an seinem Tod. Eine Menge Leute *würden* unter einem solchen Druck zerbrechen. Doch wenn jemand es durchsteht, dann Alex.« Kilmer sah Chris in die Augen. »Wenn Alex glaubt, dass Sie in Gefahr sind, sollten Sie auf sich aufpassen. Sie ist ganz bestimmt nicht nach Natchez gekommen, um ihre Zeit an Ihnen zu verschwenden.«

Kilmers gefurchtes Gesicht war von Jahren des Zigarettenrauchens ledrig und hart geworden, und sein Bauch war wahrscheinlich während vieler Jahre der Observationen und des schlechten Essens gewachsen. Wie viele Jahre hatte er sich selbst von seinem Leben genommen, indem er seinen damaligen Beruf ergriffen hatte? Würde Alex auch so aussehen, wenn sie siebzig war? Es erschien zweifelhaft, doch ihre Narben hatten sie auf diesem Weg bereits ein ganzes Stück weitergebracht.

»Nun«, sagte Chris, wobei er sich erhob und seinen Teller zum Spülbecken trug. »Ich gehe bald ins Bett. Sie sind herzlich eingeladen, heute Nacht im Haus zu schlafen. Ich habe ein Gästezimmer gleich am Ende des Gangs, dort drüben.«

»Wo ist Ihr Junge?«, fragte Kilmer.

»Er ist im Fernsehzimmer eingeschlafen.« Chris zeigte Kilmer den Raum. »Dort, wo das schwache Licht brennt. Ich schlafe eine Tür weiter.«

»Wenn er aufwacht und mich sieht, was sage ich ihm?«

»Er wacht nicht auf. Falls doch, wecken Sie mich. Das ist am einfachsten.«

Als Chris auf die Kühlschrankablage griff, um seinen Achtunddreißiger herunterzuholen, fiel ihm siedend heiß etwas ein. »Haben Sie einen Ausweis dabei, Mr. Kilmer?«, fragte er mit der Waffe in der Hand.

Kilmer starrte ihn einen langen Augenblick schweigend an, ehe er nickte und zu seinem Rucksack ging. Er griff in die Tasche, und Chris spürte, wie sich Anspannung in ihm aufbaute, als stellte er sich innerlich auf Gewalt ein. Doch Kilmer zückte lediglich eine Brieftasche und zeigte Chris einen Führerschein, ausgestellt vom Staat Mississippi. Das gutmütige Gesicht auf dem Dokument passte zu dem Mann, der vor Chris stand.

»Hier, sehen Sie.« Kilmer klappte ein Plastiketui auf. »Das ist Alex in jüngeren Tagen, zusammen mit mir und Jim.«

Chris blickte auf drei Gestalten, die sich im tiefsten Winter hinter einem Entenschirm duckten. Zwischen zwei attraktiven Männern im besten Alter war ein Mädchen, das die Arme um den Hals eines schwarzen Labrador Retrievers geschlungen hatte. Ihr Grinsen enthüllte zwei fehlende Zähne, und ihre Augen leuchteten, als könnten sie nicht mehr Glück fassen als in jenem Moment. Trotz ihrer Jugend sah Chris bereits Andeutungen der Frau, zu der Alex geworden war.

Kilmer klappte das Bild hoch. Darunter war ein weiterer Schnappschuss, der Alex vermutlich bei ihrer Highschool-Abschlussfeier zeigte. Sie stand zwischen den gleichen beiden Männern, älter inzwischen und diesmal in dunklen Anzügen. Außerdem waren zwei Frauen auf dem Foto zu sehen, klassische Mississippi-Ehefrauen mit zu viel Make-up. Beide lächelten breit und offen.

»Ist sie nicht eine Schönheit?«, fragte Kilmer.

»Haben Sie Kinder, Will?«

Der alte Mann schluckte. »Wir hatten ein Mädchen. Sie war ein Schuljahr hinter Alex. Sie starb in dem Jahr, als Alex ihren Abschluss gemacht hat. Ein betrunkener Fahrer. Danach … ich schätze, Alex hat ihren Platz in meinem Herzen eingenommen.« Kilmer klappte die Brieftasche zu, ging zum Tresen zurück und trank den Rest seines Biers.

»Es tut mir leid«, sagte Chris.

»Gehört zum Leben«, sagte Kilmer stoisch. »Man nimmt das Gute zusammen mit dem Schlechten. Gehen Sie schlafen, Doc. Und machen Sie sich keine Sorgen. Ich passe auf Sie auf.«

Chris schüttelte Kilmer die Hand und ging den Flur hinunter zu seinem Schlafzimmer.

»Danke für das Sandwich!«, rief Kilmer ihm hinterher.

Chris winkte; dann machte er kehrt und ging noch einmal ins Fernsehzimmer. Bens Atmen hatte sich nicht verändert, doch es war ihm irgendwie gelungen, das Bettzeug um sich herum zu knoten. Chris versuchte sich vorzustellen, wie es sein würde, wenn er einen Anruf bekäme wie jenen, den Will Kilmer in jener lange zurückliegenden Nacht erhalten hatte, doch es gelang ihm nicht. Als er so dastand und das friedliche Gesicht betrachtete, dachte er an das Trauma, das der Junge erleiden würde, sollte sich herausstellen, dass seine Mutter nicht die Frau war, die Chris oder Ben in ihr gesehen hatten. Indem er um ein Wunder betete, an das er selbst nicht mehr glauben konnte, schloss Chris leise die Tür und begab sich in sein eigenes Schlafzimmer.

31

Eldon Tarver stand im tiefen Mondschatten unter den herabhängenden Zweigen einer Wassereiche und beobachtete, wie die Lichter im Haus auf dem Hügel verloschen. Sein Motorrad lag im Unterholz in der Nähe des Highways. Ein Rucksack lag am Boden zu seinen Füßen. Er hatte den Tag im Chickamauga Hunting Camp im Jefferson County verbracht und auf den Anbruch der Nacht gewartet. Tarver hatte im Verlauf des Tages vieles getan, doch eines nicht – die Anrufe von Andrew Rusk beantwortet.

Als er am Vorabend hier eingetroffen war und eine Frau gesehen hatte, war sein erster Gedanke gewesen, dass er sich in der Adresse geirrt hatte. Die Frau war vermeintlich nicht in der Stadt. Doch als er die Koordinaten auf seinem GPS-Handempfänger überprüft hatte, hatten sie exakt mit seinen Notizen übereingestimmt. Er war näher herangeschlichen, nahe genug, um die Frau deutlich zu erkennen und mit den Fotos in seinem Rucksack zu vergleichen. Es war nicht die Frau auf den Bildern. Sie passte zu einem anderen Bild, das sich tief in Eldons Gehirn eingebrannt hatte – einem Bild, das er nur kurz in der von Rusk gelieferten Fennell-Akte gesehen hatte. Die Frau in dem Haus war Spezialagentin Alexandra Morse, die Schwester von Grace Fennell.

Ihre Anwesenheit hier – die Tatsache, dass sie sich mit seiner nächsten Zielperson unterhielt – hatte so tiefgreifende Implikationen, dass Tarver beinahe in Panik geraten wäre. Doch das Leben hatte ihn gelehrt, mit dem Unerwarteten zu rechnen.

Er hatte geglaubt, Agentin Morse wäre leichte Beute, trotz aller Ausbildung, die sie beim FBI erhalten haben mochte. Sie war schließlich nur eine Geisel-Unterhändlerin, keine taktische Spezialistin. Doch Agentin Morse hatte gekämpft wie ein Dämon, als Tarver sie angegriffen hatte. Er war nicht einmal sicher gewesen, dass er sie töten *wollte,* bevor er weniger als drei Meter von ihr entfernt gewesen war. Einen Agenten des FBI zu töten war eine ernste Angelegenheit. Das Gedächtnis der Behörde war lang, und das Bureau vergaß solche Verbrechen niemals. Alex Morses Verhalten allerdings – wie sie in die Auffahrt geschlüpft war in dem amateurhaften Versuch, ihm zu entwischen – hatte Eldon eines ganz deutlich gezeigt: Agentin Morse war allein. Sie hatte keine Rückendeckung. Weder vor Ort noch sonst irgendwo.

Und doch hatte sie ihm eine schmerzhafte Lektion erteilt, die ihn um ein Haar hätte auffliegen lassen.

Rückblickend war es besser, dass sie überlebt hatte. Wäre Alex Morse in jenem Carport gestorben, wären hundert Spezialagenten des FBI wie Heuschrecken über diese kleine Stadt in Mississippi hergefallen. Jetzt hingegen blieb Tarver genügend Zeit, das zu tun, was für eine saubere Flucht erforderlich war.

Eldon schulterte seinen Rucksack und stieg langsam den Hügel hinauf. Ehe er das Haus erreichte, bog er nach rechts ab, umrundete die dichten Azaleen und begab sich zu der Stelle mit der Ansammlung von Wärmetauschern, die das Haus klimatisierten. Tarver hatte die Pläne studiert, die Rusk ihm zur Verfügung gestellt hatte, bis er das Haus in- und auswendig kannte. Er wusste beispielsweise, welche Klimageräte welche Bereiche kühlten, und bald schon würde er von diesem Wissen Gebrauch machen. Er umrundete das Haus weiter, vorbei an einem Freiluft-Jacuzzi und am Swimmingpool bis zu dem überdachten Durchgang, der zum Lagerraum führte. Es bestand ein gewisses Risiko, dass er aus einem verdunkelten Zimmer im Haus gesehen wurde, doch sein Instinkt sagte ihm, dass er sicher war. Er huschte in den Lagerraum, wo er eine Klappleiter herunterzog und auf den Dachboden stieg. Von dort aus konnte er den Dachboden des Haupthauses erreichen.

Nachdem er seine breiten Schultern durch eine enge Öffnung

gequetscht hatte, kam er in einem Wald aus Ständern und Tragbalken hervor. Indem er vorsichtig über die Tragbalken balancierte, legte er die zwölf Meter zu dem Rohr zurück, das er suchte.

Tarver kramte in seinem Rucksack und brachte eine Respirator-Gasmaske zum Vorschein, die er sich sorgfältig über Nase und Mund stülpte. Dann setzte er sich eine an den Rändern abgedichtete Motorradbrille auf. Zum Schluss zog er ein Paar Latexhandschuhe an, griff erneut in den Rucksack und zog eine schwere, längliche Druckflasche hervor. Sie sah aus wie die CO_2-Zylinder, mit denen Jugendliche ihre Paintball-Waffen betrieben. Er legte eine schwere Gummimatte über das Rohr, um die Vibration zu dämpfen; dann nahm er einen kleinen, batteriebetriebenen Handbohrer und bohrte ein Loch ins Metall. Schließlich klebte er ein dünnes Stück Gummi über das Loch, nahm die Druckflasche und rammte das spitze Ventil durch Gummi und Loch in das Rohr, wobei das Gummi als Dichtung diente.

Sorgfältig kontrollierte er seine Vorrichtung ein letztes Mal, atmete tief durch und öffnete den Drehverschluss der Druckflasche.

Das leise zischende Geräusch, das folgte, verschaffte Eldon Tarver ein Gefühl intensiver Befriedigung. Innerhalb von zwei Minuten würden der Mann und der Junge unten im Haus betäubt sein. Der Zustand würde bis zum Morgen anhalten, lange nachdem Eldon das Haus verlassen hatte.

Das Gas in der Druckflasche konnte nirgendwo in den Vereinigten Staaten gekauft werden – es sei denn, der Käufer war die Regierung selbst. Tarver hatte das Gas von Edward Biddle, einem Bekannten von vor vielen Jahren. Biddle war früher Offizier der U.S. Army und mit einem Projekt betraut gewesen, an dem Dr. Tarver gearbeitet hatte. Das Gas war ein Reagens ähnlich dem, das die Russen bei ihrem Versuch benutzt hatten, siebenhundert Geiseln in einem Moskauer Theater aus den Händen von Terroristen zu befreien. Damals waren viele Menschen an dem Gas gestorben, doch die meisten waren ältere Leute gewesen, und die Dosierung war nicht genau ausgerechnet worden. Im Gegensatz zu den Russen wusste Dr. Tarver ganz genau, was er tat.

Er saß zwei Minuten vollkommen still; dann bewegte er sich über die Tragbalken zu der Klapptreppe über dem Bad des Elternschlafzimmers. Er war sich seiner Sache so sicher, dass er in dieser Nacht sogar darauf verzichtet hatte, eine Schusswaffe mitzubringen. Eine unregistrierte Waffe war bei einer zufälligen Verkehrskontrolle der schnellste Weg in den Polizeigewahrsam.

Indem er sich mit beiden Händen gegen einen Deckenbalken stemmte, drückte er die durch Federn gehaltene Leiter mit den Beinen nach unten und klappte sie aus. Dann nahm er seinen Rucksack und stieg nach unten, wo er eine Aluminium-Thermoskanne hervorzog, in der zwei aufgezogene Spritzen steckten. Eine enthielt eine Mischung aus Corticosteroiden, welche die Immunreaktionen des menschlichen Körpers unterdrückten. Die andere war gefüllt mit einem Reagens, für dessen Entwicklung Dr. Tarver ein ganzes Jahr benötigt hatte. Zwanzig Jahre genaugenommen, wenn man die gesamte Forschung zählte, die er hineingesteckt hatte, doch die Entwicklung dieser spezifische Lösung hatte ein Jahr gedauert. Das Reagens unterschied sich dramatisch von jenen, die er bei den übrigen Zielpersonen benutzt hatte. Aus diesem Grund war Tarver aufgeregt. Er verspürte eine extreme Wachheit, die nicht einmal dadurch gedämpft wurde, dass es seine letzte Operation war – worüber es nicht den geringsten Zweifel gab. Entweder hatte Rusk ihn belogen, oder Rusk war ein Narr. Ob nun das eine oder das andere, die Verbindung zu Rusk musste beendet werden. Doch es gab eine Reihe von Dingen, die Eldon vorher erledigen musste. Einige davon waren unangenehm, nicht jedoch dieses hier. Dieses hier war etwas, worauf er schon lange gewartet hatte, sehr lange.

Er spazierte unbekümmert ins Schlafzimmer, ohne sich die geringste Mühe zu machen, leise zu sein. Dr. Shepard lag auf der Seite im Bett. Sein Mund stand ungewöhnlich weit offen, doch das war normal nach dem Einsatz des Gases. Eldon Tarver prägte sich die Position des Bettes genau ein, um sicherzustellen, dass er alles genau so verließ, wie er es vorgefunden hatte. Dann legte er die Spritzen auf eine Kommode, zog die Bettdecke von Shepard und rollte den Internisten auf den Bauch.

Sodann nahm er eine kleine LED-Taschenlampe hervor, schaltete sie ein und ergriff die Spritze mit den Steroiden. Er kniete zwischen den Oberschenkeln von Shepard nieder, zog ihm die Boxershorts herunter und drückte eine Pobacke beiseite, sodass der Anus frei lag. Indem er die Lampe mit den Zähnen hielt, spreizte er den Anus des Doktors weit genug, um die Nadel einzuführen. Er injizierte die Steroide zwei Zentimeter innerhalb des Rektums. Dr. Shepard rührte sich kaum. Tarver wiederholte die Prozedur mit der zweiten Spritze, doch im letzten Moment zuckte Shepard im Schlaf mit dem Unterleib, und die Nadel drang gleich neben dem Rektum ein. Ein übler Fehler, doch nachdem die kleine Verletzung einmal verursacht war, war es wenig sinnvoll, die Nadel herauszuziehen und tiefer im Rektum erneut einzuführen.

Tarver zögerte kurz, ehe er den Kolben eindrückte. Mehrmals im Verlauf des Tages hatte er überlegt, sein Experiment auszudehnen. Er hatte gewusst, dass der Junge im Haus war, und da er seine Forschung aller Wahrscheinlichkeit nach vorzeitig würde abbrechen müssen, bot der Knabe eine einzigartige Gelegenheit. Tarver hatte nicht genügend Lösung präpariert, um sowohl Shepard als auch seinen Sohn mit der vorberechneten Menge zu impfen, doch sein Instinkt sagte ihm, dass es wohl auch so ausreichte. Auf der anderen Seite war ein jugendliches Immunsystem möglicherweise widerstandsfähig genug, um das Virus zu überwinden. Angesichts so vieler Unbekannter fällte Tarver eine Entscheidung. Er drückte den Kolben der Spritze ganz hinein und gab dem Vater die volle Dosis.

Der Junge würde am Leben bleiben.

Tarver drehte Shepard wieder auf die Seite, deckte ihn zu, packte alles zurück in seinen Rucksack und ging rasch den Flur hinunter. Er fand den Knaben auf dem Sofa im Fernsehzimmer. Zu seiner Überraschung entdeckte er eine weitere Person, einen älteren Mann, der im Wohnzimmer auf dem Sofa schlief, drei leere Bierflaschen neben sich. Eldon hatte den Mann noch nie gesehen. Er nahm sein Mobiltelefon aus dem Rucksack, richtete die winzige Optik auf das Gesicht des Fremden und schoss ein Foto von ihm. Dann schob er die Hand in die Gesäßtasche des Mannes und suchte nach seiner Brieftasche.

Als er keine fand, schaute er sich im Zimmer um. Am Fuß des Sofas, neben den Flaschen, stand ein Rucksack in Tarnfarben. Tarver öffnete ihn, und ein eigenartig taubes Gefühl breitete sich in seiner Brust aus. Im Innern des Rucksacks lagen eine Pistole, ein Nachtsichtgerät, eine Dose Pfefferspray, eine Kamera und ein Paar Handschellen. Es dauerte mehrere Sekunden, bis Tarver sich von dem Schock erholt hatte, doch er legte alles genauso zurück, wie er es vorgefunden hatte.

Er verließ das Haus über die Leiter im Bad und kehrte zu dem Rohr zurück, wo er sein winziges Loch mit Vielzweckband abdichtete. Zehn Minuten, nachdem er Dr. Shepard die beiden Injektionen gesetzt hatte, marschierte er eilig unter den Bäumen hindurch in Richtung Highway. Das Hochgefühl, das er anfangs im Innern des Hauses verspürt hatte, war völlig verflogen und Nervosität, Zorn und so etwas wie Angst gewichen.

Mit einem Mal hatte sich alles geändert.

Alex saß mit aufgestützten Ellbogen vor dem Schreibtisch in ihrem Hotelzimmer in Washington. Sie war benommen von Ativan und dem Wein vom Zimmerservice. Sie hatte stundenlang auf ihren Computerbildschirm gestarrt, voller Angst, dass das Glockensignal nicht erklingen könnte, wenn Jamie sich auf MSN einloggte. Die Glocke hatte bis jetzt nicht geläutet, jedoch nicht wegen einer Fehlfunktion. Jamie hatte sich einfach noch nicht eingeloggt, aus welchem Grund auch immer. Es konnte eine ganz einfache Ursache haben, beispielsweise einen Stromausfall in Jackson, doch Alex vermochte nicht so recht an eine solche Möglichkeit zu glauben. Angesichts dessen, was Jamie ihr während ihres letzten gemeinsamen Video-Chats anvertraut hatte, fürchtete sie, der Junge könnte irgendeine Verzweiflungstat begangen haben …

Zum Beispiel, von zu Hause weglaufen.

Vor einer halben Stunde hatte sie dem inneren Druck nachgegeben und auf dem Festnetzanschluss von Bill Fennells Haus angerufen. Sie hatte das Recht, mit ihrem Neffen zu sprechen (und sie war fest entschlossen, Bill das auch zu sagen, in sehr bestimmtem Ton), doch sie bekam keine Gelegenheit dazu. Sie bekam niemanden an den Apparat, außer einem Anrufbeantworter.

Alex schaute hinüber zum Hotelbett und überlegte, ob sie sich schlafen legen sollte. Sie hatte am nächsten Morgen in aller Frühe ein Meeting mit den Leuten von der Dienstaufsicht, und dazu musste sie fit und ausgeschlafen auftreten. Kompetent. Zuverlässig. Des Vertrauens würdig, das die Behörde in sie setzte.

Ha!

Sie würde nicht das Risiko eingehen, Jamie zu verpassen.

Unter gar keinen Umständen. Koste es, was es wolle.

32

Haben Sie genug Faden?«, fragte die Schwester.

»Ich glaub schon«, antwortete Chris, während er den letzten von dreiundzwanzig Stichen verknotete.

Der aufgeschlitzte Arm unter seinen Händen gehörte einem fünfzig Jahre alten Handwerker namens Curtis Johnese, einem gewaltigen Mann in fleckigem Overall mit einem kürbisförmigen Schädel und einem Stück Skoal hinter der Lippe. Vor einer Stunde hatte Mr. Johnese es irgendwie fertiggebracht, sich mit einer Tischsäge einen zwanzig Zentimeter langen Schnitt auf dem Unterarm beizubringen. Einer Gewohnheit aus dunklen Vorzeiten folgend, war er zur Praxis von Tom Cage gefahren, um sich die Wunde nähen zu lassen, und nicht zur Notaufnahme, die vier Mal so viel gekostet hätte und wo es vier Mal so lange gedauert hätte. Johnese hätte Dr. Cage persönlich vorgezogen, doch Tom war in Chris' Behandlungszimmer gekommen und hatte ihn gefragt, ob er die Wunde versorgen könnte. Unter Toms zahlreichen chronischen Erkrankungen war auch eine Psoriasis-Arthropathie, und nach einem erst kurze Zeit zurückliegenden Anfall fühlte er sich noch nicht wieder zu genauem chirurgischem Arbeiten imstande.

Chris legte seine Zange ab, hob den Papierkragen und nahm seine Arbeit in Augenschein. Während er hinsah, spürte er einen scharfen, pulsierenden Schmerz an der Schädelbasis. Er hatte diesen Schmerz immer wieder in unregelmäßigen Abständen gespürt, seit er am Morgen aufgewacht war; er war so stark, dass er bereits drei Advil eingenommen hatte.

Zu seiner Überraschung war der Schmerz davon noch schlimmer geworden, nicht besser. Zuerst hatte er angenommen, dass es sich um Spannungskopfschmerzen handelte – Thora würde am nächsten Tag zurückkehren, und es würde Ärger geben, wenn er sie zur Rede stellte –, doch der Schmerz war anhaltend, als signalisierte er den Anfang einer fiebrigen Erkrankung.

»Sieht großartig aus, Mr. Johnese«, sagte er, während er sich den Nacken rieb. »Lassen Sie sich von Holly noch eine Tetanus-Auffrischung geben, dann können Sie nach Hause. Kommen Sie in einer Woche wieder, und ich ziehe Ihnen die Fäden.«

Johnese lächelte. »Danke, Doc«, sagte er. »Dr. Cage geht es doch gut, oder?«

»Es geht ihm bestens, keine Sorge. Wir sind heute Morgen nur ein wenig im Stress.«

Der Handwerker betrachtete seinen gebräunten Unterarm, während Holly ihm einen Verband anlegte. »Ziemlich gute Arbeit für einen jungen Arzt, würde ich sagen. Machen Sie so weiter und hören Sie auf das, was Dr. Cage sagt, dann machen Sie bestimmt nichts falsch.«

»Ganz Ihrer Meinung, Sir«, sagte Chris und tätschelte dem Riesen die Schulter.

Er verließ das Behandlungszimmer, ging in sein Büro und schloss hinter sich die Tür. Er setzte sich in seinen Sessel, massierte seine Schläfen mit den Daumen und versuchte dann, die Muskeln am Halsansatz zu bearbeiten. Es brachte keine Besserung. Er griff in die Schreibtischschublade und nahm eine weitere Advil, was die Dosis auf achthundert Milligramm erhöhte.

»Das muss jetzt aber reichen«, murmelte er.

Er hatte vorgehabt, in der Uniklinik anzurufen und mit einigen der Ärzte zu reden, die Peter Connolly bei ihrem Telefonat erwähnt hatte, doch er fühlte sich derzeit nicht in der Stimmung. Er lehnte sich in seinem Sessel zurück und erinnerte sich an Bens Schrecken an diesem Morgen, als er Will Kilmer tief und fest schlafend auf dem Sofa im Wohnzimmer vorgefunden hatte. Ben war in Chris' Schlafzimmer gestürzt und hatte ihn wachgerüttelt. Nachdem Chris ihm erklärt hatte, dass Kilmer ein entfernter Cousin und auf dem Weg nach Florida vorbeigekommen war (und nachdem Ben gesehen hatte, dass sein Vater keine Spur von Angst zeigte), war die Sache für den Jungen erledigt, und er bereitete sich auf die Schule vor. Kilmer hatte sich überschwänglich entschuldigt und sich beeilt, das Haus zu verlassen.

Auf dem Weg zur Schule erzählte Ben seinem Vater, dass er drei leere Bierflaschen am Fuß von »Cousin Wills« Sofa gesehen hatte. Chris hatte die Flaschen nicht gesehen, doch er schätzte, dass sie der Grund waren dafür, dass Kilmer im Wohnzimmer eingeschlafen war und sich nicht wie vereinbart ins Gästezimmer zurückgezogen hatte.

Kein besonders scharfer Wachhund, dachte er ironisch. Die einzige Frage war, was er Thora sagen sollte, falls Ben den Besucher erwähnte.

»Dr. Shepard?« Hollys Stimme riss ihn unvermittelt aus seinen Gedanken.

Er zuckte in seinem Sessel zusammen und fragte sich, ob er eine Migräne entwickelte. Er hatte noch nie eine gehabt, doch die Hyperempfindlichkeit gegen Geräusche und Licht schien darauf hinzudeuten. »Was gibt's, Holly?«

»Sie haben in allen vier Behandlungszimmern wartende Patienten.«

Chris rieb sich die Augen und seufzte schwer. »Bin schon unterwegs.«

»Ist alles in Ordnung?«, fragte Holly, indem sie die berufliche Schranke durchbrach (die sie auch sonst nicht so genau beachtete).

»Ich habe bloß Kopfschmerzen.«

Seine Arzthelferin nickte mitfühlend. »Ich kann versuchen, die Patienten heute ein wenig besser einzuteilen.«

Chris wuchtete sich aus seinem Sessel, hängte sich das Stethoskop um und ging nach draußen in den Flur. Urplötzlich stieg Mitgefühl für Alex Morse in ihm auf. Jetzt, in diesem Augenblick, saß sie mit den Vertretern der Dienstaufsicht zusammen und musste zusehen, wie ihre Karriere ins Klo gespült wurde. Er wünschte, er hätte etwas tun können, um ihr zu helfen. Wenn sie nur ein wenig Geduld aufbrachte, gab es vielleicht einen Weg. Doch Alex stand seit langer Zeit unter so großem Stress, dass Geduld für sie wohl nicht infrage kam.

Genau wie an jenem Tag, als er Alex zum ersten Mal begegnet war, nahm Chris eine Krankenakte aus dem Aktenwagen neben der Tür und betrat das Behandlungszimmer. Was ihn erwartete, war keine Frau mit einem vernarbten Gesicht, sondern ein hundertdreißig Kilo schwerer Mann mit einer Steißbeinfistel. Chris zwang sich zu einem Lächeln, wappnete sich innerlich gegen den zu erwartenden Gestank und öffnete die Tür.

Alex saß auf einem unbequemen Stuhl mit gerader Rückenlehne vor einem Tribunal von Vertretern der Dienstaufsicht, die sie mit versteinerten Gesichtern musterten. Es waren zwei Männer und eine Frau hinter einem langen Tisch. Die Männer flankierten die Frau rechts und links. Sie hatten sich zu Beginn der Befragung vorgestellt, doch Alex hatte sich die Namen nicht gemerkt. Nichts von dem, was sie heute sagte, würde das Ergebnis der Anhörung ändern. Die Teilnahme an dieser lächerlichen Scharade würde sie nur noch weiter erniedrigen.

So gut wie kein Agent des FBI überstand seine Laufbahn ohne wenigstens eine oder zwei Anhörungen durch die Dienstaufsicht. Üblicherweise resultierten sie aus geringfügigen Übertretungen oder Missachtungen der einen oder anderen Vorschrift, manchmal auch aus Tratsch und Hörensagen, von missgünstigen Kollegen anonym an die Dienstaufsicht weitergeleitet (eine durchaus gängige Praxis). Die heutige Anhörung jedoch war anders. Eines der schlimmsten Vergehen in den Augen der Dienstaufsicht war »Mangel an Redlichkeit«, womit Lügen und Täuschung von Vorgesetzten durch einen Agenten gemeint war, gleich welchen Ausmaßes, einschließlich trivialer Auslassungen. Nach diesen Standards zu urteilen, waren Alex' Verfehlungen sehr ernst. Sie war noch nicht aufgefordert worden, sich an einen Polygraphen anschließen zu lassen, doch man hatte sie vereidigt.

Einer der beiden Männer hatte sämtliche Vorwürfe wiederholt, die Deputy Director Dodson gegen Alex erhoben hatte und sicherheitshalber noch ein paar Spitzfindigkeiten hinzugefügt. Alex hatte gar nicht genau hingehört, bis die Frau eine Kopie der kompromittierenden Kurznachricht hochhielt, die Alex am Tag zuvor während ihres ersten Wutanfalls über den Rückruf nach Washington an Andrew Rusk geschickt hatte. Sie hatte nicht die geringste Ahnung, wie Dodson in den Besitz dieser Kopie gelangt war, doch sie war ausgebufft genug, nicht danach zu fragen. Die Bürokraten auf der anderen Seite des Tisches würden ihr ohnehin nichts verraten. Doch jetzt kamen sie zu einem Teil des Verfahrens, den Alex nicht ignorieren durfte.

»Special Agent Morse«, sagte die Frau. »Haben Sie irgendetwas zu Ihren Gunsten zu sagen, bevor wir diese Anhörung beenden?«

»Nein, Ma'am.«

Die Frau runzelte vorwurfsvoll die Stirn wie eine Kirchenmatrone; dann besprach sie sich leise mit ihren beiden Kollegen. Eine Stenographin saß geduldig an einem kleinen Tisch zur Rechten von Alex. Alex vertrieb sich die Zeit damit, die Schuhe der Stenographin zu betrachten. Es waren flache Halbschuhe von Nine West (oder vielleicht Kenneth Coles, wenn sie Geld gespart hatte), jedenfalls ein ganzes Stück billiger als die Manolo Blahniks des Miststücks hinter dem Tisch, das die Verhandlung leitete. Man brauchte nun mal italienisches Leder, um in der Washingtoner Dienstaufsicht Ehrgeiz zu demonstrieren.

»Special Agent Morse«, sagte die Frau in diesem Augenblick.

»Als Ergebnis dieser vorläufigen Anhörung suspendieren wir Sie ab sofort von sämtlichen weiteren Aufgaben, bis Ihr Fall zu einem endgültigen und formellen Abschluss verhandelt wurde. Sie haben Ihren Dienstausweis und Ihre Waffe abzugeben. Jeglicher weitere Kontakt mit dem Bureau hat über Ihren Anwalt stattzufinden.«

Alex schwieg.

Die Frau sah zu der Stenographin. »Ich möchte, dass meine nächsten Worte nicht ins Protokoll aufgenommen werden.«

Die Stenographin hob die Hände von der Maschine.

»Angesichts Ihrer vorbildlichen Akte«, begann die Blahnikbeschuhte Person, »… abgesehen selbstverständlich von dem Zwischenfall in der Federal Reserve Bank … bedauere ich außerordentlich, dass wir zu diesen Maßnahmen gezwungen wurden. Wenn ich recht informiert bin, wurde Ihnen ein Kompromissvorschlag unterbreitet, der Ihre Entlassung unnötig gemacht hätte?«

Alex durchlitt die bedeutungsschwangere Pause, die sich an diese Bemerkung anschloss, in stummem Schweigen. Das Triumvirat aus Bürokraten starrte sie eine Ewigkeit an, wie ihr schien. Wie konnte es sein, schienen sie zu denken, dass jemand freiwillig aus der Behörde ausschied, für die sie ihr Leben gaben?

»Es tut mir leid, dass Sie dieses Angebot nicht annehmen möchten«, sagte die Frau schließlich.

Alex nahm ihre Handtasche vom Boden, zog ihren Dienstausweis und die Glock hervor, erhob sich, brachte beides nach vorn und legte es vor den Bürokraten auf den Tisch.

»Nein«, sagte die Frau. »Geben Sie die Sachen nicht uns. Geben Sie die Sachen unten im Erdgeschoss ab.«

Alex wandte sich ab und ging zur Tür.

»Agentin Morse!«, rief die Frau hinter ihr her. »Sie werden Washington nicht verlassen, bis diese Angelegenheit voll und ganz geklärt ist! Agentin Morse?«

Alex verließ den Raum, ohne die Tür hinter sich zu schließen. Sie war endlich frei, komme, was da wolle.

Chris untersuchte einen Patienten mit Verdacht auf kongestive Herzinsuffizienz, als Jane an der Tür klopfte und ihm sagte, dass er dringend ans Telefon kommen sollte.

»Es ist die Sekretärin der St. Stephen's, Doktor. Die Middle School.«

Angst erfasste Chris mit überraschender Wucht. »Ist etwas mit Ben? Ist etwas passiert?«

»Nichts Schlimmes. Nur Kopfschmerzen, aber sie sind so stark, dass er nach Hause möchte.«

»Kopfschmerzen?«, wiederholte Chris. »Ich habe auch Kopfschmerzen.« Er ging in den Empfang und nahm den Hörer, den Jane ihm reichte.

»Dr. Shepard? Hier ist Annie von der St. Stephen's. Ben hat schon den ganzen Morgen starke Kopfschmerzen. Ich denke, er sollte nach Hause gehen, allerdings weiß ich auch, dass seine Mutter außerhalb der Stadt ist, deswegen habe ich in Ihrer Praxis angerufen.«

In dieser Stadt weiß jeder alles, dachte Chris. »Hat er Sehstörungen oder etwas in der Art?«

»Ich glaube nicht, nein. Ich weiß nur, dass er in der Pause zu mir gekommen ist, und Ben würde so etwas nicht tun, wenn es ihm nicht wirklich schlecht geht.«

»Ich bin unterwegs. Bitte behalten Sie ihn im Sekretariat, bis ich da bin. Ist er jetzt bei Ihnen?«

»Er ist hier, Augenblick bitte.«

»Dad?«, fragte Ben mit zittriger Stimme.

»Hey, Kumpel. Du hast Kopfschmerzen?«

»M-hm. Ziemlich schlimm.«

»Ich komme dich holen.«

»Wohin bringst du mich? Mom ist nicht zu Hause.«

»Du kannst bei mir in der Praxis bleiben. Miss Holly kümmert sich um dich, okay?«

»Okay.« Die Erleichterung in Bens Stimme war nicht zu überhören.

Chris legte auf und ging zu seinem Büro. Dann hielt er inne, machte kehrt und lief den Flur hinunter zu Tom Cages Büro. Der weißhaarige alte Arzt verabschiedete sich soeben von einem Pharmavertreter.

»Entschuldigt bitte, Leute«, unterbrach Chris das Gespräch. »Tom, ich muss zur St. Stephen's, Ben abholen. Er hat schlimme Kopfschmerzen. Können Sie die Festung alleine halten, bis ich zurück bin? Meine Behandlungszimmer sind voll.«

»Kein Problem, fahren Sie.«

Chris versuchte sich zu erinnern, wer die Patienten in den Behandlungszimmern waren. »Mr. Deakins sitzt in Nummer drei mit Verdacht auf kongestive Herzinsuffizienz. Ruth Ellen Green in vier mit einer diabetischen Neuropathie …«

»Sie werden mir schon alle erzählen, was mit ihnen ist«, unterbrach ihn Tom Cage mit einem Lächeln. »Fahren Sie, kümmern Sie sich um Ben.«

Während Chris dem alten Arzt die Hand schüttelte, fragte der Pharmavertreter unvermittelt: »Sind Sie der Mann, der Shane Lansing niedergeschlagen hat?«

Chris errötete. Er hatte noch nicht mit Tom über diesen Zwischenfall gesprochen, obwohl Tom es inzwischen sicherlich von dritter Seite gehört hatte. »Wir hatten eine kleine Meinungsverschiedenheit. Keine große Sache.«

Der Pharmavertreter streckte Chris die Hand hin. »Nun, Sir, ich möchte Ihnen danken. Ich hasse dieses arrogante Arschloch.«

Das waren riskante Worte für einen Vertreter, insbesondere vor zwei anderen Ärzten, doch der Pharmamann wusste wahrscheinlich, dass Tom Cage nicht zu der Sorte gehörte, die derartige Dinge ausplauderte.

»Ich schätze, Lansing hat es herausgefordert«, sagte Tom und zwinkerte Chris verstohlen zu. »Lassen Sie den Mann zu seinem Sohn fahren, Tony.«

Der Vertreter grinste und zog seine Hand zurück.

Während Chris durch den Flur zur Tür ging, hörte er hinter sich, wie der Vertreter den alten Arzt beschwor, irgendein Medikament zu verschreiben, das er an diesem Tag bewarb.

»Sie kennen mich, Tony«, sagte Dr. Cage lachend. »Ich nehme mit Freuden sämtliche Proben, die Sie mir dalassen, aber ich werde meinen Patienten trotzdem die preiswertesten Medikamente aufschreiben, die ihnen helfen.«

Chris grinste vor sich hin, während er in sein Büro stürzte, um seine Schlüssel zu holen. Auf seinem Schreibtisch lag Alex' Mobiltelefon und blinkte. Sie hatte in der letzten Viertelstunde drei Nachrichten auf seiner Mailbox hinterlassen. Während er nach draußen zu seinem Pick-up marschierte, rief er sie zurück.

»Chris?«, fragte sie.

»Was gibt's?«

»Ich bin erledigt.«

»Man hat Sie gefeuert?«, fragte er ungläubig.

»Ich bin suspendiert bis zum endgültigen Abschluss meines Falles. Aber im Grunde bin ich jetzt Privatmensch. Nicht mehr und nicht weniger als Sie.«

Scheiße. »Was werden Sie jetzt tun?«

»Ich soll vorerst hier in D.C. bleiben.«

»Haben Sie mir nicht gesagt, dass Sie dort eine Wohnung haben?«

»Ja. Aber ich will nicht dorthin. Ich kann nicht.«

»Was wollen Sie tun?«

»Nach Mississippi zurückkehren und weiter ermitteln.«

»Was hält Sie auf?«

»Sie überwachen meine Kreditkarten. Wahrscheinlich auch mein Mobiltelefon. Sie wissen allerdings nicht, dass ich ein zweites Gerät besitze.«

Chris stieg in seinen Pick-up, setzte zurück und lenkte das Fahrzeug auf den Jefferson Davis Boulevard, während er nachdachte. »Wie schnell können Sie in einen Flieger steigen?«

»Ich könnte auf direktem Weg zum Flughafen fahren.«

»Dann buche ich Ihnen einen Flug. Beziehungsweise, ich bitte meine Sekretärin darum.«

»Chris, Sie ...«

»Keine Widerrede, okay? Möchten Sie lieber nach Baton Rouge oder nach Jackson?«

»Jackson. Es gibt einen Direktflug von Washington aus.«

»Ich kann Sie nicht abholen«, sagte er. Die Fahrt dauerte hin und zurück vier Stunden. »Aber ich miete Ihnen einen Wagen.«

»Danke, Chris. Ich weiß nicht, was ich sonst getan hätte. War Will vergangene Nacht da?«

»Ja. Wir sind prima miteinander ausgekommen.« *Er hat drei Flaschen Bier getrunken und ist in meinem Wohnzimmer eingeschlafen,* wollte er hinzufügen, doch Alex' Tag war auch so schlimm genug. »Will hält jedenfalls eine ganze Menge von Ihnen. Rufen Sie mich an, wenn Sie gelandet sind, okay?«

»Mach ich.«

Er legte auf und trat das Gaspedal durch auf dem Weg nach Süden, zur St. Stephen's. Er konnte sich nicht erinnern, wann der Junge das letzte Mal Kopfschmerzen gehabt hatte – oder er selbst.

33

Mit nichts als einem Handtuch um die schlanke Taille öffnete Andrew Rusk die Glastür zur Dampfsauna des Racquet Club und stapfte in eine nahezu undurchdringliche Wolke aus weißem Dampf. Hinter ihm klatschte ein Angestellter ein Schild auf die Tür: NICHT BETRETEN – WEGEN REPARATUREN VORLÄUFIG GESCHLOSSEN. Rusk wedelte mit der Hand vor dem Gesicht in dem Bemühen, einen Blick auf seine Beute zu erhaschen: Carson G. Barnett.

»Rusk?«, fragte eine tiefe Stimme, leise und ohne jede Spur von guter Laune.

»Ja«, antwortete Andrew Rusk. »Carson?«

»Ich bin hier, in der Ecke bei den verdammten Steinen. Hätte mir gerade fast den Schwanz verbrannt an den Dingern!«

An der unterschwelligen Wut in der Stimme des Ölbarons erkannte Rusk, dass es ein raues Meeting werden würde. Doch Wut war kein schlechtes Zeichen. Wut bedeutete, dass Barnett überlegte, ob er weitermachen sollte. Er war schließlich zu dem Treffen erschienen. Rusk musste den Dampf irgendwie loswerden. Er musste sich vergewissern, dass Barnett nicht verdrahtet war.

Er ging in die Ecke, aus der Barnetts Stimme erklungen war, und kniete vor der Maschine nieder, welche den Dampf produzierte. Die Luft war zum Schneiden dick vom Geruch nach Eukalyptus. Endlich fand Rusk den Einstellknopf und drehte ihn um die Hälfte zurück.

Als er sich erhob, erblickte er Barnetts Bulldoggengesicht, das in den weißen Schwaden zu schweben schien. Der Mann hatte die Kiefer fest zusammengepresst und starrte Rusk durch den Dampf hindurch an.

»Ich hab darüber nachgedacht, was Sie gesagt haben«, murmelte Barnett.

Rusk nickte, erwiderte aber nichts.

»Sie haben Mumm.«

Rusk antwortete immer noch nicht.

»Ich nehme an, von Ihrem Daddy, wie? Der war auch ein couragierter Bursche.«

»Ist er immer noch.«

»Ich schätze, ich bin nicht der Erste, der diesen Vorschlag zu hören gekriegt hat, den Sie mir da gemacht haben.«

Rusk schüttelte den Kopf.

»Sie sind schweigsam heute. Haben Sie sich die Zunge verbrannt oder was?«

»Würde es Ihnen etwas ausmachen, zur Tür zu kommen, Mr. Barnett?«

»Was?« Der Tonfall war misstrauisch. Dann: »Oh.«

Der schwere Mann erhob sich und ging zu Tür, wo die Luft klar war.

»Macht es Ihnen etwas aus, das Handtuch abzunehmen, bitte?«

»Scheiße!«, fluchte Barnett. Er zog sich das Handtuch herunter und stand wütend da. Rusk musterte den stämmigen Ölbaron von oben bis unten.

»Wollen Sie auch sehen, wo ich mich verbrannt habe?«, grunzte Barnett.

»Wenn Sie sich bitte umdrehen würden?«

Barnett drehte sich um.

»Danke sehr.« Rusk erinnerte sich, wie unangenehm es gewesen war, als Eldon Tarver von ihm verlangt hatte, dass er sich auszog. »Mr. Barnett, Sie wären überrascht, wenn Sie wüssten, welche Leute diesen Vorschlag bereits gehört haben – und noch viel überraschter, wenn Sie wüssten, wie viele ihn angenommen haben.«

»Jemand, den ich kenne?« Barnett kletterte auf die oberste Bank.

»Allerdings, Sir.«

»Wenn das so ist … erzählen Sie mir mehr über die Frage, die ich Ihnen stellen muss.«

Rusk wartete ein paar Sekunden, um es nicht allzu einfach erscheinen zu lassen. Dann sagte er: »›Wie viel kostet mich das?‹«

»Verdammt!«, murmelte Barnett und lachte leise auf. »Ich kann es nicht glauben!«

»Die menschliche Natur. Es ist immer wieder das Gleiche.«

»Vermutlich, ja. Wie lautet Ihre Antwort?«

»Meine Antwort lautet: ›Wie viel ist es Ihnen wert?‹ Es ist eine verdammte Menge weniger als die Hälfte von allem, was Sie haben.«

»Aber immer noch kostspielig, jede Wette.«

»Immer noch kostspielig, ja. Schmerzhaft kostspielig«, räumte Rusk ein. »Aber weit weniger schmerzhaft, als wenn Sie es auf die andere Weise machen.«

»Wenn Sie diese Andeutung gegenüber dem falschen Mann machen, kann es passieren, dass er Ihnen die Seele aus dem Leib prügelt, das wissen Sie, oder?«

»Ist bis jetzt noch nicht vorgekommen. Ich bin ein ziemlich guter Menschenkenner.«

»Ein guter Kenner schlechter Menschen«, sagte Barnett. »Es ist eine verdammt niederträchtige Sache, über die wir hier reden. Andererseits kann niemand behaupten, dass sie nicht geradezu darum gebettelt hat.«

Rusk saß da und schwieg. Er dachte nicht an Carson G. Barnett und seine zum Sterben verurteilte Frau. Er dachte an Eldon Tarver. Er hatte Tarver nicht erreichen können seit ihrem Treffen im Chickamauga Hunting Camp vor inzwischen drei Tagen. Tarver hatte die Bedrohung neutralisiert, die von William Braid ausgegangen war, wie versprochen. Doch er musste auch irgendetwas mit Alex Morse angestellt haben – warum sonst hätte Morse die drohende SMS schicken sollen? Rusk war sicher, dass es richtig gewesen war, die Nachricht an das FBI weiterzuleiten. Seine Kontaktleute dort hatten ein Bild von einem abtrünnigen Agenten gemalt, der bereits wegen dem Debakel in der Federal Reserve Bank tief in Schwierigkeiten steckte und mächtige Feinde im Hoover Building hatte. Das Bureau insgesamt bedeutete keine Gefahr für ihn oder Tarver – die besessene Alex Morse ganz allein war die Bedrohung. Jeder Strohhalm, den Rusk auf den Rücken dieses Kamels legen konnte, brachte ihr Rückgrat näher an den Punkt, an dem es brechen würde.

Es war beunruhigend, keinen Kontakt zu Tarver herstellen zu können. Auf der anderen Seite konnte er sich nicht erlauben, Barnett gehen zu lassen. Sie konnten das Zwei- bis Vierfache ihrer normalen Prämie kassieren für diesen Job. Er musste nichts weiter tun, als den Handel in trockene Tücher bringen. Und dazu musste er das Problem der Zeit ansprechen. Für manche war das Geschäft anschließend indiskutabel. Für andere nicht. Barnett erschien ihm wie ein impulsiver Mann, doch er besaß möglicherweise überraschende Reserven an Geduld.

»Was machen Sie?«, fragte Barnett. »Sie sehen aus, als würden Sie träumen.«

»Ich nehme an, Sie wollen fortfahren?«, fragte Rusk.

»Ich würde gerne zuerst noch ein paar Einzelheiten hören.«

Es war eine naheliegende Frage, doch sie beschwor erneut das

Bild einer Grand Jury herauf, die einer auf Band aufgenommenen Aussage lauschte.

»Mr. Barnett, hatten Sie wegen dieser Angelegenheit irgendwelche Kontakte zu Gesetzesbehörden?«

»Verdammt, nein!«

»In Ordnung. Es gibt da etwas, das ich Ihnen erklären muss. Niemand wird Ihre Frau ermorden. Sie wird eines natürlichen Todes sterben. Verstehen Sie, was ich sage?«

Ein langes Schweigen. Dann: »Ich glaub schon. Wie schnell wird es gehen?«

»Nicht sehr schnell. Wenn Sie es schnell brauchen, heuern Sie einen Nigger aus West Jackson an. Drei Monate später sitzen Sie im Parchman Prison.«

»Okay. Wie schnell?«

»Der zeitliche Rahmen beträgt in der Regel zwölf bis achtzehn Monate.«

»Jesses.«

»Wenn es schneller geht, dann schneller. Aber Sie sollten sich innerlich darauf einstellen, so lange zu warten.«

Barnett nickte langsam.

»Noch eine Sache. Es wird nicht einfach.«

»Wie schlimm?«

Rusk vermied es, das K-Wort zu benutzen, wenn es sich irgendwie einrichten ließ. »Eine tödliche Krankheit. Es muss nicht sehr schmerzhaft sein, aber es erfordert einiges an innerer Stärke, damit fertig zu werden.«

»Was ist mit dem gesetzlichen Aspekt? Mit der Scheidung und allem?«

»Es wird keine Scheidung geben. Es wird keinen gesetzlichen Aspekt geben. Sie und ich werden uns nach dem heutigen Tag nicht wiedersehen. In einer Woche von heute an werde ich einen silbernen Chevrolet Impala auf dem Parkplatz des Annandale Country Club abstellen. Im Kofferraum finden Sie einen großen Umschlag mit Anweisungen bezüglich der Zahlung. In Ihrem Fall werden es Rohdiamanten sein.«

Barnett sah Rusk an, als wollte er ihn mit einer Frage unterbrechen, doch Rusk hob die Hand.

»Alles Weitere finden Sie in den Instruktionen. Wenn Sie den Umschlag abholen, werden Sie mir Ihrerseits eine Schachtel im Kofferraum zurücklassen. In der Schachtel erwarte ich eine vollständige Kopie der Krankenakte Ihrer Frau einschließlich allem, was Sie über beide Großelternpaare herausfinden können. Dazu Kopien sämtlicher Schlüssel, die im Leben Ihrer Frau von Bedeutung sind – Wagenschlüssel, Hausschlüssel, Safeschlüssel, Bankschließfachschlüssel, Schmuckschatullen. Des Weiteren Grundrisse Ihres Hauses, die Passwörter Ihres Sicherheitssystems und sämtliche sonstigen Passwörter, die für den Zugang zu Ihren Computern erforderlich sind. Außerdem eine Aufstellung der wöchentlichen Aktivitäten Ihrer Frau einschließlich aller geplanten Reisen in den nächsten drei Monaten – kurz gesagt: alles, was auch nur entfernt eine Rolle spielt im Leben Ihrer Frau. Haben Sie verstanden?«

Barnett starrte ihn an, und in seinem Gesicht spiegelte sich das nackte Entsetzen. Endlich dämmerte ihm die Wahrheit dessen, was er zu tun vorhatte. »Ich soll ihre Arme halten, während Sie ihr das Messer ins Herz stechen.«

»Das ist eine Frage, die Sie mit Ihrem Gewissen ausmachen müssen, Mr. Barnett. Wenn Sie Zweifel haben, sollten Sie jetzt zurücktreten, und wir brechen die ganze Sache ab. Ich möchte, dass Sie klar sehen. Wenn Sie jetzt einverstanden sind, dass wir weitermachen, gibt es kein Zurück mehr. Von dem Moment an, wo Sie dieses Gebäude verlassen, werden Sie observiert – um meine Sicherheit und die meiner Geschäftspartner sicherzustellen.«

Rusk atmete tief durch in der feuchten, heißen Luft. »Brauchen Sie ein bisschen Zeit, um über Ihre Antwort nachzudenken?«

Barnett hatte das Gesicht in den Händen vergraben. Das dunkle Haar klebte ihm am Schädel, und seine breiten Schultern schienen zu zittern. Rusk überlegte, ob er ihm zu sehr zugesetzt hatte. Normalerweise bot er seinen Kunden Mitgefühl und Verständnis an, doch weil er wegen Tarver nervös war, brachte er nicht die Geduld dafür auf.

»Wie lange würde eine Scheidung dauern?«, fragte Barnett mit gebrochener Stimme.

»Falls Ihre Frau einverstanden ist, die Ehe wegen unüberbrückbarer Differenzen aufzulösen – sechzig Tage. Falls nicht, könnte es ewig dauern.«

»Sie wird niemals einverstanden sein«, sagte er mit verzweifelter Stimme. »Niemals.«

»Wir haben einen Punkt erreicht, an dem ich Ihnen keinen Rat mehr geben kann, Carson. Falls Sie sich jetzt noch nicht sicher sind, machen wir es von der Schachtel abhängig. Falls die Schachtel mit den geforderten Unterlagen im Wagen ist, weiß ich, dass wir weitermachen. Falls nicht, ist die Sache erledigt.«

»Was, wenn Sie die Schachtel abholen wollen, und der Sheriff wartet neben dem Wagen?«, fragte Barnett mit festerer Stimme.

»Es wäre sehr schade um Ihre Zwillinge.«

Barnetts Hände kamen schneller hoch, als Rusk reagieren konnte. Der Ölmann warf ihn gegen die Wand und packte ihn mit einem schraubstockartigen Griff an der Gurgel. Rusk war fünfzehn Zentimeter größer als Barnett, doch die Wut in den Augen des anderen ließ nicht den geringsten Zweifel daran, dass er dem Anwalt das Herz herausreißen konnte, falls er wollte.

»Das war keine Drohung«, krächzte Rusk. »Ich wollte Ihnen damit nur verdeutlichen, dass meine Geschäftspartner nicht die Sorte von Leuten sind, die man ungestraft aufs Kreuz legt.«

Es dauerte weitere zwanzig Sekunden, ehe Barnett seinen Griff lockerte.

»Ist das ein Ja oder ein Nein?«, fragte Rusk und massierte sich den Kehlkopf.

»Ich muss etwas unternehmen«, knurrte Barnett. »Ich schätze, mir bleibt nichts anderes übrig. Ich werde nicht die einzige Frau auf dieser Welt aufgeben, die mir ein wenig Frieden verschaffen kann.«

Es gab nichts mehr zu sagen. Rusk verzichtete darauf, Barnett die Hand hinzustrecken – man schüttelte sich nicht die Hände bei einem so unheiligen Handel wie diesem. Er nickte Barnett zu; dann griff er nach dem Türknauf.

»Wie komme ich in den Wagen?«, fragte Barnett. »Den Impala?«

»Ich lasse einen Reserveschlüssel auf dem linken Vorderrad Ihres Wagens, bevor ich hier wegfahre.«

»Sie wissen, mit welchem Wagen ich hier bin?«

»Mit dem Hummer«, sagte Rusk.

»Mit dem *roten* Hummer«, verbesserte Barnett ihn.

Rusk hob die Hand zum Zeichen, dass er ihn gehört hatte, doch er war bereits auf dem Weg nach draußen.

34

Die erste Stunde ihres Rückflugs nach Jackson verbrachte Alex im Schock. Sie trank Wodka und durchlebte noch einmal die Höhe- und Tiefpunkte ihrer vorzeitig beendeten Karriere. Das Gefühl, draußen zu sein, nicht länger mitzuspielen bei den kritischen Ereignissen im Land, war überwältigend. Doch irgendwann über dem Osten von Tennessee stellte sie fest, dass sie lange genug geträumt hatte. Nachdem die Flugbegleiter ihren Getränkeservice eingestellt hatten, lehnte sie sich gegen das Fenster und schaltete verstohlen ihr Handy ein, während sie die Augen nach umherschweifenden Blicken offen hielt. Das Mobiltelefon an Bord zu benutzen verstieß gegen das Gesetz, und sie besaß keinen Dienstausweis mehr, den sie hätte vorzeigen können, um eine Ausnahme zu erwirken. Es dauerte eine ganze Weile, bis das Telefon sich mit einem Netz verband. Drei Mailbox-Nachrichten waren in der Zwischenzeit eingegangen. Verstohlen hielt sie das Gerät ans Ohr und wählte die Mailbox an.

Die erste Nachricht war von Will Kilmer. »Ich dachte eigentlich, ich würde heute Morgen von dir hören, Mädchen. Da ich nichts von dir gehört habe, nehme ich an, dass es schlechte Neuigkeiten sind. Du darfst dich davon nicht unterkriegen lassen. Gegen vier Uhr heute Morgen hat mein Mitarbeiter in Greenwood ein Video von Thora Shepard und diesem Chirurgen *in flagranti* geschossen. Ich schicke dir einen Clip per E-Mail auf deinen Computer und ein paar Standbilder auf das Handy. Keine Spur von Andrew Rusk oder sonst einer verdächtigen Person in Greenwood. Aber dieses Video hat es in sich, Mädchen! Der Doc tut mir ehrlich leid. Er ist ein netter Kerl. Na ja, ich hoffe, ich irre mich wegen deiner Anhörung. Schaff deinen Hintern bald wieder nach Hause, hörst du? Deine Mama hält immer noch durch, und wir vermissen dich.«

Alex verspürte abwechselnd Wogen der Erleichterung und der Trauer, doch sie hatte keine Zeit, darüber nachzudenken. Die zweite Nachricht war von Chris Shepards Sprechstundenhilfe: die Mietwageninformationen, die Alex in Jackson benötigen würde. Sie kritzelte alles auf die Rückseite einer FBI-Visitenkarte aus ihrer Handtasche; dann lehnte sie sich wieder gegen das Fenster.

Als sie die Stimme der dritten Nachricht hörte, hätte ihr Herzschlag beinahe ausgesetzt. Der Anrufer war John Kaiser, einer der besten Außenagenten im FBI. Kaiser hatte mehrere Jahre in Quantico, Virginia, verbracht und Serienmorde untersucht, doch vor einigen Jahren war er auf eigenen Wunsch nach New Orleans zurückversetzt worden, wo er kurz darauf einen Mordfall in der Kunstszene gelöst hatte, der internationale Schlagzeilen machte. Alex hatte vor zehn Tagen versucht, Kaiser zu erreichen, gleich als ihr zum ersten Mal klar geworden war, womit sie es möglicherweise zu tun hatte, doch er hatte ihre Anrufe nicht beantwortet. Seine Kollegen im FBI-Büro New Orleans hatten behauptet, er wäre zusammen mit seiner Frau, einer Kriegsberichterstatterin namens Jordan Glass, in einem ausgedehnten Urlaub, also hatte Alex es schließlich aufgegeben.

»Alex, hier ist John Kaiser«, sagte er. »Ich melde mich jetzt erst bei Ihnen, weil ich die ganze Zeit als verdeckter Ermittler unterwegs war. Ich konnte in den vergangenen sechs Wochen nicht einmal mit meiner Frau Kontakt aufnehmen. Als ich Ihre Nachrichten gehört habe, habe ich meinen Ohren nicht getraut. Ich muss unbedingt wissen, was Sie sonst noch alles haben. Sie haben meine Handynummer. Rufen Sie mich an, jederzeit.«

Alex hatte Mühe, die Emotionen im Zaum zu halten, die in ihr aufwallten. Die Erleichterung war groß genug, um ihr die Tränen in die Augen zu treiben. Doch dann kam ihr ein neuer, furchtbarer Gedanke: Kaiser hatte seine Nachricht wahrscheinlich auf ihrer Mailbox hinterlassen, bevor er von ihrer Suspendierung erfahren hatte.

Sie sank im Sitz zusammen und verbarg das Gesicht in der linken Hand. Von allen Menschen auf der Welt, deren Hilfe sie sich hätte wünschen können, stand Kaiser an erster Stelle. Nicht nur das – er war ihr sogar etwas schuldig.

Vor zwei Jahren war Kaiser von zwei Detectives der Mordkommission der Polizei von New Orleans, die unter Mordverdacht standen, als Geisel genommen worden. Das New Orleans Police Department war jahrzehntelang durch ein alles durchdringendes System aus Korruption behindert worden, das dem Ruf der Stadt schweren Schaden zugefügt hatte. Anfang der Neunzigerjahre wurden mehrere Cops des NOPD wegen Mordes verurteilt, und beinahe hätte die Bundesregierung die Polizeikräfte der Stadt übernommen. Zehn Jahre später war die Korruption immer noch tief verwurzelt. Kaiser hatte zwei Detectives verfolgt, die den Import harter Drogen in die Stadt lenkten, als einer seiner Informanten verdrahtet zu einem Treffen im French Quarter gegangen war. Der Draht wurde entdeckt, und Kaiser war in das Treffen geplatzt, um seinen Informanten zu retten. Er war als Geisel genommen worden, und die beiden Detectives hatten sich mit ihm in einem Apartment in der Royal Street verbarrikadiert. Alex war zu jener Zeit in Atlanta gewesen und hatte eine Zusatzausbildung absolviert, doch ihr Ruf im FBI war auf dem Gipfel. Ein Jet des FBI brachte sie zum Lakefront Airport, der gleich neben dem FBI-Büro in New Orleans lag. Von dort aus wurde sie in aller Eile im persönlichen Dienstwagen von SCA Webb Tyler, dem Leitenden Spezialagenten, zum French Quarter gefahren. Die Verhandlungen mit den Geiselnehmern dauerten nur sieben Stunden, doch das psychologische Duell mit den beiden soziopathischen Detectives gehörte mit zum Aufreibendsten, was Alex während ihrer gesamten Laufbahn erlebt hatte. Zweimal hatte sie geglaubt, dass Kaiser jeden Augenblick exekutiert werden könnte, und einmal hatte sie ihn sogar bereits für tot gehalten. Später hatte sie erfahren, dass einer der Detectives seine Waffe Kaiser in schrägem Winkel an den Kopf gehalten und abgefeuert hatte, was zu permanentem rechtsseitigem Hörverlust führte, ihm aber das Leben rettete. Kaiser hatte die gesamte Verhandlung mitgehört und war überzeugt, dass er sein Leben einzig und allein Alex verdankte. Die beiden Detectives verbüßten noch immer ihre Gefängnisstrafen – resultierend aus dem Handel, der die Geiselnahme schließlich beendet hatte.

Als Alex über Kaiser nachdachte, wurde ihr bewusst, dass zwischenzeitlich eine Bildübertragung auf ihr Mobiltelefon eingeleitet worden war. Nachdem die Übertragung zu Ende war, studierte sie den winzigen Schirm mit absoluter Konzentration. Die Auflösung war gering, doch das Foto zeigte eine nackte blonde Frau, die sich mit den Ellbogen auf ein Balkongeländer stützte, während ein nackter Mann sie von hinten vögelte. Die Frau war eindeutig Thora Shepard. Der Balkon glänzte in stumpfem Silber, als bestünde er aus Edelstahl, und der architektonische Eindruck, den der gesamte Hintergrund vermittelte, war der des Alluvian Hotels. Wenn ein einfaches Foto bereits so viel Aussagekraft besaß – was würde erst das Video bei Thoras Ehemann bewirken?

Alex atmete mehrmals tief durch; dann wählte sie die Mobilnummer von John Kaiser.

»Hallo?«, meldete er sich.

»Ich bin es, John. Alex Morse.«

Zuerst antwortete er nicht. Dann sagte er: »Ich habe gehört, was heute Morgen passiert ist. Es tut mir leid, Alex.«

»Kein guter Tag für mich, Amigo.«

»Irgendjemand hat richtig Mist gebaut, wenn es zu so etwas kommt.«

»Ich fürchte, Sie sind der Einzige, der so denkt.«

»Das wage ich zu bezweifeln. Was haben Sie vor? Werden Sie weiter an diesem Fall arbeiten, oder hören Sie auf?«

Sie zögerte. »Bleibt dieses Gespräch unter uns, oder werden Sie mich melden?«

»Sie müssten mich eigentlich besser kennen.«

»Ich kann nicht aufhören, John. Ich weiß, dass ich recht habe, und der Arzt, der das nächste Opfer werden soll, glaubt es inzwischen ebenfalls. Er war zuerst skeptisch, hielt mich für verrückt, aber jetzt weiß er, dass ich mich nicht geirrt habe. Dieser Fall ist unglaublich, John. Sie würden es nicht für möglich halten. Es ist ein Team, das die Morde begeht – ein Anwalt und ein medizinischer Profi –, und sie bringen die Leute um, indem sie sie mit Krebs infizieren.«

»Mit Krebs …?«, fragte Kaiser leise. »Alex, sind Sie sicher?«

Sie schloss die Augen. »Absolut sicher.«

»Was ist das Motiv?«

»Ich denke, es sind unterschiedliche Motive bei den Tätern. Es handelt sich um einen Scheidungsanwalt, der reichen Klienten Millionen Dollar spart, indem er ihre Ehegatten tötet.«

Kaiser schwieg sekundenlang. »Was genau kann ich für Sie tun?«

»Überhaupt nichts, John. Sie dürfen gar nichts für mich tun.«

Ein trockenes Lachen kam durch den Lautsprecher. »Nehmen wir für den Augenblick an, ich wüsste das nicht. Was möchten Sie, das ich für Sie tue?«

»Sind Sie in New Orleans?«

»Sí.«

»Setzen Sie sich in den Wagen und fahren Sie nach Jackson, Mississippi. Ich bin auf dem Weg dorthin, mit dem Flugzeug. Und bevor Sie fragen: Nein, das Bureau weiß nichts davon.«

»Was werden wir tun, wenn wir uns treffen?«

»Ich möchte, dass Sie diesen Arzt kennen lernen. Hören Sie sich an, was er zu sagen hat, danach hören Sie sich an, was ich Ihnen sage. Ich brauche Ihren Verstand, John. Ihre Erfahrung mit Mördern. Es sind drei Stunden mit dem Wagen. Bitte sagen Sie mir, dass Sie kommen.«

Nach langem Schweigen fragte Kaiser: »Wo sollen wir uns treffen?«

Alex schlug das Cabot Lodge in der Nähe der Universitätsklinik vor. Kaiser erwiderte, er könne nichts versprechen, würde jedoch versuchen, dort zu sein. Dann legte er auf.

Von neuer Energie erfüllt angesichts der Möglichkeit von John Kaisers Hilfe, wählte sie die Nummer von Chris. Dann fiel ihr das Balkonfoto ein. Chris würde verlangen, das Video zu sehen, sobald er von dessen Existenz erfuhr. Was würde er tun, nachdem er es gesehen hatte? Zu Shane Lansings Praxis fahren und den Chirurgen halbtot prügeln? Sich betrinken und vor Verzweiflung zusammenbrechen?

Alex hatte Männer in beide Richtungen reagieren sehen, und sie vermochte nicht vorherzusagen, wie Chris Shepard sich verhalten würde. Natürlich konnte sie das Foto auch zunächst einfach »vergessen«, wenn sie Chris darum bat, einem Treffen mit Kaiser beizuwohnen, doch dafür würde sie später einen hohen Preis zahlen. Nein … sie musste Chris jetzt gleich mit dem Schmerz konfrontieren. Auf diese Weise war er, bis er in Jackson eingetroffen war, möglicherweise genauso entschlossen wie sie selbst, Andrew Rusk und seinen mörderischen Komplizen zur Strecke zu bringen.

Alex sah sich ein weiteres Mal verstohlen in der Kabine um; dann drückte sie die Schnellwahltaste für Will Kilmer.

35

Chris und Ben saßen auf dem Ledersofa im privaten Büro von Chris' Praxis, als das Mobiltelefon summte. Chris hatte achthundert Milligramm Ibuprofen eingenommen, doch sein Schädel hämmerte immer noch. Bens Kopfschmerzen waren genauso schlimm. Allmählich machte Chris sich wegen einer Lebensmittelvergiftung Sorgen, doch weder er noch Ben zeigten gastrointestinale Symptome.

»Das Krankenhaushandy läutet«, sagte Ben. »Gehst du nicht ran?«

Chris war ganz und gar nicht danach. Doch weil Alex unmöglich bereits in Jackson gelandet sein konnte, musste der Anruf einen dringenden Grund haben.

»Dr. Shepard hier«, nahm er das Gespräch entgegen, um die Illusion gegenüber Ben aufrechtzuerhalten.

»Chris«, sagte Alex. »Ich muss dringend mit Ihnen reden. Sind Sie allein?«

»Warten Sie.« Er berührte Ben am Knie. »Du legst dich hier hin. Ich schalte das Licht aus und gehe rüber ins Bad, um das Gespräch anzunehmen, okay?«

Ben nickte niedergeschlagen.

Chris schaltete die Beleuchtung aus und zog sich in sein privates Bad zurück. »In Ordnung, schießen Sie los«, sagte er.

»Will hat mir vor wenigen Minuten ein digitales Foto geschickt. Es ist ein Standbild aus einer Videoaufzeichnung. Ich nehme an, dass er Ihnen den Film jetzt in diesem Augenblick an Ihre Adresse mailt. Er zeigt etwas, das Sie sicherlich nicht sehen wollen, aber sehen müssen.«

»Was ist es?«, fragte er, und Angst kochte in seinen Gedärmen.

»Das Video wurde gestern Nacht im Alluvian aufgenommen.«

Chris wollte eine laute Verwünschung ausstoßen, doch Ben würde die Wut in seiner Stimme bemerken, selbst durch die geschlossene Tür. Er musterte sich im Badezimmerspiegel. Seine Augen waren die eines Fremden. »Okay, danke«, hörte er sich sagen. »Ich überprüfe meine E-Mails.«

»Können Sie am Apparat bleiben, während Sie das tun?«

Er rieb sich den schmerzenden Schädel. »Möchte ich lieber nicht. Gibt es sonst noch etwas?«

»Ja. Ich brauche Sie heute Nachmittag in Jackson, spätestens heute Abend.«

»Warum?«

»Um mit einem Agenten namens John Kaiser zu sprechen. Er ist bereit, uns zu helfen.«

»Wer ist er?«

»Einer der Top-Leute beim FBI. Kaiser ist spezialisiert auf Serienmörder.«

»Warum sollte er Ihnen helfen? Ich dachte, man hätte Sie gefeuert?«

»Man wird mich feuern. Aber Kaiser ist mir einen Gefallen schuldig, einen verdammt großen. Sehen Sie sich das Video an, Chris. Wenn Sie damit fertig sind, werden Sie den Wunsch verspüren, etwas zu unternehmen. Das Beste, was Sie tun können, ist, nach Jackson zu kommen. Sie schulden es sich und Ben.«

»Ich kann nirgendwohin, selbst wenn ich wollte. Ben ist krank. Ich musste ihn von der Schule abholen.«

»Was hat er?«

»Kopfschmerzen. Schlimme Kopfschmerzen.«

Eine Pause entstand, bevor sie antwortete. »Sie haben mir vorhin gesagt, dass Sie ebenfalls Kopfschmerzen haben, richtig?«

»Ja. Seit heute Morgen.«

»Hmmm.«

»Ich muss jetzt auflegen, Alex.« Chris beendete das Gespräch, steckte das Handy ein und verließ das Badezimmer.

»Wer war das?«, wollte Ben wissen.

»Ein Kollege in New York, den ich wegen einem Patienten konsultiere.«

»Du meinst eine Kollegin.«

Chris vergaß manchmal, wie scharf die Sinne von Kindern waren im Vergleich zu denen von Erwachsenen. »Stimmt. Was macht dein Kopf?«

»Tut immer noch weh. Wohin sollst du kommen?«

»Nach Jackson. Ich habe einen Patienten dorthin geschickt.«

Ben sah ihn gedankenvoll an. »Können wir jetzt nach Hause fahren?«

»Noch nicht, Kumpel.« Chris setzte sich neben ihn und blickte auf den Bildschirmschoner seines Computers. Es war ein Foto von Ben. Der Junge war seither zehn Zentimeter gewachsen und hatte fünf Kilo zugelegt. Chris drückte seinen Arm. »Sohn, ich muss einen Patienten ins Büro holen. Komm, geh solange in Mrs. Janes Büro, okay? Du kannst auf ihrem Computer spielen, wenn du möchtest.«

Ben zuckte bloß die Schultern.

Chris brachte ihn nach vorn; dann kehrte er in sein Büro zurück. Auf dem Weg zurück versuchte Holly, ihn in eines der Behandlungszimmer zu steuern, doch er hob abwehrend die Hände.

Wieder an seinem Schreibtisch tippte er das Passwort ein und startete sein E-Mail-Programm. Die neueste Nachricht stammte von wkilmer@argusoperations.com. Er öffnete die Mail. Da stand: *Es tut mir sehr leid, Dr. Shepard. Freundliche Grüße, Will Kilmer.* Mehr nicht.

Am Fuß der Nachricht war ein Symbol, das auf eine angeheftete Datei hinwies. Chris beschloss, die Datei auf der lokalen Festplatte zu speichern. Eine kleine Verlaufsanzeige erschien auf seinem Schirm. Sein Blutdruck stieg synchron mit dem nach rechts wandernden Fortschrittsbalken. Dann war der Download vollständig, und Chris startete den Windows Media Player.

Er saß einfach nur da, den Zeigefinger auf der Maustaste, und war sich schmerzhaft bewusst, dass das Öffnen dieser Datei sein Leben für immer verändern würde. Er fühlte sich wie einer seiner Patienten, die nervös auf dem Sofa gegenüber von seinem Schreibtisch saßen und Angst hatten, nach den Testresultaten auf dem Blatt Papier in seiner Hand zu fragen. Doch es war zwecklos, sich davor zu drücken, im einen wie im anderen Fall. Es gab nichts dadurch zu gewinnen – und eine höllische Menge zu verlieren.

»Scheiß drauf!«, murmelte er und öffnete die Datei.

Zuerst war nur ein Edelstahl-Balkongeländer zu sehen, das auf einen weiten Hof zeigte. Die Szene war von einem Standort etwa fünf Meter unterhalb gefilmt. Hinter dem Geländer war ein halb offenes französisches Fenster zu sehen. Grillenzirpen drang aus den Lautsprechern von Chris' Computer, doch kein weiteres Geräusch war zu hören, außer vielleicht dem Summen einer Klimaanlage. Dann durchbrach das Lachen einer Frau die Stille. Das Geräusch fuhr Chris durch Mark und Bein. Noch bevor er sie sah, wusste er alles. Eine gedämpfte weibliche Stimme murmelte einen schwachen Protest; dann flog die Tür nach innen, und Thora stürzte gegen das Balkongeländer, als wäre sie gestoßen worden.

Sie war splitterfasernackt.

Sie kreischte wie ein Mädchen aus der Studentinnenvereinigung bei einem Auftritt der Chippendales und versuchte, ins Zimmer zurückzuflüchten, doch ein Mann, verdeckt im Schatten, versperrte ihr den Weg. Er packte ihre Arme und wirbelte sie herum und gegen das Geländer. Chris ballte die Fäuste, bis die Knöchel weiß hervortraten, als Shane Lansing mit steil aufragendem Penis auf den Balkon trat. Bevor Thora sich erneut zu ihm umdrehen konnte, packte er sie an den Hüften und drang von hinten in sie ein.

Sie ächzte, kreischte ein weiteres Mal; dann packte sie das Geländer und stemmte sich gegen seine Stöße. Ihre Muskeln traten reliefartig hervor, während sie ertrug, was sich rasch zu einem brutalen Ansturm entwickelte. Ihr Mund stand offen, die Augen quollen ihr fast aus dem Kopf. Chris hatte diesen Ausdruck bei ihr in den letzten Zügen eines Marathonlaufs gesehen, wenn sie die äußersten Grenzen ihrer Ausdauer auf die Probe stellte.

Sie begann im Takt zu Lansings Stößen zu keuchen. Ihr Gesicht war nur noch eine animalische Fratze. Als sie zu stöhnen anfing und ihr katzenartiges Heulen von den Wänden des Innenhofs widerhallte, warf Chris einen nervösen Blick zu seiner Bürotür. Er griff nach dem Lautstärkeregler, doch bevor er den Ton herunterdrehen konnte, legte Lansing Thora die Hand über den Mund, riss ihren Kopf nach hinten und rammte zugleich ihren Unterleib gegen das Geländer. Während Chris auf den unausweichlichen Höhepunkt wartete, überkam urplötzlich eine Woge aus Übelkeit den Schock, der ihn bis zu diesem Moment an seinen Platz gefesselt hatte. Er sprang auf und rannte ins Bad, wo er auf die Knie fiel und die Überreste seines Mittagessens in die Toilettenschüssel erbrach.

»Dr. Shepard?«, rief eine weibliche Stimme. Holly, seine Helferin.

Bis er wieder an seinem Schreibtisch war, hatte das Video Gott sei Dank geendet, und der Bildschirm war gnädigerweise schwarz geworden. »Was gibt's denn?«, rief er, wohl wissend, dass sein Gesicht wahrscheinlich rot vor Wut war.

»Ist alles in Ordnung?«

»Sicher. Kommen Sie rein.«

Er erhob sich und ging erneut ins Bad, wo er ein Handtuch nass machte und sich das Gesicht abwischte. »Ich bin ein wenig müde, das ist alles.«

»Kann ich Ihnen nicht verdenken. Ständig der viele Baseball abends. Ich bin selbst ebenfalls ziemlich erledigt.«

Als Chris sich umdrehte, saß Holly vor seinem Computer und fächelte sich mit einem Magazin kühle Luft zu. Wenn sie die Maustaste klickte, würde das Balkonvideo erneut ablaufen. Er trat hinter sie und massierte ihre Schultern, was sie überraschte, aber auch dazu beitrug, dass sie sich schneller aus seinem Stuhl erhob. Sein einziger Gedanke war, so schnell wie möglich selbst in den Stuhl zurückzukehren, um auszuschließen, dass dieser Alptraum erneut abgespielt wurde.

»Ich habe mir die Ergebnisse von Mrs. Young angesehen«, sagte Holly. »Haben Sie sie auch schon gesehen?«

»Nein.«

Sie musterte ihn wortlos. Dann sagte sie zögernd: »Nancy hat die Röntgenaufnahmen von Mr. Martin fertig. Er wartet schon seit einer ganzen Weile in Zimmer Nummer drei.«

»Ich komme ja schon!«, fauchte Chris.

Hollys Unterkiefer sank herab. Sie machte auf dem Absatz kehrt und verließ das Büro ohne ein weiteres Wort.

Ein morbider Teil seiner Persönlichkeit wollte das Video erneut abspielen, doch er widerstand diesem Verlangen. Sein Verstand war erfüllt von Bildern aus der Zeit, als ihm Thora Rayner in einer Krankenstation im St. Catherine's Hospital zum ersten Mal aufgefallen war. Das Video, das nun auf seiner Festplatte lag, schien unbegreiflich im Hinblick auf all die Dinge, die sie seit jenem Tag gemeinsam erlebt hatten. Wie konnte die Frau, die sich so hingebungsvoll um ihren sterbenden Mann gekümmert hatte, so leichtfertig die neue Beziehung aufs Spiel setzen, die sie mit Chris eingegangen war? Wie konnte sie einen Vater einfach so wegwerfen, der sich so innig mit ihrem Sohn verbunden fühlte? Es überstieg sein Begriffsvermögen. Die Verleugnung, die seit Alex Morses Auftauchen langsam bröckelte, lag endgültig in Trümmern zu seinen Füßen. Doch nicht Wut hatte sie ersetzt. Er war direkt zu Trauer weitergeschritten, einem unerträglichen, schweren Schleier, der eine paralysierende Taubheit mit sich brachte.

Sein Handy läutete erneut. Wieder Alex.

Er nahm das Telefon auf, nahm das Gespräch aber nicht an – eine infantile Reaktion. Er konnte sich keine Betäubung leisten. Jeden Augenblick würde Holly erneut an seine Tür klopfen. *Die Patienten warten.* Außerdem saß Ben vorne und spielte Computerspiele, doch in Wirklichkeit wollte er nichts lieber, als mit seinem Dad nach Hause fahren. *Seinem Dad?,* dachte Chris. *Ich bin nicht sein Dad. Nicht wirklich. Er ist nicht mein Fleisch und Blut. Ich habe ihn gesetzlich adoptiert, aber was würde bei einer Scheidung passieren? Ich weiß, was Ben sich wünschen würde, so verrückt es auch scheint. Selbst Thora hat eingeräumt, dass sein neu erwachtes Glück und seine verbesserten Noten in der Schule wohl daher rühren, dass ich in sein Leben getreten bin. Aber was würde ein Scheidungsrichter sagen?*

Das Telefon hörte zu läuten auf. Chris bewegte sich, als wäre er unter Wasser. Er öffnete das Klapptelefon und drückte die Taste, die ihn direkt mit Alex Morse verband. Sie antwortete beim ersten Klingelzeichen.

»Ist alles okay?«, fragte sie besorgt. »Es muss schlimm gewesen sein, das zu sehen.«

»Jepp.«

»Es tut mir leid, Chris.«

»Tatsächlich?«

»Aber natürlich. Mir geht es nur um Sie und Ben bei dieser Sache.«

»Das stimmt nicht. Sie wollen Andrew Rusk festnageln.«

Das brachte sie vorübergehend zum Schweigen.

»Zugegeben«, sagte sie schließlich. »Aber nicht aus billigen Rachemotiven heraus. Es ist für Grace, für Sie und für all die anderen Menschen, deren Leben zerstört wurden.«

Chris sagte nichts. Er wartete auf ein neues Argument von ihrer Seite, doch es kam nichts. Sie wartete ebenfalls schweigend. Er wollte etwas sagen, als sie ihm zuvorkam. »Was immer Sie jetzt tun, bitte sagen Sie Thora nicht, dass Sie Bescheid wissen.«

»Machen Sie sich darüber keine Gedanken. Das haben wir bereits besprochen.«

»Aber die Sachlage hat sich geändert. Hören Sie, Chris. Ich nehme an, dass Sie derjenige sein möchten, bei dem Ben lebt, wenn diese Geschichte vorüber ist?«

Er schwieg.

»Ich bin nicht nur Agentin beim FBI, wissen Sie? Ich bin auch Anwältin. Der beste Weg, um sicherzustellen, dass Sie das Sorgerecht für Ben erhalten, besteht darin, eine Verurteilung Thoras wegen versuchten Mordes zu erreichen.«

Zorn wallte in ihm auf. »Was denn, ich soll Ben dadurch helfen, dass ich seine Mutter ins Gefängnis bringe?«

»Mit einem Wort, ja.«

»Das ist großartig, Alex. Wirklich großartig.«

»Da wäre noch etwas, Chris. Etwas, das mir Angst macht.«

»Und das wäre?«

»Sie und Ben haben beide Kopfschmerzen, richtig?«

»Ja.«

»Onkel Will hat ebenfalls Kopfschmerzen. Schlimme Kopfschmerzen.«

Chris dachte über ihre Worte nach.

»Er hat sie seit heute Morgen«, fuhr Alex fort. »Er hat ein paar Aspirin genommen, aber die Schmerzen gehen nicht weg.«

Ein eigenartiges Summen setzte in Chris' Kopf ein.

»Haben Sie gehört, was ich gesagt habe?«

»Ich habe Sie gehört.«

»Was denken Sie?«

»Es gefällt mir nicht.«

»Es erscheint mir als höchst unwahrscheinlicher Zufall, meinen Sie nicht? Aber ich wüsste nicht, was passiert sein sollte. Ich meine, Will hat Sie doch die ganze Nacht bewacht, oder nicht?«

»Er hat die ganze Nacht auf meinem Sofa gelegen und geschlafen.«

»Was?«

»Er hat drei Bier getrunken und ist umgekippt.«

»Scheiße.«

Plötzlich erschien das Bild von Alex' Zimmer im Days Inn vor seinem geistigen Auge: die verletzte Korallenschlange, die sich im Bad wand, die tote Katze auf dem Fußboden … »Alex, gibt es noch etwas, das ich wissen sollte? Das Sie mir nicht erzählt haben?«

Eine neuerliche Pause.

»Gottverdammt, Alex! Was halten Sie zurück?«

»Nichts. Ich habe nur …«

»Reden Sie!«

»Ich habe noch einmal mit Will gesprochen, unmittelbar bevor ich Sie angerufen habe. Sein Mitarbeiter hat herausgefunden, wie Lansing nach Greenwood und zurück kommt. Es gibt einen kleinen örtlichen Flugplatz da draußen. Hauptsächlich Sprühflugzeuge, aber auch einen Charterdienst, den die einheimischen Farmer benutzen, um nach Houston oder Memphis zu fliegen. Vor ein paar Tagen hat Lansing aus Natchez angerufen und Flüge vom Natchez Airport nach Greenwood und zurück gebucht. Er fliegt nach Einbruch der Dunkelheit und kommt vor Anbruch der Morgendämmerung zurück. Er pendelt zum Alluvian, um …«

»… Thora durchzuficken.«

»Mehr oder weniger, ja.«

»Ist ihre Freundin überhaupt dort? Laura Canning?«

»Ja. Sie ist als Alibi dabei.«

Chris hämmerte die Faust auf den Schreibtisch. Wut stieg in ihm auf. »Verflixt noch mal!«

»Warten Sie, Chris. Warten Sie einen Moment, ja?«

»Was denn?«

»Will ist in der Leitung. Es muss etwas Dringendes sein.«

Sie legte ihn in eine Warteschleife. Es schien eine Ewigkeit zu dauern, bis sie sich wieder meldete. »Chris?«, fragte sie schließlich, nach einem weiteren Klicken.

»Ja.«

»Es gibt noch eine Neuigkeit, und sie ist schlecht.«

Er wappnete sich innerlich gegen das, was noch kommen mochte. »Reden Sie.«

»Will hat Shane Lansings Geschäfte unter die Lupe genommen. Sie wissen, dass Lansing die Finger in einer Menge verschiedener Dinge hat, richtig?«

»Ja. Raststätten mit Spielhöllen, Restaurants, Altenheime, alles Mögliche.«

»Nun, wie es scheint, ist er auch Mitbesitzer einer Klinik für Strahlenmedizin in Meridian, Mississippi. Das Humanity Cancer Care Center.«

Chris fühlte sich, als wäre seine Körpertemperatur schlagartig um zehn Grad gefallen. »Machen Sie Witze?«

»Nein. Will hat es soeben herausgefunden.«

»Aber das bedeutet, dass Lansing Zugriff hat auf …«

»Ich weiß. Cäsiumpellets, flüssiges Jod, strahlentherapeutische Instrumente, alles.«

»Aber … Sie haben mir erzählt, dass diese Verbrechensserie etwa fünf Jahre zurückreicht.«

»Ja.«

»Wie kann Lansing dann darin verwickelt sein? Ich meine, wenn Thora erst vor ein paar Wochen zu Andrew Rusk gefahren ist, wie kann Rusk in der kurzen Zeit Lansing gefunden und angeheuert haben, um mich zu töten? Der zeitliche Rahmen ergibt keinen Sinn.«

»Thora ist eine atypische Klientin für Rusk«, sagte Alex. »Es gibt nur zwei andere weibliche Klienten, von denen ich weiß …«

»Warten Sie!«, unterbrach Chris sie. *»Red Simmons.«*

»Ganz genau. Thora hat vor drei Jahren möglicherweise schon

einmal die Dienste von Andrew Rusk in Anspruch genommen, um Red Simmons töten zu lassen. Falls dem so ist, liegt der erste Kontakt zu Rusk *mindestens* drei Jahre zurück, möglicherweise sogar bis zu sieben Jahre. Vielleicht hat sie Shane Lansing überhaupt erst durch Andrew Rusk kennen gelernt.«

»Aber Red Simmons ist nicht an Krebs gestorben.«

»Genauso wenig wie meine Schwester.«

Chris' Gedanken überschlugen sich, doch unterhalb der rationalen Ebene in seinem Bewusstsein geschah noch etwas anderes. Angst und Wut verschmolzen miteinander zu einer dunklen Verzweiflung, deren einziges Ventil darin bestehen konnte, aktiv zu werden. »Um wie viel Uhr sagten Sie, ist Ihr Freund in Jackson?«

»So bald wie möglich«, antwortete Alex unüberhörbar erleichtert. »Wenn Sie innerhalb der nächsten Stunde aufbrechen, kommen Sie wahrscheinlich um die gleiche Zeit an wie Kaiser.«

»Gut.«

»Heißt das, Sie kommen?«

»Oh ja.«

»Danke, Chris.«

»Danken Sie mir nicht. Von jetzt an geht es um mein Überleben.«

Alex wollte etwas sagen, doch er unterbrach die Verbindung und schob das Telefon in seine Schublade. Dann beendete er sein E-Mail-Programm, erhob sich und begab sich in Tom Cages Teil der Gemeinschaftspraxis.

Toms Assistentin, Melba Price, stand vor der Tür von Behandlungszimmer Nummer sieben. Melba hatte ein Talent für das Lesen nonverbaler Kommunikation, sowohl bei Patienten als auch bei Kollegen und Ärzten. Dieses Talent hatte sie vor mehr als zwanzig Jahren zu Tom Cages rechter Hand gemacht.

»Ich muss ihn sprechen, Melba«, sagte Chris. »So schnell wie möglich.«

»Er ist gleich fertig.« Sie musterte Chris von der Seite. »Ich habe von Ihrer Auseinandersetzung mit Dr. Lansing gehört.«

Chris schnitt eine Grimasse.

»Es geht mich ja nichts an«, fuhr Melba fort, »aber eine Menge Leute wollten seit langer Zeit genau das tun, was Sie gemacht haben.«

Tom Cages gut gelaunter Bariton drang durch die massive Holztür. Chris hörte einen Stuhl knarren, einen dröhnenden Abschiedsgruß, und dann trat Tom auf den Flur. Als er Chris sah, blickte er überrascht drein. »Hey, Schläger!«, begrüßte er ihn. »Was gibt's?«

»Ich muss mit Ihnen reden.«

»Gehen wir in mein Büro.«

Chris schüttelte den Kopf. »Haben Sie ein Untersuchungszimmer frei?«

Tom sah Melba fragend an.

»Nummer fünf«, sagte sie.

Chris ging voran. Nachdem Tom die Tür geschlossen hatte, blickte er seinen jüngeren Partner mit väterlicher Sorge an. »Was hat das zu bedeuten, Chris? Ich wollte Sie nicht auf den Arm nehmen wegen Lansing. Er ist so ein durch und durch dämliches Arschloch.«

Chris sah seinem Mentor in die Augen, und vielleicht zum ersten Mal wurde ihm bewusst, um wie viel älter Tom Cage tatsächlich war. Tom hatte 1958 angefangen, als Arzt zu praktizieren. Er war in einer Zeit aufgewachsen, als es noch keine Antibiotika gegeben hatte, und doch hatte er bis in die Zeit der Positronenemissionstomographie und der Gentherapie überdauert.

»Sie müssen mir einen Gefallen tun, Tom. Ohne Fragen zu stellen.«

Der alte Mann nickte ernst. »Schießen Sie los.«

»Ich möchte, dass Sie mich untersuchen. Meinen ganzen Körper, von oben bis unten.«

»Wonach soll ich suchen? Haben Sie irgendwelche Symptome?«

Tom dachte, was Chris in seiner Lage gedacht hätte. Die meisten Ärzte vermuten irgendwann im Lauf ihres Lebens, dass sie sich mit irgendeiner tödlichen Krankheit infiziert haben. Sie wissen zu viel, sehen zu viel, und selbst das kleinste Symptom kann Ängste vor einer tödlichen Erkrankung wecken.

»Ich habe schlimme Kopfschmerzen«, sagte Chris. »Aber das ist nicht das eigentliche Problem. Ich habe Grund zu der Annahme … nun, ich möchte, dass Sie jeden Quadratzentimeter meiner Körperoberfläche mit einer Lampe absuchen. Und einer Lupe, falls erforderlich.«

»Wonach halte ich Ausschau?«

»Nach etwas Ungewöhnlichem. Einer Injektionsstelle. Einem Hämatom, einer Schramme, einer Läsion, irgendetwas. Ich möchte, dass Sie in meinem Mund anfangen.«

Tom starrte ihn lange wortlos an. Chris konnte beinahe sehen, wie sich die Fragen in seinem Verstand auftürmten. Doch am Ende meinte er nur: »Sie ziehen sich besser aus und kommen auf den Untersuchungstisch.«

Während Chris sich seiner Kleidung entledigte, setzte Tom einen ledernen Stirnriemen mit einer daran montierten Lampe auf. Chris stieg auf den Tisch und legte sich auf den Rücken.

»Meine Augen sind nicht mehr das, was sie mal waren«, sagte Tom. »Aber ich habe gestern ein Melanom entdeckt, so winzig, dass Sie es nicht glauben würden. Im Mund anfangen, richtig?«

Chris öffnete den Mund weit.

Tom nahm einen Zungenspatel aus einem Glas und benutzte ihn, um Chris' Gaumen und Schleimhäute freizulegen. Dann zog er einen kleinen Zahnarztspiegel aus einer Schublade und machte sich leise fluchend daran, die Mundhöhle zu untersuchen.

»Verdammt«, murmelte er nach einigen Sekunden. »Das erinnert mich an Höhlenforschung …«

Chris stieß einen gutturalen Laut der Bestätigung aus.

»Sieht sauber aus, wenn Sie mich fragen.« Tom zog den Zungenspatel zurück. »Vergessen Sie nicht, nach jeder Mahlzeit Zahnseide zu benutzen.«

Chris war nicht in der Stimmung für Frivolitäten, doch Tom bedachte ihn trotzdem mit einem ironischen Blick.

»Okay, was als Nächstes?«

»Meine Haare. Sehen Sie unter meinen Haaren nach«, antwortete Chris in Erinnerung an eine Szene mit Gregory Peck in *Das Omen.*

Sorgfältig untersuchte Tom Cage die Kopfhaut seines jungen Kollegen. Schließlich sagte er: »Abgesehen von einsetzender typisch männlicher Glatzenbildung kann ich nichts finden.«

»Gut. Jetzt meine Haut. Jeden Quadratzentimeter.«

Tom begann am Hals und arbeitete sich von dort aus nach unten vor. »Ich bin froh, dass Sie nicht so ein haariger Bastard sind«, sagte er, während das Licht über Chris' Brustbein glitt. »Okay, kommen wir als Nächstes zu den Familienjuwelen.«

»Jede Falte und Vertiefung«, sagte Chris, als er spürte, wie die behandschuhte Hand seine Testikel anhob und seinen Penis überprüfte. »Auch das Loch.«

»Meine Güte.«

Tom überprüfte alles; dann kehrte er zu den Schultern zurück. Er untersuchte beide Achselhöhlen, dann die Extremitäten.

»Zwischen den Zehen ebenfalls.«

»Das erinnert mich an meine Assistenzarztzeit«, sagte Tom. »Ich habe mehrere Monate im Orleans Parish Prison gearbeitet. Die Cops dort ließen mich zwischen den Zehen von Verdächtigen nach Spuren von Einstichen suchen.«

»Genau das Gleiche hier«, sagte Chris, indem er sich auf den Bauch drehte.

»Bringen wir zuerst das Unangenehmste hinter uns«, sagte Tom, und Chris spürte, wie kalte Hände seine Pobacken spreizten. Er erwartete, dass Tom sie sofort wieder loslassen würde, doch das tat er nicht.

»Was sehen Sie?«

»Ich bin nicht sicher«, murmelte Tom. »Könnte eine Einstichstelle sein.«

Chris stockte der Atem. »Ist das Ihr Ernst?«

»Ich fürchte, ja. Sieht so aus, als hätte jemand versucht, eine Nadel einzustechen, und Sie wären weggezuckt. Wie ein verängstigter Vierjähriger. Definitiv eine Schramme.«

»Außerhalb des Afters oder innerhalb?«

»Direkt bei der Öffnung. Das ist wirklich eigenartig, Chris. Wollen Sie mir nicht erzählen, was das zu bedeuten hat?«

Chris sprang vom Untersuchungstisch und zog seine Hose an. »Wir müssen Ben ebenfalls untersuchen.«

Toms Augen weiteten sich. *»Was?«*

»Ich meine das absolut ernst, Tom. Er ist vorne beim Empfang. Er hat die gleichen Kopfschmerzen wie ich. Ich sage ihm, dass wir nach Madenwürmern suchen.«

Tom starrte Chris an, als befürchtete er, sein jüngerer Partner wäre betrunken.

»Ich bin nicht verrückt, Tom, ganz und gar nicht. Ich wünschte, ich wäre es. Bleiben Sie hier bei mir, während ich Ben untersuche?«

Ich lasse dich ganz bestimmt nicht mit dem Jungen allein, sagten die Augen des alten Arztes.

Chris jagte mit kreischenden Reifen in die Auffahrt seines Hauses in Elgin. Sein Herz hämmerte vor Wut und Angst. Auf dem Beifahrersitz neben ihm stand eine Holzkiste, die er sich vom Radiologen im St. Catherine's Hospital ausgeliehen hatte. Das Bild des auf dem Rücken liegenden Ben auf dem Untersuchungstisch verfolgte ihn noch viel stärker als das Video von Thora auf dem Hotelbalkon. *Wonach suchst du?,* hatte Ben ihn gefragt. Chris hatte gelogen, und Tom hatte ebenfalls gelogen, um ihn zu decken. Doch Chris konnte den missbilligenden Blick in den Augen des älteren Arztes nicht verdrängen. Tom Cage vermutete etwas zutiefst Irreguläres, und Chris wäre es in seiner Lage wohl genauso gegangen. Er musste sich voll und ganz auf das Wohlwollen verlassen, das er sich in neun Monaten des gemeinsamen Praktizierens mit Tom Cage erworben hatte.

Nachdem er keine Einstichspuren bei Ben gefunden hatte, hatte Chris den Jungen zurück in die Obhut der Arzthelferin am Empfang gegeben und sich selbst in seinem Büro eingeschlossen. Er hatte keine Ahnung, was man ihm injiziert hatte, doch er musste immer wieder an Alex' Enthüllung denken, dass Shane Lansing Zugang zu radioaktiven Materialien hatte. Dazu kam Peter Connollys Aussage, dass Strahlung die einfachste Möglichkeit darstellte, gezielt Krebs bei einem Menschen hervorzurufen. Angesichts dieser beiden Fakten fragte er sich fieberhaft, was die Einstichstelle neben seinem After zu bedeuten hatte. Hatte man ihm eine radioaktive Flüssigkeit geimpft? Oder gab es Pellets, die so klein waren, dass sie durch eine Nadel in seinen Blutstrom gespült werden konnten? Er versuchte sich zu erinnern, was Connolly über verstrahltes Thallium erzählt hatte, mit dem irgendjemand ermordet werden sollte, doch es fiel ihm schwer, sich zu konzentrieren, während die Angst in seiner Brust jeden klaren Gedanken zu ersticken drohte.

Er riss sich mühsam zusammen und ging über den Flur zum Röntgenzimmer, wo er Nancy Somers, die medizinisch-technische Assistentin, darum bat, eine Röntgenaufnahme seines Unterleibs zu machen. Nancy starrte ihn verblüfft an, doch sie leistete keinen Widerspruch – schließlich war Chris einer ihrer Arbeitgeber. Chris nahm einen Papierkittel, zog sich neben der großen Röntgenmaschine aus, schlüpftc in die überdimensionierte Serviette und kletterte auf den kalten Tisch.

Nancy justierte die Spannung, dann verließ sie den Raum und löste aus. Zwei Minuten später rammte Chris das Röntgenbild in den Halter des Leuchtkastens im Besprechungsraum.

»Wonach suchen Sie?«, fragte Tom hinter ihm.

»Überbelichtung.«

Chris konnte kaum sprechen, während er das Röntgenbild untersuchte. Er hatte entsetzliche Angst, schwarze Flecken zu finden, verursacht durch radioaktive Strahlung, welche den Film überbelichtet hatte. Doch obwohl er mit akribischer Sorgfalt suchte, war auf dem Film nichts Ungewöhnliches zu entdecken.

»Sieht völlig normal aus, wenn Sie mich fragen«, sagte Tom. »Hat es mit der Einstichstelle zu tun?«

Chris nickte. Unvermittelt spürte er Toms Hand auf der Schulter.

»Was hat das zu bedeuten, Junge? Reden Sie mit mir.«

Er konnte es nicht länger verheimlichen. Chris drehte sich zu seinem Partner um. »Jemand versucht mich umzubringen, Tom«, sagte er leise.

Nach einer schockierten Pause fragte Tom: »Wer?«

»Thora.«

Der ältere Mann kniff die Augen zusammen. »Können Sie das untermauern?«

»Nein. Aber ich arbeite zusammen mit einem Agenten des FBI daran, es zu beweisen.«

Tom Cage nickte langsam. »Ist Shane Lansing irgendwie in diese Sache verwickelt?«

»Ich glaube schon. Wussten Sie, dass er Teilhaber einer Strahlungsklinik in Meridian ist?«

Tom schüttelte den Kopf. Chris sah, wie der Verstand des alten Arztes hinter den klugen Augen auf Hochtouren arbeitete. Er würde nicht lange brauchen, um die Hinweise miteinander zu verbinden.

»Hört sich in meinen Ohren so an, als könnten Sie eine Zeitlang Urlaub vertragen«, sagte Tom schließlich.

Chris schüttelte ihm dankbar die Hand, sammelte Ben und ein paar andere Dinge ein und verließ die Praxis. Seine Kopfschmerzen waren immer noch stark, doch bei Ben ließen sie allmählich nach. Der Junge wollte natürlich unbedingt bei seinem Dad bleiben, doch Chris bestand darauf, ihn bei Mrs. Johnson zu Hause abzuliefern. Die Witwe hatte sich schon vor der Hochzeit Thoras mit Chris um den Jungen gekümmert, und sie liebte ihn wie ihren eigenen Sohn. Sie versprach, Ben über Nacht dazubehalten, falls nötig; Chris musste nur anrufen. Er ließ eine Packung Advil und ein noch stärkeres Schmerzmittel da für den Fall, dass Bens Kopfschmerzen zurückkehrten.

Nachdem er bei sich angekommen war, stürzte er mit der Holzschachtel ins Haus, die er sich im Krankenhaus ausgeliehen hatte. Er rannte in die Waschküche, riss seinen Werkzeugkasten auf und nahm ein rasiermesserscharfes Taschenmesser hervor. Bewaffnet mit Messer und einer Zange in der einen Hand und dem Kasten in der anderen rannte er ins Schlafzimmer.

Zuerst riss er die Wäsche von dem großen Doppelbett herunter und legte die weiche Polstermatratze frei. Die Augen nicht weiter als zwanzig Zentimeter von der Oberfläche entfernt, untersuchte er die gesamte Matratze, wobei er sich auf seine Seite des Bettes konzentrierte. Er sah keine Spuren von Manipulation, doch das bedeutete überhaupt nichts. Er kniete neben dem Bett nieder und öffnete die Holzkiste, die er aus dem St. Catherine's Hospital mitgebracht hatte. Im Innern ruht ein Geigerzähler aus der radiologischen Abteilung des Krankenhauses. Der Röntgenarzt hatte ihm erzählt, dass das Gerät nicht nur dazu diente, nach gewissen Prozeduren »Verunreinigungen« aufzuspüren, sondern nach einem nuklearen Angriff auch zum Zweck der zivilen Verteidigung eingesetzt werden sollte.

Chris schaltete den Zähler zögernd ein – er fürchtete das klackende Stakkato, das die Anwesenheit zerfallender nuklearer Kerne verriet, doch der Apparat gab nur ein leises Summen von sich. Der Geigerzähler besaß einen Tragegriff und einen Stab, der über ein flexibles Kabel mit dem Gerät verbunden war. Chris bewegte den Stab über die gesamte Oberfläche des Bettes, doch er hörte keine Klicks.

Er stellte den Apparat beiseite und stieß die Klinge des Taschenmessers an der Stelle in die Matratze, wo normalerweise sein Kopf ruhte. Dann durchtrennte er den Bezug mit einem einzigen Schnitt von oben bis unten. Mit der Zange riss er Schaumstofffetzen heraus und schleuderte sie ins Schlafzimmer, doch wieder fand er nichts.

Schwitzend und wütend blickte er sich im Zimmer um. *Wo würden sie es verstecken?*, überlegte er. *Wo werde ich ausreichend verstrahlt?* Er packte den Geigerzähler und rannte damit ins Wohnzimmer und zu dem Sofa, auf dem Will Kilmer die Nacht im bierseligen Schlummer verbracht hatte. Das Taschenmesser machte kurzen Prozess mit dem Sitz, doch erneut war nichts zu hören, als Chris mit dem Zählrohr über das verbliebene Wrack strich. Plötzlich wurde ihm bewusst, dass er geradezu gehofft hatte, das verräterische Klicken zu hören.

Warum?, fragte er sich. *Weil es nichts Schlimmeres gibt als die Ungewissheit.*

Das war sein Problem. Er hatte keine Ahnung, was die Einstichstelle bedeutete. Hatte jemand ihm etwas injiziert, um ihn zu betäuben, während sie irgendetwas anderes mit ihm angestellt hatten? Vielleicht war das die Antwort, angesichts der Tatsache, dass Ben und Will Kilmer ebenfalls unter Kopfschmerzen litten. Und doch ... Chris hatte keine Einstichstelle bei Ben gefunden. War nur er selbst durch eine Injektion mit irgendetwas infiziert worden? Er konnte es nicht wissen. Nicht ohne komplizierte medizinische Untersuchungen.

Das einzige Gift, das er allein entdecken konnte, war radioaktive Strahlung. Und Lansings Verbindung zur Strahlenklinik in Meridian erhöhte die Wahrscheinlichkeit, dass Strahlung die Methode der Wahl seiner Angreifer war. Chris sah sich in der Küche um, während seine Gedanken sich überschlugen. *Könnte es in der Dusche sein?* Manchmal saß er eine halbe Stunde lang auf dem gemauerten Hocker und entspannte sich unter einem nahezu kochend heißen Wasserstrahl, aber ... Nein, um dort ein Pellet zu platzieren, hätten sie eine Fliese herausnehmen müssen ...

Dann kam ihm ein neuer Gedanken. *Mein Wagen!*

Er rannte nach draußen zur Garage und strich mit dem Zählrohr über den Fahrersitz. Erneut gab das Gerät nichts außer einem gleichmäßigen Summen von sich. Er wollte den Sitz trotzdem aufreißen, doch er wusste, dass es sinnlos war. Wenn der Sitz genügend verstrahlt war, um Krebs in ihm auszulösen, hätte der Geigerzähler es angezeigt.

Er wollte das Gerät gerade abschalten, als ihn ein neuer, lähmender Gedanke stoppte. Nancy hatte lediglich eine Röntgenaufnahme von seinem Unterleib angefertigt. Was, wenn die Strahlungsquelle an einer anderen Stelle platziert war? Beispielsweise in der Nähe eines Knochenmark-Reservoirs in seinem Oberschenkel? Oder wenn sie sich durch seinen Körper bewegte?

Chris zog sich in der Garage splitternackt aus, hielt das Zählrohr an seine Füße und begann jedes Bein damit abzufahren. Was würde er tun, wenn das Gerät zu klicken anfing? Wahrscheinlich würde er sich das Pellet mit dem Taschenmesser herausschneiden – es sei denn, es gelang ihm irgendwie, die Geduld aufzubringen, in die Praxis zurückzufahren und Tom die Operation unter Zuhilfenahme lokaler Betäubung durchführen zu lassen. Trotz der bereits angefertigten Röntgenaufnahme versteifte er sich innerlich, als er seine Genitalien und das Rektum überstrich … *Kein Klicken.*

Beinahe widerwillig, die Stille zu akzeptieren, bewegte er das Zählrohr weiter nach oben, bis er bei den Haaren angekommen war. Dann schaltete er das Gerät ab.

Ihm war übel. Ein kindlicher Teil von ihm wollte glauben, dass alles nur Einbildung war, dass Alex Morse so verrückt war wie eine Straßenechse. Aber Tom Cage *hatte* eine Einstichstelle gefunden. Und Chris *hatte* das Video gesehen, das Thora und Lansing auf dem Balkon zeigte. Und Lansing war Teilhaber an einer Strahlenklinik. Und die Kopfschmerzen, an denen Ben, Wilmer und er am gleichen Tag litten. Das konnte kein Zufall sein. Er konnte der Wahrheit nicht entfliehen. Der Mörder von Grace Fennell hatte in der vergangenen Nacht erneut zugeschlagen.

Und diesmal war Chris Shepard sein Opfer.

36

Neville Byrd lag mit offenem Mund rücklings auf dem Bett seines Hotelzimmers und starrte auf den Bildschirm seines Notebook-Computers. Er masturbierte. Dank dem Fernrohr, das er auf dem Dach des Marriott Hotels aufgebaut hatte, konnte er zusehen, wie Andrew Rusks Sekretärin mit ausgebreiteten Beinen auf dem Schreibtisch lag, während der Anwalt sie vögelte, als hinge sein Leben davon ab. Das war um Lichtjahre besser als die Bezahlpornos auf dem Fernsehschirm seines Zimmers. Das war *echt*. Und er zeichnete alles auf Video auf. Er nahm sich vor, eine Kopie als spätere Wichsvorlage anzufertigen, bevor er seinem Auftraggeber das Original lieferte.

Die Sekretärin erhob sich, drehte Rusk den Rücken zu und beugte sich vor. Er packte ihre Hüften, drang ungestüm in sie ein und setzte seinen wilden Ritt fort. Der Typ schien wütend auf sie zu sein, dachte Neville, so wie er sie bearbeitete. Erbarmungslos. Neville hatte noch nie so wild gefickt. Er war nicht einmal sicher, ob er es gekonnt hätte. Rusk war einer von diesen Typen, die ständig trainierten, die zum Surfen und zum Bergsteigen fuhren, das volle Programm. Vielleicht zahlte sich all dieser Scheiß beim Sex aus. Weil das, was Neville dort sah, Marathon-Niveau hatte. Fünfundvierzig Minuten ohne die kleinste Unterbrechung, nicht mal für einen Schluck Wasser.

Dann plötzlich war es vorbei. Rusk löste sich aus ihr und verschwand aus dem Bild, und die Sekretärin wischte sich mit Kleenex aus einer Box auf dem Schreibtisch sauber. Neville wichste, so schnell er konnte, und kam zu einem großartigen Orgasmus, bevor auch sie verschwinden konnte.

Und tatsächlich, einige Sekunden später entfernte sie sich aus dem Bild. Kurz darauf erschien Rusk, wieder vollständig angezogen, und setzte sich an seinen Computer. Er sah auf seine Uhr; dann hob er die rechte Hand und bewegte mit der Maus den Cursor über den Bildschirm. Ein paar Klicks – dann tippte er etwas in die Tastatur.

Neville überprüfte seinen zweiten Computer, der die Laserapparatur kontrollierte. Dann fing er an zu lachen. Rusk hatte eine Zahlenkombination eingetippt, Pi bis zur neunten Stelle hinter dem Komma. Es war ein gutes Passwort. Neville zeichnete ein paar Sekunden länger auf, lud das Video und zoomte auf Rusks Monitor. Was er dort erblickte, sah aus wie ein schwarzes Loch – beziehungsweise der Ereignishorizont, der es umgab. Dann wich das Bild dem Gateway einer Webseite, die er bereits am Tag zuvor gesehen hatte: EX NIHILO.

»Boo-ja!«, rief Neville und klatschte in die Hände. Er hatte EX NIHILO bereits am Vortag vermutet, doch er hatte eine Bestätigung benötigt, um sicher zu sein.

Jetzt begab Rusk sich auf eine tiefere Ebene der Seite und tippte ein weiteres Passwort ein, um seine Identität zu bestätigen. Das war der Schlüssel zu dem Mechanismus, den Rusk erschaffen hatte, um sich zu schützen. Neville war versucht, sich selbst in EX NIHILO einzuloggen und ein wenig herumzuschnüffeln, doch Traver hatte ihn angewiesen, keine Sekunde zu verschwenden. Während er die Nummer wählte, die der Tierarzt ihm gegeben hatte, überlegte er kurz, ob er eine höhere Gebühr verlangen sollte. Schließlich hielt er jetzt alle Trümpfe in der Hand. Was hatte er zu verlieren? Traver war nur ein alter graubärtiger Tierarzt ... oder? Andererseits hatte er Bescheid gewusst über die Lasertechnologie und die Optik. Ein normaler Hundedoktor hatte keine Ahnung, dass so etwas überhaupt existierte. Derartiges Wissen deutete auf etwas anderes hin. Auf jemanden aus dem Geheimdienstbereich vielleicht oder sogar vom Militär.

Nein, dachte Neville. *Ich nehme mein Geld und fertig. Schließlich hat er ja schon von sich aus die doppelte Gebühr bezahlt.*

Dr. Eldon Tarver saß allein in seinem Büro der Uniklinik und studierte Zahlen auf einem Stapel Papier, der vor ihm lag. Seine Forschungsassistentin hatte ihm die neuesten Daten der In-Vitro-Tests gebracht. Sie lieferten nichts außer weiteren Hinweisen auf die inhärenten Unzulänglichkeiten von Laborversuchen.

Doch Dr. Tarvers Verstand war nur zur einen Hälfte mit dem Problem der Daten beschäftigt. Die andere Hälfte arbeitete an seinem nächsten Zug. Er hatte mehrere falsche Spam-Mails von Andrew Rusk erhalten: die »Viagra-Werbung«, ihr vereinbartes Signal für ein Treffen im Annandale Golf Club. Doch Dr. Tarver hatte sich nicht in dem Club blicken lassen. Auch war er nicht die siebzig Kilometer zum Chickamauga Hunting Camp gefahren, trotz der Aluminiumfolie, die seit gestern hell glitzernd im Fenster des sechzehnten Stocks des AmSouth Towers hing.

Er kicherte bei der Vorstellung, dass Andrew Rusk in der drückenden Hitze des Chickamauga stand und auf die Ankunft von jemandem wartete, der nie kommen würde. Rusk machte sich wahrscheinlich in die Hosen, weil er den neuen potentiellen Klienten an der Angel hatte, von dem er beim letzten Treffen erzählt hatte. Rusk lebte für Geld, für den Status, den es ihm seiner Meinung nach bescherte, und er würde alles tun, um immer mehr davon zu kriegen. Selbst wenn das Risiko dabei täglich zunahm, konnte er an nichts anderes denken als an den nächsten großen Fisch.

Dr. Tarver wusste, dass der nächste große Fisch niemals kommen würde.

Die Zusammenarbeit mit Rusk war vorbei.

Die Injektion, die er Christopher Shepard gegeben hatte, war der Schlusspunkt gewesen. Eldon hätte gerne noch ein oder zwei Jahre weitergemacht, doch es war sinnlos, deswegen zu jammern. Es war Zeit, dass er weiterzog. Er hatte bereits damit angefangen, dass Primatenlabor aufzulösen. Die Hundezucht würde er verkaufen; er hatte seit einiger Zeit einen Interessenten, der nur auf ein Angebot wartete.

Damit blieb nur ein einziges Problem: Andrew Rusk.

Seit nunmehr fünf Jahren hatten Tarver und der Anwalt einen Fluchtplan parat, der es ihnen gestatten würde, die Vereinigten Staaten zu verlassen und den Rest ihrer Leben in Sicherheit und relativem Luxus zu verbringen. Das einzige Problem mit diesem Plan war – bis vor kurzem –, dass keiner von beiden die Vereinigten Staaten wirklich verlassen wollte. Die Hoch-Zeiten von Nichtauslieferungs-Paradiesen wie Teneriffa und Costa Rica waren längst Vergangenheit. Das diplomatische Korps hatte wie ein emsiger Bienenstock gearbeitet, um jedes noch so kleine Schlupfloch zu verschließen, das Steuerflüchtlingen ermöglichte, auf Inselparadiese zu entkommen – und indem sie dies getan hatten, waren die Türen auch für Kriminelle anderer Couleur verschlossen worden.

Andrew Rusks Fantasien von gefrosteten Margaritas und willigen Señoritas waren einen raschen Tod gestorben, sobald sie einen genaueren Blick auf die Angelegenheit geworfen hatten. Sicher, es gab auch heute noch Orte, die nicht mit Uncle Sam spielten – Höllenlöcher wie Mali oder Tschad oder Burundi. Wenn man lukrative Verbrechen begehen und ungeschoren davonkommen wollte, musste man schon kreativer sein.

Indem Tarver seine Verbindungen zum Geheimdienst benutzte, die bis in die späten 1960er zurückreichten, hatte er einen einzigartigen Handel für sich und Rusk ausgearbeitet, würdig der gierigen Fantasien des Anwalts. Nicht würdig allerdings eines Wissenschaftlers aus Überzeugung. Nicht mehr. Dr. Tarvers primäres Ziel war nicht, seine angesammelten Reichtümer auf die hedonistischste Art und Weise auszugeben, die man sich vorstellen konnte. Er hatte ein Forschungsprojekt am Laufen, und um es abzuschließen, musste er in den Vereinigten Staaten bleiben. Seine In-Vivo-Subjekte wohnten schließlich ebenfalls in den USA. Mehr noch, fünf Jahre der Zusammenarbeit mit Andrew Rusk hatten ihn zu der Überzeugung gelangen lassen, dass er den Anwalt nie wieder sehen wollte. Rusk war eine wandelnde Zeitbombe, ein Unsicherheitsfaktor hoch drei. Eldon sah ihn vor sich, wie er mit einem Regenschirmchen-Drink in der Hand an einer Bar saß und gegenüber einem im Ausland lebenden Stadtentwickler oder dem Boss eines Plattenlabels prahlte, wie er den Reichen und Berühmten ihre Millionen gerettet hatte, indem er ihre Ehefrauen abmurkste. Nein danke.

Die Ironie war, dass Eldon stets eine größere Auswahl an Fluchtrouten gehabt hatte. Es hatte schon immer Länder gegeben, die bereit gewesen waren, ihn aufzunehmen und für seine Arbeit zu bezahlen. Einige Angebote waren sogar sehr verlockend gewesen. Die Bezahlung war schwindelerregend, und was die Einmischung von Seiten der Regierung anging … die gab es nicht. Das einzige Problem mit diesem Szenario war: Eldon Tarver war Patriot. Und die Länder, die ihn für seine Dienste bezahlen wollten, waren schlicht und ergreifend die falschen.

Eldon erinnerte sich an jene Tage, als das Forschungsklima in den Vereinigten Staaten noch hilfreich gewesen war, ein goldenes Zeitalter, in dem Regierung, Industrie und Militär Hand in Hand gearbeitet hatten. Heutzutage warfen kreischende Gören Beutel mit roter Farbe nach Wissenschaftlern, die eines Tages vielleicht ihre Ärsche retten würden. Allein der Gedanke daran erweckte in Eldon mörderische Wut.

Sicher, es gab auch heute noch ein paar Leute in den Korridoren der Macht, die sich daran erinnerten, wie es früher gewesen war – und die darüber nachdachten, wie es in Zukunft wieder sein würde. Denn es stand außer Frage – das goldene Zeitalter würde zurückkehren. Der Krieg war unausweichlich. Der Krieg war immerwährend. Zyklisch vielleicht, aber ewig. Richtiger Krieg, nicht so erbärmliche kleine »Konflikte« wie Irak oder Afghanistan. Totaler Krieg, der das Mutterland in Gefahr brachte, der selbst die hartgesottensten Liberalen aufpeitschte, bis sie bereit waren, sich mit dem Bajonett auf jeden Bastard zu stürzen, der den Stacheldraht überwand. Wenn die Menschen erst einmal so weit waren, wurde das Klima für die Forschung sehr schnell sehr viel besser.

Edward Biddle beispielsweise erinnerte sich an die guten alten Zeiten, und nicht nur in nostalgischer Wehmut. Biddle hatte unermüdlich daran gearbeitet, Vorbereitungen für den Tag zu treffen, an dem sich die Dinge wieder zum vermutlich Schlechten änderten. Er war Major gewesen, als er mit Tarver zusammen am VCP gearbeitet hatte. Der Major war eine Art Verbindungsoffizier gewesen zwischen Army, Großindustrie und Wissenschaft. Biddle war später in den Rang eines Generals aufgestiegen, lange nachdem das Projekt beendet worden war. Als man ihn in den Ruhestand geschickt hatte, war er zur TransGene Corporation gegangen, einer der vielen Enkeltöchter von Bering Biomedical, der Hauptnutznießerin des VCP, jenes Projekts, das Biddle und Tarver zusammengeführt hatte.

Fünf Jahre hatten sie Seite an Seite gearbeitet. Länger, wenn man die Vorbereitungsarbeiten und die Demontage des Projekts mitzählte. Sie hatten eine Reihe von wunderbaren Dingen bewerkstelligt, ungeachtet der Tatsache, dass die Technologie noch gar nicht so weit gewesen war. Es hatte ihnen nicht an Ideen gemangelt. Doch ein großer Teil der Technologien, um diese Ideen in die

Tat umzusetzen, war zum damaligen Zeitpunkt schlichtweg noch nicht erfunden worden. Die Sequenzanalyse des menschlichen Genoms beispielsweise war 1969 bloß ein Hirngespinst. Selbst 1974, als die Army endlich mehr Kontrolle über das Projekt erhielt, lag die erfolgreiche Sequenzierung noch mehr als ein Vierteljahrhundert in der Zukunft. Und trotzdem hatten sie eine Menge erreicht.

Dr. Tarver blickte zu seiner Ehrenwand, wo ein Foto von ihm und Biddle hing. Biddle trug seine Majorsuniform, Tarver einen weißen Kittel mit dem Emblem von VCP auf der Brust. Im Hintergrund stand eines der Laborgebäude von Fort Detrick, Maryland. Das VCP hatte als akademisches Projekt angefangen, doch nach einiger Zeit war alles nach Detrick umgezogen. Es war der einzige Ort, wo man die Risiken im Griff hatte.

Auf dem Bild war eine Frau zu sehen, eine langbeinige Blondine namens Wyck. Sie war die Repräsentantin von Bering in Detrick gewesen, eine ungewöhnliche Position für eine Frau in jenen Tagen. Sie hatte Abschlüsse in Mikrobiologie und statistischer Analyse – unglaublich! Eldon war scharf auf sie gewesen, bis er herausgefunden hatte, dass Biddle sie vögelte. Es war damals ein ziemlicher Schock für ihn gewesen, erinnerte er sich. Doch verständlich. Wyck war fasziniert von Macht, und Biddle besaß Macht. Große Macht. Er konnte tun und lassen, was er wollte – in gewissen Grenzen. Wyck hatte selbst ebenfalls Macht besessen, und das war ihr auf dem Foto anzusehen. Ihre Augen leuchteten vor Selbstbewusstsein, und ihr Gesicht strahlte vor Energie und vor Freude, zu jener Zeit an jenem Ort zu sein, eingerahmt von zwei Männern, die sie beide im Bett haben wollten.

Dr. Tarver zuckte zusammen, als sein Handy läutete. Er starrte noch ein paar Sekunden auf das Foto, eines von vielen an der Wand; dann sah er auf das Display und nahm den Anruf entgegen. »Tarver hier.«

»Ich bin es, Doktor. Neville Byrd.«

»Und?«

»Ich hab's, Sir! Ich meine, ich denke, ich habe es.«

»Was haben Sie?«

»Die Sache, mit der Rusk sich zu schützen versucht. Zwei Tage hintereinander hat er sich gegen Ende des Arbeitstags auf der gleiche Webseite eingeloggt und eine Serie von Passwörtern eingegeben. Alle auf der gleichen Webseite.«

Eldon Tarvers Puls ging mit einem Mal schneller. »Haben Sie die Tastenanschläge aufgezeichnet?«

»Selbstverständlich, Sir. Jeden einzelnen.«

»Faxen Sie sie zu mir herüber.«

»Auf die Nummer, die Sie mir gegeben haben?«

»Nein. Nehmen Sie folgende …« Tarver las die Faxnummer seines Büros in der Universität vor. »Haben Sie mitgeschrieben?«

»Ja, Sir. Ich schicke die Passwörter gleich durch. Aber ich kann Ihnen die Seite jetzt schon sagen, falls Sie einen Blick darauf werfen möchten. Sie nennt sich EX NIHILO. Es ist eine niederländische Seite, und sie hat nur den einen Zweck, Menschen anonym den Zugang zum Netz zu ermöglichen.«

»Klingt vielversprechend.«

»Ja, Sir. Und Dr. Traver?«

»Ja?«

»Dieser Rusk – er vögelt seiner Sekretärin das Gehirn aus dem Schädel.«

»Tatsächlich?«

Nevilles Tonfall änderte sich. »Ich dachte, es würde Sie vielleicht interessieren.«

»Ich danke Ihnen, Mr. Byrd. Bitte faxen Sie mir die Passwörter durch.«

»Kommen sofort, Sir.«

Tarver legte auf und kicherte vor sich hin.

Zehn Sekunden später starrte er auf den Ereignishorizont des Schwarzen Lochs, der Besucher in der Welt von EX NIHILO willkommen hieß. Ein Klick brachte ihn auf eine Seite, welche die verfügbaren Dienste der Firma auflistete. Es war nicht zu übersehen, dass EX NIHILO genau die Art von Arrangement liefern konnte, für die Rusk nach Tarvers Meinung bezahlte. Gegen entsprechende Gebühren, versteht sich.

Dreißig Sekunden später kam das Fax von Neville Byrd durch. Zwei Seiten mit Tastenanschlägen. Die Schlüssel zu Andrew Rusks Lebensversicherung.

»Mein Gott«, murmelte Tarver, während er mit Hilfe der Passwörter Rusks digitale Fußspuren zurückverfolgte. Es war genau so, wie er vermutet hatte. Rusk musste sich jeden Tag auf der Webseite einloggen und seine Existenz dadurch verifizieren, dass er eine Serie von Passwörtern eingab. Falls er sich zehn aufeinanderfolgende Tage nicht einloggte, würde EX NIHILO den Inhalt einer großen, gepackten Datei an die Mississippi State Police und an das FBI übersenden.

Eldon versuchte die Datei zu öffnen, doch die Webseite gestattete ihm keinen Zugriff. Er fluchte und versuchte es erneut.

Keine Chance.

Er benötigte ein separates Passwort, um die Datei zu öffnen. Offensichtlich hatte Rusk seit ihrer Erzeugung nicht mehr darauf zugegriffen, was bedeutete, dass die Lasersysteme von Neville Byrd ihn nicht beim Öffnen beobachtet haben konnten. Ohne das Passwort konnte Eldon die Datei weder öffnen noch löschen.

Spielt keine Rolle, sagte er sich. Solange er sich regelmäßig einmal am Tag bei EX NIHILO einloggte – als Andrew Rusk –, würde das System seine destruktive Datei nicht an die Gesetzesbehörden weiterleiten, und Eldon wäre in Sicherheit. Er konnte Rusk jederzeit töten, und nichts würde passieren.

Eldon kicherte, lachte, bis er sich schließlich prustend schüttelte. EX NIHILO änderte alles. Indem Neville Byrd, der arbeitslose Software-Ingenieur, ihm die Passwörter gefaxt hatte, hatte er das Damoklesschwert über seinem Kopf beseitigt. Mit diesen Passwörtern konnte Eldon seine Pläne verfolgen, ohne weiter auf Andrew Rusk Rücksicht nehmen zu müssen. *Oder ich könnte sie völlig umschreiben,* dachte er, und ein Schauer überlief ihn. *Mit einem ganz neuen, überraschenden Ende.*

Eldon hatte seinen Anteil von Anfang an in ungeschliffenen Diamanten verlangt. Rusk hatte zuerst gemeckert, doch bald war auch ihm klar geworden, wie klug diese Form der Bezahlung war: Im

Gegensatz zu Geld waren Rohdiamanten immun gegen Feuer und Wasser. Sie konnten unbegrenzt lange vergraben werden. Wenn sie nicht in ihrem Ursprungsland mit Identifikationsnummern versehen worden waren, konnten man sie nicht zurückverfolgen. Jedes Bargelddepot über mehr als zehntausend Dollar musste den Finanzbehörden gemeldet werden, doch man konnte problemlos zehntausend Dollar in Rohdiamanten im Mund mit sich führen – weitere in anderen Körperhöhlen, ohne dass es unbehaglich geworden wäre –, ohne Gefahr zu laufen, dass man entdeckt wurde. Schön und gut, man konnte Millionen Dollar in einem Bankschließfach aufbewahren. Doch warum das Risiko eingehen? Diamanten ließen sich genauso gut im eigenen Garten vergraben, und niemand konnte einem jemals mit einem juristischen Schachzug den Zugang verwehren. Am besten jedoch war, dass sie aussahen wie Steine. Stinknormale Steine. Eine Schachtel voller Steine!

Eldon lachte erneut.

In den vergangenen fünf Jahren hatte er eine ansehnliche Sammlung an Steinen angelegt. Rusk ebenfalls, auch wenn seine Sammlung kleiner war. Rusk hatte seine ersten Zahlungen in Form von Beteiligungen an einträglichen Geschäften seiner reichen Mandanten erhalten. Er war der Meinung gewesen, dass es ein brillanter Schachzug war, der ihn gegenüber der Steuerbehörde auf der legalen Seite hielt. In dieser Hinsicht hatte er sogar recht gehabt – er hatte Steuern auf seine Einnahmen gezahlt und sich die Finanzbehörden auf diese Weise vom Hals gehalten. Allerdings war das, was er getan hatte, um diese Einnahmen zu erwirtschaften, dadurch noch längst nicht legal geworden. Und je zahlreicher die Geschäftsverbindungen wurden, desto mehr häuften sich die nachverfolgbaren Verbindungen zu einer Serie von Mordfällen. Und genau das war es gewesen, da war Eldon mehr oder weniger sicher, was Spezialagentin Alex Morse überhaupt erst auf ihre Spur gebracht hatte.

Nach zwei Jahren hatte Rusk seinen Fehler eingesehen. Von da an hatte auch er sich seine Gebühren in Rohdiamanten auszahlen lassen. Hin und wieder akzeptierte er noch eine Geschäftsbeteiligung, wie er es beispielsweise bei Fennell getan hatte, doch auch er hatte inzwischen eine ziemlich große Schachtel mit Steinen gesammelt. Die einzige Frage war – wo bewahrte er sie auf? Falls Eldon die Antwort auf diese Frage fand, konnte er den Übergang in sein nächstes Leben als sehr viel reicherer Mann bewerkstelligen. Er wäre ein Narr, wenn er darauf verzichtete, Rusks Schatz dem seinen hinzuzufügen, falls sich eine Gelegenheit bot.

Und sie wird sich bieten, dachte er voller Zuversicht. *Rusk hat nicht die Standhaftigkeit, Schmerzen durchzustehen. Das Bergsteigen und Fallschirmspringen und Marathonlaufen bringt ihn angesichts wahrer Schmerzen keine fünf Minuten weiter.*

Es war an der Zeit für drastische Maßnahmen.

Es war an der Zeit, Schuldscheine einzulösen. Alle. Und das bedeutete Edward Biddle.

Eldon hatte seit mehr als zwei Jahren nicht mehr mit Biddle gesprochen – nicht mehr, seit der Mann von TransGene die Gaskanister geliefert hatte. Biddle schien zu spüren, dass er umso sicherer war, je weniger er wusste. Nichtsdestotrotz hatte die Gaslieferung eine Sache deutlich gemacht: Biddle hielt sich an sein Versprechen, sich um seine Leute zu kümmern. Und »seine Leute« waren die ehemaligen Mitarbeiter beim Virus Cancer Project. Nicht jeder, sondern die wenigen Engagierten, die die wahren Zusammenhänge zwischen Technologie und Leben verstanden hatten. Jegliche wissenschaftliche Entdeckung war ein zweischneidiges Schwert. Ein Skalpell konnte einen Tumor aus dem Gewebe eines Patienten schneiden – oder seine Halsschlagader durchtrennen. Morphium konnte einen Patienten von seinen Schmerzen befreien – oder sein Leben auslöschen. Eine Virusinfektion konnte lebensrettende Gentherapie bedeuten – oder einen globalen Holocaust verursachen. Es war die Verantwortung einiger weniger, diese Möglichkeiten zu entdecken und weiterzuentwickeln. Andere würden entscheiden, wie sie einzusetzen waren. Eldon hatte seinen Platz in der Hierarchie nie infrage gestellt, und Edward Biddle hatte ihn dafür geschätzt.

Eldon blätterte durch das Rolodex auf seinem Schreibtisch – er zog die Rollenkartei noch immer einem computergestützten Organizer vor – und fand Biddles Visitenkarte. *Edward Biddle, Vice President, TransGene Corporation.* Darunter: *America Leading the World.*

Tarver liebte sie dafür. Es gehörte eine Menge Mumm dazu, im so genannten Zeitalter der Globalisierung einen Sinnspruch wie diesen auf die Karte zu setzen. Doch TransGene konnte es tun, und niemand würde es wagen, dagegen zu protestieren. Mikrobiologie war die eine Arena, in der Amerika seine Führung gegenüber den Konkurrenten behalten hatte. Man musste sich nur Korea und den Klonbetrug ansehen: *Unser Klonen funktioniert besser, weil wir die ganze Nacht hindurch menschliche Babysitter in den Labors haben, die auf die Zellen aufpassen.* Was glaubten sie eigentlich, wem sie mit diesem Warmduscher-Wischiwaschi-Mist etwas vormachen konnten? Wie nicht anders zu erwarten, war die Wahrheit schließlich ans Licht gekommen, wie es in der Wissenschaft immer geschah. Man konnte für eine Weile bluffen, doch nicht für immer. Und darin lag die grausame Schönheit der Wissenschaft: Es gab kein Warmduscher-Wischiwaschi. Wissenschaft war Wahrheit. Und Wahrheit scherte sich einen Dreck um Moral.

Tarver wählte die Nummer auf Edward Biddles Visitenkarte. Es läutete zweimal; dann meldete sich eine abgehackte, befehlsgewohnte Stimme.

»Biddle hier.«

»Hier ist Eldon Tarver, General.«

Ein mit einem Schuss Ironie versetztes Lachen kam durch die Leitung. »Hallo, Doktor! Was kann ich für Sie tun?«

»Es wird Zeit, dass ich umziehe.«

Eine kurze Pause. »Haben Sie ein bestimmtes Ziel im Sinn?«

»Ich würde gerne im Land bleiben.«

»Verstehe.«

»Ich benötige mit ziemlicher Sicherheit eine neue Identität.«

»Ja.« Keine Sekunde des Zögerns. Ein gutes Zeichen. »Ich weiß, dass Sie an der Universitätsklinik der Ole Miss geforscht haben. Ich habe Ihre Arbeiten verfolgt, sporadisch jedenfalls. Interessantes Gebiet. Allerdings finde ich, dass Sie Ihre Talente nicht voll nutzen, Eldon.«

Tarver lachte. »Die Vorschriften bezüglich meines Forschungsgebiets sind heutzutage klaustrophobisch, General. Aus diesem Grund habe ich seit einiger Zeit private Studien betrieben. Seit fünf Jahren, um genau zu sein.«

»Interessant. Auf welchem Gebiet?«

»Ähnlich dem, was wir am VCP gemacht haben.«

»Tatsächlich?« Biddles Interesse war schlagartig geweckt.

»Ja, Sir. Man könnte sagen, ich habe dort weitergemacht, wo wir aufhören mussten. Mit dem Unterschied, dass ich diesmal die erforderliche Ausrüstung hatte.«

»*Sehr* interessant.«

»Allerdings, Sir. Und bevor ich es vergesse – es waren keine In-Vitro-Experimente diesmal, Sir. Ich rede von In-Vivo-Studien.«

»An Primaten?«, fragte Biddle.

»Ausschließlich, Sir. Höhere Primaten, um genau zu sein.«

»Ich bin fasziniert, Eldon. Ich habe das Gefühl, Ihre Arbeit könnte sich wunderbar ergänzen mit einer Reihe von Projekten, die unsere risikofreudigeren Mitarbeiter bei TransGene durchgeführt haben.«

»Gleichgesinnte Kollegen wären eine nette Abwechslung, Sir.«

»Das denke ich mir. An welchen zeitlichen Rahmen dachten Sie, was Ihren Umzug angeht?«

»Zwei oder drei Tage, falls möglich. Vielleicht auch früher.«

Eine kurze Pause. »Das ist selbstverständlich möglich. Sie und ich sollten unbedingt unter vier Augen miteinander reden. Wenn ich in den nächsten Tagen zu Ihnen käme, könnten wir uns treffen?«

Eldon lächelte zufrieden. Biddle hatte nach dem Köder geschnappt. Jetzt musste er nur noch den Haken richtig präparieren, und das würde er bei der bevorstehenden Unterhaltung tun. »Absolut, Sir.«

»Gut. Ich rufe Sie später zurück.«

»Danke sehr, Sir.«

»Ich danke Ihnen, Eldon. Es ist schön, dass wir endlich wieder zusammenarbeiten.«

»Das finde ich auch.«

Dr. Tarver legte auf, loggte sich in sein anonymes E-Mail-Konto und schickte Rusk eine Kopie ihrer Viagra-Spam. Es war eine kodierte Aufforderung, sich am folgenden Tag im Chickamauga Hunting Camp mit Tarver zu treffen anstatt im Annandale Golf Club, wie üblich. Es war Dr. Eldon Tarvers Version von Alufolie im Fenster. Sein geheimer Notruf.

Nachdem er sich aus seinem Konto ausgeloggt hatte, riss er Biddles Karte aus dem Rolodex und steckte sie ein. Dann faltete er die gefaxten Seiten, die Neville Byrd ihm geschickt hatte, und schob sie in die gleiche Tasche.

Seine gesamte Zukunft ruhte nun in einer Hosentasche.

Es gab nur eine einzige Bedrohung für diese Zukunft: Andrew Rusk.

Ohne Rusk war es für Alex Morse unmöglich, eine Verbindung zwischen Tarver und einem der Morde herzustellen. Und falls Biddle sich an sein Versprechen hielt, war Rusk spätestens am Abend des folgenden Tages tot und sein Schatz an Rohdiamanten Bestandteil von Tarvers heimlichem, unversteuertem Portfolio. Eldon erhob sich von seinem Platz und verließ sein Büro. Er sperrte die Tür hinter sich ab und ging den Korridor hinunter, um den Chef der Onkologie aufzusuchen.

37

Alex war allein im Aufzug unterwegs zum fünften Stock der Universitätsklinik. Ihre Begeisterung wegen der möglichen Hilfe durch John Kaiser war verflogen, als sie von Chris erfahren hatte, dass er im Verlauf der Nacht wahrscheinlich eine Injektion unbekannter Art erhalten hatte. Da Kaiser noch immer eine Stunde südlich von Jackson war und die Uniklinik praktisch auf der anderen Straßenseite vom Cabot Lodge lag, hatte sie kurzerhand beschlossen, ihre Mutter zu besuchen.

Als die Aufzugtüren sich öffneten, ging Alex über den Flur in die onkologische Abteilung. Es war kein fröhlicher Ort, trotz aller Bemühungen seitens Familienangehöriger und Krankenhauspersonal, eine hoffungsvolle Atmosphäre zu schaffen. Alex war dankbar, dass es ein eigenes Krankenhaus für Kinder gab. In ihrem derzeitigen Gemütszustand wäre sie vielleicht nicht imstande gewesen, kranke Kinder zu ertragen.

Sie fand ihre Mutter mehr oder weniger genauso vor, wie sie sie zwei Tage zuvor verlassen hatte. Ihre Leber war größer, ihre Haut gelber, die Nieren noch mehr abgestorben, ihr Leib aufgedunsen. Ihr Eierstockkrebs hatte sich als untypische Variante erwiesen und Bereiche und Organe angegriffen, die normalerweise von dieser Krankheit verschont blieben, und noch immer klammerte sie sich ans Leben. An das Leben – aber nicht ans Bewusstsein, Gott sei Dank.

Alex saß neben ihr und hielt ihre schlaffe, verschwitzte Hand, während sie gegen Wogen der Verzweiflung kämpfte. In Zeiten wie diesen schien es, als gäbe es kein Glück auf der Welt. Und wenn doch, lag es in Unwissenheit: Das Glück von Kindern, die noch nicht gelernt hatten, was sich hinter den Masken der Erwachsenen verbarg, die sie Tag für Tag sahen. Die Leute, die Alex in letzter Zeit kennen gelernt hatte, schienen ausnahmslos darauf aus zu sein, jedes Glück zu zerstören, das sie je gefunden hatten. Als wären sie außerstande, die Hölle des Zusammenlebens mit jenem Partner zu tolerieren, den sie sich früher selbst ausgesucht hatten. Alex fragte sich, ob menschliche Wesen überhaupt dazu bestimmt waren, das zu erreichen, was sie sich wünschten. Diese Frage setzte in gewisser Hinsicht eine göttliche Bestimmung voraus, und der größte Teil ihrer Erfahrungen widersprach dieser Vorstellung. Im Gegensatz zu den meisten anderen Menschen, denen Alex begegnet war, wusste sie instinktiv um die grausame Zerbrechlichkeit eines Lebens. Es war kaum mehr als eine flackernde

Flamme im Wind, die jede Sekunde ohne Grund und ohne jede Gerechtigkeit gelöscht werden konnte.

Sie warf einen Blick auf die Uhr. Chris würde bald eintreffen, und John Kaiser nicht viel später. Sie drückte ihrer Mutter ein letztes Mal die Hand; dann hinterließ sie eine kurze Notiz, die die Krankenschwestern ihr später vorlesen konnten: *Liebe Mom, ich war hier. Ich liebe dich. Ich hoffe, du hast nicht allzu starke Schmerzen. Ich bin ganz in der Nähe, und ich komme bald wieder. Ich liebe dich, Alexandra.*

»Alexandra«, sagte sie leise, erhob sich und trat nach draußen in den Gang. Sie hatte sich nie im Leben wie eine »Alexandra« gefühlt, und doch hatte Margaret Morse den größten Teil ihres Lebens mit dem Versuch verbracht, ihre Tochter zu einer Alexandra zu machen. Girlie-Klamotten, rosafarbene Haarbänder, Debütantinnen-Bälle, Studentinnen-Verbindungen …

Alex trat zur Seite, um einer Gruppe von Ärzten in weißen Kitteln Platz zu machen. Die meisten sahen fünf Jahre jünger aus als sie selbst. Assistenzärzte. Zwei Frauen in der Gruppe starrten sie an. Sie waren neugierig wegen der Narben und fragten sich wahrscheinlich, wie sie selbst mit so etwas umgehen würden. Sie hatten jeden Tag mit Menschen zu tun, die entstellende Narben trugen oder auf andere Weise behindert waren, doch das verdrängten sie erfolgreich – unterstützt dadurch, dass die meisten dieser Menschen ein gutes Stück älter waren als sie selbst. Doch Alex war in ihrem eigenen Alter, eine Frau wie sie, ursprünglich sogar hübscher als sie, und die Tatsache, dass jemand wie sie vom Schicksal entstellt worden war, jagte ihnen Angst ein.

Als Alex den Aufzug erreichte, wartete dort bereits ein Mann. Sie blieb hinter der breitschultrigen Gestalt im weißen Kittel stehen, während sie auf den Lift wartete. Die Luft roch nach Krankenhaus: Alkohol, starke Desinfektionsmittel, Gott weiß was sonst noch alles. Jede Oberfläche in diesem Gebäude war verseucht mit extrem resistenten Bakterien, die nur auf eine Chance lauerten, in einen warmen, feuchten Körper einzudringen, in dem sie sich millionen- und abermillionenfach vermehren konnten, bis sie ihren

Wirt vernichtet hatten, der ihnen während ihrer kurzen Zeit auf Erden Nahrung gegeben hatte.

Ein leises *Ping* ertönte.

Alex trat hinter dem Mann im weißen Kittel in den Aufzug. Ein weiterer Weißkittel stand bereits in der Kabine, beides Mitglieder des gleichen exklusiven Clubs, jener Welt innerhalb der Welt des Krankenhauses, übermenschliche Menschen, deren Lächeln niemals bis zu den Augen reichte, die jeden Tag mit dem Tod zu tun hatten und ihn deswegen noch mehr verdrängten als normale Sterbliche.

Der Mann, der bereits im Aufzug stand, trat zurück und machte dem Neuankömmling Platz, indem er sich in die rechte Ecke des Lifts stellte. Der große Mann ging in die linke. Alex bezog die Ecke vorne rechts, neben den Knöpfen, und stand zur Tür gewandt.

Die Kabine roch neu, und die Türen waren auf Hochglanz poliert. In der verschwommenen Reflexion sah Alex, dass der große Mann einen Bart trug – und ein flammendrotes Feuermal darüber. *Es muss ziemlich übel aussehen, dass es sogar in dem verschwommenen Spiegelbild so deutlich zu erkennen ist,* dachte Alex.

Der Aufzug hielt im dritten Stock, und der Mann, der direkt hinter ihr gestanden hatte, stieg aus. Während die Türen sich wieder schlossen, wich Alex in die frei gewordene Ecke zurück. Der Mann mit dem Feuermal sah sie an und nickte, doch statt den Blick danach abzuwenden, musterte er sie unverwandt weiter. Es war ein Verstoß gegen ungeschriebene Gesetze, doch Alex nahm an, dass ihre Narben seine Aufmerksamkeit erweckt hatten – seine *professionelle* Aufmerksamkeit.

»Schrotgewehr?«, fragte der Mann und berührte seine eigene Wange.

Alex errötete. Er hatte richtig geraten. Nur wenige Ärzte sahen, dass ihre Narben von einem Schrotschuss herrührten. Weil ein großer Teil nicht vom Schrot selbst, sondern von umherfliegenden Glassplittern stammte, lagen die meisten mit ihren Vermutungen daneben. Vielleicht war der Mann Unfallchirurg.

»Ja«, sagte sie nur.

»Ich möchte nicht, dass Sie sich unbehaglich fühlen. Ich kann nachvollziehen, wie es ist, wenn die Leute einen anstarren.«

Alex erwiderte seinen Blick. Der große, bärtige Mann war vielleicht sechzig Jahre alt, mit einer tiefen Stimme, die im Verlauf der Jahre wahrscheinlich Tausende von Patienten beruhigt hatte. »Ist das ein Muttermal?«, fragte sie.

Er lächelte. »Genaugenommen nicht. Es ist eine arteriovenöse Anomalie. Es sieht nicht so schlimm aus, wenn man zur Welt kommt, aber in der Pubertät scheint es plötzlich zu explodieren, und dann sieht es so aus.« Er deutete auf seine Wange.

Alex setzte zu einer neuen Frage an, doch als hätte er ihre Gedanken gelesen, fuhr der Fremde fort: »Chirurgische Eingriffe machen es oft nur noch schlimmer. Ich möchte dieses Risiko nicht eingehen.«

Sie nickte. Er war nicht gut aussehend, aber ohne dieses grauenhafte Geflecht aus Indigo und Purpur auf der linken Wange wäre er zweifellos ein stattlicher Mann gewesen.

Ein weiteres *Ping* ertönte, und der Lift kam zum Stehen.

»Einen guten Tag noch«, sagte der Mann und verließ die Kabine.

Alex stand da wie in Trance. Sie dachte an den Tag in der Bank zurück, an die fliegenden Glassplitter, die sie nur als Lichtblitze wahrgenommen hatte, und an James Broadbent, der mit zerfetzter Brust am Boden lag und Frau und Kinder zurückließ …

»Miss?«

Der Mann mit dem Feuermal stand vor ihr. Er hielt die Tür mit dem Ellbogen auf. »Das hier ist das Erdgeschoss.«

»Oh … entschuldigen Sie. Danke sehr.«

Er nickte und wartete, bis sie ausgestiegen war, ehe er den Ellbogen zurückzog. »Hatten Sie eine schwere Nacht?«

»Meine Mutter liegt im Sterben.«

In seinem Gesicht regte sich aufrichtiges Mitgefühl. »Sie sind in der Onkologie eingestiegen. Ist es Krebs?«

Alex nickte. »Die Eierstöcke.«

Der Mann schüttelte den Kopf wie ein tröstender Priester. »Eine furchtbare Krankheit. Ich hoffe, sie muss nicht allzu sehr leiden.«

»Ich denke, das hat sie bereits.«

Er seufzte tief. »Das tut mir leid. Wie geht es Ihnen? Sind Sie versorgt?«

»Ja, danke. Ich wohne drüben im Cabot Lodge.«

Er lächelte. »Gut. Die Leute im Cabot Lodge wissen, wie man sich um Menschen kümmern muss.«

»Ja. Danke nochmals.«

»Jederzeit, Ma'am.«

Der Mann winkte ihr ein letztes Mal zu; dann drehte er sich um und ging durch einen Gang davon, der tief ins Innere des Krankenhauses führte. Auf dem Boden verliefen farbig markierte Linien, rote und grüne und gelbe und sogar schwarze. Alex fragte sich, ob man seine Diagnose anhand der Linien erraten konnte, falls man die Farbkodierungen kannte, je nachdem, wohin man geschickt wurde. Wahrscheinlich nicht. Die gelbe Linie konnte auch zu einem McDonald's führen. Sie wusste es einfach nicht. Was sie jedoch wusste – irgendwo im Krankenhaus gab es ein McDonald's.

Sie schlang sich ihre Handtasche über die Schulter und trat hinaus in die aufkommende Abenddämmerung, als ihr Mobiltelefon summte. Es war eine Textnachricht von John Kaiser: *Ich bin bei Gallman, Mississippi. Noch fünfundzwanzig Minuten bis Jackson. Sehen uns gleich.*

Alex musste sich beeilen.

Sie war in der Lobby mit Will Kilmer verabredet. Er sollte ihr eine unregistrierte Waffe bringen. Sie wollte die Waffe auf ihrem Zimmer verstecken, ehe Kaiser eintraf. Es würde ihm nicht gefallen, wenn sie bewaffnet herumlief, obwohl sie suspendiert war. Selbst wenn er Verständnis dafür aufbrachte, würde seine eigene Position dadurch erschwert.

Alex sah ihren Wagen auf dem großen Parkplatz stehen und rannte los.

Eldon Tarver stand im zweiten Stock am Fenster der Ärztelounge und beobachtete, wie Alex Morse über den Parkplatz eilte. Sie rannte zielstrebig, den Kopf nach vorn gereckt wie eine Sprinterin, nicht wie einer von jenen Freitzeitjoggern, die man ständig und überall sah. Während er sie beobachtete, stieg ein beinahe euphorisches Triumphgefühl in ihm auf.

»Sie hat mich nicht erkannt«, murmelte er vor sich hin. »Sie war nur einen Meter entfernt, hat mir direkt ins Gesicht gestarrt ... Sie hat meine Stimme gehört ... und sie hat mich nicht erkannt!«

Die Tatsache, dass sein Bart die Halswunde verbarg, die sie ihm zugefügt hatte, war ohne Zweifel sehr hilfreich gewesen.

»Reden Sie vielleicht mit mir?«, erkundigte sich eine Assistenzärztin, die sich hinter ihm auf einem Sofa räkelte.

»Nein.«

Er hörte, wie die junge Frau sich auf dem Sofa bewegte. Wahrscheinlich war sie verärgert über seine Anwesenheit. Das Miststück hatte vermutlich irgendeinem Oberarzt gesagt, dass er sie hier treffen sollte, falls er Lust auf einen schnellen Fick hatte, und jetzt hatte Eldon ihre Pläne durchkreuzt. Eldon Tarver fühlte sich in diesem Moment so unverwundbar, dass er überlegte, ob er die Tür abschließen und sie über den Tresen der kleinen Teeküche legen sollte, um ihr zu zeigen, was Penetration wirklich sein konnte ...

Ganz ruhig, sagte eine zügelnde Stimme in seinem Innern. *Alles läuft genau so, wie du es haben wolltest.*

Und es lief tatsächlich so. Zuerst hatte Neville Byrd die EX-NIHILO-Seite entdeckt, und jetzt war ihm Alex Morse direkt in die Hände spaziert. Sie hatte ihm sogar den Namen ihres Hotels genannt! Eldon glaubte nicht an Schicksal, aber es war schwer, keine jungianischen Muster in alledem zu sehen.

Natürlich war es auch möglich, dass Morse bereits viel weiter vorgedrungen war, als sie ihn hatte glauben machen. Rusks Einschätzung konnte man nicht vertrauen, und Alex Morse war so etwas wie ein Star beim FBI. Dass sie Befehle missachtet hatte, war in Tarvers Augen eher eine Empfehlung als ein schwarzer Fleck auf ihrer Haut, erst recht in einer durch und durch reglementierten Behörde wie dem FBI.

Ja, dachte er.

Die ganze Unterhaltung konnte eine einzige Schauspielerei gewesen sein. Und selbst wenn es nicht so war, selbst wenn Morse tatsächlich keine Ahnung hatte, wer er war – konnte er das Risiko eingehen, sich zu irren? Sein Motto hatte immer *null Risiko* gelautet, und dieses Motto hatte ihm bis zum heutigen Tag die besten Dienste geleistet. Er hatte in den letzten fünf Jahren nahezu täglich die Gesetze gebrochen und eine Reihe von Kapitalverbrechen begangen, und doch steckte er immer noch nicht im Gefängnis.

Es war an der Zeit, Biddle zurückzurufen.

38

Alex musste hundert Meter von der Lobby des Cabot Lodge entfernt parken. Als sie durch die Doppeltüren trat, um einzuchecken, bemerkte sie Chris Shepard in einem Sessel an der Wand zu ihrer Rechten. Er saß vornübergebeugt und rieb sich die Schläfen wie ein Mann, der an Migräne litt. Sie ging zu ihm und kauerte neben ihm nieder.

»Chris?«

Er blickte sie aus rotgeränderten Augen an. »Hallo.«

»Was machen Ihre Kopfschmerzen?«

»Ein bisschen besser. Mein Magen ist inzwischen das Problem.«

»Haben Sie neue Informationen?«

Er stöhnte leise. »Ich hab noch mal mit Peter Connolly telefoniert. Er möchte, dass ich noch heute in ein Flugzeug steige und zum Sloan-Kettering komme.«

»Dann sollten Sie das tun.«

Chris zuckte in einer fatalistischen Geste die Schultern. »Ich kann die gleichen Medikamente, die er mir geben würde, auch hier nehmen. Tom Cage hat mir eine Verordnung für eine Reihe starker antiviraler Medikamente gegeben. AZT, Ritonavir, Enfuvirtide und Vidarabine. Ich denke, das ist der Grund für meine Übelkeit.«

»Geht Connolly davon aus, dass sie wirken?«

Chris lachte düster auf. »Wie kann er wissen, ob sie wirken, wenn er nicht weiß, was mir injiziert wurde? Pete ist der Meinung, dass ich sofort mit einer starken intravenösen Chemotherapie anfangen sollte.«

»Und warum tun Sie es nicht?«

»Weil es ernste Risiken dabei gibt. Viele Chemotherapeutika sind selbst karzinogen. Ich bin nicht sicher, ob ich verzweifelt genug bin, um eine Chemotherapie zu machen. Connolly hingegen meint, dass ich die größten Überlebenschancen habe, wenn er mich so schnell wie möglich damit vollpumpt.«

Alex versuchte die Logik zu begreifen. »Wie kann Chemotherapie helfen, wenn Sie noch gar keinen Krebs haben?«

Chris erhob sich langsam, hielt sich an ihr fest, um das Gleichgewicht zu halten, und sah ihr in die Augen. »Es ist möglich, dass ich bereits Krebs habe.«

Alex erblasste. »Wie?«

»Erinnern Sie sich an Peters schaurigstes Szenario, von dem ich Ihnen erzählt habe? Bei dem jemand Zellen einer bestimmten Person in seinen Besitz bringt, sie im Labor mit Krebs infiziert und sie der Person dann wieder injiziert?«

Alex nickte zögernd.

»Das wären vom ersten Moment an aktive Krebszellen. Gleich nachdem sie wieder im Körper wären.«

Alex dachte an die Einstichstelle neben Chris' After. »Was glauben Sie, ist gestern Nacht passiert? Hat jemand Ihre Zellen gestohlen, um sie zu verändern? Oder hat er Ihnen bereits veränderte Zellen injiziert?«

In Chris' Augen stand Bitterkeit. »Ich bete, dass es Ersteres war. Ich fürchte allerdings, dass ich kein Glück habe.«

»Warum?«

»Weil es viel einfachere Methoden gibt, an meine Zellen zu gelangen.«

Alex schüttelte verwirrt den Kopf. »Zum Beispiel?«

»Überlegen Sie selbst. Wer hat ständigen Zugang zu meinem Körper?«

»Thora?«

»Richtig. Und sie ist ausgebildete Krankenpflegerin.«

»Schön und gut. Aber wie kann Thora Ihnen Blut abgenommen haben, ohne dass Sie es bemerkt hätten?«

Chris winkte ab. »Denken Sie nach. Kein Blut.«

Sie versuchte sich vorzustellen, welche anderen Zellen infrage kamen. Haare? Haut? Oder … Sie verzog den Mund vor Abscheu und Entsetzen.

»Haben Sie die Lösung?«, fragte er.

»Sperma?«

»Genau. Ist das nicht eiskalt und berechnend?«

Alex schüttelte den Kopf. »Ich kann nicht glauben, dass Thora zu so etwas imstande wäre.«

»Und warum nicht? Wenn man einmal den Entschluss gefasst hat, einen Mord zu begehen, welche Rolle spielt da noch die Methode? Glauben Sie vielleicht, irgendeines der anderen Opfer hatte einen angenehmen Tod?«

Sie starrte ihn an und wusste nicht, was sie sagen oder tun sollte. Die Situation überstieg ihr Begriffsvermögen.

»Vor ein paar Nächten …«, berichtete Chris flüsternd, »… am Abend des Tages, als Sie zum ersten Mal bei mir waren, kam Thora nach draußen in mein Studio. Wir haben miteinander geschlafen. Sie hat mir weisgemacht, dass sie immer noch versucht, schwanger zu werden. Es war ganz untypisch, wenn man bedenkt, wie die Dinge vorher zwischen uns gestanden hatten, aber ich habe mitgemacht, weil ich das Beste hoffte.« Chris verzog zornig das Gesicht. »Drei Tage später fand ich heraus, dass sie eine Abtreibungspille genommen hatte.«

Alex fröstelte.

»Thora wollte überhaupt nicht schwanger werden. Also warum der Sex?«

Alex schüttelte ungläubig den Kopf. »Ich kann nicht glauben, dass jemand so schnell Krebs in die Zellen einschleusen kann. Nicht einmal in einem richtigen Labor.«

»Ich hoffe, Sie haben recht. Das ist einer der Gründe, warum ich bis jetzt noch nicht mit der Chemo angefangen habe. Aber wer weiß schon, was alles möglich ist?«

Alex legte beide Arme um ihn und drückte ihn fest an sich.

Zuerst versteifte er sich, doch dann spürte sie, wie er nachgab. Als er die Arme um sie legte, merkte sie, wie er zitterte. Lag es an den Medikamenten? Oder stand er dicht davor, mitten in der Lobby zusammenzubrechen? Es wäre nur zu verständlich, wenn man bedachte, unter welch unvorstellbarem Druck er stand.

»Kommen Sie, gehen wir nach oben«, sagte sie. »Haben Sie eingecheckt?«

Er nickte.

Sie ließ an der Rezeption eine Nachricht für Will zurück, und sechzig Sekunden später schlossen sie die Tür zu Zimmer Nummer 638 auf. Alex hatte eine Suite auf der »Executive«-Etage gemietet. An das Schlafzimmer schloss sich ein kleiner Wohnraum an mit einem Sofa, zwei Clubsesseln und einem Schreibtisch an einer Wand. In einer Ecke befanden sich eine Spüle, ein Mini-Kühlschrank und ein Mikrowellenherd.

»Ist das eine Minibar?«, fragte Chris.

Alex überprüfte den Kühlschrank. »Kein Alkohol.«

Er fluchte leise.

»Was möchten Sie?«

»Ist mir egal.«

Sie sah im Schlafzimmer nach. »Da haben wir sie. Unter dem Fernseher.«

»Wodka?«

»Kommt sofort. Ich hole Ihnen Eis.«

Sie brachte ihm eine winzige Flasche Absolut, und er trank den größten Teil des Inhalts in einem einzigen Schluck. Alex war nicht sicher, wie Kaiser auf einen betrunkenen Zeugen reagieren würde, doch sie beabsichtigte auf der anderen Seite auch nicht, einen Mann zu ermahnen, der gerade erfahren hatte, dass er vielleicht sterben würde.

»Ist Kaiser schon in der Stadt?«, fragte Chris.

»Er muss jede Minute hier sein.«

»Warum haben Sie sich ausgerechnet an ihn gewandt?«

Sie trat zum Fenster und sah hinaus auf den sattgrünen Campus des Millsaps College mit dem hohen Glockenturm. In der Abschlussklasse der Highschool war ihr ein Stipendium am Millsaps angeboten worden. »Kaiser hat lange Zeit bei einer Spezialabteilung des FBI gearbeitet. Er hat mit den Leuten gearbeitet, die sie geschaffen haben, als das Fachgebiet noch Verhaltensforschung hieß. Er hat Dinge gesehen, die sich die Bürohengste in Washington in ihren schlimmsten Alpträumen nicht vorstellen können. In einem Bericht zu lesen verschafft einem kein Bild von dem Grauen, das machen Dingen anhaftet, wissen Sie?«

Chris nickte. »Es ist, als würde man in einem Lehrbuch über Krankheiten lesen. Man denkt, man weiß Bescheid über eine Sache, bis man zum ersten Mal einen Patienten sieht, der einem vor den Augen verrottet.«

»Genau. Kaiser weiß das. Er war in Vietnam, ehe er zum FBI gegangen ist. Schwere Kampfeinsätze. Er ist ein erstklassiger Mann. Er hat seine Frau während der Ermittlungen zu einem Serienmord kennen gelernt. Sie ist Kriegsfotografin.«

»Wie heißt sie?«

»Jordan Glass.«

»Sie machen Witze.«

»Sie kennen die Frau?«

»Nein. Aber ich mache Dokumentarfilme – als Hobby. Jordan Glass steht auf einer Stufe mit Leuten wie Nachtwey und anderen. Sie hat einen Pulitzerpreis gewonnen.«

»Zwei, glaube ich.«

Chris trank den Rest von seinem Wodka und ging selbst zur Minibar. In diesem Moment klopfte es an der Tür. Alex zuckte zusammen. Sie öffnete in der Erwartung, Kaiser zu sehen, doch vor ihr stand Will mit einer großen Schuhschachtel in den Händen.

»Danke«, sagte sie und nahm die überraschend schwere Schachtel entgegen. »Was ist drin?«

»Eine SIG Neunmillimeter. Nicht registriert.«

»Danke, Will. Du gehst besser gleich wieder.«

Der alte Detektiv sah aus, als hätte er mit Dämonen gerungen.

»Was ist?«, fragte Alex. »Stimmt was nicht?«

»Ich fühle mich, als hätte ich den Doc im Stich gelassen.«

Du hast ja keine Ahnung. »Gestern Nacht spielt keine Rolle mehr. Es kommt alles in Ordnung, okay? Geh jetzt, Onkel Will.«

Kilmer trottete den Gang hinunter zur Feuertreppe.

Als Alex in die Suite zurückkam, trank Chris Bourbon.

»Der Zimmerservice liefert Schuhe?«, fragte er und deutete auf die Schachtel.

»Neun-Millimeter-Schuhe«, antwortete sie und brachte den Schuhkarton ins Schlafzimmer, wo sie ihn auf dem Kleiderschrank verstaute. »Kaiser muss nichts davon wissen.«

Chris nickte. »Ich hab meine Achtunddreißiger unten im Wagen.«

»Ich hole sie rauf, sobald John weg ist.«

»Ich sehe mich definitiv, wie ich die Knarre bei einer bestimmten Person benutze.«

Bei wem?, überlegte Alex. *Shane Lansing? Thora? Oder vielleicht bei beiden?* »Chris … das denken Sie doch nicht wirklich, oder?«

»Ich bin in Mississippi aufgewachsen, im Süden. Ich habe bestimmte Wertvorstellungen, die ich nie ablegen werde.«

Alex berührte seinen Arm. »Ich hoffe, dass das nur ein Witz ist. Weil Sie damit überhaupt nichts lösen. Es würde nur bewirken, dass Ben von jemand anderem als von Ihnen aufgezogen wird.«

Das Licht in Chris' Augen erlosch.

»Was glauben Sie ist die Ursache Ihrer Kopfschmerzen?«, fragte sie in dem Versuch, ihn von Ben abzulenken.

»Ich nehme an, wir drei wurden irgendwie betäubt. Ich bin

nicht sicher, wie es bewerkstelligt wurde. Will hat das gleiche Truthahn-Käse-Sandwich gegessen wie ich, aber Ben hatte eine Tiefkühlpizza. Ben hat kein Bier getrunken. Wir haben einen Watercooler … vielleicht war es das. Letztendlich spielt es keine Rolle, oder? Solange Ben und Will nicht krank werden …«

Es klopfte erneut, energisch diesmal.

Chris folgte Alex zur Tür.

Ein großer Mann mit tiefliegenden Augen und längeren Haaren, als Chris erwartet hätte, stand vor ihnen. Chris konnte kaum glauben, dass der Bursche in Vietnam gewesen war – er sah aus wie fünfundvierzig, und doch musste er wenigstens sieben Jahre älter sein.

»Darf ich reinkommen?«, fragte der Neuankömmling.

Alex lächelte, umarmte John Kaiser zur Begrüßung und zog ihn ins Zimmer. Chris trat zurück und beobachtete, wie der Special Agent eine Ledertasche auf das Sofa stellte. Dann drehte Kaiser sich um und streckte Chris die Hand entgegen.

»Dr. Shepard?«

»Ja.« Chris schüttelte ihm die Hand.

»Erfreut, Sie kennen zu lernen.«

»Ganz meinerseits.«

»Ich denke, wir haben eine Menge zu besprechen.«

Alex verschränkte die Arme und blickte zu Kaiser auf. »Es ist noch schlimmer, als ich dachte, John. Chris steckt bereits in großen Schwierigkeiten. Er wurde gestern Nacht angegriffen.«

Kaiser musterte Chris sekundenlang. Er nahm die Ausdünstung von Alkohol wahr, den Ausdruck von Müdigkeit in Shepards Gesicht, die Verzweiflung. Alex wusste, dass er eine Menge Fragen haben würde, doch im Augenblick sah Chris aus, als wollte er nur noch in eines der Betten steigen und schlafen. Kaiser sah Alex an.

»Wenn jemand mir vielleicht erzählen könnte, was los ist, bevor Dr. Shepard bewusstlos wird?«

39

John Kaiser stand am Fenster, das zum College hinaus zeigte. Alex saß neben Chris auf dem Bett und hielt einen Mülleimer für ihn, falls er sich übergeben musste. Er hatte mit Erbrechen angefangen, während Alex Kaiser über die jüngste Entwicklung informierte, und es kam immer noch in Wellen.

»Es sind wahrscheinlich die Tabletten«, sagte er und hielt sich dabei den verkrampften Leib mit beiden Händen. »Mein Körper ist nicht daran gewöhnt, und ich nehme drei verschiedene Sorten auf einmal.«

Kaiser wandte den Blick nicht vom Fenster ab, als er zu Alex sprach. »Sie hatten also den Eindruck, dass SAC Webb Tyler Ihnen aktiven Widerstand geleistet hat?«

Tyler war der Leitende Spezialagent im FBI-Büro Jackson. Er war es gewesen, an den Alex sich zuerst mit ihrer Mordtheorie gewandt hatte. »Das könnte man so sagen. Fünf Minuten, nachdem ich in sein Büro spaziert war, wollte er mich nur noch loswerden, so schnell wie möglich.«

Kaiser neigte den Kopf zur Seite, als würde er irgendetwas unten auf der Straße sechs Stockwerke tiefer betrachten. »Da bin ich sicher.«

»Ich nehme an, Tyler war es auch, der sich bei Mark Dodson über mich beschwert hat, gleich am ersten Tag.«

»Auch das ist richtig.«

»Was halten Sie davon, John? Können Sie irgendetwas unternehmen?«

Kaiser wandte sich vom Fenster ab. »Sie brauchen objektive Beweise, dass es sich um Mord gehandelt hat. Irgendwelche Beweise, gleich welcher Art«, sagte er.

»Gibt es eine Möglichkeit, Autopsien bei den Opfern vorzunehmen?«

»Nicht, ohne eine Morduntersuchung einzuleiten. Die lokalen Behörden glauben nicht daran, dass Verbrechen begangen wurden. Wie können sie das FBI um Mitarbeit bei einem Fall bitten, der gar nicht existiert?«

»Ich weiß es nicht. Aber ich hatte mir überlegt, dass Chris vielleicht mit einer bisher unbekannten, aggressiven Substanz geimpft wurde, die bei Menschen Krebs hervorruft. Warum sollten sie das nicht als biologische Waffe einstufen? Und falls sie es tun – warum kann das FBI den Fall dann nicht im Rahmen der Anti-Terror-Gesetze untersuchen? Als würde es nach Massenvernichtungswaffen suchen?«

Kaiser schürzte die Lippen. »Das ist keine schlechte Idee, Alex. Aber es ist zu früh. Wir haben keine Beweise, wieder einmal, dass eine solche Droge überhaupt existiert.«

»Wir haben die Injektionsspur an Chris' After.«

»Das könnte alles Mögliche sein. Man müsste zuerst die Substanz in seinem Blut isolieren.«

»Können wir das nicht versuchen?«

»Wir wissen doch gar nicht, wonach wir suchen müssen«, krächzte Chris. »Ein radioaktives Material? Ein Retrovirus? Ein Toxin? Ist es überhaupt nachweisbar?«

Kaiser nickte niedergeschlagen. »Und was bedeutet das für uns?«

»Mist!«, begehrte Alex auf. »Ich hab's satt, nichts tun zu können!«

»Peter Connolly fängt sofort mit den Tests an, wenn ich nach New York zum Sloan-Kettering fliege«, sagte Chris. »Vielleicht gelingt es ihm ja, irgendetwas zu isolieren?«

»Ich möchte die Stelle sehen«, sagte Kaiser unvermittelt.

»Was?«, fragte Alex.

»Die Einstichstelle.«

»Ist das Ihr Ernst?«

»Ich habe schon eine Menge schlimmere Dinge gesehen, glauben Sie mir.«

Alex sah Chris an, dem der kalte Schweiß über die Schläfen lief. »Was soll's«, sagte er dann. »Meinetwegen können Sie sich meinen Hintern angucken, wenn Sie unbedingt wollen.«

Kaiser sah zu Alex. »Geben Sie uns eine Minute, ja?«

Sie erhob sich und ging wortlos ins Badezimmer.

Chris mühte sich hoch, öffnete den Gürtel, ließ die Hose herunter und legte sich auf den Bauch.

Kaiser untersuchte ihn so professionell wie ein Arzt. »Okay, Dr. Shepard«, sagte er schließlich. »Ich bin fertig.«

»Nun?«, fragte Chris, während er sich langsam wieder anzog.

»Haben Sie schon einmal Drogen genommen, Dr. Shepard?«

»Noch nie.«

Der Special Agent sah Chris tief in die Augen. »Trauen Sie Ihrer Frau einen Mord zu?«, fragte er. Chris setzte sich auf die Bettkante. Eine weitere Woge der Übelkeit stieg in ihm auf. »Zuerst hielt ich es nicht für möglich«, sagte er. »Aber ich hätte auch nicht gedacht, dass sie mich betrügen könnte. Außerdem gibt es ein paar dunkle Stellen in ihrer Vergangenheit, von denen ich überhaupt nichts weiß. Und …«

»Ja?«

»Mein Sohn ist adoptiert. Er ist der leibliche Sohn meiner Frau. Ben kennt mich erst seit ein paar Jahren, aber wenn Sie ihm die Wahl ließen, bei wem er nach einer Scheidung leben wollte, würde er mich seiner Mutter vorziehen. Was verrät Ihnen das?«

»Eine Menge, falls es stimmt.«

Kaiser sah in Richtung Badezimmer. »Alex!«

Sie kehrte ins Wohnzimmer zurück und blickte Kaiser fragend an. »Glauben Sie mir jetzt?«

Er streckte den Arm aus und ergriff ihre Hand. »Ich glaube Ihnen, Alex, weil ich an Sie glaube. Aber ich bin nicht sicher, ob Ihnen sonst jemand glauben würde.«

»Können Sie irgendetwas tun, um uns zu helfen?«

»Zumindest kann ich ein paar Fäden ziehen und eine lokale Observation von Andrew Rusk organisieren.«

»Wird Webb Tyler sich nicht querstellen?«

Kaiser schnaubte. »Tyler ist selbst bei seinen eigenen Mitarbeitern nicht sonderlich beliebt. Mir fallen auf Anhieb einige Leute ein, die uns sicher aushelfen, mir zuliebe. Ich kann zwar nichts unternehmen, was das FBI auf mich aufmerksam machen würde, aber ich kann Ihnen Nummernschilder und Hintergrundinformationen besorgen – solche Dinge. Es muss nur alles über das FBI-Büro in New Orleans laufen.«

»Ich weiß das sehr zu schätzen, John, aber es sind nur Babyschritte. Diese Typen bringen seit Jahren Menschen um. Und obwohl sie wissen, dass ich mich für sie interessiere, sind sie kein bisschen langsamer geworden …«

Kaisers Kiefermuskeln arbeiteten. »Das mag vielleicht kalt klingen, Alex, aber das ist gut so. Wenn sie jetzt die Köpfe einziehen und in Deckung gehen würden, hätten wir wahrscheinlich überhaupt keine Chance, sie jemals zu kriegen. Das Beste, was wir im Augenblick tun können, ist Andrew Rusk mit einem spitzen Stock zu piesacken. Ich werde meinen Teil dazu beitragen. Ich werde alles über dieses Arschloch herausfinden, was es zu wissen gibt. Ich werde jede Firma auseinandernehmen, mit der er je Geschäfte gemacht hat oder mit der er auch nur entfernt zu tun hatte. Seine sämtlichen Geschäftspartner werden ihn in kürzester Zeit hassen lernen.«

In Alex' Miene zeichnete sich neue Hoffnung ab.

Kaiser ging zu Chris und sah auf ihn herab. »Ich möchte, dass Sie diese Chemotherapie machen, Doktor. Bei unseren Ermittlungen könnten Sie sowieso nicht helfen. Ihre einzige Aufgabe ist es, zu überleben.«

Chris wollte antworten, doch in diesem Moment überkam ihn neuerlicher Brechreiz. Er beugte sich über den Eimer und begann zu würgen.

Kaiser zog sich mit Alex ins Nachbarzimmer zurück. Chris hörte sie reden, doch er konnte nicht verstehen, was sie besprachen. Wie eine ferngesteuerte Marionette schlug er die Bettdecke zurück, kroch ins Bett und zog sich das Laken bis zum Kinn. Als Alex zurückkam, konnte er kaum noch verstehen, was sie sagte.

»Chris! Soll ich Sie ins Krankenhaus bringen?«

Er schüttelte den Kopf. »Nein … Ich muss nur … ein wenig ausruhen. Kaiser …?«

»Er ist wieder gefahren.«

Sie starrte auf ihn hinunter, und ihr Gesichtsausdruck schwankte zwischen Sorge und unverhohlener Angst. *Sie hat zu viel verloren,* wurde ihm klar. *Sie will nicht, dass ich einschlafe … sie will nicht allein sein …*

»Kümmert sich jemand um Ben?«, fragte sie unvermittelt.

»Mrs. Johnson«, flüsterte er. »Ihre Nummer … ihre Nummer ist in meinem Handy.«

»Ich rufe sie an. Sie werden jetzt schlafen. Ich passe auf Sie auf.«

Sie nahm seine zitternde Hand und drückte sie. Chris erwiderte den Druck mit der wenigen Kraft, die ihm geblieben war. Dann umhüllte ihn Schwärze mit der Wucht eines tropischen Gewittersturms, der ein winziges Boot erfasst.

Chris erwachte im Dunkeln vom Summen seines Mobiltelefons. Er blinzelte mehrmals mit brennenden, trockenen Augen; dann drehte er sich nach rechts. Durch einen Spalt zwischen den Vorhängen fiel künstliches Licht ins Zimmer. Im schwachen rosafarbenen Schimmer sah er Alex auf dem anderen Bett liegen. Sie schlief ebenfalls. Sie trug ein Hemd, aber keine Hosen. Er tastete auf dem Nachttisch herum, bis er das Telefon gefunden hatte.

»Hallo?«, fragte er. Sein Mund schmeckte sauer von Erbrochenem.

»Chris!« Eine aufgeregte Frauenstimme.

»Mrs. Johnson?«

»Ich bin es! Thora! Wo steckst du?«

»Äh … Jackson.«

»Jackson! Du hast Ben bei Mrs. Johnson gelassen, und sie hat keine Ahnung, wo du bist!«

»Das stimmt nicht. Sie wusste, dass ich vielleicht aus der Stadt sein würde.«

»Sie hat mir gesagt, eine Frau namens Alex hätte sie wegen Ben angerufen. Wer ist diese Alex?«

Chris setzte sich vorsichtig auf; dann erhob er sich aus dem Bett und ging ins angrenzende Wohnzimmer. »Hör zu … ich musste nach Jackson, um einen Patienten in der Universitätsklinik zu besuchen. Es gibt überhaupt keine Grund zur Aufregung. Wo bist du?«

»In Greenwood, genau wie ich dir gesagt habe. Was dachtest du denn?« Thoras Stimme hatte nichts von ihrer Hysterie verloren.

Er biss die Zähne zusammen und schwieg.

»Chris? Bist du noch da?«

»M-hm.«

»Was hat das zu bedeuten? Was geht da vor?«

Er stand in der Ecke des dunklen Zimmers, und sein Hals war rau vom wiederholten Erbrechen. Sein Arm war fast zu schwach, das Telefon zu halten, und er kämpfte um seine Beherrschung, um Thora nicht aus den tiefsten Tiefen seiner Seele anzuschreien. Er dachte an Alex, die ihn gebeten hatte, Thora nicht zur Rede zu stellen, doch die Wahrheit war, die verdammte Ermittlung scherte ihn einen Dreck. Er konnte Thora nie wieder in die Augen sehen und so tun, als wäre alles in Ordnung.

»Antworte mir!«, schrie sie ihn durch den Hörer an. »Bist du betrunken oder was?«

»Du bist also in Greenwood?«

»Natürlich! Was dachtest du denn?«

»Und was ist mit Shane Lansing? Ist er auch in Greenwood?«

Plötzlich herrschte nur noch Schweigen am anderen Ende der Leitung.

»Sprich mit mir – ist er bei dir? An meiner Stelle?«

»Was redest du denn da, Chris?«

»Hör auf damit, Thora, okay?«

»Warte ... ich weiß nicht, was du zu wissen glaubst, aber du weißt nicht ... ich meine, du kannst nicht ...« Ihre schrille Stimme brach erneut ab.

»Ich sage dir, was ich weiß«, erwiderte er mit ruhiger Bestimmtheit. »Ich weiß, dass du am Morgen, nachdem wir in meinem Studio miteinander geschlafen haben, die Pille danach eingenommen hast.«

Er hörte ein Ächzen, dann das Geräusch eines Daumens, der auf die Mikrofonöffnung des Telefons gedrückt wurde.

»Außerdem habe ich einen hübschen Schnappschuss von Shane, wie er es dir auf dem Balkon des Hotels von hinten besorgt. Du bist seine … hm, warte … zehnte Eroberung dieses Jahr?«

Er hörte einen unterdrückten Aufschrei, gefolgt vom Grunzen eines Mannes.

»Ist er gerade bei dir?«, fragte Chris und wankte, als er einen plötzlichen Schwindelanfall erlitt. »Oder ist er nach Hause geflogen, um mit Frau und Kindern zu Abend zu essen? Was hat er für die Flüge auf den Tisch gelegt, um deinen hässlichen Hintern zu vögeln? Ich schätze, du fühlst dich, als wärst du was Besonderes, stimmt's?«

Keine Antwort.

»Wenn er bei dir ist, gib ihn mir.«

»Chris …« Thoras Stimme war kleinlaut, beinahe verzweifelt. »Ich bin allein. Es ist niemand hier außer mir.«

»Ich glaube dir nicht. Ich weiß, was du getan hast, okay? Und vielleicht bin ich in einem Jahr tot. Aber du … du und Lansing, ihr seid ebenfalls tot. Spirituell tot. Du weißt wahrscheinlich nicht mal, wovon ich rede … eines Tages wirst du es merken. Du wirst ins Gefängnis gehen. Und sag diesem Arschloch, dass er mir noch einmal unter die Augen kommen soll, ehe es vorbei ist. Nur ein einziges Mal.«

Sie schluchzte jetzt.

»Wie konntest du Ben so etwas antun, Thora? Vergiss mich, ich bin nicht so wichtig. Aber der Junge hat sich wunderbar entwickelt … Mein Gott! Willst du ihn etwa zu genau dem gleichen seelischen Krüppel machen, wie du einer bist?«

Thora kreischte wie eine Frau, die sich vor Trauer und Schmerz das Fleisch von den Knochen reißt.

Chris legte auf und stand zitternd in der Dunkelheit. Er war nicht mehr allein. Alex stand in der Tür zwischen Wohn- und Schlafzimmer. Die Umrisse ihrer nackten Beine waren im Licht vom Fenster deutlich zu sehen.

»Was haben Sie gemacht?«, fragte sie.

»Ich konnte nicht länger so tun, als wäre nichts gewesen.«

»Aber … Vielleicht haben Sie alles ruiniert.«

»Wie denn das? Sie arbeiten seit fünf Wochen ohne Pause an diesem Fall, und Sie haben überhaupt nichts erreicht. Sie haben Kaiser gehört: Wir stacheln sie mit einem spitzen Stock auf. Ich habe Thora soeben aufgestachelt. Und ich könnte wetten, dass sie sich auf der Stelle mit Andrew Rusk in Verbindung setzt und ihm die Hölle heiß macht wie noch nie jemand vor ihr.«

Alex hob die Hand wie ein kleines Mädchen und wischte sich den Schlaf aus den Augen. »Wie geht es Ihrem Magen?«, fragte sie.

»Besser. Wie spät ist es?«

»Halb zwölf abends.«

Chris schluckte trocken. »Dann schätze ich, dass wir heute Nacht nicht mehr nach Natchez zurückfahren, oder?«

»Es sei denn, Sie müssen unbedingt zu Ben.«

»Hat Mrs. Johnson gesagt, dass es in Ordnung geht, wenn er bei ihr schläft?«

»Sie hat gesagt, Ben geht es gut.«

»Mist. Thora hat getan, als wäre der Junge in Panik gewesen. Und es gefiel ihr wohl auch nicht, dass eine Frau bei Mrs. Johnson angerufen hat. Sie wollte von mir wissen, wer zum Teufel Alex wäre.«

Alex grinste. »Sie ist eifersüchtig?«

»Bestimmt nicht.«

Alex trat zu ihm, nahm seine Hand und führte ihn zum Bett zurück. »Ich versuche nicht, mich Ihnen an den Hals zu werfen«, sagte sie. »Ich will nur nicht allein im Bett liegen und schlafen. Ist das okay für Sie?«

Er legte sich auf den Rücken; dann rutschte er zur Seite, um Platz für sie zu machen. Sie stieg ins Bett und legte den Kopf an seine Schulter. Ihr Körper fühlte sich warm an seiner Seite an.

»Warum haben Sie Thora geheiratet?«, fragte sie leise. »War es wegen ihrer Schönheit?«

Er dachte eine Weile nach, bevor er antwortete. »Damals dachte ich, es wäre nicht deswegen. Aber heute … Ich denke, es hatte mehr damit zu tun, als ich mir damals eingestehen wollte.«

Alex nickte, und ihre Wange rieb auf seinem Hemd.

»Es war nicht nur das«, fuhr er fort. »Außerdem begreife ich immer noch nicht, warum sie das tun sollte. Ich meine, warum hat sie mich nicht einfach gefragt? Ich hätte mich nicht gesperrt, wenn sie die Scheidung verlangt hätte.«

»Ich denke, es ist wegen Ben.«

»Wie meinen Sie das?«

»Sie weiß, wie sehr Ben Sie liebt. Sie kann ihrem Sohn nicht sagen, dass sie sich von seinem wunderbaren neuen Vater trennen will, weil der sie plötzlich langweilt. Dass schon ihre Hochzeit mit Ihnen eine Lüge war. Der Tod würde all diese Probleme für sie lösen. Wenn Sie sterben, ist sie die noble Witwe, nicht die selbstsüchtige Ehefrau, die sich von ihrem Mann hat scheiden lassen. Und die noble Witwe ist eine Rolle, in der Thora sich bestens auskennt.«

»Das können Sie laut sagen.«

»Ganz zu schweigen davon, dass ihr Bankkonto wieder um zwei Millionen dicker wird.«

Er seufzte und schwieg.

»Früher hielten die Menschen mich ebenfalls für wunderschön«, flüsterte Alex leise und betastete mit der freien Hand ihre vernarbte Wange. »Bevor das hier passiert ist.«

»Sie sind immer noch sehr schön. Sie können es im Augenblick nur nicht sehen. Sie sind nur nicht der gleiche Mensch wie vorher. Es ist wie bei den Frauen, die eine Chemotherapie bekommen. Sie sind immer noch schön, sie sind nur kahl. Ich nenne es den Sinéad-O'Connor-Look.«

Alex lachte leise. »Sie können sicher ziemlich gut mit Kranken umgehen, habe ich recht?«

»Nicht gut genug für Thora, wie es scheint.«

»Nun, wir wissen jetzt, dass Thora ein verrücktes Miststück ist.«

Chris schloss die Augen. »Ich habe bald selbst keine Haare mehr, wenn ich diese Chemo anfange.«

»Kein Wenn und Aber, Kumpel.« Alex wackelte drohend mit dem Zeigefinger. »Sie machen diese Chemo, Chris. Keine Widerrede.«

»Sind Sie jetzt meine Ärztin?«

»Jemand muss es schließlich sein.«

Er nahm ihren Arm und drehte sie zur Seite, sodass sie von ihm abgewandt lag; dann kuschelte er sich eng von hinten an sie.

»Oh nein …«, sagte sie leise.

»Was?«

»Das ist das Allerbeste auf der ganzen Welt.«

»Gut.« Nach ein paar Atemzügen kehrte der Schlaf wieder zurück.

Alex schloss beide Hände um seinen Arm, wo er sie umschlungen hielt. »Werde nicht nervös, wenn ich anfange zu weinen«, sagte sie leise. »Weil ich nämlich glaube, dass ich gleich losheulen muss.«

»Warum?«

»Weil das Leben im Moment so verdammt beschissen ist. Weil es schon seit einer ganzen Weile so verdammt beschissen ist.«

Chris drückte sie für ein paar Sekunden so fest an sich, wie er konnte, ehe er sich wieder entspannte. »Es gibt schlimmere Dinge, glaub mir. Wenn ich etwas in meinem Beruf gelernt habe, dann das. Es kann immer *noch* schlimmer werden.«

Sie drehte den Kopf so, dass ihre Wange die seine berührte. »Ich hoffe nicht.«

»Wir müssen schlafen, Alex.«

»Ich weiß. Hast du vor, mich vollzukotzen?«

Sein Lachen klang merkwürdig fremd, beinahe so, als würde jemand in einem Traum lachen. »Ich versuche es zu vermeiden.«

Sie versteifte sich in seinen Armen.

»Was ist denn?«, fragte er.

»Ich habe vergessen, mich online bei jemandem zu melden. Bei Jamie, meinem Neffen. Es ist eine Art Tradition.«

Chris hob mühsam den Arm. »Dann los.«

Sie zog seinen Arm wieder zurück und kuschelte sich an ihn. »Nein, nein … jetzt ist es ohnehin zu spät. Die eine Nacht kommt er sicher auch ohne mich zurecht.«

40

Scheiße!«, fluchte eine Frauenstimme.

Chris erwachte, als sich das Bett unter ihm bewegte. Jeder Muskel in seinem Leib schmerzte, doch seine Brust und sein Hals fühlten sich an, als hätte er einen Autounfall erlitten.

»Scheiße, Scheiße, Scheiße!«, fluchte die Frauenstimme. »Ich hab den Wecker überschlafen.«

Alex, erinnerte er sich. Er öffnete blinzelnd die Augen, und grelles Tageslicht brannte auf seiner Netzhaut. Alex stand neben dem Bett und zog ihre Jeans an.

»Wie spät ist es?«, fragte er.

»Neun Uhr. Ich hab den Wecker in meinem Handy gestellt, aber ich habe vergessen, es ans Ladegerät zu hängen. Es ist während der Nacht ausgegangen. Ich schätze, das Kuscheln hat meinen klaren Verstand getrübt.«

Chris setzte sich auf, und eine Woge von Übelkeit wusch über ihn hinweg. »Musst du ins Bad?«

Sie sah ihn an und begriff, was er meinte. »Lass mich nur schnell pinkeln.«

Sie verschwand auf der Toilette. Chris schwang die Beine aus dem Bett, erhob sich langsam und ging zur Minibar. Er wählte einen kalten Dasani, der sich beim Trinken in der Speiseröhre gut anfühlte, auch wenn er darum betete, ihn bei sich behalten zu können.

Als er einigermaßen sicher war, dass er es konnte, ging er zu seiner Tasche und nahm seine morgendliche Dosis antiviraler Medikamente: AZT, Ritonavir, Enfuvirtide und Vidarabine. Als er die letzte Tablette schluckte, hörte er im Bad die Toilettenspülung.

»Ich bin fertig«, rief Alex aus dem Badezimmer. »Du kannst rein.«

»Ich denke, es geht jetzt. Ich hatte eben das Gefühl, als bekäme ich Durchfall, aber dann ist es wieder vorbeigegangen.«

Sie kam ins Zimmer und setzte sich in einen der Clubsessel.

Sie hatte sich das Gesicht gewaschen, und zum ersten Mal sah er die Narben, ohne dass Make-up sie bedeckte. Vor seinem geistigen Auge entstand ein Bild von jemandem, der Säure auf das Gemälde einer Frau warf.

»Was denkst du?«, fragte sie.

»Ich denke über den Tag nach.«

Ihr Misstrauen blieb. »Du hast zwei Möglichkeiten. Entweder du fährst zurück nach Natchez und beginnst dort deine Chemotherapie oder du fliegst nach New York und beginnst deine Chemo im Sloan-Kettering.«

»Bist du jetzt meine Mutter?«

Alex drehte die Handflächen nach oben. »Oder möchtest du russisches Roulette mit deinem Leben spielen?«

»Das wäre eine Chemotherapie unter diesen Umständen. Wir wissen nicht, was mir injiziert wurde. Meine größte Chance auf Überleben besteht darin, genau herauszufinden, was mich von innen heraus umbringt. Nur dann kann ich eine effektive Behandlung anfangen.«

Alex dachte darüber nach. »Und wie willst du das anstellen?«

»Was hältst du davon, wenn du und Kaiser diesen Mistkerl für mich schnappt?«

»Hört sich so an, als ginge es dir besser heute Morgen.«

Chris bückte sich nach seiner Hose und mühte sich hinein.

»Wo willst du hin, dass du deine Hose brauchst?«, fragte Alex.

»Zur Uniklinik, mit den Forschern reden, deren Namen ich von Peter Connolly habe. Wenn sie nicht mehr dort arbeiten, versuche ich eben, mit den gegenwärtigen Topleuten in der Hämatologie und Onkologie zu reden.«

»Und was soll das bezwecken?«

Eine Woge der Benommenheit erfasste ihn. Er setzte sich auf die Bettkante und schaukelte langsam vor und zurück. »Ich denke, wir haben uns zu sehr auf Shane Lansing versteift. Zugegeben, er ist Teilhaber an einer Strahlenklinik. Aber er ist auch an einer Menge anderer Objekte beteiligt. Wir wissen, dass man mir eine unbekannte Substanz injiziert hat. Wäre diese Substanz radioaktiv gewesen, hätte ich sie wahrscheinlich bereits auf dem Röntgenbild entdeckt, das ich gestern habe anfertigen lassen. Nein, ich halte es für wahrscheinlicher, dass Peter Connolly recht hat. Irgendjemand hat sich Zugriff auf mein Blut – oder mein Sperma – verschafft, die Zellen verändert und mir wieder injiziert. Wenn es so gewesen ist, halte ich Lansing für einen unwahrscheinlichen Kandidaten. Shane ist mehr an Geld als an Medizin interessiert. Er besitzt überhaupt nicht das erforderliche Wissen für so etwas. Wir haben es hier mit einem Super-Wissenschaftler zu tun, Alex. Mit Leuten, die Experten sind auf dem Gebiet von Knochenmark, Genetik, onkogenen Viren. Es gibt nicht viele von ihnen in diesem Staat, und die wenigen, die wir haben, arbeiten gleich auf der anderen Straßenseite, in der Uniklinik.«

Alex beugte sich in ihrem Sessel vor, Erregung in den Augen. »Wie geht es dir?«

»Geht so. Allerdings sollte ich zuerst eine Dusche nehmen. Ich werde niemanden beeindrucken, wenn ich rieche wie ein Penner, der sich vollgekotzt hat.«

»Gute Idee.« Sie ging zum Telefon auf dem Nachttisch. »Ich bestelle uns etwas zum Frühstück. Kannst du alles essen?«

»Toast und eine Schale Hafergrütze. Und heißen Tee.«

Sie grinste breit. »Du bist der einzige Mann, mit dem ich in den letzten zehn Jahren eine Nacht verbracht habe, der am nächsten Morgen Hafergrütze zum Frühstück wollte.«

»Willkommen zu Hause.«

Andrew Rusk befand sich zehn Meilen südlich von Jackson, als seine Angst zum ersten Mal die kritische Masse erreichte. Noch einige Tage zuvor war es nur ein einziger Wagen gewesen, der ihn verfolgt hatte. Jetzt war es ein motorisiertes Bataillon, das in Schichten operierte. Alles amerikanische Wagen, die meisten Fahrer männliche Weiße zwischen fünfundzwanzig und fünfundvierzig Jahren. Andrew steckte in mächtigen Schwierigkeiten. Er verfluchte Alex Morse inbrünstig, als er von der Interstate abbog und den Porsche in die Drive-In-Fahrspur des dortigen Wendy's Restaurants lenkte. Zwei Wagen folgten ihm.

»Verdammt noch mal!«, brüllte er unbeherrscht.

Vergangene Nacht, nachdem er die falsche Viagra-Spam von Dr. Tarver erhalten hatte, war Rusk in Hochstimmung gewesen. Er wusste nicht, wo Tarver sich herumgetrieben hatte, doch er war sicher, dass der Doktor gute Gründe gehabt hatte, sich so lange nicht mit Andrew in Verbindung zu setzen. Schließlich hatten ihre Treffen in den vergangenen fünf Jahren kaum jemals mehr als fünf Minuten in Anspruch genommen. Vergangene Nacht war ihm diese Fahrt noch wie ein gemütlicher Ausflug ins Jagdcamp erschienen. Jetzt war dieser Ausflug unmöglich geworden. Wenn er diese Hurensöhne in den Regierungslimousinen nach Chickamauga führte, würde Dr. Tarver ohne eine Sekunde des Zögerns zuerst sie und dann ihn töten.

Rusk bestellte sich einen Cheeseburger und eine Cola und beobachtete, wie einer der ihn verfolgenden Wagen auf dem Parkplatz einige Meter entfernt hielt. Was zum Teufel konnte er tun? Wenn sie ihn so lückenlos observierten, hatten sie sicher auch seine Telefone angezapft. Im Büro, zu Hause, seine mobilen Geräte. Einen Augenblick lang fragte er sich, ob Carson Barnett ihn vielleicht verraten hatte.

Ganz bestimmt nicht, sagte er sich nachdrücklich. Carson wollte raus aus seiner Ehe, und er war bereit, über Leichen zu gehen, um das zu bewerkstelligen. Nein, es war die verdammte Morse. *Aber ist es Morse allein?* Das war die entscheidende Frage.

Vergangene Nacht hatte Thora Shepard vierzehn Mal bei ihm zu Hause angerufen. Nachdem sie zwei hysterische Nachrichten auf seinem Anrufbeantworter hinterlassen hatte, hatte Rusk das Telefonkabel aus dem Stecker gezogen. Als er an diesem Morgen im Büro eingetroffen war, hatte Janice berichtet, dass eine gewisse Mrs. Shepard zwölf Nachrichten hinterlassen hätte, jede wütender als die vorangegangene.

Thora war nicht so dumm, den Grund ihres Anrufs zu nennen, doch eine innere Stimme sagte ihm, dass es mit Agentin Morse zu tun hatte. Entweder das, oder ihr waren Zweifel gekommen, ob sie ihren Mann töten wollte. Es hätte Rusk nicht überrascht. Die Frau mochte so heiß sein wie ein Filmstar, aber sie war auch genauso überdreht. Eine echte Society-Tussi, kein Zweifel. Sie sah aus, als hätte sie alle Sinne beisammen, doch unter der hübschen Fassade wusste sie nicht, ob sie gerade ging oder kam.

Er nahm seinen Cheeseburger von der Bedienung am Schalter entgegen und zahlte mit einem Zehn-Dollar-Schein. »Ketchup«, sagte er. »Ich brauche noch Ketchup.«

Er nahm einen großen Schluck Cola und ordnete sich in die Ausfahrtspur ein. Einer der Verfolger erschien direkt hinter ihm. Diese Typen *versuchten* nicht einmal, unauffällig zu bleiben.

Die Ironie bei Thora Shepard war, überlegte er, während er die südliche Fahrbahn der Interstate überquerte und auf die I-55 North einbog, dass sie ihren ersten Ehemann nicht einmal hatten umbringen müssen. Der arme Kerl war eines ganz natürlichen Todes gestorben. Selbstverständlich hatte Rusk ihr das nie verraten. Thora hatte wie vereinbart ihre Zahlungen geleistet, und er hatte ohne jeden Skrupel ihr Geld genommen. Dass ausgerechnet Thora Shepard jetzt Stammkundin wurde, war ein guter Witz. Auch wenn Rusk jetzt keine Zeit hatte, sich darüber zu amüsieren. Thora drohte auszuflippen, und wenn das in Gegenwart der falschen Leute geschah, konnte ihn das teuer zu stehen kommen. Er musste Kontakt mit Dr. Tarver aufnehmen, und zwar schnell. Er hatte keine Ahnung, wie er das bewerkstelligen sollte, doch während er nach Norden in Richtung Jackson raste, wurde ihm klar, dass er sich gar nicht bemühen musste. Dr. Tarver würde das für ihn erledigen. Andrew musste nichts weiter tun, als die Nerven behalten. Irgendwann im Verlauf der nächsten zwölf Stunden würde Tarver um eine Ecke biegen oder zu ihm in den Aufzug oder in den Wagen steigen, wie durch Zauberei. So arbeitete dieser Typ. Und sämtliche Agenten des FBI zusammen würden ihn nicht daran hindern.

Rusk sah in den Innenspiegel und lachte. Es war an der Zeit, die Chips in Geld umzutauschen und das Casino zu verlassen, bildlich gesprochen. Er hoffte nur, dass sie vorher noch Gelegenheit hatten, das Geschäft mit Carson Barnett abzuschließen. Barnett würde ihr *pièce de résistance* werden, ihr ganz dicker Fisch, der die beiden letzten Jahrzehnte ihres Lebens finanzieren würde. Während die Interstate unter ihm hindurchfloss wie ein grauer Fluss, sah Rusk sich an einem sonnenüberfluteten Strand mit einem Drink in der Hand und Lisa nackt neben sich. Er hasste den Gedanken, die Kinder zurückzulassen, doch daran war nichts zu ändern. Geschäft war Geschäft. Er verlangsamte seine Fahrt, bis der dunklen Limousine hinter ihm nichts anderes übrig blieb, als ihn zu passieren. Als der adrette Fahrer am Steuer in seine Richtung blickte, grinste Rusk ihn so breit an wie die berüchtigte Cheshire Cat.

Dr. Tarver bedauerte den Ausdruck von dumpfem Nichtbegreifen im Gesicht seines Adoptivbruders. Es war genau der Ausdruck, den er erwartet hatte – die verwirrte Ungläubigkeit eines Kindes, das soeben erfahren hat, dass sein Hund von einem Wagen überfahren worden war.

»Alle?«, fragte Judah. »Jeder Einzelne?«

»Ich fürchte ja«, lautete Eldons Antwort. »Es tut mir leid.«

»Auch die Schimpansen?«

Sie standen im hinteren Raum neben den Primatenkäfigen – nicht gerade der beste Ort für diese Unterhaltung. »Die Schimpansen als Erstes. Es darf nichts übrig bleiben, das jemandem verrät, was wir hier getan haben.«

In Judahs Gesicht arbeitete es wie im Gesicht eines Jungen, der Summen berechnet, die seinem Begriffsvermögen entzogen sind. »Ich dachte immer, was wir hier tun, wäre nichts Böses?«

»Es ist auch nichts Böses, Judah, aber die Leute werden das nicht so sehen. Du weißt selbst sehr gut, wie die Leute sind.«

»Ich weiß. Aber was, wenn *ich* sie behalten würde? Nur ein paar?«

»Ich wünschte, das wäre möglich. Ehrlich, Judah. Aber du weißt, dass das nicht geht.«

»Ich hab viel gelernt, mir viel Mühe gegeben. Ich hab die Beagles vorne praktisch allein betreut im vergangenen Jahr. Warum kann ich nicht einfach die Zucht weiterführen? Nur die Beagles?«

»Du weißt nicht, was es heißt, ein Geschäft zu führen, Judah. Es bedeutet viel mehr, als sich nur um die Hunde zu kümmern. Du musst Bestellungen aufgeben, Bücher führen, mit Computern umgehen und Steuern bezahlen. Außerdem brauchst du eine Lizenz. Es wird nicht klappen, wenn ich nicht da bin.«

Eine neue Angst erschien in Judahs Gesicht. »Wohin gehst du?«

»Das weiß ich noch nicht. Aber ich werde dich nachholen lassen, sobald ich dort bin.«

»Ehrlich?«

»Tue ich das nicht immer?«

Judahs Augen zuckten erneut in Richtung der Käfige. »Warum können wir die Tiere nicht verschenken?«

»Weil sie krank sind. Sie tragen spezielle Krankheiten in sich. Sie würden andere Tiere anstecken, und das könnte zu einer Katastrophe führen. Es könnte das Armageddon bedeuten, wie in …«

»… wie in der Johannesoffenbarung«, sagte Judah automatisch. »Kapitel sechzehn, die sieben Schalen des Zorns. Mein Name steht in diesem Buch.« Sein Tonfall sank um eine Oktave. *»›Und der andere Engel goss aus seiner Schale ins Meer; und es ward Blut wie eines Toten, und alle lebendigen Seelen starben in dem Meer …‹«*

»Ganz genau«, unterbrach Eldon ihn mit erhobener Hand, bevor Judah sich in Rage reden konnte. »Und du willst doch wohl nicht von Gott zur Rechenschaft gezogen werden, weil du dafür verantwortlich warst?«

Nach langem Nachdenken schüttelte Judah den großen Kopf.

»Ich sage dir, was wir tun«, sagte Eldon, als wäre ihm der Gedanke gerade erst gekommen. »Du kümmerst dich um die Beagles und überlässt die Primaten mir. Ich weiß, wie schwer dir das fallen würde.«

Judah kaute auf der Unterlippe. »Die Beagles sind auch schwer, weißt du? Ich kenne inzwischen jeden einzelnen und hab jedem einen Namen gegeben.«

Es erstaunte Eldon immer wieder, dass ein Mann, der so hart war wie Judah, so weich sein konnte, wenn es um Tiere ging. Denn Judah war eine furchterweckende Gestalt, wenn man ihn erst einmal wütend gemacht hatte. Er war ein Gegner, der jeden Selbstmordattentäter in die Flucht schlagen konnte. Es waren Männer wie Judah gewesen, die den Japanern Iwo Jima abgenommen hatten. Männer, die sich mit dem Bajonett durch endlose Reihen von Feinden kämpfen konnten und anschließend noch die Kraft besaßen, durch vernichtendes Maschinengewehrfeuer den Berg hinaufzustürmen; Männer, die nicht ein einziges Mal die Befehle infrage stellten, die sie in diese Situation gebracht hatten. Dieser hirnlose Patriotismus hatte Amerika ermöglicht, bis in die Pubertät zu überleben, doch der fortgesetzte Mangel daran sorgte dafür, dass die Nation niemals das Erwachsenenstadium erreichte.

»Du kannst das nicht wissen«, fuhr Judah fort. »Aber es ist, als wären es alle meine. Wie June Bug, als wir Kinder waren.«

June Bug war ein alter Köter mit grauem Star gewesen, der fünfzehn Jahre lang bei ihnen gelebt hatte. Judah war vernarrt gewesen in die Töle, bis zum Ende.

»Es ist wie damals, als Daddy die Kümmerer in der großen Badewanne ersäuft hat«, fuhr Judah fort.

Eldon legte den Arm um die massigen Schultern seines Bruders und führte ihn von den Primatenkäfigen fort. Es war erstaunlich, dass irgendjemand ihn jemals für den biologischen Bruder von Judah hatte halten können. Intellektuell betrachtet lebten sie in zwei verschiedenen Dimensionen. Eldons Gehirn enthielt wahrscheinlich viermal so viele neurochemische Verbindungen wie das von Judah. Und doch hatte Judah sich im Verlauf der Jahre als nützlich erwiesen, und daran würde sich auch in Zukunft nicht viel ändern.

Sie waren inzwischen wieder vorne angekommen, bei ihrer kleinen Gemeinde von Beagles, zwei Wände voll schwarzem, braunem und weißem Fell mit traurigen Augen. Judah würde den größten Teil des Tages benötigen, sämtliche Tiere einzuschläfern. Nicht, dass sie Widerstand leisten würden. Ihre Zahmheit und Freundlichkeit waren zwei der Gründe, warum Beagles so gerne in der medizinischen Forschung eingesetzt wurden. Sie sahen einen nur mit vorwurfsvollem Blick an, wenn man Nadeln und Sonden in sie steckte. Sie waren der lebende Beweis dafür, dass die Schwachen die Erde niemals erben würden – zumindest nicht in der Welt der Tiere.

»Wie wirst du es tun?«, fragte Judah. »Die Schimpansen, meine ich?«

»Ich werde sie mit einem Barbiturat betäuben. Sobald sie bewusstlos sind, injiziere ich ihnen Kaliumchlorid. Sie werden nichts spüren, Bruder.«

Judah biss sich so fest auf die Unterlippe, dass Eldon fürchtete, sie würde zu bluten anfangen. »Muss es wirklich *Feuer* sein?«

»Wir müssen diesen Ort reinigen. Gott hat Feuer benutzt, also werden wir das Gleiche tun.«

Judah schloss für einige Sekunden die Augen. Als er sie wieder öffnete, sah Eldon, dass er es als sein Schicksal akzeptiert hatte. Schließlich war Eldon es gewesen, der ihrem Vater getrotzt hatte, und er war noch am Leben, also war er von Gott gesegnet.

»Du musst um fünf hier weg sein«, sagte Eldon eindringlich. »Hast du verstanden?«

»Gehst du fort?«

»Ich komme zurück, um die Schimpansen einzuschläfern. Aber ich glaube nicht, dass du bis dahin fertig bist.«

»Okay. Wohin gehe ich, wenn ich fertig bin?«

»Das erkläre ich dir alles, wenn ich zurück bin.«

»Okay.«

Eldon lächelte und kehrte in den Primatenbereich zurück. Er musste ein paar Dinge nachlesen – Sprengsätze waren nicht sein Fachgebiet. Nichtsdestotrotz vertraute er auf seine Fähigkeiten. Was für ein Schauspiel das werden würde! Eine Explosion, gefolgt von einem Feuer, das heiß genug war, um Stahl zu schmelzen. Und wenn die Feuerwehr eintraf, würde sie etwas vorfinden, was sie noch nie zuvor gesehen hatte: Ein Dutzend panischer Primaten, halb verrückt vor Angst wegen der Flammen. Eldon schätzte, dass die Feuerwehr wegen der Affen das Doppelte der Zeit benötigen würde, um den Brand unter Kontrolle zu bringen – genau das, was er damit bezweckte.

Also würde er die Tiere betäuben, wie er es seinem Bruder versprochen hatte. Doch er würde ihnen kein Kaliumchlorid injizieren. Und als letzte Maßnahme würde er die Käfige aufschließen und die Türen nur vermittels einiger dünner Drähte zubinden – genug, um den Affen zu suggerieren, dass die Türen immer noch abgesperrt waren. Bis zu dem Moment, in dem eine Feuersbrunst biblischen Ausmaßes durch die alte Bäckerei fegte.

Es würde interessant sein zu beobachten, welche Spezies ihre Käfigtür als Erste aufbrach, sobald die Panik ausbrach … aber das herauszufinden war es nicht wert zu sterben.

Er blickte zu dem verschlossenen Wandschrank rechts von den Schimpansenkäfigen. Darin standen vier mit Acetylen gefüllte Stahlflaschen. Drei andere Wandschränke in der alten Bäckerei enthielten identische Flaschen. Bis die Feuerwehr auf den Alarmruf aus der Gegend reagierte, würde das ganze Gebäude in hellen Flammen stehen. Die Luft wäre erfüllt vom Gestank nach brennenden Beagles, und halb wahnsinnige Affen würden sich auf alles und jeden stürzen, der sich den Resten dessen näherte, das bis wenige Minuten zuvor ihr Zuhause gewesen war.

Eldon lachte leise vor sich hin, sodass Judah ihn nicht hören konnte. Es würde ein Spektakel werden, das seinesgleichen suchte. Wie Hieronymus Bosch auf Droge.

41

Chris hielt die Lifttüren auf, während eine Krankenschwester eine Patientin im Rollstuhl nach draußen schob; dann folgte er Alex hinaus auf den fünften Stock der Universitätsklinik.

»Hast du Dr. Pearson im Verlauf des Aufenthalts deiner Mutter kennen gelernt?«, fragte Chris.

Alex schüttelte den Kopf. »Walter Clarke ist der für Mom zuständige Arzt.«

»Du machst Witze. Clarke war ein Jahr über mir an der medizinischen Fakultät. Ich dachte, er wäre immer noch in Baylor.«

Alex zuckte die Schultern.

Sie gingen an den Krankenzimmern vorbei hinunter in den akademischen Bereich. Ganz am Ende des Ganges befand sich eine Tür mit einem Messingschild, auf dem MATTHEW PEARSON, MD, CHEFARZT HÄMATOLOGIE zu lesen stand.

Chris sah Alex an. »Kein Wort über das FBI, Mord oder irgendetwas in der Art, klar?«, sagte er.

»Weil?«

»Weil wir hier in einem Krankenhaus sind. Wenn es auch nur entfernt so riecht, als könnte es zu einem Rechtsstreit kommen oder das Krankenhaus zur Rechenschaft gezogen werden, finden wir uns auf der Straße wieder. Das ist meine Welt, okay? Tu einfach, was ich dir sage.«

Alex verdrehte die Augen. »Ich kann damit leben.«

Er klopfte an der Tür und betrat das Büro. Eine rothaarige Frau mit einer toupierten Hochfrisur im Retro-Look blickte von einem Stapel Papiere auf. »Kann ich Ihnen behilflich sein?«

»Das hoffe ich doch sehr«, antwortete Chris in seinem vornehmsten Südstaatler-Akzent. »Ich bin Dr. Chris Shepard aus Natchez. Ich bin zu Besuch bei einer Freundin …«, er nickte in Alex' Richtung, »… und ich hatte gehofft, mit Dr. Pearson über eine Häufung von Krebsfällen bei meinen Patienten reden zu können.«

Die Sekretärin lächelte, doch es wirkte gezwungen. »Haben Sie einen Termin, Dr. …?«

»Shepard. Ich fürchte nein. Allerdings habe ich mit Dr. Peter Connolly vom Sloan-Kettering telefoniert, und er hat Dr. Pearson in hohen Tönen gelobt. Peter schien der Meinung zu sein, dass ich sicherlich eine gute Chance hätte, ihn kurzfristig zu sprechen.«

Bei der Nennung von Connollys Namen hellte die Miene der Sekretärin sich augenblicklich auf. »Sie kennen Dr. Connolly?«

»Ich habe bei Peter Connolly studiert, hier an dieser Fakultät.«

»Oh. Ich verstehe.« Sie erhob sich, kam um den Schreibtisch herum und reichte Chris die Hand. »Ich bin Joan. Dr. Pearson ist in der Tat im Augenblick beschäftigt. Warten Sie, ich gehe zu ihm und sehe nach, ob er sich nicht vielleicht für eine Minute frei machen kann.«

Als die Frau im Büro hinter dem Vorzimmer verschwand, flüsterte Alex ihm zu: »Du hast sie ziemlich beeindruckt, wie?«

Sekunden später öffnete die Tür sich erneut, und ein schick gekleideter Mann Mitte vierzig kam mit ausgestreckter Hand auf Chris zu. »Dr. Shepard?«

»Der bin ich, Sir«, sagte Chris, ergriff die Hand und drückte sie energisch. »Erfreut, Sie endlich kennen zu lernen.«

»Ganz meinerseits, Herr Kollege. Ich sehe Ihren Namen auf vielen Krankenakten, die hier durchgehen. Sie überweisen viele Patienten in unsere Klinik. Wir wissen das zu schätzen, danke sehr.«

»Nicht so viele wie früher, da wir jetzt Dr. Mercier in Natchez haben.«

»Es ist immerhin gut für Ihre Gemeinde.« Dr. Pearson grinste. »Hey, Sie haben keine versteckte Kamera am Leib, oder?«

Also hatte selbst Pearson von Chris' Dokumentation über die Arbeitsbelastung von Ärzten im praktischen Jahr gehört. »Nein«, antwortete er. »Meine Tage als Regisseur sind vorbei. Ich bin inzwischen selbst Teil des Establishments.«

Während der Austausch von Höflichkeiten und das Aufzählen gemeinsamer Bekannter weiterging, musterte Chris den Chefarzt der Hämatologie unauffällig. Obwohl er aus Stanford gekommen war, schien Pearson aus dem gleichen Stoff geschnitzt zu sein wie die meisten angehenden Ärzte, die er während seiner Zeit an der Uniklinik kennen gelernt hatte: intelligente weiße Amerikaner mit klaren Gesichtszügen, die an der Ole Miss oder Millsaps ein glattes Sehr gut erreicht und dann den Staat verlassen hatten, um an einer Universität mit einem bedeutenderen Stammbaum weiterzustudieren und mit Lorbeeren bedeckt nach Hause zurückzukehren. Chris war ein wenig überrascht: In einem rigorosen Spezialfach wie Hämatologie hätte er eigentlich einen Ausländer erwartet.

»Joan hat etwas von einer Anhäufung von Krebsfällen erzählt ...«, kam Pearson endlich zur Sache.

»Ganz recht. Aber ich habe meine Manieren vergessen.« Chris drehte sich zu Alex um. »Das ist Alexandra Morse. Ihre Mutter liegt zurzeit in dieser Abteilung. Eierstockkrebs.«

Ein angemessen ernster Ausdruck erschien auf Pearsons Gesicht. »Ich bin mit diesem Fall vertraut«, sagte er. »Es tut mir sehr leid, dass wir uns unter diesen Umständen kennen lernen, Mrs. Morse.«

»Danke sehr«, sagte Alex mit einem so unglaublich breiten Akzent, dass Chris hätte schwören können, dass sie Mississippi noch nie im Leben verlassen hatte. »Sämtliche Ärzte und Pfleger waren einfach wunderbar.«

»Gehört Ihre Mutter zu dieser Gruppe von Krebsfällen?«

»Nein«, sagte Chris. »Alex ist nur eine Freundin. Was die Krankheitsfälle angeht, ich habe noch keine statistische Auswertung, aber wir hatten im vergangenen Jahr mehrere sehr ähnlich gelagerte Fälle, und die Geschichte fängt allmählich an, mich *richtig* zu beunruhigen.«

»Was für ein Typ Krebs?«, erkundigte sich Dr. Pearson.

»Verschiedene Arten, aber allesamt Formen von Blutkrebs. Leukämie, Lymphome und Myelome.«

Dr. Pearson nickte in aufrichtigem Interesse. »Ich bin überrascht, dass wir das bisher noch nicht selbst festgestellt haben. Wir führen nämlich das Tumor-Register des Staates Mississippi, müssen Sie wissen. Waren diese Patienten hier bei uns?«

»Ein paar. Dr. Mercier hat einige von ihnen behandelt. Andere waren im M. D. Anderson oder in der Dana-Farber-Krebsklinik.«

»Ah. Richtig. Natürlich.«

»Die Sache ist die«, fuhr Chris fort. »Einige meiner einheimischen Kollegen haben sich gefragt, ob es vielleicht einen Umweltfaktor gibt, der diese Fälle miteinander verbindet.«

Neuerliches besorgtes Nicken Pearsons. »Das wäre durchaus möglich«, sagte er. »Es ist natürlich ein sehr komplexes Thema. Und kontrovers obendrein.«

»Ich habe mich außerdem gefragt«, fuhr Chris fort, »ob es zwischen den Fällen möglicherweise die eine oder andere ätiologische Verbindung gibt ...«

»Beispielsweise?«

»Nun, ich habe darüber gelesen und bin auf eine Reihe höchst interessanter Möglichkeiten gestoßen. Strahlung ist eine davon. Wir haben zwei Atomkraftwerke in der näheren Umgebung, und zwei der Patienten haben in einem dieser Kraftwerke gearbeitet. Abgesehen davon bin ich fasziniert von der Rolle onkogener Viren bei der Entstehung von Krebs.«

Dr. Pearson blickte skeptisch drein. »Das erscheint mir doch sehr weit hergeholt«, sagte er. »Angesichts dessen, was Sie mir bisher berichtet haben.«

Chris konnte es dem Mann nicht verdenken. Auf der einen Seite spielte er einen Typen, wie Dr. Pearson ihn liebend gern gemieden hätte: Den geschwätzigen Landarzt, der mit einer Reihe wilder wissenschaftlicher Thesen in die große Stadt kam. Auf der anderen Seite konnte Chris einen Traum wahr machen: Eine Hand voll bestätigter Fälle, die Pearsons Namen in sämtlichen wichtigen medizinischen Fachzeitschriften auftauchen ließen.

»Ich hatte gehofft«, schloss Chris, »Sie könnten mich mit Mitgliedern der Fakultät zusammenbringen, die sich auf diese Gebiete spezialisiert haben. Insbesondere karzinogene Gifte und onkogene Viren.«

»Ich verstehe«, sagte Pearson.

»Peter Connolly hat mir ein paar Namen genannt. Ihren natürlich. Aber er hat auch einen Virologen namens Ajit Chandrekasar erwähnt.«

»Ajit ist nicht mehr bei uns.«

»Und Eldon Tarver?«

Pearson nickte. »Dr. Tarver ist noch bei uns. Er hat eine Reihe großartiger Arbeiten geleistet, seit Dr. Connolly uns verlassen hat. Er wäre sicherlich erfreut, mit Ihnen zu reden – vorausgesetzt, Sie melden sich rechtzeitig bei ihm an.«

Chris ließ seine Enttäuschung durchscheinen.

»Wir haben eine Reihe fantastischer Leute in unserem Stab«, fuhr Pearson fort. »Sowohl in der Onkologie als auch in der Hämatologie. Für Umwelttoxine beispielsweise müssten Sie weit fahren, um einen kompetenteren Spezialisten als unseren Dr. Parminder zu finden. Für Strahlenmedizin schlage ich Dr. Colbert vor. Onkogene Viren sind ein wenig schwieriger. Die meisten Virologen, die ich kenne, arbeiten an AIDS. Dr. Tarver ist möglicherweise tatsächlich der beste Ansprechpartner.«

»Haben Sie auch jemanden, der auf Gentherapien spezialisiert ist?«, erkundigte sich Chris.

»Ja, allerdings bin ich nicht sicher, ob ich die Relevanz verstehe.«

»Werden nicht Viren eingesetzt, um modifizierte Gene in die Zelle einzuschleusen?«

»Das stimmt«, räumte Pearson ein. »Doch dazu werden in der Regel sehr einfache Viren benutzt. Adenoviren beispielsweise. Ganz bestimmt keine onkogenen Viren, und schon gar keine Retroviren, wie Sie sich bestimmt denken können.«

»Ich verstehe die Wirkweise von RNS-Viren. Reverse Transkriptase und das alles. Ich hatte angenommen, dass Forscher auf diesem Gebiet möglicherweise die Antworten auf sämtliche Fragen haben, die ich zu Viren stellen könnte.«

»Nun, ich kann mit einiger Sicherheit behaupten, dass diese Annahme richtig ist, allerdings bezweifle ich, ob einer dieser Spezialisten ausgerechnet *heute* Zeit dazu findet.«

Chris blickte ihn niedergeschlagen an. »Also Dr. Parminder für die Umwelttoxine … Colbert für Strahlenmedizin und Tarver für die Virusfragen?«

Dr. Pearson rieb sich das Kinn. »Eldon entwickelt derzeit seine eigene Nukleinsäureverstärkungsmethode. Er weiß möglicherweise mehr über Retroviren als jeder andere Spezialist, dem ich je begegnet bin.«

»Und Sie denken wirklich nicht, dass ich mit einem von ihnen heute reden könnte?«

»Ich bezweifle es. Wenn überhaupt, dann höchstens später am Tag. Warum geben Sie mir nicht einfach Ihre Telefonnummer, und ich rufe Sie an, sobald ich mit ihnen gesprochen habe?«

Chris gab Pearson die Nummer. »Ich weiß es wirklich zu schätzen, Doktor, dass Sie sich die Zeit genommen haben, uns zu empfangen. Ich werde Peter Connolly berichten, wie hilfreich Sie gewesen sind.«

»Für einen Kollegen ist immer Zeit«, sagte Pearson und bot ihm erneut die Hand. »Außerdem leistet Connolly fantastische Arbeit oben beim Sloan-Kettering. Natürlich haben sie dort auch sämtliche Ressourcen der Welt. Eine beinahe schon verwirrende Überfülle.«

Chris nickte, lächelte die Sekretärin an und ging mit Alex zur Tür.

Sobald die Tür sich hinter ihnen geschlossen hatte, bog Alex nach rechts ab, in Richtung einer weiteren Reihe von Türen.

»Was hast du vor?«, flüsterte Chris nervös.

»Ich suche die Typen, von denen er gesprochen hat. Hier ist Parminder. Das war doch gar nicht so schwer.« Sie drehte am Türknauf. »Abgeschlossen.«

Chris folgte Alex von Tür zu Tür, doch mit einem Mal verkrampften sich seine Eingeweide. Er krümmte sich zusammen und hatte alle Mühe, sich nicht in seine Hosen zu entleeren.

»Was ist los, Chris?«, rief Alex erschrocken und kam zu ihm. »Was ist passiert?«

»Ich muss auf eine Toilette.«

Sie packte ihn beim Arm und führte ihn auf dem Weg zurück,

auf dem sie gekommen waren. »Bei den Aufzügen gibt es eine Herrentoilette.«

Er mühte sich in halb geduckter Haltung weiter, während er den Schließmuskel verzweifelt geschlossen hielt. Er nahm sich vor, die Kontraindikationen der Virostatika nachzuschlagen, die er einnahm, sobald er wieder in die Nähe eines Computers kam. Nach einer Zeitspanne, die ihm unendlich lang erschien, kam die Herrentoilette endlich in Sicht. Alex stieß die Tür auf und half ihm in eine Box.

»Okay, jetzt raus hier!«, ächzte er.

»Kommst du zurecht?«

»Raus!«

Er versuchte einzuhalten, doch er schaffte es nicht so lange, bis sie die Toilette verlassen hatte.

Will Kilmer parkte am Fuß des AmSouth Bank Towers, als Thora Shepard aus ihrem silbernen Mercedes stieg und in die Lobby des Bürogebäudes stürmte. Ihre Ankunft war eine riesige Überraschung. Kilmer war nur hier, weil sein Mitarbeiter, der Rusk beschatten sollte, gemeldet hatte, dass die Zielperson zehn Meilen südlich der Stadt kehrt gemacht hatte und wieder in Richtung Jackson gefahren war. Und weil dieser Mitarbeiter außerdem berichtet hatte, dass Rusk auch von anderen Fahrzeugen observiert wurde, war Will hergefahren, um die Observation zu übernehmen.

Das Paar, das er in Greenwood auf Thora Shepard angesetzt hatte, hatte den Kontakt abgebrochen, als es Thora beim Auschecken aus dem Alluvian beobachtet hatte. Genau wie Will hatten die beiden angenommen, dass Thora und ihre Freundin auf dem kürzesten Weg nach Natchez zurückfahren würden – doch jetzt war Thora hier und stürmte in Andrew Rusks Büro, und von ihrer Freundin war keine Spur zu sehen. Wo hatte sie Laura Canning gelassen? Will überlegte, ob er aussteigen und hinauf in den sechzehnten Stock fahren sollte, doch was konnte er damit erreichen? Er konnte nicht in Rusks Büro. Auf der anderen Seite – Rusk selbst war ebenfalls nicht da.

Will stieg aus seinem Ford Explorer und eilte über die Straße.

Er sagte dem Portier, er wolle zu den Geschäftsräumen von AmSouth im zweiten Stock; dann stieg er in den Lift und drückte die 2 und die 16. Sobald sich die Türen im sechzehnten Stock öffneten, hörte er eine Frau wüst schimpfen.

»Ich habe die ganze Nacht hier angerufen, verdammt, und heute Morgen wenigstens fünf Mal mit Ihnen gesprochen! Ich habe Ihrem Chef ein Vermögen bezahlt, und ich werde mit ihm reden, auf die eine oder andere Weise!«

Will stieg aus dem Lift und spähte durch eine breite Tür, die in einen ultramodernen Empfangsbereich führte. Thora Shepard stand mit dem Rücken zu ihm vor einer attraktiven Blondine Mitte Dreißig, die eindeutig Mühe hatte, professionelle Höflichkeit zu bewahren.

»Mrs. Shepard«, sagte die Rezeptionistin. »Ich habe Ihnen wiederholt gesagt, dass Mr. Rusk nicht in der Stadt ist. Ich habe versucht, ihn übers Handy zu erreichen, bisher leider vergeblich. Ich werde ihm Ihre Nachricht übermitteln und ihn auf die Dringlichkeit Ihrer Situation hinweisen, das verspreche ich Ihnen.«

Thora stand da, die Hände in die Hüften gestemmt, und sah aus, als wäre sie fest entschlossen, den ganzen Tag dort stehen zu bleiben, falls nötig, um Andrew Rusk zu sehen. Zum ersten Mal, seit Will sie beschattete, war sie normal gekleidet. Keine Designer-Garderobe. Keine schicke Frisur. Nichts außer engen Jeans und einem noch engeren weißen T-Shirt. Sie jagte der Rezeptionistin unübersehbar eine höllische Angst ein, doch die Blondine hinter dem Schalter hielt sich erstaunlich gut.

Ohne Vorwarnung wirbelte Thora herum und marschierte zurück in Richtung Lift.

»Möchten Sie nach unten, Ma'am?«, fragte Will.

»Verdammt richtig!«, giftete Thora.

Während der Aufzug dem Erdgeschoss entgegenraste, fluchte Thora ununterbrochen leise vor sich hin. In der Enge der Kabine bemerkte Will, dass ihr Hals von hektischen roten Flecken übersät war, als stünde sie kurz vor einem Wutanfall. Unter beiden Augen waren dunkle Ringe. Will musste dringend mit Alex reden. Irgendetwas war passiert in der vergangenen Nacht, und sie mussten unbedingt herausfinden, was es war.

Als die Lifttüren sich öffneten, marschierte Thora nicht nach draußen auf die Straße. Stattdessen wanderte sie ziellos in der Lobby hin und her wie eine unter Schock stehende Überlebende eines Autounfalls. Will hatte im Lauf seiner Jahre als Cop eine Menge verzweifelter Menschen gesehen und wusste, dass diese Frau durchzudrehen drohte.

Er zog sein Mobiltelefon hervor und drückte die Schnellwahltaste für Alex. Die Mailbox antwortete. Er stieß sein Handy zurück in die Tasche und setzte sich auf eine Polsterbank. Seit fünf Wochen nun half er der Tochter seines besten Freundes aus einem Gefühl von Verpflichtung heraus, das keine Grenzen kannte. Er hatte im Lauf der Jahre eine Menge Fälle bearbeitet, die in Sackgassen geendet hatten, und vor etwa zehn Tagen war er für sich zu der Erkenntnis gelangt, dass dies einer jener Fälle war. Doch jetzt durchflutete Adrenalin seine Adern, wie jedes Mal, wenn ein Fall in eine entscheidende Phase geriet. Einen kurzen Moment dachte er an die junge Grace Morse, die niemals sehen würde, wie ihr Sohn die Highschool abschloss. Einen noch kürzeren Moment dachte er an seine eigene Tochter, die er vor so vielen Jahren verloren hatte. Als er sich erhob, um Thora Shepard nach draußen auf die Straße zu folgen, waren all die Schmerzen und die Steifheit des Alters verflogen. Er fühlte sich so jung und lebendig wie seit Jahren nicht. Wohin diese verrückte Frau ihn auch führen mochte – Will Kilmer würde ihr folgen.

Alex stand vor der Herrentoilette, als die Aufzugtüren sich öffneten und der bärtige Mann mit dem Muttermal ausstieg, dem sie bereits am Vortag begegnet war. Er ging in eine Akte versunken den Korridor hinunter, ohne aufzublicken. Plötzlich aber drehte er sich um und schaute zurück zu Alex. »Oh. Hallo.«

»Hallo«, rief Alex.

Der Bärtige lächelte, wandte sich wieder ab und ging den Korridor hinunter in Richtung der akademischen Büros. Alex zögerte kurz; dann folgte sie ihm. Als sie die letzte Ecke umrundete, sah sie seinen breiten, in einem weißen Kittel steckenden Rücken gerade noch in einem Büro verschwinden. Das Messingschild auf der Tür verkündete ELDON TARVER, MD.

Sie eilte zurück zur Herrentoilette, doch Chris war immer noch nicht wieder draußen. Sie öffnete die Tür einen Spalt und rief seinen Namen.

»Was ist denn?«, stöhnte Chris.

»Ich habe gerade Dr. Tarver gesehen. Ich war gestern mit ihm zusammen im Aufzug und wusste nicht, dass er es war.«

»Wo ist er jetzt?«

»In seinem Büro. Bist du bald fertig?«

»Ja. Sprich nicht ohne mich mit ihm, hörst du?«

»Beeil dich, Chris.«

Sie schloss die Tür und ging zurück zu Tarvers Ecke des Korridors. Seine Bürotür war geschlossen. Sie war versucht zu klopfen, doch welchen Vorwand hatte sie, eine Unterhaltung anzufangen? Die einzige Gemeinsamkeit zwischen Tarver und ihr war ein entstelltes Gesicht. Der Bursche würde sich am Ende noch einbilden, dass sie scharf auf ihn war.

»Okay«, sagte Chris, der in diesem Moment um die Ecke bog. Sein Gesicht war bleich und verschwitzt.

»Schaffst du es?«

»Ich glaub schon.«

Sie drehte sich zur Tür um und klopfte energisch, doch niemand antwortete. Sie wartete, klopfte erneut. Wieder keine Reaktion.

»Er ist nicht mehr da«, sagte sie. »Merkwürdig.«

»Wieso? Ich nehme an, er ist nur …«

»Oh, hallo«, sagte die inzwischen vertraute Bassstimme. »Was kann ich für Sie tun?«

Chris streckte ihm die Hand entgegen. »Dr. Tarver, mein Name ist Chris Shepard. Ich bin Internist aus Natchez.«

Tarver ergriff seine Hand. »Wollen Sie zu mir?«

»Ich denke doch. Peter Connolly hat Sie empfohlen als Experten auf dem Gebiet onkogener Viren, insbesondere Retroviren.«

Tarver starrte ihn überrascht an. »Ich bin nicht sicher, ob ich mich als Experten bezeichnen würde. Ich habe zwar eine Reihe von Abschlüssen, bin aber kein staatlich anerkannter Virologe.«

»Nichtsdestotrotz scheinen sowohl Peter als auch Dr. Pearson der Meinung zu sein, dass Sie sich auf diesem Gebiet extrem gut auskennen, Sir.«

»Ich habe einige praktische Erfahrung, zugegeben.« Tarver sah zu Alex. »Und wer sind Sie?«

»Nancy Jenner. Ich bin Dr. Shepards Assistentin.«

Dr. Tarvers Augen funkelten. Er sah Chris an. »Ich beneide Sie«, sagte er.

Chris warf Alex einen bösen Blick zu, den sie jedoch ignorierte.

»Warum gehen wir nicht in mein Büro?«, sagte Tarver mit einem Blick auf die Uhr. »Ich kann fünf Minuten erübrigen, ehe ich einen anderen Termin habe.«

Er führte sie in sein Büro, das sehr viel kleiner war als das von Dr. Pearson. Drei der vier Wände waren gesäumt von Bücherregalen. Die vierte war übersät mit gerahmten Fotos, viele davon Schwarzweiß. Tarver war älter, als Alex vermutet hätte. Es gab ein Foto von ihm mit Präsident Nixon, der ihm etwas an die Brust heftete. Ein weiteres Foto zeigte Tarver vor einem Gebäude, das Alex vage bekannt vorkam. Über dem Eingang hing ein großes weißes Banner: HEUTE KOSTENLOSE AIDS-TESTS. Auf einem anderen Foto war Tarver umgeben von ausgemergelten schwarzen Kindern, die die Hände nach ihm ausstreckten, als wäre er ein moderner Albert Schweitzer. Alex studierte die Fotos an der Wand, während Chris den Doktor ausfragte.

»Eine Häufung von Krebsfällen in Natchez, sagten Sie?«, fragte Tarver. »Davon wusste ich nichts. Natchez liegt im Adams County, richtig?«

»Ja. Es geht um Blutkrebs, um genau zu sein«, fügte Chris hinzu. »Viele einheimische Ärzte fragen sich allmählich, ob diese Fälle eine gemeinsame Ursache haben könnten.«

»Eine virale Ätiologie?«

»Wir wissen es nicht. Ich dachte zuerst an übermäßige Strahlenexposition, doch es gelingt uns nicht, eine gemeinsame Quelle festzustellen. Die meisten Patienten arbeiten in verschiedenen Firmen und wohnen in unterschiedlichen Vierteln der Stadt.«

»Was Umwelteinflüsse ebenfalls mehr oder weniger ausschließt«, bemerkte Tarver.

»Ganz recht. Deshalb bin ich auf den Virus-Aspekt gekommen. Ich weiß, dass es verschiedene Formen von Krebs gibt, von denen feststeht, dass sie eine virale Ätiologie haben – oder zumindest einen viralen Mediator.«

»Das trifft bei Tieren viel häufiger zu als bei Menschen. Mir fällt nicht ein einziger Fall ein, wo ein Virus verantwortlich für eine Anhäufung von Krebsfällen gewesen wäre.«

Chris blickte zweifelnd drein. »Aber es gibt doch Gebärmutterkrebs, auf den dies zutrifft? In städtischen Gegenden mit hoher Promiskuität?«

Tarver nickte. »Sicherlich haben Sie recht. Allerdings gibt es dazu noch keine aussagefähigen Studien. Der Prozess viraler Onkogenese ist langwierig. Jahrzehntelang in manchen Fällen. Es ist nicht so, als würde man versuchen, eine Herpes-Epidemie zu verfolgen. Wir könnten mitten in einer Papillomviren-Epidemie sein und würden nichts davon wissen. Sexuelle Promiskuität ist das Beste, was Viren als Organismus je passieren konnte. In darwinistischer Hinsicht, meine ich.«

Alex bewegte sich von Foto zu Foto entlang der Bürowand. Das Muttermal machte es einfach, Dr. Tarver auf den Bildern herauszupicken, selbst in Gruppenaufnahmen. Obwohl es rein technisch betrachtet kein Muttermal war, wie sie sich ins Gedächtnis rief. Es hatte irgendetwas mit missgebildeten Arterien und Venen zu tun. Während sie die Fotos studierte, erinnerte sie sich plötzlich an etwas, das sie an der FBI-Akademie in Quantico gelernt hatte. Viele Serienmörder litten an einer äußerlichen Missbildung, die sie während ihrer Kindheit zu Außenseitern gemacht hatte. Natürlich war es verrückt, Tarver zu verdächtigen, einen Mann, mit dem sie zufällig im Aufzug gefahren war, und doch … er besaß genau die

Kenntnisse, die der Mörder für seine Taten benötigte. Und etwas an seiner Ausstrahlung, seine stille Entschlossenheit und logische Präzision verrieten ihr, dass er durchaus zu entschiedenen, möglicherweise extremen Verhaltensweisen imstande war, wohingegen Dr. Pearson sehr viel gemäßigter erschien.

Chris und Tarver unterhielten sich inzwischen in ärztlichem Jargon, irgendein esoterisches Zeug, das ihr zu hoch war. Während Tarver mit seiner Bassstimme erzählte, stach Alex ein bestimmtes Foto ins Auge. Es zeigte Dr. Tarver und einen Mann in Army-Uniform zu beiden Seiten einer wunderschönen blonden Frau. Im Hintergrund stand ein Gebäude, das aussah wie eine Festung; ein Schild über dem Eingang verkündete »VCP«. Auf Tarvers Laborkittel war das gleiche Kürzel zu sehen. Tarver war sehr viel jünger, mit vollem Haar und ohne Bart. Der Offizier erinnerte Alex ein wenig an ihren Vater. Und die Frau erinnerte an eines jener Models, die in Magazinen Werbung für Sprachkurse machten – jene Sorte Frau, die Geschäftsleute glauben ließ, sie könnten in Übersee bei allen Frauen landen, solange sie ein wenig Französisch lernten.

Bei der ersten Pause in der Unterhaltung der beiden Männer fragte sie Tarver: »Was bedeutet VCP?«

»Bitte?«

»VCP. Auf diesem Foto hier tragen Sie einen Kittel mit den Initialen VCP auf der Brusttasche.«

»Oh.« Tarver lächelte. »Das steht für ›Veteran's Cancer Project‹, ein Vorhaben, das die Regierung zusammen mit einigen privaten Investoren finanziert hat, um die Häufung von Krebsfällen bei Kriegsveteranen gegen Ende des Vietnamkrieges zu untersuchen. Aber wir hatten auch viele Veteranen aus dem Zweiten Weltkrieg und Korea zur Untersuchung. Hauptsächlich Veteranen von den pazifischen Schauplätzen. Diese Inselkämpfe waren die Hölle. Tagelange Bombardierungen, unzählige Flammenwerfereinsätze …«

»Kein Agent Orange?«

»Niemand hat damals über Agent Orange geredet. Hauptsächlich, weil die Inkubationszeit für die Arten von Krebs, die von dieser Substanz ausgelöst werden, zu lang ist. Ähnlich dem, was ich bereits über virale Ätiologien gesagt habe. Das gleiche Problem.«

Bevor Alex eine weitere Frage stellen konnte, warf Chris ein: »Verwahren Sie eigentlich Blutproben von Patienten, die in der onkologischen Abteilung verstorben sind?«

Diese Frage brachte Alex' Puls zum Rasen. Hastig wandte sie sich wieder den Fotos an der Wand zu. Einige »ihrer« Opfer waren in eben diesem Hospital gestorben. Falls ihr Blut aufgehoben worden war … war es dann vielleicht möglich, ein gemeinsames Karzinogen zu entdecken, das Alex' Theorie von einem Serienmörder bewies?

»Ich weiß, dass dies in einigen Forschungszentren so gehandhabt wird«, fuhr Chris fort. »Um neue Informationen zu erhalten, sobald neue Analyse-Technologien zur Verfügung stehen.«

»Meines Wissens verwahrt die Pathologie sämtliche Proben zehn Jahre lang. Wahrscheinlich behalten auch wir in manchen Fällen Blut und neoplastische Zellen. Darüber müssten Sie allerdings mit Dr. Pearson sprechen.«

»Ich könnte Ihnen eine Liste der Patienten geben, für die wir uns interessieren«, sagte Alex.

Dr. Tarver lächelte sie gefällig an. »Ich schätze, ich kann diese Liste für Sie an Dr. Pearson weitergeben.«

Alex hatte Mühe, sich ihre Aufregung nicht anmerken zu lassen, als sie zu Tarvers Schreibtisch trat und einen Stift aus einem silbernen Ständer nahm. »Darf ich auf diesen Rezeptblock schreiben?«

»Selbstverständlich, nur zu.«

Sie spürte Chris' Blicke im Rücken, als sie die Namen der Personen notierte, die sie für Opfer des oder der unbekannten Killer hielt – mit Ausnahme derjenigen, die nicht an Krebs gestorben waren.

»Das mag vielleicht ein wenig verrückt klingen«, sagte Chris. »Aber ich habe mich gefragt, ob es möglich wäre, dass jemand vorsätzlich Krebs bei einem Menschen auslösen kann.«

Alex blickte von ihrer Liste auf. Dr. Tarver starrte Chris an, als hätte er behauptet, dass Priester bei der Taufe heimlich Babys ermordeten.

»Habe ich Sie richtig verstanden, Doktor?«, fragte Tarver.

»Ich fürchte ja.«

»Das ist eine der bemerkenswertesten Ideen, von denen ich je gehört habe«, sagte Tarver. »Wie kommen Sie auf so eine Theorie?«

»Intuition, schätze ich. Keine andere Möglichkeit scheint diese Fälle hinreichend zu erklären.«

Dr. Tarver sah ihn verständnisvoll an. »Das ist bei Krebs häufig der Fall, Herr Kollege, insbesondere bei den verschiedenen Formen von Blutkrebs. Es sind die rätselhaftesten und am schwierigsten zu entdeckenden Gegner, mit denen wir hier kämpfen.«

»Die andere Sache ...«, fuhr Chris im breitesten Südstaatlerakzent fort. Es klang wie seine Version von Columbo. »Die andere Sache ist, dass all diese Patienten mit wohlhabenden Ehepartnern verheiratet waren, die sich von ihnen scheiden lassen wollten.«

Tarver sah ihn ungläubig an. »Tatsächlich?«

»Tatsächlich, Sir.«

»Wollen Sie damit sagen, dass jemand Menschen *ermorden* könnte, indem er sie mit Krebs infiziert?«

»Mehr als das, Sir. Ich denke, der Täter ist ein Arzt.«

Dr. Tarver lachte. »Es tut mir leid, aber ich weiß nicht, was ich dazu sagen soll. Gibt es eine Behörde, die mit Ihrer Hypothese konform geht?«

»Ja«, sagte Alex scharf. Sie war nicht sicher, wieso Chris so weit gegangen war, doch sie hatte nicht vor, ihn jetzt hängen zu lassen. »Dr. Tarver, ich bin in Wahrheit Spezialagentin beim FBI. Und ich darf Ihnen sagen, dass sich das Bureau sehr für diesen Fall interessiert.«

»Darf ich Ihren Dienstausweis sehen?«

Alex griff nach ihrer Brieftasche; dann erstarrte sie. Sie hatte sich in ihrem ganzen Leben noch nie so lächerlich gefühlt wie in diesem Augenblick. Es war, als wäre ihre Kreditkarte abgelehnt worden – nur die Peinlichkeit war tausendmal größer. »Ich habe meinen Ausweis im Hotel vergessen«, sagte sie lahm.

Dr. Tarver blickte seine beiden Besucher mit offensichtlichem Unbehagen an. »Ich würde ja gerne alles tun, um Ihnen zu helfen, Dr. Shepard. Aber ich muss Ihnen sagen, wenn Dr. Pearson wüsste, dass Ihr Besuch etwas mit illegalen Dingen zu tun hat, wäre er höchst aufgebracht. Ich sollte dieses Gespräch lieber beenden, bis wir es auf offizieller Basis fortsetzen können.« Er blickte auf die Uhr. »Abgesehen davon muss ich jetzt wirklich dringend zu meinem Termin.«

Er sammelte ein paar Unterlagen von seinem Schreibtisch ein; dann führte er seine Besucher vor sich her zur Tür. Als sie alle draußen auf dem Gang standen, schloss er hinter sich ab, wünschte ihnen einen guten Tag und eilte zu den Aufzügen davon.

»Ich weiß nicht, warum ich das gemacht habe«, sagte Chris, während sie langsam über den Flur gingen.

»Ein Schuss ins Dunkle ist besser als gar nichts«, erwiderte Alex.

»Nicht immer. Sobald Pearson von dieser Unterhaltung erfährt, bin ich an dieser Institution eine *Persona non grata*.«

»Nicht, wenn du wirklich so viele Patienten hierher überweist«, widersprach Alex. »Geld regiert die Welt. Außerdem ist meine Mutter Patientin hier. Mich *können* sie gar nicht rauswerfen, selbst wenn sie wollten.«

Chris ging zu einer Bank gegenüber den Aufzügen und ließ sich darauffallen. Dr. Tarver war bereits verschwunden. Wahrscheinlich geradewegs in Dr. Pearsons Büro.

»Ist alles okay?«, fragte Alex.

»Ich weiß es nicht. Ich muss zurück ins Hotel, zumindest so lange, bis mein Magen sich wieder beruhigt hat.«

»Kein Problem«, sagte sie. »Ich muss mein Telefon aufladen.« Sie drückte auf den Rufknopf neben den Aufzügen. »Was hältst du von Tarver?«

Chris zuckte die Schultern. »Ein typischer Spezialist. Dieses Feuermal in seinem Gesicht ist wirklich ziemlich übel.«

Sie nickte. »Ich habe ein eigenartiges Gefühl in seiner Gegenwart.«

»Er will in dein Höschen.«

»Nein, das ist es nicht.«

Chris kicherte, als bereitete ihm richtiges Lachen Schmerzen. »Ich weiß, was du meinst. Aber wir sind in einer verzweifelten Situation.«

Die Glocke ertönte, und die Aufzugtüren glitten zur Seite.

Chris war bereits in die Kabine gestiegen, als ihr ein Gedanke kam. »Fahr schon mal runter. Ich muss noch mal zurück zu Pearson. Ich habe eine letzte Frage an ihn.«

Chris hielt die Türen offen. *»Was?«*

»Es ist zu dumm … Ich bin wahrscheinlich sentimental. Warte unten auf mich, okay?«

»Rede mit mir, verdammt! Was ist es?«

»Auf einem der Fotos steht Tarver vor einem Gebäude mit einem Banner über dem Eingang, auf dem etwas von kostenlosen Aids-Tests zu lesen ist. Es kam mir irgendwie bekannt vor. Ich glaube, es war früher ein Restaurant in der Innenstadt von Jackson, in das mein Dad mich mitgenommen hat, als ich ein Kind war. Wir haben dort gefrühstückt. Es hieß Pullo's. Ich will nur wissen, ob ich mich irre oder nicht.«

»Ist das dein Ernst?«

»Absolut. Außerdem will ich wissen, warum sie dort Aids-Tests durchgeführt haben. Es ergibt keinen Sinn.«

»Ich komme mit dir.« Chris machte Anstalten, aus dem Lift zu steigen.

Sie schob ihn sanft, aber bestimmt zurück in die Kabine. Er war so schwach, dass er sich kaum auf den Beinen halten konnte. »Ich bin gleich wieder bei dir. Setz dich auf eine Bank und warte auf mich, okay?«

Er sank gegen die Wand der Kabine. »Okay.«

42

Eldon Tarver stand hinter dem Stamm einer großen Eiche, den Blick unverwandt auf den Eingang der neuen Klinik für Intensivmedizin gerichtet. Er hatte beobachtet, wie Shepard in die Wolke aus Zigarettenrauch getreten war, verursacht von Patienten und Krankenhauspersonal, die sich vor dem Eingang ihre Nikotindosis holten, ehe sie ins Gebäude zurückkehrten. Wo steckte Agentin Morse? Betrieb sie etwa Klinkenputzen in der Einrichtung? Oder war sie bei Dr. Pearson im Büro und berichtete ihm von spezifischen Vermutungen ihrerseits? Eldon hatte keine Angst, doch jener Teil seines Gehirns, der Bedrohungen einschätzte und Antworten entwarf, arbeitete auf Hochtouren.

Er konnte nicht in sein Büro zurück. Genauso wenig konnte er nach Hause fahren. Selbst das Primatenlabor war riskant … doch dieses Risiko musste er eingehen. Tarver bezweifelte, dass sie inzwischen sein Noel-Traver-Alias enttarnt hatten. Er konnte sich nicht vorstellen, wie das möglich sein sollte. Andererseits – wie waren sie überhaupt so weit gekommen? *Rusk,* dachte er wütend. *Ein dämlicher, geldgieriger Anwalt, was denn sonst.* Eldon beglückwünschte sich im Stillen zu seiner Entscheidung vom Vortag, sich frühzeitig aus der Operation zurückzuziehen. Das Schicksal hatte ihm gezeigt, dass es keine Sekunde zu früh gewesen war.

Sondern im Gegenteil bereits sehr spät.

Die Unterhaltung mit Shepard und Morse war eine der bemerkenswertesten Erfahrungen, die er jemals gemacht hatte. Nicht nur, dass er Alex Morses Schwester getötet hatte, auch Shepard war so gut wie tot, ein wandelnder Toter! Und doch hatte er da gestanden und ihn, einen Spezialisten, ausgefragt, trotz seiner erbärmlichen Kenntnisse auf diesem Gebiet! Eldon fragte sich, ob Shepard vielleicht schon wusste, dass er sterben würde. Falls nicht, würde er es bald erfahren. Doch anders als die anderen Opfer der Krankheit, die glaubten, vom Schicksal willkürlich zu einem vorzeitigen Tod bestimmt worden zu sein, würde Shepard wissen, dass der Krebs, der seinen Körper auffraß, von einem anderen menschlichen Wesen in ihn hineingepflanzt worden war. Von seiner eigenen Frau – oder zumindest auf ihr Betreiben hin.

Noch existierte der Krebs gar nicht. Eldon hatte lediglich eine Kaskade von Ereignissen in Gang gesetzt, die auf zellulärer Ebene zu Kanzerogenese führten, wenn sie ungestört abliefen. Und niemand würde diese für Chris Shepard tödliche Kaskade stoppen. Der einzige lebende Mensch, der dazu imstande wäre, war Eldon Tarver. Und für Eldon repräsentierte der Tod von Chris Shepard wertvolle Forschungsdaten. Lebendig war Shepard für ihn nutzlos – und in Verbindung mit Alex Morse möglicherweise sogar gefährlich.

Eldon musste dringend mit Edward Biddle reden.

Er konnte nicht riskieren, sein Mobiltelefon zu benutzen – das FBI überwachte seinen Anschluss möglicherweise bereits. Doch derartige Probleme waren leicht zu lösen. Unter einer Gruppe von Bäumen zwanzig Meter weiter stand eine kleine Traube von Krankenschwestern, die gierig ihre Zigaretten rauchten. Er kannte zwei der Schwestern aus der Onkologie. Nach einem raschen Blick zum Eingang des Hospitals überquerte er die ungedeckte Fläche und wandte sich an die kleinere der beiden Schwestern, eine kurzhaarige Brünette, die ihn stets freundlich gegrüßt hatte, wenn sie sich auf dem Korridor begegnet waren.

»Entschuldigung«, sagte er. »Mein Handy ist leer, und ich muss einen dringenden Anruf machen. Es geht um einen Patienten. Dürfte ich mir vielleicht Ihres ausleihen …?«

Die Schwester hatte es bereits aus der Tasche gezogen und hielt es ihm hin.

»Danke sehr«, sagte Eldon mit einem dankbaren Lächeln. »Es dauert auch nur eine Minute.«

Er tippte die Nummer von Biddles Mobiltelefon ein. Das Gerät läutete und läutete; dann wurde er mit der Mailbox verbunden. Dr. Tarver legte auf. Antwortete Biddle nicht, weil er die Nummer nicht kannte? Gab es ein Problem, weil er in der Luft war? Die Möglichkeit erschien abwegig, da es sich so gut wie sicher um ein Firmenflugzeug handelte. Oder gab es ein tiefgreifenderes Problem? Eldon wählte die Nummer ein weiteres Mal und wurde erneut zur Mailbox umgeleitet.

Innerlich fluchend gab er der Schwester das Telefon zurück; dann eilte er über den Rasen zu seinem Wagen. Ihm blieb nichts anderes übrig – er musste das Risiko eingehen, sich am ursprünglich vereinbarten Ort mit Biddle zu treffen. Die Vorstellung schmeckte ihm nicht. Andererseits, wenn er an das Verhalten von Morse und Shepard in seinem Büro dachte, hatte es den Anschein, als tappten sie noch im Dunkeln. Hätten sie etwas Konkretes gegen ihn in der Hand gehabt – oder, wichtiger noch, wenn das FBI offiziell die Zuständigkeit für diesen Fall übernommen hätte –, wären sie zweifellos anders vorgegangen. Er blickte über die Schulter, während er weiterging. Morse und Shepard waren immer noch nicht wieder aus dem Krankenhaus gekommen.

Alex setzte ein gewinnendes Lächeln auf und betrat Dr. Pearsons Vorzimmer. Die Sekretärin mit der toupierten Retro-Frisur war auf ihrem Posten, doch die Tür zum inneren Büro des Doktors stand offen.

»Hallo noch mal«, sagte Alex. »Ich hätte da noch eine Frage an Dr. Pearson, die ich vorhin zu stellen vergessen hatte.«

Die Sekretärin gab sich keine Mühe, ihre Verärgerung zu verbergen. »Ich würde es für besser halten, wenn Sie sich mit dem zufriedengeben, was Sie bis jetzt erfahren haben.«

Alex hob im Vertrauen auf Pearsons Hilfsbereitschaft die Stimme. »Es ist nur eine einzige Frage, und sie hat nichts mit Medizin zu tun.«

Dr. Pearson steckte den Kopf durch die Tür wie eine neugierige Katze, auch wenn er sich nicht so elegant bewegte. »Oh. Hallo.«

Wenigstens erinnerte er sich an ihr Gesicht. »Hallo. Ich habe eben mit Dr. Tarver gesprochen; er bat uns in sein Büro und …«

Die Toupierte schnaubte missbilligend.

»… und er hatte ein paar sehr interessante Fotos an der Wand hängen. Ich bin in Jackson aufgewachsen, und eines der Fotos lässt mir keine Ruhe, wissen Sie.«

Pearson sah sie verblüfft an. »Nun, ich bin in Kalifornien aufgewachsen, daher bezweifle ich …«

»Es ist ein langes Gebäude mit Glasfenstern, und auf einem Banner über der Tür steht ›heute kostenlose AIDS-Tests‹. Es sieht genauso aus wie ein Restaurant, in das mein Dad mich mitgenommen hat, als ich noch ein kleines Mädchen war.«

Pearsons Augen leuchteten auf; er war aufrichtig froh, ihr behilflich sein zu können. »Ja, natürlich! Das war früher Pullo's Restaurant, bevor Dr. Tarver es gekauft hat.«

Mit einem Mal war Alex hellwach. Es war ein Gefühl wie ein Déjà-vu. »Dr. Tarver hat Pullo's Restaurant gekauft?«

»Ja. Vor ungefähr vier Jahren, glaube ich.«

»Ich wohne seit einer ganzen Weile in Washington.«

»Ich verstehe. Nun, Eldon wollte eine Lokalität, die leicht zugänglich ist für die bedürftigen Bewohner der Stadt, die Obdachlosen, die armen Kinder, die medizinisch Unterversorgten.«

»Leicht zugänglich? Wofür?«

»Seine Praxis. Es ist eine Praxis speziell für die Armen, völlig kostenlos.«

»Oh. Ich verstehe.«

»Dr. Tarver opfert viel Zeit in dieser Praxis. Er testet auf viele der verbreiteten Viren, von denen die niedrigeren sozioökonomischen Bevölkerungsschichten heimgesucht werden: Aids, Hepatitis C, die Herpes-Familie, Papillomviren und so weiter. Er behandelt diese Erkrankungen auch. Er hat eine Menge Fördergelder gewonnen. Die Aufzeichnungen, die er über seine Arbeit führt, sind in statistischer Hinsicht sehr wertvoll.«

Alex nickte. Sie hatte das Gefühl, einer wichtigen Sache auf die Spur zu kommen. »Das kann ich mir denken. Ich wusste gar nicht, dass wir in Jackson so etwas haben.«

»Hatten wir viele Jahre lang auch nicht. Doch als Dr. Tarver seine Frau verlor, beschloss er, aus dem Verlust etwas Positives zu machen.«

»Er hat seine Frau verloren?«, fragte Alex. »Woran ist sie gestorben?«

»Gebärmutterkrebs. Ein schrecklicher Fall. Es ist sieben oder acht Jahre her – vor meiner Zeit in Jackson. Dr. Tarver hat eine hübsche Stange Geld von seiner Frau geerbt. Er wollte es für einen guten Zweck einsetzen, und das hat er dann auch getan. Wissen Sie, Eldon hat als einer der Ersten die Theorie entwickelt, dass Gebärmutterhalskrebs einen viralen Ursprung hat. Ich habe ein Paper gesehen, das er darüber verfasst hat – Jahre, bevor die Vorstellung allgemein akzeptiert wurde. Ich glaube, er hat sogar einen Rechtsstreit in Erwägung gezogen, weil man ihm diese Entdeckung streitig machen wollte.«

Alex hatte es die Sprache verschlagen, doch ihre Gedanken rasten.

»War das alles, was Sie wissen wollten?«, fragte Dr. Pearson.

»Äh … sie sagten, dass Dr. Tarver viel Zeit in dieser Praxis verbringt?«

Die Toupierte bedachte ihren Chef mit einem scharfen Blick, und Dr. Pearson schien sich plötzlich zu erinnern, dass Alex eine Außenstehende war.

»Dr. Shepard hat mich gebeten, Ihnen noch einmal zu danken«, sagte Alex mit ihrem besten Southern-Belle-Lächeln und zog sich aus dem Vorzimmer zurück.

Draußen wandte sie sich ab und rannte zu den Aufzügen. Als nicht gleich eine Kabine da war, nahm sie das Treppenhaus. Das Herz schlug ihr bis zum Hals, allerdings nicht von der Anstrengung. Als sie im Erdgeschoss ankam, sah sie Chris in der Halle vor der Eingangstür stehen.

»Hey!«, sagte er. »Ich wollte nach draußen gehen, aber der Rauch ist so dicht, dass man kaum Luft bekommt. Da draußen stehen Leute, die rauchen, obwohl sie an einer Luftröhrenfistel leiden!«

Sie nahm ihn am Arm. »Chris, du wirst es nicht glauben!«

»Was?«

»Das Gebäude, nach dem ich gefragt habe. Dr. Tarver ist jetzt der Besitzer. Pearson hat mir verraten, dass Tarver dort eine Praxis für die Armen eingerichtet hat.«

»Was für eine Praxis?«

»Er untersucht Leute auf Viren.«

Chris' Augen flatterten. »Hat Pearson erzählt, welche Viren?«

»Aids, Hepatitis, Papillome, Herpes. Er testet nicht nur, er behandelt die Leute auch dort. Er erhält Subventionen für die Medikamente. Er hat diese Praxis im Gedenken an seine Frau gegründet, die vor sieben oder acht Jahren an Krebs gestorben ist. Und rate mal, was?«

»Was?«

»Er hat einen Haufen Geld von ihr geerbt.«

Chris' Unterkiefer sank herab. »Starb sie an Blutkrebs?«

»Nein. Gebärmutter.«

»Hm.«

»Erscheint dir das nicht verdächtig?«

»Ich würde sagen ja, außer, dass er das Geld dazu benutzt hat, eine Praxis für Bedürftige zu eröffnen im Gedenken an seine tote Frau.«

»Genau. Aber das brachte ihn auch mitten hinein in die Innenstadt, wo er unter dem Deckmäntelchen des barmherzigen Samariters Gott weiß was anstellen konnte. Wie viel behördliche Aufsicht gibt es deiner Meinung nach über diese Art von Unternehmung?«

Chris nickte. »Ein wenig – allerdings längst nicht genug. Und es ist schwierig zu verfolgen, was bei dieser Sorte von Patienten tatsächlich vorgeht. Die Gesundheitsbehörde müsste quasi einen eigenen Eldon Tarver in der Praxis haben, um zu verstehen, was dort tatsächlich geschieht.«

Alex nickte aufgeregt. »Ich will mir diese Praxis ansehen.«

»Warum?«

»Ich weiß nicht … Ich will mich umsehen. Herausfinden, ob es eine Verbindung gibt zwischen Tarver und Andrew Rusk. Du nicht?«

»Es wäre einen Versuch wert.« Chris schnitt eine Grimasse.

»Aber erst mal brauche ich eine Toilette und ein Bett. Ich fühle mich ziemlich mies.«

Die Erinnerung an Chris' missliche Lage kehrte wie eine dunkle Woge zurück. »Es tut mir leid«, sagte sie und schob sich unter seinen Arm, sodass er sich auf sie stützen konnte. »Gehen wir zum Wagen. Ich setze Agent Kaiser auf Tarver an, sobald wir zurück sind.«

Chris nickte, und sie gingen langsam nach draußen.

»Wenn ich abgelenkt bin, so wie vorhin«, sagte er, »kann ich die Realität fast ganz verdrängen. Aber wenn ich allein bin, wie vor einer Minute …«

Alex drückte die Wange gegen seine Brust, während sie zum Wagen gingen. »Du bist nicht allein. Vergiss das nicht.«

»Alex …« Er hielt den Atem an, als sie über ein Loch im Bürgersteig traten. »Jeder tritt dem Tod allein gegenüber.«

Sie schüttelte den Kopf. »Nicht du. Du hast Ben, und ich werde bei dir sein, egal was passiert.«

Er drückte ihre Schulter.

»Aber so weit wird es nicht kommen, bestimmt nicht«, sagte sie mit Nachdruck. »Wir werden diese Arschlöcher finden, und wir werden dafür sorgen, dass du geheilt wirst. Richtig?«

Seine Antwort war nicht mehr als ein Flüstern. »Ich hoffe es.«

Will Kilmer saß in seinem Explorer und beobachtete Thora Shepard, die unterhalb des AmSouth Towers wütend auf und ab marschierte. Sie hatte offensichtlich vor, Andrew Rusk abzupassen, und wenn sie dazu den ganzen Tag warten musste. Will wusste, dass die Konfrontation unmittelbar bevorstand, denn einer seiner Mitarbeiter hatte sich gemeldet und berichtet, dass Rusk nur einen Block entfernt im Verkehr feststeckte.

Als hätte sie telepathische Fähigkeiten, konzentrierte Thora sich unvermittelt auf die private Garage, aus welcher Rusk zu flüchten versuchen würde, falls er sich oben in seiner Kanzlei vor ihr versteckt hatte. Sie wusste allem Anschein nach, was für einen Wagen er fuhr, denn als der glänzende schwarze Porsche Cayenne um die nächste Ecke bog und zu der Schranke rollte, die die Einfahrt der Garage versperrte, kam sie herbeigerannt, postierte sich zwischen Rusks Seitenfenster und den Kartenleser und hämmerte gegen die Scheibe.

Will stieg aus seinem Explorer und eilte über die Straße. Thora schlug mit den Fäusten gegen die Scheibe des Porsche, während Rusk sie schockiert anstarrte. Bis vor ein paar Sekunden hätte er zurücksetzen und flüchten können, doch in der Zwischenzeit war ein Cadillac hinter ihm in die Einfahrt eingebogen. Rusk ließ die Scheibe herunter. »Was zur Hölle glauben Sie, was Sie da machen?«, zischte er wütend.

»Geben Sie mir Ihre Keycard!«, verlangte Thora.

»Was?«

Der Cadillac hinter ihnen hupte.

»Geben Sie mir Ihre Karte!«

»Verschwinden Sie!«, schnaubte Rusk. »Wissen Sie denn nicht, was auf dem Spiel steht?«

»Sie müssen die Sache abbrechen!«, keifte sie. »Augenblicklich!«

»Sie wissen ja nicht, wovon Sie reden«, erwiderte der Anwalt hölzern.

Der Cadillac hupte erneut.

Thora beugte sich zum Seitenfenster herunter, doch inzwischen war Will nur noch ein paar Meter entfernt. *»Er weiß Bescheid!«*, zischte sie. »Chris weiß *über alles* Bescheid!«

»Sie sind verrückt.«

»Wenn Sie die Sache nicht abbrechen, werde ich …«

Rusk stieß die Keycard an ihr vorbei und wollte sie in den Leser stecken.

Zu Wills größtem Erstaunen biss Thora den Anwalt so kräftig in den Unterarm, dass er laut aufschrie. Er riss den Arm zurück, und Thora entwand ihm die Karte. Als der Fahrer des Cadillac die Tür öffnete und ausstieg, begriff Rusk, wie gefährlich die Szene war.

»Los, steigen Sie ein, Sie verrücktes Miststück!«, giftete er. »Beeilung!«

Thora rannte um den Porsche herum und kletterte auf den Beifahrersitz. Rusk nahm ihr die Keycard wieder ab und rammte sie in den Leser.

Als die Schranke nach oben glitt, trat er das Gaspedal durch, und der Wagen beschleunigte mit kreischenden Reifen in die Garage hinein.

Will zog sein Mobiltelefon hervor und wählte Alex' Nummer, doch wie schon beim letzten Mal erreichte er nur die Mailbox.

43

Chris erbrach sich im Bad ihres Zimmers im Cabot Lodge, als Alex' Mobiltelefon läutete. Sie hatte es erst wenige Augenblicke zuvor an das Ladegerät gehängt und stützte Chris, während er sich in die Toilettenschüssel übergab.

»Nimm den Anruf entgegen«, krächzte er und würgte trocken über der Schüssel. »Ich schaffe es jetzt auch alleine.«

»Bist du sicher?«

»Das sind nur Nebenwirkungen von den Medikamenten.«

Alex ließ ihn los und rannte ins Zimmer. Die Nummer auf dem Display zeigte, dass Will angerufen hatte. Der alte Detektiv klang zehn Jahre jünger, als er ihren Rückruf entgegennahm.

»Mädchen, ich versuche schon den ganzen Morgen, dich zu erreichen! Dieser Fall scheint eine ganz überraschende Wendung zu nehmen!«

»Was ist passiert?«

»Thora Shepard hat eben Rusk auf der Straße vor seinem Büro abgefangen. Sie hat allem Anschein nach die Nerven verloren. Hat sich vor seinem Wagen aufgebaut und ihn angebrüllt, er solle den Anschlag auf ihren Mann abbrechen.«

»Mann! Wo sind die beiden jetzt?«

»Oben in Rusks Büro, nehme ich an.«

Alex überlegte rasch. Sie hatte Kaiser bereits angerufen und ihn gebeten, Eldon Tarver zu überprüfen, doch sie wollte nicht erst auf Antworten warten. »Kannst du jemanden herbeirufen, der deinen Posten übernimmt und sich an Thora hängt? Ich will mich mit dir treffen.«

»Das müsste gehen. Wohin soll ich kommen?«

»Zum ehemaligen Pullo's Restaurant.«

»Der Laden hat doch schon vor Jahren zugemacht.«

»Ich weiß. Es ist heute eine Praxis für Bedürftige.«

»Und warum brauchst du mich dort?«

»Weil es heikel werden könnte.«

»Wie groß ist die Wahrscheinlichkeit?«

»Zehn Prozent. Aber man kann nie wissen. Ist es nicht genau das, was du mir immer beizubringen versucht hast?«

Will kicherte. »Okay. Wir treffen uns dort in fünfzehn Minuten.«

»Besser, wir treffen uns ein paar Blocks entfernt. Im Park hinter dem Governor's Mansion.«

»Ich werde dort sein.«

Als Alex sich umwandte, um ins Bad zurückzukehren, saß Chris auf der Bettkante.

»Was ist passiert?«, fragte er heiser.

Sie wollte ihn nicht belügen, doch sie hatte auch nicht vor, ihm zu erzählen, dass seine Frau in den Straßen von Jackson Amok lief. Nicht in seinem gegenwärtigen Zustand. »Will hatte beinahe einen Unfall«, sagte sie ausweichend.

Chris musterte sie mit einem zweifelnden Seitenblick. »Du hast ihn gefragt: ›Wo sind die beiden jetzt?‹«

»Ich meinte die Leute, die ihn fast umgefahren hätten.« Alex zog die Bettdecke zurück und bedeutete Chris, sich hinzulegen. »Du brauchst Ruhe. Komm, leg dich ein wenig schlafen.«

Er sah sie aus eingefallenen Augen an, doch statt zu protestieren, ließ er sich rücklings auf die Matratze fallen und schob die Füße unter die Decke.

Alex stellte das Haustelefon neben ihm in Reichweite auf den

Nachttisch. »Wenn es schlimmer wird, wählst du den Notruf und verlangst, dass man dich zur Uniklinik bringt.«

Er nickte schwach.

Sie beugte sich vor und küsste ihn auf die Stirn. »Ich bin bald wieder zurück und sehe nach dir.« Sie wollte sich aufrichten, doch er packte ihr Handgelenk und hielt sie mit erstaunlicher Kraft fest.

»Sei vorsichtig, Alex«, sagte er und blickte sie eindringlich aus seinen dunklen Augen an. »Wirf dein Leben nicht weg. Diese Leute gehen über Leichen. Sie haben nicht die geringsten Skrupel.«

»Ich weiß.«

Er zerrte an ihrem Handgelenk. »Wirklich?«

Endlich durchdrang seine Besorgnis den Aufruhr in ihrem Gehirn. »Ich glaube schon.«

»Gut.«

Als Chris ihr Handgelenk losgelassen hatte, nahm sie die geborgte Sig-Sauer aus dem Schuhkarton auf dem Schrank, schob sie im Rücken hinter den Hosenbund und eilte aus dem Zimmer.

Andrew Rusk hielt den Lift eine Etage unterhalb seiner Büroräume an. Er hatte nicht vor, eine hysterische Thora Shepard an Janice vorbeizuzerren. Abgesehen davon fühlte er sich in seinem Büro nicht mehr sicher genug, um über heikle Themen zu sprechen.

Als die Lifttüren zur Seite glitten, roch er Sägespäne. Mehrere Wände waren auf dieser Etage herausgeschlagen worden und ein Umbau in vollem Gange. In der Hoffnung, eine ungestörte Ecke zu finden, marschierte er mit Thora den Korridor entlang, doch ein Kerl mit einem Pferdeschwanz war ausgerechnet in diesem Bereich damit beschäftigt, Rigipsplatten zu installieren. Rusk blickte sich suchend um. Der Pferdeschwanz war der einzige Arbeiter weit und breit. Andrew zückte seine Geldbörse, drückte dem Mann einen Hunderter in die Hand und sagte, dass er zwanzig Minuten mit der Lady ungestört sein wollte. Der Pferdeschwanz grinste nur und marschierte in Richtung Aufzug davon.

Rusk ging über nackten Beton zu einem großen Fenster; dann

drehte er sich um und fauchte Thora mit all dem Zorn an, der sich in den letzten Stunden in ihm aufgestaut hatte.

»Was ist bloß in Sie gefahren, Lady? Haben Sie das bisschen Verstand in Ihrem hübschen Kopf verloren?«

»Leck mich!«, schrie Thora und schüttelte die Faust vor seinem Gesicht. »Sie haben gesagt, es wäre narrensicher! Sie haben mir erzählt, es könnte überhaupt nichts schiefgehen! Erinnern Sie sich, Sie arroganter Bastard? Irgendetwas *ist* schiefgegangen. Chris weiß alles!«

»Das ist unmöglich!«

Ihre Augen blitzten. »Meinen Sie? Er hat mich angerufen, Sie dämliches Arschloch. Er hat gesagt, dass er vielleicht in einem Jahr tot wäre, aber ich wäre es ebenfalls. Er hat außerdem gesagt, dass ich Ben niemals wiedersehen würde, weil ich ins Gefängnis käme. Was sagen Sie dazu, Andy? Vergeht Ihnen jetzt das selbstgefällige Grinsen?«

Rusk hatte Mühe, sich nicht anmerken zu lassen, wie sehr ihre Worte ihn beunruhigt hatten.

»Sie müssen die Sache abbrechen«, wiederholte Thora einmal mehr. »Das ist die einzige Möglichkeit.«

Er versuchte zu erklären, warum das nicht möglich war, unterbrach sich dann aber. Er konnte dieser Frau nicht sagen, dass er keinerlei Kontrolle über Eldon Tarver besaß. »Sie haben recht«, sagte er. »Selbstverständlich werden wir die Sache abbrechen.«

Sie brach in Tränen aus. »Ich kann das nicht glauben! Das ist ein einziger Alptraum! Was soll ich nur tun? Was soll ich Chris nur erzählen?«

»Nichts.« Rusk trat einen Schritt auf sie zu. »Er kann nichts beweisen. Er weiß alles von einem weiblichen Agenten des FBI, der bereits gefeuert wurde. Es kommt alles wieder in Ordnung, Thora.«

»Meinen Sie, dass ich diesen Unsinn glaube? Was wissen Sie schon über die Ehe?«

Viel mehr als die meisten anderen Leute, dachte Rusk müde.

»Ich muss ihm irgendwas erzählen!«

Rusk schüttelte vehement den Kopf. »Sie werden ihm überhaupt nichts erzählen. Sie werden niemandem auch nur ein Wort sagen.«

Thoras Verzweiflung wich von einer Sekunde zur anderen heißer Wut. »Sagen Sie mir nicht, was ich zu tun habe! Ich tue, was immer ich tun will, ist das klar? Ich muss verrückt gewesen sein, dass ich jemals auf Sie gehört habe.«

»Das ist aber nicht das, was Sie nach dem Tod von Red Simmons gesagt haben, der Sie zur Multimillionärin gemacht hat.«

Sie starrte ihn an, als wollte sie ihm die Kehle durchschneiden. »Das ist eine alte Geschichte. Wir reden jetzt über Chris, nicht über Red. Hören Sie, ich verlange von Ihnen, dass Sie Ihren Handlanger zurückpfeifen und unseren Vertrag annullieren. Auf der Stelle. Abgesehen davon bekommen Sie keinen einzigen Cent mehr von mir, damit das klar ist!«

Rusk packte ihre Arme und sah sie verzweifelt an. »Bevor Sie wüste Drohungen ausstoßen, sollten Sie ein paar Dinge wissen. Erstens – Sie können mir nicht schaden, ohne sich selbst zu schaden. Aber darauf kommt es nicht an. Die Person, die diese Jobs ausführt, ist extrem gefährlich. Ein Mann ohne jedes Gewissen, wie Sie es kennen, ohne jedes Mitgefühl. Betrachten Sie ihn als äußerst effiziente Maschine. Und wenn Sie diesen Kerl verärgern, indem Sie ihm die Bezahlung verweigern, ziehen Sie seine Rache auf sich. Also ...« Rusk versuchte mühsam, sich zu beruhigen. »Falls Ihr Ehemann tatsächlich die Wahrheit vermutet, werde ich selbstverständlich alles tun, um die Dinge aufzuhalten, die angestoßen wurden. Sie aber werden überhaupt nichts unternehmen. Hätte mein Partner Ihr Verhalten am heutigen Tag beobachtet, wären Sie wahrscheinlich schon tot. Niemand würde jemals Ihre Leiche finden, Thora. Die einzige Mutter, die Ben jemals wiedersehen würde, wäre die nächste Frau, die Chris heiratet.«

Sie starrte ihn mit wilden Blicken an. Offensichtlich schwankte sie zwischen der durchaus realen Angst, ihre Sünden könnten aufgedeckt werden, und der theoretischen Angst, selbst getötet zu werden.

»Wenn Sie mich anschauen …«, sagte Rusk eindringlich, »dann versuchen Sie nicht mich zu sehen, sondern ihn. Tun Sie das, und *vielleicht* überstehen Sie diese Geschichte unbeschadet.«

Thoras Augen zuckten hin und her wie die einer Süchtigen auf Entzug. Nach einer Weile beruhigte sie sich ein wenig und begann zu blinzeln, als würde sie sich von einem Anfall erholen. »Was soll ich denn tun?«, jammerte sie. »Wohin kann ich gehen?«

»Sie können für den Augenblick in meinem Büro bleiben. Aber Sie dürfen innerhalb der Bürowände kein Wort über diese Geschichte verlieren! Mein Büro ist möglicherweise verwanzt. Verstoßen Sie gegen diese Regel, und ich übergebe Sie an meinen Partner. Haben Sie verstanden?«

Thora wischte sich über die mit Maskara verschmierten Wangen. »Ich will nicht hierbleiben. Ich will meinen Sohn sehen.«

»Können Sie aber nicht. Nicht jetzt.«

»Blödsinn! Ich habe gegen kein Gesetz verstoßen!«

Rusk starrte sie erstaunt an. »Sie haben jemanden bezahlt, der Ihren Ehemann töten sollte! Zweimal sogar!«

Thora lachte wie ein Kind, das herausfand, wie eine Lüge ihm bei den Eltern oder Lehrern aus der Patsche half. »Ich habe einen Scheidungsanwalt aufgesucht. Niemand kann beweisen, dass ich etwas anderes getan habe.«

»Sie haben mir bereits eine Million Dollar gezahlt!«

Kalte Arroganz senkte sich wie ein Vorhang über ihre Augen. »Ich habe eine Investitionsempfehlung befolgt, die Sie mir gegeben haben. Damit waren eine Million Dollar unter Ihrer Kontrolle. Wenn jemand sich diesen Deal anschaut, wird es aussehen, als hätten Sie das Geld gestohlen. Als hätten Sie es unterschlagen und Rohdiamanten davon gekauft.«

Rusk hatte es die Sprache verschlagen.

»Sie sind nicht besser als jeder andere verdammte Unternehmer, mit dem ich zu tun habe, Andrew. Es fällt Ihnen leicht, eine Garantie auf Ihre Arbeit zu geben. Aber es fällt Ihnen schwer, diese Garantie im Falle eines Falles einzuhalten.«

Er blickte an ihr vorbei, um sich zu überzeugen, dass der Pferdeschwanz noch nicht wieder zurückgekehrt war. Wenn jemand diese Unterhaltung mitgehört hatte …

»Und jetzt«, fuhr Thora mit gefasster Stimme fort, »werde ich nach unten fahren und mein altes Leben weiterführen. Sie werden dafür sorgen, dass meinem Mann nichts geschieht. Falls ihm doch etwas zustößt – oder wenn auch nur ein einziger Polizist an meiner Tür läutet –, hänge ich Ihren Arsch zum Trocknen ins Freie, Andrew. Kapiert?«

Rusks Verstand raste. Diese Frau hatte nicht den leisesten Schimmer, was die gegenwärtige Situation anging. Es gab keinen Weg zurück in ein altes Leben – weder für sie noch für irgendjemanden sonst. Thora Shepard war eine von jenen Schönheiten, die durch das Leben geschlittert waren, ohne dass Schmutz an ihnen haften geblieben wäre. Sie war überzeugt, dass sie jetzt genauso weitermachen konnte. Früher oder später jedoch – eher früher angesichts der zunehmenden Überwachung durch das FBI – würde jemand Thora Shepard in eine kleine Zelle sperren und die Temperatur hochdrehen. Sie würde zerbrechen wie ein Porzellanpüppchen.

»Sehen Sie die Männer da unten?«, fragte Rusk und stieg über die Werkzeugkiste, die der Pferdeschwanz stehen gelassen hatte.

»Wo?«

»Da, an der Straßenecke. Und auf den Stufen auf der anderen Straßenseite. Sehen Sie ihn?«

Thora legte die Hände gegen die Scheibe und starrte angestrengt nach unten. »Meinen Sie den Mann, der die Zeitung liest?«

»Genau. FBI. Die Frau ebenfalls. Die Joggerin.«

Thoras Unterkiefer sank herab. »Woher wissen Sie das?«

Rusk blickte über die Schulter und zwischen den Metallstreben der leergeräumten Etage hindurch. »Ich habe Kontakte zum FBI.«

»Aber warum sind diese Leute hier? Wie viel wissen sie?«

»Das weiß ich noch nicht. Sehen Sie noch weitere mögliche Agenten?«

Als Thora sich auf die Zehenspitzen stellte und angestrengt hinunterstarrte, bückte sich Rusk und nahm einen Klauenhammer aus der Werkzeugkiste zu seinen Füßen. Irgendetwas verrutschte in der Kiste, als er sich wieder aufrichtete. Thora drehte sich nach dem Geräusch um, doch Andrew hatte bereits weit ausgeholt. Der Hammerkopf krachte oberhalb von Thoras Ohr durch ihren Schädel und versank so tief, dass Andrew ihn förmlich herausreißen musste. Sie taumelte; dann ging sie zu Boden, während sie blind versuchte, ihr Gesicht abzuschirmen. Rusk schwang den Hammer mit all der Angst, die sich in ihm aufgestaut hatte. Dieses verzogene Miststück bedrohte alles, was er sich in fünf Jahren aufgebaut hatte … doch war er zurückgewichen und hatte um Hilfe gerufen? Nein. Er war selbst in die verdammte Arena gestiegen. Nie wieder würde Eldon Tarver ihn als feigen Mittelsmann sehen, der Angst hatte, sich die Finger dreckig zu machen.

Rusk hielt inne und stand über dem blutigen Leichnam. Sein Atem ging schwer, so wie an jenem ersten Tag im Basislager am Mount Everest. Nie zuvor hatte er eine solch elementare Macht verspürt. Er wünschte nur, sein Vater könnte ihn so sehen.

Will erwartete Alex bereits, als sie im Park hinter dem Governor's Mansion eintraf. Sie stieg aus ihrem Corolla, schloss die Tür ab und nahm auf dem Beifahrersitz von Wills Ford Explorer Platz.

»Was hat es mit dieser Praxis auf sich?«, fragte Will.

»Sie gehört einem Arzt von der Uniklinik, einem gewissen Eldon Tarver. Ich bekam ein merkwürdiges Gefühl, als ich mit ihm geredet habe.«

Will kniff die Augen zusammen. »Was für ein Gefühl?«

»Du weißt, was ich meine.«

»Ich glaub schon.«

»Tarvers Frau ist vor Jahren an Krebs gestorben, und er hat eine Menge Geld geerbt. Er hat diese Praxis im Gedenken an sie eröffnet. Er behandelt arme Menschen, die an Aids, Herpes und ähnlichen Krankheiten leiden. Aber ich denke, dass vielleicht noch mehr dahintersteckt. Tarver ist Spezialist für Krebserkrankungen, und das wäre eine perfekte Tarnung für ihn. Er könnte diesen Patienten jede beliebige Art von Virus oder Toxin geben und die Entwicklung verfolgen, wenn sie zu ihm kommen, um sich ihre Gratis-Medikamente abzuholen.«

»Ein Freak also.«

»Vielleicht.« Alex biss sich auf die Unterlippe. »Oder er ist tatsächlich ein barmherziger Samariter.«

Will lachte spöttisch auf. »Ich bin im Leben kaum einem begegnet. Sie mögen wie Engel aussehen, aber in der Regel ziehen sie einen Vorteil aus dem, was sie tun – auf die eine oder andere Weise.«

»Was wir bald herausfinden werden, wie ich hoffe. Komm, fahren wir hin.«

Will setzte den Explorer in Bewegung. »Ich wüsste zu gerne, was für einen Wagen er fährt.«

»Das müsste John Kaiser uns bald sagen können. Ich habe ihn bereits auf Tarver angesetzt.«

»Ich würde ihn gerne selbst überprüfen, sicherheitshalber. Nichts gegen das FBI, versteh das nicht falsch. Kannst du den Namen buchstabieren?«

Alex buchstabierte.

»Okay«, sagte Will und kritzelte in das kleine Notizbuch, das er stets bei sich trug. »Wo ist eigentlich Dr. Shepard?«

»Auf dem Zimmer im Cabot Lodge.«

Kilmers Augen stellten eine stumme Frage.

Alex legte dem alten Detektiv eine Hand auf den Arm. »Er ist krank, Will. Sehr krank. Aber das ist nicht deine Schuld, okay?«

»Scheiße, von wegen! Verdammte Scheiße! Ich bin auf meinem Posten eingeschlafen! Früher wurden wir dafür erschossen!«

»Du wurdest betäubt. Ihr alle drei. Jetzt hör endlich auf, dir Vorwürfe zu machen, und konzentrier dich auf unser Spiel. Ich brauche dich.«

Will rieb sich mit beiden Händen das runzlige Gesicht und stieß einen Seufzer aus. »Nimmst du deine Kanone mit rein?«

Sie schüttelte den Kopf. »Diesmal noch nicht.«

»Scheiße.« Er griff ins Handschuhfach und brachte eine kurzläufige .357er Magnum zum Vorschein. »Dann bleib ich besser ganz in deiner Nähe.«

Das umgebaute ehemalige Restaurant besaß nur noch wenig von seiner früheren Persönlichkeit. Die einzigen Dinge, die Alex wiedererkannte, waren ein paar merkwürdig geformte Leuchten über der Stelle, an der das alte Büfett gestanden hatte. Abgesehen davon war das Gebäude offensichtlich leergeräumt worden.

Unmittelbar hinter der Tür saß eine Sprechstundenhilfe. Ihre kaffeebraunen Ellbogen ruhten auf einer verschrammten Metallplatte. Zu ihrer Rechten befand sich eine große Gruppe von Stühlen. Mehrere waren besetzt von Männern, die nach Alkohol, Zigaretten und ungewaschenen Körpern rochen. Ein schmaler Korridor führte tiefer ins Innere des Gebäudes, doch er ließ nichts erkennen. In der Rückwand des Wartebereichs befand sich ein Milchglasfenster. Alex hatte den Eindruck, dass es benutzt wurde, um die Patienten unauffällig zu studieren.

»Kann ich Ihnen vielleicht helfen?«, fragte die Sprechstundenhilfe.

»Das hoffe ich. Ich habe eben in der Universitätsklinik mit Dr. Tarver gesprochen. Er hat mir eine Frage gestellt, die ich ihm nicht gleich beantworten konnte, aber ich habe recherchiert und eine Antwort gefunden. Ich wollte sie ihm persönlich überbringen.«

Die Sprechstundenhilfe musterte Alex von oben bis unten. Gut gekleidete weiße Frauen gehörten eindeutig nicht zu den üblichen Besuchern dieser Praxis.

»Wie heißen Sie?«, fragte die Frau schließlich.

»Alexandra Morse.«

»Nun, Mrs. Morse, der Doktor ist nicht da. Wenn Sie hier warten wollen – ich gehe nach hinten und frage jemanden. Vielleicht kommt er bald wieder ins Haus.«

»Danke. Ich bin Ihnen wirklich sehr dankbar.«

Die Sprechstundenhilfe erhob sich, als würde sie Alex einen riesigen Gefallen tun, und ging langsam den Korridor hinunter. Alex trat dichter an den Schreibtisch heran und las alles, was auf der Tischplatte lag und was sie lesen konnte. Es gab Rechnungen an die Adresse der Tarver Free Clinic und eine an Eldon Tarver, MD.

Ein halb verdecktes Magazin lag aufgeschlagen unter dem Terminkalender. *Jet.* Auf einem linierten Block standen in einer nahezu unleserlichen Schrift die Worte: *Entergy Rechnung verspätet – Noel D. Traver, DVM.* Darunter eine Nummer: *09365974.* Alex versuchte sich die Nummer einzuprägen, als die Sprechstundenhilfe zurückkehrte.

»Er kommt heute nicht mehr herein«, sagte sie, wobei sie Alex mit einem territorialen Blick bedachte.

»Überhaupt nicht mehr?«

»Das habe ich doch gerade gesagt.«

Die Sprechstundenhilfe setzte sich und las in ihrem Magazin, als hätte sie ihre Pflicht getan und die Absicht, Alex' Anwesenheit nicht länger zur Kenntnis zu nehmen. Alex wollte sie bitten, eine Nachricht zu hinterlassen, überlegte es sich dann aber anders.

Als sie sich zum Gehen wandte, wäre sie fast mit einem Mann zusammengestoßen, der in einem 2000-Dollar-Geschäftsanzug steckte, wie es aussah.

»Oh, entschuldigen Sie«, sagte sie.

Der Neuankömmling besaß kurz geschnittene graue Haare und stahlblaue Augen. Sein Gesicht löste irgendetwas in ihrem Bewusstsein aus, doch sie vermochte ihn nicht einzuordnen. Der Fremde erinnerte sie an einen jener höheren Agenten, die zum FBI gekommen waren, nachdem sie die Spionageabwehr oder den Militärgeheimdienst verlassen hatten.

»Kein Problem, Miss«, sagte der Mann mit kaum merklichem Lächeln.

Er machte einen Schritt zur Seite, um Platz zu machen. Alex ging an ihm vorbei – trotz ihres brennenden Verlangens, ihn zu fragen, was ein Typ wie er in einem Laden wie diesem zu suchen hatte. Vielleicht hatte er geglaubt, dass es noch immer ein Restaurant war. In seiner besten Zeit hatte das Pullo's einige sehr reiche Kunden angezogen, die zum Frühstücken hierhergekommen waren.

Draußen wandte Alex sich um und sah, wie der Fremde sich mit der Sprechstundenhilfe unterhielt. Er schien genauso wenig

Glück zu haben wie sie selbst. Sie suchte die Straße nach Will ab und passierte auf dem Weg zu seinem Ford Explorer eine dunkle Limousine, die vor der Praxis parkte. Sie stieg auf den Beifahrersitz. Eine Sekunde später erschien Will und kletterte hinter das Steuer.

»Und? Hast du was erreicht?«, fragte er.

»Rein gar nichts.«

Er nickte. »Hast du den Kerl gesehen, der kurz nach dir in den Laden gegangen ist?«

»Ja. Kennst du ihn?«

»Ich kenne diesen Typ. Er ist ein Söldner.«

»Das gleiche Gefühl hatte ich auch.«

»Gutes Mädchen. Hier, sieh dir das an.« Will lenkte den Explorer auf die Straße, doch er fuhr noch nicht los. Stattdessen nickte er unauffällig nach links. Alex folgte der angezeigten Richtung und bemerkte einen jungen Mann in einer Army-Uniform hinter dem Lenkrad der Limousine, an der sie soeben vorbeigegangen war. Sie sah Sergeantstreifen auf seinen Schultern. Dann waren sie an der Limousine vorbei.

»Er hat den anderen Kerl hergebracht?«

»Ja. Hast du die Tür gesehen?«

»Die Wagentür?«

»U.S. GOVERNMENT. In schwarzen Druckbuchstaben.«

»Was hat das zu bedeuten?«

Will fuhr den Block hinunter und zu der Stelle, wo Alex ihren Corolla geparkt hatte. »Die beiden kommen so sicher wie das Amen in der Kirche nicht von der Steuerfahndung.«

»Sondern?«

Will grinste. »Ich habe das gleiche Gefühl wie das, wovon du eben geredet hast.«

Alex dachte an die unbezahlte Stromrechnung, die sie auf dem Tisch gesehen hatte. »Hast du schon mal von einem Noel Traver gehört? Ein Tierarzt.«

»Kann ich nicht sagen, nein. Andererseits klingt *Traver* ziemlich ähnlich wie *Tarver,* meinst du nicht?«

Alex stellte sich einen Notizblock vor und malte die Buchstaben. »Scheiße! Es ist ein Anagramm!«

»Eldon Tarver und Noel Traver?«

»Noel D. Traver, hätte ich sagen sollen. Ich habe eine Mahnung wegen einer unbezahlten Stromrechnung auf seinem Tisch gefunden.«

»Ah, jetzt machen wir Fortschritte.« Wills Augen funkelten. »Ein Krebsdoktor mit Pseudonym. Ergibt das einen Sinn für dich?«

»Nein, es sei denn, er ist mit zwei Frauen verheiratet«, dachte Alex laut. »Irgendwas in der Art.«

»Oder es geht um Steuerhinterziehung.« Will lachte auf. »Vielleicht waren diese beiden Typen ja doch von der Finanzbehörde.«

»Ich glaube, es ist an der Zeit, das herauszufinden.«

Will grinste. »Willst du zurückfahren und nachforschen, wie lange der Kerl in der Praxis bleibt?«

»Ja. Fahr um den Block. Ich wünschte, ich hätte meinen Computer dabei.«

»Wenn er immer noch da ist, dann ist Tarver vielleicht doch im Gebäude und redet mit ihm.«

Will trat aufs Gas und fuhr zum Block zurück, wobei er sogar eine rote Ampel überfuhr. Im gleichen Augenblick, als sie auf die Jefferson Street einbogen, sah Alex, dass die dunkle Limousine verschwunden war.

»Wenn ich raten müsste«, sagte Will, »würde ich sagen, dass er in Richtung Interstate unterwegs ist.«

»Lass mich hier raus. Ich laufe zu meinem Wagen.«

Will stieg auf die Bremse, und Alex sprang auf den Bürgersteig. Als der Detektiv wieder Gas gab, fiel die Beifahrertür von selbst krachend ins Schloss.

44

Beschreiben Sie sie mir«, bat Dr. Tarver.

Edward Biddle schürzte die Lippen und sah sich in dem spartanischen Büro um. Tarver wusste, dass Biddle überlegte, ob dies der Ort war, an dem Eldon seine »bahnbrechenden« Forschungsarbeiten durchgeführt hatte. »Ungefähr einssiebzig«, sagte Biddle. »Dunkle Haare, hübsch, Narben auf der rechten Gesichtshälfte. Erinnern an Schrapnellwunden.«

Dr. Tarver war bemüht, sich nichts anmerken zu lassen, doch Biddle ließ sich nicht täuschen.

»Wer ist sie, Eldon? Eine von Ihren Obsessionen?«

Tarver hatte fast vergessen, wie es war, sich mit jemandem zu unterhalten, der seine privaten Vorlieben so genau kannte. »Sie ist FBI-Agentin. Sie arbeitet allerdings allein, ohne jegliche Unterstützung ihrer Behörde.«

Er hatte erwartet, Nervosität in Biddles Augen zu entdecken, doch er sah lediglich Missfallen. »Eine FBI-Agentin?«

»Sie ist kein Problem, Edward. Sie hat überhaupt nichts mit der Sache zu tun. Haben Sie Ihren Wagen noch draußen vor der Tür?«

Biddle winkte, als wollte er den Wagen mit einer Handbewegung verschwinden lassen. »Kommen wir gleich auf den Punkt, Eldon. Was haben Sie für mich?«

Fünf Minuten zuvor war Tarver voller Begeisterung gewesen und bereit, seinen Zug zu machen. Dann war Alex Morse durch die Vordertür spaziert. »Ich muss zuerst etwas erledigen. Einen Moment, okay?«

Biddle war nicht gewohnt zu warten, doch er hob zustimmend die Hand.

Eldon verließ den Raum und suchte seine private Toilette am Ende des Gangs auf. Auf der Tür stand PHLEBOTOMIE. Er dachte gar nicht daran, seinen Toilettensitz mit den dreckigsten fünf Prozent der Bevölkerung von Jackson, Mississippi, zu teilen. Selbst wenn man die Viren außer Acht ließ, mit denen er sie infiziert hatte, trugen viele der Patienten seiner freien Praxis die unangenehmsten Krankheiten in sich herum, die es in der amerikanischen Bevölkerung gab. Eldon schloss die Tür und lehnte sich von innen dagegen. Das Herz schlug ihm bis zum Hals.

Vor noch nicht einmal fünf Minuten hatte er sich voll und ganz auf seine Verhandlungen mit Biddle konzentriert. Jetzt war Alex Morse aufgetaucht und gefährdete die gesamte Operation. Wäre sie nicht so eine verdammt gute Beobachterin gewesen, wäre ihr Besuch vielleicht ohne große Bedeutung geblieben. Aber wenn Morse ein paar Sekunden lang auf ein Foto blicken und eine Verbindung zwischen der Praxis und Pullo's Restaurant herstellen konnte, würde sie irgendwann erkennen, dass der Major der U.S. Army, den sie auf dem Foto in seinem Büro gesehen hatte, der gleiche Mann gewesen war, der am Nachmittag in diese Praxis gekommen war. Dreißig Jahre waren vergangen seit den guten alten Zeiten beim VCP, doch Biddle sah mehr oder weniger noch genauso aus wie damals. Sein Haar war ergraut, doch er *hatte* seine Haare noch, der Mistkerl.

Nicht genug damit, dass Morse gesehen hatte, wie Biddle gekommen war – sie hatte mit ihm gesprochen. Sie würde sich an ihn erinnern, keine Frage. Und wenn die Erinnerung einsetzte, würde sie auch ziemlich schnell die Wahrheit hinter VCP durchschauen. Und das würde es ihr ermöglichen, Eldon Tarver aus seinem alten Leben in das neue zu verfolgen.

Eldon durfte dieses Risiko nicht eingehen. Er konnte seine neue Identität nicht annehmen, solange Alex Morse am Leben war.

Er hatte Glück, dass Pearson ihn angerufen und gewarnt hatte, Morse könne vielleicht auftauchen. *»Sie hat sich sehr für das alte Restaurant interessiert, Eldon, und sie gehört zu der Sorte, die einem auf die Füße tritt und mächtig Ärger macht. Ich habe wahrscheinlich zu viel gesagt, aber Dr. Chris Shepard ist ein angesehener Internist aus Natchez. Ich wollte nur, dass Sie nicht überrascht sind, wenn sie auftaucht.«*

»Überrascht?«, murmelte Tarver. *»Von wegen. Der Ärger ist wohl kaum zu vermeiden.«*

Einen Agenten des FBI zu töten war eine riskante Angelegenheit. Man forderte förmlich heraus, bis ans Lebensende gejagt zu werden, bis in die entferntesten Ecken der Welt. Im Carport in Natchez hatte er instinktiv gehandelt. Diesmal jedoch musste er sorgfältig nachdenken. Es gab geschäftliche Dinge, um die er sich kümmern musste. Das größte Geschäft seines Lebens.

Er betätigte zur Tarnung die Toilettenspülung; dann kehrte er in sein Büro zurück, setzte sich hinter seinen Schreibtisch und verschränkte die Hände über dem Bauch wie ein Buddha.

»Sie möchten wissen, was ich habe, Edward?«

Biddles blassblaue Augen waren die eines Mannes, der eine Menge kritischer Verhandlungen geführt hatte. Ihm konnte man so leicht nichts vormachen. »Sie kennen mich, Eldon. Ohne Umschweife zum Wesentlichen.«

Dr. Tarver lehnte sich im Sessel zurück. »Ich habe genau das, wonach Sie damals so dringend gesucht haben.«

»Und das wäre?«

»Der Heilige Gral.«

Biddle starrte Tarver wortlos an.

»Die perfekte Waffe.«

»›Perfekt‹ ist ein mächtig großes Wort, Eldon.«

Dr. Tarver lächelte. Er bezweifelte, dass sie in Yale »mächtig groß« sagten. Er musste es in Detrick aufgeschnappt haben.

»Was würden Sie zu einer Waffe sagen, die einhundert Prozent tödlich ist – und das, obwohl niemand beweisen könnte, dass es sich überhaupt um eine Waffe handelt? Sie lässt biologische Waffen wie Anthrax oder selbst Pocken wie Relikte aus dem finstersten Mittelalter aussehen. Waren nicht Sie selbst derjenige, der in Detrick vom Heiligen Gral gesprochen hat, Edward? Von einer Waffe, die der Gegner nicht als Waffe sieht?«

»Ja. Aber jeder Wissenschaftler, der jemals für mich gearbeitet hat, half zu beweisen, dass es eine solche Waffe nicht gibt. Es ist unmöglich.«

»Oh, ganz im Gegenteil. Sie ist nicht nur möglich, sie existiert sogar bereits.« Eldon öffnete seine Schreibtischschublade und zog eine kleine Ampulle hervor, die mit einer bräunlichen Flüssigkeit gefüllt war. »Hier ist sie.«

»Und *was ist* sie?«

»Ein Retrovirus.«

Biddle rümpfte die Nase. »Ursprung?«

»Primaten selbstverständlich. Wie wir immer vermutet haben, und wie Aids sehr eindrucksvoll bewiesen hat.«

»Wie nennen Sie dieses Virus?«

»Kryptonit.«

Biddle lachte nicht. »Ist das Ihr Ernst?«

»Es ist bloß ein Projektname. Das eigentliche virale Schoßtier muss für den Augenblick mein Geheimnis bleiben. Aber falls Sie beschließen sollten, es zu …«

»… kaufen?«

»Ganz recht. Falls Sie beschließen sollten, es zu kaufen, dürfen Sie selbstverständlich hinter den Vorhang blicken, und meinetwegen dürfen Sie es nennen, wie Sie wollen.«

Biddle rieb sich die Hände. Es gab ein trockenes, horniges Geräusch. »Verraten Sie mir, was dieses Kryptonit zu einer perfekten Waffe macht?«

»Erstens, es hat eine lange Inkubationszeit. Zehn bis zwölf Monate, und der Tod tritt im Durchschnitt nach sechzehn Monaten ein.«

»Todesursache?«

»Krebs.«

Biddle neigte den Kopf zur Seite. »Unser guter alter Freund.«

»Ganz recht.«

»Das Retrovirus induziert ihn direkt? Oder erfolgt zuerst ein Zusammenbruch des Immunsystems?«

»Selektiver Zusammenbruch. Lediglich die notwendigen Schritte. Es schaltet die Mechanismen ab, die zum Zelltod führen, und erreicht auf diese Weise Unsterblichkeit. Es versteckt sich vor den Killer-T-Zellen. Es startet die Produktion seines eigenen Wachstumsfaktors. Nur die besten viralen Strategien.«

Biddle dachte bereits über die weiteren Implikationen nach.

»Eldon, die Art und Weise, wie diese Waffen Freund und Feind gleichermaßen angreifen, machten sie in großem Maßstab untauglich. Das wissen Sie.«

Tarver beugte sich vor. »Dieses Problem habe ich gelöst.«

»Wie?«

»Ich habe bereits einen Impfstoff entwickelt. Ich produziere das Serum in Pferden.«

Biddle schürzte die Lippen. »Also müssten wir all unsere Streitkräfte impfen, ehe wir die Waffe einsetzen.«

»Ja, aber das tun wir schon heute. Man könnte es heimlich tun, unter dem Deckmantel einer anderen Immunisierung.«

Biddle runzelte die Stirn. Es war klar, dass er befürchtete, seine Zeit wäre verschwendet worden. »Was ist mit der Zivilbevölkerung? Wenn wir die gesamte Bevölkerung impfen müssen, würden alle möglichen Alarmsirenen heulen. Erzählen Sie mir nicht, dass wir es als Vogelgrippeimpfung tarnen könnten oder sonst was. Man könnte es niemals geheim halten – nicht heutzutage, in unserem Zeitalter.«

Eldon konnte sich kaum im Zaum halten. »Ich kann das Virus auch nach der Infektion ausschalten, während der frühen Stadien der Replikation. Bevor die Onkogenese stattgefunden hat.«

Biddles Pokergesicht entgleiste. »Sie können das Virus *nach der Infektion* ausschalten?«

»Ich kann es vollständig auslöschen.«

»Niemand kann ein Virus ausschalten, nachdem es sich erst einmal in einem Körper eingenistet hat.«

Dr. Tarver lehnte sich ein weiteres Mal im Sessel zurück. Seine Zuversicht war unerschütterlich. »Ich habe dieses Virus erschaffen, Edward. Und ich kann es auch wieder vernichten.«

Biddle schüttelte den Kopf, doch Eldon entging die Erregung in seinen Augen nicht.

»Nach etwa drei Wochen«, fuhr Tarver fort, »ist die Kaskade nicht mehr aufzuhalten. Doch während dieser Zeit, innerhalb dieses Fensters, kann ich das Virus praktisch kurzschließen.«

»Was Sie mir erzählen, ist …«

»Ich habe Ihre Waffe gegen China.«

Biddles Lippen teilten sich. Er sah aus wie ein Mann, dessen Gedanken soeben gelesen wurden – *richtig* gelesen wurden.

»Ich kenne Sie, Edward«, sagte Tarver mit einem gerissenen Grinsen. »Ich weiß, dass das der Grund ist, aus dem Sie hier sind. Ich sehe, was überall auf der Welt passiert. Ich weiß, wie begrenzt die Ölreserven sind und die strategischen Metalle. Ich weiß, wohin diese Reserven fließen, wohin die Schwerindustrie geht. Ich bin kein Geopolitiker, aber ich sehe, wie sich die Gezeiten umkehren. Der nächste Kalte Krieg kann nicht mehr weiter als zwanzig Jahre in der Zukunft liegen. Vielleicht weniger.«

Biddle beschloss zu schweigen.

»Ich kenne die Fähigkeiten der chinesischen Atomunterseeboote«, fuhr Tarver fort. »Ich weiß Bescheid über ihr Raketenprogramm. Und selbst Studenten kennen die Größe ihrer stehenden Armee. Drei Millionen Mann, und täglich werden es mehr. Die wahre Bedeutung dieser Zahl liegt darin, dass ein Leben dort nicht viel bedeutet, Edward. Tote bedeuten überhaupt nichts – im Gegensatz zu dem Land, in dem wir zufällig leben.«

Biddle verlagerte sein Gewicht auf dem Sessel. »Worauf wollen Sie hinaus?«, fragte er leise.

»Die Chinesen sind nicht die Russen. Wir werden sie nicht durch ein Wettrüsten niederringen. Sie halten bereits unsere Wirtschaft in Schwung. Wenn sie beschließen, jetzt den Stecker zu ziehen, haben wir nur noch eine Option: einen Atomschlag.«

Biddle nickte beinahe unmerklich.

»Und das werden wir nicht tun«, fuhr Tarver fort. »Sie wissen, dass wir das nicht tun werden, weil wir nicht dazu in der Lage wären. Die Gelben können es sich leisten, eine halbe Milliarde Menschen zu verlieren. Wir nicht. Wichtiger noch – sie wären bereit, so viele Menschenleben zu opfern. Im Gegensatz zu uns.«

Biddles Augen waren halb geschlossen. Die amateurhafte Analyse widerte ihn wahrscheinlich an, doch Eldon wusste, dass er seinen Standpunkt deutlich gemacht hatte, ganz gleich, wie schwerfällig er sich dabei angestellt haben mochte.

»Wird dieses Kryptonit auf sexuellem Weg übertragen?«, fragte Biddle leise.

»Eine Variante ja, eine andere nicht.«

Biddle lächelte gepresst. »Sehr praktisch.«

»Sie würden nicht glauben, was ich alles geschafft habe, Edward! Sie wollen einen politischen Mord, den man nicht nachweisen kann? Geben Sie mir ein Röhrchen mit Blut von Ihrer Zielperson. Ich erzeuge einen *In-Vitro-Krebs,* und Sie können ihm das Blut wieder injizieren. Achtzehn Monate später ist er tot, gestorben an Non-Hodgkins-Lymphom.«

Biddles Grinsen wurde breiter. »Ich habe von Anfang an gesagt, dass Sie mein vielversprechendster Eierkopf waren, Eldon.«

Tarver lachte laut auf.

»Sie erzählen mir also«, sagte Biddle, »dass wir dieses Virus in einem Slum in Shanghai freisetzen könnten, und …«

»Bis die ersten Fälle sterben, hatten sie fünfzehn Monate mit exponentieller Infektionsrate. Das Virus wäre bis in jede größere chinesische Stadt vorgedrungen. Man würde eine Vielzahl verschiedener Arten von Krebs sehen, nicht nur eine. Das Chaos wäre unvorstellbar.«

»Aber es hätte sicherlich auch die Meere übersprungen«, gab Biddle zu bedenken.

Tarvers Grinsen verging. »Ja. Wir müssen Verluste hinnehmen. Aber nur für eine Weile. Wie das Beispiel Aids gezeigt hat, würden die meisten Staaten Dringlichkeitsprogramme starten, um einen Impfstoff zu finden. Ihre Company könnte in den Vereinigten Staaten die Führung übernehmen.«

»Und Sie könnten die Company leiten«, sagte Biddle.

»Ich sollte sie ganz bestimmt nicht leiten. Allerdings sollte ich dazugehören. Jedenfalls, nach einer angemessenen Zeitspanne – ehe der Todeszoll hier drüben bei uns zu sehr anstiege –, würden wir mit einem experimentellen Impfstoff an die Öffentlichkeit treten.«

»Der Rest der Welt würde Zugriff darauf verlangen.«

»Trotz der Einwände und Bedenken ihres jeweiligen wissenschaftlichen Establishments. Sie wissen doch, welche Ego-Schlachten in diesem Bereich der Forschung ausgefochten werden. Sehen Sie sich nur Gallo und French an. Abgesehen davon – niemand außer uns könnte sicher sein, dass unser Wirkstoff funktioniert. Es könnte Verspätungen von zehn, fünfzehn Jahren geben, und die ganze Zeit über wäre unsere Bevölkerung hundertprozentig geschützt.«

»Wie schwierig wäre es für jemand anderen, einen Impfstoff zu entwickeln?«

»Ohne zu wissen, was ich weiß? Zwanzig Jahre sind optimistisch. Wir reden von einem Retrovirus. Sehen Sie sich HIV als Modell an. Aids gibt es seit 1978, und …«

»Länger«, verbesserte Biddle ihn leise.

Tarver hob eine Augenbraue. »Wie dem auch sei, wir haben immer noch keinen Impfstoff gegen Aids. Wir stehen nicht einmal dicht davor.«

»Trotzdem. Angesichts der Bevölkerungsmassen in China wäre es höchstens eine destabilisierende Waffe, keine entscheidende.«

»Sie wollen die Apokalypse? Die kann ich Ihnen geben.«

»Wie das?«

Eldon hob die Hände und breitete die Arme aus. »Indem ich die Inkubationszeit verlängere, ganz einfach. Ich könnte sie auf fünfundzwanzig, dreißig Jahre ausdehnen. Das Mehrfache von Myelomen.«

Staunen. »Das ginge wirklich?«

»Selbstverständlich. Ich habe die Inkubationszeit für meine Arbeit absichtlich verkürzt.«

»Warum?«

»Weil ich imstande sein wollte, meine Forschungen in einem messbaren zeitlichen Rahmen abzuschließen. Bei einer Inkubationszeit von zwanzig Jahren wäre ich tot gewesen, ehe ich die ersten Resultate gesehen hätte.«

Biddle leckte sich mit blasser Zunge über die Lippen. »Bei einer Inkubationszeit von fünf Jahren wären siebzig Prozent der Bevölkerung über fünfzehn infiziert, bevor die ersten Krankheitsfälle aufträten. Selbst wenn sie einen wirksamen Impfstoff hätten, wäre es zu spät. Der totale gesellschaftliche Zusammenbruch stünde bevor.«

»Ja.« Tarver senkte die Stimme. »Ich verrate Ihnen noch etwas. Ich denke, ich kann dieses Virus *rassespezifisch* machen.«

Biddle blinzelte ungläubig. »Das war das Gebiet von Herman Kahn. Nachdenken über das Undenkbare.«

»Jemand muss es tun. Sonst hätten all unsere Vorfahren für nichts gelebt und wären umsonst gestorben. Und die Welt würde beherrscht von …«

»Sprechen Sie es nicht aus!«, sagte Biddle. »Gleichgültig, welche Diskussionen wir in Zukunft führen werden – mit welchen Leuten auch immer –, erwähnen Sie diesen Aspekt nicht. Den darwinistischen Aspekt.«

»Warum nicht?«

»Es ist unnötig. Die richtigen Leute werden die Implikationen auch so verstehen.«

Eldon beugte sich erneut vor. »Ich vertraue auf Ihre Instinkte, Edward. So, jetzt wissen Sie, was ich anzubieten habe. Ich möchte wissen, wie groß Ihr Interesse ist.«

Und wie viel ich zu zahlen bereit bin, sagten Biddles Augen. Doch sein Mund antwortete: »Ich bin interessiert, das dürfte offensichtlich sein. Doch es dürfte genauso offensichtlich sein, dass es ein paar Probleme gibt.«

»Beispielsweise?«

Biddle bedachte ihn mit einem wissenden Lächeln, einer Geste zwischen Gleich und Gleich. »Sie sind Ihrer Zeit voraus, Eldon. Das waren Sie schon immer, wie Sie selbst sehr gut wissen.«

Tarver nickte und schwieg.

»Aber«, sagte Biddle mit einem Unterton von Optimismus in der Stimme, »nicht einmal mehr annähernd so weit voraus, wie Sie es mal waren. Die regulatorischen Eingriffe seit den Clinton-Jahren waren die reinste Hölle, doch die Dinge entspannen sich allmählich. Überall werden Anlagen zur Zucht von Primaten

errichtet. Man hat endlich erkannt, dass man mit niederen Spezies nur bis zu einem gewissen Punkt kommt und nicht weiter.«

»Und selbstverständlich ist China allen anderen auf diesem Gebiet weit voraus.«

Biddle räumte es mit einem Nicken ein. »So weit voraus, dass wir bereits einen Teil unserer Primatenforschung bei den Chinesen betreiben.«

Eldon schüttelte voller Abscheu den Kopf. »Wie lange, bis es so weit ist?«

»Das lässt sich nicht sagen. Aber das ist nicht der kritische Punkt für unser Arrangement. Was eine neue Identität für Sie angeht, so könnte ich das in ein paar Tagen erledigen. Falls Sie Geld wollen, große Summen Geld ...«

»Ich möchte das, was diese Technologie wert ist.«

Ein erstaunter Ausdruck erschien in Biddles Gesicht. »Das wird länger dauern.«

»Wie viel länger?«

»Drei Jahre, vielleicht fünf.«

Zorn und Bitterkeit stiegen in Tarver auf.

»Es könnte auch schneller gehen«, fügte Biddle hinzu. »Das hängt von mehreren Faktoren ab. Aber ich möchte nicht, dass Sie sich Illusionen machen, Eldon. Schließlich war Geld nie Ihre höchste Motivation, oder?«

»Ich bin jetzt neunundfünfzig, Edward. Die Welt sieht anders aus als 1970.«

Biddle nickte. »Das müssen Sie mir nicht sagen. Aber überlegen Sie Folgendes: Sie werden für eine Company arbeiten, die Ihre speziellen Bedürfnisse versteht. Ich wäre Ihr einziger Verbindungsoffizier, wenn Sie so wollen. Sie hätten absolut freie Hand bei Ihren Forschungen.«

»Können Sie mir das versprechen? Dass niemand mir über die Schulter blickt?«

»Das garantiere ich Ihnen. Meine Hauptsorge, alter Freund, ist das Risiko, auch nur eine Minute zu warten, ehe wir zur nächsten Phase weiterschreiten. Ich möchte, dass Sie mit mir kommen. Heute noch. In dieser Minute.«

Tarver wich zurück. Eine düstere Vorahnung stieg in ihm auf. »Warum?«

»Ich kann nicht riskieren, dass Ihnen etwas zustößt, bevor meine Leute Ihre Forschungsarbeiten gesehen haben. Ich will Ihre Daten noch heute, Eldon. Alle, ohne Ausnahme.«

»Wir haben bisher keinerlei Vereinbarung getroffen, Edward.«

Biddle starrte ihm hart in die Augen. Als der Mann von TransGene schließlich sprach, tat er es mit der ernsten Stimme des Soldaten, nicht des Managers. Seine Stimme war schneidend wie Stahl und vibrierte vor tief verwurzelten Emotionen. »Hören Sie zu, Eldon. Das Geld wird kommen. Auch die Anerkennung von den entsprechenden Stellen. Aber das Wichtigste ist, was Sie für Ihr Land tun werden. Sie wissen, was auf uns zukommt. Der verdammte Drache wird von Tag zu Tag stärker. Er frisst bereits aus unserer Schale, und es dauert nicht mehr lange, bis …« Ein Ausdruck von Abscheu erschien in Biddles Gesicht. »Scheiße, ich kann nicht einmal sagen, dass wir es verdient hätten zu überleben, wenn man sich anschaut, wie die meisten Amerikaner ihre Rechte wegwerfen. Doch diejenigen unter uns, die nicht vergessen haben, was dieses Land so großartig macht … es ist unsere Aufgabe, das Überleben unserer Nation zu sichern. Ich habe für dieses Land geblutet, Eldon. Sie ebenfalls, auf Ihre Weise. Aber Sie lehnen Ihr Land nicht ab, oder? Ich denke, Sie spüren die gleiche Verpflichtung gegenüber Ihrem Vaterland wie ich.«

Dr. Tarver blickte auf seinen Schreibtisch. Ablehnung hatte selbstverständlich nie zur Debatte gestanden – er hatte lediglich gehofft, dass die mehr fassbaren Symbole der Anerkennung schneller in seine Richtung gekommen wären. Doch so war es auch in Ordnung. Andrew Rusks Diamanten zusammen mit denen, die er noch besaß, würden ihm ein behagliches Leben ermöglichen, bis TransGene oder die Regierung ihn für seine Mühen entlohnten.

»Also gut, Edward. Ich bin dabei.«

Ein breites Grinsen erschien auf Biddles Gesicht. Er rang die

Hände und sagte: »Reden wir als Nächstes über das Timing, Eldon. Ich meine es todernst, wenn ich sage, dass wir uns beeilen müssen. Ich will Sie noch heute von hier weg haben.«

Eldon hob die Hände. »Wir haben uns zwei Jahre lang nicht gesehen. Ich werde schon nicht vor morgen von einem Bus überfahren.«

»Das können Sie nicht wissen. Tatsächlich könnte ein Betrunkener Sie überfahren. Irgendein Punk könnte Ihnen den Schädel einschlagen. Ein Blitz könnte Sie treffen …«

»Oder ich könnte einen Bieter mit mehr Geld finden?«, sagte Eldon unverblümt.

Seine Worte trafen Biddle wie ein Tiefschlag. »Halten Sie nach einem Ausschau?«, fragte er leise.

»Nein. Aber ich brauche einen Tag, Edward. Einen Tag, mehr nicht.«

Misstrauen trübte Biddles Augen. »Wieso?«

Einen Augenblick lang überlegte Eldon, ob er seinen alten Freund bitten sollte, sich für ihn um Alex Morse zu kümmern. Der Direktor von TransGene verfügte zweifellos über Kontakte zum Militär oder dem Geheimdienst – zu Leuten, die Alex Morse ausschalten und den Tod wie einen Unfall aussehen lassen konnten. Doch falls Biddle und der Vorstand von TransGene Eldon als ein Risiko für die Company betrachteten – als einen Mann, der eine Fährte hinterlassen hatte, welche die Behörden eines Tages zu ihren dunkelsten Geheimnissen führen würde –, kamen sie möglicherweise zu dem Entschluss, Tarver zu eliminieren, sobald sie das Virus und die zugehörige Dokumentation besaßen. Nein, Eldon musste sauber in sein neues Leben wechseln. Ein unbefleckter Held für Biddle und seinesgleichen. Ein verdammter Lancelot, zum ersten Mal in seinem Leben.

»Sie müssen mir vertrauen, Edward«, sagte er. »Morgen gehöre ich Ihnen.«

Biddle sah alles andere als zufrieden aus, doch er versuchte nicht mehr zu argumentieren.

»Wie wollen Sie mich hier rausholen?«

»Ich hatte mir Folgendes gedacht«, antwortete Biddle. »TransGene ist im Besitz der gleichen Muttergesellschaft wie die Firma, die das Atomkraftwerk zwischen Baton Rouge und New Orleans errichtet. Wenn wir …«

»Warten Sie mal …«, unterbrach ihn Eldon. »New Orleans besitzt bereits eines der größten Atomkraftwerke im ganzen Land.«

Biddle lächelte. »Der Strom, den das neue Kraftwerk erzeugt, wird durch Louisiana nach Texas geleitet. Es ist sehr viel einfacher, ein Atomkraftwerk in Louisiana zu bauen als in Texas. Selbstverständlich gelten die gleichen Gesetze, aber es gibt keinen organisierten Widerstand. Verdammt, es gibt nichts weiter als Schwarze, weißen Abschaum, Cajuns und Chemiefabriken entlang dem gesamten Abschnitt des Mississippi.«

»Die Krebsallee«, sagte Tarver. »Was hat das mit mir zu tun?«

»Es dauert zwei oder drei Tage, bis die Papiere für Ihre neue Identität fertig sind. Ich werde Sie zur Kraftwerksbaustelle fliegen, während wir darauf warten. Es sollte nicht länger als zwei Tage dauern, und es wird Ihnen an nichts mangeln. Sie haben Ihren eigenen Trailer, wic cin richtiger Hollywood-Schauspieler.«

Tarver grinste schief. »Und wer besorgt diese neue Identität?«

Biddle antwortete im gleichen Tonfall. »Es ist so etwas Ähnliches wie das Zeugenschutzprogramm, nur, dass es in diesem Fall vom Pentagon organisiert wird.«

Tarver kicherte. »Es ist gut, endlich wieder mit Profis zu arbeiten. Ich habe mich hier draußen in der Wildnis manchmal verdammt einsam gefühlt.«

Biddle erhob sich und rückte seine Manschetten zurecht. »Wo wir gerade von Wildnis reden – wie haben Sie hier draußen eine solche Arbeit leisten können?«

Nachdem er sich endlich wieder sicher fühlte, ließ Dr. Tarver ein wenig von seinem Stolz durchblitzen – denn innerlich war er mächtig stolz auf das Erreichte. »Ich sage Ihnen, es ist mehr eine Sache des Willens als alles andere. Ich hätte es in einem großen Forschungszentrum oder in Fort Detrick wahrscheinlich doppelt so schnell geschafft, aber in Wirklichkeit hätte mich wohl niemand gelassen.«

Biddle dachte darüber nach. »Sie haben recht, Eldon. Ich danke dem Himmel, dass wir noch Männer haben wie Sie, die in den Schützengräben arbeiten.«

Dr. Tarver sonnte sich im wärmenden Leuchten von Biddles Lobgesang; er wusste aus Erfahrung, dass er nicht leicht zu gewinnen war.

»Ich nehme an, dass wir uns um einige logistische Dinge kümmern müssen?«, fragte Biddle. »Was müssen Sie mitnehmen, abgesehen von Daten? Irgendwelche speziellen Apparaturen? Biologische Reagenzien?«

»Keine Apparaturen. Zu riskant, sie abzuschlagen und fortzuschaffen.«

»Verstanden. Reagenzien?«

»Was ich brauche, findet in einem einzigen Pelican Case Platz. Meine kritischen Daten passen in einen Rucksack.«

»Ausgezeichnet. Dann bliebe als einzige Frage noch der Zeitpunkt zu klären.«

»Morgen, wie ich bereits sagte. Aber ich hätte Sie gerne von jetzt gleich an auf Abruf bereit.«

Biddle starrte ihn eine Weile wortlos an. »Gibt es sonst noch etwas, das ich erfahren sollte, Eldon?«

Tarver wich der Bedeutung hinter der Frage aus. »Ich möchte, dass Sie den Helikopter fliegen und dass Sie kommen, wenn ich Sie rufe, wohin auch immer.«

Biddle kratzte sich am Kinn. »Besteht die Gefahr einer heißen Extraktion?«

Eldon lächelte. Biddle hatte schon immer eine Vorliebe für den Agenten-Jargon gehabt. »Ich rechne eigentlich nicht damit.«

»Ich würde es vorziehen, wenn wir nicht nur keine heiße, sondern sogar eine *unbeobachtete* Extraktion hätten. Wir möchten die Firma schließlich nicht in eine schwierige Lage bringen.«

»Auch in dieser Hinsicht sehe ich kein Problem.«

»Also schön«, sagte Biddle und grinste. »Verdammt, ich freue mich darauf, diese Mission zu fliegen, ganz ehrlich! Ich muss sowieso ausreichend Flugstunden absolvieren.«

Biddle streckte die Hand aus, und Eldon schlug ein. Der Händedruck des alten Soldaten war fest, beinahe wie ein förmliches Salutieren.

»Bis morgen also«, sagte Tarver.

Biddle ging zur Tür; dann drehte er sich noch einmal um. »Ist es die Sache wert, hierzubleiben und unerledigten Dingen nachzugehen, wenn eine Agentin des FBI überall herumschnüffelt?«, fragte er mit ernstem Gesicht.

Tarver bedauerte, dass er Morses wahre Identität enthüllt hatte, aber daran ließ sich nichts mehr ändern. »Ich fürchte, sie hat mit diesen unerledigten Dingen zu tun«, sagte er.

Biddles Miene verdunkelte sich, doch die kalten blauen Augen sahen Tarver unverwandt an. »Nun ja. Solange Sie sauber bleiben, was unser Geschäft angeht.«

»Absolut.«

45

Alex betrat das Zimmer so leise es ging. Im Innern war es so dunkel, wie die schweren Vorhänge des Hotels es zuließen. Sie bewegte sich vorsichtig durch den Raum, wobei sie versuchte, sich an die Lage der einzelnen Möbel zu erinnern. Während sie sich um einen Sessel herumtastete, hörte sie eine zitternde Stimme.

»Ah-alex?«

»Chris?«

»Ja.«

»Alles okay?«

»Ich d-denke schon.«

Während sie sich am Bett entlang vorantastete, gewöhnten sich ihre Augen an die Dunkelheit, und sie entdeckte Chris’ Gesicht in den Schatten. Er lag auf dem Rücken, die Bettdecke bis zum Kinn hochgezogen. Seine Stirn glänzte vom Schweiß.

»Mein Gott, Chris! Was ist los?«

»Typische Anfangsreaktion auf ein … ein Virus. Das Knochenmark … es spuckt I-immunoglobulin G aus, um den Eindringling zu bekämpfen … versucht den Virus mit Fieber zu töten … später … andere Immunoglobuline … aber im Augenblick … klassische Symptome.« Er schüttelte wütend den Kopf. »Ich glaube nicht, dass mein Zustand … kritisch ist … es sei denn … vergiftet. Aber das … ist nicht der Fall, oder? Nicht das Schema des Killers?«

»Nein. Trotzdem musst du dich untersuchen lassen, Chris.«

»Ich rufe … Tom an. Er soll mich … auf links krempeln.«

»Dazu ist es zu spät, Chris. Es ist Zeit, einen Jet zu chartern und nach New York zum Sloan-Kettering zu fliegen.«

»Ich will aber jemanden, dem ich vertrauen kann. Wir schicken die Tests raus. Alle machen das … bei komplizierten Untersuchungen.«

Alex hätte am liebsten den Notarzt gerufen. Doch Chris war nicht in Panik, und er war schließlich der Arzt, nicht sie. Andererseits – konnte er noch klar denken? Er war zweifellos zutiefst niedergeschlagen angesichts dessen, was ihm widerfahren war, und vielleicht redete er wirr. Vielleicht befand er sich im Schockzustand.

»Keine Sorge«, sagte er und lächelte schwach. »Ich sage dir rechtzeitig, wann du in Panik verfallen kannst.«

Sie zwang sich zu einem Lächeln. »Hast du was dagegen, wenn ich meinen Computer benutze?«

Er schüttelte den Kopf.

»Das Licht macht dir nichts aus?«

»Nein.«

Alex beugte sich vor und legte ihre Hand auf seine brennend heiße Schulter, doch er zuckte zusammen. Hilflose Wut stieg in ihr auf. In ihrem ganzen Leben hatte sie sich noch nie so ohnmächtig gefühlt. Will Kilmer hatte es nicht geschafft, dem Regierungswagen zu folgen, der draußen vor Tarvers Praxis geparkt hatte. John Kaiser hatte angerufen, doch zu ihrer Bestürzung hatte er keine Nachforschungen über Eldon Tarver angestellt, sondern sich weiterhin auf Andrew Rusk konzentriert. Das meiste von dem, was Kaiser herausgefunden hatte, waren Informationen, die Alex seit Wochen kannte. Kaiser erzählte ihr auch, dass die Agenten, die Rusk observierten, davon ausgingen, dass Thora Shepard noch in der Kanzlei des Anwalts war. Kaiser hielt es für möglich, dass dies den zuständigen Leitenden Spezialagenten bewegen konnte, Alex Morses Vermutungen als durch Fakten begründet einzustufen.

Alex bat ihn, seine Bemühungen auf Tarver zu konzentrieren und informierte ihn über das Alias Noel D. Traver. Nachdem Kaiser versprochen hatte zu tun, was in seiner Macht stand, beendete Alex das Gespräch.

Sie nahm ihren Laptop und ging damit zur Rezeption, wo sie sich ins Netzwerk des Hotels einloggte. Während das Internetportal startete, schrieb sie das, was sie sich in Tarvers Praxis eingeprägt hatte, auf einen Notizblock des Hotels.

Noel D. Traver, DVM
Entergy Rechnung verspätet – 09365974

Als Alex versuchte, sich in den Computer der Nationalen Verbrecherdatenbank NCIC einzuloggen, stellte sie als Erstes fest, dass ihr Zugangskode keine Gültigkeit mehr besaß. Beim dritten Versuch wurde sie in einem Meldungsfenster darüber informiert, dass ein Bericht an die Sicherheitsabteilung des NCIC geschickt würde. Das Gefühl, ausgeschlossen zu sein, war wie eisige Finger tief in ihrer Brust. Mark Dodson war sehr gründlich in seinen Bemühungen, ihre Karriere zu ruinieren. Sie konnte nicht länger in der nationalen Verbrecherdatenbank recherchieren … Ein vernichtender Schlag für jeden Ermittler. Von nun an musste sie googeln wie jeder andere. Leise fluchend rief sie die Suchmaschine auf und tippte »Eldon Tarver« in die Eingabezeile.

Der Name lieferte mehr als einhundert Treffer. Die ersten zwanzig waren Abstracts medizinischer Artikel oder Ankündigungen verschiedener Forschungsvorhaben an der Uniklinik in Jackson, Mississippi. Sie blätterte die Ergebnisseiten durch und fand ein paar Storys über Dr. Tarver und die Eröffnung seiner Praxis in der Innenstadt. Mehrere schwarze Führer hatten ihn in den Himmel gelobt, und vor drei Jahren hatte eine Gruppe schwarzer Bürger ihm ihren jährlichen Preis verliehen. Tarver war als einer der fünfzig führenden Ärzte im Bundesstaat Mississippi aufgeführt. Im gleichen Artikel stand auch zu lesen, dass Tarver seit 1988 staatlich geprüfter Pathologe war.

»Chris?«, fragte sie leise.

»Ja?«

»Eldon Tarver ist staatlich geprüfter Pathologe, wusstest du das? Ergibt das in deinen Augen einen Sinn?«

»Äh … eigentlich nicht. Ich dachte eher, dass er Hämatologe oder Onkologe ist.«

»Er ist auch in Hämatologie geprüft, aber erst seit viel kürzerer Zeit. Seine erste Spezialisierung war allem Anschein nach die Pathologie.«

»Eigenartig.« Die Bettdecke raschelte. »Ka-kannst du mir ein Handtuch bringen?«

Sie stürzte ins Bad und holte eins. »Wo möchtest du es haben?«

»Mu-mund«, sagte er zwischen klappernden Zähnen hindurch. »Zum da-darauf Beißen.«

»Mein Gott.«

Als Chris den Mund öffnete, sah sie, dass er am ganzen Leib zitterte. Sie stopfte ihm das Handtuch in den Mund, und er biss mit aller Kraft darauf. Nachdem sie ihm eine halbe Minute beim Zittern zugesehen hatte, kehrte sie hilflos an ihren Computer zurück. Doch ehe sie weiter recherchieren konnte, läutete ihr Handy. John Kaiser war am Apparat.

»Was gibt's?«, fragte sie.

»Noel D. Traver hat kein Vorstrafenregister. Allerdings habe ich beim Überprüfen seiner Vergangenheit herausgefunden, dass die tierärztliche Hochschule, die er angeblich besucht haben will, keine Aufzeichnungen über ihn besitzt. Seine Lizenz wurde ihm auf der Grundlage von Papieren des Staates Tennessee erteilt, die er den Behörden von Mississippi vorgelegt hat.«

»Er musste sich keiner Prüfung unterziehen?«

»Er praktiziert nicht als Tierarzt. Er besitzt eine Hundezucht im Süden von Jackson. Er verkauft die Hunde an medizinische Einrichtungen für Forschungszwecke.«

Alex zupfte an einer herunterhängenden Haarsträhne neben dem Kinn. »Eigenartig. Insbesondere, wenn es gar keinen Noel Traver gibt und er in Wirklichkeit Eldon Tarver ist.«

Sie hörte Stimmen im Hintergrund, konnte aber nicht verstehen, was gesprochen wurde. Dann war Kaiser wieder bei ihr. »Alex, ich muss Sie zurückrufen.«

Sie legte auf und kehrte an ihren Computer zurück. Plötzlich dämmerte ihr, dass es vielleicht eine ganz einfache Methode gab herauszufinden, ob Noel Traver ein Alias von Tarver war oder nicht. Sie tippte den Namen in Google ein und klickte auf BILDERSUCHE. Nach kurzer Wartezeit erschien eine Reihe von Miniaturbildern auf dem Schirm.

Das erste Bild zeigte einen Afroamerikaner in einer Uniform der U.S. Army – Captain Noel D. Traver. Das zweite zeigte einen pickligen Highschool-Jungen. Das dritte Foto zeigte einen Mann mit breitem Schädel, grauem Bart und vollem Haar. Das Bild war von einem Fotografen für den *Clarion-Ledger* geschossen worden, eine Zeitung aus Jackson. Die Bildunterschrift hieß: ZÜCHTER BEHANDELT FORSCHUNGSHUNDE WIE HAUSTIERE. Das Bild war körnig, doch Alex hatte nicht den geringsten Zweifel: Noel D. Traver war nicht die gleiche Person wie Eldon Tarver.

»Was zum Teufel …?«, flüsterte sie.

Ihr Mobiltelefon läutete erneut. Sie antwortete, ohne auf das Display zu blicken. »John?«

»Nein, ich bin es, Will.«

»Oh. Hast du was Neues?«

»Vielleicht. Eldon Tarver besitzt ein pathologisches Labor hier in Jackson.«

»Wie bitte?«

»Ihm gehört das ›Jackson Pathology Associates‹. Es führt die Labortests für eine ganze Reihe einheimischer Ärzte durch. Wie es scheint, sind sie ziemlich erfolgreich. Sie fertigen auch eigene DNS-Analysen an.«

»Der Kerl hat seine Finger wirklich überall drin.«

»Möchtest du, dass ich hinfahre und mir den Laden ansehe?«

»Ja. Schau dich ein wenig um und finde heraus, ob irgendetwas nicht mit rechten Dingen zugeht.«

Will kicherte. »Das Übliche also.«

Alex' Mobiltelefon summte erneut und zeigte einen zweiten Anrufer in der Warteschlange an. Kaisers Rückruf. »Ruf mich später noch mal an, Will. Ich muss auflegen.« Sie drückte den Knopf und nahm Kaisers Gespräch an. »Hallo?«

»Es tut mir leid, Alex. Ich bin hier im FBI-Büro Jackson, und die Dinge sind im Augenblick ziemlich verfahren. Der Leitende Spezialagent weiß von meinem kleinen Freizeit-Observationsunternehmen, und er …«

»Hören Sie, John. Ich habe eine Bildersuche nach Noel D. Traver gestartet und ein Bild von ihm gefunden.«

»Und?«

»Er ist es nicht. Ich meine, er ist nicht Eldon Tarver.«

»Tatsächlich?«

»Ich begreife es selbst nicht. Zwei Namen, die perfekte Anagramme sind – das kann unmöglich Zufall sein. Nicht, wenn sich ein Name auf dem Schreibtisch des anderen Namensträgers findet.«

»Stimmt. Wir sind da auf eine ganz merkwürdige Geschichte gestoßen, keine Frage. Anderes Thema: SAC Tyler sagt, selbst wenn Sie recht hätten, wäre es immer noch ein gewöhnlicher Mordfall, der nicht unter die Jurisdiktion des FBI fällt.«

»Tyler ist ein Arschloch.«

Kaiser lachte leise auf. »Tyler sagt, dass ich sämtliche Beweise in meinem Besitz an das Jackson Police Department übergeben und anschließend nach New Orleans zurückkehren soll. Und Sie sollen sich schon mal eine neue Arbeit suchen.«

»Er kann mich mal. Ich sage, wir überprüfen die Hundezucht von Noel D. Traver.«

»Das wird Tyler nicht dulden. Ich habe bereits nach einem Durchsuchungsbefehl gefragt. Keine Chance.«

»Meine Güte, was hat der Kerl für ein Problem?«, giftete Alex wütend.

»Mark Dodson ist sein Problem. Tyler weiß, dass Dodson Sie hasst wie die Pest, und er denkt, Dodson wäre der zukünftige blonde Liebling des neuen Direktors. Tyler denkt außerdem, dass Jack Moran auf dem Weg in den frühzeitigen Ruhestand ist. Deshalb will Tyler mir nicht helfen. Ich bin ein Schüler des falschen Akolyten.«

»Offenbar bin ich schon so gut wie gefeuert.«

»Ach was, Alex. Wir bekommen den Beschluss. Wir müssen nur unermüdlich weiter Beweise anhäufen.«

»Wie denn, ohne jede Unterstützung? Ich nehme nicht an, dass Tyler die Angehörigen der Toten bitten wird, Autopsien der früheren Opfer zuzustimmen, oder?«

Kaiser lachte laut auf.

»Haben Sie eine Idee, wo Eldon Tarver in diesem Augenblick steckt?«

»Nein. Er wohnt allein, und er ist nicht zu Hause. Er ist nicht in der Universität und auch nicht in seiner Praxis. Ich gebe Ihnen Bescheid, sobald wir ihn aufgespürt haben.«

»Und wo genau befindet sich diese Hundezucht?«, fragte Alex.

»Denken Sie nicht mal dran, Alex. Nicht ohne Durchsuchungsbeschluss.«

»Ich finde sie auch allein, wissen Sie?«

»Sie machen es mir auch so schon schwer genug, Alex. Ich muss jetzt auflegen. Rufen Sie mich an, wenn Sie etwas haben, das ich wissen muss.«

Alex legte auf und wählte die Nummer von Will Kilmer.

»Was gibt's?«, fragte Will.

»Noel D. Traver besitzt eine Hundezucht im Süden von Jackson. Ich muss wissen, wo genau.«

»Weiß ich bereits.«

»Ich liebe dich, alter Mann! Gib mir die Adresse bitte.«

Will las die Adresse laut vor. »Hast du vor, dem Laden einen Besuch abzustatten?«

»Wäre gut möglich, dass ich vorbeifahre. Ich gehe bestimmt nicht rein. Kaiser würde mich am Arsch packen. Ich möchte, dass du zum Pathologie-Labor fährst und dich dort umsiehst.«

»Bin schon unterwegs. Wir bleiben in Verbindung.«

»Machen wir.«

Alex trat zu Chris ans Bett und kniete neben ihm nieder. Er zitterte immer noch, doch er hatte die Augen nun geschlossen, und sein Atem ging regelmäßig. Sie kehrte an ihren Schreibtisch zurück, packte ihr Notebook in die Tasche und verließ das Zimmer, so leise sie konnte.

46

Will Kilmer berührte Alex' Knie. »Dieses Gebäude war eine Bäckerei, als ich jünger war«, sagte er. »Verdammt, ich glaube, es war sogar 1985 noch eine.«

Alex nickte, während sie weiter versuchte, die Internetverbindung ihres Laptops aufrechtzuerhalten. Aus irgendeinem Grund war die Stelle, die sie zur Observation ausgesucht hatten, ein blinder Fleck, was mobile Datenkommunikation anging. Will hatte seinen Explorer in der Halle einer nicht mehr in Betrieb befindlichen Autowerkstatt abgestellt, weil sie von dort aus einen guten Überblick über die von einem gewissen »Noel D. Traver« geführte Hundezuchtanlage hatten. Das Gebäude war ein altes Backsteinhaus, etwa so groß wie eine Abfüllfabrik von Coca Cola, umgeben von einem noch größeren Parkplatz. Gefährlich glitzernder Klingendraht thronte in langen Spiralen oben auf dem Zaun. Das einzige Fahrzeug auf dem Parkplatz war ein kleiner Lieferwagen, der mit dem Heck zur Wand des Gebäudes geparkt stand, weshalb das Nummernschild nicht zu sehen war. Das Gebäude selbst wirkte verlassen. Niemand hatte es betreten oder war herausgekommen, seit sie vor zwei Stunden eingetroffen waren, noch war ein Laut nach draußen gedrungen. Die Entfernung betrug zwar annähernd hundert Meter, aber trotzdem. Zumindest ein gelegentliches Bellen hätten sie hören müssen.

»Wieder deins«, sagte Will als Reaktion auf das Zirpen eines Mobiltelefons.

»Kaiser«, sagte Alex. »Er ruft ständig an.«

»Dann geh ran.«

»Wenn er wüsste, dass ich hier bin, würde er ausflippen.«

Will seufzte wie ein Mann, der die Nase voll hatte. Er hatte bereits das pathologische Labor von Dr. Tarver überprüft – oberflächlich betrachtet schien alles seine Ordnung zu haben –, und nun verschwendete er den Rest seines Tages hier, mit großer Wahrscheinlichkeit für nichts und wieder nichts.

Die SIM-Karte in Alex' Computer stellte überraschend eine Verbindung zum Internet her und verlor sie sogleich wieder. Alex schlug frustriert mit der flachen Hand gegen die Tür. Sie hätte den Computer am liebsten aus dem Fenster geworfen. Ursprünglich hatte sie online gehen wollen, um weitere Recherchen anzustellen, doch inzwischen war es so spät, dass Jamie aus der Schule war und sich vielleicht bei MSN einloggte.

»Ich mache mir Sorgen wegen Jamie«, sagte sie zu Will. »Ich habe seit fast achtundvierzig Stunden nicht mehr mit ihm geredet.«

»Ihm fehlt schon nichts«, sagte Will. »Jamie ist erst zehn Jahre alt, und er muss tun und lassen, was sein Vater ihm sagt.«

»Ich mache mir auch Sorgen wegen Chris.« Sie hatte Schuldgefühle, weil sie ihn allein im Hotelzimmer zurückgelassen hatte.

»Wie oft hast du ihn zu erreichen versucht?« Will konnte es nicht wissen, weil er mehrmals aus dem Explorer ausgestiegen war, um sich zu erleichtern oder eine Zigarette zu rauchen.

»Fünf oder sechs Mal. Er hat seit einer Stunde nicht mehr geantwortet.«

»Wahrscheinlich schläft er.«

»Ich hoffe es.«

»Fast alle Opfer haben mehr als ein Jahr zum Sterben gebraucht«, erinnerte er sie.

»Nicht Grace.«

Der alte Detective schloss die Augen und schüttelte den Kopf.

»Ich denke, ich sollte zurück ins Hotel und ihn in die Notaufnahme bringen«, sagte Alex. »Hilfst du mir, ihn nach unten und in den Wagen zu schaffen?«

»Sicher. Du zeigst mir die Richtung, und ich bugsiere ihn hin.«

Alex neigte den Kopf und deutete zu dem hohen Maschendrahtzaun, der die alte Bäckerei umgab. »Was glaubst du, wozu der Klingendraht gut ist? Bestimmt nicht, um die Hunde drinnen zu halten. Dazu würde der Maschendraht alleine reichen.«

Will zuckte die Schultern. »Ist eine ziemlich üble Gegend hier draußen. Hohe Verbrechensrate.«

Alex' Handy summte. Es war schon wieder Kaiser. Sie stieß genervt den Atem aus und drückte die ANNEHMEN-Taste. »Hallo, John.«

»Meine Güte, Alex, ich versuche Sie seit Stunden zu erreichen! Wo stecken Sie?«

Sie verzog das Gesicht und sagte ihre Lüge auf. »Ich bin im Hotel und kümmere mich um Chris. Sein Zustand ist ziemlich schlecht. Haben Sie irgendwas herausgefunden?«

»Ja und nein. Tyler stemmt sich mit Händen und Füßen gegen diese Geschichte. Ich denke, er ist nichts weiter als Mark Dodsons Marionette. Ich habe sämtliche ausstehenden Gefälligkeiten einfordern müssen, um Shane Lansing, Eldon Tarver und unseren mysteriösen Nicht-Veterinär genauer unter die Lupe zu nehmen. Außerdem bin ich immer noch dabei, einen Durchsuchungsbeschluss für Tarvers Privathaus zu erwirken.«

»Danke«, sagte Alex, zutiefst erleichtert, dass endlich noch jemand in ihre Richtung marschierte. »Irgendetwas Neues in Bezug auf die Hintergründe der einzelnen Verdächtigen?«

»Lansing scheint sauber zu sein, wenn Sie mich fragen. Ein

typischer Chirurg halt. Sohn eines Anwalts und großer Schürzenjäger. Er ist viel herumgekommen, was bei Ärzten wohl manchmal unvermeidlich ist – aber er ist erst sechsunddreißig, also liegt es vielleicht auch daran, dass er ein rastloser Typ ist. Genau wie Rusk hat er in die verschiedensten Unternehmungen investiert, hauptsächlich medizinisch, allerdings nicht ausschließlich. Die radiologische Klinik in Meridian scheint ein legaler Betrieb zu sein, und Lansing ist passiver Partner. Ich nehme an, er könnte Zugang zu radioaktiven Materialien erlangen, wenn er wirklich wollte, aber derzeit erscheint er mir als der unwahrscheinlichste Täter aus der ganzen Gruppe.«

»Was ist mit den anderen?«

»Sie kennen Rusk. Er ist reich, hat die besten Verbindungen und ist zum zweiten Mal verheiratet. Er lebt wie ein Playboy, wenn er nicht gerade arbeitet. Der einzige Anlass zu Misstrauen sind die Geschäftsverbindungen, die Sie ausgegraben haben, aber die sind ausnahmslos legal. Nicht einmal das Finanzamt hat etwas gegen Rusk in der Hand.«

»Und Tarver?«

»Bei Tarver sieht es ein wenig anders aus. Er wurde 1946 in Oak Ridge, Tennessee, als uneheliches Kind eines Heeresoffiziers geboren. Er wurde ins Presbyterian Children's Home in Knoxville, Tennessee, gesteckt, wo er bis zum siebten Lebensjahr blieb. Anschließend wurde er von einer Familie aus Sevierville, Tennessee, adoptiert. Ich habe in dieser Gegend vor zwölf Jahren einen Fall von Serienmorden gehabt, in den Smoky Mountains, um genau zu sein. Heute ist die Gegend kommerzialisiert, aber in den 1950ern war alles ländlich und primitiv und durchsetzt von einem religiösen Fundamentalismus. Einige der Schlangenkirchen hatten dort ihren Ursprung.«

»Schlangenkirchen?«, wiederholte Alex, und Will blickte sie fragend an.

»Glaubensgemeinschaften, die bei ihren Gottesdiensten Giftschlangen benutzen. Ich habe keine Ahnung, ob Tarver etwas davon mitgekriegt hat, aber sein Adoptivvater war Schweinezüchter und Laienprediger. Eldon gewann ein akademisches Stipendium und ging zur Universität von Tennessee. Das hat ihm Vietnam erspart. Während ich durch Reisfelder gestiefelt bin, hat Tarver hochmoderne mikrobiologische Forschung betrieben. Die Daten aus diesem Teil seines Lebens sind dünn gesät. Ab 1974 hat er für einen größeren pharmazeutischen Konzern gearbeitet. Weniger als ein Jahr darauf wurde er wieder gefeuert – wegen sexueller Belästigung. Es muss eine ziemlich schlimme Geschichte gewesen sein. Er ist erst 1976 an die medizinische Fakultät gegangen, wo er definitiv seine Bestimmung fand. Er hat Facharztzulassungen auf zahlreichen Spezialgebieten, einschließlich Pathologie und Hämatologie. 1985 nahm er seinen jetzigen Job an der Uniklinik an und heiratete zwei Jahre später eine Professorin für Biochemie. Sie starb 1998 an Gebärmutterkrebs. Den Rest kennen Sie. Mit dem Geld, das sie ihm hinterließ, eröffnete er seine Praxis für die Armen. Das pathologische Labor betreibt er seit mehr als fünfzehn Jahren. Bisher liegen keine Informationen über Freundinnen oder bei ihm wohnende Partnerinnen vor. Die sexuelle Belästigung lässt mich stutzen …«

»Und das Feuermal«, sagte Alex.

»Ja, das Feuermal«, sagte Kaiser. »Es sieht auf den mir vorliegenden Fotos ziemlich übel aus. Ich frage mich, warum er nicht längst einen seiner Kollegen gebeten hat, es zu entfernen.«

»Ich nehme an, es ist nicht möglich. Er hat mir erzählt, dass es sich um eine Gefäßanomalie handelt und dass es gefährlich ist, sich daran zu schaffen zu machen.«

»Ich denke, wir haben einen Kandidaten, so viel steht fest«, sagte Kaiser nachdenklich. »Meine Antennen zucken. Gut möglich, dass wir perverses Material in Tarvers Haus finden – falls wir je reinkommen. Webb Tyler macht mich allmählich wütend. Er ist ein verdammter Bürokrat, bis in die Knochen! Falls er überhaupt Knochen hat.«

»Er hat jedenfalls ganz sicher kein Rückgrat«, murmelte Alex.

Will packte ihr Knie und deutete durch die Windschutzscheibe nach vorn. Sechzig Meter voraus fuhr ein roter Lieferwagen durch das Tor auf den Parkplatz der alten Bäckerei. Das Tor musste unversperrt gewesen sein, denn der Fahrer schob es ohne auszusteigen einfach mit der Stoßstange auf, ehe er langsam weiter zur Seite des Gebäudes fuhr.

»Chris braucht mich«, sagte Alex und kniff die Augen zusammen in dem Versuch, das Nummernschild zu erkennen. Es war zu weit entfernt, und der Winkel war ungünstig.

»Noch eine Sache«, sagte Kaiser. »Noel Traver ist ein sehr geheimnisvoller Mann. Auf dem Papier hat er bis vor zehn Jahren nicht existiert, soweit ich feststellen konnte. Er besitzt einen Führerschein, aber keinen Wagen, und sein Wohnsitz hat die gleiche Adresse wie die Hundezucht.«

»Ich muss wirklich los, John. Sonst noch etwas?«

»Ja, eine Sache. Ich habe in Wirklichkeit angerufen, um sicher zu sein, dass Sie nichts Dummes anstellen, Alex, beispielsweise in Tarvers Haus einzubrechen, oder in diese Hundezucht.«

»Wie nett«, sagte Alex. »Versuchen Sie weiter, diesen Beschluss zu erwirken, John.« Sie beendete das Gespräch, bevor er etwas erwidern konnte.

»Hast du das gehört?«, fragte Will. »Der Fahrer hat gerade gehupt.«

Der rote Lieferwagen war zu einem großen Aluminiumtor in der Seitenwand der alten Bäckerei gefahren. Als Alex hinschaute, glitt das Tor unvermittelt nach oben, bis die entstehende Durchfahrt groß genug war für den wartenden Wagen.

»Ich will verdammt sein!«, sagte Will. »Ich schätze, es war die ganze Zeit jemand da.«

»Vielleicht benutzt er eine Fernbedienung. Konntest du einen Blick auf den Fahrer werfen?«

»Nein. Die Fenster sind getönt.«

Das Aluminiumtor blieb offen, doch der Wagen fuhr nicht hinein.

»Was machen wir jetzt?«, fragte Alex.

Will schob die Unterlippe vor. »Du bist der Boss.«

»Ich will wissen, was in diesem Wagen ist.«

Will lachte leise. »Ich auch. Wir können es herausfinden – aber ich bin nicht sicher, ob es legal wäre.«

»Das interessiert mich einen Dreck.« Alex streckte die Hand nach dem Türgriff aus.

Will packte ihr Handgelenk. »Warte, nicht so schnell. Wir wollen dich doch nicht in noch größere Schwierigkeiten bringen als die, in denen du ohnehin schon steckst.«

Sie riss sich los. »Die Bastarde haben mich bereits gefeuert. Was könnten sie sonst noch tun?«

Will senkte den Kopf und blickte sie mit sieben Jahrzehnten angesammelter Weisheit an. »Nun, Honey, es gibt gefeuert, und es gibt *richtig* rausgeworfen. Du hast gerade mit einem Spezialagenten des FBI telefoniert. Wärst du richtig rausgeworfen worden, hätte er erst gar nicht mit dir geredet.«

Alex zwang sich zur Ruhe. Sie lehnte sich im Sitz zurück, während die Wut in ihren Eingeweiden schäumte. Unmittelbar nach Graces Tod hatte sie geglaubt, ihren Gegnern gegenüber stark im Nachteil zu sein, wenngleich nicht völlig machtlos. Sie mochte sich verantwortungslos verhalten haben, doch zumindest hatte sie etwas *unternommen.* Jetzt musste sie sich zurückhalten, weil die Möglichkeit bestand, dass die Behörde, die eigentlich von Anfang an hätte ermitteln müssen, endlich den Hintern hochbekam und aktiv wurde. Alex nahm ihren Computer vom Wagenboden und weckte das Gerät aus dem Ruhezustand. Diesmal zeigte die Werkzeugleiste eine Datenverbindung mit einer Stärke von drei Strichen. Sie hatte die Namen Eldon Tarver und Noel D. Traver in den vergangenen paar Stunden so häufig gesucht, dass das Bild vor ihren Augen verschwamm, als sie erneut die Google-Seite aufrief.

»Ich habe irgendwas übersehen«, sagte sie.

Will grunzte nur.

Sie überprüfte den MSN Messenger, doch Jamie war nicht eingeloggt.

»Was hat Kaiser dir erzählt?«, fragte Will.

»Nicht viel.« Sie dachte an die kurze Biographie von Eldon

Tarver. »Er sagt, es gibt eine Lücke in der Zeit, in der Tarver am College oder auf der Universität war. In der Zeit des Vietnamkrieges, denke ich. Wann war der Vietnamkrieg zu Ende?«

»Der letzte Hubschrauber ist 1975 vom Dach der Botschaft aufgestiegen, aber die eigentliche Show war schon 1973 vorbei.«

Vietnam …

»Gegen Ende des Vietnamkrieges«, murmelte Alex.

»Wie bitte?«

»Das hat Tarver in seinem Büro zu mir gesagt. Es ging um ein Forschungsprojekt, an dem er gearbeitet hat … Irgendwas mit Kriegsveteranen und Krebs …« Sie schloss die Augen und stellte sich das Foto an Tarvers Bürowand vor, den Schwarzweiß-Schnappschuss von der Blondine, eingerahmt von Tarver und dem Offizier der U.S. Army. »VCP«, sagte sie und kniff die Augenlider fest zusammen. »Diese Buchstaben waren auf Tarvers Kittel gestickt, und sie standen auch auf dem Gebäude hinter ihm.«

»Wovon redest du?«, fragte Will.

»Ein Akronym«, sagte sie. Unvermittelt erinnerte sie sich an Tarvers Erklärung. »Das Veteran's Cancer Project.«

Alex tippte »Veteran's Cancer Project« in die Suchmaske von Google. Es gab mehr als acht Millionen Treffer, doch keiner unter den ersten fünfzig bezog sich auf eine Einrichtung, die sich VCP nannte. Die meisten Links führten zu Webseiten, die sich mit verschiedenen Formen von Krebs im Golfkrieg oder bei Vietnamveteranen befassten. Doch bei den Veteranen ging es nahezu ausschließlich um Agent Orange, eine Substanz, die Tarvers Gruppe nach seinen eigenen Worten nicht untersucht hatte.

»Es gibt überhaupt kein Veteran's Cancer Project«, sagte sie verwirrt. »Zumindest war es nicht bedeutsam genug, als dass jemand sich daran erinnert.«

Ihre Finger verharrten über der Tastatur. »Aber ein Veteran's Cancer Project ist auch nicht das, was ich gesehen habe«, überlegte sie laut. »Gesehen habe ich ›VCP‹.«

Sie tippte »VCP« in die Suchmaske und drückte ENTER. Sekunden später erschien eine Vielzahl von Ergebnissen, deren einzige Gemeinsamkeit ein identisches Akronym war. Als Nächstes tippte sie »VCP« und »Cancer«. Die ersten Treffer bezogen sich auf ein Forschungsprojekt in Indien. Der fünfte Treffer jedoch ließ ihren Puls höher schlagen. Die ersten Worte, die auf das Akronym folgten, lauteten *Special Virus Cancer Program.* Virus – nicht Veteran's, wie Tarver behauptet hatte. Der Link-Zusammenfassung entnahm sie, dass es sich um ein wissenschaftliches Programm gehandelt hatte, das 1964 ins Leben gerufen worden war, einige Jahre lang zehn Prozent des Budgets des Nationalen Krebszentrums verschlungen hatte und 1973 in »Virus Cancer Program« umbenannt worden war. Alex biss sich auf die Unterlippe, klickte den Link an und begann zu lesen.

Das VCP war eine massive Forschungsanstrengung der Vereinigten Staaten unter Mitarbeit einiger der bedeutendsten Wissenschaftler. Das Projekt hatte zum Ziel, die möglichen viralen Ursprünge von Krebs zu erforschen, insbesondere Leukämie …

»Mein Gott …«, flüsterte Alex.

»Was ist?«, fragte Will.

»Warte«, sagte sie und las, so schnell sie konnte:

Eine kleine, jedoch lautstarke Gruppe von Medizinern hat den Verdacht geäußert, dass von Affen stammende Retroviren wie HIV und SV40 (das nachgewiesenermaßen Chargen von menschlichem Polio-Impfstoff kontaminiert hat) in Wirklichkeit von den Wissenschaftlern des VCP erschaffen wurden. Während das medizinische Establishment diese Vorstellung heftig anzweifelt, bestätigen behördliche Aufzeichnungen, dass zehntausende Liter gefährlicher neuer Viren in den Körpern lebender Tiere kultiviert wurden, hauptsächlich in Primaten und Katzen, und dass viele dieser Viren so modifiziert wurden, dass sie die Barrieren zwischen den Spezies überspringen konnten. Im Jahre 1973 wurde ein bedeutender Anteil des Virus Cancer Project nach Fort Detrick, Maryland, umgesiedelt, dem nationalen Zentrum für die Erforschung biologischer

Waffen. Niemand streitet ab, dass das VCP eine aktive Allianz zwischen NIH, U.S. Army und Litton Bionetics mit sich brachte …

»Das ist es!«, flüsterte Alex. »Verdammt, das ist es!«

»Was ist denn los, Mädchen? Warum bist du so aufgeregt?«, fragte Will und starrte angestrengt auf den Bildschirm.

»Tarver hat mich mit voller Absicht belogen! Er hat mir weismachen wollen, dass VCP für ›Veteran's Cancer Project‹ steht. Aber so ist es nicht. Es stand für ein Regierungsprojekt, das die Verbindung zwischen Viren und Krebs untersuchte, insbesondere Leukämie. Das Projekt fand während des Vietnam-Kriegs statt. Und Eldon Tarver hat dabei mitgearbeitet!«

»Jesses!«

»Er bringt Menschen um«, flüsterte Alex. »Er forscht *immer noch* an diesem Projekt! Zumindest benutzt er das Wissen, das er damals erworben hat, um Geld an Andrew Rusk und dessen verzweifelten Klienten zu verdienen. Wir haben sie, Will! Wir haben die Mistkerle!«

»He, sieh nur!« Will packte ihr Handgelenk. »Ich werd verrückt!«

Alex blickte auf. Der Lieferwagen und der Van waren beide verschwunden, und das große Aluminiumtor glitt langsam wieder nach unten.

»Weißt du, was ich denke?«, sagte Alex.

»Was?«

»Dass Tarver dabei ist, sein Projekt abzubrechen. Ich war in seinem Büro und habe mich als Agentin des FBI zu erkennen gegeben. Ich war in seiner so genannten Praxis für Bedürftige. Ich habe ihm sogar eine Liste der Mordopfer gegeben, verflixt noch mal! Keiner auf dieser Liste schien ihn zu überraschen, verstehst du? Verdammt, ich habe ihn sogar nach dem Foto gefragt, auf dem ›VCP‹ zu erkennen ist. Er kann sich denken, dass ich irgendwann die Wahrheit aufdecke. Will, er bereitet seine Flucht vor.« Sie stellte ihren Computer auf den Rücksitz und streckte erneut die Hand nach dem Türgriff aus. »Ich gehe jetzt da rein.«

»Warte!« Will hielt sie fest. »Wenn du ihn mit Indizien festnageln kannst, wäre es sinnlos, den Fall dadurch zu gefährden, dass du dir ohne Durchsuchungsbeschluss Zutritt verschaffst.«

»Ich hatte nicht vor, in das Gebäude einzudringen.«

»Ich meine es ernst, Alex«, sagte Will ernst.

»Kommst du mit oder nicht?«

Will seufzte; dann öffnete er das Handschuhfach und zog seine .357 Magnum hervor. »Okay.«

Als sie aussteigen wollte, hielt Will sie zurück. »Warte. Das Tor ist offen. Wir fahren besser einfach zur Vordertür rein und erzählen ihnen, dass wir uns verfahren haben, anstatt mit Kanonen im Hosenbund auf dem Gelände herumzuschleichen.«

Alex grinste und setzte sich wieder. »Ich wusste, dass ich dich aus einem bestimmten Grund mitgenommen habe.«

Will ließ den Motor an, überquerte die Straße und steuerte den Wagen zum Tor der alten Bäckerei. Während er die Fahrt verlangsamte, um wie der Lieferwagen vor ihm das Tor aufzuschubsen und zu durchfahren, wählte Alex die Nummer von John Kaisers Handy.

»Ja?«, sagte Kaiser. »Was gibt's?«

»Ich hab's, John! Ich hab den Fall gelöst, den ganzen Fall! Sie müssen eine Forschungsvorhaben namens Virus Cancer Project überprüfen. Es war ein großes Projekt in den späten Sechzigern und frühen Siebzigern. Es ging um Viren, Krebs und biologische Waffen. Tarver hat damals mitgearbeitet.«

»Biologische Waffen?«

»Ja. Es gibt ein Foto von Tarver in seinem Büro in der Uniklinik. Er trägt einen Laborkittel mit den Buchstaben ›VCP‹, und auf dem Gebäude hinter ihm steht das gleiche Akronym.«

»Wie haben Sie herausgefunden, wofür die Abkürzung steht?«

»Google, ob Sie's glauben oder nicht. Es war das Bild in seinem Büro, das mich auf die richtige Spur gebracht hat. Ohne das Foto hätte ich im Leben nicht gewusst, wonach ich suchen muss. Aber Tarver hat mich belogen, was die Bedeutung des Akronyms angeht. Er hat versucht, dieses Projekt als etwas Nobles darzustellen.«

»Ich mache mich gleich an die Arbeit. SAC Tyler sperrt sich immer noch gegen einen Durchsuchungsbefehl für Tarvers Haus. Vielleicht ändert er jetzt seine Meinung, nachdem er von dieser neuen Erkenntnis erfahren hat.«

»Nicht einmal Tyler kann so etwas ignorieren! Rufen Sie mich an, sobald Sie den Beschluss haben, okay?«

Kaiser legte auf.

Der Explorer war nur noch zwanzig Meter von der alten Bäckerei entfernt.

»Wohin willst du?«, fragte Will.

»Zu den Flügelfenstern auf der Vorderseite«, sagte sie.

»Sie sind aber geschwärzt.«

»Nicht alle. Sieh dir das auf der rechten Seite an. Ein paar sind durch klare Scheiben ersetzt worden.«

Will kurbelte das Steuer herum, und der Explorer kam vor einem der Klarglasfenster zum Stehen.

»Steig aus und behalte die Hand auf der Pistole«, sagte Alex.

»Glaubst du, sie könnten was versuchen?«

»Oh ja. Wir haben es hier mit einer gestörten Persönlichkeit zu tun.«

Sie stieg aus und ging zu den Fenstern. Jedes Paneel war zwanzig mal zwanzig Zentimeter groß, doch die nicht geschwärzten waren zu hoch, um hindurchzusehen.

»Kannst du mir eine Trittleiter machen?«

Will ging zu ihr, schob seine Pistole in die Hose, verschränkte die Hände vor dem Bauch und ging ein wenig in die Knie. Alex stieg in die verschränkten Hände und fühlte sich wie damals, als sie ein kleines Mädchen gewesen war und Grace sie auf diese Weise hinaufkatapultiert hatte zum untersten Ast des Popcorn-Baums in ihrem Garten. Die Erinnerung durchbohrte ihr Herz, doch sie bekam das gemauerte Sims zu fassen und zog sich zu der klaren Fensterscheibe hinauf.

»Was siehst du?«, fragte Will unter ihr.

»Noch nichts.«

Die Scheibe war verdreckt bis zum Gehtnichtmehr. Alex

spuckte auf das Glas und wischte mit dem Ärmel einen kleinen Kreis frei; dann drückte sie das Auge an das Glas und spähte ins Innere. Nachdem ihr Auge sich an die Dunkelheit gewöhnt hatte, entdeckte sie eine Wand voller Käfige. Dutzende von Käfigen. Und in jedem davon einen schlafenden Hund. Kleine Hunde. Beagles, wie es schien.

»Kannst du was erkennen?«, fragte Will. »Mein Rücken ist nämlich nicht mehr das, was er mal war.«

»Hunde. Dutzende von Hunden, die in ihren Käfigen schlafen.«

»Kein Wunder – schließlich züchten sie hier Hunde.«

»Ich weiß. Trotzdem, irgendwas ist merkwürdig an der Sache.«

»Und was?«

»Sie schlafen.«

»Und?«, schnaufte Will mühsam.

»Sie können unmöglich alle schlafen, oder?«

»Hast du nie das Sprichwort gehört: ›Weck keine schlafenden Hunde‹?«

Beinahe hätte Alex aufgelacht. »Es sind bestimmt hundert Stück, Will. Sie können unmöglich alle gleichzeitig schlafen!«

»Vielleicht sind sie betäubt worden …«

Während Alex in den verdunkelten Raum spähte, erklang das Geräusch eines Motors. Es kam näher und wurde von Sekunde zu Sekunde lauter. Noch bevor sie den roten Lieferwagen sah, der den eingezäunten Perimeter entlang davonraste, erwachte der Instinkt, der sie durch so viele erfolgreiche Geiselverhandlungen geführt hatte.

»Lauf!«, rief sie und sprang aus Wills Hand zu Boden.

»Was ist denn?«, ächzte er, wobei er gleichzeitig versuchte, seine Pistole zu ziehen und sich aufzurichten.

»Lauf, verdammt!« Alex packte ihn am Arm und zerrte ihn von der alten Bäckerei weg.

»Und was ist mit meinem Wagen?«, rief Will.

»Egal. Weg hier!«

Sie waren noch keine zehn Meter weit gekommen, als eine alles versengende Wand aus Feuer sie zu Boden stieß wie die Hand Gottes. Alex schlitterte über den Beton und schürfte sich dabei die Ellbogen ab. Sie schrie nach Will, hörte aber nichts außer einem gewaltigen Rauschen.

Es dauerte fast eine Minute, bis sie wieder atmen konnte. Langsam rollte sie sich herum und setzte sich auf.

Will war ein paar Meter entfernt auf den Knien und bemühte sich vergeblich, einen großen Glassplitter aus seinem Rücken zu ziehen. Hinter ihm stieg eine gewaltige Rauchsäule in den Himmel. Sämtliche Fenster der vorderen Fassade waren verschwunden. Hinter dem Rauch sah Alex blau-weiße Flammen, die mehr nach einem Bunsenbrenner als nach einem ungezähmten Feuer aussahen. Die Hitze, die aus dem Gebäude kam, war beinahe unerträglich.

Als sie sich auf die Beine mühte, hallte ein unmenschliches, fürchterliches Kreischen über den leeren Parkplatz. Eine Sekunde später schoss eine dunkle Affengestalt aus dem Gebäude. Sie rannte auf allen vieren davon und zog eine Wolke aus Feuer und Rauch hinter sich her.

Alex machte drei taumelnde Schritte auf Will zu. Sie sagte ihm, dass er den Splitter lassen sollte, wo er war; dann kippte sie vornüber aufs Gesicht.

47

Andrew Rusk hatte zwei Valium, eine Lorcet und einen Beta-Blocker genommen. Trotzdem hämmerte ihm das Herz bis zum Hals. Seinem Kopf ging es noch schlimmer. Er starrte in die geistlosen Augen seiner Frau und hatte das Gefühl, als hätte jemand seine Wirbelsäule an der Stelle gepackt, wo sie in den Schädel mündete, um sie herauszureißen.

»Aber ich *verstehe* das nicht!«, sagte Lisa wenigstens zum achten Mal in ebenso vielen Minuten.

»Diese Männer da draußen«, erklärte Rusk und deutete auf die dunklen Patio-Fenster des Hauses. »Diese Männer sind Agenten vom FBI.«

»Woher willst du das wissen? Vielleicht sind sie von der Steuerfahndung oder sonst was?«

»Ich weiß es, weil ich es weiß«, sagte er.

»Aber … *Kuba?*«, jammerte Lisa.

»Pssst!«, zischte Rusk und drückte ihren Oberarm. »Nicht so laut! Du musst flüstern!«

Sie riss sich von ihm los. »Das ist das erste Mal, dass du Kuba erwähnst! Warum? Vertraust du mir etwa nicht?«

Rusk hätte am liebsten geschrien: *Natürlich vertraue ich dir nicht, du dämliche Kuh!*

Mit einem Schmollmund zog Lisa sich auf das Sofa zurück und schob die Beine wie beim Yoga unter ihren Leib. Sie trug Radlerhosen und ein Tank Top, das die üblichen prachtvollen Einblicke gewährte.

»Kuba!«, sagte sie erneut. »Das ist noch nicht mal amerikanisch, oder?«

Er starrte sie offenen Mundes an. »Amerikanisch?«

»Du weißt schon. Kapitalistisch oder was auch immer.«

Lisas primäre Begabung war körperliche Schönheit gepaart mit einer unersättlichen Libido. Rusk hatte immer noch Schwierigkeiten bei der Vorstellung, dass eine Person mit durchschnittlicher Intelligenz wahrhaft intensive Leidenschaft zu empfinden imstande war, doch er hatte es, basierend auf empirischen Fakten, letztendlich akzeptiert. Vielleicht war es die Eitelkeit der Intellektuellen zu glauben, dass dumme Menschen den Sex nicht so sehr genießen konnten wie sie selbst. Aber vielleicht genossen sie ihn ja. Vielleicht genossen sie ihn sogar *mehr.* Trotzdem, Rusk bezweifelte es. Im Grunde sah er in Lisa eine Art Ausnahmetalent. Ein *Idiot savant* der sexuellen Techniken. Das war wunderbar im Schlafzimmer und bei unbedeutenderen gesellschaftlichen Anlässen. Doch wenn es um wirkliches Denken ging, ganz zu schweigen darum, Entscheidungen zu treffen, machte es die Dinge schwierig.

Er kniete vor der Couch nieder und nahm Lisas Hand. Er musste geduldig sein. Er musste sie überzeugen. Weil es keine anderen Möglichkeiten mehr gab. Sie mussten das Land verlassen, und zwar schnell. Thora Shepard lag im Kofferraum seines Cayenne unter einer Malerplane. Wenn einer der FBI-Agenten da draußen auf die Idee kam, das Gesetz ein wenig zu beugen und in die versperrte Garage einzubrechen, war alles vorbei.

Rusk hatte versucht, seine Erinnerungen an den Nachmittag auszublenden, doch es war ihm nicht gelungen. Nach den ersten euphorischen Augenblicken des Triumphs hatte er voller Entsetzen auf Thoras zerschmetterten Schädel zu seinen Füßen hinuntergeblickt – doch er war nicht erstarrt. Der Extremsport hatte ihm eine Lektion unauslöschlich eingebrannt: Zögern kann tödlich sein. Im Wissen, dass der Pferdeschwanz jeden Augenblick zurückkehren konnte, hatte er Thora in die Malerplane gewickelt und ihren federleichten Leichnam durch die Reihen von Metallständern hindurch zu einem weit entfernten Büro auf der Baustelle des fünfzehnten Stockwerks getragen. Dort war ihm ein Geschenk Gottes in den Schoß gefallen: Ein mit Rädern versehener Zweihundertvierzig-Liter-Großbehälter für Abfälle, mit dem Markennamen MIGHT AS WELL im Deckel eingeprägt. Thora hatte locker hineingepasst, und er war mit dem Behälter direkt in die Garage gefahren. Er hatte Thora hinten in seinen Cayenne gelegt und war – nachdem er den Abfallbehälter zu einer anderen Stelle im fünfzehnten Stock zurückgebracht hatte – in sein Büro zurückgekehrt, als wäre nichts geschehen.

Doch es *war* etwas geschehen. Und seit jener mörderischen Minute hatte er gefühlt, wie seine Zeit als freier Mann zerrann wie Blut aus einer durchtrennten Schlagader. Er hatte einen Fluchtplan, doch um ihn umzusetzen, musste er sich zuerst der Observation durch das FBI entziehen. Und er wusste nicht, wie er das bewerkstelligen sollte. Er hegte immer noch die Hoffnung, dass Tarver kommen und ihn retten würde – falls er nicht selbst längst geflohen war. Der Doktor hatte via E-Mail ein Notfalltreffen im Chickamauga Hunting Camp erbeten, doch Rusk hatte sich außerstande gesehen, den Termin zu halten, ohne das FBI auf die Fährte zu bringen.

Beinahe wäre er in Panik ausgebrochen. Er war in das Büro eines Freundes im gleichen Haus gegangen und hatte Tarver eine E-Mail geschickt, in der er sämtliche Bedrohungen zusammengefasst hatte, mit denen sie zu tun hatten – in der Hoffnung, dass Tarver sich irgendwie durch das Netz würde mogeln können, das sich immer mehr zusammenzog. Doch wenn Tarver sich nicht bald meldete, blieb Rusk nichts anderes übrig, als drastische Maßnahmen zu ergreifen. Beispielsweise seinen Vater anzurufen. Er fürchtete den bloßen Gedanken, doch an diesem Punkt – ohne die Hilfe von Tarver – brauchte es in der Tat den legendären Einfluss und die Verbindungen von A. J. Rusk, um ihn zu retten.

»Lisa, Honey«, sagte er leise. »Wir reden nur über ein paar Monate in Kuba. Ich habe eine wunderbare Yacht für uns ausgesucht, auf der wir gleich in der Marina wohnen. Leute wie Sinatra haben Unsummen auf den Tisch gelegt, um dort mit Ava Gardner und Marilyn Monroe abzuhängen.«

»Sicher. Aber das war im Mittelalter.« Lisa war neunundzwanzig Jahre alt.

»Castro ist Geschichte, Baby. Er kann jeden Tag sterben. Vielleicht ist er schon tot.«

Sie blickte immer noch skeptisch drein. »Hat nicht Kennedy mehrmals versucht, ihn ermorden zu lassen?«

Rusk hätte Oliver Stone auf der Stelle umbringen können. »Das spielt doch keine Rolle, Baby. Sobald die Lage sich ein wenig beruhigt hat, legen wir uns andere Namen zu und ziehen nach Costa Rica. Und Costa Rica ist ein Paradies.«

»Aber ich *mag* meinen Namen!«

Rusk drückte ihre Hand. »Versuch es mal so zu sehen: Mit deinem jetzigen Namen bist du vielleicht fünf Millionen Mäuse wert. Mit einem neuen Namen wärst du zwanzig Millionen schwer. Das ist ein gewaltiger Unterschied.«

Damit gewann er ihre Aufmerksamkeit. »Zwanzig Millionen Dollar?«

Er nickte mit der Ernsthaftigkeit, die eine solche Summe verlangte. Er konnte sehen, wie es hinten in ihrem Kopf arbeitete. Trotz der hämmernden Schmerzen an der Schädelbasis brachte er ein Lächeln zustande. »Das ist eine Menge Kohle, Honey.«

»Aber warum können wir nicht gleich nach Costa Rica gehen?«, fragte sie mit störrischer Kleinmädchenstimme.

Er seufzte. »Weil es nicht sicher wäre. Wir müssen warten, bis das FBI Costa Rica überprüft und nichts gefunden hat. Anschließend können wir dorthin.«

»Was hast du denn angestellt, Andy? Du hast gesagt, es wäre eine Steuergeschichte.«

Was ich angestellt habe? Ich habe eine Frau umgebracht, die dir sehr ähnlich gesehen hat, nur noch ein ganzes Stück besser. Und wenn du so weitermachst, mache ich dich vielleicht auch noch kalt. Er blickte besorgt zu den dunklen Fenstern. »Du verstehst nichts von diesen Dingen, Lisa. Die Wahrheit ist schlicht und einfach, dass wir keine andere Wahl haben.«

Sie bedachte ihn mit einem langen Blick, dessen Kälte ihn überraschte. »Vielleicht hast *du* keine andere Wahl. Aber *ich* habe nichts getan. Ich kann hierbleiben, bis es in Costa Rica sicher ist. Danach komme ich zu dir.«

Rusk starrte sie ungläubig an. Sie klang genauso wie Thora Shepard. »Du würdest ohne mich hierbleiben wollen?«

»Ich will nicht. Aber ich bin nicht diejenige, die weg will, Andy. Das bist du!«

Sie hatte recht. Kuba war ihm als unglaubliche coole Idee erschienen, als Tarver vor fünf Jahren den Vorschlag gemacht hatte. Es war einer der letzten mysteriösen Orte auf Erden, der letzte Außenposten der Kommunisten, abgesehen von China. Und Kuba erstrahlte in diesem Hemingway-Glamour. Welchen besseren Zufluchtsort konnte es für einen Macho geben? Auf Kuba war der verfluchte Kalte Krieg immer noch in vollem Gange! Andererseits war Castro inzwischen krank geworden, und niemand wusste, was wirklich in diesem Land los war. Und achtundvierzig Stunden nach dem Durchtrennen der Nabelschnur zu Dr. Tarver erschien

Andrew die Aussicht alles andere als verlockend, in einem postkommunistischen Chaos auf Kuba leben zu müssen. Lisa für ihren Teil hatte nicht die geringste Lust dazu. Vielleicht war sie am Ende doch nicht so dumm, wie er immer geglaubt hatte.

»Ich kann nicht nach Kuba, Andy. Ich kann einfach nicht«, sagte sie mit unerwartetem Nachdruck. »Ich verspreche, dass ich nach Costa Rica komme, sobald du dort bist. Aber ich will nicht meine Mom und meine Freundinnen zurücklassen, um nach Kuba zu gehen.«

»Baby … wenn wir erst dort sind, wirst du schon sehen, wie großartig das Land ist. Jetzt geh nach oben und pack das Nötigste, um die Staaten zu verlassen. Ein Koffer, okay? Mehr nicht.«

Anstatt zu gehorchen, schob Lisa den Unterkiefer vor und starrte ihn trotzig an. »Ich sagte, ich komme nicht mit! Du kannst mich nicht zwingen. Wenn du es versuchst, reiche ich die Scheidung ein.«

Zum zweiten Mal an diesem Nachmittag war Rusk sprachlos vor Überraschung. Lisa bluffte nur, es konnte gar nicht anders sein. Er hatte einen wasserdichten Ehevertrag aufgesetzt. Wenn sie sich von ihm scheiden ließ, bekam sie fast nichts. Nun ja … das entsprach nicht mehr ganz den Tatsachen. Im Verlauf der letzten drei Jahre hatte er aus steuerlichen Gründen einige beträchtliche Werte auf sie übertragen. Zum damaligen Zeitpunkt war es ihm vernünftig erschienen. Doch jetzt … jetzt war er angeschmiert, genauso angeschmiert wie einer seiner vielen jammernden Mandanten.

Ehe er wusste, was er tat, lag seine rechte Hand an ihrer Kehle.

»Noch einen Zentimeter, und ich schreie!«, sagte sie tonlos. »Und wenn diese Typen vom FBI ins Haus platzen, erzähle ich ihnen von jedem Steuerschwindel, von dem ich weiß.«

Rusk wich vor seiner Frau zurück. Wer zur Hölle war diese Person? Und warum hatte er sie geheiratet?

Es spielt keine Rolle, sagte er sich. *Soll sie hingehen, wo der Pfeffer wächst. Solange ich aus dem Land verschwinde, ist es egal, was sie macht. Sie kann ein paar Millionen haben. Es ist mehr als genug für mich übrig. Wenn nur der verdammte Tarver endlich auf der Bildfläche erscheinen würde …*

Er ging nach draußen, um seine E-Mails auf dem PC im Büro abzurufen, doch sobald er durch die Tür trat, sah er eine massige Gestalt, deren Gesicht im Dunkeln lag.

»Hallo, Andrew«, sagte Dr. Tarver. »Ziemlich viel Betrieb da draußen. Hatten Sie mich schon aufgegeben?«

Rusk konnte die Miene des Mannes nicht lesen, doch er hörte die Erheiterung in der Stimme. Dieser Bursche war durch nichts zu erschüttern. »Wie sind Sie unbemerkt an den FBI-Leuten vorbeigekommen?«

Tarver antwortete mit einem leisen Lachen. »Ich bin im Herzen ein Junge vom Lande geblieben, Andrew. Erinnern Sie sich an damals, als ich den Ghost geschossen habe?«

Verdammt, ja, dachte Rusk bewundernd, als er sich den legendären Zwölfender ins Gedächtnis rief. »Sie haben damals viele Leute verärgert.«

Tarver schlang einen großen Rucksack von den Schultern und ließ ihn zu Boden gleiten. Irgendetwas Schweres schien darin zu sein.

»Können wir irgendwie raus?«, fragte Rusk in bemüht gelassenem Tonfall. »Ich meine, haben Sie eine Idee?«

»Haben Sie mich jemals ohne Idee erlebt, Andrew?«

Rusk schüttelte den Kopf. Es stimmte – auch wenn er sich nicht erinnern konnte, dass sie jemals zuvor so in der Klemme gesessen hatten.

»Danke übrigens für die E-Mail heute Nachmittag bezüglich Alexandra Morse. Ich hatte den Verdacht, dass sie auf eigene Faust handelte, doch ich hatte keine Ahnung, dass ihr eigener Laden sie rauswerfen will. Höchst praktisch.«

Während Rusk noch über Tarvers Worten rätselte, wandte der Doktor sich zum Büro um. »Rufen Sie Lisa her, Andrew. Wir müssen anfangen.«

Warum ausgerechnet das Büro?, wollte Rusk fragen, doch dann wurde ihm die Antwort klar: Das Arbeitszimmer hatte keine Fenster nach draußen. Er blickte über die Schulter. »Lisa? Komm bitte mal.«

»Nein, komm du!«, erklang die trotzige Antwort.

»*Lisa.* Wir haben Besuch.«

»Besuch? Oh, das ist was anderes. Ich komme.«

Mit Tarvers Auftauchen spürte Rusk seine männliche Überlegenheit zurückkehren. Er wollte eine witzige Bemerkung machen und drehte sich zu Tarver um – gerade rechtzeitig, um zu sehen, wie der Doktor eine Pistole hob und ihm damit in die Brust schoss.

Alex kämpfte sich aus einem dunklen Ozean hinauf in grelles weißes Licht.

»Alex?«, fragte eine tiefe Stimme. »Alex!«

»Ich bin da.« Sie schirmte ihre Augen mit der linken Hand ab und streckte die rechte aus. »Fass es nicht an, Onkel Will!«

»Ich bin nicht Onkel Will«, sagte die Stimme, und nach und nach zog sich der verschwommene Fleck über ihr zu dem Gesicht von John Kaiser zusammen. In seinen haselnussbraunen Augen stand eine väterliche Sorge, wie ihr eigener Vater oder Onkel Will nicht mehr hätten zeigen können. »Sie sind in der Notaufnahme in der Uniklinik«, sagte Kaiser. »Sie haben eine ziemlich schlimme Gehirnerschütterung, doch ansonsten scheint Ihnen nichts zu fehlen.«

»Wo ist Onkel Will?«, fragte Alex und packte die Hand des Agenten, um sich zu stützen. »Sagen Sie mir, dass er nicht tot ist!«

»Er lebt. Er könnte allerdings innere Verletzungen davongetragen haben. Die Ärzte haben seine Wunden genäht und ihn für vierundzwanzig Stunden zur Beobachtung aufgenommen. Sie ebenfalls, Alex.«

Sie wollte sich aufsetzen, doch eine Woge der Übelkeit rollte durch ihren Magen. Kaiser drückte sie behutsam zurück auf die Untersuchungsliege.

»Wie lange war ich bewusstlos?«

»Mehrere Stunden. Es ist Nacht.«

»Es tut mir leid, John, ich … ich habe Sie angelogen. Ich weiß, Sie haben mir gesagt, dass ich mich dort fernhalten soll …«

»Verschwenden Sie nicht Ihre Energie. Ich hätte wissen müssen, dass Sie trotzdem hinfahren, ganz gleich, was man Ihnen sagt. Ich an Ihrer Stelle hätte wahrscheinlich genauso gehandelt.«

»Was ist eigentlich passiert? Eine Bombe?«

»Das frage ich Sie.«

Alex schüttelte den Kopf, versuchte sich zu erinnern. »Ich weiß nur, dass ich durch ein Fenster geblickt und Hunde gesehen habe … Dutzende, Hunderte, und alle schliefen. Jeder einzelne. Es schien irgendwie nicht … nicht richtig, verstehen Sie? Kein einziger Hund war wach. Dann hörte ich einen Motor und sah aus dem Augenwinkel einen davonrasenden Van. Er sah genauso aus wie der Wagen, der mich in Natchez verfolgt hat, nur dass er rot war. In diesem Augenblick *wusste* ich, was los war. Verstehen Sie?«

Kaiser nickte unmerklich. An seinen Augen sah sie, dass er selbst auch schon ähnliche intuitive Momente erlebt hatte.

»Ich *wusste,* dass Noel Traver und Eldon Tarver ein und dieselbe Person sind, ich wusste, dass Tarver flüchten wollte und mich aus einem bestimmten Grund so nah an sich hatte herankommen lassen.«

»Sie haben Tarver vor Ort gesehen?«

»Nein, aber ich habe ihn *gespürt.* Er wollte mich ausschalten – mitsamt den Beweisen, die sich in diesem Gebäude befanden, wie immer sie aussahen.«

Ihre Antwort schien Kaiser zu entmutigen.

»Haben Sie den Durchsuchungsbeschluss für das Haus?«, fragte sie. »Oder stellt Tyler sich immer noch quer und will keine eingehende Untersuchung?«

Kaiser seufzte schwer. »Nicht ganz. Wir haben den Beschluss für Tarvers Wohnung. Derzeit ist ein Team dort.«

Alex hob die Augenbrauen.

»Bis jetzt haben sie nichts Belastendes gefunden. Rein gar nichts.«

»Nichts, das ihn mit Rusk in Verbindung bringt?«

Kaiser schüttelte den Kopf. »Aber diese Geschichte über das Virus Cancer Project, die Sie herausgefunden haben, ist atemberaubend. Das und die Explosion in der Hundezucht haben SAC Tyler bewegt, den Richter um einen Durchsuchungsbeschluss zu bitten. Wir müssen nur noch ein paar Beweise für Straftaten finden, die weniger als dreißig Jahre zurückliegen.«

»Was ist mit Rusk? Sie sollten sein Büro und sein Haus ebenfalls durchsuchen.«

»Tyler sträubt sich mit Händen und Füßen dagegen. Er sagt, es gäbe keinerlei Veranlassung, gegen Rusk zu ermitteln, geschweige denn sein Haus und seine Kanzlei zu durchsuchen. Rein technisch betrachtet hat er sogar recht damit.«

»Kommen Sie, John! Tyler ist nur …«

»Der Leitende Spezialagent. Vergessen Sie das nicht, Alex. Er hat die Befehlsgewalt über jeden Agenten im Bundesstaat Mississippi. Keine Sorge, Rusk sitzt im Augenblick in seinem Haus fest. Ich habe sechs Leute, die ihn rund um die Uhr überwachen.«

»Keine Idee, wo Tarver sein könnte?«

»Keine.«

»Thora Shepard?«

Kaiser blickte verlegen drein. »Sie war heute Nachmittag bei Rusk in der Kanzlei, aber irgendwie ist sie nach draußen geschlüpft, ohne dass unsere Jungs es bemerkt hätten.«

»Das kann doch nicht wahr sein!«, rief Alex und wollte erneut von ihrer Untersuchungsliege hoch.

»Es ist ein großes Gebäude, Alex, in dem eine Menge Leute arbeiten. Vier Agenten haben einfach nicht gereicht.«

»Was ist mit Chris?«

Kaiser drückte sie auf die Liege zurück. »Dr. Shepard ist hier im Hospital.«

Angst durchzuckte sie wie ein Stich.

»Er ist bei Bewusstsein, und es geht ihm ein wenig besser. Er hat hohes Fieber und ist stark dehydriert. Er hat vom Hotel aus einen Notruf abgesetzt. Als er hier eingeliefert wurde, fragte er nach einem alten Studienkollegen, Dr. Clarke.«

»Dem Onkologen meiner Mutter?«

»Genau. Dr. Clarke und Dr. Cage haben Chris in die onkologische Abteilung verlegt, nur ein paar Türen weiter als Ihre Mutter, und sie haben einen Spezialisten vom Sloan-Kettering hinzugezogen.«

Alex konnte Kaisers Ausführungen kaum folgen. Sie fühlte sich, als wäre sie nach einer Operation aus der Vollnarkose erwacht. »Was ist mit Chris' Sohn, Ben Shepard? Er ist erst neun Jahre alt, und er ist zurzeit bei einer älteren Frau in Natchez. Hat jemand nach ihm gesehen?«

»Dr. Shepard war im Fieberwahn, als er eingeliefert wurde, aber er hat immer wieder nach dem Jungen gefragt – und übrigens auch nach Ihnen. Schließlich fand er genügend Kraft, um einen Anruf zu machen. Ben scheint es soweit gut zu gehen, und Dr. Cage hat versprochen, nach ihm zu sehen.«

Alex versuchte, die Situation durch den Nebel in ihrem Kopf hindurch von allen Seiten zu durchleuchten. »Thora könnte eine Bedrohung für Ben sein«, dachte sie laut. »Sie muss außer sich sein vor Angst. Außerdem ist sie eine Bedrohung für Andrew Rusk und seinen Komplizen. Was ist, wenn sie dieses Gebäude nie verlassen hat, John? Wenn sie sich in Rucks Kanzlei versteckt?«

Kaiser dachte über diese Möglichkeit nach.

Alex packte seinen Arm. »Oder wenn Rusk sie dort oben getötet hat …?«

»Rusk hat bis jetzt noch niemanden getötet, oder?«

»Ich weiß es nicht. Aber … verdammt, John, vielleicht war Tarver heute oben in Rusks Büro. Können Sie das mit Bestimmtheit ausschließen?«

»Nein. Es wäre möglich. Halten Sie es für wahrscheinlich, dass die beiden so schnell gegen Thora vorgehen?«

»Ich sage nur zwei Worte: William Braid.«

Kaiser verzog das Gesicht. »Sie haben recht. Also schön, ich trommle ein paar Leute zusammen, die den Turm durchsuchen.«

»Offiziell?«

»Nein. Aber wenn wir eine Leiche finden, können wir Rusk vorläufig festnehmen und beim Verhör in die Mangel nehmen.«

»Ich hoffe, Sie finden eine verängstigte Frau und keine Leiche. Will Kilmer hat mitgehört, wie Thora Rusk angeschrien hat, er solle seine Aktion gegen Chris abbrechen. Wenn wir sie zur Kronzeugin machen könnten, hätten wir Rusk am Wickel. Ich garantiere Ihnen, Rusk würde sich auf einen Handel einlassen und uns Tarver ans Messer liefern.«

»Sie glauben tatsächlich, Thora würde reden?«

»Zeigen Sie ihr die Alternative auf, und sie bricht zusammen. Sie würde nicht einen Tag im Gefängnis durchhalten.«

Kaiser drückte Alex' Schulter. »Ich muss jetzt los. Es wird Zeit, dass Sie sich ein wenig ausruhen.«

Alex schnaubte verächtlich. »Sie wissen, dass ich kein Auge zumachen werde, solange die Dinge im Fluss sind!«

»Dann bitte ich den Arzt, Ihnen ein Beruhigungsmittel zu geben.«

»Man darf jemandem mit einer Gehirnerschütterung kein Beruhigungsmittel verabreichen.«

Kaiser schüttelte verärgert den Kopf, doch Alex konnte sehen, wie froh er war, dass es ihr gut genug ging, um mit ihm zu streiten.

»Wenn Sie die Ärzte überreden können, mich zu entlassen, versprechen ich Ihnen, dass ich im Hospital bleibe«, sagte sie. »Ich verbringe die Nacht im Zimmer meiner Mutter. Auf diese Weise kann ich auf sie und auf Chris aufpassen.«

Kaiser starrte sie sekundenlang an. »Bleiben Sie hier«, sagte er schließlich. »Bleiben Sie hier in diesem Zimmer, und ich sehe zu, was ich für Sie tun kann.«

48

Andrew Rusk erwachte blinzelnd in einer Hölle quälender Alpträume. Dr. Tarver hatte ihn mit Klebeband an den Sessel hinter seinem Schreibtisch gefesselt. Sein Mund war mit Klebeband verschlossen. Lisa saß ihm gegenüber auf dem Ledersofa. Ihre dünnen Handgelenke und Knöchel waren ebenfalls mit Klebeband aneinandergebunden, und ein silbernes Rechteck verschloss ihren Mund. Ihre Augen wirkten doppelt so groß wie sonst und waren verdreht, sodass fast nur noch das Weiße darin zu sehen war.

Tarver stand zwischen Lisa und dem Schreibtisch und hielt beide Arme hoch über den Kopf. In den Händen hielt er zwei dicke, schwarze Schlangen, deren Köpfe so groß waren wie eine Männerfaust. In Tarvers Augen funkelte es irre. Manche hätten es religiöse Besessenheit genannt, doch Rusk wusste es besser: Eldon Tarver war so weit von Gott entfernt, wie ein Mensch nur sein konnte. Der Doktor tänzelte durch den Raum, als wollte er die sich um seine Unterarme windenden Schlangen hypnotisieren, doch die geschmeidigen Leiber bewegten sich unaufhörlich.

Im Büro stank es nach Urin, und bald sah Rusk den Grund dafür. Lisas Radlerhosen waren vom Bauchnabel bis zu den Knien nass. Er selbst schwitzte am ganzen Leib; wenigstens hatte er sich bis jetzt noch nicht in die Hosen gemacht. Das Pochen in seinem Hinterkopf hatte fast aufgehört – oder es wurde überlagert von dem Schmerz, der von seiner Brust ausstrahlte. Panik stieg in ihm auf. Dann sah er die beiden kleinen Blutflecken auf seinem Hemd und das Gewirr aus dünnem, silbernem Draht zu Dr. Tarvers Füßen. *Taserdraht.* Jetzt erinnerte er sich wieder an die Pistole draußen in der Halle und den Schuss aus kürzester Distanz, der ihn in die Brust getroffen hatte. Es war eine Betäubungswaffe gewesen. So hatte Tarver ihn also in den Sessel verfrachten und fesseln können.

Tarver unterbrach seinen unheimlichen Tanz und setzte sich seitlich auf den Schreibtisch, mit dem Gesicht zu Rusk. Die Schlange, die Andrew am nächsten war, war dicker als sein Unterarm. Sie besaß einen diamantförmigen Kopf und prall gefüllte Giftdrüsen unter den Augen. *Eine Wassermokassin,* dachte Rusk. Sein Schließmuskel verkrampfte sich unwillkürlich. Im Gegensatz zu allen anderen Schlangen ergriffen Wassermokassins nicht die Flucht, wenn Menschen sich näherten. Sie waren extrem territorial und stellten sich jedem Angreifer. Manchmal attackierten sie sogar von sich aus und verfolgten Eindringlinge.

»Sie denken nach, Andrew«, sagte Dr. Tarver. »Ich bin sicher, inzwischen haben Sie herausgefunden, aus welchem Grund ich hergekommen bin.«

Rusk schüttelte den Kopf, doch er konnte es sich tatsächlich denken. Eldon Tarver hatte keinen Ring bewaffneter Agenten des FBI durchbrochen, um in Rusks Arbeitszimmer einen Schlangentanz aufzuführen. Er wollte die Diamanten. *Alle Diamanten.*

»Nein?«, sagte Tarver. »Vielleicht sind Sie ein wenig abgelenkt von meinen Freundinnen hier.«

Er streckte die rechte Hand aus, bis der Kopf der Schlange nah genug war, um Rusk ins Gesicht zu beißen. Rusks Kehle war plötzlich wie zugeschnürt, und er konnte kaum noch atmen. Die Pupillen der Mokassin waren senkrechte Ellipsen, wie Katzenaugen. Rusk sah die wärmeempfindlichen Gruben. Als spürte sie seine Angst, riss die Mokassin das Maul auf und enthüllte ein weißes Oval mit tödlichen, fünf Zentimeter langen Giftzähnen.

Der Gestank aus ihrem Maul war widerwärtig – tote Fische und andere namenlose Kreaturen –, doch Rusk war über dieses Stadium hinaus. Als der Doktor ihm die Schlange noch dichter vors Gesicht hielt, flutete der Ozean aus Urin, den Rusk in der Junior Highschool stets erfolgreich zurückgehalten hatte, seine Khakis.

»Die Diamanten, Andrew«, sagte Tarver. »Wo sind sie?«

Lisa wimmerte auf dem Sofa ununterbrochen leise vor sich hin, doch Rusk zwang sich, nicht zu ihr zu schauen. Er brauchte jetzt all seine Geistesgegenwart. Er wünschte, Tarver hätte ihm nicht den Mund zugeklebt. Ohne Stimme fühlte er sich ohnmächtig. Er war schließlich Anwalt, ein Magier in der Kunst des Überzeugens –

zumindest hatte ein Reporter des *Clarion-Ledger* mal etwas in der Art über ihn geschrieben. Vielleicht war das auch der Grund, weshalb Tarver ihm den Mund zugeklebt hatte.

Blödsinn, sagte die Stimme seines Vaters. *Er hat dir den Mund zugeklebt, damit du nicht schreien und das FBI vor der Tür alarmieren kannst.* Rusk hasste diese Stimme, doch er wusste, dass sie recht hatte. Es war kein Platz mehr für Illusionen. Dr. Tarver war wieder aufgestanden und drehte sich langsam um die eigene Achse, während er die Arme hob und senkte. *Die Bewegung scheint zu bewirken, dass die Schlangen ihn nicht beißen. Vielleicht ist es auch nur Höflichkeit – von einem kaltblütigen Killer zum anderen.*

»Wo sind sie, Andrew?«, fragte Tarver mit seiner Singsang-Stimme. »Möchten Sie eine ganz persönliche Begegnung mit diesen Geschöpfen Gottes? Vielleicht mag Ihre hübsche kleine Ehefrau diese Schlangen ja lieber als Sie.«

Tarver ging zu Lisa. Sie rollte sich auf dem Sofa in eine Fötushaltung und wimmerte leise, während sie abwechselnd die Augen weit aufriss und fest zusammenkniff, unfähig, das Entsetzen zu ertragen und zu sehr von der Angst erfüllt, sie könnte gebissen werden, während sie die Lider geschlossen hielt.

»Es sind heilige Geschöpfe, Lisa«, murmelte Tarver. »Sie verkörpern das Leben und den Tod zugleich. Tod und Wiedergeburt. Ich bin sicher, Sie sehen die Schlange im Paradies vor sich, die Eva so leicht verführen konnte ...« Er beugte sich vor und liebkoste Lisas Schenkel mit einem schuppigen Schwanz. »Aber das ist eine *sehr beschränkte* Sichtweise.«

Der Schrei aus Lisas Brust blähte ihre Wangen und brach sich trompetend durch die Nase Bahn. *Noch ein paar Schreie wie dieser, und ihre Nase fängt an zu bluten,* dachte Rusk. *Sie wird in ihrem eigenen Blut ertrinken.*

Tarver lachte leise, wich zwei Schritte zurück und öffnete mit der Fußspitze einen weißen Beutel. Dann schob er eine der Mokassin-Schlangen hinein, trat mit dem Fuß auf die Öffnung des Beutels und zog sie mit einem Durchziehband zusammen. Dann kam er zum Schreibtisch zurück und wandte sich erneut an Rusk, während er den Kopf der verbliebenen Schlange streichelte.

»Ich werde das Klebeband von Ihren Lippen reißen, Andrew. Sie werden nicht schreien. Sie werden nicht um Ihr Leben betteln oder das Ihrer Frau. Ich weiß, dass die Steine hier sind. Ich kenne Ihren Fluchtplan, Sie erinnern sich? Ich selbst habe ihn entwickelt. Aber jetzt ist es an der Zeit, sich von diesem Traum zu verabschieden und das nackte Leben zu retten. Seien Sie der kluge Mann, für den Sie sich immer gehalten haben.«

Er streckte die Hand aus und zog ein paar Zentimeter Klebeband von Rusks Mund. Rusk hatte die Instruktionen noch in den Ohren, war aber nicht imstande, sich daran zu halten. Mit einem trockenen Krächzen sagte er: »Sie werden mich doch sowieso töten, egal was ich tue.«

Tarver schüttelte in einem Ausdruck des Bedauerns den Kopf, ging in eine Zimmerecke und nahm einen Putter, den Rusk dort aufbewahrte, um das Einlochen zu üben. Indem Tarver den Schläger am Kopf packte, begann er, die Mokassin mit dem belederten Griff zu reizen. Er stieß ihr immer wieder gegen das Maul und brachte die Schlange dazu, ihre Fänge zu entblößen und nach dem Schläger zu schnappen.

Ein scharfer Geruch nach Moschus erfüllte den Raum, ein fremdartiger und doch irgendwie vertrauter Geruch, nachdem Rusk ihn zwei- oder dreimal eingeatmet hatte. Ein primitiver Teil seines Gehirns hatte den Geruch eines gestressten Reptils wiedererkannt – ein sumpfiger Geruch, der Panik in ihm aufsteigen ließ.

»Sie ist ein furchterregender Killer«, erklärte der Doktor. *»Agkistrodon piscivorus.* Nicht zu vergleichen mit einer Korallenschlange. Korallenschlangen sind giftiger, was die Dosierung angeht, doch die Wirkungen bei einer Vergiftung sind vollkommen anders. Bei Korallenschlangen erzeugt der Biss Starre, Schweißausbrüche, Atemnot und Betäubung, bis schließlich der Tod eintritt. Bei diesen Babys hier jedoch sind die Konsequenzen viel hässlicher. Das Gift ist ein Hämotoxin, eine komplexe Mischung aus Proteinen. In dem Augenblick, da sie injiziert werden, beginnen sie mit der Zerstörung der Blutzellen und lösen die Gefäßwände auf. Sie zersetzen sogar die Muskulatur. Die Schmerzen sind unbeschreiblich, wie man mir berichtet hat, und die Schwellungen … mein Gott, ich habe gesehen, wie die Haut über einem Biss geplatzt ist. Binnen weniger Stunden setzt Gewebsnekrose ein, und die Haut wird schwarz wie Teer. Es ist eine Erfahrung, die das ganze Leben verändert, Andrew, *falls* man sie überlebt. Sind Sie sicher, dass Sie Ihre Meinung nicht ändern wollen?«

Rusk starrte Tarver in völliger Resignation an. Ganz gleich, was der Doktor ihnen versprach – er würde sie in dieser Nacht töten. Zu Rusks Erstaunen nahm ihm diese Erkenntnis einen großen Teil seiner Angst. Er hatte den Tod in der Vergangenheit oft herausgefordert, doch es war stets seine eigene Entscheidung gewesen, meist in Gesellschaft anderer Yuppies auf der Suche nach Nervenkitzel – Burschen, die genau wussten, dass Rettungsprofis ihre Ärsche aus einem Feuer oder von einem Berg herunterholen würden, falls mal etwas schiefging.

Das hier war anders.

Das hier war ein Kampf bis zum unausweichlichen Tod, und er hatte keine Verbündeten auf seiner Seite. Was er wusste, war Folgendes: Er war bereit, einen qualvollen Tod zu sterben, doch er war nicht bereit, Eldon Tarver die Früchte von fünf Jahren Arbeit stehlen zu lassen. Rusk wusste außerdem, dass sein neu gefundener Mut nicht auf einem Schwall von Endorphinen basierte, die sich in wenigen Minuten wieder verflüchtigen würden. Irgendwo tief ihn ihm hatte ein Stück Pfadfinder überlebt. Und dieser Pfadfinder wusste, dass die Bisse von Wassermokassins und Klapperschlangen zwar ganz so schmerzhaft waren, wie Tarver sie beschrieben hatte, doch sie führten selten zum Tod. Wenn die Wassermokassin, die sich um Tarvers Arm wand, Rusk in eine Extremität biss, konnte es durchaus sein, dass er bis zum Morgen einen Arm oder sogar ein Bein verlor. Doch er würde nicht sterben. Und darin lag sein insgeheimer Vorteil: Er war *bereit,* für zwanzig Millionen Dollar einen Arm herzugeben. Denn am Morgen würden die Agenten draußen fragen, wieso er nicht zur Arbeit gefahren war. Und wenn Alex Morse sie so hart antrieb, wie sie es üblicherweise tat, verschafften die Agenten sich vielleicht sogar schon früher Zutritt. Rusk blickte Tarver fest in die Augen. »Die Diamanten sind nicht hier«, sagte er.

Was als Nächstes geschah, ließ all seine logische Argumentation wie ein Kartenhaus in sich zusammenfallen. Tarver beugte sich zu Lisa hinüber, klopfte der Schlange zweimal mit dem Schläger auf das Maul und ließ sie los. Die Mokassin schlug blitzschnell zu und erwischte Lisa am Oberkörper. Für eine Sekunde war alles verschwommen. Als der Tumult endete, hatte die Schlange sich fest in Lisas Unterarm verbissen. Lisa sprang vom Sofa auf und schleuderte ihre gefesselten Arme umher, als wäre sie von Dämonen besessen. Endlich ließ die Schlange los, und ihr schwerer Leib wurde gegen eine Reihe Bücher im Regal geschleudert.

Tarver war blitzschnell über dem Tier. Er lenkte die Mokassin mit dem blitzenden Kopf des Putters ab, packte die Schlange hinter dem Kopf und hob sie hoch.

Lisa war auf dem Sofa zusammengebrochen und starrte auf zwei punktförmige Wunden in ihrem Arm. Ihr Atem ging schneller und schneller; dann drang Schaum aus ihren Nasenlöchern. Als sie wie in Krämpfen zuckte, fürchtete Rusk, sie könnte einen Herzanfall erlitten haben.

Tarver kehrte zum Schreibtisch zurück. In seinen Augen war keine Regung zu erkennen. »Sie sehen, welche Folgen es hat, wenn jemand nicht kooperieren will. Ich gebe Ihnen noch eine letzte Chance, Andrew. Aber vorher möchte ich Ihnen etwas erklären. Ich habe nicht die Absicht, Sie zu töten. Wenn ich Sie töte, bringt das einen Haufen Probleme für mich. Ihr EX-NIHILO-Mechanismus beispielsweise. Ganz zu schweigen von der Morduntersuchung. Aber wenn ich Sie am Leben lasse, gibt es keine Mordermittlung, und Sie selbst kümmern sich für mich um EX NIHILO. Sie können dieses Geständnis nicht an die Behörden leiten, weil Sie selbst sich ebenfalls schuldig gemacht haben. Ihnen sind die Hände gebunden, so wie es von Anfang an war. Sehen Sie? Sie können diese Nacht überleben. Ihre Diamanten sind der Preis dafür. Ich weiß, dass Sie sich darauf gefreut hatten, das Geld auszugeben, aber was ist schon Geld im Vergleich zu dreißig oder vierzig Jahren Leben? Sie haben reichlich Zeit, mehr zu verdienen. Ich nicht. Ich muss nehmen, was das Leben mir bietet.«

Tarver kam um den Schreibtisch herum und setzte sich wenige Zentimeter vor ihn. Die Mokassinschlange kämpfte darum, sich zu befreien. »Vertrauen Sie der Logik, Andrew. Ich bin viel sicherer, wenn Sie leben, als wenn Sie tot sind.«

Rusk blickte zur anderen Seite des Zimmers. Lisa lag zitternd auf dem Sofa und starrte immer noch auf die Löcher in ihrem Unterarm. Zwei dünne Fäden aus Blut und einer gelben Flüssigkeit waren bis zu ihrer Hand getröpfelt, und an der Stelle des Bisses war bereits eine Schwellung zu sehen. Während Rusk sie anstarrte, änderte sich ihr Gesichtsausdruck. Aus dem betäubten Schock eines Unfallopfers wurde grelle Panik. Sie hob die gefesselten Hände und zerrte ihr Tank Top herunter, sodass ihre linke Brust nackt war. Dort, wo die innere Wölbung am Brustbein endete, waren zwei weitere punktförmige Wunden, zweieinhalb Zentimeter auseinander und verbunden durch eine dunkelviolette Schwellung. Lisas Augen traten hervor wie bei einer Kranken, die an Schilddrüsenüberfunktion leidet. Sie versuchte erneut auf die Füße zu kommen, doch diesmal brach sie zusammen und fiel zu Boden.

»Sind Sie bereit, mir zu verraten, wo Sie die Diamanten versteckt haben?«, fragte Tarver leise.

Rusk nickte. »Ich sage es Ihnen. Aber was ist mit Lisa?«

»Wenn ich weg bin, bringen Sie sie in die Notaufnahme. Sagen Sie, Sie hätten den Rasen gewässert. Lisa wäre nach draußen gegangen, um den Wasserhahn abzudrehen, und irgendetwas hätte sie angegriffen. Als sie wieder im Haus war, hätten Sie die Bisswunden bemerkt. Benutzen Sie Ihre Fantasie, Andrew. Hauptsache, Sie sorgen dafür, dass Lisa die gleiche Geschichte erzählt wie Sie.«

Tarver streckte die freie Hand aus und zog Rusk am Kinn zu sich, bis ihre Augen nur noch wenige Zentimeter voneinander entfernt waren. »Es ist Zeit.«

Rusk spürte beinahe körperliche Schmerzen, als er die Worte sprach. Oder es war der emotionale Schock, der Schmerz verursachte. »Unter meinem Bett«, flüsterte er. »In einem Bordkoffer, genau wie Ihrer.«

Tarver lachte auf. »Sie haben die Steine unter dem Bett aufbewahrt?«

»Ich hatte sie vergraben, genau wie Sie gesagt haben. Ich habe sie erst heute Nachmittag wieder ausgegraben.«

»Sehr klug, Andrew.«

Tarver umrundete den Schreibtisch und stopfte die zweite Mokassin zu ihrer Gefährtin in den Beutel. Dann klebte er Rusk den Mund wieder zu und verließ das Arbeitszimmer.

Auf der anderen Seite des Schreibtisches erklang ein leises Wimmern. Wie er Lisa kannte, konnte er sich nicht einmal annähernd vorstellen, was in ihr vorgehen mochte – falls sie überhaupt noch bei klarem Verstand war. Er war überrascht, wie verzweifelt er sich danach sehnte, ihr zu helfen, doch seine Fesseln machten es unmöglich.

Eine knarrende Bodendiele kündete von Tarvers Rückkehr. Der Doktor grinste durch seinen Bart hindurch, als er den schweren Koffer mit einem lauten Krachen auf Rusks Schreibtisch stellte. Der Koffer war strahlend weiß und etwa doppelt so dick wie ein gewöhnlicher Aktenkoffer.

Tarver zupfte erneut ein Stück des Klebebands von Andrews Mund. »Wie viel sind sie wert, Andrew? Ich weiß, dass Sie wenigstens die Hälfte Ihres Geldes anderweitig investiert haben. Ich habe im Schlafzimmer einen Blick hineingeworfen. Ich habe die Steine auf zehn Millionen geschätzt.«

»Neun Komma sechs.«

Tarver klebte ihm den Mund wieder zu; dann nahm er den Sack mit den Schlangen vom Boden auf und stopfte ihn in seinen Rucksack. Sodann zog er ein kleines Messer und kniete an der Stelle nieder, wo Rusk seine Frau am Boden wähnte. Hatte er gelogen? Würde er Lisa die Halsschlagader durchtrennen?

»Ich schneide ihre Handfesseln zu drei Vierteln durch«, sagte der Doktor gelassen. »Sie müsste imstande sein, den Rest zu zerreißen, wenn sie sich ein paar Minuten zusammennimmt, falls es Ihnen gelingt, sie bei Bewusstsein zu halten. Wenn Sie mich fragen – sie sieht aus, als wäre sie in einen Schock gefallen.«

Rusk vernahm ein leises Klatschen. Dann Tarvers Stimme: »Wachbleiben, Zuckertittchen.«

Während Rusk gegen die Fesseln ankämpfte, die ihn an den Sessel banden, erhob sich der Doktor wieder, schulterte seinen Rucksack, nahm den Koffer und verließ das Büro.

Rusk fühlte sich, als wäre er vergewaltigt worden. Er öffnete den Mund, so weit er konnte, und das Klebeband über seinen Lippen löste sich.

»Lisa!«, rief er. »Kannst du mich hören?«

Keine Antwort.

»Ich weiß, dass du mich hörst. Reiß das Band von deinen Handgelenken! Du musst es abreißen, bevor du das Bewusstsein verlierst! Du musst uns beide retten, Baby!«

Immer noch keine Antwort. Dann hörte Rusk, wie sich etwas bewegte. Erleichterung erfasste ihn. »Reiß dir das Klebeband vom Mund! Benutz die Zähne! Komm schon, Honey, du schaffst das!«

Weitere Bewegung am Boden. Dann das wundervolle Geräusch von Klebeband, das von Haut abgerissen wurde. Dann ein leises, unmenschlich klingendes Stöhnen.

»Lisa? Bist du frei? Als Nächstes musst du deine Füße losmachen! Honey, kannst du mich hören?«

Das Geräusch von abreißendem Klebeband wiederholte sich, und diesmal dauerte es an. Rusk fühlte sich an die Zeit in der Highschool erinnert, als er nach den Footballspielen scheinbar kilometerweise Band von seinen Knöcheln hatte wickeln müssen. Lisa machte jetzt genau das Gleiche. Bald wäre sie frei. Er war überrascht, wie wenig ihm der Verlust der Diamanten ausmachte im Vergleich zur Freude des Überlebens und der Chance, Lisa bald in ärztliche Behandlung zu bringen.

»Das ist gut, Honey! Er hat nicht geglaubt, dass du dazu fähig wärst, aber ich wusste, du kannst es schaffen!«

Das Reißen endete und wich einem mühevollen Schnaufen.

»Steh auf, Liebling. Steh auf und mach mich los.«

Die Frau, die sich auf der anderen Seite des Schreibtischs vom Boden erhob, war kaum wiederzuerkennen. Noch eine Stunde zuvor war Lisa eine Frau von seltener Schönheit gewesen. Ihre Augen hatten mit der selbstzufriedenen Naivität gestrahlt, die nur jungen Menschen zu eigen war. Doch die Frau, die nun vor ihm stand, sah aus wie ein Flüchtling aus einem Kriegsgebiet, wie jemand, der durch die Hölle geschleift worden war und den man auf eine Weise verletzt hatte, die sich kein normaler Mensch vorstellen kann. Ihre Augen waren blutunterlaufen, ihr Mund stand offen, als wäre sie stumpfsinnig, und ihre linke Brust hing frei aus dem Top, verschmiert mit Blut und einer gelblichen Flüssigkeit.

»Lisa, hörst du, was ich sage?«

Ihr Mund schloss und öffnete sich, doch kein Laut kam hervor.

Sie ist in einen Schock gefallen, dachte Rusk verzweifelt. »Mach mich los, Lisa! Ich muss dich ins Krankenhaus bringen! Im Beistelltisch neben dem Sofa liegt ein Taschenmesser ... das kleine Messer, das ich als Hochzeitsgeschenk bekommen habe.«

War da ein Flackern des Erkennens in ihren Augen? *Ja!*

Sie drehte sich zum Sofa um und ging langsam wie ein Zombie zum Beistelltisch. Sie bückte sich. Doch als sie wieder hochkam, hatte sie nicht das Taschenmesser in der Hand, sondern den Golfschläger.

»Lisa? Hol das *Messer,* Lisa! Das ist ein Golfschläger, den du da hältst.«

Sie starrte auf den Putter, als könnte sie erkennen, was sie da in der Hand hielt. Dann sagte sie leise: »Ich weiß.«

Sie kam zum Schreibtisch zurück, hob den Schläger hoch über den Kopf und schwang ihn in weitem, kraftvollem Bogen herab. Rusk war an seinen Sessel gefesselt und zur Unbeweglichkeit verdammt. Er zuckte nur einmal kurz, als der blitzende silberne Schläger ihm den Schädel zertrümmerte.

49

Alex ließ die schlaffe Hand ihrer Mutter los und schlich leise aus dem Krankenzimmer. Sie hatte fast eine Stunde am Bett gesessen und die meiste Zeit leise geredet, doch das Gesicht ihrer Mutter hatte nicht ein einziges Mal gezuckt. Margaret Morse war stark betäubt, und nicht ohne Grund. Sie war an einem Punkt angelangt, wo Alex das Ende dem Weiterleben vorgezogen hätte, hätte sie sich in der gleichen Situation wie ihre Mutter befunden.

Alex schlurfte in Krankenhauspantoffeln über den Gang und passierte die fünf Türen, die das Zimmer ihrer Mutter und das von Chris Shepard trennten. Ihr Kopf pochte und hämmerte unablässig. Die Ärzte von der Notaufnahme hatten ihr rezeptfreies Tylenol gegeben, doch es hatte die mit ihrer Gehirnerschütterung einhergehenden Kopfschmerzen nicht spürbar gelindert.

Zu ihrem Erstaunen fand sie Chris wach vor, als sie das Zimmer betrat. Sie beugte sich über sein Bett und sah, dass er weinte. Sie nahm seine Hand.

»Was ist?«

»Ich habe gerade mit Mrs. Johnson telefoniert.«

In Alex' Magengrube regte sich Angst – die gleiche Angst, die sie spürte, wenn sie an ihren Neffen Jamie dachte.

»Ben ist furchtbar aufgeregt«, berichtete Chris. »Thora hat sich nicht bei ihm gemeldet, und an meiner Stimme hat er gemerkt, dass irgendetwas nicht stimmt.«

Alex legte vorsichtig die Hand auf seinen Arm. »Es gibt ein paar Dinge, die du erfahren musst.«

Ein Ausdruck des Misstrauens erschien in seinen Augen.

»Will war Ohrenzeuge, wie Thora Andrew Rusk aufgefordert hat, den Anschlag gegen dich abzublasen.«

Chris wollte sich im Bett aufrichten, doch Alex drückte ihn mit Leichtigkeit zurück. Es erschreckte sie zutiefst, dass er in so kurzer Zeit so schwach geworden war. Sie drückte seine Hand. »Es ist Zeit, sie zu verhaften, Chris.«

In seinen Augen stand Verwirrung. »Sie hat versucht, den Anschlag abzubrechen?«

»Nur weil sie wusste, dass du ihr auf die Schliche gekommen warst. Ich denke, sie muss allein um ihres eigenen Schutzes willen verhaftet werden. Sie ist eine Bedrohung für Rusk und Tarver. Die beiden könnten sie umbringen, um sie zum Schweigen zu bringen. Und nicht nur das.«

»Was noch?«

»Ich mache mir Sorgen, dass Thora in ihrem gegenwärtigen Zustand eine Gefahr für Ben darstellen könnte.«

Chris' Augen weiteten sich. »Ich glaube nicht, dass sie ihm körperlich schaden würde.«

»Trotz des Drucks, unter dem sie steht? Sie könnte selbstmordgefährdet sein. Was, wenn sie beschließt, Ben mitzunehmen?«

Er schüttelte den Kopf. »Ich glaube nicht, dass sie … verdammt, ich glaube, ich sollte überhaupt nichts mehr sagen. Ich habe mich so vollkommen in ihr getäuscht …«

»Thora ist krank, Chris. Aber das wusstest du nicht. Du konntest nicht …«

»Ich bin Arzt, Alex. Ich hätte etwas bemerken müssen. Irgendeinen Hinweis.«

»Wir alle sind blind, wenn es um Menschen geht, die wir lieben. Ich habe die gleiche Erfahrung gemacht.«

»Wer kümmert sich um Ben, wenn Thora verhaftet wird?«

»Mrs. Johnson?«, schlug Alex vor.

Chris schüttelte den Kopf. »Mir wäre lieber, wenn Tom Cage und seine Frau das übernehmen könnten. Tom weiß, was zu tun ist, wenn die Dinge aus dem Ruder laufen.«

Sie nickte. »Ich rufe ihn an. Du legst dich hin und versuchst dich zu beruhigen.«

»Ich möchte nicht, dass Ben sieht, wie seine Mutter verhaftet wird.«

»Ich weiß. Ich glaube auch nicht, dass es dazu kommt. Die Alternative wäre allerdings schlimmer.«

Chris starrte mit unaussprechlicher Trauer zu ihr hinauf. Eine

Traurigkeit wie diese hatte Alex bisher erst einmal gesehen, in der Nacht, als James Broadbent ihr seine Liebe gestanden hatte. Nachdem er drei Jahre lang eng mit ihr zusammengearbeitet hatte, war Broadbent überzeugt, dass sie die Liebe seines Lebens war. Er war kein naiver Junge, sondern ein hoch dekorierter Agent von vierzig Jahren mit Frau und zwei Kindern. Er hatte Alex mit schmerzerfüllter Stimme erklärt, dass er seine Familie niemals im Stich lassen würde. Andererseits konnte er nicht mehr weitermachen, ohne ihr seine Gefühle zu gestehen. Und weil er es nicht ertragen konnte, ihr so nah zu sein, ohne sie zu besitzen, hatte er vorgehabt, sich in der darauf folgenden Woche um eine Versetzung zu bemühen. Doch dazu war es nie gekommen. Zwei Tage nach seinem Geständnis war James Broadbent tot gewesen.

Alex beugte sich hinunter und legte ihre Wange neben Chris auf das Kopfkissen. »Ich weiß, dass es im Moment hoffnungslos aussieht. Aber du wirst auch wieder bessere Tage sehen. Du wirst weiterleben, und du wirst dein Leben mit Ben teilen.«

Chris hob die Hand und berührte ihr Gesicht, wobei er sorgfältig darauf achtete, die Narben zu vermeiden. »Ich sehe das nicht. Ich wünschte, ich könnte es … aber ich kann nicht.«

»Ich schon. Ich sehe es so deutlich, wie ich dich vor mir sehe.«

Er schloss die Augen.

Nach einem Moment des Zögerns stieg Alex ins Krankenhausbett und legte sich neben ihn. Falls Chris es bemerkte, ließ er sich nichts anmerken. Sie hatte gedacht, dass beide sich besser fühlen würden, wenn sie beieinanderlagen, doch als sie seine immer noch brennend heiße Stirn streichelte, spürte sie auf einmal die Gewissheit, dass er die Nacht nicht überleben würde.

Eldon Tarver lenkte seinen Dodge Pick-up, den er eigens für seine endgültige Flucht reserviert hatte, von der I-55 hinunter und auf den Union 76 Truck Stop. Zehn Sekunden, nachdem er den Wagen geparkt hatte, öffnete sich die Beifahrertür, und Judah ließ sich schwer in den Sitz fallen. Er hatte einen kleinen Rucksack auf dem Schoß. Sobald die Tür geschlossen war, öffnete er den Rucksack und nahm ein kleines Kapuzineräffchen hervor. Das Tier hatte ein Gesichtchen, das aussah wie das eines Menschenbabys. Es blickte aus ängstlichen Augen zu Eldon auf; dann vergrub es das Gesicht an Judahs mächtiger Brust.

»Sei bitte nicht böse«, sagte Judah leise.

Eldon war aufgebracht, weil sein Bruder nicht gehorcht und den Affen aus dem Labor geschmuggelt hatte – andererseits war wohl nichts Schlimmes passiert. Das Kapuzineräffchen war noch nicht für Tests benutzt worden, und es hatte auch nicht zusammen mit kranken Tieren im Käfig gesessen.

»Hat jemand den Affen gesehen?«, fragte Eldon, während er den Wagen ein paar Meter vorrollen ließ.

»Nein!«, antwortete Judah. »Sie hat nicht einen Pieps gemacht.«

»Hast du im Restaurant gewartet?«

»Nein. Ich hab die meiste Zeit im Duschbereich verbracht, neben dem Spielzimmer. Außerdem hast du nicht so lange gebraucht, wie du gesagt hast.«

Eldon lächelte. »Manchmal fallen die Dinge von allein an ihren Platz.«

»Wie bei diesem hier«, sagte Judah und streichelte den Rücken des kleinen Kapuziners.

Eldon lachte und fuhr los. Er unterquerte die I-55, dann bog er nach links ab und beschleunigte die Auffahrt zur I-55 North hinauf. Nicht mehr lange, und sie würden die Natchez-Trace-Ausfahrt erreichen. Der Trace zog sich mehrere Kilometer am Ross Barnett Reservoir entlang, in einem Bereich des großen Stausees, wo eine Reihe von wunderschönen Häusern stand.

»Wirf einen Blick auf den Rücksitz«, sagte Eldon zu seinem Adoptivbruder. »Was siehst du?«

Judah wuchtete seinen gewaltigen Leib herum, bis er den Rücksitz des Pick-ups sehen konnte. Eldon schaltete die Innenbeleuchtung ein.

»Sieht aus wie eine Schachtel Steine«, sagte Judah.

Eldon lachte schallend. »Genau das ist es auch, Bruder. Eine Schachtel Steine!«

Judah blickte verwirrt, doch er schien zufrieden, den Affen zu streicheln und die Scheinwerfer auf der Interstate zu beobachten. Als sie schließlich die Abfahrt erreichten, die auf den Trace führte, hatte Eldon sich wieder beruhigt. Sein Gesicht war nun wie aus Stein gemeißelt.

50

Will Kilmer saß in seinem Büro, als sein Telefon läutete. Er hatte sich selbst aus dem Krankenhaus entlassen und war früh am Morgen zur Arbeit gefahren, um sich bei den Fällen, die er in den letzten Tagen und Wochen vernachlässigt hatte, auf den neuesten Stand zu bringen, damit er Alex helfen konnte. Die starken Schmerzen in seinem verwundeten Rücken und die aufgestaute Arbeit hatten ihn veranlasst, die Flasche Jack Daniels zu öffnen, die er in seiner untersten Schublade aufbewahrte.

»Argus Operations«, meldete er sich stöhnend, während er einen Stapel Akten in eine Ecke auf seinem Schreibtisch schob.

»Ich bin es, Danny.«

Danny Mills war ein Ex-Cop, den Kilmer an diesem Tag mit der Observation von Andrew Rusks Büro beauftragt hatte. »Was gibt's, Danny?«

»Rusk ist nicht zur Arbeit erschienen. Normalerweise ist er um diese Zeit mindestens seit einer halben Stunde im Büro.«

»Okay. Bleiben Sie dran. Ich melde mich wieder bei Ihnen.«

Will legte auf und dachte über die Situation nach. Er konnte einen Mann nach Madison County schicken, wo Rusk wohnte – oder selbst hinfahren. Er hasste diese Vorstellung, weil der Verkehr um diese Zeit am Morgen seit Eröffnung der neuen Nissan-

Fabrik die Hölle war. Hinzu kam, dass das FBI Rusk inzwischen observierte – wenigstens hatte Alex das gesagt. Die Aktivitäten mochten derzeit noch inoffiziell sein, doch der Mann dahinter war John Kaiser, ein Spezialagent, von dem Will schon häufiger gehört hatte und den er respektierte. Alex hatte Will eine Handynummer gegeben, unter der Kaiser zu erreichen war – für den Notfall. Nach einem weiteren Schluck Jack Daniels nahm Will den Hörer ab und tippte die Nummer ein.

»Kaiser«, meldete sich eine energische Stimme.

»Agent Kaiser, mein Name ist Will Kilmer. Ich bin nicht sicher, ob Sie mich …«

»Ich weiß, wer Sie sind, Mr. Kilmer. Ein pensionierter Detective der Mordkommission, richtig?«

Will richtete sich ein wenig gerader auf. »So ist es, Sir.«

»Was haben Sie für mich?«

»Einer meiner Männer observiert das Büro von Andrew Rusk. Wir beobachten es inzwischen seit Wochen. Einer meiner Leute hat mich eben angerufen und gesagt, dass Rusk bereits eine halbe Stunde über die Zeit ist. Und das, obwohl er normalerweise so pünktlich ist, dass man die Uhr nach ihm stellen kann.«

»Tatsächlich?«

»Ja, Sir. Ich weiß nicht, was draußen bei Rusk los ist, weil ich gestern Abend niemanden hingeschickt habe. Ich wollte Ihnen nicht in die Quere kommen, Sir.«

»Ich danke Ihnen, Mr. Kilmer. Ich werde mich gleich um die Sache kümmern.«

»Ich muss nichts weiter unternehmen?«

»Rufen Sie mich an, wenn Ihnen noch irgendetwas einfällt, von dem Sie meinen, dass ich es wissen sollte.«

»Geht in Ordnung.«

Will legte auf. Das war die Sorte von FBI-Agent, die er liebte. Durch und durch sachlich, kein territoriales Gehabe, kein Gerangel, wer wofür gelobt wurde. Will überlegte, Alex anzurufen, doch wenn sie ihn bis jetzt noch nicht angerufen hatte, dann hatte sie wohl in der vergangenen Nacht eine Mütze Schlaf genommen. Vielleicht hatte Chris Shepard damit zu tun. Will hoffte es. Die kleine Alex hatte lange gelitten, und es war ihm egal, wie sie sich Trost verschaffte – solange sie von irgendwoher Trost bekam.

Er zog den Aktenstapel wieder zu sich heran und öffnete die oberste Akte.

John Kaiser stieg in den Fond eines schwarzen Chevy Suburban, der vor Andrew Rusks Grundstück parkte. Fünf Agenten vom FBI-Büro Jackson Field warteten im Wagen – drei Männer und zwei Frauen, alle handverlesen.

»Wir haben immer noch keinen Durchsuchungsbeschluss«, sagte Kaiser. »Also gehe ich zur Haustür und klopfe. Wenn niemand öffnet, werden Sie sich um das Haus herum verteilen und die Fenster im Auge behalten. Halten Sie Ausschau nach einem hinreichenden Verdachtsmoment, das es uns erlaubt, ins Haus einzudringen. Verstanden?«

Alle nickten.

Kaiser zupfte den Fahrer am Ärmel. »Schön langsam, okay?«

Der Suburban rollte gemächlich unter den Bäumen hindurch, umrundete das ultramoderne Heim, in dem Rusk wohnte, und hielt vor dem Haupteingang. Kaiser stieg aus und ging zur Tür. Er läutete zunächst; dann klopfte er energisch.

Niemand öffnete.

Er läutete erneut. Wieder keine Reaktion. Er blickte zurück zum Suburban. Zwei Agenten beobachteten ihn durch das offene Seitenfenster.

Eine weitere Minute verging.

»Okay!«, rief er den Agenten zu. Eine düstere Vorahnung erfüllte ihn. »Ausschwärmen!«

Sämtliche Wagentüren öffneten sich gleichzeitig, und die Agenten verteilten sich rings um das Haus. Kaiser klopfte unterdessen weiter. Je länger er klopfte, ohne dass eine Reaktion erfolgte, desto mieser fühlte er sich. Er hatte während seiner Zeit beim FBI zahllose grauenhafte Tatorte besucht, und trotz seiner Überzeugung, dass der größte Teil der Mythologien über »Intuition« bloß Aberglaube war, hatte er das Gefühl, dass hinter dieser Tür etwas Obszönes lauerte.

Er stieg die Treppenstufen der Veranda hinunter und umrundete das Haus. Einige seiner Agenten waren unterdessen kreativ geworden. Sie kletterten auf Leitern oder Klimaanlagen, um durch Fenster ins Innere des Hauses zu blicken. Doch als der Schrei ertönte, kam er von der anderen Seite des Hauses.

Kaiser rannte los.

»Hierher!«, rief ein weiblicher Agent. »In der Küche!«

»Was gibt's denn?«

Die Frau wich vom Fenster zurück. Sie war blass im Gesicht. »Sieht aus wie eine weibliche Person. Sie liegt mit dem Gesicht nach unten auf dem Boden. Wagenschlüssel in der rechten Hand. Ein wenig Blut unter dem Arm … es ist das einzige Blut, das ich gesehen habe.«

Kaiser drückte das Gesicht an die Scheibe. Die Szene war genauso, wie der weibliche Agent sie beschrieben hatte. Die Frau auf dem Boden trug Radlerhosen, ein Tank Top und pinkfarbene Flipflops.

»Warten Sie fünf Minuten, dann alarmieren Sie die State Police«, sagte er. »Und das Sheriff's Department. Ich nehme an, wir befinden uns nicht mehr im Stadtgebiet?«

»Ja, Sir.«

»Also, wenn Sie mich fragen – es sieht nach einem hinreichenden Verdacht aus«, sagte Kaiser.

»Es könnte sein, dass sie dringend ärztliche Versorgung benötigt«, sagte ein männlicher Agent hinter ihm. »Ich habe gesehen, wie sie sich bewegt.«

»Wir wollen nicht übertreiben«, sagte Kaiser. »Holen Sie mir die Ramme aus dem Truck.«

»Jawohl, Sir.«

Kaiser trat zurück, während ein stämmiger Agent die Tür aufbrach; dann trat er mit gezogener Waffe ein. Drei Agenten folgten ihm und verteilten sich, um die übrigen Zimmer zu überprüfen.

Kaiser kniete vor der liegenden Frau nieder und fühlte nach ihrem Puls.

Tot.

Er erhob sich und ging tiefer ins Haus, während er sich fragte, woran die Frau in der Küche wohl gestorben war. Ein scharfer Ausruf von weiter vorn ließ ihn zusammenfahren. Er stürzte vor und blieb wie erstarrt stehen.

Er war in einem Büro. Hinter einem Schreibtisch saß, in einen Sessel gefesselt, ein Mann mit unkenntlichem, blutüberströmtem, verschwollenem Gesicht. Offensichtlich war sein Schädel zerschmettert. Vor ihm auf dem Schreibtisch lag ein blutiger Golfschläger.

War das Andrew Rusk?

»Was ist denn hier passiert?«, fragte ein Agent und zeigte auf längliche Blutspritzer an der Decke.

»Sie meinen wohl, *wie* das passieren konnte?«, verbesserte Kaiser ihn. »Hatten wir nicht Leute abgestellt, die das Haus die ganze Nacht observieren sollten?«

»Hatten wir, Sir. Sechs. Ich war selbst hier.«

»Sie haben nichts gehört?«

»Absolut nichts, Sir.«

»Haben Sie ihn umgebracht?«, fragte Kaiser mit ausdrucksloser Stimme.

»Nein, Sir.«

Kaiser trat hinter den Sessel, griff in die Gesäßtasche des Toten und zog vorsichtig die Brieftasche hervor. Der Führerschein identifizierte die blutige Masse im Sessel als Andrew Rusk.

Verdammt, dachte Kaiser. *Das wird ein Alptraum. Ein totales Durcheinander von Zuständigkeiten, ein Grabenkrieg im FBI.*

Beim Läuten seines Handys zuckte er zusammen. Er erwartete Webb Tyler, den Leitenden Spezialagenten, doch auf dem Display stand ALEX MORSE. Zuerst wollte er den Anruf ignorieren, rief sich dann aber ins Bewusstsein, dass es Morses Fall war. Es war von Anfang an ihr Fall gewesen.

»Morgen, Alex.«

»Hallo, John. Will Kilmer hat mich informiert, dass bei Rusk zu Hause irgendwas nicht in Ordnung ist.«

Kaiser seufzte. »Das könnte man so sagen. Rusk ist tot. Außerdem haben wir eine tote weibliche Person in seinem Haus gefunden. Ich nehme an, es ist seine Ehefrau.«

»Tot? Meine Güte, John – ich komme sofort zu Ihnen raus!«

Kaiser hörte die Aufregung in ihrer Stimme. »Das ist eine ganz schlechte Idee, Alex. Hier wimmelt es in den nächsten Minuten vor Cops und Agenten. Webb Tyler kommt mit ziemlicher Wahrscheinlichkeit persönlich her. Sie dürfen sich nicht in der Nähe dieses Falles blicken lassen – oder irgendeines anderen Falles, vergessen Sie das nicht.«

»Nun … wenigstens wissen wir jetzt, dass ich von Anfang an recht hatte. Rusk hat bis zum Hals in dieser Geschichte gesteckt.«

»Das wissen wir noch nicht. Wir wissen nur, dass jemand, gegen den Sie eine mächtige Abneigung hatten – man könnte fast sagen, den Sie verfolgt haben –, tot in seinem Haus aufgefunden wurde. Ich halte es deshalb für das Vernünftigste, Sie kommen nicht her und lassen sich später über alles von mir informieren.«

Langes Schweigen.

»Alex? Sind Sie einverstanden?«

»John, ich ermittle seit Wochen gegen Andrew Rusk, während alle anderen auf dem Hintern gesessen und behauptet haben, ich wäre verrückt. Ich war in diesem Haus. Ich bemerke vielleicht Dinge, die Sie und Ihre Leute in zehn Jahren nicht sehen würden.«

In Kaiser stieg Misstrauen auf. »Sie waren im Haus von Andrew Rusk?«

Alex verstummte, als ihr bewusst wurde, dass ihre Leidenschaft sie in gefährliches Gewässer getragen hatte.

»Sie bleiben, wo Sie sind, Alex. Das ist ein Befehl.«

»Ich habe Sie gehört, John, verdammt!«

»Ich rufe Sie an, sobald ich mehr weiß.«

»Lassen Sie sich nicht zu lange Zeit.«

Kaiser legte auf.

Eine Stunde später lenkte Alex ihren gemieteten Corolla mitten hinein in den Pulk von Behördenfahrzeugen, die vor dem Anwesen der Rusks parkten. Sie wusste, dass Kaiser wütend sein würde, doch nach sechs Wochen voller Blut, Schweiß und Tränen konnte sie nicht untätig herumsitzen, während andere den Stab aufnahmen und weitermachten. *Abgesehen davon kann Kaiser mir keine Befehle erteilen, wenn ich keine Agentin des FBI mehr bin,* dachte sie. *Und er steht nur ein paar Gehaltsstufen über mir. SAC Tyler kommt bestimmt nicht hier heraus – nicht in einer Million Jahren. Er ist genauso ein Bürokrat wie Dodson, und er liebt sein klimatisierte Büro in der Innenstadt.*

Alex passierte einen Kordon aus Sheriff's Deputies. Zwei Agenten vom FBI musterten sie misstrauisch, doch niemand stellte sich ihr in den Weg. Nach weniger als einer Minute war sie im Büro, wo die Überreste von Andrew Rusk immer noch mit Klebeband an den Sessel hinter dem Schreibtisch gefesselt saßen. Hinter dem Toten kauerten zwei Männer, von denen Alex einen als Agent John Kaiser erkannte. Ein eigenartiges blaues Leuchten rahmte die Silhouetten der beiden Männer ein. Dann vernahm sie das Fauchen eines Schneidbrenners. Nach einer Minute hörte sie ein triumphierendes Grunzen, und Kaiser erhob sich und drehte sich um.

»Verdammt, Alex!«, sagte er mit unüberhörbarer Verärgerung. »Hören Sie eigentlich nie, wenn man Ihnen etwas sagt?«

»Das ist mein Fall«, sagte sie halsstarrig.

»Sie haben keine Fälle! Kapieren Sie das nicht?«

Alex schwieg.

»Offensichtlich nicht. Es ist reines Glück, dass ich selbst vor Ort bin. Ich habe dem Sheriff gesagt, dass möglicherweise biologische Waffen im Haus versteckt sind und dass wir alles überprüfen müssten, bevor die normale Spurensicherung ihre Arbeit aufnehmen kann. SAC Tyler wird mir gewaltig in den Hintern treten. Vielleicht fordert er meinen Kopf!«

»Was haben Sie da hinten?«, fragte Alex. »Einen Safe?«

Kaiser nickte zögernd.

»Was ist drin?«

»Das werden wir bald herausfinden.«

Der Mann mit dem Schneidbrenner hatte endlich die Tür auf. Er trat einen Schritt zurück, sodass Kaiser den Inhalt des Safes in Augenschein nehmen konnte.

»Sie haben den Inhalt noch nicht gesehen, oder?«, fragte er an Alex gewandt.

»Nein.« *Aber nicht, weil ich es nicht versucht hätte.* »Was sehen Sie?«

»Bleiben Sie, wo Sie sind. Sie sind heute nichts weiter als ein Beobachter!«

»Ich kann aber nichts beobachten von hier, wo ich stehe!«

»Werfen Sie einen Blick auf den Notizblock auf dem Schreibtisch.«

Alex tat wie geheißen. Es war ein kleiner Block, und auf der obersten Seite stand in Bleistift etwas in einer männlichen Handschrift geschrieben – hauptsächlich Zahlen. »Was ist das?«, fragte sie. »Es sieht aus wie GPS-Koordinaten.«

»Das sind sie auch, nehme ich an. Dazu eine Zeit und ein Datum.«

Alex las die Zahlen erneut. »Jesses, das ist heute!«

»Ja. Um vierzehn Uhr. Ich denke, Ihr spezieller Freund, der Anwalt, wollte gerade seine Koffer packen.«

»Wo sind diese Koordinaten?«

»Das weiß ich noch nicht genau. Hank Kelly denkt, dass sie irgendwo an der Golfküste sind, wenn nicht direkt im Golf von Mexiko. Das GPS ist Hanks Hobby. Er spielt diese Spiele, wo Leute versteckte Sachen finden müssen, so eine Art moderne Schnitzeljagd. In seiner Freizeit natürlich. Was für eine Welt!«

»Hier steht ein Name«, sagte Alex. »Haben Sie das gesehen?«

»Ich meine, es heißt ›Alejo Padilla‹«, sagte Kaiser, ohne den Blick zu heben.

»Scheint zu stimmen.«

»Hört sich kubanisch an.«

»Ja. Und dieses Kürzel gleich dahinter?«

»C-P-T? Könnte Captain bedeuten.«

»Sie glauben, Rusk wollte das Land verlassen?«, fragte Alex.

»Genau das.«

»Mit dem Boot?«

»Oder mit einem Wasserflugzeug.«

»Warum sollte er in einem Boot oder Wasserflugzeug aus dem Land fliehen wollen?«

»Wenn man Konterbande mit sich führt – beispielsweise einen großen Geldbetrag –, ist es der beste Weg.« Kaiser rutschte auf den Knien zur Seite und breitete ein paar Papiere auf dem Boden aus.

»Irgendetwas von Interesse?«, fragte Alex.

»Würden Sie zwei puertoricanische Pässe interessant nennen?«

»Was?«

»Sie sind noch nicht gültig, aber sie sehen echt aus.«

»Costa Rica …«, sagte Alex nachdenklich. »Wir haben mittlerweile ein Auslieferungsabkommen mit Costa Rica.«

»Ja. Aber diese Pässe sind nicht auf die Rusks ausgestellt, sondern auf ein anderes Paar.«

»Aber es sind die Fotos der Rusks?«

»Ja. Sehen Sie selbst.«

Alex trat vor und beugte sich über seine Schulter. Kaiser hatte recht. Sie nahm einen der Pässe und verglich das lächelnde Porträt von Andrew Rusk mit dem blutigen Leichnam im Sessel zu ihrer Linken. *Gütiger Gott, er hatte einen schlimmen Tod.* Sie blickte Kaiser an, der die Papiere durchblätterte: Versicherungspolicen, Testamente, Sozialversicherungsunterlagen …

»Was haben Sie sonst noch?«

»Sieht aus wie ein Boot, wenn Sie mich fragen«, sagte Kaiser und hielt ein Foto im Format zehn mal dreizehn hoch.

Alex betrachtete das Bild. »Das ist kein Boot, das ist eine Yacht. Mit diesem Ding kann man die Welt umsegeln.«

»Ist Rusk gesegelt?«

»Rusk hat alles Mögliche gemacht. Sämtliche Hobbys der Reichen und Schamlosen.«

»Liegt die Yacht draußen in der städtischen Marina?«

»Ich habe sie noch nie gesehen. Er besitzt außerdem noch ein Powerboat, doch das steht normalerweise auf einem Trailer hinter dem Haus.«

Kaiser blickte von den Papieren auf. »Es steht aber kein Powerboat draußen hinter dem Haus.«

Alex warf einen erneuten Blick auf den Notizblock mit den handschriftlichen Koordinaten. »Was, wenn er vorgehabt hat, sich auf See mit jemandem zu treffen? Mit dem Powerboat die Vierundzwanzig-Meilen-Zone hinter sich bringen, an Bord dieser Yacht gehen und nach Costa Rica segeln?«

Kaiser starrte auf ein Blatt, das er in den Händen hielt, und stieß einen langgezogenen leisen Pfiff aus.

»Was ist denn?«, fragte Alex.

»Dieses Dokument garantiert dem Inhaber freies Geleit durch kubanische Gewässer und gestattet ihm außerdem, in der Marina von Havanna anzulegen.«

»Was?«

»Es ist von Castro höchstpersönlich unterzeichnet.«

»Unmöglich!«

Kaiser erhob sich und hielt das Dokument ins Licht. »Nicht von Fidel, sondern von seinem Bruder, Raúl. Dem Verteidigungsminister. Und es ist auch nicht auf Andrew Rusk ausgestellt, sondern auf jemand anderen. Auf Dr. Eldon Tarver.«

Alex nahm das Dokument und las es Zeile für Zeile. Ihr Pulsschlag beschleunigte sich mit jedem Wort. »Das ist eine Fotokopie.«

»Es ist viel mehr als das«, sagte Kaiser. »Es ist ein eindeutiger Beweis, dass Andrew Rusk und Eldon Tarver zusammengearbeitet haben.«

Alex schluckte mühsam und gab Kaiser das Dokument zurück. Sie fühlte sich seltsam losgelöst, nachdem sie endlich gefunden hatte, wofür sie so hart gearbeitet hatte. Dann wurde ihr der Grund bewusst: Sie hatte in Wirklichkeit daran gearbeitet, den Beweis zu finden, dass Bill Fennell ihre Schwester ermordet hatte. Ehe sie keine Beweise dafür vorlegen konnte, konnte sie Jamie nicht aus den Klauen seines Vaters befreien, wie sie ihrer Schwester auf dem Totenbett hatte versprechen müssen.

»Warum sollte Raúl Castro dem guten Dr. Tarver eine Einwanderungsgenehmigung für Kuba erteilen?«, fragte sie.

Kaiser blickte sie an, als wäre sie schwer von Begriff. »Das Virus Cancer Project. Virale Biowaffen. Jede Wette, dass der kubanische Geheimdienst irgendwann nach Beendigung des VCP an Tarver herangetreten ist und ihm ein äußerst lukratives Angebot unterbreitet hat. Die Kubaner haben viele Wissenschaftler kontaktiert, die in geheime Forschungsprojekte involviert waren. Tarver muss geglaubt haben, dass Kuba ein geeigneter Ort ist, um für eine Weile den Kopf einzuziehen. So lange, bis es sicher war, unter einem anderen Namen nach Costa Rica zu gehen.«

»Und? Hatte er recht?«

»Sieht man davon ab, dass er den Zeitpunkt des Regierungswechsels in Kuba nicht vorhersehen konnte – ja.«

»Rusk hat sicherlich großes Vertrauen zu Tarver gehabt.«

»Fälschlicherweise, würde ich sagen.« Kaiser nickte mit dem Kopf in Richtung des Leichnams.

»Was ist Ihrer Meinung nach hier passiert?«, fragte Alex. »Glauben Sie, Tarver steckt dahinter?«

»Ich wüsste nicht, wer sonst. Hier wurde zweifellos gefoltert. Er hat seine beiden Gefangenen tief ins Haus gebracht. Keine Fenster und jede Menge Wände dazwischen, um den Schall zu dämpfen. Es muss grauenvoll gewesen sein hier drin.«

»Wie ist die Frau gestorben?«

»Der Gerichtsmediziner meint, dass es ein Schock gewesen ist.«

»Von einer Schusswunde?«

Kaiser schüttelte den Kopf. »Schlangenbiss.«

»Was?«

»Sehr vielsagend, nicht wahr? Sie wurde zweimal gebissen. Einmal in den Unterarm und einmal in die Brust, direkt über dem Herzen.«

»Mein Gott.« Alex erschauerte bei der Vorstellung, was sich in diesem Raum ereignet haben musste.

»Ein Spurensicherungstechniker hat zwei Schuppen von einem Bücherregal dort drüben eingesammelt«, fügte Kaiser hinzu. »Reptilienschuppen, sagt er, keine Fischschuppen.«

»Was ist der Unterschied?«

»Schlangenschuppen sind die eigentliche Haut des Reptils, während Fischschuppen wie Haare aus der Haut wachsen. Sie sind farblos und transparent. Schlangenschuppen sind farbig.«

»Wussten Sie das?«, fragte Alex beeindruckt.

Kaiser kicherte. »Nein.«

»Was glauben Sie, hinter was Tarver her war? Er hat den Safe nicht angerührt, oder?«

»Kann sein, kann aber auch nicht sein. Er könnte ein paar Dinge herausgenommen und den Rest dringelassen haben. Aber der Safe ist gut versteckt hinter einem Paneel unter diesen Regalen. Vielleicht wusste er nichts von seiner Existenz.«

Alex sah sich im Zimmer um. »Haben Sie den Block auf dem Schreibtisch gefunden? Den mit den Koordinaten?«

»Nein. Der lag auf dem Kühlschrank in der Küche, unter einem Serviertablett. Außerdem fand Kelly ein Loch draußen im Garten. Sieht so aus, als wäre erst vor kürzester Zeit irgendetwas ausgegraben worden. Das Loch war einen halben Meter tief und befand sich in einem dick mit Mulch zugedeckten Bereich des Gartens. Zwanzig mal fünfzig Zentimeter, rechteckig.«

»Bargeld?«, mutmaßte Alex.

Kaiser blickte skeptisch drein. »Bargeld zu vergraben ist eine riskante Sache. Ich schätze, dass es etwas Dauerhafteres gewesen ist. Gold vielleicht. Oder Edelsteine.«

»Oder irgendetwas, das wir überhaupt nicht auf der Rechnung haben.«

Kaiser nickte und sah sie mit ernstem Blick an. »Bei Tarver zu Hause wurde ebenfalls ein Loch gefunden, gestern Abend.«

»Tatsächlich? Wo?«

»Unter den Dielen eines Schuppens, der an das Haus angebaut war. Tarvers Loch war doppelt so groß wie das von Rusk. Frisch umgegrabene Erde, genau wie hier.«

»Diese Typen haben Schätze angehäuft.«

»Sir?«, meldete sich einer der Techniker zu Wort, der das Arbeitszimmer mit einem starken Scheinwerfer abgesucht hatte.

»Ja?«

»Ich habe hier etwas auf dem Boden. Sieht so aus, als hätte das Opfer versucht, etwas mit dem Fuß zu schreiben. Es ist hier, im Blut.«

»Was ist es?«

»A's No. 23. Das Nummernzeichen, nicht das Wort Nummer.«

»Wie in Oakland A's?«, fragte Kaiser.

»Ich nehme es an, Sir. Kam dieser Bursche aus der Gegend der San Francisco Bay?«

»Nein«, sagte Alex, indem sie sich ins Gedächtnis rief, was sie über Rusk herausgefunden hatte. »Keinerlei Verbindung, von der ich wüsste.«

»Vergessen Sie nicht, es zu fotografieren«, sagte Kaiser.

Er nahm Alex am Arm und führte sie aus dem Arbeitszimmer.

»Kann ich Lisas Leiche sehen?«, fragte sie, als er sie zum Vordereingang brachte.

»Sie wird im Moment nach draußen gebracht. Außerdem gibt es nichts zu sehen. Ich nehme an, sie war bloß ein Kollateralschaden. Zu dumm, dass sie es nicht mehr bis ins Krankenhaus geschafft hat.«

»Warum hat sie nicht den Notruf gewählt?«

»Die Leitung war tot. Irgendjemand hat die Kabel draußen durchschnitten.«

»Obwohl Ihre Leute das Haus observiert haben?«

Kaiser nickte und blieb vor der Tür stehen. »Dieser Kerl ist unbemerkt durch einen Kordon von sechs Agenten geschlüpft. Es sind zwar keine Waldläufer oder so, aber sie sind auch nicht dumm. Sie haben Augen und Ohren. Tarver ist an ihnen vorbeigeschlichen wie ein Geist. Rein und raus, ohne jedes Geräusch, und dazwischen hat er zwei Menschen gefoltert.«

»Und er ist neunundfünfzig Jahre alt«, beobachtete Alex.

»Ein ernst zu nehmender Verdächtiger, ganz ohne Zweifel.

Trotzdem glaube ich inzwischen, dass er Hilfe von professioneller Seite hat.«

»Die Kubaner?«

»Wer weiß? Alex, dieser Fall wurde soeben zu einer Angelegenheit der nationalen Sicherheit. Wenn die CIA von diesem von Castro unterzeichneten Dokument erfährt, wird man uns den Fall in der nächsten Sekunde aus den Händen reißen wollen.«

»Müssen Sie ihn melden?«

»Eigentlich ja. Verdammt, Tyler wird dem CIA die ganze Angelegenheit auf einem silbernen Tablett servieren.«

Alex fluchte. »Vielleicht sollten Sie die Sache dem neuen Direktor unterbreiten. Roberts schien mir ein ganz vernünftiger Mann zu sein. Vielleicht hat er ja Mumm in den Knochen.«

Kaiser wirkte wenig überzeugt. Er fasste Alex bei den Schultern und sah ihr tief in die Augen. »Hören Sie, Alex. Sie *müssen* sich aus dieser Sache raushalten. Zumindest so lange, bis wir uns überlegt haben, wie wir den Fall angehen wollen. Es gibt keinerlei Spielraum in dieser Beziehung. Haben Sie verstanden?«

Alex unterdrückte die unbedachten Verwünschungen, die ihr auf der Zunge lagen. »Was ist mit diesen GPS-Koordinaten? Was, wenn es sich um einen Treffpunkt handelt? Eldon Tarver könnte persönlich dort sein, verdammt noch mal!«

»Glauben Sie, Tarver hätte die Koordinaten hier zurückgelassen, falls dem so wäre?«

»Sie haben gesagt, der Notizblock wäre oben auf dem Kühlschrank in der Küche versteckt gewesen, richtig?«

»Das stimmt. Die Koordinaten könnten echt sein.« Kaiser blickte Alex flehend an. »Ich werde mit dem Direktor über Ihren Fall reden, Alex. Ich werde ganz deutlich machen, dass Sie diejenige waren, die diese Verbindungen ans Licht gebracht hat. Aber wenn ich mich schon für Sie einsetze, will ich mir nicht die Finger verbrennen. Sie müssen sich zurückhalten, solange ich dran bin. Falls SAC Tyler herausfindet, dass Sie hier waren … ich will lieber nicht darüber nachdenken. Sie fahren zurück ins Krankenhaus.«

Er öffnete die Tür und brachte sie nach draußen.

Alex drehte sich um – und sah Deputy Director Mark Dodson die Treppe zur Veranda hinaufsteigen. Dodson funkelte sie feindselig an, ehe er seinen Blick auf Kaiser richtete.

»Agent Kaiser, was macht diese Frau hier?«

»Ich habe Agentin Morse zum Tatort gebeten, Sir.«

»Sie ist keine Agentin mehr. Ich möchte Sie dringend bitten, dies bei unserer weiteren Unterhaltung zu berücksichtigen.«

»Er hat mich gewarnt, mich von hier fernzuhalten«, sagte Alex rasch. »Ich habe nicht auf ihn gehört und bin auf eigene Faust hergekommen. Ich denke, dass ich spezielle Kenntnisse besitze, die Agent Kaiser helfen können, den Tathergang zu verstehen.«

Ein zufriedener Ausdruck erschien in Dodsons Gesicht. »Das glaube ich gerne.«

»Was wollen Sie damit andeuten?«

»Ich will damit sagen, dass ich glaube, Sie waren gestern Abend hier.«

Alex' Unterkiefer sank herab. »Sind Sie verrückt geworden?«

»Wollen Sie etwa abstreiten, je in diesem Haus gewesen zu sein?«

Sie wollte es abstreiten, doch sie war tatsächlich schon früher im Haus gewesen, und das mit verdammt gutem Grund. Triumph spiegelte sich in Dodsons Augen.

»Was machen Sie hier, Sir?«, fragte Kaiser.

»Gestern Abend wurde ich von Webb Tyler informiert, dass Sie in seinem Zuständigkeitsbereich unautorisierte Maßnahmen vornehmen. Es ist gut, dass er mich angerufen hat, da Sie das FBI offensichtlich tief in eine Angelegenheit verwickeln, für die die Behörden des Bundesstaates Mississippi zuständig sind. Was haben Sie sich dabei gedacht, Agent Kaiser?«

»Sir, ich hatte Grund zu der Annahme, dass bei diesem Fall tödliche biologische Waffen im Spiel sind, die sofortige Intervention seitens der Bundesbehörden erfordern.«

Das brachte Dodson ins Stocken. »Biologische Waffen?«

»Jawohl, Sir. Gestern haben wir ein illegales Primatenlabor

entdeckt, das einem gewissen Noel D. Traver gehört. Der Name ist mit großer Wahrscheinlichkeit ein Alias von Dr. Eldon Tarver. Wie es scheint, hat Tarver unter dem Tarnmantel einer Hundezucht komplizierte genetische Experimente an lebenden Primaten durchgeführt – möglicherweise nicht nur an Primaten, sondern auch an Menschen.«

Dodson wirkte mit einem Mal nicht mehr so selbstsicher wie noch Sekunden zuvor. »Ich habe von dem gestrigen Brand gehört. Haben Sie Beweise, dass derartige Experimente durchgeführt wurden?«

»Wir haben ein paar geflüchtete Tiere eingefangen. Aufgrund der komplizierten Laboruntersuchungen warte ich zurzeit noch auf die Genehmigung weiterzumachen.«

Dodson leckte sich die Lippen. »Ich werde darüber nachdenken. Allerdings verlange ich, dass Mrs. Morse zu einer Befragung ins FBI-Büro gebracht wird.«

Kaiser versteifte sich. »Mit welcher Begründung, Sir?«

»Vor seinem Tod erhielt das FBI zahlreiche Beschwerden von Mr. Rusk, dass er von Mrs. Morse verfolgt und schikaniert würde. Wir wissen, dass sie Rusk die Schuld am Tod ihrer Schwester gibt. Ich will mich über jeden Zweifel hinaus davon überzeugen, dass Mrs. Morse in der vergangenen Nacht das Gesetz nicht in die eigene Hand genommen hat.«

Kaiser machte einen Schritt auf Dodson zu. »Sir, Agentin Morse hat eine untadelige Personalakte …«

»… in der eindeutig nachzulesen steht, dass sie unter Stress emotional reagiert«, beendete Dodson den Satz. »Ich warne Sie, gehen Sie nicht zu weit, Agent Kaiser. Sie werden doch bestimmt nicht Ihre Karriere opfern wollen, um die von Mrs. Morse zu retten. Das wäre ein vergebliches Unterfangen.«

Kaiser wurde blass. »Sir, ich weiß rein zufällig, dass das letzte Wort in Agentin Morses Angelegenheit noch nicht gesprochen ist. Und …«

Dodson hielt Kaiser ein Blatt Papier vor die Nase. »Sehen Sie das? Das ist die Befragung eines gewissen Neville Byrd aus Canton, Mississippi. Byrd wurde mit illegalen Abhörgeräten modernster Bauart in einem Hotel in der Innenstadt aufgegriffen. Er hat das Büro von Andrew Rusk überwacht. Auf die Frage, wer ihn dazu beauftragt hätte, gab Byrd zu Protokoll, dass eine gewisse Alexandra Morse ihn angeheuert und das Doppelte seiner üblichen Gebühren gezahlt hätte.«

Alex stieß ein ungläubiges Ächzen aus.

Kaiser drehte sich zu ihr um und blickte sie fragend an. Sie bemerkte die Zweifel und den Schmerz in seinen Augen und schüttelte entschieden den Kopf. Kaiser sah die umstehenden Agenten an, die hungrig den Ausgang dieser Schlacht verfolgten.

»Sir, ich möchte darauf hinweisen, dass es Agentin Morse war, die als Erste eine Verbindung zwischen Andrew Rusk und Eldon Tarver aufgedeckt hat. Vor sechs Wochen entstand bei ihr der Verdacht einer kriminellen Zusammenarbeit zwischen den beiden, und sie hat alle Anstrengungen unternommen, die Angelegenheit weiter zu untersuchen, trotz des aktiven und entschiedenen Widerstands von Seiten des Leitenden Spezialagenten des FBI-Büros in Jackson und von Ihnen selbst.«

Dodson lachte verächtlich. »Sie haben soeben selbst gesagt, dass Agentin Morse sich dienstlichen Anordnungen widersetzt hat. Sie können gerne bei der letzten Anhörung von Morse aussagen.«

»Da bin ich anderer Meinung«, entgegnete Kaiser mit einer so entschiedenen Stimme, dass in Dodsons Augen ein furchtsames Funkeln erschien. »Ich glaube nämlich nicht, dass es zu einer solchen Anhörung kommen wird.« Er hielt einen Plastikbeutel hoch, den er die ganze Zeit an sein rechtes Bein geschmiegt hatte. »Ich möchte, dass Sie sich dieses Beweisstück anschauen, Sir.«

Ein misstrauischer Blick von Dodson. »Was ist das?«

»Ein Dokument.«

Dodson nahm den Wiederverschlussbeutel und legte den Kopf in den Nacken, sodass er das Schriftstück durch den unteren Rand seiner Gleitsichtbrille lesen konnte. Sein skeptischer Gesichtsausdruck änderte sich erst, als er die unterste Zeile des Dokuments erreicht hatte. Sein Unterkiefer sank herab.

»Sie haben die Unterschrift gesehen, Sir?«, fragte Kaiser.

Dodsons Gesicht war vor Entsetzen aschfahl geworden – das Entsetzen des Bürokraten, der erkennt, dass er auf das falsche Pferd gesetzt hat. »Wo wurde dieses Dokument gefunden?«, fragte er mit kaum hörbarer Stimme.

»Im Safe des Opfers. Es ist der unumstößliche Beweis einer kriminellen Zusammenarbeit zwischen Rusk und Tarver, und es beweist darüber hinaus möglicherweise Spionage gegen die Vereinigten Staaten von Amerika.«

»Kein weiteres Wort«, sagte Dodson und blinzelte nervös. »Agent Kaiser, bitte folgen Sie mir in meinen Wagen.«

Kaiser warf Alex einen vielsagenden Blick zu; dann trottete er hinter Dodson her zu einem dunklen Ford, der in der Auffahrt geparkt hatte. Alex stand auf der Veranda und versuchte ihre Schadenfreude darüber im Zaum zu halten, dass Dodson endlich einmal einen Dämpfer aufgesetzt bekam, und das in aller Öffentlichkeit. Doch was ihr das Herz wirklich wärmte, war die Art und Weise, wie Kaiser sich für sie eingesetzt hatte – und dabei ein großes persönliches Risiko eingegangen war. Sie blickte aus zusammengekniffenen Augen hinunter zu dem Ford, doch die Scheiben waren so dunkel getönt, dass sie nicht erkennen konnte, was im Innern des Wagens geschah.

Zwei Minuten vergingen; dann stiegen Dodson und Kaiser wieder aus. Dodsons Gesicht war hochrot, doch Kaiser wirkte kühl und gelassen. Er winkte Alex zu sich, und sie setzte sich in Bewegung. Unterwegs fing sie die aufmunternden Blicke von drei anderen Agenten ein, zwei davon Frauen. Als sie Dodson passierte, beachtete der Deputy Director sie überhaupt nicht. Kaiser nahm sie bei der Hand und führte sie zu dem Suburban, mit dem er gekommen war.

»Was ist mit meinem Wagen?«, fragte sie leise.

»Lassen Sie Ihre Schlüssel unauffällig zu Boden fallen. Ich gebe einem meiner Jungs Bescheid, er soll sie einsammeln.«

»Was?«

»Tun Sie, was ich sage.«

Alex ließ die Schlüssel auf ein Bett aus Tannennadeln fallen. Kaiser bugsierte sie in den Fond des Suburban. Sie machte es sich in dem tiefen Ledersitz bequem, während Kaiser sich hinter das Steuer setzte.

»Was haben Sie mit Dodson im Wagen besprochen?«, wollte Alex wissen.

»Noch ist nichts entschieden«, antwortete Kaiser. »Sie haben verdammtes Glück, dass wir dieses Dokument in Rusks Safe gefunden haben.«

»Und Sie nicht? Danke übrigens.«

Kaiser stieß einen tiefen Seufzer aus; dann lachte er. »Man kriegt im Leben nicht viele solcher Gelegenheiten zu einer Revanche.«

»Haben Sie Dodson von den GPS-Koordinaten erzählt?«, fragte Alex.

»Das musste ich. Von jetzt an werden keine Informationen mehr zurückgehalten. Die ganze Sache landet auf dem Schreibtisch von Direktor Roberts. Wir haben lediglich eine Schlacht gewonnen, nicht den Krieg.«

»Es fühlt sich trotzdem großartig an.«

Kaiser ließ den Motor an, setzte zurück und hielt, um den Wagen des Gerichtsmediziners passieren zu lassen, der an der langen Reihe von Behördenfahrzeugen vorbei zur Auffahrt gerollt kam.

»Wohin fahren wir jetzt?«, fragte Alex.

»Sie gehen wieder ins Krankenhaus. Versuchen Sie erst gar nicht zu widersprechen. Ich setze eine landesweite Fahndung nach dem Powerboat von Rusk in Gang, sobald ich eine Beschreibung davon bekomme. Anschließend werde ich diesem Neville Byrd einen Besuch abstatten. Das ist der Kerl, der behauptet, Sie hätten ihn engagiert, um Rusk zu bespitzeln.« Kaiser sah sie im Rückspiegel an. »Das waren Sie nicht, oder?«

»Ich habe den Namen noch nie gehört. Ich schwöre, ich habe ihn nicht engagiert.«

Kaiser nickte. »Das dachte ich mir. Ich hoffe, dass Tarver ihn engagiert hat. Um sicherzustellen, dass sein Partner ihn nicht aufs Kreuz legt, wissen Sie?«

»Absolut.«

Als der Wagen des Gerichtsmediziners vorbeirollte, kam Alex eine neue Idee. »Haben Sie Dodson von der Botschaft auf dem Fußboden erzählt? ›A's No. 23‹?«

Kaiser schwieg.

Alex unterdrückte ihre Freude. »Ich dachte, von jetzt an gäbe es kein Zurückhalten von Informationen mehr?«

»Der Bastard kann mich mal.«

»Amen.«

Ein junger Agent kam herbei. Kaiser ließ die Scheibe herunter. »Was gibt's?«

»Ich soll Sie holen, Sir. In der Garage wurde etwas gefunden.«

»Und was?«

»Das weiß ich nicht, Sir. Aber sie sind ziemlich ausgeflippt.«

Kaiser parkte den Suburban am Straßenrand und stieg aus. »Sie bleiben hier, Alex.«

Sie hämmerte wütend auf das Polster, als Kaiser zurück zum Haus eilte. Dann zählte sie bis fünf, stieg aus und rannte ihm hinterher.

51

Alex stand vor Chris' Zimmer und wischte sich die Augen mit einem Papiertaschentuch, das eine Schwester ihr gegeben hatte. Seit fünf Minuten versuchte sie nun schon, den Mut zusammenzunehmen, ins Zimmer zu gehen und Chris die Nachricht vom Tod seiner Frau zu überbringen. Aus irgendeinem unerfindlichen Grund brachte sie es nicht fertig. Die Ironie des Schicksals war geradezu atemberaubend. Sie war in Chris Shepards Leben geplatzt, weil sie glaubte, dass seine Frau ihn umzubringen versuchte, und nun lag diese Frau selbst auf dem Untersuchungstisch eines Pathologen.

Als Alex hinter John Kaiser in die Garage von Andrew Rusk geschlichen war, hatte sie nicht den leisesten Schimmer gehabt, dass sie dort einen Leichnam vorfinden würde. Tödliche Biowaffen vielleicht oder Säcke voller Gold, aber nicht das. Nicht Thora Shepard. Die Frau, die Alex immer nur in den teuersten Designersachen gesehen hatte, lag in eine Malerplane gewickelt und zusammengekrümmt im Fond eines SUV. *Wenigstens war es ein Porsche,* dachte Alex ironisch. Doch der Zustand von Thora Shepards Leichnam vertrieb jeden schwarzen Gedanken ganz schnell aus Alex' Bewusstsein. Thoras seidenglänzendes blondes Haar war verkrustet mit einer dicken Schicht Blut. Ein Glück angesichts der Tatsache, dass es den zerschmetterten Schädel darunter verbarg. Ihre noch vor kurzer Zeit makellose Haut hatte grau-weiß ausgesehen wie der Bauch eines Frosches. Als Kaiser sah, dass Alex ihm gefolgt war, hob er Thoras Haar und bat Alex, die Tote zu identifizieren. Thoras wunderschöne, meerblaue Augen, die Alex auf dem Foto in Chris' Haus gesehen hatte, waren so tot, wie etwas nur tot sein kann – stumpfe, trübe Murmeln, die in ihren Höhlen bereits schrumpften.

»Kann ich Ihnen helfen, Ma'am?«, fragte eine Krankenschwester.

»Nein, danke.« Alex steckte das Taschentuch ein und betrat das Krankenzimmer.

Als sie Chris zitternd im Bett liegen sah, sagte sie sich, dass es der falsche Zeitpunkt war, ihm von Thoras Tod zu berichten. Was hätte es genutzt? Es hätte seine Chancen im Kampf gegen die unbekannte Krankheit sicherlich geschmälert. Dr. Clarke hatte sie gewarnt, dass Chris leiden würde. Auf den Vorschlag von Peter Connolly hin hatte Clarke ein weiteres Virostatikum verabreicht – diesmal eins, das noch im experimentellen Stadium war –, und Chris hatte mit erneutem Fieber darauf reagiert.

»Alex?«, flüsterte er. »Komm näher … ich glaube nicht, dass ich dich anstecken kann.«

Sie ging zu seinem Bett, nahm seine zitternden Hände in die ihren und küsste ihn auf die Wange. »Ich weiß.«

Er reagierte mit einem schwachen Lächeln. »Ein Kuss aus Mitgefühl?«

»Vielleicht.«

Er riss die Hände weg und umklammerte seinen Leib, als ein weiterer, besonders heftiger Anfall ihn erzittern ließ. »Entschuldige … ich …«

»Du solltest nicht reden.«

Er biss die Zähne zusammen; dann gab er ihr wieder die Hände.

Sie wollte ihn irgendwie ablenken, wusste aber nicht wie. »Also ist Ben jetzt bei Dr. Cage zu Hause?«

»Ja. Toms Frau ist großartig. Trotzdem hat Ben eine Heidenangst. Ich wünschte, mein Zustand wäre besser, und ich könnte ihn hier bei mir haben.«

»Was ist mit der Option auf eine Chemotherapie? Du hast noch nicht damit angefangen, oder?«

»Nein. Nach allem, was ich über das Virus Cancer Project erfahren habe – und über Tarvers Primatenlabor –, bin ich mehr denn je überzeugt, dass er mir ein Retrovirus injiziert hat. Kein Virus ist imstande, innerhalb weniger Tage Krebs zu erzeugen, also ist die richtige Gegenmaßnahme für den Augenblick der Einsatz von Virostatika.« Chris drehte sich mühsam im Bett um. »Ich will nicht riskieren, mir Leukämie oder ein Lymphom zu fangen, indem ich prophylaktisch Melphalan oder irgendein anderes genauso gefährliches Medikament einnehme.«

Alex drückte seine Hände. »Du willst bloß nicht deine Haare verlieren, stimmt's?«

Chris schloss die Augen, doch um seine Lippen spielte die Andeutung eines Lächelns.

»Sind wir Freunde, Chris?«, fragte sie leise.

Er öffnete die Augen und sah sie fragend an. »Natürlich. Ich verdanke dir mein Leben. Wenn ich das hier überstehe, heißt das.«

»Chris, ich muss dir noch etwas über Thora sagen.«

»Oh je«, sagte er müde. »Was hat sie getan?« Plötzlich flackerte Angst in seinen Augen. »Sie hat doch wohl nicht Ben genommen, oder?«

Alex schüttelte den Kopf. »Nein.« *Und das wird sie auch niemals mehr tun.* »Thora ist tot, Chris.«

Er starrte sie von seinem Kopfkissen herauf an, ohne dass sein Gesichtsausdruck sich verändert hätte. Seine Augen sahen aus wie vorher, doch Alex wusste, dass er innerlich zu zerbrechen drohte. Der dünne Faden, der ihn noch mit der Realität verband, drohte zu reißen. Nachdem er Alex mehrere Sekunden lang angestarrt hatte, war ihm klar geworden, dass sie die Wahrheit sagte. »Wie?«, flüsterte er.

»Sie wurde ermordet. Wir wissen noch nicht, wer es war, aber es sieht alles danach aus, als wären Rusk oder Tarver dafür verantwortlich.«

Chris blinzelte. »Wie wurde sie umgebracht?«

»Sie wurde mit einem stumpfen Gegenstand erschlagen. Wahrscheinlich ein Hammer.«

Alex sah Verzweiflung in seinen Augen. Dann drehte er sich zur Wand.

»Ich wollte es dir nicht sagen«, gestand sie hilflos. »Aber die Vorstellung, dass jemand anders es tut, war noch schlimmer.«

Sein Kopf zitterte, als würde er die Neuigkeit innerlich abstreiten. Doch Alex wusste, dass er ihr glaubte. »Wo ist Thora jetzt?«, fragte er.

»Sie wird obduziert.«

Er stieß scharf die Luft aus. Chris wusste nur zu gut, was das in medizinischer Hinsicht bedeutete.

»Ben weiß nichts von alledem, oder?«

»Nein, nein.«

»Besteht die Gefahr, dass er aus dem Fernsehen davon erfährt?«

»Nein.«

»Ich muss ihn sehen.«

Alex hatte sich bereits darum gekümmert. »Er ist auf dem Weg hierher.« Sie blickte auf die Uhr. »Er müsste jeden Augenblick hier sein. Ich habe Tom Cage angerufen, sobald wir ... sobald ich es erfahren hatte. Tom hat Ben vorzeitig aus der Schule abgeholt und versprochen, ihn so schnell wie möglich herzubringen.«

Chris seufzte tief. »Danke, dass du dich darum gekümmert hast. Tom hat jeden Tag mit dem Tod zu tun. Er weiß sicherlich, wie er mit Ben umgehen muss.«

»Würdest du mich bitte anschauen, Chris?«

Fast eine ganze Minute verstrich, ehe er herumrollte und sie aus rotgeränderten Augen ansah. Sie wollte gerade etwas sagen, als er ihr zuvorkam. »Hilf mir bitte auf.«

»Was? Du sollst nicht …«

»Komm schon.« Er zog sich an ihren Händen in eine sitzende Position. Er zitterte und ächzte immer noch, doch sein Blick war entschlossen. »Du kannst jetzt gehen.«

»Ich muss nicht weg.«

Chris kniff die Augen zusammen. »Du musst nicht weg? Warum bist du nicht draußen und jagst diesen verdammten Tarver?«

»Man lässt mich nicht. Man hat mich zur Zuschauerin degradiert.«

»Na und? Du hast doch vorher auch nie auf Erlaubnis gewartet. Und es gibt nur eine Möglichkeit, Jamie zu retten – oder mich. Du musst Tarver festnageln. Nur er kann deinen Schwager jetzt noch belasten. Nur er kann den Ärzten verraten, was er mir injiziert hat. Ohne diese Informationen spielt es keine Rolle, ob ich Ben bei mir habe oder nicht. Ohne diese Informationen bin ich sehr bald tot.«

Alex war wie betäubt angesichts des Zorns in seiner Stimme und in seinen Augen. Sie dachte noch über eine beruhigende Antwort nach, als ihr Mobiltelefon in der Tasche vibrierte. Es war John Kaiser. Sie nahm das Gespräch an und hielt das Gerät an ihr Ohr.

»Erzählen Sie mir etwas Erfreuliches, John.«

»Lösen Sie dieses Rätsel für mich, und Sie erfahren die besten Nachrichten, die Sie in den letzten Monaten gehört haben.«

»Wovon reden Sie?«

»Ich sitze hier bei Ihrem angeblichen Freund Neville Byrd. Er hat die Aussage über Sie widerrufen und zugegeben, dass er von Eldon Tarver beauftragt wurde.«

Alex schloss erleichtert die Augen. »Wie haben Sie das geschafft?«

Während Kaiser antwortete, schaltete Alex den Lautsprecher ihres Handys ein, damit Chris das Gespräch mithören konnte.

»Als Byrd und sein Anwalt die Worte *Patriot Act* hörten, wurden sie schlagartig sehr gesprächig«, sagte Kaiser. »Aber Tarver hat Byrd nicht nur angeheuert, um Rusk im Auge zu behalten. Rusk hatte einen digitalen Mechanismus eingerichtet, der Tarver vernichten würde, sollte der auf den Gedanken kommen, Rusk zu eliminieren. Eine Art Lebensversicherung. Byrd sollte herausfinden, was das für ein Mechanismus war.«

»Und ist es ihm gelungen?«, fragte Alex.

»Ja. Rusk hatte einen Account bei einem niederländischen Internet-Dienstleister namens EX NIHILO. Einmal am Tag musste er sich einloggen und eine Serie von Passwörtern eingeben, um zu verifizieren, dass er wohlbehalten und am Leben war. Blieb seine Meldung aus, würde ein Katalog eines jeden gemeinschaftlich mit Tarver begangenen Verbrechens an das FBI und an die Mississippi State Police übersandt werden.«

»Gütiger Himmel! Sagen Sie mir, dass Sie diesen Katalog haben, John.«

»Er liegt vor mir. Aber ich kann ihn nicht öffnen.«

»Warum nicht?«

»Weil ich das finale Passwort nicht besitze. Rusk hat die Datei nie geöffnet, während Byrd ihn observiert hat. Neville hat genug Passwörter gestohlen, damit Tarver sich einloggen und so tun konnte, als wäre er Rusk, aber nicht genug, um die Datei zu öffnen, zu bearbeiten oder gar zu löschen. Byrd versucht seit gestern Abend, die Datei für uns zu hacken – bis jetzt ohne Erfolg.«

Chris starrte mit tiefer Konzentration auf Alex' Mobiltelefon.

»Haben Sie eine Idee, was für ein Passwort das sein könnte?«, fragte Alex.

»Ich nehme an«, sagte Kaiser, »dass Rusks letzter bewusster

Gedanke, nachdem Tarver ihm den Golfschläger ein paar Mal gegen den Kopf geschlagen hatte, der Gedanke an Rache war. Rache an dem Bastard, der ihm das angetan hatte. Er konnte das Telefon nicht benutzen, doch er konnte den Fuß noch gut genug bewegen, um im Blut am Boden zu schreiben.«

»A's No. 23!«, rief Alex.

»Ganz genau. Aber Byrd und ich haben uns durch sämtliche Baseball-Mannschaften der Oakland A's der letzten hundertsechs Jahre gegoogelt. Wir haben jeden einzelnen Spieler ausprobiert, der je die Nummer dreiundzwanzig getragen hat, aber keine Kombination aus Namen oder Geburtstagen oder Schlagschnitten oder irgendetwas sonst funktioniert als Passwort.«

Alex dachte angestrengt nach. »Sie gehen davon aus, dass ›A's‹ sich auf das Baseball-Team bezieht. Lassen Sie diese Annahme auf sich beruhen und fangen Sie von vorne an. *A's No. 23.* Was könnte es sonst noch bedeuten?«

»Die Suchmaschinen spucken nur Baseball-verwandte Themen aus. Ich habe eben in Washington bei der NSA angerufen. Sie haben es in die Warteschlange für einen ihrer Supercomputer gestellt.«

»Es kann doch nicht so schwierig sein«, sagte Alex. »Es muss etwas sein, von dem Rusk dachte, dass wir dahinterkommen können. Wie lauteten seine anderen Passwörter?«

»Eins war die Zahl Pi bis zur neunten Stelle hinter dem Komma.«

»Pi …«, echote Alex.

»Zwei weitere waren Namen aus der klassischen Literatur. Eins war die Lichtgeschwindigkeit.«

Mit merkwürdig entrückter Stimme fragte Chris: »Wie hat er ›Kilometer pro Sekundenquadrat‹ geschrieben?«

»Wer spricht da?«, wollte Kaiser wissen.

»Chris«, antwortete Alex. »Ich bin in seinem Zimmer. Können Sie seine Frage beantworten?«

»Warten Sie.«

Alex sah nach unten. Chris hatte ihren Ellbogen gepackt. »Die einzige Zahl, von der ich weiß, dass sie mit A abgekürzt wird, ist die Avogadrosche Zahl«, sagte er.

»Was ist das?«, fragte sie.

»Eine chemische Konstante. Sie hat mit der molaren Konzentration zu tun. Jeder Schüler im Leistungskurs Chemie muss sie auswendig können.«

»Was war das?«, fragte Kaiser.

»Chris hat ein Passwort, das Sie ausprobieren können. Warten Sie.« Sie sah Chris fragend an. »Wie lautet die Zahl genau?«

»Sechs Komma null zwo zwo mal zehn hoch dreiundzwanzig.«

»Zehn hoch dreiundzwanzig?«, fragte Alex.

Chris nickte.

»Das ist also die dreiundzwanzig? A's No. 23?«

»Wie würden Sie das ausschreiben?«, fragte Kaiser.

Chris sah zur Decke. »Sechs Komma null zwo zwo X eins null zwo drei.«

»Habe ich gehört«, sagte Kaiser. »Neville tippt das Passwort soeben ein.«

Alex Ohren rauschten, während sie wartete.

»Fehlanzeige«, sagte Kaiser entmutigt. »Das ist es nicht.«

Alex schloss die Augen.

»Lassen Sie das Komma weg«, sagte Chris.

»In Ordnung«, sagte Kaiser. »Byrd versucht es noch einmal ...«

Alex zuckte zusammen, als ein Triumphschrei durch den Hörer drang.

»Das ist es!«, rief Kaiser. »Wir sind drin!«

Alex drückte das Telefon so fest, dass ihre Hand schmerzte. »Was steht drin? John, was steht in der Datei?«

»Warten Sie. Gütiger Himmel ... es ist ein Geständnis, so viel ist klar. Seiten über Seiten.«

Alex nahm Chris' Hand in die ihre. »Sehen Sie den Namen von Grace? Sagen Sie mir, ob sie den Namen von Grace finden können!«

»Ich suche ... hier sind mehrere der Opfer aufgeführt, die Sie für mich aufgeschrieben haben.«

Alex zitterte am ganzen Leib. Chris' Kiefermuskeln arbeiteten unablässig.

»Hier ist er«, murmelte Kaiser. »Grace Fennell. Ich habe den Namen vor mir, lese ihn direkt ab.«

Alex spürte, wie die Tränen über ihre Wangen strömten. »Kopieren Sie diese Datei, John, auf der Stelle.«

»Das hat Neville bereits getan«, versicherte er ihr. »Er druckt im Moment alles aus.«

»Was ist mit Thora?«, fragte Chris unvermittelt. »Oder mit meinem Namen?«

»Es dürfte wahrscheinlich der letzte Eintrag in der Datei sein«, mutmaßte Alex.

»Nein. Der letzte Eintrag ist ein Mann namens Barnett. Ein Ölbaron. Rusk glaubt, dass Barnett sich mit ihm in Verbindung setzen wird, wegen einer Scheidung von seiner Frau.«

»Suchen Sie weiter.«

»Mach ich ... warten Sie. Hier ist es. Dr. Christopher Shepard. Es steht alles Schwarz auf Weiß da, Alex. Alle Beweise der Welt.«

Chris presste die Faust vor den Mund, als hätte er Angst, die Kontrolle über sich selbst zu verlieren.

»So etwas habe ich noch nie gesehen«, sagte Kaiser fasziniert. »Ich meine, ich habe die Trophäen von Serienmördern gesehen, von wahren Monstern, aber das hier ... es ist reines, nacktes *Geschäft.* Nichts als beschissene, unverhohlene Gier. Geldgier von Leuten, die es eigentlich besser hätten wissen müssen.«

Alex sah Tränen in Chris' Augen.

»Hören Sie sich das an«, fuhr Kaiser fort. »›Im November 1998 trat ein Studienkommilitone namens Michael Collins an mich heran, ein Strafverteidiger, der für Gage, Taft und LeBlanc arbeitet. Collins wollte meinen Rat in Bezug auf einen Mandanten, einen Arzt namens Eldon Tarver. Dr. Tarvers Frau war kürzlich an Krebs gestorben, doch die Familie der Toten war überzeugt, dass es sich um ein faules Ding handelte. Es war eine reiche Familie, und Tarver befürchtete, dass sie versuchen würden, die Polizei einzuschalten. Er hatte Collins engagiert, weil er glaubte, dass man ihn verhaften könnte. Ich war erstaunt, dass Collins ausgerechnet meine Hilfe suchte, weil ich mich auf Scheidung spezialisiert habe, doch Michael meinte, er wollte meinen psychologischen Rat, nicht meine anwaltliche Expertise.

Im Verlauf zweier Besprechungen mit Dr. Tarver wurde mir die Natur von Michaels Problem bewusst: Sein Mandant war schuldig. Tarver besaß nicht die Unverfrorenheit, diese Tatsache einzuräumen, doch es war in meinen Augen offensichtlich. Ich bin in meinem ganzen Leben noch niemals einer so arroganten Selbstsicherheit begegnet, nicht einmal von Seiten meines Vaters, und das bedeutet eine Menge.

Letztendlich wurde keine Anklage gegen Eldon Tarver erhoben – hauptsächlich, weil die Gegenseite keine forensischen Indizien vorweisen konnte, die auf einen Mord hingedeutet hätten, trotz zweier unabhängiger Autopsien, eine davon ausgeführt von einem bekannten Pathologen. Tatsächlich war es die zweite Autopsie, die die Behörden überzeugte, dass kein Mord stattgefunden hatte. Doch ich wusste es besser …‹ Möchten Sie, dass ich weiter vorlese?«, fragte Kaiser.

Alex sah fragend zu Chris, doch der hatte die Augen geschlossen. »Soll ich den Lautsprecher abschalten?«

»Nein.«

»Lesen Sie weiter, John.«

»›Ich hatte keinen weiteren Kontakt mit Dr. Tarver bis zu jenem Tag fast zwei Jahre später, als wir uns bei einem Wochenendtrip ins Chickamauga Hunting Camp begegneten. Während besagten Wochenendes war ich einmal für einen längeren Zeitraum mit ihm allein. Er stellte mir eine Reihe sehr direkter Fragen über meine Kanzlei und meine Scheidungsfälle – Fragen, die ich als eine merkwürdige Art von Ouvertüre begriff. Ich hatte ein eigenartiges Gefühl, dass ich Tarver vertrauen konnte, und so nahm ich kein Blatt vor den Mund. Ich merkte an, dass ich in meiner Zeit als Scheidungsanwalt mit mehreren Jahren Erfahrung zu dem Schluss gekommen war, dass in manchen Fällen, bei denen reiche

Mandanten beteiligt waren, der zeitige Tod eines Ehepartners eine Alternative wäre, die einer Scheidung vorzuziehen sei. Dr. Tarvers Antwort kam unverzüglich: ›Sie meinen wohl einen *vorzeitigen* Tod, oder nicht?‹

Das war der Beginn unserer Partnerschaft. Unter dem Einfluss einer mäßigen Menge Alkohols versicherte mir Dr. Tarver, dass er imstande wäre, jeden Menschen zu töten, ohne die kleinste Spur zu hinterlassen. Er betrachtete dieses Problem, wie er es nannte, als eine Art beruflicher Herausforderung und behauptete zugleich, dass jeder Pathologe an irgendeinem Punkt im Leben solche oder ähnliche Gedanken hätte. Es wäre nur natürlich, sagte er.

Bevor wir an jenem Wochenende das Chickamauga Hunting Camp wieder verließen, hatten wir die Grundlagen unseres Plans ausgearbeitet. Jede Woche kamen reiche Mandanten in meine Kanzlei und flehten mich an, alles zu tun, um ihnen eine kostspielige Abfindung zu ersparen oder ihnen mehr Zeit mit ihren Kindern zu verschaffen. Ich konnte sehen, welche Mandanten genügend Hass und Wut auf ihre Partner aufgestaut hatten, um tatsächlich die Ermordung ihrer Ehepartner in Erwägung zu ziehen. Dr. Tarver und ich würden so wenig Kontakt haben wie nur irgend möglich. Jedes Mal, nachdem ich einen ›Auftrag‹ von einem Mandanten erhalten hatte, stellte ich den Kontakt zu Tarver her, indem ich eine falsche Spam-Mail an eines seiner E-Mail-Konten schickte. Am nächsten Tag parkte ich meinen Wagen beim Annandale Golf Club und spielte eine Achtzehner-Runde. Bei meiner Ankunft hatte ich ein großes Paket im Kofferraum, das bei meiner Abfahrt verschwunden war. Dieses Paket enthielt sämtliche Informationen über das vorgesehene Opfer sowie andere Materialien, die der Auftraggeber zur Verfügung gestellt hatte: die Krankengeschichte, der gewöhnliche Tagesablauf, nachgemachte Haus- und Wagenschlüssel, Urlaubspläne, Sicherheitskodes, E-Mail-Passwörter, einfach alles. Das war der einzige ›Kontakt‹, den Dr. Tarver und ich jemals hatten, und selbst dabei kam es zu keiner persönlichen Begegnung. Er konnte niemals bewiesen oder zurückverfolgt werden, weil Tarver kein Mitglied in diesem Golfclub war.

Er hatte einen Freund, der beinahe täglich dort spielte, und Tarver konnte als Gast mitgehen, wann immer ihm danach war. Er gelangte mit Hilfe eines Schlüssels an den Inhalt meines Kofferraums, den ich ihm an jenem ersten Wochenende in Chickamauga gegeben hatte. In den vergangenen fünf Jahren habe ich nur wenige Male mit Dr. Tarver gesprochen – und selbst diese wenigen Male waren rein zufällig. Dennoch haben Tarver und ich bis zu diesem Zeitpunkt gemeinsam neunzehn Menschen getötet.‹«

»Neunzehn!«, hauchte Alex. »Ich wusste, dass es noch mehr waren als die, die ich gefunden hatte.«

»Warten Sie!«, sagte Kaiser in diesem Augenblick. »Während ich vorgelesen habe, hat Kelly mir eine Notiz hingeschoben. Ein Deputy Sheriff in Forrest County hat soeben Andrew Rusks Powerboat entdeckt! Es sitzt auf einem Trailer hinter einem schwarzen Dodge Pick-up Truck auf dem Highway 49.«

Chris starrte voller Hass auf das Mobiltelefon.

»Hat er den Fahrer gesehen?«, fragte Alex.

»Ein kahlköpfiger Mann mit grauem Bart und leuchtendem Feuermal auf der linken Wange.«

Alex Puls begann zu rasen. »Gütiger Himmel, wir haben ihn!«

»Nein, haben wir nicht. Wir wissen lediglich, wo er vor fünfzehn Minuten gewesen ist.«

»Der Deputy hat nicht versucht ihn zu stoppen, oder?«

»Nein. Forrest County liegt auf dem Weg zur Golfküste, nicht wahr?«

»Kann sein. Es ist in der Nähe von Hattiesburg. Das ist eine indirekte Route zur Küste. Haben Sie inzwischen herausgefunden, wo genau diese GPS-Koordinaten liegen?«

»Ja«, sagte Kaiser. »Sie bezeichnen einen Punkt im Golf von Mexiko. Fünfundvierzig Kilometer südlich von Petit Bois Island.«

»Außerhalb der Zuständigkeit der Küstenwache.« Alex warf einen Blick auf ihre Armbanduhr. »Vierzehn Uhr. Keine zwei Stunden mehr.«

»Keine Sorge, Sie werden dort sein.«

Alex hielt den Atem an. »Im Ernst?«

»Sie und ich, Baby.«

Alex hatte das Gefühl, eine stählerne Fessel um ihre Brust wäre zersprungen.

»Ich habe einen Hubschrauber in Bereitschaft«, sagte Kaiser schwer atmend, als wäre er bereits losgerannt. »Gehen Sie aufs Dach der Universitätsklinik, da ist ein Landefeld. Wir nehmen sechs SWAT-Jungs aus Jackson mit und treffen uns mit ein paar meiner eigenen Leute aus dem FBI-Büro New Orleans.«

»Ich lege jetzt auf. Wagen Sie es nicht, mich außen vor zu lassen, John. Es ist mir egal, ob der Direktor Ihnen mit der Kündigung droht. Kommen Sie mit diesem Hubschrauber zur Uniklinik.«

»Ich bin in zehn Minuten bei Ihnen. Ich möchte, dass Sie schon da sind und warten.«

»Okay.« Sie beendete die Verbindung.

Chris beobachtete sie vollkommen reglos. Das Zittern hatte aufgehört.

»Ich muss mit ihm fliegen. Ich will dich nicht allein lassen, aber …«

»Ich kommc schon klar. Ich habe …«

Es klopfte dreimal leise an der Tür. Dann wurde sie einen Spalt weit geöffnet, und eine Stimme, die Alex nicht kannte, fragte unsicher: »Hallo? Liegt hier Chris Shepard?«

»Ja!«, sagte sie und ging zur Tür.

Diese wurde ganz geöffnet, ehe Alex dort war, und ein attraktiver Mann Mitte vierzig mit zwei Kindern, einem Jungen und einem Mädchen, stand vor ihr.

»Mein Name ist Penn Cage«, sagte er und streckte ihr die Hand entgegen. »Ich bin der Sohn von Tom Cage. Sie sind Alex Morse, nehme ich an?«

Sie nickte und schüttelte die dargebotene Hand.

»Mein Vater hat heute Morgen eine leichte Angina«, sagte Penn Cage. »Deswegen dachte ich, dass ich und Annie Ben nach Jackson fahren, damit er seinen Dad besuchen kann. Ich hoffe, das ist in Ordnung?«

Erst da merkte Alex, dass der Junge, der in Schuluniform vor ihr stand, Ben Shepard war. »Oh … oh ja, ich weiß das wirklich zu schätzen.« Sie trat zur Seite, sodass Chris seinen Besuch sehen konnte.

»Penn?«, fragte Chris vom Bett her. »Was …?«

Penn Cage trat zum Bett und schüttelte Chris behutsam die Hand. »Ich dachte, Ben würde gerne mit Annie und mir herfahren.«

Alex sah, wie Chris sich die Augen wischte, ehe die Kinder nahe genug heran waren, um seine Tränen zu entdecken.

Annie Cage war ein drahtiges Mädchen von vielleicht elf Jahren mit schlohweißen Haaren und klugen Augen. Sie nahm Bens Hand und führte ihn zum Bett seines Vaters. Zu Alex' Überraschung ließ Ben es geschehen, ohne sich zu wehren.

»Hey, Kumpel!«, sagte Chris schwach.

Bens Gesicht war rot. Er sah aus, als würde er jeden Moment weinen. »Bist du krank, Dad?«

»Nur ein bisschen. Aber in ein paar Tagen geht es mir sicher wieder prima. Wie geht es dir?«

Ben nickte mit dem Kopf zu Cage. »Der Bürgermeister hat mich hergebracht, um dich zu besuchen.«

»Das sehe ich. Hallo, Annie.«

»Hi, Dr. Shepard«, sagte Annie Cage artig.

Penn lächelte; dann berührte er Annies Schulter und zog sie zu sich zurück. »Ich denke, wir lassen euch eine Weile allein.«

Chris blickte ihn dankbar an.

»Brauchen Sie irgendwas, Chris?«, fragte Penn. »Eine Cola vielleicht?«

»Nein, danke.«

»Dann bis später.«

Mit einem vielsagenden Blick zu Alex ging Penn nach draußen und nahm seine Tochter mit.

Chris legte Ben die Hand auf die Schulter und sah zu Alex hoch. »Geh und schnapp ihn dir. Komm nicht wieder hierher, bevor du ihn nicht hast. Okay?«

Sie kämpfte einen Schwall von Emotionen nieder; dann nickte sie, winkte zum Abschied und ging nach draußen. Penn Cage wartete auf sie. Seine Tochter saß ein Stück weiter hinten auf einer Bank bei der Schwesternstation.

»Wie schlimm steht es um ihn?«, fragte Cage.

»Er könnte sterben.«

Penn blies die Luft aus. »Kann ich etwas tun, um Ihnen zu helfen? Das sage ich nicht einfach so dahin. Ich war früher Bezirksstaatsanwalt in Houston, und ich habe immer noch gute Verbindungen zu den Behörden des Bundes.«

Mit einem Mal wurde Alex bewusst, dass Penn Cage der Staatsanwalt war, der einen ehemaligen Direktor des FBI vernichtet hatte, indem er ihn der Vertuschung eines rassistisch motivierten Mordes in den sechziger Jahren überführte. »Ich wünschte, Sie hätten mir dieses Angebot vor einer Woche gemacht«, sagte sie.

Cages Augen brannten mit überraschender Intensität. »Ich mache es jetzt. Sagen Sie mir, was Dr. Shepard braucht, und ich tue, was in meiner Macht steht, um es zu besorgen.«

Alex sah auf ihre Uhr. Sie war mit den Gedanken bereits bei Kaisers Hubschrauber. »Kennen Sie Chris gut?«

»Nicht so gut, wie ich ihn gerne kennen würde. Aber mein Vater sagt, er sei der anständigste Mann, mit dem er je gearbeitet hat. Und das bedeutet eine Menge.«

»Ich denke genauso«, sagte Alex zu ihrer eigenen Überraschung.

»Lassen Sie sich nicht von mir aufhalten. Vergessen Sie nur nicht, was ich gesagt habe.«

»Mach ich.«

Alex wandte sich um und eilte zu den Aufzügen. Zehn Schritte weiter passierte sie die Tür zum Zimmer ihrer Mutter. Margaret Morse würde nie erfahren, ob ihre Tochter da gewesen war, und beinahe wäre Alex weitergelaufen. Doch auf halbem Weg zu den Lifts blieb sie abrupt stehen, machte kehrt und rannte zurück. Sie platzte ins Zimmer ihrer Mutter. Genau wie bei Chris drückte sie ihr die Hand und beugte sich zu ihr hinunter.

»Mom?«, flüsterte sie. »Ich bin es, Alexandra. Jamie wird nichts geschehen. Ich sorge dafür. Du kannst jetzt loslassen.«

Sie betete um ein Zeichen, ein blinzelndes Auge oder einen sich bewegenden Finger – doch da war nichts. Sie küsste ihre Mutter auf die Wange und rannte aus dem Zimmer.

52

Ein stromlinienförmiger, weißer Bell 430 senkte sich auf das Landefeld auf dem Dach der Uniklinik. Die Maschine besaß ein Fassungsvermögen von acht Passagieren plus zwei Piloten und konnte bei einer Geschwindigkeit von 140 Knoten vier Stunden in der Luft bleiben. Der Bell 430 würde Alex auf direktem Weg bis hinunter zur Golfküste bringen. Sie rannte tief geduckt unter den Rotoren hindurch zum Einstieg. Das vertraute *Wupp-wupp-wupp* brachte ihr Blut in Wallung. Sie sprang durch die offene Luke, warf einen raschen Blick auf die sechs schwarz gekleideten SWAT-Agenten hinter Kaiser und schnallte sich neben ihm in den Sitz.

»Fertig?«, brüllte Kaiser.

Alex antwortete mit erhobenem Daumen.

Kaiser grinste, als das Heulen der Turbine lauter wurde. »Diese Dinger erinnern mich immer an Vietnam.«

»Ist das gut oder schlecht?«

»Gute Frage.« Er drückte beruhigend ihre Schulter. »Die Aufgabe besteht jetzt darin, Tarver lebendig zu schnappen.«

Alex nickte.

»Das ist der Punkt, an dem Sie ins Spiel kommen. Mit diesem Argument habe ich dem Direktor Ihre Anwesenheit an Bord verkauft.«

»Dann bin ich also wieder Geisel-Unterhändlerin?«

»Sozusagen. Sie werden verhandeln, nur dass es keine Geiseln gibt. Zumindest hoffen wir das.«

»Amen.«

»Ich muss kurz nach vorne und mit dem Piloten reden, bevor wir abheben.«

Kaiser schnallte sich los und ging nach vorn. Er beugte sich zu dem Piloten hinunter und redete auf ihn ein. Alex blickte nach draußen. Der Himmel über ihnen war grau. Im Osten türmten sich schwarze Wolken. Als Alex eine Vibration am Oberschenkel spürte, griff sie in die Tasche und zog ihr Handy hervor. Sie sah auf das Display: 1 NEUE NACHRICHT. Sie klappte das Gerät auf und sah, dass die Nachricht von Jamie war. Endlich! Sie drückte auf LESEN. Die Nachricht lautete: *Dad packt unsere Sachen. Sagt, wir ziehen um. Heute noch! Habe gehört, wie er mit ihr über Mexiko geredet hat. Kann er mich einfach mitnehmen nach Mexiko? Er scheint Angst zu haben. Ich habe auch Angst. Kannst du mich nicht holen? Rest am Computer. Dad lässt mich nicht telefonieren.*

Alex knallte das Handy auf ihren Oberschenkel. Bills Timing war wie üblich perfekt. Am liebsten hätte sie Kaiser gebeten, den Hubschrauber zum Ross Barnett Reservoir umzuleiten, um Jamie zu holen, aber das ging natürlich nicht. Andrew Rusks schriftliches Geständnis würde Bill Fennell bald genug an die Wand nageln, doch im Augenblick hatte Bill die gesetzliche Vormundschaft über den Jungen.

Alex hatte geglaubt, der Hubschrauber würde sie zu dem Mann bringen, der Grace ermordet hatte, doch nun wurde ihr bewusst, dass nicht Eldon Tarver der Mörder ihrer Schwester war. Tarver war nur Erfüllungsgehilfe gewesen, die Waffe. Der eigentliche Mörder war Bill Fennell. Und jetzt plante er, genau wie Tarver, aus dem Land zu flüchten – mit Jamie im Gepäck. Damit blieb Alex keine Wahl; ihre nächsten Aktionen standen fest. Doch sie konnte Kaiser nicht sagen, warum sie aus dem Hubschrauber musste. Gut möglich, dass sie selbst innerhalb der nächsten dreißig Minuten gegen das Gesetz verstoßen würde. Ein Kind entführen. Und sie durfte Kaiser nicht hineinziehen.

Sie drückte sich das Mobiltelefon ans Ohr und tat, als würde sie eine Unterhaltung mit den Krankenschwestern ihrer Mutter führen. »Was?«, rief sie ins Mikrofon. »Ich kann Sie nicht verstehen!«

Kaiser drehte sich um und beobachtete sie aus dem Cockpit.

»Wann?«, rief Alex. »Was bedeutet das …? Ihre *Nieren?* In den nächsten paar Stunden? O Gott. Also gut, ich bin unterwegs … Vielleicht zehn Minuten.«

Kaiser kam zurück und kniete vor ihr nieder. »Was ist passiert?«

»Meine Mutter. Organversagen … sämtliche Organe. Sie hat eine Patientenverfügung unterschrieben, was bedeutet, dass sie in den nächsten Minuten sterben wird.«

Kaiser blickte auf die Uhr, starrte auf den Metallboden der Maschine und schaute dann Alex in die Augen. »Es ist Ihre Entscheidung. Wir können nicht auf Sie warten, falls Sie jetzt aussteigen. Ist sie denn bei Bewusstsein?«

»Immer wieder ein paar Augenblicke. Meistens nicht. Trotzdem … sie ist meine Mutter, John.«

»Ich weiß.« Wieder schaute er auf seine Uhr, während er lautlos rechnete. »Ich wünschte, Sie könnten dabei sein. Sie wissen, dass es auf ein Patt hinausläuft und dass Sie diejenige mit der Flüstertüte sein könnten.«

»Machen Sie es nicht schlimmer, als es ist.« Alex zwang sich zu einem Lächeln. »Ich danke Ihnen, dass Sie mir die Chance verschafft haben, John. Und jetzt fliegen Sie los. Nageln Sie den verdammten Bastard fest.«

Alex löste ihren Sicherheitsgurt und stieg aus der Maschine. Kaiser kniete in der großen Schiebetür und blickte ihr voller Mitgefühl hinterher. »Es tut mir leid wegen Ihrer Mom!«, rief er ihr über die wummernden Schläge der Rotoren hinweg nach.

Alex winkte und sprintete zum überdachten Weg am Rand des Landefelds.

Der Bell 430 stieg in den sich verdunkelnden Himmel, ehe sie die Tür erreicht hatte; dann flog er in einem weiten Bogen nach Süden davon.

Alex zog ihr Handy aus der Tasche und wählte die Nummer von Will Kilmer.

Der FBI-Helikopter befand sich dreißig Meilen südlich von Jackson, als die Zweifel, die seit dem Start an Kaiser genagt hatten, übermächtig wurden. Er nahm sein Handy hervor, wählte die Auskunft und ließ sich die Nummer der Universitätsklinik geben. Als die Telefonzentrale sich meldete, gab er sich als Agent des FBI zu erkennen und verlangte die Oberschwester der onkologischen Abteilung zu sprechen. Während er wartete, kam einer der Agenten nach vorn. »Was ist los, John?«, fragte er. »Irgendwelche Neuigkeiten?«

Kaiser schüttelte den Kopf. »Ich kaufe Morse die Geschichte von ihrer Mutter nicht ab.«

»Warum nicht?«

»Weil Morse unter gar keinen Umständen die Chance verpassen würde, den Kerl zur Strecke zu bringen, der ihre Schwester auf dem Gewissen hat. Es ist mir egal, ob ihre Mutter im Sterben liegt. Morse hätte beinahe ihre Karriere wegen dieser Sache ruiniert, und sie würde den letzten Akt um nichts in der Welt verpassen.«

»Hallo?«, fragte eine verärgerte weibliche Stimme. »Wer ist am Apparat?«

»Special Agent John Kaiser, FBI. Wir haben einen Notfall, bei dem es um Leben und Tod geht. Die Tochter Ihrer Patientin Margaret Morse ist darin verwickelt, Agentin Alex Morse.«

»Ich … sie.«

»Könnten Sie bitte lauter sprechen? Ich sitze in einem Hubschrauber.«

»Ich kenne sie!«

»Okay, Ma'am. Ist Agentin Morse jetzt bei Ihnen im Krankenhaus? Bei ihrer Mutter?«

»Ich habe sie nicht mehr gesehen, seit sie vor zwanzig Minuten nach draußen gerannt ist.«

»Ich verstehe. Was können Sie mir über den Zustand der Mutter sagen? Hat er sich plötzlich verschlimmert?«

»Viel schlimmer kann er nicht mehr werden.«

»Haben ihre Organe versagt? Haben Sie oder das Krankenhaus in den letzten Minuten Agentin Morse angerufen und ihr gesagt, dass ihre Mutter stirbt?«

»Nicht, dass ich wüsste. Warten Sie, ich sehe nach.«

Kaiser schaute seinen Piloten an, deutete auf den Geschwindigkeitsmesser und signalisierte ihm, langsamer zu werden. Es dauerte fast eine Minute, ehe die Krankenschwester wieder in der Leitung war.

»Hören Sie? Niemand hat Miss Morse von hier aus angerufen. Tatsächlich scheinen die Nieren von Mrs. Morse sich ein wenig gefangen zu haben seit heute Morgen. Sie erzeugen mehr Urin.«

Kaiser bedankte sich, legte auf und sah den Piloten an, während er mit dem Zeigefinger einen waagerechten Kreis in der Luft beschrieb. »Wir drehen um!«

Während der Bell 430 über der I-55 wendete, wählte Kaiser die Nummer des FBI-Büros Jackson und verlangte einen Techniker zu sprechen.

»Sir?«, fragte eine junge Stimme.

»Ich brauche die GPS-Koordinaten eines Mobiltelefons. So schnell wie möglich. Rufen Sie die Telefongesellschaft an und sagen Sie, dass Menschenleben davon abhängen.« Kaiser las Alex' Nummer ab und fügte hinzu: »Der Provider ist Cingular. Rufen Sie mich zurück, sobald Sie die Koordinaten haben.«

»Mach ich, Sir.«

Kaiser legte auf. Der Pilot beugte sich nach hinten und blickte Kaiser an. »Wohin jetzt?«

Wohin will Alex?, überlegte Kaiser. *Glaubt sie etwa, dass der Mann, der Rusks Boot zur Golfküste bringt, nicht Tarver ist? Kann es sein, dass jemand angerufen und ihr das gesagt hat?* Er hielt es für wenig wahrscheinlich. Chris Shepard konnte es unmöglich wissen, so viel stand fest. Arbeitete Will Kilmer immer noch an dem Fall? Konnte es sein, dass der alte Ex-Cop irgendetwas herausgefunden hatte? Möglich. Andererseits war der Grund für

Alex' Ausstieg in letzter Sekunde vielleicht irgendetwas, das überhaupt nichts mit Tarver zu tun hatte – irgendetwas, das wesentlich stärker wog als ihr Interesse an der endgültigen Lösung des Mordfalls.

Was konnte so wichtig für Alex sein?

»Stopp!«, befahl er dem Piloten. »Halten Sie die Maschine auf der Stelle.«

Während der Bell 430 langsamer wurde und schließlich an Ort und Stelle schwebte, merkte Kaiser, dass sein logisches Denkvermögen durch seine Erregung blockiert wurde. Er hatte dieses Phänomen viele Male beobachtet: Leute in Notfällen konnten nicht einmal mehr die einfachsten logischen Verknüpfungen herstellen. Niemand war immun dagegen, kein erfahrener Veteran, kein Astronaut, kein …

Sein Handy läutete.

»Hallo?«

»Ich habe die Koordinaten, Sir. Das Mobiltelefon befindet sich auf zweiunddreißig Grad, fünfundzwanzig Minuten und ein paar Sekunden Nord und neunzig Grad, vier Minuten …«

»Sagen Sie mir einfach, wo das ist, Junge! Legen Sie eine Karte über diese Zahlen!«

»Haben wir bereits getan, Sir. Es ist die Coachman's Road, in der Nähe des Jackson Yacht Clubs. Gleich am Ufer des Stausees.«

»Sie meinen das Ross Barnett Reservoir?«

»Jawohl, Sir.«

»Ist der Rose's Bluff Drive in der Nähe?«

»Jawohl, Sir. Ganz in der Nähe. Und wer immer dieses Handy bei sich hat, ist noch näher dran.«

»Verdammt! Das ist das Haus ihres Schwagers!«

»Sir?«

Der Pilot starrte Kaiser hinter seinem Visier fragend an.

Ihr Neffe, dachte Kaiser wütend. *Geht es hier etwa um irgendwelchen Sorgerechts-Scheiß?* Jamie Fennell war der eigentliche Grund, warum Alex so hartnäckig an diesem Fall gearbeitet hatte. Aber was, wenn etwas anderes dahintersteckte? Was, wenn der

Junge auch für Tarver etwas bedeutete? War das möglich? Konnte es sein, dass Bill Fennell Tarver bei der Flucht half?

Nicht, wenn der Pathologe auf dem Weg zur Golfküste war. Dann nicht. Aber wenn es nicht so war? Was, wenn jemand anders den Truck mit Andrew Rusks Powerboat auf dem Trailer lenkte?

53

Bill Fennell wohnte am Südwestufer des Ross Barnett Reservoirs, einer hundertdreißig Quadratkilometer großen Wasserfläche, die in einem Sturm wie dem, der gerade aufzog, schaumgekrönte Wellen hervorbringen konnte, die so hoch waren wie auf dem Meer.

Die meisten Häuser hier waren älter als der Jackson Yacht Club, und die Grundstücke entsprechend kleiner als bei den neumodischen Villen am Ostufer. Bill Fennell hatte das Problem gelöst, indem er vier benachbarte Grundstücke direkt nördlich des Yachtclubs gekauft und darauf seine Vision von einem Paradies für Neureiche errichtet hatte.

Alex und Will waren weniger als fünfzehn Minuten von Fennells Villa entfernt. Sie jagten in einem blauen Nissan Titan, den Will als Ersatz für seinen Explorer gemietet hatte, über die Coachman's Road. Der Explorer stand noch in der Werkstatt, wo er nach dem Anschlag auf das Primatenlabor wieder instandgesetzt wurde. Wills 357er Magnum lag auf dem Sitz zwischen den beiden, dazu eine Schrotflinte auf dem Rücksitz. Alex' geliehene Sig lag im Handschuhfach, und sie hatte eine achtunddreißiger Smith & Wesson in einem Halfter um ihren linken Knöchel geschnallt.

»Hast du noch irgendwelche Textnachrichten erhalten?«, fragte Will.

»Nein. Ich hoffe nur, sie sind noch nicht aufgebrochen. Sie müssen hier entlangkommen, nicht wahr?«

»Nicht unbedingt. Es gibt ein halbes Dutzend Wege aus dieser alten Gegend.«

»Na wunderbar.«

Das aufgewühlte Wasser des Stausees kam in Sicht. Will bog nach Süden ab und fuhr entlang dem Streifen Land, auf dem sich der Yachthafen und das Fennellsche Anwesen befanden. »Wie möchtest du vorgehen?«, erkundigte sich Will.

»Wir fragen nett und höflich nach Jamie«, entschied Alex. »Dann nehmen wir den Jungen mit und verschwinden von hier. Bill wird wahrscheinlich wegen Mordes verhaftet, noch ehe der Tag zu Ende ist.«

»Fennell kann ein verdammt jähzorniger Mistkerl sein«, sagte Will. »Er ist einmal fast ins Gefängnis gewandert, weil er in einem Wutanfall einen Passanten am Straßenrand zusammengeschlagen hat.«

»Das habe ich nicht gewusst.« Alex ließ die linke Hand auf ihre Magnum fallen. »Aber ich würde sagen, wir sind darauf vorbereitet, damit klarzukommen.« Sie deutete auf ein großes schmiedeeisernes Tor fünfzig Meter voraus. »Fahr langsamer.«

Will fuhr bis zum Tor und hielt an.

»Mit einer Kette gesichert!«, sagte Alex und deutete auf ein schweres Vorhängeschloss.

Will stieg aus, kletterte auf die Pritsche seines Trucks und öffnete einen glänzenden Werkzeugkasten. Dann nahm er einen langen Bolzenschneider hervor.

»Wirklich praktisch, dich in der Nähe zu haben«, sagte Alex.

Will sah ihr fest in die Augen. »Bevor wir reingehen, möchte ich dir eine Frage stellen. Wie groß ist die Chance, dass wir irgendeinen verdammten Mist antreffen?«

Sie hatte versucht, nicht an diese Möglichkeit zu denken. Doch jetzt hatte Wills Stimme ihren heimlichen Ängsten Bahn gebrochen.

»Deshalb bist du bei mir«, sagte sie leise. »Wenn ich mit Sicherheit wüsste, dass ich es nur mit Bill zu tun habe, bräuchte ich niemanden, der mir hilft, mit ihm fertig zu werden.«

Will seufzte wie ein alter Mann, der dringend ein Nickerchen machen möchte. »So was Ähnliches habe ich mir gedacht.«

»Wenn du möchtest, gehe ich ohne dich rein«, sagte Alex ernst. »Du kannst solange hier warten.«

Der alte Detektiv neigte den Kopf zur Seite und schaute sie an. Seine wässrigen Augen sahen aus wie die eines alten Bluthundes. »Honey, dein Dad hat mir so oft den Hintern gerettet, wenn ich in der Klemme gesessen habe, dass ich es gar nicht mehr zählen kann. Deshalb bin ich jetzt an seiner Stelle hier. Und ich werde genau das tun, was er an meiner Stelle tun würde.« Will legte den Gang ein, und der Truck rollte vorwärts. »Los, gehen wir den Jungen holen.«

Er fuhr durchs Tor und über die lange, gewundene Auffahrt, die zur Rückseite der Fennellschen Villa führte, einer überdimensionalen Kopie eines Südstaaten-Anwesens mit weißen Säulen und umlaufender Veranda. Er hielt an, als sie noch gut hundert Meter entfernt waren, und parkte hinter einer kleinen Baumgruppe.

»Das ist nah genug«, entschied er.

Als er den Motor abstellte, setzte der Regen ein, der seit Stunden am Himmel gehangen hatte. Er fegte über das Anwesen wie voranstürmende Wogen grau gekleideter Soldaten. Die ersten Tropfen prallten auf den Pick-up wie Schüsse aus einer Pellet-Pistole. Das Herrenhaus verschwand hinter einem grauen Vorhang. Durch die Lücken zwischen den Bäumen konnte Alex die bleierne Oberfläche des Sees erkennen. Sie öffnete das Handschuhfach, nahm die Sig Sauer, die Will ihr vor zwei Tagen gegeben hatte, stieg aus und marschierte zu einer großen Eiche. Will hielt das Schrotgewehr locker in der linken Hand, sodass der Lauf nach unten zeigte, während er in der rechten seine Pistole hielt. Als er bei Alex angekommen war, drehten sich beide zusammen um und beobachteten das Haus und das umliegende Grundstück, während der Regen ihre Kleidung durchnässte.

Die Villa war zum See hin gebaut worden. Hunderte von Bäumen und Büschen standen auf dem fünfzigtausend Quadratmeter großen Grundstück, und überall waren im englischen Stil kleine Teiche und Gärten angelegt. Allein die Landschaftsgärtnerei hatte mehr Geld gekostet als die Häuser ringsum. Zu ihrer Linken lag ein Tennisplatz, zu ihrer Rechten ein Pool mit einer geschwungenen Rutsche für Jamie.

Hinter dem Haus erstreckte sich, wie Alex wusste, ein breiter Pier weit in den See hinaus. Am Ende dieses Piers befand sich ein Bootshaus mit einem Carrera Bowrider darin, wie Alex sich erinnerte – ein Powerboat, doppelt so groß wie das von Andrew Rusk. Es war ausgerüstet mit zwei Außenbordern, die es auf beinahe neunzig Knoten beschleunigten, sodass es mehr flog als übers Wasser fuhr.

»Das haben Jim und ich oft gemacht«, sagte Will. »Tausende Male, wenn man die Hilferufe wegen häuslicher Streitereien mit einrechnet.«

Alex' abgeschürfte Ellbogen brannten, als würde es Säure regnen. »Das ist Bills Hummer«, sagte sie und deutete auf das wuchtige, knallgelbe Geländefahrzeug, das in der Ferne in der Garage erkennbar war. »Er hat zwei davon. Zwei H1.«

»Ich weiß«, sagte Will. »Ich habe ihn damit gesehen, wenn er Jamie vorbeigebracht hat und der Junge mit Jim zum Angeln gefahren ist.«

»Ich hatte ganz vergessen, dass du hin und wieder mit ihnen gegangen bist.«

Will nickte; dann stapfte er über die freie Fläche. »Jamie ist ein guter Junge«, sagte er. »Ich hatte nie viel für seinen Daddy übrig. Ein großmäuliges Arschloch, wenn du mich fragst.«

»Du weißt, was ich von ihm denke«, sagte Alex und folgte ihm dicht auf den Fersen.

Als sie sich dem Haus näherten, sagte Will: »Falls Bill versuchen sollte, uns daran zu hindern, Jamie mitzunehmen, gehst du nach draußen und wartest dort auf mich.«

»Onkel Will, du …«

»Keine Widerrede, Mädchen.« Der alte Detektiv drehte sich zu ihr um und sah sie mit hartem Blick an. »Keine Verhandlungen, nichts von diesem Mist. Du gehst einfach nach draußen und lässt mich tun, was getan werden muss.«

Alex hatte Will noch nie so reden hören. Er sprach über den Abstand einer Generation hinweg – doch Alex wusste genau, was er meinte. Will Kilmer hatte zwei Jahrzehnte lang Mordfälle bearbeitet und wusste nur zu gut, dass ein Mordprozess eine höchst unzuverlässige Angelegenheit war, erst recht, wenn der Angeklagte sich die besten Strafverteidiger leisten konnte. Doch wenn Bill Fennell bei einem häuslichen Streit den Kürzeren zog und dabei starb, würde es keine Sorgerechtsverhandlungen wegen Jamie geben. Es war ein unmenschlicher Gedankengang, überlegte Alex – oder war er im Gegenteil *allzu* menschlich? Wie dem auch sein mochte, Will hatte nicht unrecht. Alles, was jetzt noch zählte, war Jamie.

Sie bewegten sich wie Schatten durch den Regen. Will schritt schneller aus. Er atmete schwer, zeigte aber keine Spur von Ermüdung. Als das Haus noch zwanzig Meter vor ihnen lag, blieben sie hinter ein paar großen immergrünen Sträuchern stehen.

»Die Verandatreppe rauf?«, fragte Alex.

Will schüttelte den Kopf. »Wir umrunden das Haus und versuchen, einen Blick ins Innere zu werfen.«

»Sollen wir uns aufteilen?«

»Normalerweise würde ich Ja sagen. Aber heute? Nein. Sobald wir die rechte Ecke des Hauses erreicht haben, klettern wir auf die Veranda, sodass wir einen Blick durch die Fenster werfen können.«

Sie traten hinter den Büschen hervor und huschten zur rechten Seite des Hauses. Will drängte sich durch die dichte Hecke unterhalb der Veranda; dann kletterte er an der Ecke über das Geländer, wo er auf Alex wartete. Er bewegte sich mit überraschendem Geschick, stellte sie fest, während sie ihm folgte.

Hinter dem ersten Fenster lag ein leeres Zimmer. Sie bewegten sich leise an der Wand entlang zum nächsten Fenster. Wieder war hinter der Scheibe niemand zu sehen.

»Nehmen Sie die Hände hoch!«, sagte eine herrische Stimme

hinter ihnen. »Ich ziele mit einer abgesägten Schrotflinte auf Sie.«

In Alex' Seele breitete sich tiefste Schwärze aus.

»Bleiben Sie mit den Gesichtern zur Wand, und werfen Sie die Waffen übers Geländer. *Alle* Waffen.«

»Wo ist er hergekommen?«, flüsterte Will zu ihrer Linken.

Die Hecke, erkannte sie. *Er hat hinter der Hecke gelauert.*

Will drehte sich halb zur Seite und sagte mit rauer Stimme: »Hören Sie, Fennell, Sie stecken bereits bis zum Hals im Dreck. Sie wollen doch bestimmt nicht …«

»Das ist nicht Bill«, sagte Alex.

Will blickte über die Schulter, schloss die Augen und schüttelte den Kopf.

So viel musste man Tarver lassen – seine Strategie war bewundernswert. Er hatte die angebliche Nachricht von Jamie geschickt und sich dann hinter der Hecke auf die Lauer gelegt, um auf die Reaktion zu warten. Einfach, doch brillant, denn selbst eine Armee von SWAT-Leuten konnte ihn auf diese Weise nicht im Haus festnageln. Abgesehen davon, dass keine solche Armee im Anmarsch war, lautete die vornehmlichste Frage: Wieso war Tarver *überhaupt* hier?

»Versuchen Sie nicht, den Helden zu spielen, Opa«, sagte der Doktor. »Ritterlichkeit ist eine kostspielige Geschichte, und Sie sind längst über das Alter hinaus.« Tarver machte einen Schritt nach rechts. »Ich hab ein Bild von Ihnen in meinem Handy, alter Mann. Es zeigt, wie Sie nach ein paar Flaschen Bier tief und fest schlafen.«

Will murmelte eine unverständliche Antwort.

»Und Sie, Agentin Morse, erinnern sich bestimmt, wie es ist, wenn man von einer Ladung Schrot getroffen wird, oder?«

Alex' rechte Gesichtshälfte brannte. Sie spürte, wie Will sich neben ihr anspannte wie ein Raubtier vor dem Sprung. Sie schloss die Augen und versuchte ihn durch bloße Willenskraft zu erreichen: *Lass es. Versuch es nicht … du bist nicht schneller als eine Ladung Schrot …*

»Werfen Sie Ihre Waffen über das Geländer!«, befahl Tarver ungehalten. *»Sofort!«*

»Wo ist Jamie?«, fragte Alex und warf ihre Sig über die Schulter.

»Das werden Sie früh genug sehen.«

Gütiger Gott, lass ihn am Leben sein …

»Ich liebe dich, Baby Girl«, sagte Will fast unhörbar leise neben ihr.

Baby Girl? So hatte Will mit seiner Tochter geredet, bevor sie bei …

Mit der gleichen Bewegung, mit der Will seine Schrotflinte über die Schulter warf, wirbelte er mit all der Schnelligkeit, die ein siebzigjähriger Mann aufzubringen vermochte, von Alex weg. Gleichzeitig feuerte er seine Pistole ab in dem Versuch, Tarver zu verwirren, während er Alex eine einzige Chance erkaufte.

Ihre Hand hatte die 38er im Knöchelhalfter beinahe erreicht, als der kanonenlaute Knall der abgesägten Schrotflinte den Lärm der Schüsse aus Wills Pistole überdeckte. Das Geräusch schleuderte Alex zurück zu jenem schrecklichen Augenblick, als ein verzweifelter Mann binnen weniger Sekunden ihren engsten Freund und ihr halbes Gesicht vernichtet hatte. Als sie mit der 38er hochkam, war der qualmende Lauf von Tarvers Schrotflinte nur einen halben Meter vor ihrem Gesicht.

»Es wäre eine Schande, die andere Hälfte auch noch zu ruinieren«, sagte er.

Alex bewegte die Augen nach rechts unten.

Will lag auf dem Gesicht. Unter ihm breitete sich eine große dunkle Blutlache aus. Mehrere ausgefranste Austrittswunden im Rücken gaben den Blick frei auf den zerfetzten weißen Knochen des Schulterblatts. Direkt über der Wirbelsäule war ein Loch zu sehen.

»O Gott …«, stöhnte Alex mit Tränen in den Augen. »Du verdammter Hurensohn.«

»Es war seine eigene Entscheidung«, sagte Tarver. »Er war ein tapferer Mann.«

Er ist genauso gestorben wie Dad, sagte die Stimme des kleinen Mädchens in ihr.

»Was?«, fragte Tarver, indem er ihr die Waffe aus der Hand riss.

Alex erstarrte. Hatte sie etwa laut gesprochen?

»Los, ins Haus!«, befahl Tarver. »Gehen Sie!«

Alex wollte über Will hinwegsteigen, doch Tarver schüttelte den Kopf und deutete zur Vorderseite des Hauses, die dem See zugewandt lag. Auf dem Weg zum Eingang starrte sie zum Bootshaus am Ende des Piers und fragte sich, ob das Carrera Powerboat dort lag. Bill ließ den Schlüssel häufig stecken. Wenn es ihr gelang, Jamie aus dem Haus zu befreien und es zum Bootshaus zu schaffen …

Der vordere Teil der umlaufenden Veranda war abgeschirmt. Alex öffnete die Tür zu dem geschützten Bereich, trat ein und blieb vor der Tür aus dunklem Zypressenholz stehen, die ins Innere des Hauses führte. Welcher Alptraum mochte sie auf der anderen Seite erwarten?

»Gehen Sie rein«, befahl Tarver.

Alex drehte den Knauf und drückte die Tür auf.

Bill Fennell lag am Fuß der großen Treppe. Seine langen Beine waren in eigenartigem Winkel abgespreizt, und sein Mund stand offen. Als Alex mit hektischen Blicken den Raum nach Jamie absuchte, stieß Tarver ihr den Lauf der Schrotflinte zwischen die Schulterblätter und trieb sie weiter.

»Warum haben Sie ihn umgebracht?«

»Er ist nicht tot«, sagte Tarver. »Ich habe ihn betäubt.«

Wahr oder unwahr? »Wo ist Jamie?«

Tarver deutete mit dem Lauf der Waffe durch den Raum zu einem Flur, der in den hinteren Teil des Hauses führte. »Da lang.«

In Alex' Unterleib breitete sich ein Gefühl der Taubheit aus, das rasch in den Oberkörper stieg. Sie blickte Tarver an. »Bringen Sie mich zu Jamie?«

Ein tadelndes Lächeln erschien im grauen Bartgestrüpp. »Sie sind nicht zu einem Wiedersehen hier.«

Alex' Handflächen kitzelten.

»Öffnen Sie die Tür zum Wäscheraum.«

Sie wappnete sich innerlich gegen unaussprechliches Entsetzen, ehe sie die Jalousietür öffnete.

Jamie hockte auf der Waschmaschine und starrte wie hypnotisiert auf zwei schwarze Knäuel am Fußboden. Es dauerte ein paar Sekunden, bis Alex den Anblick in sich aufgenommen hatte. Die Schlangen waren dick und kurz und besaßen große dreieckige Köpfe und spitze Mäuler. *Wassermokassins ...*

»Tante Alex!«, rief Jamie. Seine Augen funkelten. »Du bist gekommen!«

Sie zwang sich zu einem Lächeln, als wäre jetzt endlich alles in Ordnung. »Natürlich bin ich gekommen, Kumpel.« Sie drehte sich zu Tarver um. »Sie Sadist!«, zischte sie.

Tarver kicherte ungerührt. »Dem Jungen fehlt nichts. Sehen Sie diese Koffer?«

Er zeigte auf zwei große wasserdichte Koffer, die neben den Schlangen standen. Es war die Art von Koffern, in denen Ingenieure und Techniker teure Ausrüstung transportierten. *Pelican-Cases,* dachte Alex. Der größere der beiden war leuchtend gelb, der andere weiß.

»Ich will, dass Sie die beiden Koffer nach vorne vors Haus tragen«, sagte Tarver. »Auf der Stelle. Bewegung!«

»Ich komme wieder, Jamie«, versprach Alex dem Jungen.

Jamie nickte in blindem Vertrauen, doch seine Blicke kehrten rasch zu den beiden Schlangen am Boden zurück.

Die Koffer waren so schwer, dass Alex sie kaum hochbekam. Als sie mit den Koffern rückwärts nach draußen wankte, sah sie, wie Tarver einen weißen Jutebeutel mit Durchziehband öffnete. Vielleicht hatte er vor, die verdammten Schlangen für eine Weile wegzupacken.

Als ihr bewusst wurde, dass Tarver ihr nicht in den Vorraum gefolgt war, ließ sie die Koffer fallen und stürzte zu Bills Waffenschrank, doch die Türen waren fest verschlossen. Alex versuchte sie aufzubrechen, als Tarver nach draußen kam und Jamie am Arm hinter sich her zerrte. Der Junge schrie mit der schrillen, sich überschlagenden Stimme des Zehnjährigen. »Dafür reißt Tante Alex dir die Birne ab, du blöder Affe!«

Tarver versetzte dem Knaben einen Schlag gegen die Schläfe und ließ ihn fallen. Jamies Schreie verstummten schlagartig.

Wo ist die Schrotflinte?, fragte sich Alex.

Tarver trat zu einem Bücherregal, griff in eins der oberen Fächer und brachte eine automatische Pistole zum Vorschein, die Alex als eine Beretta aus Bill Fennells Sammlung erkannte. Dann zog er Alex' Sig Sauer, die hinten in seinem Hosenbund gesteckt hatte.

»Warum tun Sie das?«, fragte Alex. »Warum sind Sie nicht verschwunden, als Sie die Chance dazu hatten?«

Tarver lächelte sie gepresst an. »Ich fange heute ein neues Leben an. Mit einer neuen Identität. Ich hätte Sie nur zu gerne weiterleben lassen, Agentin Morse. Aber ich fürchte, Sie haben einen Hinweis auf den Weg in mein neues Leben. Sie wissen es vielleicht noch nicht, aber es ist so. Und wenn ich Sie am Leben lasse, werden Sie sich irgendwann erinnern.«

Mit einer beiläufigen Bewegung drehte Tarver sich zur Seite und schoss Bill Fennell mit Alex' Sig in den Kopf.

Alex sprang entsetzt zurück, doch sie hatte keine Zeit, sich um Bill zu sorgen. Jamie rührte sich am Boden. Wenn er den Kopf hob, würde er das zerfetzte Gesicht seines Vaters sehen. Alex sprang zu dem Jungen und deckte ihn mit ihrem Körper.

»Perfekt«, sagte Tarver. »Wie klingt das: Sie konnten den Gedanken nicht mehr ertragen, dass Ihr Neffe unter der Vormundschaft Ihres Schwagers stand. Sie kamen her, um ihn zu retten. Fennell widersetzte sich, und Sie haben ihn erschossen. Leider wurde der Junge bei dem Schusswechsel ebenfalls getötet. Ich denke, das FBI wird die Untersuchung so schnell wie möglich hinter sich bringen wollen.«

»Bitte …«, flehte Alex. »Töten Sie mich, aber lassen Sie den Jungen am Leben.«

Tarver schüttelte den Kopf. »Er darf nicht überleben, sonst erzählt er Ihren Freunden vom FBI, dass er letzte Nacht zwei Fremde als Gäste hatte.«

Sie blinzelte verwirrt. »Zwei?«

»Meinen Bruder Judah und mich.«

Alex dachte darüber nach. »Dann fährt Judah den Truck mit dem Powerboat von Rusk?«

Tarver grinste. »Ein wenig Make-up kann Wunder bewirken, nicht wahr? Leben Sie wohl, Agentin Morse. Sie waren eine würdige Gegnerin.«

Er wechselte die Beretta in die rechte Hand, trat einen Schritt zurück und schwenkte den Lauf nach links und rechts, als suchte er ein Ziel, das angemessen war für die beabsichtigte Inszenierung. Ein beinahe unwiderstehlicher Impuls sagte Alex, den Jungen an sich zu reißen und mit ihm zu flüchten. Sie wusste, dass sie nichts damit erreichen konnte – aber war es nicht besser, bei dem Versuch zu sterben, als nichts zu tun?

Die Beretta in Tarvers Hand hatte ihr beabsichtigtes Ziel gefunden und wurde ruhig. Wenigstens war Jamie bewusstlos und würde das Ende nicht miterleben. Alex schob die Arme unter seinen Körper und mühte sich, sein schlaffes Gewicht zu heben. Kein Schuss fiel.

Warum feuert der Kerl nicht?

Eldon Tarver stand mit geneigtem Kopf da und lauschte auf den Sturm draußen vor dem Haus. Alex folgte seinem Beispiel. Zuerst hörte sie nichts … dann schälte sich das charakteristische Pochen von Rotorblättern aus dem Prasseln des Regens, und sie wusste, dass John Kaisers Bell 430 wie die Kavallerie herangebraust kam, um die Belagerten zu befreien.

»Schade, dass Ihr Plan so nicht funktionieren kann, Tarver«, sagte Alex und zwang sich zur gelassenen Gleichmut der Geisel-Unterhändlerin, die keinerlei persönliches Interesse an der Konfrontation besaß. »Sie können diese Geschichte niemandem verkaufen, egal was Sie tun. Allein die Tatsache, dass Sie hier sind, verrät alles.«

Tarver trat einen Schritt auf sie zu und drückte den Lauf der Beretta gegen ihre Schläfe. Offensichtlich war er nicht überzeugt. Falls er sie jetzt erschoss, erkannte Alex, und dann fliehen konnte, würde seine Geschichte von einem tragischen Familienstreit in der Chefetage des FBI vielleicht immer noch durchgehen. Doch die Zeit spielte gegen ihn. Die Zeit und die Männer, die draußen aufmarschierten.

Er hämmerte Alex die Waffe so heftig ins Gesicht, dass sie für einen Moment nichts mehr sah. Sie brach zusammen und fiel über Jamie. Rennende Schritte entfernten sich und kehrten kurz darauf zurück. Tarver riss Alex auf die Beine. Als ihr Sehvermögen wiederkehrte, sah sie, dass er eine Rolle Klebeband und ein Seil bei sich trug. Der Rucksack lag zu seinen Füßen.

»Ein SWAT-Team vom FBI ist da draußen«, sagte sie. »Sie haben nicht den Hauch einer Chance.«

Tarver schnitt ein Stück vom Seil ab, band damit Jamies Füße zusammen und fesselte ihn an das schwere Bein des danebenstehenden Sofas. »Sagen Sie mir, wer das Kommando hat.«

»Ich bin die Unterhändlerin. Sie reden mit mir.«

Er schlug sie erneut, diesmal auf die Nasenwurzel. Ein Blutschwall strömte über ihre Lippen und ihr Kinn. Blut spuckend zog sie ihr Mobiltelefon aus der Tasche und reichte es Tarver. »Wählen sie die Vier. Special Agent John Kaiser.«

Tarver riss ein Stück Gewebeband ab und fesselte Alex' Hände so geschickt, als würde er so etwas jeden Tag tun. Dann schob er ihr Handy in die Tasche, nahm sein eigenes hervor, drückte eine Taste und wartete. Alex kniete am Boden und hielt Jamie, so gut sie konnte. Das Wummern der Rotoren war leiser geworden, doch sie konnte es immer noch von der Rückseite des Hauses hören. War Kaiser zwischen Pool und Tennisplatz gelandet? Sie betete darum, dass die SWAT-Leute bereits um das Haus herum ausschwärmten.

»Edward?«, fragte Tarver ins Telefon. »Wie nah sind Sie? … Zehn Minuten oder weniger. Bleiben Sie auf Höhe, bis ich Ihnen die endgültige Position durchgebe … genau.«

Höhe?, dachte Alex. *Hat Tarver etwa einen Hubschrauber in der Nähe?*

Jetzt nahm Tarver Alex' Handy hervor, klappte es auf und drückte einen Knopf. »Spreche ich mit Agent Kaiser? Gut. Hören

Sie genau zu, ich habe folgende Forderungen. Ich will, dass Sie einen Suburban des FBI mit geschwärzten Scheiben vor der Hintertür dieses Hauses parken und wieder verschwinden. Das ist die Seite, wo Ihr Helikopter steht. Außerdem verlange ich eine Cessna Citation mit einem Piloten, vollen Tanks und laufenden Motoren auf dem Madison County Airport. Ein Pilot des FBI ist akzeptabel. Versuchen Sie nicht, die Auffahrt zu blockieren, wenn wir losfahren. Kommen Sie nicht auf den Gedanken, mich zu fragen, ob Sie Agenten gegen meine Geiseln tauschen können. Der Suburban muss in spätestens zwanzig Minuten vor der Tür stehen … Halten Sie den Mund, Agent Kaiser, und hören Sie zu. Sie haben mir nichts zu erzählen … Nein, ich werde keine Drohungen ausstoßen. Hören Sie genau zu, und Sie werden die Gründe verstehen. Schießen Sie nicht, wenn sich die Hintertür öffnet. Der Fennell-Junge wird vor mir her gehen. Vergessen Sie nicht, in zwanzig Minuten will ich den Suburban vor der Tür.«

Tarver unterbrach die Verbindung und schob das Handy tief in seine Tasche. Dann hob er Bill Fennells Schrotflinte hinter dem Sofa auf und feuerte damit in den Flur.

Jamie wand sich an Alex' Brust, als die Waffe donnerte.

Tarver packte Bills Leichnam bei den Fußgelenken und zerrte ihn in den hinteren Teil des Hauses. Alex kroch zum Sofa, schob ihre gefesselten Hände darunter und hob mit aller Kraft. Sie hörte, wie die Hintertür geöffnet wurde; dann erklang ein Ächzen, das ihr verriet, dass Tarver versuchte, Bills Leichnam hochzuheben – ein nahezu unmögliches Unterfangen mit totem Gewicht.

»Zieh das Seil vom Sofabein runter, Jamie!«, flüsterte Alex ihrem Neffen zu. »Mach schnell!«

Sie vernahm ein neuerliches Ächzen; dann fiel die Tür krachend ins Schloss. Jamie hatte das Seil fast vom Sofabein herunter, als Tarver ins Zimmer zurückkehrte. Alex schüttelte den Kopf, und Jamie legte sich wieder hin.

Tarver zückte Alex' Handy. »Sehen Sie jetzt, warum ich keine Drohungen mache?«, fragte er. »Der Junge ist der Nächste, Kaiser. Sie haben noch neunzehn Minuten.«

Alex sah, dass er ein Bettlaken aus dem Wäscheraum mitgebracht hatte, eines von Graces teuren, handgewebten ägyptischen Laken. Tarver schüttelte es auseinander, nahm eine Schere aus seinem Rucksack und schnitt ungefähr in der Mitte zwei Gucklöcher in den cremefarbenen Stoff.

»Was machen Sie da?«, fragte Jamie vom Boden. »Wird das ein Halloween-Kostüm?«

Tarver lachte. »Ganz genau, mein Junge. Und es wird einigen Leuten eine Heidenangst einjagen.«

Er beugte sich vor und durchschnitt das Seil, das Jamie ans Sofabein fesselte. Dann nahm er ein längeres Stück und fesselte Jamie an sich, indem er das Seil mehrfach um seinen Bauch und den von Jamie schlang.

»Bitte tun Sie das nicht, Dr. Tarver!«, bettelte Alex. »Lassen Sie Jamie gehen. Ich gehe mit Ihnen, wohin Sie wollen. Ich schirme Sie ab auf dem Weg nach draußen.«

Sie hätte genauso gut zu einer Statue reden können.

»Schnallen Sie sich meinen Rucksack auf«, befahl Tarver Alex und deutete auf den blauen Kelty auf dem Fußboden.

»Da sind dic Schlangen drin«, sagte Jamie leise.

»Es ist noch mehr drin, nicht nur die Schlangen«, sagte Tarver und schnitt Alex' Fesseln durch.

Sie zögerte und überzeugte sich zuerst, ob der Rucksack sicher verschlossen war, ehe sie ihn schulterte. Er war schwer, doch zu ihrer Erleichterung bewegte sich im Innern nichts.

»Machen Sie sich bereit«, befahl Tarver, den Blick auf die Vordertür gerichtet. »Sie werden beide Koffer tragen.«

Plötzlich wurde Alex bewusst, dass Tarvers Forderungen an Kaiser nur dazu dienten, dem FBI den größtmöglichen taktischen Nachteil zu bescheren. In diesem Moment würden sie Schussfelder aufteilen, um die wenigen Meter zwischen der Hintertür auf der Veranda und der Stelle zu decken, wo der Suburban stehen würde. Sie bereiteten sich auf eine Szene vor, die sich so niemals abspielen würde. Und das auf der falschen Seite des Hauses.

Tarver packte Jamie und hob ihn hoch; dann zog er das doppelbettgroße Laken über sie beide. Alex konnte nicht mehr erkennen, wo sich Jamies Körper befand.

»Wir gehen zum Bootshaus«, sagte Tarver. Die Stimme unter dem Laken klang gedämpft. »Hören Sie genau zu, Agentin Morse. Wenn Sie die Koffer fallen lassen, schieße ich Jamie in den Kopf. Sag ihr, wo meine Pistole ist, Jamie.«

Alex sah ein Rucken unter dem Laken.

»Unter meinem Kinn«, antwortete Jamie mit heller Knabenstimme.

»Sie werden die ganze Zeit vor uns hergehen. Wenn Sie vom Pier springen, erschieße ich Jamie. Ich weiß, dass Sie ihn nicht im Stich lassen werden, aber unter Stress tun Leute die verrücktesten Sachen. Denken Sie an Ihren grauhaarigen Freund auf der Veranda.«

Alex nahm die schweren Koffer auf.

Als Tarver die Hand nach dem Türknauf ausstreckte, läutete Alex' Mobiltelefon unter dem Laken. Sie sah eine Bewegung, dann sagte Tarver: »Ich nehme an, Sie wollen mir mitteilen, dass Sie alles so geregelt haben, wie ich es wollte. Also besteht keine Notwendigkeit zu reden. Ich behalte die Uhr im Auge. Auf Wiederhören.«

Er öffnete die Tür und bedeutete Alex, als Erste nach draußen zu gehen. »Direkt zum Bootshaus. Wenn Sie langsamer werden, ist Jamie tot.«

Alex stapfte hinaus in den Regen und ging über das Gras zum Pier. Sie hielt angestrengt nach SWAT-Leuten hinter Büschen und Bäumen Ausschau, doch es war niemand zu sehen. Sie wollte sich umdrehen, aber Tarver herrschte sie an: *»Schneller!«*

Sie joggte beinahe. Kaiser musste einer Panik nahe sein. Tarver hatte die taktische Situation auf den Kopf gestellt. Verstärkungen konnten noch nicht eingetroffen sein, also musste Kaiser sich mit den Leuten begnügen, die bei ihm waren. Wahrscheinlich hatte er einen oder zwei seiner Männer auf dieser Seite des Hauses postiert. Sie würden ihm berichten, was sich hinter dem Haus abspielte: Eine mit Koffern beladene Frau führte einen merkwürdig aussehenden Geist über den Rasen in Richtung Pier.

Dann hatte Alex den Pier erreicht. Das Geräusch ihrer Schritte hallte trotz des prasselnden Regens von den gischtenden Wellen unter dem Brettersteg wider. Falls nicht ein nervöser Scharfschütze einen Fehler beging, würden sie das Bootshaus lebendig erreichen. Tarver hatte bereits bewiesen, dass er ohne Skrupel tötete, sodass nicht damit zu rechnen war, dass Kaiser einem seiner Männer den Feuerbefehl erteilte. Von seinem Standpunkt aus betrachtet saß Tarver in der Falle. Hundertdreißig Quadratkilometer Wasser mochten einem Mann mit einem Powerboat als verdammt breiter Fluchtweg erscheinen, aber wenn man einen Bell 430 voller SWAT-Leute unter seinem Kommando hatte, war das gar nichts.

»Los, Bewegung!«, rief Tarver.

Alex hörte ihr Handy leise läuten, während sie weitereilte, doch Tarver nahm das Gespräch nicht an. Ein Satz blieb in ihrem Gedächtnis haften, den er bei seinem letzten Telefongespräch von sich gegeben hatte: *Bleiben Sie auf Höhe, bis ich Ihnen die endgültige Position durchgebe.* Wer konnte durch die Luft zu Tarvers Rettung eilen? Ein ausländischer Geheimdienst? Das wäre ein kriegerischer Akt.

»Öffnen Sie die Tür!«, brüllte Tarver.

Sie hatte das Bootshaus erreicht. Alex stieß die Tür auf und fand sich in feuchter, stinkender Dunkelheit wieder. Das glänzende weiße Carrera Boat war bereits zu Wasser gelassen worden. Es dümpelte in den Wellen, die unter den modernden Wänden hindurchkamen.

»Bringen Sie die Koffer ins Heck«, rief Tarver. »Beeilung!«

Alex stellte den größeren der beiden Koffer ab und kletterte vorsichtig in das stampfende Powerboat. Sie verstaute den weißen Koffer im Heck nahe den beiden riesigen Außenbordern.

»Jetzt den anderen!«

Alex kletterte wieder auf den Steg und holte den gelben Koffer. Während sie ihn im Heck unterbrachte, dachte sie darüber nach, wie sauber geplant diese Flucht war. Die wasserdichten Koffer waren vor langer Zeit geordert worden, als Vorbereitung für einen Fall wie diesen. Selbst wenn die prall gefüllten Pelicans ins Wasser fielen, schwammen sie an der Oberfläche, anstatt zu versinken, und ihr Gelb und Weiß war aus der Luft bestens zu erkennen.

»Gehen Sie zum Bug!«, befahl Tarver, der immer noch mit Jamie unter dem Laken wartete.

Alex legte den Rucksack ab und ging nach vorn zu der gepolsterten Fläche, wo normalerweise Leute ihr Sonnenbad nahmen oder Bier tranken, während andere Wasserski liefen. Eine große Hand schoss unter dem Laken hervor und packte ihr Handgelenk.

»Los, halten Sie die Hände zusammen!«, befahl Tarver.

Zwei Sekunden später schlang er ein langes Stück Gewebeband um die Handgelenke. Sobald sie gefesselt war, benutzte er beide Hände und wickelte weiteres Band um ihre Gelenke, bis sie das Gefühl hatte, er würde ihr das Blut abschnüren.

Ihr Handy läutete erneut.

Diesmal antwortete Tarver. »Eine Änderung des Plans, Kaiser. Ich unternehme eine Bootsfahrt. Wenn Ihr Hubschrauber sich auf weniger als dreihundert Meter nähert, töte ich den Jungen auf der Stelle.«

Tarver blieb unter dem Laken, als er hinter das Steuer trat und die Motoren des Carrera startete. Das Boot erzitterte unter ihrer Kraft; dann bewegte es sich vorwärts und wurde beständig schneller, als es aus dem Bootshaus hinaus in den peitschenden Regen jagte.

Sobald es im Freien war, erbebte es unter dem Anprall der Wellen gegen den Bug, doch die Motoren drehten hoch, und das schnittige Fahrzeug sprang von Wellenkamm zu Wellenkamm. Alex versuchte klar zu denken, doch ihre Lage erschien hoffnungslos. Kaiser glaubte vermutlich, dass Tarver einen fatalen Fehler beging, doch Alex wusste es besser. Irgendwo da draußen wartete ein weiterer Helikopter nur darauf, den Doktor an Bord zu nehmen und in die Freiheit zu tragen. Sie wollte Kaiser ein Signal geben – mit Sicherheit beobachtete ein Scharfschütze die Vorgänge an Bord durch ein Fernglas –, doch Tarver starrte durch die Augenlöcher seines Umhangs direkt an ihr vorbei nach vorne.

So unauffällig sie konnte, drehte Alex sich nach vorne und kauerte sich hinter die Windschutzscheibe, als suchte sie Schutz vor dem Regen. Sie sah, wie der Bell-Helikopter hinter dem Haus der Fennells in die Höhe stieg; dann ging er in Schräglage und schoss hinaus auf den See, um dem Boot in gleichbleibenden sechshundert Metern Abstand zu folgen.

Als Tarver sich nach dem Hubschrauber umdrehte, zeigte Alex zuerst auf ihn, dann zum Himmel hinauf, um anschließend mit den Fingern eine weite Bewegung zu vollführen, die einen Rotor darstellen sollte. Sie betete, dass ein Scharfschütze sie durch sein Fernrohr beobachtete. Doch selbst wenn es so war – wie standen die Chancen, dass er ihr Zeichen richtig deutete? Er würde wahrscheinlich denken, dass Alex um Luftunterstützung durch den Hubschrauber des FBI bat.

Tarver hielt auf eine kleine Insel zu, die ein paar hundert Meter vor der Küste lag. Die Insel war nur vierzig Meter lang und dicht bewaldet. Alex erinnerte sich, einmal zum Angeln dort gewesen zu sein, zusammen mit Jamie und ihrem Vater. War es möglich, auf dieser Insel einen Helikopter zu verbergen?

Tarver gab Vollgas, und das Carrera schoss übers Wasser. Als die kleine Insel genau vor ihnen lag, schwenkte er nach Steuerbord und umrundete sie bis zur anderen Seite, wo er unter überhängenden Ästen in Deckung ging.

»Los, hinlegen!«, befahl Tarver, indem er das Bettlaken abwarf und mit der Pistole auf Alex zielte. »Tun Sie, was ich sage!«

Sie gehorchte. Bald darauf hörte sie das Pochen der Rotoren des FBI-Hubschraubers über den im Leerlauf drehenden Motoren des Carrera. Kaiser kam näher. Das Geräusch der Rotoren wurde lauter. Alex konnte zwischen den Zweigen und Blättern der Bäume hindurch noch nichts erkennen, doch sie wusste, dass Kaiser sich herantastete. Ihr Mobiltelefon läutete erneut.

»Unten bleiben!«, befahl Tarver.

Alex warf sich zwischen die Bootssitze. Einen Moment später

hörte sie zwei Schüsse krachen. Voller Angst um Jamie blickte sie auf und sah Tarver einen dritten Schuss ins unruhige Wasser neben dem Boot feuern.

Was hat er vor?

Tarver bückte sich und öffnete ein langes, schmales Fach im Bootsdeck, in dem normalerweise Wasserski verstaut waren. Tarver zog ein großkalibriges Gewehr hervor. An der kunstvollen Gravur auf dem Lauf erkannte Alex eine weitere Waffe aus der Sammlung ihres toten Schwagers.

Was als Nächstes geschah, ereignete sich mit der grauenhaften Unausweichlichkeit eines Alptraums. Der FBI-Hubschrauber kam hundert Meter vom Boot entfernt in Sicht. Tarver grinste, dann sprang er auf wie ein Jäger hinter einem Entenschirm und feuerte in rascher Folge fünf Schüsse ab.

Schwarzer Rauch quoll aus den Turbinen des Bell, noch ehe der letzte Schuss einschlug. Die Maschine fing in der Luft an zu taumeln. Alex hörte eine Explosion; dann sank der Helikopter unvermittelt der Wasseroberfläche entgegen. Seine Rotoren drehten sich schwirrend, als der Pilot eine Notlandung versuchte.

»Er ist zu schnell!«, murmelte Alex entsetzt. »Mein Gott …«

Der Helikopter krachte mit der Nase voran in die weiße Gischt, und eine Wasserfontäne spritzte hoch in den Himmel hinauf. Gott sei Dank gab es keine weiteren Explosionen. Alex erhob sich, um nach Überlebenden im Wasser Ausschau zu halten, doch Tarver drückte den Gashebel nach vorn. Das Powerboat schoss aus seinem Versteck unter den Bäumen hervor. Alex verlor das Gleichgewicht und schlug der Länge nach auf das Deck. Tarver hatte sein eigenes Mobiltelefon in der Hand und brüllte ins Mikro, um den Lärm der Motoren zu übertönen.

»Es gibt eine Insel genau östlich vom Treffpunkt. Sie ist schmal und lang gestreckt. Auf der einen Seite ist ein abgestürzter Hubschrauber im Wasser. Ich bin auf der anderen Seite. Halten Sie sich von dem anderen Hubschrauber fern.«

Tarver umrundete die Insel, und bald darauf warteten sie im Windschatten unter den Bäumen. Die Insel schirmte sie vom

Wind ab, doch der Regen prasselte weiter erbarmungslos in Alex' Gesicht, als sie den dunklen Himmel absuchte. Jamie kauerte an Deck und presste sich die Hände auf die Ohren, als hätte er Angst, dass der Irre, an den er gefesselt war, im nächsten Augenblick wieder zu schießen anfing.

Alex suchte gehetzt nach irgendetwas, womit sie das Seil durchtrennen konnte, das Jamie und Tarver aneinanderfesselte. Jamie war ein ausgezeichneter Schwimmer, und sie würde nicht eine Sekunde zögern, ihn über Bord zu werfen, sollte sich eine Gelegenheit dazu bieten. Doch es war kein Gegenstand zu sehen, der sich zum Schneiden geeignet hätte.

Erneut drang das Geräusch von Rotorblättern an Alex' Ohren, und sie erstarrte. War das der Komplize Tarvers? Oder hatte Kaiser Verstärkung aus der Luft angefordert? Die Highway Patrol und die Drogenfahndung hatten zweifellos Helikopter in Jackson stationiert, ganz zu schweigen von den Sheriff's Departments der umliegenden Countys.

Sie hörte, wie der Hubschrauber am schwarzen Himmel tiefer ging, doch so sehr sie sich bemühte, sie konnte ihn nicht sehen. Das Rotorgeräusch wuchs zu einem Brüllen an. Dann flammten fünfzig Meter über dem Boot Scheinwerfer auf. Kein Wunder, dass sie das verdammte Ding nicht hatte sehen können! Es war dunkelgrau und kaum vom Himmel zu unterscheiden. Während sie beobachtete, wie der Hubschrauber tiefer ging, erstarb in ihr jegliche Hoffnung. Tarver redete über sein Handy mit dem Piloten und führte ihn vorsichtig näher.

Die von den Rotoren gepeitschte Luft warf Alex auf das Deck, und statische Elektrizität knisterte rings um das Boot. Als Tarver über den Lärm hinweg brüllte, wurde Alex mit einem Mal bewusst, warum er das Seil noch nicht durchtrennt hatte, das ihn und Jamie aneinanderfesselte: Das FBI war gefährlich nah, und Tarver benötigte eine Versicherung, die sein Überleben garantierte.

Jamie war diese Versicherung.

54

Der graue Helikopter schwebte im Regen neben dem Speedboat so tief über dem Wasser, dass die Kufen von den Wellen überspült wurden. Eine Luke wurde geöffnet, die so breit war, dass ein Trupp Marines gleichzeitig hindurchgepasst hätte. Auf ein Zeichen von Tarver hin sprang ein schwarzer Mann aus dem Helikopter ins Boot hinunter.

»Laden Sie die Koffer ein!«, rief Tarver ihm zu und deutete auf die beiden Pelicans im Heck.

Während der Schwarze zum Heck huschte, durchtrennte Tarver das Seil, das ihn mit Jamie verband, und wickelte sich das freie Ende wie eine Hundeleine um die Hand. Alex stand auf. Sie wartete auf eine Chance, etwas zu unternehmen – irgendetwas. Tarver schob seine Pistole in den Hosenbund; dann zog er das Hochleistungsgewehr aus dem Skifach und warf es in den wartenden Helikopter.

Der Schwarze hatte den ersten Koffer bereits eingeladen und holte nun den zweiten. Tarver packte Jamie und klemmte ihn sich unter den Arm, als wäre er leicht wie eine Feder. Dann stellte er den rechten Fuß aufs Dollbord und machte Anstalten, Jamie in den schaukelnden Hubschrauber zu werfen.

»Tante Alex!«, kreischte Jamie voller Entsetzen. »Hilfe!«

Während Jamie sich mit Händen und Füßen gegen Tarver zur Wehr setzte, sprang Alex vor und streckte die Hand nach der Pistole aus, die Tarver im Rücken im Hosenbund stecken hatte. Ihre Finger schlossen sich um den Griff, und …

Dann lag sie rücklings auf dem Deck und starrte nach oben. Ihre rechte Gesichtshälfte war taub. Sie sah ein verschwommenes Bild des Schwarzen, der mit einer Pistole in der Hand auf sie herunterstarrte. In der Gewissheit, sie ausgeschaltet zu haben, unternahm er noch zwei Trips zum Heck des Carrera. Als er zum letzten Mal über Alex hinwegstieg, Tarvers Rucksack in der Hand, stemmte sie sich auf einen Ellbogen, dann auf die Knie. Sie starrte über das schwankende Dollbord und sah Tarver aus dem Hubschrauber herübergrinsen, während der Schwarze die Koffer im Innern sicherte.

Jamie war nirgendwo zu sehen.

Als Tarver sich abwandte, um dem Schwarzen zu helfen, bemerkte Alex den Piloten des Hubschraubers. Ihr stockte der Atem. Es war der grauhaarige Mann, der ihr am Vortag in Tarvers Praxis begegnet war. In diesem einen Moment wurde ihr bewusst, dass er der Offizier war, der auf dem Foto in Tarvers Büro zusammen mit Tarver und der blonden Frau vor dem VCP-Gebäude stand. Dann entdeckte sie Jamie, der hinter dem Piloten in einen Sitz geschnallt war. Sein Gesicht war eine Maske der Furcht. Alex sah die angsterfüllten Augen ihrer Schwester auf dem Sterbebett. Grace war in dem furchtbaren Wissen gestorben, dass sie ihren Sohn in den Händen eines Ungeheuers zurückließ.

Alex sah sich verzweifelt auf dem Boot um, doch Tarver hatte nichts zurückgelassen. Keine Leuchtpistole, keine Axt, absolut nichts. Selbst den Schlüssel hatte er mitgenommen. Sobald der Hubschrauber abgehoben hatte, war Alex allein im tosenden Sturm, und Jamie wäre für immer verloren. Sie schrie aus tiefster Verzweiflung und Hoffnungslosigkeit.

Wie auf ein Stichwort drückte der Hubschrauberpilot die Nase der Maschine nach vorn und ging in Steigflug. Zehn Meter, zwanzig Meter, dreißig. Der Pilot hielt die Maschine so, dass die Luke unablässig dem Boot zugewandt war. Bald darauf sah Alex den Grund dafür.

Tarver hatte das Gewehr zur Hand genommen und kniete nun in der Tür, während er auf Alex' Brust zielte. Eine weit entfernte Stimme in ihrem Kopf schrie: *Lass dich fallen! In Deckung!,* doch ihr Körper war wie erstarrt. Wenn sie ihr Versprechen gegenüber Grace nicht erfüllen konnte – was für eine Rolle spielte da noch ihr eigenes Schicksal? Sie würde Jamie hinterherschauen, bis er verschwunden war, egal was es sie kostete. Wenn Grace sie in der nächsten Welt zur Rechenschaft zog, konnte sie zumindest sagen, dass sie alles versucht hatte.

Während Alex auf den Mündungsblitz wartete, sah sie einen weißen Fleck vor Tarver herabfallen. *Das Bettlaken?* Nein, das lag achtlos weggeworfen hinter ihr auf Deck. Dann sah sie Jamies Gesicht neben dem flatternden weißen Etwas. Er hatte die dünnen Ärmchen um Tarvers Hals geschlungen. Als der Schwarze in der Tür auftauchte und Jamie packen wollte, ruckte einer der kleinen Arme herum und zog irgendetwas straff.

Der Jutesack, erkannte Alex. *Die Zugschnur!*

Tarver begann wild um sich zu schlagen, und das Gewehr segelte aus der Tür. Der Doktor sah aus wie eine Vogelscheuche, die von einem irre gewordenen Puppenspieler bewegt wurde. Er verschwand im Innern der Kabine und taumelte gegen den Piloten. Der Helikopter machte einen Satz zur Seite. Der Steigflug endete; stattdessen drehte die Maschine sich um die eigene Achse, dreißig Meter über dem Wasser. Als die Tür wieder in Sicht kam, segelte der gelbe Pelican-Case heraus, gefolgt von dem Schwarzen. Er vollführte zwei langsame Überschläge in der Luft und verschwand im aufgewühlten Wasser.

Der Helikopter drehte sich weiter. Als die Luke das nächste Mal in Sicht kam, sah Alex erneut Tarver in der Tür. Er hatte den weißen Sack mit beiden Händen gepackt und riss ihn sich gewaltsam vom Hals. Ein dickes schwarzes Tau hing an seiner Wange. Alex erschauerte, als ihr klar wurde, dass es eine der Wassermokassins war, die ihre fünf Zentimeter langen Fänge in sein Gesicht geschlagen hatte. Tarver riss die Schlange ab und schleuderte sie nach draußen. Das Tier schien für einen Moment in der Luft zu hängen, ehe es heftig zappelnd der Wasseroberfläche entgegenstürzte.

Als Tarver sich wieder ins Innere des Hubschraubers warf, sackte die Maschine drei Meter durch, und Jamie schoss wie eine Kanonenkugel durch die offene Tür nach draußen. Alex schrie entsetzt, doch dann sah sie, dass es ein kontrollierter Sprung war. Jamie zappelte nicht wie der Schwarze, der vor ihm über Bord gegangen war, sondern fiel gerade, mit den Füßen zuerst. Siebzig Meter vom Boot entfernt landete er im Wasser. Alex verlor ihn in der Gischt aus den Augen.

Sie sprang hinter das Steuer des Powerboats. Dann fiel ihr ein, dass Tarver den Schlüssel mitgenommen hatte. Fluchend hämmerte sie die gefesselten Hände auf das Dollbord, ehe sie nach hinten rannte. Hoffnung erfüllte sie. Auf der Backbordseite des Carrera befand sich ein Notmotor, ein kleiner Flautenschieber. Bill hatte ihn häufig benutzt, um das Boot leise um Angelplätze herum zu manövrieren. Der elektrische Motor konnte vermittels einer speziellen Vorrichtung aus dem Wasser gehoben werden, wenn er nicht benutzt wurde. Er war mit zwei Stromkabeln mit einer Batterie im Heck verbunden. Alex starrte zurück zu der Stelle, wo Jamie im Wasser aufgeschlagen war. Der Helikopter ging tiefer. Offenbar hatten sie es auf den herausgefallenen Koffer abgesehen.

Alex fuhr mit den Händen über das Oberteil des Flautenschiebers, bis sie den Ein-Aus-Schalter gefunden hatte. Sie hob die Klammer an, sodass der Propeller aus dem Wasser kam und knapp über das Dollbord ragte. Sie konnte das Boot zwar mit gefesselten Händen steuern, doch sie wäre hilflos, sobald sie Jamie erreicht hatte. Als sie den Schalter betätigte, surrte der Propeller augenblicklich los. Alex hielt die gefesselten Handgelenke über den verschwommenen Schatten und drückte ihre Unterarme so weit auseinander, wie es nur ging, um das Gewebeband zu spannen. All ihre Instinkte rebellierten, als sie ihre gefesselten Arme und das Band über den Propeller senkte.

Dann ertönte ein reißendes Heulen, und roter Nebel erfüllte die Luft. Alex taumelte rückwärts auf das Deck. Die Wucht des Propellers hatte ihr die eigenen Hände ins Gesicht geschleudert und sie rücklings zu Boden geworfen. Als sie auf ihre blutigen Handgelenke schaute, war nur noch ein kleiner Fetzen Gewebeband intakt. Sie riss die Arme auseinander, sprang auf und schob den sich immer noch drehenden Propeller ins Wasser.

Das Speedboat nahm nur langsam Fahrt auf. Alex sprang hinters Steuer und richtete den Bug auf die Stelle aus, wo sie Jamie zuletzt gesehen hatte. Ihre linke Hand war blutüberströmt, denn der Propeller hatte ihr einen tiefen Schnitt ins Gelenk zugefügt, hatte Adern zerfetzt und einen leuchtend weißen Handgelenksknochen freigelegt. Alex zwang sich, nicht hinzusehen. Es war ihr gleichgültig, wie viel Blut sie verlor, solange ihr noch genügend Kraft blieb, um Jamie aus dem Wasser zu ziehen, sobald sie ihn erreicht hatte.

Voraus und ein Stück zu ihrer Rechten schwebte der graue Helikopter dicht über der Wasseroberfläche. Tarver saß auf der linken Kufe und versuchte verzweifelt, den gelben Koffer aus den Wellen zu bergen. Alex hatte unterdessen die Stelle erreicht, wo sie Jamie ins Wasser hatte fallen sehen, doch der Junge war verschwunden. Zwanzig Meter entfernt wuchtete Tarver nun den gelben Koffer in den Bauch des Hubschraubers. In diesem Moment schlug eine hohe Welle durch die Luke ins Innere. Der Hubschrauber sackte ein Stück tiefer, und auch die nächste Welle schwappte in die Maschine. Der Pilot geriet in Panik, denn er schwenkte die Rotoren nach rechts und spülte das Wasser wieder nach draußen, ehe er zwei Meter höher stieg. Dieses Manöver führte dazu, dass Tarver von der Kufe abglitt und in den See fiel.

Der Pilot ließ die Maschine weitere drei Meter steigen und verharrte dort, als wäre er unsicher, was er als Nächstes tun sollte. Er hatte Tarvers Rucksack und seine Koffer. Brauchte er den Wissenschaftler ebenfalls?

Allem Anschein nach ja.

Während Alex auf der Suche nach Jamie langsame Kreise fuhr, sank der Hubschrauber wieder dicht über die Wasseroberfläche – tief genug, dass Tarver auf die Kufe und von dort ins Innere klettern konnte.

Diesmal kippte der Pilot die Nase nach vorn, und der Helikopter stieg hoch in die Luft. Fünfzehn Meter. Dreißig Meter. Noch höher. Alex suchte erneut nach Jamie, als das Krachen eines Gewehrschusses über das Wasser hallte. Ein zweiter Schuss, ein dritter … fünf Schüsse. Das Echo einer Explosion wurde vom Ufer hinter Alex zurückgeworfen. Der Helikopter war hoch genug gestiegen, um Kaisers Scharfschützen ein deutliches Ziel zu bieten! Alex sah nur kurz nach oben, doch es genügte, um zu sehen, dass die Maschine dem See entgegenstürzte. Schwarzer Rauch drang aus der Turbine.

Aus Angst, der Hubschrauber könnte auf sie stürzen, steuerte Alex zur Seite. Im letzten Moment stellte der Pilot die Rotoren an, und die Maschine prallte keine fünfundzwanzig Meter von Alex entfernt auf die Wellen.

Alex lenkte das Boot in immer weiteren Kreisen, während sie mühsam ihre Angst um Jamie im Zaum zu halten versuchte. Welchen Teil von ihm würde sie zuerst finden? Einen wirren Schopf rötlicher Haare? Einen silbernen Tennisschuh?

»Jamie!«, rief sie und erkannte erstaunt, dass sie bis jetzt noch gar nicht auf die Idee gekommen war, seinen Namen zu rufen. *Vielleicht stehe ich unter Schock,* dachte sie und starrte auf die immer größere Blutlache um ihre Füße. *»Jamie! Ich bin's, Tante Alex!«*

Nichts.

Der Flautenschieber bewegte das Boot schrecklich langsam voran. Alex warf einen hastigen Blick nach rechts: Tarvers Helikopter war bereits bis zum Turbinengehäuse versunken.

»Jamie!«, rief sie verzweifelt. »Antworte, wenn du mich hörst!«

»Hier!«, rief eine schwache Stimme. »Hier drüben!«

Das war nicht Jamie. Es war entweder Tarver oder sein Pilot. Dann sah Alex den kahlen Kopf Tarvers mit überraschender Geschwindigkeit durch die Wellen gleiten. Er verschwand hinter einer Woge, dann rief er erneut.

»Ich hab ihn, Alex! Er ist hier drüben. Jamie ist hier bei uns! Helfen Sie uns!«

Alex wusste, dass es wahrscheinlich ein Trick war und dass Tarver möglicherweise immer noch eine Pistole besaß, doch sie musste sicher sein, dass er Jamie nicht doch gefunden hatte. Sie duckte sich hinter das Dollbord und kurbelte schwerfällig das vom Blut glitschige Steuer, bis das Carrera einen weiten Bogen fuhr, der sie näher an Tarver heranbringen würde.

Sekunden später stockte ihr das Herz. Jamie trieb mit dem Gesicht nach oben im schweren Seegang, und Tarver schwamm auf ihn zu. Er würde Jamie erreicht haben, lange bevor Alex mit dem Boot bei dem Jungen sein konnte.

Anstatt direkt auf die beiden zuzuhalten, setzte Alex den Kreis fort, was sie aus Tarvers Gesichtsfeld führte. Ein überwältigender Instinkt verriet ihr, dass Tarver im Begriff stand, sich auf ihr Terrain zu begeben. Sechs Wochen lang war sie ihm nachgelaufen und kalten Spuren gefolgt, die im Nichts geendet hatten. Selbst nachdem sie Tarver ins Blickfeld bekommen hatte, war er immer noch jedes Mal drei Schritte weiter gewesen als sie. Diesmal aber sah es anders aus.

Diesmal waren sie in einer Verhandlungssituation.

Während das Boot langsam kreiste, rannte Alex zum Heck und suchte nach der Treibstoffleitung. *Da!* Ein transparenter Schlauch, nicht dicker als ihr kleiner Finger. Die Aorta eines menschlichen Herzens war dicker, und dies war die Hauptarterie des Bootes. Sie riss den Schlauch ab, und Benzin lief auf das Achterdeck, wo es sich verteilte. Alex kehrte zum Ruder zurück und steuerte auf Tarver zu, der Jamie inzwischen wie ein Lebensretter in einem Bergegriff hielt. Der Junge schien bewusstlos zu sein. Als Alex noch zehn Meter entfernt war, sprang sie erneut zum Heck und schaltete den elektrischen Flautenschieber aus.

»Reden wir!«, rief Tarver. »Wir haben nicht viel Zeit.«

Als Alex zum Bug des Bootes zurückkehrte, stieg eine Erinnerung in ihr auf: Bill Fennell am vierten Juli, wie er ein gesichertes Sitzpolster hochriss, um an Werkzeug zu gelangen. Alex hielt inne, schob die Finger unter das gleiche Kissen und zog. Es löste sich und gab den Blick frei auf eine kleine Backskiste. In der Kiste lagen ein Schraubendreher, eine Rolle Isolierband, ein Satz Schraubenschlüssel und Kupferdraht. Kein Messer, keine Signalpistole.

»Was tun Sie da?«, rief Tarver. »Ich will Ihnen ein Geschäft vorschlagen.«

»Ich bin verletzt«, rief Alex zurück. »Die Wunde blutet stark. Ich suche Verbandszeug. Warten Sie.«

Sie zog ihre durchnässte Bluse aus und wickelte sie fest um das zerfetzte Handgelenk. Dann nahm sie den Schraubendreher aus der Backskiste und versteckte ihn unter dem improvisierten Verband.

»Ich will das Boot!«, rief Tarver.

Alex blickte auf. Das Boot war näher zu Tarver getrieben. Sie duckte sich hinter das Dollbord. »Ich will Jamie.«

Tarver schwamm heran und hielt dabei Jamies Kopf über Wasser. »Dann würde ich sagen, wir haben einen Deal.«

Sie schüttelte den Kopf. »Sie haben eine Pistole. Ich weiß es.«

»Ich hab sie in dem Chaos verloren.«

Alex schüttelte erneut den Kopf. »Keine Pistole, kein Boot.«

Tarvers rechte Hand hielt mit Schwimmbewegungen inne, versank unter der Wasseroberfläche und erschien mit einer Automatik in den Fingern.

»Werfen Sie die Waffe weg!«, rief Alex.

Sie sah die Wut in Tarvers Augen, doch er warf die Pistole in die Wellen.

»Steigen Sie aus!«, brüllte Tarver. »Ich habe den Schlüssel für das Boot. Sobald Sie von Bord sind, schwimme ich zum Spiegel und klettere hinein.«

»Nein!«, rief Alex. »Sie schwimmen zuerst von Jamie weg!«

»Dann ertrinkt er!«

Alex drehte sich um und packte einen Rettungsring, eines der wenigen Dinge, die Tarver im Boot gelassen hatte. Sie warf ihm den Ring zu. »Schieben Sie ihm den Rettungsring unter die Arme, dann schwimmen Sie weg.«

Tarver sah keine Alternative, also mühte er sich ab, Jamies reglosen Leib durch den Ring zu schieben. Während er damit beschäftigt war, sah Alex, dass das Feuermal auf seiner linken Gesichtshälfte nicht mehr so aussah, wie sie es in Erinnerung hatte, sondern von dem Schlangenbiss erschreckend angeschwollen war.

»Fertig!«, rief Tarver schließlich.

»Schwimmen Sie weg!«

Er zögerte, sein Druckmittel aufzugeben; dann aber ließ er Jamie los und schwamm rasch zum Heck des Bootes.

»Springen Sie raus!«, rief er.

Immer noch misstrauisch, zog Alex die Schuhe aus und streifte ihre Jeans ab. Nasse Jeans konnten einen in aufgewühltem Wasser stark behindern und sogar zum Ertrinken führen. Alex sprang ins Wasser und schwamm mit kräftigen Zügen zu Jamie, als sie links von sich aus dem Augenwinkel eine Bewegung bemerkte. Tarver war nicht ins Boot gestiegen, sondern kraulte in Jamies Richtung. Alex schwamm ebenfalls los, doch Tarver war schneller. Während Alex ungläubig zusah, legte er die mächtige Hand auf den Kopf des Jungen und drückte ihn scheinbar mühelos durch den Rettungsring und tief unter Wasser.

»Versuchen Sie mal, ihn jetzt noch zu retten«, höhnte Tarver.

Alex konnte Jamie nicht sehen, doch es sah nicht danach aus, als wehrte er sich. Tarver drückte ihn so leicht unter Wasser wie einen Säugling. Alex überlegte, den Schraubendreher zu ziehen, doch das war keine Lösung. Sie war Tarver in einem offenen Kampf nicht gewachsen.

Die Antwort kam ihr mit der Wucht einer Offenbarung. Sie tauchte nach unten, während die Stimme ihres Vaters in ihrem Kopf erklang. *Wenn du mit dem Rücken zur Wand stehst, tu das Unerwartete. Nur so bleibst du am Leben.* Sie tauchte tiefer, bis sie drei Meter unter der Wasseroberfläche war. Dann öffnete sie die Augen und sah nach oben, doch außer einem undeutlichen Schatten war vor dem grauen Hintergrund nichts zu erkennen. Während sie langsam in die Höhe schwebte, glitt ein dunkler, schlanker Schemen an ihr vorbei. Sie streckte die Hand aus und packte ihn.

Es war ein Knöchel – der glatte, dünne Knöchel eines Jungen.

Alex wusste, dass Tarver gewappnet war für den Kampf. Sie stieß die Luft aus und riss den Knöchel kräftig nach unten; dann schwamm sie mit aller Kraft tiefer. Zu ihrer Freude spürte sie, dass Jamies regloser Leib mit ihr kam. Nach ein paar Schwimmstößen ging sie in die Waagerechte und zog den Jungen mit sich, doch ihre Luft ging nun rasch zu Ende. Sie musste auftauchen. Als sie nach oben stieg, sah sie über sich ein Spritzen und einen schwarzen Schatten, der auf sie zukam, wobei er Luftblasen hinter sich her zog. Sie packte Jamies Knöchel mit der linken Hand, zog den Schraubendreher aus ihrem improvisierten Verband und wartete.

Als der Schatten nach ihr griff, paddelte sie nach oben und stieß mit der Kraft der Verzweiflung zu.

Sie traf irgendetwas, doch der Schatten hielt nicht inne. Eine starke Hand packte ihre Kehle. Alex holte zur Seite aus und stieß ein weiteres Mal zu. Eine Explosion von Luftblasen hüllte sie ein. Tarvers großer Leib zuckte und wand sich wie ein verwundeter Hai. Er ließ ihren Hals los. Hoffnung durchflutete Alex und drängte sie, ihm den endgültigen Stoß zu versetzen. Sie zerrte am Griff ihrer improvisierten Waffe, doch der Schraubendreher saß fest.

Aus Angst, Jamie zu verlieren, ließ sie den Griff los und versuchte sich von Tarver zu entfernen, doch jetzt war ihre Luft restlos aufgebraucht. Mit brennenden Lungen packte sie Jamie unter den Achselhöhlen und strampelte dem grauen Tageslicht entgegen.

Sie durchbrach die Wellen und sah das Boot fünfzehn Meter entfernt auf dem Wasser tanzen. Sie packte Jamie in einem Rettungsgriff, als Tarver direkt vor ihr auftauchte. Seine Augen funkelten wie die eines Wahnsinnigen, und sein Mund war schlaff und verzerrt.

Alex wusste nicht, wie sie gleichzeitig Jamie halten und gegen Tarver kämpfen sollte, noch hatte sie die Kraft dafür. Doch als Tarvers Hand aus dem Wasser kam, streckte er sie nicht nach Alex aus. Die Hand war offen, und sie bewegte sich zur Seite seines Kopfes, als suchte sie nach einer Wunde.

Alex und Tarver begriffen gleichzeitig und voller Entsetzen, was geschehen war: Der Griff des Schraubendrehers ragte aus Tarvers linkem Ohr. Die Metallklinge steckte bis zum Heft in seinem Kopf.

Tarvers Augen weiteten sich, als er die Hand um den Griff schloss. Eine Sekunde lang sah es so aus, als wollte er den Schraubendreher herausreißen; dann überkam Wissen den Instinkt. Er ließ die Hand sinken, wandte sich ab und schwamm mit einem letzten irren Blick auf Alex schwerfällig in Richtung des Bootes davon.

Alex drehte sich im Wasser und schwamm zur Insel. Sie war vielleicht fünfzig oder sechzig Meter entfernt und wäre unter normalen Umständen leicht zu erreichen gewesen, doch jetzt war die Strecke möglicherweise tödlich. Alex' Lungen brannten, und ihre Sicht war verschwommen. Offenbar hatte sie viel mehr Blut verloren, als sie zunächst befürchtet hatte. Trotzdem schwamm sie unentwegt weiter durch die anbrandenden Wellen. Noch vierzig Meter. Dreißig. Ihre bleiernen Gliedmaßen gehorchten ihr kaum noch. Jamies Gesicht war blau angelaufen. Alex mobilisierte ihre letzten Kräfte. Sie wusste, dass sie wahrscheinlich nur noch ein paar Meter vom Ufer entfernt war.

Vor ihrem geistigen Auge erschien ein Bild von Grace, dann von ihrem Vater, und schließlich von ihrer Mutter. *Wir sind die Letzten,* dachte sie hilflos. *Jamie und ich.*

Sie versuchte zu schwimmen, hatte aber keine Reserven mehr. Sie küsste Jamies Wange und betete um die Kraft, seinen Kopf über Wasser zu halten, während sie selbst ertrank.

Ihr Mund war voll Wasser, als sie eine Männerstimme Befehle rufen hörte. *Kaiser?* Sie hob Jamies Kopf höher, während sie versuchte, mit gefühllosen Beinen Wasser zu treten. Dann wurde sie von einem starken Arm gepackt und zusammen mit Jamie zum Ufer gezogen. Jemand nahm ihr den Jungen ab. Halb bewusstlos bekam sie mit, wie jemand eine Herzmassage durchführte. Dann berührte eine wunderbar warme Hand ihr Gesicht, und sie öffnete die Augen. John Kaiser kniete über ihr und schaute sie besorgt an.

»Können Sie mich hören, Alex?«

Sie nickte.

»Ist sonst noch jemand in dem Boot?«

Sie schüttelte den Kopf. »Jamie!«, stieß sie hervor. »Lebt er?«

Wie als Antwort hörte sie, wie neben ihr ein Kind würgend hustete und dann leise zu weinen anfing.

»Setzen Sie das Boot fest!«, befahl Kaiser seinen Scharfschützen und sprang auf. »Schießen Sie auf den Motor!«

»Nein!«, rief Alex, als ihr die abgezogene Treibstoffleitung einfiel. Nach den aufbrüllenden Motoren zu urteilen, hatte Tarver sie wieder aufgesteckt.

Alex' Schrei wurde übertönt vom scharfen Knallen eines Gewehrschusses.

Sie stemmte sich auf die Ellbogen und versuchte erneut zu schreien. »Nein … die Benzinleitung …«

»Was?«, rief Kaiser und kam zu ihr zurück.

In diesem Moment feuerte der Scharfschütze erneut, und das Heck des Carrera verschwand in einer Stichflamme. Eine Gestalt hetzte zum Dollbord, doch bevor sie ins Wasser springen konnte, flog das Boot in die Luft.

Alex fiel in den Schlamm zurück. Regen prasselte ihr ins Gesicht. Sie versuchte Kaiser zu erklären, dass er die Pelicans bergen musste, doch ihre Stimme ging unter im Gequäke von Funkgeräten, Kaisers gebrüllten Befehlen und lauten Schreien, dass ein Mann im Wasser treibe. Der Pilot des fremden Helikopters? Nichts von alledem spielte jetzt noch eine Rolle. Alex rollte sich auf die Seite und sah Jamie neben sich liegen. Der Junge starrte sie aus weiten Augen an – doch es war Grace, die aus diesen Augen blickte, und ihre Verzweiflung war vergangen. Als Jamie eine zitternde Hand nach Alex ausstreckte, zog sie ihn an sich und drückte sein Gesicht an ihre Brust.

Sie hatte ihr Versprechen gehalten.

Epilog

Zwei Wochen später

Alex verringerte die Geschwindigkeit und bat Jamie, nach einem Schotterweg Ausschau zu halten, der nach links abzweigte. Sie fuhren über eine verlassene Straße durch einen schier endlosen Tunnel aus Eichen.

»Bist du sicher?«, fragte Jamie.

»Ich glaub schon. Es ist noch nicht lange her, dass ich das letzte Mal hier gewesen bin. Ich habe mit ihm auf der großen Brücke gestanden, über die wir eben gefahren sind.«

Jamie öffnete seinen Sicherheitsgurt, kniete sich auf den Sitz und legte den Ellbogen auf das Terrakotta-Gefäß zwischen sich und seiner Tante.

»Vorsichtig!«, ermahnte ihn Alex.

»Entschuldige.« Jamie beugte sich vor und presste die Stirn gegen die Windschutzscheibe. »Ich glaube, ich kann es sehen. Ist das eine Straße?«

»Ist es, Adlerauge.«

Jamie starrte nervös durch die schmale Lücke zwischen den Bäumen. »Mann, ist das dunkel da drin!«

Alex hielt vor der Abzweigung; dann bog sie nach links auf den ausgefahrenen Weg ein. »Chris hat erzählt, dass auf dieser Straße Verbrecher den Reisenden aufgelauert haben.«

»Wann?«, fragte Jamie. »Früher? Oder heute?«

Der Wagen wankte so sehr, dass Jamie mit dem Kopf gegen den Himmel stieß. »Autsch!«

»Tut mir leid«, sagte Alex. »Vor zweihundert Jahren.«

»Aha.« Jamie hatte jegliches Interesse verloren.

Beinahe bedauerte Alex, hergekommen zu sein. Die ausgefahrene Straße war ohne Allradantrieb nahezu unpassierbar. Nach fünfzig Metern musste sie aufgeben und den Wagen stehen lassen. Sie wusste nicht, wie sie je wieder zum Natchez Trace zurückkommen sollte.

»Los«, sagte sie. »Von hier aus gehen wir zu Fuß.«

Jamie sah sie überrascht an, stieg jedoch aus. Alex nahm das Terrakotta-Gefäß vom Sitz, schloss die Wagentür ab und ging voran. Bald wich der Kies mehr und mehr hellem Sand. Die Luft war stickig und schwül, und Pferdebremsen schwirrten um ihre Gesichter.

»Das ist doch Quatsch«, sagte Jamie unvermittelt. »Ich glaub nicht, dass da unten jemand ist.«

»Hab Vertrauen. Du bist ein zäher Junge.«

Sie ging ein paar Meter weiter, blieb stehen und lauschte. »Hörst du das?«

Jamie verharrte ebenfalls. »Was ist das für ein Geräusch?«

Alex lächelte. »Wasser.«

Sie fiel in einen Trott. Jamie rannte neben ihr her. Einen Moment später brachen sie unter den Bäumen hervor in helles Sonnenlicht, das in den kleinen Wellen eines breiten, sauberen Bachs wie Diamanten funkelte.

»Hey!«, rief eine Männerstimme. »Wir dachten schon, ihr hättet aufgegeben.«

Alex schirmte die Augen gegen die Sonne ab und folgte dem Verlauf des Baches. Dreißig Meter entfernt saßen Chris und Ben Shepard auf einem umgefallenen Baumstamm vor einem kleinen Lagerfeuer. Der Wind wehte den Duft von gegrilltem Fleisch heran. Jamie stieß einen Freudenruf aus und rannte los. Alex folgte ihm ein wenig langsamer.

Bis sie das Lagerfeuer erreicht hatte, tollten Ben und Jamie bereits fünfzig Meter weiter unterhalb im Bach auf der Suche nach alten Pfeilspitzen und Dinosaurierknochen. Chris stand auf und umarmte Alex zur Begrüßung.

»Was ist in dem Ding?«, fragte er grinsend.

Sie nahm den Deckel ab und zog eine Flasche gekühlten Weißwein hervor. »Mein Beitrag«, sagte sie. »Um die allgemeine Stimmung zu heben.«

Chris lachte und nahm die Flasche. »Ich hoffe, du hast einen Korkenzieher mitgebracht.«

Sie lächelte. »Schraubverschluss.«

Er öffnete die Flasche und füllte zwei Styroporbecher. Sie nahmen mit ein wenig Abstand auf dem Baumstamm Platz und tranken.

»Wie geht es Ben?«, fragte sie nach einer Weile.

Chris blickte den Bach entlang zu seinem Adoptivsohn. »Er hat ein paar schlimme Nächte hinter sich. Für den Augenblick schläft er bei mir. Insgesamt hält er sich prächtig.«

»Das freut mich.«

Chris blickte sie an. »Ben kannte seine Mutter besser als ich.«

Alex hatte dies von Anfang an vermutet. »Kinder sehen das, was da ist, nicht das, was wir nach außen hin vorgeben.«

»Wie geht es Jamie?«

Sie lächelte. »Viel besser. Ich denke, er vermisst Will Kilmer mehr als seinen eigenen Vater. Will hat ihn immer an seinen Großvater erinnert – meinen Dad.«

Chris nahm einen Stock und stocherte im Feuer.

»Wie geht es *dir?*«, fragte Alex.

»Körperlich? Oder sonst?«

»Beides.«

»Körperlich nicht allzu schlecht. Ich habe noch immer eine Reihe seltsamer Symptome, doch Peter Connolly meint, dass es sich um Reaktionen auf das Gegenmittel handelt. Tarver hat bei einigen Patienten in seiner ›Praxis‹ die gleichen Reaktionen beschrieben.«

Alex war nicht in sämtliche Einzelheiten von Tarvers Arbeiten eingeweiht worden. Chris war von einem Arzt der U.S. Army behandelt worden. Er hatte ihm Injektionen aus den Ampullen verabreicht, die sich in einem der beiden geborgenen Pelican-Cases befunden hatten. Diese Ampullen waren Chris' einzige Hoffnung, das krebserzeugende Virus zu neutralisieren, das Tarver ihm injiziert hatte.

Direktor Roberts hatte Alex wiederholt versichert, dass Tarvers Unterlagen von den besten Virologen im Land eingehend studiert worden waren und dass die Wissenschaftler zuversichtlich seien, dass Chris wieder völlig gesund würde. Roberts hatte leicht reden – er war schließlich nicht derjenige, der infiziert worden war.

Doch Chris hatte mehr Informationen erhalten als sie und machte einen zuversichtlichen Eindruck, mit der Zeit zu gesunden.

Alex hob ihren Becher zu einem Toast. Sie stießen an und tranken.

»Wie geht es sonst?«, fragte Alex.

»Penn Cage hat mir viel geholfen.«

»Wie das?«

»Seine Frau starb an Krebs, als er siebenunddreißig war. Ben und Annie sind gute Freunde geworden. Sie hilft ihm bestimmt sehr, wenn er sich wieder einmal ›Warum gerade ich?‹ fragt.«

»Ich könnte manchmal auch ein wenig Hilfe bei dieser Frage gebrauchen«, gestand Alex.

»Ja.« Chris beugte sich vor und füllte ihren Becher nach. »Wie entwickelt sich die Sorgerechtssache?«

»Jamie bleibt bei mir, daran besteht kein Zweifel. Der Richter hat die Klausel im ursprünglichen Testament für wirksam erklärt. Ich bin Jamies Patentante, und im Testament steht eindeutig, dass ich Jamie aufziehen soll, falls Bill und Grace sterben. Damit wäre der Fall klar.«

»Hast du noch mal überlegt, wohin du von hier aus gehst?«

»Der Direktor hat mir angeboten, nach Washington zurückzukehren.«

»Als Geisel-Unterhändlerin?«

Alex nickte. »Zurück in meinen alten Job.«

»Das wolltest du doch, oder?«

»Das dachte ich zumindest. Aber vor ein paar Tagen habe ich ein anderes Angebot bekommen.«

Chris kniff die Augen zusammen. »Welches?«

»Der Chef des FBI-Büros New Orleans hat mich gefragt, ob ich in der gleichen Funktion für ihn arbeiten könnte.«

Chris hob die Augenbrauen. »Steckt John Kaiser dahinter?«

Sie nickte. »Ich denke, Kaiser hat großen Einfluss in New Orleans. Abgesehen davon passiert dort im Moment eine Menge. Die Kriminalität gerät außer Kontrolle.«

»Klingt nach einer wunderbaren Stadt, um dort ein Kind aufzuziehen.«

Alex lächelte melancholisch. »Ich weiß. Aber Kaiser und Jordan leben auf der anderen Seite vom Lake Pontchartrain. Es ist wirklich hübsch dort. Und es ist der Süden – ich denke, es wird Zeit für mich, nach Hause zurückzukehren.«

Chris sah ihr fest in die Augen. »Da hast du wohl recht.«

Sie erwiderte seinen Blick wortlos, griff in die Tasche und brachte eine kleine Plastikhülle zum Vorschein.

»Was ist das?«, fragte er.

»Das Original-MiniDV von Thora und Lansing auf dem Balkon.«

Chris blickte finster drein und schüttelte den Kopf. »Warum hast du es mitgebracht?«

»Nicht, weil ich dich ärgern will. Es war unter Wills persönlichen Dingen, aber ich finde, es gehört dir.«

Chris starrte erneut ins Feuer.

»Ich dachte, du willst es Lansing vielleicht heimzahlen.«

Chris streckte die Hand nach dem Band aus. Alex gab es ihm.

»Lansing ist ein Bastard«, sagte er. »Aber er hat vier Kinder. Wenn er sich das Leben selbst zur Hölle macht – von mir aus. Ich bin jedenfalls nicht derjenige, der seine Familie zerstört.«

Chris warf das Band ins Feuer.

Das Plastik schmolz, und ein beißender Gestank breitete sich aus. Sie erhoben sich von ihren Plätzen und entfernten sich ein paar Schritte.

»Die Vergangenheit soll also ruhen?«, fragte Alex.

Er nickte und sah ihr in die Augen. »Du könntest es auch mal damit versuchen.«

Ohne Vorwarnung hob er die Hand und betastete die Narben um ihr rechtes Auge herum. Alex zuckte zusammen und wollte zurückweichen, doch irgendwie fand sie die Kraft, die Berührung zu ertragen.

»Du hast Thoras Schönheit gehasst, stimmt's?«, fragte er leise, während seine Finger das farblose Fleisch erkundeten.

Sie nickte wortlos, wobei sie wegen der Berührung innerlich erschauerte.

»Thora war nach außen hin vollkommen«, sagte Chris. »Doch innerlich … im Innern war sie hässlich. Selbstsüchtig und grausam.«

»Das macht es nicht einfacher.«

Er sah sie an. »Du sollst wissen, dass diese Narben keine Rolle spielen.«

Sie lächelte melancholisch. »Doch, tun sie. Ich weiß es, weil es eine Zeit gab, als ich diese Narben noch nicht hatte. Die Menschen haben mich damals anders behandelt.«

Chris beugte sich vor und drückte seine Lippen auf die schlimmste Narbe, einen purpurnen Gewebegrat gleich unter ihrer Schläfe. »So vielleicht?«

Alex war so aufgewühlt, dass sie unwillkürlich zurückwich, doch Chris hielt sie fest. »Ich habe dir eine Frage gestellt«, sagte er.

»Vielleicht«, flüsterte sie und hielt sich die zitternde Hand vor den Mund. »So ähnlich.«

Ein schriller Schrei gellte. Beide blickten bachabwärts. Ben und Jamie kamen durchs Wasser herbeigerannt, dass es nur so spritzte. Jamie hielt die Hand hoch erhoben, und Ben zeigte im Laufen darauf.

»Ich glaube, sie haben etwas gefunden«, sagte Chris.

»Sieht so aus.«

Chris nahm Alex' Hand und führte sie über den warmen Sand zum Ufer. »Komm, sehen wir nach, was es ist.«

Alex wischte sich mit der freien Hand die Tränen aus den Augen und folgte ihm in das kühle, klare Wasser.

Danksagung

Wie jedes Mal möchte ich zahlreichen Leuten für ihre Hilfe beim Schreiben dieses Romans danken. Ich bin immer wieder erstaunt und erfreut, wie großzügig Menschen mit ihrer Zeit sind, wenn sie bei einer schöpferischen Arbeit mitwirken.

Zuerst möchte ich den Ärzten danken, die mir ihre Zeit geschenkt haben: Drs. Joe Files, Rod Givens, Tom Carey und Jerry Iles.

Kein Leser sollte schlussfolgern, dass die Universitätsklinik in diesem Roman sich an der Medizinischen Hochschule der University of Mississippi orientiert. Ich habe das richtige Cancer Institute überhaupt erst besucht, nachdem mein erster Entwurf fertig war, eigens aus dem Grund, zufällige Ähnlichkeiten, die unvermeidlich sind, möglichst gering zu halten. Jeder, der die richtige Uniklinik kennt, wird sehen, dass ich ein fiktives Hospital mit einem fiktiven Stab erschaffen habe. Nichtsdestotrotz möchte ich meine Leser darüber informieren, dass Dr. Files und seine Kollegen in Jackson ein Krankenhaus von Weltruf errichtet haben, insbesondere die Abteilung für Knochenmarkstransplantationen. Wer Interesse hat, den Benachteiligten und Schwachen in unserem Lande bei der Gesundheitsversorgung zu helfen, dem rate ich, die Universitätsklinik durch eine Spende zu unterstützen. Einen würdigeren Empfänger findet man nicht.

Viele Freunde haben mir mit ihrem Fachwissen sehr geholfen. Mike MacInnis, ein großartiger Anwalt und Freund aus Collegezeiten, als ich in Bedrängnis war. Außerdem Lee Jones, Clinton Heard, Kent Hudson, Betty Iles, Nancy Hungerford und Curtis Moroney.

Für seine Hilfe in jedem Stadium dieser Arbeit danke ich meinem guten Freund und früheren Lektor Ed Stackler.

Mein Dank geht außerdem an Aaron Priest, Susan Moldow und Louise Burke. Besonderer Dank meinem Lektor Colin Harrison, der weiß, was ein Schriftsteller braucht, denn er ist selbst einer. Außerdem danke ich Karen Thompson für die Gelassenheit, die sie angesichts meiner hektischen Arbeitsweise an den Tag gelegt hat. Dank auch an John Fulbrook, Designer und Künstler, der sich tapfer durch die verschiedenen Umschlagideen gearbeitet hat und ohne Murren bereit war, zusätzliche Kilometer für etwas wirklich Gutes zurückzulegen. An Eileen Hutton bei Brilliance Audio geht mein Dank für ihre großzügige Unterstützung der Trinity Episcopal Day School.

Für ihre Hilfe bei dem außergewöhnlichen und aufregenden Coverfoto einer ziemlich verärgerten Wassermokassin danke ich Bill Hillyer (Fotograf), Keith Benoist (Schlangenbeschwörer), Terry Vandeventer (Herpetologe), Amanda Hargrove (für die Schlafgelegenheit), Melissa Morrison (Dekor) und Jane Hargrove (Bier und Essen und die ständige Erinnerung: »IHR SEID ZU NAH AN DER SCHLANGE!«).

Mindestens ein sachlicher Fehler schleicht sich in jedes meiner Bücher ein, meist sind es mehr. Die oben genannten Experten trifft keine Schuld. Sämtliche Fehler gehen auf mein Konto.